# YOU KILL ME boy

SAISON 1

Ce livre est une fiction. Les noms, caractères, professions, lieux, événements ou incidents sont les produits de l'imagination de l'auteur utilisés de manière fictive. Toute ressemblance avec des personnages réels, vivants ou morts, serait totalement fortuite.

Image de couverture : Shutterstock ©anetta
Couverture : Marion Rosière


34-36, rue La Pérouse
75116 Paris
www.hugoetcie.fr

Collection dirigée par Hugues de Saint Vincent
Ouvrage dirigé par Marine Flour

ISBN : 9782755637052
Dépôt légal : avril 2018
Imprimé en France par CPI Brodard et Taupin - N° d'impression : 3026545

TINA AYME

NEW ROMANCE®

# YOU KILL ME boy

SAISON 1

Hugo Roman

*À mon homme Y., mon fils A.,*
*mon frère J. et mon père J.*
*Aux hommes de ma vie qui ont fait de moi*
*une femme à part entière.*

# PROLOGUE
# Alexandra

– Lexie ? Lexie, tu m'entends ?

La voix de mon père me parvient au loin, derrière les brumes de mon cerveau qui essaie de remettre en place les morceaux du puzzle que représente ma soirée.

– Ça ne peut plus durer, Christian. C'est la troisième fois en moins de deux mois… prononce une voix que je connais bien.

Mon père soupire de lassitude.

– Elle a besoin d'aide ! Il faut que tu la laisses partir, maintenant…

Mon bras tressaute nerveusement et j'écarquille les yeux dans une supplique pour les dissuader de prendre cette décision.

Alors que ma tête me hurle de me lever, mes membres refusent d'obéir. C'est comme si je flottais hors de mon corps et que je pouvais voir et entendre ce qui se passe, sans être capable de réagir.

Je commence pourtant à connaître ces sensations étranges. Ce n'est pas la première fois que j'avale ce petit cachet à l'effet engourdissant.

La pièce, bien trop grande et bien trop blanche, avec ses immenses plaques de granit et ses murs aveuglants, commence à tanguer devant mes yeux. La nausée ne tardera pas à arriver.

– En tant que médecin, Christian, tu dois comprendre mieux que quiconque ce que je veux dire ! Ta fille devient incontrôlable. C'est un établissement de repos, pas un asile ! Elle a besoin d'être suivie. Ses excès ressemblent à des tentatives de suicide, même si elle assure que non !

— Elle ne me le pardonnerait jamais…

*Pitié papa, non ! Ne m'emmène pas là-bas ! Ne m'enferme pas ! Je ne suis pas folle !*

Je hurle dans ma tête et pourtant aucun mot n'arrive à sortir de ma bouche. Je me débats intérieurement, en luttant contre ce poids qui m'assomme de plus en plus.

— Elle n'a pas besoin d'apprécier ! Alexandra a besoin d'être sauvée !

La voix de Lauren devient de plus en plus inintelligible et je ne distingue bientôt plus qu'un bourdonnement strident avant de sombrer dans le néant.

✦✦✦

—*Allie, réveille-toi…*

Cette voix qui murmure à mon oreille… *C'est impossible* ! Cela ne peut pas être elle. Je jurerais pourtant que son léger parfum de jasmin flotte dans l'air et embaume la pièce. Et elle était la seule à me donner ce surnom. *Allie…*

Même si je sais qu'il s'agit d'une hallucination, un fol espoir m'incite à me relever et à m'asseoir sur mon lit, si vite que je dois retenir ma tête douloureuse de mes mains. Le sang bat à mes tempes et mon cerveau menace d'imploser. Un soleil bien trop lumineux baigne la pièce et se reflète dans le miroir en pied au bout du lit.

—Alexandra ?

Lauren passe la porte, suivie de mon père. Immédiatement, je sens se profiler un orage bien plus dangereux que celui déjà installé en moi. S'asseyant sur le couvre-lit en jacquard, elle me sourit comme à un enfant malade. J'ai beau essayer, il m'est impossible de ne pas la détester. J'attrape le verre d'eau qu'elle me tend et essaie d'en avaler une gorgée, mais la nausée qui m'assaille est trop forte. Mon estomac est vide depuis plus de quinze heures, c'est donc de la bile qui monte en me brûlant la trachée. Je vomis presque sur le couvre-lit et tousse en essayant d'avaler ma salive. Lauren me tend une serviette pour que je m'essuie la bouche et nettoie mon édredon. Visiblement, ma belle-mère avait prévu le coup.

– Alexandra, il faut qu'on parle.

Les places s'inversent, Christian s'assoit à mes côtés. Mon père. Cette fabuleuse figure paternelle.

– Papa, j'ai la tête qui va exploser…

Je repose la serviette et m'appuie contre le montant de lit. Mes longs cheveux bruns emmêlés me collent à la peau et je me sens sale.

– Tu sais ce qui s'est passé, hier soir ?

J'ai des souvenirs diffus. C'était l'anniversaire de Mickaëlla. J'ai bu un verre de vodka, puis un deuxième, mais qui avait un goût de cerise, puis nous avons joué au bière-pong, et vers minuit, je me suis laissée tenter par un benzo[1].

– Tu as encore pris cette drogue.

– Je n'ai pas…

– Heureusement, Micka t'a ramenée ici avant que la situation empire !

Mon géniteur fronce les sourcils et, à mesure que des plis de contrariété se forment sur son front, je sens l'orage gronder de plus en plus fort.

– On ne peut plus continuer comme ça, Lexie. Tu as besoin d'aide…

– Non… Ne m'envoie pas là-bas !

– Lexie…

– S'il te plaît… Ne fais pas ça ! Je ne recommencerai plus…

– Ça fait trois fois en deux mois… Tu manques les cours, tu fumes et tu te drogues… Tu t'es même fait tatouer !

– Ok ! Ça va, putain ! Envoie-moi dans ton asile de fous, comme ça tout le monde sera content !

Habitué à mes brusques changements de ton et à mes mots fleuris, Christian soupire. Encore une fois. Lauren a fui l'échange houleux depuis longtemps.

– Arrête, Alexandra ! Je n'en peux plus de ton comportement.

Je contracte la mâchoire et fixe le mur devant moi pour ne pas croiser les yeux de mon père.

– Je n'arrive plus à te regarder te faire du mal…

Une larme roule sur ma joue que je m'empresse d'essuyer rageusement.

---

1. Les benzodiazépines sont des médicaments psychotropes, familièrement appelés anxiolytiques.

Christian se lève comme pour mettre fin à la conversation.

– Tu pars pour Greystones dès demain. Les vacances d'automne te permettront de respirer. Et si tu dois y rester quelques semaines, nous ferons en sorte de te faire rattraper tes cours…

Cette fois, je suis allée trop loin. Il ne reculera pas. Il ne me reste qu'une porte de sortie, une dernière solution. Celle que je refuse depuis des mois.

– J'irai chez grand-mère, annoncé-je d'une voix atone.

– Quoi ?

Mon paternel se retourne pour me jauger du regard.

– J'irai chez grand-mère.

Je fixe toujours le mur avec détermination.

– Tu as dit que si j'acceptais, je pouvais y aller…

– Et tu as répondu que tu ne voulais pas…

– Oui, mais si je n'ai pas le choix, je préfère encore ça qu'être internée !

*Oh oui ! Mille fois ça qu'être cloîtrée entre quatre murs.* Je ne suis pas ma mère. Je ne suis pas folle, moi.

Christian se tait un instant avant de répondre.

– Ok. Je vais appeler Abigail tout de suite et lui dire que tu viens quelques jours…

– Non, je veux y aller pour le reste de l'année scolaire !

L'idée vient à peine de me traverser l'esprit. *Ouais, je vais foutre le camp d'ici !*

J'affronte mon père du regard, ne voulant baisser un instant les yeux, de peur de perdre la bataille. Je sais que quand je le fixe de mes yeux émeraude, mon géniteur revoit ma mère. Et je n'ai aucune intention de me priver de cet avantage.

– Tu as dix-huit ans et tu es en dernière année avant l'université…

– Je passerai mon diplôme là-bas. J'ai de très bonnes notes, et à part des absences de temps en temps, tu sais très bien que j'ai un bon dossier et que je peux le faire.

– Tu seras loin de moi…

– Comme si j'allais te manquer !

Je tourne enfin la tête pour fixer à nouveau la cloison. C'est gagné d'avance. Mon père me paraît encore plus pathétique que d'habitude. Ses poings se crispent et il semble se livrer bataille à lui-même.

– Très bien, si c'est ce que tu veux…

– C'est ce que je veux.

Il tourne les talons et il me semble entendre des jurons étouffés.

En soupirant, je me roule en boule et ramène la couverture sur ma tête. *Vivement que je me tire de là.*

# 1
# Alexandra

Le ciel est dégagé. Une tache vert sombre apparaît à l'horizon sur le bleu de l'océan. *Mary Island*. Deux mille cinq cent douze kilomètres carrés de verdure, de plages, de villes aux maisons colorées pour un total de huit cent mille habitants. L'île de mon enfance. L'île de l'innocence. L'île de ma mère. Après ne pas y avoir remis les pieds pendant onze ans, me voici de retour. Tout ça parce que mon père et ma charmante belle-mère veulent m'envoyer à l'asile !

Si cela avait été pour une autre raison, j'aurais adoré revenir dans l'océan Pacifique. Mais pas en ce moment. Et puis comment sera ma grand-mère ? Je ne l'ai pas revue depuis si longtemps... Même si Mamina m'écrit à chaque anniversaire, je ne réponds plus depuis longtemps.

Le voyant rouge indiquant la nécessité de boucler sa ceinture s'éclaire. La tache au loin s'est agrandie.

– Vous avez de la famille à Mary Island ?

Ma voisine semble tout droit sortie d'un roman de Marie Higgins Clark. Mince, grande, blonde, tirée à quatre épingles dans sa robe bleu roi à l'encolure carrée, un faux sourire plaqué sur le visage. Elle a tout de la nounou tueuse de parents.

Oui, j'ai de la famille. Une grand-mère de cinquante-trois ans, Abigail Grant. Et un oncle, Charlie. Mais je ne suis pas d'humeur à bavarder avec qui que ce soit, surtout après les treize heures de vol entre Boston et Los Angeles puis jusqu'à Mary Island.

– Ouais.

Mon ton désagréable et mon regard résolument tourné vers la côte semblent couper court à toute discussion. *Ouf!*

Quelques brouhahas incompréhensibles dans un haut-parleur de la part du commandant de bord et trois énormes valises entassées sur un chariot plus tard, je franchis les portes du petit aéroport Amerigo Vespucci.

Je reconnais tout de suite ma grand-mère. Quelle autre quinquagénaire se permettrait de porter un jogging rouge, un débardeur blanc et des tennis pour venir accueillir un membre de sa famille ?

– Lexie ! Oh mon Dieu ! J'avais dit à ton père de m'envoyer plus de photos. Un peu plus et je ne t'aurais pas reconnue ! Tu as plus de fesses et de seins que la dernière fois que je t'ai vue, lâche-t-elle, ses yeux verts pétillant de malice.

Je rougis jusqu'aux cheveux tandis qu'elle me serre dans ses bras. Ce contact a quelque chose de gênant. Je ne suis plus habituée aux câlins ou à un quelconque épanchement familial.

– Pas la peine de jouer les prudes avec moi, chérie. Tu as dix-huit ans, bientôt dix-neuf, tu peux parler de fesses sans honte…

Elle rit à gorge déployée en tirant le chariot jusqu'à sa voiture. Une Jeep Wrangler aussi rouge que son jogging.

Il n'est que six heures du matin et l'air est moite, au moins dix-sept degrés ambiants.

– Bah, faut croire que je n'ai pas l'habitude de parler de fesses avec les petites vieilles…

Elle rit de plus belle en s'installant derrière son volant.

– Il va falloir t'y habituer, jeune fille. Je ne suis pas de ces coincées qui ne savent pas faire une phrase sans dire « Merci », « Je vous en prie » ou « Mais faites donc ». Je dis ce qui me passe par la tête, qu'on aime ou qu'on n'aime pas !

Je me contente de hocher la tête, même si intérieurement je jubile. Mon père avait décrit ma grand-mère comme une égoïste maniérée qui ne se gênerait pas pour me mener la vie dure.

Mais cette femme ressemble beaucoup plus à une *Cora Sledge*[2] qu'à autre chose. En plus jeune, moins grosse et plus vulgaire.

La voiture longe la deux fois deux-voies le long de la côte. Le spectacle du soleil levant miroitant sur le bleu du Pacifique est à couper le souffle.

– Comment va ton père ? Il avait l'air en forme la dernière fois... Même si tu lui donnais de sacrées migraines.

– Ça va.

– Et sa femme ? Laura, c'est ça ?

– Lauren. Ouais, elle va bien.

– C'est pareil. Elle va lui passer la corde au cou ou pas ?

Grand-mère dépasse largement la vitesse autorisée, mais je ne lui fais pas remarquer.

– Non pas que ça me dérange. Après tout, ça fait quoi ? sept ? huit ans qu'ils sont ensemble ? enchaîne-t-elle sans que j'aie ouvert la bouche pour répondre.

– Neuf ans. Ça fait neuf ans...

– Ils devraient se magner le cul sinon Poupoule finira fripée avant de pondre ses derniers œufs.

*Elle ne vient pas de comparer Lauren à une poule ?*

– Mamina !

Nous rions à gorge déployée. Cela fait bien longtemps que cela ne m'est pas arrivé.

---

2. Personnage de Leslie Larson,

# 2
# Alexandra

Une odeur de café vient chatouiller mes narines.

Malgré les cent cinquante mètres carrés de la maison et les nombreuses chambres qu'elle compte, j'ai choisi celle du rez-de-chaussée, car elle possède une immense baie vitrée qui donne sur une petite terrasse à l'arrière, directement dans le jardin. Mamina m'a fait remarquer que si c'était une technique pour filer en douce la nuit, c'était peine perdue, car je suis totalement libre de mes allées et venues. « Du moment que tu as de bonnes notes, que tu ne te drogues pas et que tu sais faire preuve de bon sens, notre cohabitation devrait bien se passer », m'a-t-elle simplement précisé.

J'aime déjà cet endroit. Si loin de l'appartement strict et froid de Boston. Là-bas, tout est toujours rangé et organisé. Je suis pourtant moi-même assez organisée, mais Lauren a des manières qui frôlent les troubles obsessionnels compulsifs. Prenant un malin plaisir à la contrarier, je me suis souvent amusée à changer les coussins du salon de place et à laisser des miettes sur le plan de travail de la cuisine.

Je repense à sa tête juste avant mon départ. Après l'avoir laissée faire mes valises – une fois qu'elle a évidemment eu repassé et plié tous mes vêtements au carré, avant de les ranger par ordre colorimétrique en faisant attention de faire une valise été et une valise hiver –, j'ai renversé le tout sur mon lit et ai balancé mes affaires dans mes bagages au hasard. Lauren a poussé des cris de stupeur et est partie s'enfermer dans sa chambre les larmes aux yeux.

Ma grand-mère, elle, n'est pas une fée du ménage. Même si elle semble avoir fait les poussières et qu'un léger parfum de fleur flotte dans l'air, je n'ai pu m'empêcher de remarquer la pile de prospectus sur la table basse du salon, les vêtements jonchant le sol de la salle de bain et les fleurs mortes dans le vase de l'entrée.

J'attrape mon smartphone et regarde l'heure. Il me reste une heure et demie avant le début de mon premier cours. La boule au ventre que je me suis acharnée à contrôler tout le week-end réapparaît.

Je me lève et file à la salle de bain attenante à ma chambre. Je prends une douche rapide, me brosse les dents, les cheveux et enfile un jean et un t-shirt blanc tout simple quoique un peu moulant. Je passe mes tennis blanches, prends ma veste et mon sac et me dirige vers la cuisine.

– Lexie !

Abigail est attablée à l'îlot central, une tasse de café à la main. Un homme d'une trentaine d'années aux cheveux noir profond est assis avec elle. Cachés derrière des lunettes, ses yeux sont les mêmes que ceux de ma grand-mère. Les mêmes que ceux de ma mère. Les mêmes que les miens…

– Alexandra !

– Oncle Charlie.

Mon oncle se lève et me prend dans ses bras. *Je déteste vraiment les démonstrations d'affection de cette famille.*

Il a les traits de sa mère, fins et graciles, quoique masculins. C'est un bel homme.

– Comment vas-tu ?

– Bien.

– Elle est stressée, c'est son premier jour d'école, répond Abigail à ma place.

Je me sers une tasse de café et attrape un toast pour le porter à ma bouche.

– Je connais bien le conseiller d'orientation de St Jones. Ton père et moi avons usé de toute notre influence pour te faire intégrer l'établissement.

J'émets un grognement, essayant d'oublier que je n'ai pas encore appelé mon géniteur alors qu'il me l'a fait promettre avant mon départ. Mais si nous ne savions déjà pas communiquer en habitant sous le même toit, je ne vois pas comment des milliers de kilomètres de distance pourraient nous aider.

– Je suis passé déposer des plantes pour maman et je me disais que je pouvais te déposer au lycée. C'est sur ma route. Tu n'auras pas besoin de prendre le bus, aujourd'hui.

Charlie possède une pépinière dans l'une des villes voisines.

– Ouais... ok.

– Tu ne veux pas t'acheter de voiture, pour te déplacer plus facilement ? m'interroge Abigail.

– Non, je ne suis là que pour huit mois et je préfère garder mon argent pour plus tard.

– Pour la fac ?

– Ouais, ça se peut.

– Mais c'est ton père qui paiera pour l'université. Il en a largement les moyens !

Je me mords la lèvre inférieure et lève les yeux au ciel.

– Mais qui te dit que je voudrai encore avoir quelque chose à faire avec lui ?

Abigail arbore un air perplexe, mais j'attrape mon sac et file par la porte avant de lui laisser le temps de répliquer.

✦✦✦

Après être passée par le bureau d'accueil, je ressors du bâtiment principal du lycée St Jones et décide d'en faire le tour pour trouver la bibliothèque. Mon premier cours commence finalement plus tard que prévu.

Après l'avoir trouvée, je m'installe pour m'avancer sur le programme de littérature. Ma matière préférée.

Lorsque la sonnerie retentit, je relève la tête vers l'horloge et panique à l'idée d'être en retard à mon premier cours. J'enfouis mes affaires à la hâte dans mon sac à dos en cuir, et, mon carnet rose et mon livre de sciences dans une main, je file vers la porte et dévale l'escalier.

Dans ma course, je manque une marche et mon pied glisse, me faisant perdre l'équilibre. Je tombe tête la première et heurte une masse noire dure comme le fer. J'ai dû me fendre la lèvre, une douleur court tout le long de ma mâchoire.

Je porte la main à ma bouche et m'assois sur l'une des marches. Du sang perle à ma bouche, je l'avale en aspirant ma lèvre inférieure.

– Ça va ? me demande machinalement celui dans lequel je viens de me cogner.

– Ouais. Je crois…

Je tâte ma mâchoire du bout des doigts et grimace.

J'essaie de me relever, mais un bras recouvert de dessins à l'encre noire surgit devant mes yeux et tente de s'emparer de mon carnet par terre. Spontanément, je tends le pied et le pose dessus.

– Pas touche !

Je lève les yeux vers mon interlocuteur. Il est grand et suffisamment musclé pour que chaque partie de son corps se dessine à travers ses vêtements. Une multitude de tatouages s'échappe des manches de son t-shirt pour s'étendre à ses bras. Il a la mâchoire carrée, des sourcils froncés et des lèvres fines. Ses yeux sont d'un noir aussi profond que celui de ses cheveux qui tombent en longues mèches sur son front. Dans le soleil, je vois briller quelque chose à son oreille et me rends compte qu'il porte deux piercings en métal à la même oreille. Un anneau sur le lobe et une tige avec deux boules argentées à son tragus. À contre-jour, je ne distingue pas tous les traits de son visage. Mais il est tout de même saisissant de beauté.

– Je suppose que tu voulais dire « Excuse-moi de t'avoir explosé la clavicule avec mes dents » !

Sa voix est rauque et légèrement hachée.

– Non, ce que je veux dire, c'est bien « Pas touche » !

Je tends la main pour rattraper mon carnet et mon livre de sciences et, par la même occasion, je ramasse le livre qu'il a dû faire tomber en même temps que moi. *L'Insoutenable légèreté de l'être*. Il me l'arrache des mains. Je le fusille du regard. Mais il me le rend bien.

– C'est quoi ton problème ? Tu me rentres dedans, tu me craches dessus… râle-t-il en désignant un filet de bave plein de sang sur la manche de son t-shirt. Et en plus t'es une chieuse ?

Ce garçon a une voix bien trop envoûtante. Je ne peux pas détourner mon regard du sien et cette sensation d'être transpercée de part en part n'a rien d'agréable. C'est plutôt inconfortable et intimidant. Mais Alexandra Montgomery n'a jamais été du genre à se laisser intimider par qui que ce soit.

– Tu ne viendrais pas de me traiter de chieuse, par hasard ?

Nous nous défions du regard.

– Si. On dirait bien.

J'essaie de trouver une réplique cinglante, mais avant de pouvoir rétorquer quoi que ce soit, je sens ses doigts se refermer sur mon menton et me forcer à relever la tête. Il fronce de nouveau les sourcils.

Son contact m'électrise, je réprime un frisson quand une douleur sourde se diffuse de nouveau le long de ma mâchoire.

– Faut que t'ailles à l'infirmerie. Ta lèvre commence à enfler.

Je retire sa main d'un geste brusque.

– Qu'est-ce que ça peut te foutre ?

Je me relève en m'appuyant douloureusement sur mes mains et la deuxième sonnerie retentit.

– Génial, maugréé-je, en plus, je suis déjà en retard à mon premier cours…

– C'est toi, la nouvelle ?

Même en étant sur deux marches de plus, je me rends compte que j'atteins à peine son menton.

Je décide de jouer les garces jusqu'au bout et descends en le bousculant de l'épaule.

– Pousse-toi, Ducon.

Tandis que j'avance d'un pas déterminé, sans regarder en arrière, il me lance avec un petit rire mauvais :

– L'infirmerie est derrière le bâtiment des sciences, Saleté !

# 3
# Austin

– Hé mec, t'as vu Savannah ? me demande Evan en laissant tomber son sac et ses livres dans l'herbe.

Jesse laisse quant à lui tomber son cul à côté de moi.

Je soupire. La soudaine obsession d'Evan pour cette brune trop maigre et aux dents trop longues me dépasse.

– Sérieux, tu crois que j'ai que ça à foutre de surveiller ta copine ?

Il s'assied sans rétorquer et tire des feuilles de sa poche pour se rouler un joint tout en jetant de fréquents coups d'œil aux alentours pour être sûr qu'aucun pion, prof ou élève trop studieux ne passe par là.

Je repousse du pied le sac de Jesse qui me bouche la vue. Il suit mon regard en croquant dans sa pomme.

– C'est qui ?

La fille qui m'est rentré dedans ce matin est assise cinquante mètres plus loin, sur un banc accolé à une table en bois défraîchie. Un pied par terre et l'autre replié devant elle, elle lit un livre coincé entre ses jambes. Elle ne porte qu'un jean, des tennis et un t-shirt blanc, mais putain ce qu'elle est sexy ! Des hanches pulpeuses, une taille fine et un visage en ovale. Elle a le teint naturellement hâlé et de longs cheveux brun foncé dont les boucles tombent en cascade le long de ses épaules. Un casque bleu électrique posé sur ses oreilles, elle mord dans un sandwich. *Putain, y a que les femmes pour faire mille choses en même temps !* Écouter de la musique, lire et manger.

– C'est pas elle, la nouvelle ? demande Evan en s'intéressant tout à coup à elle.

– Si.

– Elle est bonne, enchaîne Evan en souriant comme un gamin.

– Ouais, elle est bonne, approuve Jesse.

Je ne réponds pas.

– Elle s'appelle Alexandra. C'est Zara qui me l'a dit, elle est dans son cours de sciences.

*Alexandra*... Je médite sur ce prénom.

– Elle vient de Boston.

– Sérieux ?

Je le quitte des yeux pour interroger Evan du regard. Boston ? Comme moi ? Personne ne vient de la côte Est, par ici.

– Ouais, sérieux. Y en a qui disent qu'elle a fait des trucs pas nets et que c'est pour ça que ses vieux l'ont envoyée ici. Genre, elle est obligée de vivre avec sa grand-mère et tout...

– Quels trucs pas nets ?

– J'en sais rien, moi... Pourquoi ? Elle t'intéresse ?

– Nan. C'est une chieuse.

– Comment tu sais ça ?

– Elle m'a bavé dessus et m'a insulté ce matin.

Jesse éclate de rire.

– Ok, mec. Alors je prends. Prem's.

À ce moment-là, relevant la tête vers nous, elle nous fusille du regard. Ses yeux verts perçants nous clouent sur place.

Après ce qui me semble être une éternité, elle range les restes de son sandwich au fond de son sac avec son livre et se lève. Elle me fixe puis me fait un doigt d'honneur sans l'ombre d'un sourire sur les lèvres. Et elle tourne les talons.

Si je n'avais pas été aussi surpris, je lui aurais sans doute rendu son geste. Mais c'est bien la première fois qu'une fille me fait ça. J'en reste bouche bée et la suis des yeux pendant qu'elle s'éloigne en réajustant le casque sur ses oreilles. Je ne peux m'empêcher de remarquer le balancement de son cul dans son jean.

*Si elle me cherche, elle va me trouver !*

# 4 Alexandra

– Alors, ce premier jour d'école ?

Abigail est installée sous le porche de la maison sur la balancelle en bois accrochée là, un mug de café glacé à la main et son bouquin ouvert posé à côté d'elle.

– Merdique.

Je laisse tomber mon sac et m'assois aussi.

– Évidemment. Mais ça ira mieux demain.

Je ne réponds pas.

– L'optimisme n'est pas ton fort, jeune fille !

Je vois à son froncement de sourcils qu'elle a remarqué ma lèvre encore enflée, mais elle ne dit rien.

Je lui souris. Je ne sais pas si j'aime vraiment Abigail. Bien sûr, elle est sympa, mais nous n'avons jamais été très proches puisque la dernière fois que je suis venue ici, j'avais six ans. Je l'ai ensuite revue lors de l'enterrement de ma mère, mais j'étais bien trop mal pour faire attention à elle. Les seuls adultes que j'ai réellement aimés dans ma vie sont ma mère et madame Harris, la bibliothécaire de Newbury. Ce qui est pathétique, j'en ai conscience. Je ne suis pas très douée pour les relations familiales. Ni pour les relations tout court.

En tant que chirurgien, mon père n'est presque jamais à la maison et Lauren est responsable communication dans une agence de pub, alors elle bosse tout le temps, y compris le week-end.

ıt tous les deux tellement pris que je me demande comment :ivent à se voir. Je n'ai donc pas l'habitude que quelqu'un ende sur le pas de la porte pour me demander comment s'est e ma journée.

Ne t'inquiète pas, va, tu finiras par t'y faire.

Je sais…

Ma grand-mère finit son café. Elle est belle et fait encore très e. Elle *est* très jeune à vrai dire. Elle a eu ma mère à quinze ans. on oncle est venu sept ans plus tard.

Nous avons les mêmes yeux, mais pas les mêmes traits. Je sais, r avoir vu des photos, que ma mère ressemblait plus à son père. s mon grand-père est décédé il y a cinq ans. Il fumait beaucoup ela l'a tué. Je ne l'ai pas connu. Ma mère ne lui adressait pas arole et refusait de parler de lui quand j'étais petite.

— Ton père a passé un coup de fil aujourd'hui. Il insiste pour que le rappelles dès que possible.

Je hoche la tête sans répondre. *C'est ça, ouais…*

Mon père n'entretient que des relations cordiales avec Abigail. en parle comme d'une mégère insupportable. Moi je la trouve ool. Elle rit beaucoup. Elle est franche et directe. Un peu trop irecte. Elle tient une boutique d'antiquités dans le centre de vieille ville de St Raphael, à vingt minutes en voiture. Elle fait u yoga, de la randonnée, participe à un club de lecture et prépare e meilleur gratin de légumes que j'aie mangé de ma vie. Elle regarde les séries en boucle. Mais pas de vieilles séries, non, des séries rès à la mode comme *Revenge* ou *The Good Wife.* Elle est étonnante, out simplement.

— Tu m'aides à préparer le repas ?

Je ne préparais jamais à manger avec Lauren. Jamais. Pourtant, là, j'acquiesce avant de la suivre dans la cuisine.

Cette pièce me fait étrangement penser à celle de l'appartement dans lequel nous habitions ma mère et moi à West Atlanta, dans l'État de Géorgie. Elle possède un mur entièrement couvert de briques et est décorée dans des tons blancs et bruns.

Je coupe les tomates et les courgettes pendant que Mamina s'occupe du poulet. Partager ce moment avec elle me rappelle les après-midis que nous passions à faire des cookies avec ma mère.

Bien sûr, tout ça c'était avant qu'elle se drogue, perde la tête et se suicide.

– Aïe !

Ruminant mes idées noires, je me suis coupé le doigt. Je cours le mettre sous l'eau pendant que ma grand-mère prépare du coton et du désinfectant.

Tout à coup, une foule de questions se bouscule dans ma tête. Pendant le premier week-end que j'ai passé avec elle, nous avons fait les magasins, mangé au restaurant, visité un peu Palmera Beach et la vieille ville de St Raphael ainsi que son magasin d'antiquités. Mais à aucun moment nous n'avons parlé de ma mère. J'attendais qu'elle le fasse, mais non. Rien. Je décide d'entamer cette conversation maintenant. Et je lui pose la question de but en blanc.

– Est-ce que tu aimais maman ?

Elle m'observe, surprise.

– Bien sûr ! C'était ma fille.

– Pourquoi tu n'es jamais venue nous rendre visite, alors ?

– Lexie, je ne crois pas que nous devrions parler de ça maintenant...

Je ferme le robinet et lui fais face.

– Si. J'ai besoin d'en parler. Maintenant. On va vivre ensemble pendant huit mois. Et je ne veux pas passer tout ce temps à me poser des questions.

Elle semble exaspérée et presque gênée.

– Me promets-tu que tu n'aborderas plus le sujet ensuite ?

Je la regarde se triturer les mains. Je ne suis pas du genre à ressasser le passé. Au contraire, j'ai horreur de ça. Mais j'ai besoin de savoir une bonne fois pour toutes.

– Oui.

Elle soupire.

– Très bien. Eh bien d'abord, la Géorgie c'est très loin...

J'ouvre la bouche, mais Abigail m'interrompt en levant la main.

– Laisse-moi finir. Ensuite ton grand-père ne voulait pas que j'y aille. Quand vous êtes venues pour les vacances cette fameuse année de tes six ans, ça a été merveilleux de vous avoir et je voulais tellement passer du temps avec vous... Mais c'était sans compter sur ton grand-père. Il était très autoritaire et Lily a toujours eu un problème avec l'autorité. Tu sais qu'ils ne se parlaient pas.

Je hoche la tête. *Oui, je le sais.*

– Je t'ai appelée… À chaque anniversaire, chaque Noël… Et je t'écrivais aussi.

– Je sais. Je ne te reproche rien, je veux juste comprendre.

Elle ne répond pas.

– Tu étais au courant qu'elle se droguait ? ajouté-je, interrogative.

– Non. En tout cas pas à l'époque. Jusqu'à ce que ton père m'appelle pour me demander de lui faire entendre raison. Il voulait t'emmener chez lui et elle ne le voulait pas. Je me doutais qu'elle avait des soucis d'argent…

– Quoi ? Papa voulait me reprendre ? Mais il n'a jamais donné signe de vie jusqu'à la mort de maman. Jusqu'à ce que les services sociaux le contactent !

Je ne comprends pas ce qu'elle me dit.

– Tu n'en as jamais parlé avec lui ? Cela fait huit ans que vous vivez sous le même toit et tu n'en as jamais parlé avec lui ?

– Je ne parle pas avec lui. On ne se voit déjà pas, alors…

Une fois, il m'a juste dit qu'il était désolé de ne pas avoir été là pendant mon enfance et notre échange s'est arrêté là.

– Eh bien, il voulait faire partie de ta vie. Mais ta mère n'était pas d'accord. Elle ne l'a jamais laissé te voir.

Je suis abasourdie par ces révélations.

– Elle n'aurait jamais fait une chose pareille. Elle me parlait de lui, sans jamais rien dire de mal. À part qu'il avait refait sa vie et ne voulait plus nous voir… Elle ne m'aurait jamais menti.

Abigail soupire et baisse les yeux.

– Tu ne sais pas de quoi était capable ta mère…

– Tais-toi ! lui hurlé-je au visage.

La colère monte en moi. Je ne supporterai jamais qu'on dise du mal de ma mère.

Abigail écarquille les yeux, surprise.

– Je ne te crois pas ! Elle a perdu la tête et elle était droguée, peut-être… Mais c'était ma mère et elle était merveilleuse ! Elle ne m'aurait jamais menti.

Je serre les dents. *Finalement, cette conversation n'était pas une bonne idée.*

Je sors de la pièce et file dans ma chambre en soufflant bruyamment pour bien lui faire comprendre que je suis énervée et que je ne veux plus en parler.

# 5
# Alexandra

*— Lexie ?*

*Je ne réponds pas, je fixe le pare-brise droit devant et les gouttes de pluie qui s'écrasent rageusement contre lui. Il pleut dehors et moi je pleure de l'intérieur. Nate vient de m'avouer qu'il a couché avec elle. Bien sûr c'était fini entre nous, mais quand même. Ça me rend triste. J'ai le cœur en morceaux. Il reste mon meilleur ami. Personne ne me connaît mieux.*

*Je ne sais plus quoi faire. C'est comme si je l'avais déjà perdu. Il s'est définitivement éloigné.*

*— Lexie ?*

*Je sens sa main sur ma cuisse et ce geste me tue encore plus. Je l'aime. Il ne m'aime plus.*

*On se connaît depuis mon arrivée à Boston. On ne s'est jamais lâchés en huit ans. Il sait tout de ma vie. Qu'est-ce que je vais devenir s'il intègre Harvard avec elle et qu'il me laisse ?*

*— Arrête, s'il te plaît…*

*— Je suis désolé. Mais il fallait que je te le dise. Tu seras toujours ma meilleure amie…*

*Nous filons le long de Warren Street pour rejoindre le centre de Cambridge. On a décidé d'y passer la soirée chez notre amie, Mickaëlla.*

*L'averse redouble d'intensité et je sens le vent qui pousse ma voiture de côté. Les arbres eux aussi sont secoués par la violence des bourrasques.*

*— Tu devrais ralentir, on ne voit plus rien.*

*Il semble inquiet. Je sens son regard céruléen qui fixe mon compteur.*

*Je sais que je ne devrais pas pleurer. Mais je ne peux pas m'en empêcher. Les larmes roulent sur mes joues et ma visibilité diminue encore. Je décide de ralentir. Trop tard.*

*J'écrase la pédale de frein quand je remarque le poteau électrique renversé au milieu de la route.*

*– Putain, Lexie !*

*– Nate !*

✦✦✦

Je hurle et me débats. Mon corps semble entravé par quelque chose et cette sensation d'étouffement est pire que tout. Le feu ravage ma jambe, la douleur est insupportable. Je ne sais pas ce qui me fait le plus mal : mon corps écrasé contre le sol ou ma jambe qui brûle.

Je hurle, j'appelle Nate à l'aide, mais il ne vient pas.

– Alexandra ! Réveille-toi !

Des mains me secouent les épaules. J'ouvre brusquement les yeux et m'assieds. Mon cœur bat tellement fort qu'il emplit ma tête, mes oreilles et semble prêt à exploser.

– Lexie… je suis là.

Il me faut quelques secondes pour me rendre compte que je me trouve dans mon lit, les jambes emmêlées entre les draps, et que grand-mère me serre contre elle. Sa peau fripée est douce. Elle sent le jasmin, comme maman, avant.

Je me laisse aller contre elle et pose ma tête sur son épaule.

Ma veilleuse, que je n'éteins jamais, diffuse sa faible lueur dans la pièce.

– Là… Ça va aller…

Je me force à respirer régulièrement. Ce n'était qu'un cauchemar. Juste un cauchemar.

– Tu veux un verre d'eau ?

J'acquiesce et Abigail s'empresse d'aller le chercher.

Je repose ma tête sur mon oreiller et fixe le plafond en me rendant compte qu'il pleut dehors et que de grosses gouttes s'écrasent contre ma baie vitrée.

Cette soirée, je l'ai revécue en rêve de nombreuses fois depuis un an, mais les images sont toujours aussi violentes.

La main sous mon t-shirt, je caresse des doigts l'attrape-rêve tatoué sur mes côtes. Je l'ai fait faire il y a deux mois. C'est la copie de celui qui était accroché à la fenêtre de ma chambre d'enfant.

Abigail revient avec l'eau et j'avale le verre d'une traite.

– Tu veux en parler ?

Je sais qu'elle est au courant pour l'accident et pour Nate. Christian lui a raconté.

– Non. Je vais me rendormir.

– Très bien.

Elle remonte mes couvertures, se penche pour m'embrasser, et je la laisse faire.

Je me roule en boule sous ma couette et touche ma jambe. La sensation de cette peau meurtrie sous mes doigts me donne la chair de poule. Comme d'habitude.

# 6
# Alexandra

Sept heures vingt. Le bus s'arrête devant St Jones et je descends comme une marionnette. Je n'ai pas dormi de la nuit et les cernes creusés sous mes yeux sont là pour le prouver.

Ça sent la pluie et toutes les routes sont détrempées malgré le soleil qui commence à percer. On dirait que la température a chuté de dix degrés en une nuit sur la petite île subtropicale.

Deuxième journée de cours. *Bon sang, j'ai l'impression que cette année va être longue.*

Je me dirige vers la bibliothèque, mais quelqu'un me rattrape par le bras.

– Hé !

Une fille aux yeux bleus en amande et aux lèvres pleines me fait face. Elle balance ses longs cheveux bruns quand elle parle. Elle est belle. Très belle.

– Salut, tu as oublié ça dans le bus.

Elle me tend mon carnet rose. Je lui arrache des mains tant je suis surprise de l'avoir laissé quelque part. Je dois vraiment être très fatiguée.

– Ne t'inquiète pas, je ne l'ai pas lu.

Elle me sourit franchement.

– Oh, euh… Excuse-moi. Merci.

Je bégaie. Mon cerveau est encore endormi.

– Moi, c'est Zara ! On a cours de sciences et de littérature ensemble !

Elle est bien trop enjouée, ça ne va pas le faire.

– Ok.

– C'est Alexandra, toi, c'est ça ?

Elle me suit vers la bibliothèque.

– Ouais.

Sa voix est fluette et fait beaucoup moins mature que son physique.

– Tu vis à quelques maisons de chez moi. Je t'ai vue monter dans le bus un arrêt après le mien.

– Oh.

*J'espère qu'elle ne va pas me coller aux basques toute la journée...*

– Ma sœur connaît bien ta grand-mère.

– Ah bon ? me forcé-je à lui répondre.

– Oui, elle est coiffeuse et c'est elle qui coiffe madame Grant tous les mois.

Je hoche la tête. Elle sourit toujours.

– Bon, eh bien... on se voit en cours de littérature, tout à l'heure ?

– Euh ouais, ok.

Et elle me plante là, sur les marches de la bibliothèque, pour se diriger vers le bâtiment qui abrite les cours de sciences et de mathématiques.

Tandis que je la suis des yeux, je tombe sur une silhouette tout de noir vêtue, adossée au mur. Les mains enfoncées dans les poches de son jean, une jambe relevée et appuyée sur le mur, le mec d'hier me regarde. Il porte un sweat à capuche et ses yeux à demi cachés par ses cheveux sont encore plus sombres que ce que j'avais d'abord cru.

Zara s'approche de lui et se hisse sur la pointe des pieds pour lui faire la bise. Elle l'entraîne par le bras et ils disparaissent.

À la bibliothèque j'essaie de travailler, mais impossible. Ses yeux me hantent.

J'ai entendu qu'il s'appelle Austin. Des tatouages ornent ses bras : des roses avec des ronces sur un bras, une croix sur une main ; des étoiles, des oiseaux, un arbre sur l'autre bras. Il a une fine cicatrice sur la tempe gauche, aussi. Si je veux être honnête avec moi-même, je dois reconnaître qu'il me fait un peu peur. Il est tellement sombre, et ce n'est pas seulement dû à ses yeux.

Je rêvasse encore quand la sonnerie retentit. Je file à mon cours de littérature.

Il y a de la place partout, mais je m'assieds devant. C'est le seul cours où j'aime bien être aux premières loges.

– Coucou !

Zara se laisse tomber sur la chaise à côté de moi. *Merde. Je l'avais oubliée, celle-là.*

– Salut.

– Alors tu as trouvé ton bonheur à la bibliothèque ?

– Euh... En fait non. J'y vais juste pour étudier...

– Ah d'accord. Moi je préfère me mettre dans l'herbe pour travailler.

Elle sort ses cours. Et ne sourit plus quand elle me dit :

– Quand j'étais petite, ma mère me faisait toujours travailler dans le jardin et j'ai gardé cette habitude.

Je sens de la tristesse dans sa voix et ce n'est pas la peine que je lui pose la question pour savoir que sa mère est un sujet peu joyeux. Comme la mienne.

– Sauf quand il pleut, comme aujourd'hui.

Elle montre les fenêtres du menton et je vois qu'il a recommencé à pleuvoir.

Un mouvement capte également mon attention. *Il* arrive, retire sa capuche et son sac et se laisse tomber sur la chaise à ma gauche. *Génial...*

– Austin ! Je te présente Alexandra ! Alexandra, voici Austin, un de mes meilleurs potes.

– Euh, c'est Lexie plutôt...

Il ne nous regarde pas et s'allonge à moitié sur la table. La tête enfouie dans son bras, il fait semblant de dormir. Tant mieux. Je n'ai pas envie de lui parler non plus.

– Désolée, s'excuse Zara, il a passé une mauvaise nuit, je crois.

*Sans blague. Bah, comme ça on est deux.*

Je hoche néanmoins la tête gravement.

À midi, nous nous retrouvons à la même table au self car malheureusement les autres sont déjà prises. Je ne fais pas attention à leurs bavardages jusqu'à ce que Zara m'interpelle directement en agitant sa fourchette devant mes yeux.

– Tu fais quoi après les cours, Lexie ?

– Je rentre chez moi. Ma grand-mère travaille jusqu'à dix-neuf heures, alors je m'occupe du ménage et du repas…

– Elle est trop coincée, je t'avais dit qu'elle ne viendrait pas !

– Qui te dit que je ne viendrais pas ?

– Toi tu viendrais ?

Je n'ai pas suivi la conversation, mais tant pis. Rien que pour le contredire, j'irai là où il croit que je ne peux pas aller.

– Oui, je viens.

Zara tape des mains et saute sur le banc.

– Génial ! Je vais pouvoir te présenter aux autres.

– On va où, exactement ?

– Jouer au billard à Pleasant Bay.

Je souris sincèrement. J'ai beaucoup joué au billard dans les bars de Boston et de Cambridge avec Mickaëlla en un an, alors ça me parle.

– Je ne comprends même pas pourquoi tu l'invites… grommelle Austin.

Quand je le vois enfourner une cuillerée de ma mousse au chocolat dans sa bouche, je suis au summum de l'énervement.

– Putain ! Mais arrête de toucher à mes affaires !

J'ai crié et plusieurs têtes se retournent pour nous regarder. Austin est tellement surpris qu'il en lâche sa cuillère.

– Pourquoi tu cries ?

*Pourquoi je crie ? Il est sérieux, là ?* L'envie d'enfoncer sa tête dans son plateau me vient furieusement. Au lieu de ça, je me lève et jette rageusement les restes de mon repas à la poubelle avant de sortir sous la pluie. Je préfère encore aller m'enfermer à la bibliothèque durant le reste de la pause.

# 7
# Alexandra

Après notre dernier cours de la journée, biologie, Zara me présente à une petite brune menue mais mignonne qui s'appelle Savannah. Elles m'entraînent toutes les deux jusqu'au parking du lycée.

– Austin nous emmène en voiture, avec Jesse !

L'idée d'être enfermée dans un espace réduit avec Austin me donne des envies de meurtre par avance. Je ne sais pas d'où me vient cette aversion pour lui. Je dois reconnaître qu'il est très beau garçon. Mais il est si… agaçant. Je déteste les gens sûrs d'eux et suffisants.

Il est là, sur le parking, adossé à sa voiture avec un autre garçon. Plutôt mignon lui aussi. Voilà le fameux Jesse. Des cheveux bruns, des yeux marron rieurs et un sourire à faire se damner toutes les filles. Le tombeur par excellence. À croire qu'il partage une passion pour les tatouages avec son pote, car ses bras présentent plusieurs motifs également.

Zara nous présente, et quand il me fait la bise, c'est juste au coin de la bouche et il s'attarde plus que nécessaire.

– Bon, vous vous magnez le cul ou quoi ?

Austin ronchonne en s'installant derrière le volant de son Aston Martin Rapide. C'est une sacrée voiture, je me demande ce que ses parents font dans la vie. Il y a quatre places, mais nous sommes cinq. Nous nous serrons donc. Si on se fait arrêter, on est cuits.

– Evan est parti en avance pour passer prendre Hailey et Seth. Zach ne peut pas venir, il bosse avec son père, nous informe Jesse.

Zara m'explique qu'ils sont une bande de potes et qu'ils se connaissent depuis trois ans. Les fameux Hailey, Zach et Seth vont dans une autre école, à Palmera Beach. J'essaie de m'intéresser à ce qu'elle me dit pour oublier les yeux de corneille qui me fixent de temps en temps dans le rétroviseur central.

En moins d'un quart d'heure, nous arrivons au club de billard dans lequel ils ont apparemment l'habitude de venir jouer. Le décor est sympa. Rouge et feutré, avec des plaques représentants les États américains aux murs. Un vieux juke-box diffuse une chanson d'Aerosmith.

Seth, qui nous attend sur place avec leurs autres potes, semble être un garçon aussi taciturne et sombre qu'Austin. Comme lui, il est vêtu en noir des pieds à la tête, mais je ne peux pas voir s'il a des tatouages. Evan, lui, dévore Savannah des yeux. Il me dit bonjour sans s'attarder. Je ne suis même pas sûre qu'il se rappelle mon prénom.

Une silhouette féminine se jette soudain au cou de Jesse. Puis à celui d'Austin avec encore plus de voracité. C'est une blonde, avec des yeux bleus outrancièrement maquillés. Elle porte une jupe en jean beaucoup trop courte et son sourire mielleux suffit à me donner la nausée. C'est décidé, je ne l'aime pas. Je déciderai du motif plus tard.

– Hailey, voilà Lexie, nous présente Zara.

La blonde me sourit faussement et se détourne pour murmurer quelque chose aux oreilles d'Austin. *Voilà, le motif est venu plus vite que je ne le pensais. Hypocrite !*

Quelqu'un me tend une queue de billard et avec Zara nous débutons une partie contre Seth et Evan.

Les gars commandent des bières à une serveuse qui ne prend pas la peine de demander leurs cartes d'identité alors qu'aucun de nous n'a le droit de boire, puisque nous n'avons pas la majorité.

– Tu connais les règles du blackball ? me demande Austin.

Hailey enroule ses bras autour des hanches de ce dernier, je ne peux m'empêcher de suivre ce mouvement des yeux.

*Oh oui, je connais les règles par cœur !*

– Ouais.

– Tu viens d'où ?

C'est la blonde qui me parle, en se frottant comme une chatte en chaleur à Austin.

– Boston, je lâche en me détournant pour tirer mon premier coup et lui faire comprendre que je ne compte pas lui en dire plus.

Zara et moi gagnons haut la main.

En fait, les autres sont sympas. Même Seth, qui n'est pas très bavard. Mais c'est Zara qui me surprend. Elle me prend par le bras, enfouit sa tête dans mon épaule pour rire aux blagues de Jesse, me murmure des tactiques de jeu dans l'oreille quand nous faisons équipe. J'ai vraiment l'impression qu'elle essaie de se rapprocher de moi, et le pire, c'est que je crois que j'aime bien ça.

Un coup d'œil à l'horloge m'apprend que nous sommes là depuis deux heures. Pour une fois, je m'amuse tellement que je n'ai pas vu le temps passer.

Hailey annonce qu'elle part aux toilettes et se dirige vers le fond du bar.

– Ça te dit de faire une partie, un contre un ?

Austin me prend de court. Il s'est approché de moi et m'a murmuré cette proposition à l'oreille. Son souffle dans mon cou me donne des frissons.

– Euh… Ouais, si tu veux.

Je passe une main derrière ma tête et ramène nerveusement mes cheveux sur mon épaule droite.

– Putain, c'est quoi, ça ?

Son index s'est posé derrière mon oreille gauche. Les poils de mes bras se hérissent sans que je comprenne pourquoi. Je m'écarte en posant mes doigts là où étaient les siens il y a quelques secondes.

– Ça s'appelle un tatouage.

J'ai trois petites étoiles dessinées à cet endroit. Elles sont très petites, et généralement, les gens ne les remarquent pas. Mais Austin me fixe comme s'il me voyait pour la première fois.

– Tu es tatouée ?

Ça sonne plus comme une réflexion qu'il se fait à lui-même que comme une question.

– Bon, vous jouez, là, ou quoi ? nous interrompt Jesse.

Austin se reprend.

– Ouais, on va faire un un contre un, Alexandra et moi.

La façon dont il a prononcé mon prénom en entier exprès m'énerve.

– Ok, mais vous devriez parier, dans ce cas, propose Evan.

*Mauvaise idée…* Je déteste les paris. Ça finit toujours mal.

– Ok.

Austin a répondu plus vite que moi.

– Si tu gagnes, je te devrai un service, n'importe quoi.

Je sens le mauvais plan. Ma voix n'est pas assurée quand je demande :

– Et si tu gagnes ?

Il a ce sourire railleur horriblement magnifique.

– Eh bien, c'est moi qui te demanderai quelque chose que tu ne pourras pas refuser.

Je me demande à quoi il pense. Je suis sûre qu'il a une idée derrière la tête.

– Ok.

Je commence. Et très vite, le jeu est serré. Il est doué.

Les autres sont ravis de ce match improvisé. Les garçons et Hailey encouragent Austin, Zara et Savannah sont de mon côté.

Quand il ne nous reste plus qu'une bille chacun, tout le monde retient son souffle. Je tire, mais ma bille choque dans une bande et s'arrête au bord d'une des poches. Je jure intérieurement.

Austin prend son tour et rentre la sienne en un coup plein. Il tire la noire et réussit du premier coup. J'ai perdu.

Les gars hurlent de joie et lui ébouriffent les cheveux. Zara fait un geste pour me prendre dans ses bras, mais par habitude je recule et elle n'insiste pas. Austin n'arrête plus de sourire. Il me regarde, fier de lui, quand Hailey pousse tout le monde et se jette à son coup pour l'embrasser. Surpris, il se laisse tout de même faire. Je détourne les yeux.

Zara me propose de sortir. Evan et Seth veulent fumer. Nous nous dirigeons vers le parking.

*Non, mais quelle connasse ! Bah oui, quoi, ça ne se fait pas de se rouler des pelles comme ça devant tout le monde, si ?*

Une petite voix me dit que ce sentiment désagréable qui m'habite pourrait être de la jalousie, après tout Austin est très joli garçon, mais je n'ai aucune envie de l'écouter.

– Ça fait longtemps qu'ils sont ensemble ? demandé-je à Zara sans pouvoir m'en empêcher.

Elle hausse les sourcils.

– Qui ? Austin et Hailey ?

Quand j'acquiesce, elle éclate de rire.

– Oh, mon Dieu ! Mais non, ils ne sont pas ensemble. Austin ne sort avec personne. Et Hailey… Disons que… C'est Hailey, quoi.

*Et voilà, je n'ai pas l'air conne, maintenant !*

Quelques minutes plus tard, nous sommes rejoints par les autres et nous grimpons dans les voitures pour rentrer. Hailey insiste pour venir avec nous, mais Austin lui fait comprendre qu'elle n'habite pas sur sa route et qu'il n'a pas envie de faire un détour. En jurant, elle monte dans la voiture d'Evan.

Austin dépose Jesse devant un petit immeuble du centre de Palmera, puis Savannah. Il ne reste plus que Zara et moi. Je lui indique mon adresse qui n'est, en effet, qu'à un pâté de maisons de chez Zara.

Quand il se gare dans la longue allée bordée de platanes, son regard inquisiteur se pose sur la maison où je vis.

– Au moins, je saurai où venir te chercher quand j'aurai décidé ce que je veux que tu fasses pour moi.

– Pas la peine de venir jusque-là, on est dans le même lycée, je te rappelle.

Sur ce, je sors et claque la portière sans le remercier.

# 8
# Alexandra

Troisième journée de cours. C'est moi ou cette semaine n'en finit pas ?

Zara m'a gardé une place dans le bus. À grands gestes de la main, elle me fait signe de m'asseoir à côté d'elle. En fait, je la trouve plutôt cool. Même si elle parle beaucoup trop.

Elle n'a pas de voiture par manque de moyens. Sa sœur, avec qui elle vit, élève seule ses trois enfants, et elles essaient d'économiser pour que Zara puisse réaliser son rêve : intégrer une fac de la côte Est des États-Unis. Quand elle me demande pourquoi je n'en ai pas et que je lui donne la même réponse, elle ne semble pas convaincue. Tout le quartier doit savoir que mon père est chirurgien et qu'il a largement les moyens de payer mes études. À aucun moment elle ne mentionne ses parents et je ne lui pose pas de question.

Nous n'avons pas les mêmes cours de la matinée, mais on se retrouve à midi. Nous nous installons dans l'herbe pour déjeuner. Savannah, Evan et Jesse nous rejoignent rapidement. Ils nous expliquent qu'Austin doit être malade, car ils ne l'ont pas vu de la matinée. Je suis soulagée car mes pensées sont bien plus cohérentes quand il n'est pas dans les parages.

Zara et les autres m'invitent à la soirée qu'ils organisent pour l'anniversaire de Seth, samedi. Et j'accepte d'y aller, presque avec plaisir, en me disant que je passerai un moment agréable avec eux grâce à l'absence d'Austin.

Après les cours, je prends le bus pour me rendre vers Pleasant Bay, chez la psy que mon père m'oblige à consulter au moins une fois par semaine.

Abigail passe me chercher pour rentrer et nous mangeons dans un restaurant mexicain. D'un commun accord, on fait la paix. Du moment que nous n'évoquons pas ma mère, ça devrait le faire. Et puis je n'ai pas le choix, si elle ne veut plus de moi, je serai obligée de retourner à Boston. Et ça, c'est hors de question !

✦✦✦

Le reste de la semaine se déroule sur le même rythme. Je vais en cours avec Zara et nous retrouvons les autres à l'heure du déjeuner ou pendant les cours que l'on partage.

Evan me fait rire. Il raconte des conneries et fait des blagues salaces toute la journée, mais il change de comportement dès que Savannah est dans les parages. Elle est un peu comme son centre de gravité.

Personne ne semble s'inquiéter de l'absence d'Austin. Pendant qu'il n'est pas là, j'essaie d'en apprendre plus sur lui. Il faut bien connaître ses amis, mais encore mieux ses ennemis, non ?

Il vit chez son demi-frère, qui est un avocat reconnu. Sa maison est à dix minutes en voiture de celle de Mamina, dans un quartier plus huppé. Ses parents ne sont jamais mentionnés, comme si personne ne savait rien à leur sujet. Quand j'apprends qu'il vient de Boston, je manque de m'étouffer avec mon Coca. Tiens donc… Ça doit être ce qu'on appelle le destin. Il fait de la boxe avec Seth et Evan, mais la saison n'a pas encore commencé pour cette année. Et Zara me dit nonchalamment qu'il a couché avec la moitié du lycée et, sûrement, des filles de Palmera. *Ok, génial…*

J'ai envie d'en savoir tellement plus. Mais à trop poser de questions, on pourrait croire que je m'intéresse à lui, alors je préfère me réfréner.

✦✦✦

Samedi à vingt heures, Zara et Savannah passent me chercher avant de filer chez Seth. Ce dernier habite une maison plutôt grande.

Mais elle est tellement pleine de monde, de la pelouse du jardin à l'étage, que j'ai du mal à dire si elle est belle.

C'est la grosse fête. Beaucoup de gens dansent sur une musique assourdissante, la plupart d'entre eux sont déjà saouls. Des bouteilles vides et des gobelets jonchent les tables. Des garçons jouent au bière-pong dans le salon, un groupe a entamé un strip-poker, d'autres jouent à Guitar Hero sur l'écran géant et des filles, qui ont dû oublier quelques vêtements chez elles, dansent sur des chaises et sur la table de la salle à manger. J'ai l'impression d'avoir été propulsée dans Projet X[3].

À peine avons-nous franchi le seuil que je perds de vue Zara et les autres dans la foule. Quelqu'un me fourre un gobelet dans les mains avec ce que je devine être de la vodka. Un garçon, sorti de je ne sais où, me fait la bise comme si on se connaissait et s'en va en me disant de passer une bonne soirée.

Je bois mon verre d'une traite et le pose sur une console à proximité, déjà envahie. Je suis un peu paumée et je cherche les filles des yeux quand j'aperçois, dans les escaliers, des yeux noirs qui me fixent durement.

---

**3.** Film réalisé, en 2012, par Nima Nourizadeh, qui met en scène de jeunes adolescents organisant une soirée mémorable qui va vite dégénérer.

# 9
# Alexandra

– Qu'est-ce que tu fous là ?

Ses yeux me transpercèrent de part en part.

– Que je sache, ce n'est pas chez toi, ici. Alors qu'est-ce que ça peut te faire ?

– C'est tout comme. Je vis presque sur ce canapé.

Je me retourne vers monsieur Connard. Il n'a vraiment pas l'air malade, dans son jean noir et sa chemise grise ouverte sur son torse tatoué. Il respire la sensualité.

– Tu devrais apprendre les règles de la courtoisie pour accueillir quelqu'un !

M'éloignant délibérément de lui, je me dirige vers la table du salon pleine de boissons et de chips, quand quelqu'un me hèle. Un garçon aux cheveux blonds et aux yeux incroyablement bleus me tend un gobelet et le remplit de vodka-pomme.

– Salut, dis-je en le prenant.

– Lexie, c'est ça ?

– Ouais.

Il a un sourire ravageur et en joue visiblement.

– Moi, c'est Zach.

– Salut, Zach.

J'essaie de lui rendre son sourire, mais je n'ai jamais été très à l'aise avec les mecs, alors il ressemble plus à une grimace.

Du coin de l'œil, je vois monsieur Connard qui nous suit des yeux pendant que nous nous asseyons sur le canapé.

– Alors comme ça, t'es nouvelle dans le coin.

– Il paraît, ouais…

Ses yeux se plissent lorsqu'il rit. Il est vraiment mignon, mais il en fait décidément trop.

Le petit groupe habituel nous rejoint et chacun s'assoit sur la moquette de part et d'autre de la table, là où il reste de la place. Seul Seth, chez qui nous sommes censés être, n'est pas dans les parages.

– Alexandra ?

Je sors de ma rêvasserie et remarque que tous me fixent.

– Pardon ?

– Jesse demandait pourquoi tu es venue habiter ici.

*Et c'est parti…*

– J'avais besoin de changer d'air. Boston c'est moins cool qu'il n'y paraît.

Personne ne réagit, mais aucun d'eux ne semble satisfait de cette réponse.

– Tu vis chez ta grand-mère ?

– Ouais. Vous êtes déjà au courant, apparemment, alors inutile d'en parler. Bon, on est là pour s'amuser ou quoi ? Qui pour faire un caps avec moi ?

Plusieurs bières se lèvent. Je rencontre le regard désapprobateur d'Austin et cela suffit à me convaincre de prendre une bière et de m'asseoir par terre pour jouer contre Jesse.

Hailey passe un bras autour du cou d'Austin et me lance nonchalamment :

– Et sinon, t'as un copain qui t'attend à Boston ?

Je saisis très bien le message qu'elle tente de me faire passer : « Austin est à moi, arrête de le fixer et bas les pattes ». Zach se tourne aussi pour me dévisager, comme très intéressé par la réponse.

– Non. Les mecs ne m'intéressent pas.

– Tu préfères les filles ?

C'est Jesse qui a posé la question. Et j'ai comme l'impression que si c'était le cas, ça ne le dérangerait pas plus que ça.

– Non plus.

– Pourquoi ?

Cette fois, c'est la voix d'Austin qui retentit à mes oreilles. Je me force à le regarder en face.

– Parce que tous les hommes sont menteurs, inconstants, faux, bavards, hypocrites, orgueilleux et lâches, méprisables et sensuels[4].

Je lui réponds en citant un de mes livres préférés.

– Et ça ne m'intéresse pas, finis-je en soufflant.

Un éclair d'étonnement passe dans ses yeux, mais très vite, il répond sur le même ton :

– Ouais, mais toutes les femmes sont perfides, artificieuses, vaniteuses, curieuses et dépravées.

J'écarquille les yeux, surprise qu'il puisse réciter les vers d'Alfred de Musset.

– Et ça ne nous empêche pas de vous baiser, finit-il en souriant, moqueur.

Hailey rit, suivie de tous les autres. Je ne peux plus détacher mes yeux du sourire affreusement railleur d'Austin. Il est horriblement suffisant et encore plus beau.

– Bon, tu joues ou quoi ? s'impatiente Jesse.

---

4. Citation d'Alfred de Musset (*On ne badine pas avec l'amour*).

# 10
# Alexandra

Quand après un nombre incalculable de bières et de vodkas, plusieurs invités se mettent d'accord pour un strip-poker, je décide de trouver une porte de sortie. J'ai beaucoup trop bu et je me sens pompette.

– Je vais aux toilettes, j'annonce.

Austin ricane bêtement.

– Tu as peur de te mettre « à nu » devant nous ? dit-il en mimant des guillemets dans l'air.

– Oh rassure-toi, il y a là-dessous des choses qui te brûleraient les yeux si tu les voyais.

Je n'en reviens pas moi-même d'avoir dit ça. L'alcool me donne des ailes. Mais il m'a bien cherchée, non ?

Austin écarquille les yeux, surpris par mon insolence.

Après avoir ouvert une troisième porte, je trouve enfin la salle de bain et m'y enferme.

On cogne à la porte.

– Une minute, je crie.

– Trente secondes, ce sera largement suffisant, répond Austin derrière la porte.

Je sursaute. *Mais que fout-il là ?* J'ouvre brutalement et souffle, exaspérée.

– Qu'est-ce que tu veux ?

Il me bouscule et referme derrière lui en me tenant fermement par un bras. Ses yeux noirs me clouent sur place et sa main sur moi m'obsède. C'est fou d'être aussi perturbée par un simple contact, non ? Je n'arrive pas à me concentrer sur ce qu'il dit tant cela me trouble.

Il me pousse contre le meuble du lavabo. Son odeur poivrée et mentholée me tourne la tête et je n'arrive pas à détacher mes yeux de ses lèvres. Mon cœur bat de plus en plus vite dans ma poitrine, je suis presque sûre qu'il peut l'entendre aussi clairement que moi.

J'ai l'impression que ma tête ne répond plus. Mon cerveau est en stand-by et j'agis sans réfléchir. J'écrase mes lèvres sur les siennes. Il se raidit, surpris, mais ne bouge pas. La sensation est merveilleuse. J'ouvre la bouche et je le sens prendre sa respiration.

Il lâche mes poignets et pose ses mains dans mon dos pour m'attirer vers lui et il m'embrasse. Sa langue est chaude sur la mienne. Cette sensation de douceur et de brûlure en même temps est indescriptible.

Je passe mes mains dans ses cheveux incroyablement doux et je l'entends grogner doucement. Ce son me fait trembler de la tête au pied et quand il s'appuie sur moi en m'écrasant contre le lavabo, je laisse échapper un cri étouffé de plaisir.

Il sourit contre ma bouche en murmurant d'une voix rauque :

– Méprisable et sensuel, hein…

Mon cœur est sur le point d'éclater.

– Curieuse et dépravée…

Ma voix n'est qu'un souffle.

*Oh mon Dieu, mais qu'est-ce que je fais ?*

Il me lâche et s'éloigne d'un pas. Je manque de m'évanouir et m'agrippe au lavabo des deux mains. Il lève la main et, du pouce, caresse ma lèvre inférieure. Ce geste me laisse béate.

– Alexandra… Tu embrasses bien…

Je souris.

– C'est dommage que tu ne sois pas mon type, souffle-t-il.

Il sourit aussi et sort.

Un instant, je reste là, interdite, adossée au meuble qui m'empêche de m'effondrer. *Il ne vient pas de dire ça ? C'est impossible.*

Je me retourne et me regarde dans la glace. Je ne reconnais pas cette fille aux yeux trop brillants et aux lèvres gonflées. *Je suis devenue folle…*

# 11
# Austin

– Debout Ducon !

La voix de Seth me tire des limbes du sommeil. *Putain, il est quelle heure, là ?*

Je me redresse difficilement et cherche mon portable. J'ai la gueule de bois, pour ne pas changer, et je me suis endormi sur le canapé de mon pote.

Je finis par mettre la main sur mon téléphone. Il est treize heures. *Bordel, j'ai pioncé tout ce temps ?*

Seth s'affaire autour de moi.

– Qu'est-ce que tu fous ?

– Ça ne se voit pas ? Je nettoie votre bordel. Lève-toi, faut que tu te casses.

Je me mets debout et vais vers la cuisine pour me servir une tasse de café. Seth n'est jamais du matin. Enfin, théoriquement, on est déjà l'après-midi.

Il ramasse tous les gobelets, les bouteilles et autres merdes qui jonchent le sol. Il a déjà fait la plus grande partie de la maison.

– T'es pressé ou quoi ? Je croyais que ta mère ne rentrait pas avant lundi ?

– Eh bien il semblerait qu'elle ait changé ses plans.

Je soupire.

– Je t'ai entendu baiser Kylie hier soir, gros porc, me balance-t-il soudain.

Je récupère ma tasse dans le four à micro-ondes et rejoins Seth dans le salon.

– Bah ouais, elle ne voulait pas me lâcher.

Je ne vais pas lui avouer qu'il fallait que je me décharge sur quelqu'un après qu'une certaine brune m'ait embrassé. Même si Kylie n'a pas réussi à me faire bander autant que ce simple baiser.

Je n'aurais jamais cru que Lexie soit du genre à faire ça… J'ai bien fait de la laisser sur sa faim. J'espère que ça lui a servi de leçon. D'ailleurs, je n'en reviens pas qu'elle ait pris la fuite comme ça.

*Putain, faut que j'arrête de penser à elle !* Je me suis déjà dit ça ces six derniers jours sans succès. Pourquoi je n'arrête pas de penser à cette nana comme une putain de gonzesse en chaleur ?

J'enfile mes pompes et chope mes clefs. Il faut que j'aille taper dans un sac avant de perdre la tête.

# 12
# Alexandra

– Zara, ça va ?

Elle tourne la tête et me sourit tristement, mais je vois bien que quelque chose cloche. Depuis la soirée d'anniversaire de Seth, que je n'ai d'ailleurs pour ainsi dire pas vu ce soir-là, nous ne nous sommes pas parlé. J'espère qu'elle ne m'en veut pas d'avoir écourté la soirée et de lui avoir demandé de me ramener chez moi. Impossible de rester après ce qu'il s'était passé dans la salle de bain.

– Qu'est-ce qu'il y a ?

J'espère que ce n'est pas grave. On dirait qu'elle a pleuré longtemps. Et qu'elle n'a pas beaucoup dormi. En plus, dans le bus, elle a gardé ses écouteurs et n'a pas sorti un mot, ce qui tient du miracle quand on la connaît.

– Ça va, ne t'inquiète pas.

Je ne la crois pas, mais je peux respecter son envie de ne pas parler. Je tends la main et lui caresse le bras. Elle suit mon geste des yeux machinalement.

– Lâche-la un peu, Montgomery.

Mon voisin de table à parlé trop fort, le professeur nous jette un regard noir avant de se détourner vers le tableau. Je me ratatine sur ma chaise.

– Fous-lui la paix, elle a pas envie de parler, continue-t-il.

La voix d'Austin me donne des frissons. On est en cours de littérature et je suis assise entre eux deux.

Je lui jette un regard noir. Lui aussi semble de mauvaise humeur. De toute façon, il est tout le temps comme ça. Pourtant je me demande si sa mauvaise humeur du jour n'aurait pas plutôt à voir avec le baiser échangé dans la salle de bain de Seth. Il m'en veut. Mais au point d'être un si incroyable enfoiré ? Apparemment, oui.

– Je t'ai sonné, toi ?

Il est avachi sur sa chaise et passe nerveusement les mains dans ses cheveux.

– Fous-lui la paix.

– Ta gueule, putain !

J'ai parlé trop fort.

– Monsieur Reed et Mademoiselle Montgomery, allez régler votre problème chez le proviseur immédiatement ! lâche notre professeur de littérature avec lassitude en nous fusillant du regard.

Austin attrape son sac, donne un grand coup de pied dans son classeur sur le sol et sort rageusement de la salle. Je fourre rapidement les miennes dans mon sac et sors au moment où j'entends le prof demander au délégué de classe de nous accompagner chez le proviseur.

Je fulmine tout en marchant à grandes enjambées dans le couloir quand une main me tire sur le côté et me plaque contre les casiers. Ma tête cogne et mon cœur s'emballe. Austin m'écrase de tout son poids et m'embrasse. Durement d'abord, puis plus doucement. Je ferme instinctivement les yeux. Il m'enveloppe de ses bras et, plutôt que d'avoir peur, j'ai un indescriptible sentiment de sécurité. *C'est sûr, je suis folle...*

Il caresse ma lèvre de sa langue et j'arrête de respirer. C'est le moment le plus grisant que j'aie jamais connu. Je lève les bras et l'attire contre moi. Il est tellement doux, tellement bon.

– Lexie, putain...

Il murmure et mon prénom dans sa bouche est le meilleur son que j'aie entendu de ma vie. Je lui rends son baiser avidement. Je sens une douce chaleur s'insinuer en moi.

– Hum hum...

Quelqu'un s'éclaircit la gorge. Austin me lâche aussitôt et s'éloigne. J'ai l'impression que la scène amuse beaucoup le délégué de classe.

Je triture nerveusement mes ongles, gênée.

– Ok Bonnie and Clyde, on va chez le proviseur !

# 13
# Alexandra

Austin fixe les arbres de la cour par la fenêtre et moi je le fixe, lui. Je n'en reviens pas qu'il m'ait embrassée. *Non mais, c'était quoi, ça ?*

– Monsieur Reed… Nous ne sommes plus habitués à ce genre de comportement de votre part. Je croyais que vous vous étiez calmé et que vous parviendriez à finir major de votre promo !

*Major de sa promo ?* Quels sont ses projets après St Jones ? Il veut intégrer une fac ? Une foule de questions se bouscule dans ma tête.

– Et vous, mademoiselle Montgomery…

Je baisse les yeux. J'ai merdé. Si je suis collée, mon dossier pour la fac sera entaché. Et je devrai retourner à Boston. *Par pitié, pas ça…*

– Vous nous êtes arrivée avec un très bon dossier et une lettre de recommandation. Je vous imaginais dans les meilleurs élèves de cet établissement. Vous me décevez beaucoup.

– Je… je vous présente mes excuses, monsieur… Ça ne se reproduira pas.

– J'y compte bien !

Il gratte sa barbe blanche et broussailleuse.

– Je ne peux me permettre de tolérer cela.

– Putain… jure Austin, tout bas.

Monsieur Campbell fronce les sourcils.

– Vous dites, monsieur Reed ?

Celui-ci ne répond pas.

– C'est bien ce que je pensais. Maintenant, dehors. Et si vous refaites un pas de travers, je serai beaucoup moins clément.

Je hoche la tête et me précipite dehors. *Bon sang, je l'ai échappé belle…*

– Alexandra !

La voix d'Austin retentit derrière moi. Je marche droit vers le bâtiment des sciences. Je ne me retournerai pas pour lui.

– Alexandra !

Il semble excédé. *Va te faire foutre, monsieur Reed !*

Il m'attrape par le coude et m'oblige à le regarder.

– Quoi ? grogné-je mécontente.

– Parle à Zara. Je crois qu'elle ne va vraiment pas bien…

Il passe nerveusement la main dans ses cheveux et évite de croiser mon regard.

– Pourquoi tu ne lui parles pas, toi ? Elle était ta pote avant d'être la mienne, non ?

– C'est une fille ! crie-t-il, comme si ce simple fait expliquait tout.

Je soupire.

– Je ne suis pas très douée pour ça, moi non plus…

– Parle-lui !

J'ai envie de le frapper quand il me donne des ordres comme ça.

– Et fais-le en dehors des cours, Alexandra. Sinon elle ne lâchera rien…

– Ne m'appelle pas Alexandra !

J'ai horreur qu'il m'appelle comme ça pour me faire enrager.

– C'est ton prénom, pourtant ! Alexandra…

Il insiste sur chaque syllabe. *Quel enfoiré !*

– Va te faire foutre !

Il me tourne le dos, s'arrête un instant, puis me fait face à nouveau.

– Ne va pas t'imaginer que ce qui s'est passé dans le couloir change quoi que ce soit entre nous ! J'ai fait ça parce que j'étais… énervé. T'es toujours une petite garce prétentieuse qui pète plus haut que son cul !

– Et toi, un connard arrogant !

Je me détache de lui et file vers mon cours de biologie.

Je suis une connasse. Je le sais. Je ne suis pas avenante ou gentille avec les gens en général. Je parle très peu et quand je le fais, c'est pour grogner, râler ou me plaindre. Mais Austin est plus que ça. Il est cruel et méchant. Il est arrogant et malsain. Comment est-ce que je peux être attirée par lui ? La beauté ne fait pas tout chez quelqu'un. Il faut plus que ça.

*Résolution numéro un : m'éloigner de lui.* Sauf qu'entre Zara, les cours et les déjeuners avec les autres, quelque chose me dit que ça risque d'être compliqué.

J'entre en salle de bio et m'installe pour attendre Zara.

*Vivement la fin de cette année que je me casse d'ici !* Nouvelle vie, nouvelle école et plus d'emmerdes. J'irai à New York, si je suis acceptée là-bas. C'est mon projet depuis toujours. En attendant, pour y entrer, il me faut un super bon dossier. Et donc éviter les scènes de ménage en plein cours. Et pour ça il faut que je m'éloigne de *lui*. Le plus simple est encore de l'ignorer.

*Alors pourquoi tu griffonnes son nom dans la marge de ton cahier ?*

Rageusement, je le rature en pestant contre moi-même.

# 14
# Alexandra

*« Mon unique amour a jailli de mon unique haine, je l'ai connu trop tard et vu trop tôt sans le connaître vraiment, prodigieux amour auquel je viens de naître qui m'impose d'aimer un ennemi tant détesté.*[5] »

Assise à mon bureau, chez Mamina, je referme le livre d'un coup sec. Je ne suis pas d'humeur à lire Roméo et Juliette. C'est pourtant sur ce texte que Zara et moi avons décidé de fonder notre projet de littérature avancée. Si on le réussit, le prof nous fera sûrement une lettre de recommandation pour la fac. Je dois d'autant plus me rattraper que, après le désastre du dernier cours, je ne suis pas sûre que le prof m'aime beaucoup.

Nous ne sommes que fin novembre et il y a encore presque quatre semaines avant les vacances de Noël. Zara n'est pas venue en cours depuis deux jours. J'ai essayé de lui parler lundi soir dans le bus, mais elle avait l'air exaspéré que je lui pose tant de questions. C'est la meilleure…

Sans Zara, impossible de déjeuner avec les autres. Depuis deux jours, je m'enferme donc à la bibliothèque pour ne pas les voir. Mais je crois que Savannah a pigé le truc, parce qu'elle a délaissé

5. Citation de Shakespeare (*Roméo et Juliette*).

les garçons ce midi pour venir me rejoindre et travailler sur son projet d'histoire.

En cours de langue et d'Histoire, je m'arrange pour arriver en retard et pour m'asseoir le plus loin possible du groupe. Jesse me fait des sourires et des clins d'œil de loin et je m'efforce de ne pas être désagréable. Austin ne me regarde pas. Il m'évite, je crois. Et c'est mieux comme ça.

Ces derniers temps, je me suis mise à comparer l'incomparable. Austin et Nate.

Nate était mon meilleur ami avant d'être mon petit ami, il me connaissait par cœur. Austin est mon… pire ennemi et il ne connaît rien de moi. Nate était blond aux yeux bleus. Austin est brun aux yeux foncés. L'un pur comme neige, toujours sobre et bien habillé, l'autre noirci de tatouages et sombre comme l'Enfer. L'un gentil comme il n'est pas permis, l'autre méchant comme le diable.

Je ne peux pas m'empêcher de me demander ce que Nate penserait d'Austin.

Ma psychologue, le docteur Torres, me conseille de tenir un journal. Écrire permet de se vider. J'ai déjà mon carnet rose pour ça. Il est rempli de notes et de citations de mes livres et de mes auteurs préférés. Je n'ai jamais écrit sur mes propres pensées. Sauf quand Nate est décédé et que j'avais besoin de lui parler. Pour une fois, je me promets d'écouter ma thérapeute.

– Lexie ? Il y a ton amie Zara qui aimerait te voir !

J'ouvre à toute vitesse et Zara se jette dans mes bras. Elle sent la fraise, comme d'habitude. Je la serre de toutes mes forces. En quelques jours à peine, j'ai fini par apprécier cette fille.

Grand-mère sourit et referme la porte. Nous nous asseyons sur mon lit.

– C'est beau, ici…

Mon amie regarde la chambre décorée en mauve et beige avec des meubles en bois blanchi. Il n'y a que les posters de plusieurs de mes films préférés au-dessus du bureau qui personnalisent la pièce.

– Tu vas bien ? lui demandé-je en sondant son visage.

Elle réfléchit un instant avant de secouer négativement la tête.

– Non.

Elle semble chercher ses mots.

– Je… Est-ce qu'on peut s'allonger ?

Je retire mes chaussures, elle aussi, et nous nous plaçons sur mon lit l'une vers l'autre.

– Je voudrais te dire quelque chose, mais je ne voudrais pas que tu me juges…

Là, elle me fait peur.

– Bien sûr. Tu peux tout me dire !

Elle peut avoir confiance en moi, je ne révélerai jamais un secret.

Mon amie enfouit sa tête dans mon oreiller pour ne pas me regarder.

– Je… enceinte…

– Pardon ?

J'espère vraiment avoir mal compris. Mais Zara souffle tout bas.

– Je n'ai pas eu mes règles depuis le mois dernier… Je crois que je suis enceinte.

Mes yeux s'écarquillent de stupeur et c'est en criant presque que je lui demande :

– Quoi ? T'es enceinte ?

Elle me plaque une main sur la bouche.

– Chuuuuut… Ta grand-mère va nous entendre !

Je répète tout bas :

– T'es enceinte ?

– Je crois, oui.

Je fixe son ventre, complètement ahurie. Zara rit nerveusement.

– Ne me regarde pas comme ça, ça ne peut pas déjà se voir.

Je me force à ne pas la dévisager.

– Mais qu'est-ce que tu vas faire ?

– Je n'en sais rien… Qu'est-ce que tu ferais à ma place ? demande-t-elle d'un air perdu.

Je lui répondrais bien que puisque j'ai un ovaire détruit et un utérus partiellement reconstruit chirurgicalement depuis cet accident de merde, il y a très peu de chance que je me retrouve un jour à sa place, mais les mots ne sortent pas.

– Je… je n'en sais rien. Il faut acheter un test de grossesse, déjà. Pour être sûre. Si ça se trouve, tu as juste un dérèglement hormonal…

– J'ai fait l'amour sans préservatif.

– Oh.

Je rougis, pas elle.

– Tu ne l'as jamais fait sans capote, toi ?

– Euh... Je... je n'ai pas...

Zara s'appuie sur un de ses coudes et me fixe de ses yeux bleus en amande.

– Tu n'as jamais fait l'amour ? demande-t-elle bien trop fort.

À mon tour de lui mettre ma main sur la bouche.

– Tais-toi, Mamina va nous entendre !

Elle pouffe de rire. *Génial...*

– Non, mais sérieux, Lexie. Tu es vierge ?

– Oui... Disons que je n'ai jamais eu l'occasion de...

– Mais ma chérie, il faut remédier à ça tout de suite !

Elle fourre sa main sous mon t-shirt pour me caresser le ventre.

– T'es folle ou quoi ?

Je sursaute et m'éloigne alors qu'elle éclate de rire et me chatouille les côtes. Je lui enfonce l'oreiller dans la tête. Nous gloussons toutes les deux et je me rends compte que nous sommes passées très vite des larmes au rire.

– Est-ce que ça fait mal ? Je veux dire... de le faire vraiment ?

Elle s'arrête de pouffer et nous tombons toutes les deux allongées comme on l'était il y quelques secondes.

– Oui. La première fois. Après, non. C'est génial quand tu le fais avec quelqu'un que tu aimes réellement.

Deux pensées s'imposent subitement à moi. La première, c'est Austin qui m'embrasse passionnément, mais je m'efforce de la mettre de côté. La seconde, c'est la question que j'aurais dû poser dès le début.

– Si tu es vraiment enceinte... De qui est-il ?

Mon amie fixe le plafond.

– Seth.

*Seth ? Sérieusement ?*

Je m'efforce de rester calme et de parler normalement :

– Mais... Tu es amoureuse de lui ?

Elle ne me répond pas. Mais son silence en dit long.

# 15
# Alexandra

Zara vomit dans les toilettes. C'est dégueulasse. Elle est enceinte. Vraiment et totalement enceinte. Nous venons de faire le test que nous sommes allées acheter ensemble à la pharmacie ce matin. Elle pleure et vomit encore. La pauvre.

Seth n'est pas au courant. Ils ne sont pas ensemble et même s'il est évident qu'elle en pince pour lui, il ne l'aime pas. Enfin, c'est ce qu'elle dit.

Zara sort de la cabine et se rince la bouche au lavabo.

– Je vais me faire avorter.

L'entendre dire ça me provoque un pincement au cœur. Je fronce les sourcils.

– Ne dis pas n'importe quoi…

– Je suis sérieuse. Ma sœur a déjà trois gamins, elle est coiffeuse et ne gagne pas des masses. On a assez de problèmes comme ça.

Je n'avais jamais réfléchi au fait d'avoir des enfants. Je me disais que j'en aurais plus tard et que je serais une bien meilleure mère que la mienne, parce que moi, je ne me droguerais pas. Mais ça, c'était avant cet accident. Aujourd'hui, je ne peux m'empêcher d'y penser. Je suis sûre que j'aurais pu être une bonne mère. Mais je n'aurai aucune chance de le savoir.

Quand j'entends Zara parler comme ça, j'ai envie de pleurer. Elle aura la possibilité d'en faire un plus tard, elle.

– En plus, comment veux-tu que j'entre à la fac si j'ai un gosse l'année prochaine ?

– Tu ne veux pas demander son avis à Seth ?

Elle me regarde comme si j'étais folle.

– Hors de question ! Et je te défends de lui en parler ! D'en parler à qui que ce soit, d'ailleurs !

– Mais oui…

On se tait en entendant du bruit dans le couloir.

– Viens, le cours d'histoire va commencer.

Lorsque nous filons vers notre cours, un mec me fait signe de la main. Je crois que nous partageons les cours de psychologie et de journalisme et qu'il s'appelle Travis.

– Salut Lexie, euh… Avec des potes on fait un feu de camp à la fin de la semaine prochaine, peut-être que tu pourrais venir avec Zara ?

Zara sourit en hochant la tête.

– Ok.

J'ai l'impression que mon altercation en classe avec Austin a fait de moi une vedette.

En cours d'histoire, j'évite de m'asseoir trop près de lui. Je me retrouve juste à côté de Jesse. Pendant une heure, il m'énerve. Il me parle du dernier film qu'il a regardé, de ses frères qui le font chier et du feu de camp auquel il est aussi invité. Auquel ils sont tous invités.

À plusieurs reprises, je vois Austin qui me fixe intensément. Mais j'essaie de ne pas le scruter.

Ça sonne, tout le monde se lève. Plus que deux heures et ce sera le week-end. Je n'ai pas cours avec les autres pour la fin de la journée. Jesse m'embrasse donc sur la joue avant de sortir avec Evan. Quand elle me dit au revoir, Zara me murmure à l'oreille :

– Tu te rappelles qu'on va pique-niquer, demain ? Tu viens, j'espère ! On passera te prendre à dix-sept heures.

Elle s'enfuit avec Savannah. *Putain, j'avais oublié ce pique-nique.*

Alors que je tourne à l'angle du bâtiment, en direction de ma salle de cours, quelqu'un me tire par le bras.

– Mais qu'est-ce que…

Austin vient de nous enfermer dans une pièce. Un bureau. Celui du conseiller d'orientation, apparemment.

– Qu'est-ce que tu fais ?

J'essaie de le pousser pour sortir, mais il me bloque le passage.

– Qu'est-ce que Jesse te racontait ?

Sa voix rauque me fait toujours le même effet. Surtout que je ne l'ai pas entendue depuis le début de la semaine. Pendant le déjeuner, il reste avec ses amis, maintenant, et Zara, Savannah et moi ensemble. Après ce qu'il s'est passé en littérature, les filles ont compris que je ne voulais pas être trop proche de lui.

– Qu'est-ce que ça peut te foutre ?

Prenant les lanières de mon sac, il m'attire brutalement et me colle à la porte. Son visage est à quelques millimètres du mien.

– Il est hors de question que tu te tapes un de mes potes !

*Non, mais quel culot !* C'est monsieur qui couche avec la moitié de la ville qui vient me dire ça ?

– Je ne suis pas comme toi !

Il m'observe un instant puis s'attarde sur mon t-shirt blanc. Ce regard me brûle au-delà de toute raison.

– Non, en effet, non, tu n'es pas comme moi…

Il se penche et je ne peux m'empêcher d'observer ses lèvres, perdue. Lorsqu'il pose ses mains sur mes hanches, ma respiration se coupe. Je ferme les yeux et m'humecte les lèvres. Il est tellement près que je sens son souffle sur ma peau.

Il m'embrasse. Doucement. Comme s'il demandait la permission. J'ouvre la bouche et sa langue vient s'enrouler autour de la mienne. Je ne sais plus où je suis, ce que je fais, qui je suis.

Avidement, je lui rends son baiser et passe les mains dans ses cheveux. Il gémit doucement sous mon geste. Alors je le fais encore. Je l'attire un peu plus contre moi tandis qu'il m'écrase contre la porte.

La température a grimpé de dix degrés dans la pièce. Pourtant il s'arrête et murmure :

– Je ne veux pas que tu couches avec Jesse…

*Quoi ? Pourquoi on parle de Jesse, là ?*

Il dépose un chapelet de baisers sur l'arête de ma mâchoire, puis descend plus bas. Ses lèvres se posent sur la veine qui bat furieusement dans mon cou. Je n'ai pas la force de répondre.

– Tu entends ?

Mes yeux se ferment et je laisse aller ma tête contre la porte. Sa main trouve l'ourlet de mon t-shirt. Ses doigts glacés sur ma peau me font frissonner. Il me caresse le ventre. Cette sensation est si douce et si douloureuse à la fois que j'ai envie de crier.

– Ne fais pas ça, bébé, tu vas te faire mal…

Il écrase de nouveau ses lèvres sur les miennes. Sa main droite trouve mon sein. Il écarte le soutien-gorge en coton noir et me titille le téton du pouce. Personne ne m'a jamais touchée comme ça. S'il ne m'embrassait pas, je hurlerais.

Quand je sens la bosse énorme dans son jean contre moi, je ne peux m'empêcher de rougir.

– Lexie…

Tout à coup, une sonnerie stridente retentit dans le couloir et Austin me lâche, aussi surpris que moi. Il a les lèvres rouges et gonflées de m'avoir embrassée et je suis sûre que je suis dans le même état.

L'intercours est terminé.

Je remonte la bretelle de mon soutien-gorge et réajuste mon sac. Il tend la main et replace une mèche folle derrière mon oreille. Ce simple geste me donne encore envie de l'embrasser. *Je l'ai évité toute la semaine pour en arriver là ?* Je soupire.

– Pourquoi tu soupires ?

– Parce que tu me tues…

Il sourit, ouvre la porte et part sans un mot de plus.

Je sais qu'après ce qu'on vient de faire, rien ne sera plus pareil. Je vais fatalement tomber amoureuse et si c'est réciproque ce sera très compliqué et, dans le cas contraire, je vais être malheureuse d'aimer quelqu'un qui ne veut que coucher avec moi. Et tout ça pour que je ne le fasse pas avec ses potes.

Alors que j'arrive à mon dernier cours de la journée, je l'aperçois par la fenêtre qui donne sur le parking. Zach et Hailey l'attendent. Elle se pend à son cou et l'embrasse, il se laisse faire. Les miettes de mon amour-propre s'écrasent à mes pieds.

# 16
# Alexandra

J'ai passé la nuit à essayer de me raisonner, à tenter de mettre des mots sur ce que je ressens exactement pour ce mufle. Je ne suis pas une de ces filles qui changent de mec tous les week-ends. Je n'arrive pas à croire que je l'ai laissé me toucher comme ça. On ne sort même pas ensemble !

Je tourne en rond toute la matinée. Mamina travaille, comme tous les samedis, et j'en profite pour faire le ménage. Je range le salon, nettoie la cuisine, fais la poussière, passe l'aspirateur, prépare une lessive… Je dois ramasser tous les vêtements de ma grand-mère qui jonchent le sol. *C'est incroyable d'être si bordélique !*

À midi, je prépare un gratin de poulet et l'enfourne.

Je vérifie dix fois si je n'ai pas de message de Zara pour m'annoncer que la sortie est annulée.

Pendant que je mange, je me passe un épisode de *PLL*[6].

À quinze heures, je suis tellement nerveuse en pensant à Austin que tout est bon pour me changer les idées. J'appelle mon père.

– Alexandra ?

Au son de sa voix, je sais déjà que c'était une mauvaise idée.

---

6. *Pretty Little Liars*, série télévisée américaine, réalisée en 2010, par I. Marlene King, d'après la série littéraire *Les Menteuses*, par Sara Shepard.

– Salut.

– Tout va bien ?

Évidemment, je suis une si mauvaise fille qu'il s'imagine tout de suite que quelque chose cloche.

– Ouais. Euh… C'était juste pour te dire que ça va…

– D'accord, chérie… Grand-mère est avec toi ?

– Non, elle travaille.

Moment de silence. La communication entre mon père et moi relève de l'effort physique.

– Tout se passe bien à St Jones ?

*Oui, si ce n'est que je suis tombée sous le charme d'un tatoué aux yeux sombres.*

– Oui, très bien.

– Lauren va bien ? demandé-je pour changer de sujet.

– Oui, oui. Elle travaille beaucoup.

– Ok. Bon bah, à plus…

– Ça m'a fait plaisir que tu appelles, Alexandra.

– Euh, ouais, ok. Salut.

Je raccroche et respire enfin.

Zara ne tarde pas à arriver. Avec Savannah, Evan et Zach. C'est ce dernier qui conduit. Je fourre mes affaires dans son coffre et monte.

Tout le monde est enjoué. Même Zara. On ne dirait pas qu'elle est enceinte.

Ils m'expliquent qu'Austin est déjà avec Hailey et Jesse. Et que Seth ne peut pas venir, car il a un repas de famille. Mon amie a l'air soulagé qu'il ne soit pas là.

Après une heure de route, Zach se gare sur un parking de terre battue en lisière de forêt. La voiture d'Austin est déjà là et ils nous attendent. Je soupire en sautant à terre. De grandes plaques indiquent de nombreux sentiers pédestres çà et là au travers des broussailles. *Génial, moi qui suis une grande fan de marche !*

La forêt est dense et intimidante mais les garçons s'y engouffrent sans attendre, en emportant les serviettes, les bières et les chips qui étaient dans le coffre.

Austin me dépasse en me bousculant délibérément. *Non, mais quel connard !* Je décide de ne pas broncher. Il pose un de ses bras sur les épaules de Hailey et se laisse entourer la taille par un des siens.

Pour mettre de la distance entre nous, je ralentis et laisse Evan et Savannah me dépasser.

– Ça va ? s'enquiert Jesse avec un sourire. Tu vas voir, les chutes de Gota sont magnifiques.

*Les chutes ? Oh non, pas ça !*

– On va se baigner ?

– Bah oui. Qu'est-ce que tu pensais qu'on allait faire ?

Je ne réponds pas.

*Comment est-ce que je vais me sortir de là ?* Il est hors de question que je me baigne avec eux. D'abord parce que je ne me suis pas mise en maillot de bain depuis l'accident. Je ne montre plus mes jambes, quelles que soient les circonstances. Ensuite, parce que je n'ai pas de maillot et qu'il est impensable que je me mette à demi nue devant *lui*.

Le temps de ruminer, j'entends déjà le bruit de l'eau au loin. Les filles gloussent et les gars se mettent presque à courir. Tout à coup, Austin se retourne et me lance un sourire moqueur. Je sens le mauvais plan se dessiner.

En quelques minutes, nous atteignons une large clairière. Deux immenses cascades se jettent dans un lac. Avec des cris gutturaux, les garçons sont déjà en caleçon et sautent dans l'eau. Je m'assois dans l'herbe tandis que les filles commencent à se déshabiller.

Zara se met à l'eau à son tour et m'éclabousse. Ni son ventre, ni son attitude ne laissent présager qu'elle est enceinte.

– Dépêche-toi, Lexie ! Elle est bonne. Bientôt il fera trop froid, on ne pourra plus se baigner !

Je secoue la tête et lui souris. Elle se détourne et plonge pour attraper Jesse par les pieds. Ils rient, se chamaillent, se taquinent… J'aimerais pouvoir partager des moments comme ça, mais je ne me sens pas suffisamment proche d'eux pour le moment.

Je m'allonge et profite des rayons du soleil sur mon visage.

– Lexie !

Zach et Jesse m'appellent, mais je fais comme si je n'entendais pas.

– Elle est trop coincée, laissez tomber.

C'est la voix d'Austin. Il essaie de me provoquer, mais il n'y arrivera pas.

Je me rassois. Ils sont plusieurs à grimper les rochers autour des chutes, jusqu'à deux, trois ou quatre mètres de haut pour sauter.

Hailey se lance la première. Ses sous-vêtements blancs sont transparents avec l'eau et les garçons ne se privent pas de la reluquer. Elle saute et ressort en riant comme une folle puis passe ses bras autour d'Austin et se frotte contre lui. *Non mais, quelle pétasse...*

Je ne peux pas m'empêcher de le regarder. Il est en boxer et son corps magnifique luit au soleil. Ses tatouages ont l'air vivant quand il bouge.

Jesse est le seul qui vient à ma rencontre. Ses cheveux mouillés dégoulinent d'eau, il se laisse tomber à côté de moi.

– Tu ne te baignes pas ?

– Non, ça ne me dit rien.

– Tu as tort. Elle est bonne. Et puis on s'amuse...

– C'est gentil, mais je préfère vous regarder.

Je lui souris en espérant que cela suffise. Mais c'est sans compter sur mon bourreau. Il revient à la nage, les autres sur les talons. Si je n'étais pas aussi sûre qu'il me déteste, je me dirais que ça le fait chier que Jesse me parle.

Les filles sortent de l'eau en se poussant pour attraper des serviettes.

– Pourquoi tu ne te baignes pas ?

Austin a posé la question de but en blanc.

Hailey se rapproche de lui et je sens son regard méprisant se poser sur moi.

– Parce que je n'en ai pas envie.

– T'es si mal foutue que ça ?

Hailey pouffe et Jesse me susurre à l'oreille :

– Je suis sûr que non...

Je déglutis et me lève pour ne pas montrer ma gêne. J'attrape une bière. J'ai besoin d'une gorgée d'alcool !

– Tu te souviens que tu me dois une faveur ?

*Oh non, pas ça !*

Des frissons parcourent mon épine dorsale. *Il n'oserait quand même pas ?*

– C'est vrai que tu as perdu ton pari, renchérit Evan.

Il rit et Hailey le suit. Les autres gardent leur sérieux, l'ambiance a soudainement changé. L'air s'est chargé en électricité. Je suis peut-être paranoïaque, mais je me demande s'ils ont tous préparé ce qui va suivre.

Je fusille Austin du regard.

– Je n'ai pas en-vie de me bai-gner.

J'ai articulé pour être bien claire.

– Et je veux que tu enlèves tes vêtements et que tu sautes de là-haut.

Il pointe du doigt les rochers à côté des chutes qui sont au moins à sept mètres de hauteur.

Mon cœur bat fort dans ma poitrine, si fort que j'ai envie de mettre la main sur ma cage thoracique pour le calmer. Je reste interdite, incapable de réagir.

– Elle a la trouille !

Hailey rit de plus belle. Zara s'avance vers moi, mais je recule. Si elle est dans le coup, je ne lui pardonnerai jamais.

– Tu n'es pas obligée de le faire, Lexie.

Je fixe Austin et son regard moqueur qui me méprise.

– Je ne ferai pas ça, je crache.

– Si, tu vas le faire.

Son ton est assuré. Il me provoque. Je n'ai qu'une envie, lui arracher les yeux pour les piétiner sous ma chaussure. Je n'arrive pas à croire qu'il ait été aussi doux hier et qu'il soit si mauvais aujourd'hui.

– Ça va, mec… tente de me défendre Jesse.

Mais le regard noir d'Austin le fait taire aussi sec.

Je serre les poings, contracte la mâchoire et réfléchis en vitesse. Je n'ai pas le choix. Je passerais pour une faible, sinon. Et je pressens que devant lui, passer pour une faible une fois, c'est se mettre en danger pour toujours. Un pari est un pari. J'ai perdu et il en profite.

– Tu ne sais pas nager ? m'interroge Savannah.

Inutile de mentir.

– Si.

Personne ici ne sait que j'ai fait sept ans de natation synchronisée. Je suis une très bonne nageuse. Ce n'est pas ça le problème.

– Alors ?

Austin me défie du regard. Hailey passe derrière lui et le prend dans ses bras. Je la déteste. Je les déteste. Je crois que je les exècre plus que mon père, absent durant mon enfance. Plus que les médecins qui n'ont pas su sauver ma mère quand elle s'est jetée de ce pont. Plus que moi-même.

Fébrilement, je pose ma canette dans l'herbe et passe mon pull par-dessus ma tête. Tous les regards sont posés sur moi. Je vais le faire. Et tant mieux si la vue de ma chair brûlée les dégoûte.

– Tu n'es pas obligée, Lexie…

Je fais taire Jesse du regard.

– Si elle ne le fait pas, je trouverai quelque chose de beaucoup plus… public… à lui faire faire !

*Espèce d'enflure !*

Je refoule les larmes qui menacent de couler et me force à respirer régulièrement.

Je retire mes tennis et mon débardeur blanc. Il ne me reste plus que mon soutien-gorge rose pâle et mon jean.

J'entends des murmures se propager. Ils sont étonnés par mes tatouages. J'ai un attrape-rêve gros comme le poing sur les côtes, une phrase sur les hanches et une plume sur l'épaule droite. Austin a viré au rouge. Je ne sais pas s'il est honteux, gêné ou en colère.

Avant qu'une vague d'émotion me submerge, je me mets à déboutonner mon jean puis le laisse tomber à terre. Le regard d'Austin se métamorphose doucement. Il va et vient de ma jambe gauche à mon visage et semble à la fois horrifié et paniqué. Zara s'est couvert la bouche de ses mains et Hailey fait une grimace dégoûtée. Ma peau est brûlée de ma cheville au-dessous de mon genou gauche.

– Oh mon Dieu…

Savannah a un regard de pitié qui me donne envie de la tuer. Je les assassine tous du regard et, uniquement vêtue de ma culotte et de mon soutien-gorge, je me dirige vers le côté de la cascade.

– Lexie, c'est bon…

La voix d'Austin me fait frissonner. Je me retourne vers lui et me retiens de hurler.

– C'est pas ce que tu voulais ?

Il semble désolé. Mais c'est trop tard. Et la pitié que je lis dans ses yeux me donne encore plus envie de le frapper. Je le hais. Je n'ai jamais autant détesté quelqu'un de ma vie. *Comment est-ce que j'ai pu être attirée par lui ?*

Une larme roule sur ma joue, mais je me détourne à temps pour qu'il ne la voie pas. Je ne lui donnerai pas en plus cette satisfaction. Je l'essuie rageusement et commence à escalader. De plus en plus haut.

*Connard, enfoiré, salaud…* Je le traite de tous les noms intérieurement en grimpant vers le soleil, l'âme déchirée.

Une fois en haut, je reprends mon souffle et contemple le lac magnifique en contrebas et l'eau claire qui coule à côté de moi. Dans l'eau, je me sens toujours dans mon élément.

Il fait froid, je serre mes bras autour de moi pour me protéger. Et je les observe, petits et méprisables, qui se sont rapprochés du bord pour me regarder. Je fixe Austin et essaie de faire passer dans mon regard tout le mal qu'il vient de me faire. Il baisse les yeux quand je le dévisage et je le déteste encore plus pour ça. Il est lâche, en plus de tout le reste.

Je prends une profonde inspiration, lève les bras, plie les genoux et ferme les yeux avant de sauter. J'effectue un double périlleux avant et plonge dans l'eau glacée. Celle-ci me saisit et annihile mes sens. Je nage un peu avant de remonter lentement à la surface.

Quand je sors la tête, je prends une profonde inspiration et repousse mes cheveux qui se sont collés à mes yeux. J'ai de l'eau dans les oreilles, mais j'entends distinctement des cris et des applaudissements.

Après quelques brasses, je sors de l'eau.

– C'était genre carrément trop cool ! jubile Jesse.

– Waouh !

– Tu as fait de la natation ? me demande Zara.

Je tousse et m'essuie le nez.

– Ouais, pas de quoi en faire toute une histoire, lance Hailey. On peut tous le faire.

– Parle pour toi, me défend Savannah.

Austin me regarde sans rien dire. Il a les poings crispés et les sourcils froncés.

Je file vers mes vêtements, passe mon pull sur mon corps grelottant puis attrape mon jean. Inutile de le remettre, trempée comme je suis, je ne pourrai pas l'enfiler. Je ramasse mes tennis et mon débardeur et, sans un regard pour eux, je file dans le sentier en direction du parking et de la route.

– Lexie !

– Reviens !

Tout le monde m'appelle et Zara me court après, mais je la repousse du bras et me mets à courir. Les branchages et les cailloux m'entaillent les pieds au passage, mais je m'en moque.

Quelques minutes plus tard, j'arrive sur le parking en nage, le souffle court. Et je vomis. Je crache, m'essuie la bouche avec mon débardeur et essaie de reprendre mon souffle, alors que les larmes que je ne peux plus retenir roulent sur mes joues.

Je dois faire un effort pour me relever et passer mes tennis à mes pieds. Heureusement que mon pull est long, il m'arrive à mi-cuisse.

Je m'engage sur la route d'un pas rapide et pressé. Si je marche bien, je serai à la maison avant que la nuit tombe.

# 17
# Alexandra

*Pourquoi toujours moi ?* J'ai l'impression que le sort s'acharne.

Mes larmes ne cessent de couler, je ne les retiens plus. Je suis humiliée. Et en colère contre tout le monde. Contre lui. Contre moi-même.

Je marche depuis dix minutes quand un véhicule arrive à ma hauteur. *Faites que ce ne soit pas eux, mon Dieu, sinon je ne réponds plus de rien...*

Loupé ! C'est la voiture de Zach. Mais c'est Zara qui conduit et elle est seule.

– Monte, Lexie ! Je te ramène chez toi !

– Va te faire foutre !

Contre elle aussi, je suis en colère.

Elle roule au pas pour rester à ma hauteur.

– Monte, s'il te plaît... J'ai déjà eu du mal à convaincre Austin de me laisser venir te chercher... Il voulait venir. Et il va se ramener si tu ne montes pas.

Je réfléchis un instant. Je suis à plus d'une heure de la maison et plus vite je serai rentrée, mieux ce sera. Il est aussi hors de question que je vois Austin. Je ne veux plus rien avoir à faire avec lui.

Je ravale ma fierté et monte dans la Corolla.

– Lexie, je suis...

– Ferme-la.

Zara se tait. J'attrape un des mouchoirs qui dépassent de la boîte à gants pour me nettoyer. Zara roule en me jetant de fréquents coups d'œil. Le trajet me paraît beaucoup plus long qu'à l'aller.

À quelques mètres de la maison, Zara ne peut s'empêcher de reprendre la parole.

– Je suis désolée. J'avais vaguement compris qu'Austin voulait te faire faire quelque chose, mais je ne savais pas que c'était ça... Et je ne savais pas que tu étais... Que tu avais des cicatrices !

Mes larmes reviennent. Je suis une vraie fontaine.

– Pourquoi tu ne m'en as pas parlé ? Pourquoi tu l'as fait si tu ne voulais pas ?

Je l'assassine du regard.

– J'ai perdu mon pari ! Et je ne suis pas faible, moi...

– Oui, mais... Tu n'aurais pas dû...

– Ah c'est ma faute, maintenant ?

Elle se mord l'intérieur de la joue.

– Non... Écoute pour être honnête, la première fois que je t'ai parlé, c'est parce qu'Austin me l'avait demandé...

– Pardon ?

Ce qu'elle vient de me dire a du mal à s'imprimer dans mon cerveau.

– Austin m'a demandé de faire connaissance avec toi pour se renseigner sur toi...

*Non mais, ce n'est pas vrai ? Dites-moi que c'est une blague !*

Zara semble désolée.

– Cela n'excuse rien, mais quand j'ai compris que t'étais vraiment chouette comme nana, je lui ai dit que je ne lui raconterai rien. Il était énervé, mais tant pis...

*Ce mec est un grand malade !*

– Vraiment, je suis désolée, Lexie...

Son aveu me laisse un trou béant dans la poitrine. C'était ma première véritable amie ici et elle vient de m'avouer sa trahison.

Je lui adresse un regard dégoûté.

– Vous me faites tous pitié...

Zara vient de se garer devant chez Mamina. J'ouvre ma portière et déguerpis vers la maison alors qu'elle m'appelle encore.

Une fois la porte fermée derrière moi, je me laisse tomber à terre et pleure tout mon saoul. Je ne sais pas combien de temps je reste là avant de me relever pour retourner à ma chambre. Je repense à Austin qui m'embrasse et me touche hier, avant de prendre Hailey dans ses bras. Je revois Austin qui m'humilie aujourd'hui…

D'un grand coup de main, j'envoie valser les affaires de mon bureau dans un grand fracas. C'est le chaos dans ma chambre. La colère gronde sous ma peau.

Je fais les cent pas pour me calmer quand mon téléphone vibre. Je ne reconnais pas le numéro alors je m'efforce de décrocher avec une voix calme.

– Allô ?

– Lexie, tu vas…

*Cette voix…* Je raccroche et balance mon portable sur mon lit. *En plus, il s'est procuré mon numéro, cet imbécile !*

Je m'allonge sur le lit, la tête dans l'oreiller.

*Nate… Tu me manques tellement. J'aurais vraiment besoin de toi, là, tout de suite…* Pas du petit ami que j'ai perdu bien avant l'accident, mais du meilleur ami qui savait toujours trouver les mots. Le meilleur ami que j'ai tué…

Je trempe mon oreiller pendant des heures en maudissant le monde entier.

Quand je me relève enfin, c'est pour aller à la salle de bain. Je laisse l'eau chaude de la douche me laver de cette humiliation.

Je finis par ressortir et par reprendre ma place sur le lit, enroulée dans une serviette.

Pendant un moment, je fixe le plafond avant d'entendre Mamina rentrer. Il fait presque nuit dehors.

– Lexie ? Tu es là ?

Elle ouvre la porte de ma chambre et balaie du regard le bazar qui y règne.

– Oui… soufflé-je la voix cassée.

– Chérie, il y a un garçon qui t'attend dehors. Il a sonné plusieurs fois, apparemment.

– Un garçon ?

Mon cœur fait un bond dans ma poitrine.

– Oui, un grand tatoué…

*Oh mon Dieu, il n'a pas osé venir ici ?*

– Je ne veux pas le voir.

– Il poireaute depuis une heure, a priori.

Elle me regarde mécontente.

– Ok c'est bon, je vais lui dire de dégager…

– Habille-toi d'abord !

J'enfile rapidement un pantalon de yoga couleur crème et un pull en cachemire blanc puis j'attache mes cheveux en queue-de-cheval. Je ne vais pas prendre la peine de m'habiller pour lui.

Quand je sors, c'est Seth et non Austin qui m'attend appuyé à la balustrade. Il est beau dans son pantalon en lin crème et son débardeur blanc qui montre chaque muscle de ses bras et chaque tatouage qui y est dessiné.

– Salut la belle !

– Oh, salut…

Je dois avoir une mine affreuse parce qu'il ouvre de grands yeux.

– Ça va ?

– Ouais…

– Zara m'a appelé… Elle m'a tout raconté ! Je suis désolé, dit-il en tendant la main pour me caresser la joue.

– C'est bon…

Je me dégage, fatiguée d'entendre ça. Toute ma vie les autres m'ont dit qu'ils étaient désolés.

– Ça te dit d'aller manger un morceau ?

*Pourquoi pas ?* Si je reste là, je vais être d'une humeur massacrante avec Mamina.

– Ok.

Je rentre pour prendre ma veste et informer Abigail que je sors.

Quand je reviens vers la voiture de Seth, il me regarde des pieds à la tête et éclate de rire.

– Quoi ?

– On est habillés pareil !

Je scrute nos tenues avant de constater que Seth a réussi à me faire sourire.

Nous nous décidons pour un petit restaurant italien sympa que Seth connaît bien dans Palmera Beach. Nous nous installons au fond et je commande des ravioles aux champignons et au gorgonzola.

– Il n'aurait jamais dû te faire ça…

– Seth, si on est là pour parler de ce qui s'est passé…

Il soupire et joue avec les couverts près de son assiette.

– Non, mais je voulais juste te dire que je suis désolé. Je ne pensais pas qu'il puisse faire un truc pareil. Je savais qu'il refusait d'admettre que…

– Que quoi ?

– Écoute… Ça va te paraître fou, mais je crois qu'Austin a un faible pour toi.

Je manque de m'étouffer.

– Je sais, ça paraît dingue ! Je l'ai vu avec plein de filles en trois ans et il peut être un vrai connard quand il veut… Mais avec toi, c'est différent. Quand tu es là, il n'est pas pareil. Il ne fait que te regarder, il s'énerve dès que quelqu'un te touche…

Seth ne se rend pas compte que ce qu'il me dit me fait encore plus de mal. J'aimerais tellement que ce soit vrai.

Je réplique froidement :

– Il me parle mal, me malmène, m'humilie, et tu dis qu'il a un faible pour moi ?

– En effet, c'est étrange. Mais c'est Austin ! Je me demandais s'il allait ressentir ça pour une fille un jour et c'est en train d'arriver.

Seth me considère par-dessus son verre.

– Eh bien, c'est dommage pour lui. Parce que ce n'est pas mon cas.

Il secoue la tête, mais ne dit plus rien.

Nous finissons le repas puis payons chacun notre part, même si Seth insiste pour m'inviter.

Alors que nous nous dirigeons vers la sortie, je remarque les cheveux noirs qui passent la porte et les autres têtes qui suivent. Austin, Zach, Jesse et Evan. Je détourne les yeux et Seth suit mon regard.

– Merde, je te jure que…

Ils nous ont vus. Austin se fige et Zach nous interpelle :

– Eh ! Qu'est-ce que vous faites là ?

Seth les salue. Pas moi.

– On a fini, on s'en allait…

Je me dirige droit vers la sortie sans un regard de plus pour eux. Tout à coup, je manque d'air.

– Lexie…

Austin m'attrape le bras quand je passe près de lui, mais je réagis à l'instinct.

– Ne me touche pas !

Il recule spontanément en me lâchant. Je le fixe avec véhémence.

– Ne t'avise plus jamais de poser la main sur moi !

# 18
# Alexandra

En me dirigeant vers le cours de littérature, j'ai envie de disparaître. J'aimerais que le sol m'engloutisse et se referme. Je ne veux pas les affronter.

Zara n'a pas pris le bus, ce matin, mais je l'ai vue de loin sur le parking de St Jones, en vive discussion avec Austin et Jesse.

Je m'arrête à la porte de la salle de classe. Zara et Austin sont tous les deux déjà installés mais ne se parlent pas. Ma chaise vide les sépare.

Du coin de l'œil, j'aperçois Zara la mine déconfite quand je ne lui rends pas son sourire et Austin qui s'agite sur sa chaise.

– Bonjour à tous ! Nous commençons la semaine par un devoir ! crie joyeusement le prof à l'assemblée en s'installant.

Des murmures de protestation s'élèvent de toutes parts. Moi, ça m'arrange, cela évitera à mes deux voisins de m'apostropher.

– Aujourd'hui, c'est écriture libre !

Il marque à la craie au tableau : « Texte libre sur un sentiment ou un état. Exprimez-vous ! »

Ça tombe bien. J'ai besoin de me vider.

Je sors une feuille et je vois Zara qui tend la main vers mon bureau par habitude pour prendre un stylo. Elle réfléchit et se ravise en grimaçant. Je lui en veux, mais elle a été honnête et je n'ai pas d'autre amie ici. Et elle n'a pas hésité à partager ses secrets avec moi… Je lui tends un stylo. Elle le prend et me sourit.

Pendant une heure, ma main court sur la feuille sans s'arrêter. J'ai décidé d'écrire sur la colère. Parce que c'est le sentiment qui domine chez moi en général, et encore plus ces derniers temps.

Écrire me libère et m'empêche de penser aux mèches noires qui se balancent au-dessus d'une feuille à côté de moi.

Quand le cours se termine, je me lève, rends mon devoir et file le plus vite possible vers le prochain cours.

Toute la matinée, je parviens à les éviter.

À midi, je n'ai pas faim et saute le repas. Je sors et m'installe dans l'herbe du parc de St Jones. Je m'adosse à un platane et pose mon casque sur mes oreilles. Je n'écoute rien, mais j'aime bien faire ça. Les gens croient que je ne les entends pas alors que si. Et ça les fait fuir aussi. On n'ose pas déranger quelqu'un qui écoute de la musique.

Je sors mon exemplaire de *Mémoire d'une geisha*[7] et m'amuse à surligner mes passages préférés pour les recopier dans mon carnet rose plus tard. J'ai tenu ma résolution de le remplir de pensées plus personnelles, ces derniers jours.

Je suis si concentrée que je n'aperçois pas les autres qui s'approchent. Savannah et Zara s'installent avec moi. Je fais mine de ne pas les voir et ajuste mon casque sur mes oreilles en lisant toujours.

– Lexie ?

Je fais celle qui n'entend pas. Et elles semblent respecter mon choix car elles ne tentent rien de plus.

Quelques secondes plus tard, Jesse, Evan et Austin arrivent vers nous. Je ne sais pas si je dois me lever et me tirer ou rester là et faire comme si de rien n'était. Finalement, je décide de me replonger dans mon bouquin.

Ils s'installent. Austin se met à côté de Zara et ne me regarde pas. Evan derrière Savannah qu'il embrasse. Jesse fait un geste pour venir vers moi, mais Zara lui fait non de la tête et il finit par se placer plus loin. Ils discutent de ce week-end et du film qu'ils vont aller voir au cinéma.

En les écoutant, j'apprends que le feu de camp de Travis a été reporté à dans deux semaines à cause du mauvais temps. Il devait avoir lieu sur la plage.

---

7. Livre d'Arthur Golden.

– On ne pourra même pas se baigner, alors ça ne sert à rien…

Quand Jesse dit ça, un silence de plomb s'installe. J'essaie de me concentrer sur mon livre et fais semblant de tourner une page. Je sens la gêne de tout le monde.

– Vous croyez que ça lui fait mal ? murmure Evan.

Savannah lui fait du coude.

– Tais-toi !

– Non, ça ne fait pas mal, Evan, je réponds toujours plongée dans mon livre et sans enlever mon casque.

Il blêmit tandis que les autres me regardent tous. Je lève la tête et leur souris.

– D'autres questions ?

Zara s'éclaircit la gorge :

– Comment ça t'est arrivé ?

– Accident de voiture. J'ai failli crever.

Elle hoche la tête. Personne ne dit plus rien.

– Et sinon, sachez que ma mère était une junkie, qu'elle s'est suicidée et que je suis là parce que je déconnais dans des soirées tous les week-ends et que mon père voulait m'envoyer en maison de repos. Voilà. Avec ma cicatrice, vous connaissez mes plus noirs secrets. Gardez votre pitié pour vous, je n'en ai pas besoin !

Leurs yeux s'écarquillent et Austin me fixe sans aucune expression apparente.

Je retire mon casque et le fourre avec mon livre dans mon sac, puis je me lève et les laisse là.

– Lexie…

Je ne prête pas attention à la voix d'Austin qui m'appelle. Je tourne à l'angle du premier bâtiment et rentre dans quelqu'un. Tous ses livres se répandent sur le sol. Le garçon, qui fait bien une tête de plus que moi, me regarde méchamment.

– Tu ne peux pas regarder où tu marches, connasse…

– Excu…

Sans que je comprenne la violence de sa réaction, il me pousse contre le mur et ma tête cogne contre le crépi.

Alors qu'il se penche pour ramasser ses livres, un poing s'écrase sur sa joue. Sonné, il s'étale au sol. Austin vient d'apparaître et se prépare à donner un nouveau coup en empoignant le type par son t-shirt. Il le frappe encore et encore sans lui laisser le temps de répliquer. *Putain, il va l'anéantir...*

Je me précipite et lui attrape le bras des deux mains.

– Arrête, Austin, tu vas le tuer !

Il a tellement de force que je dois faire appel à toute ma volonté pour réussir à le tirer en arrière. Il me regarde avec des yeux de fou comme s'il ne me voyait pas, les traits déformés pas la rage.

– C'est bon, arrête...

Sa respiration reste saccadée, mais il se calme un peu. Il regarde le garçon par terre qui saigne de la lèvre et se tient la tête, avant de le forcer à se remettre debout et de le coller contre le mur.

– Tu dois des excuses à la demoiselle, connard.

*Non mais, c'est la meilleure, celle-là...*

– Excuse-moi, Reed, je ne savais pas que c'était ta nan...

Austin le plaque de nouveau contre le mur.

– C'est à elle que tu dois des excuses !

Le garçon me regarde de côté.

– Excuse-moi.

Je souffle :

– C'est bon. Lâche-le, maintenant.

Il s'exécute et le garçon ramasse ses livres rapidement avant de filer.

Austin évite mon regard, les poings toujours serrés.

– Je n'ai pas besoin que tu me défendes...

Ses yeux s'adoucissent alors qu'il les pose enfin sur moi.

– Je suis désolé. Pour samedi...

– Je m'en fous. Garde tes excuses.

Sur ce, je lui tourne le dos et m'enfuis loin de ses prunelles qui me tourmentent et de toute cette tristesse que je crois y lire.

# 19
# Austin

Dix jours que Lexie ne m'a pas adressé la parole. On se croise presque tous les jours, mais elle ne me jette pas un regard. Ça m'énerve. Je sais que j'ai merdé. Quand j'y repense, j'ai envie de vomir. Je voulais juste la faire chier un peu et lui montrer que c'est moi le plus fort, mais ça s'est transformé en humiliation générale. J'ai compris trop tard que ce n'est pas par pudeur qu'elle ne se déshabillait pas, mais à cause de ses cicatrices.

Elle est magnifique, ses brûlures n'y changent rien. Elle a les yeux les plus verts et les plus profonds que j'aie jamais vus. Et un sourire à envoyer tous les hommes en Enfer. Quand elle est malicieuse ou qu'elle a une idée derrière la tête, elle sourit en mettant le bout de sa langue entre ses dents. Chaque fois qu'elle éclate de rire, une féroce envie de l'embrasser s'empare de moi. Même si ce n'est jamais moi qui la fais rire.

J'ai cru que j'allais tuer Jesse et Zach qui la regardaient comme des chiens en rut quand elle s'est déshabillée au bord de la rivière. Alors que c'est moi qui l'ai contrainte à le faire, j'avais juste envie de la forcer à se rhabiller pour qu'ils arrêtent de baver devant ses courbes.

Elle a des tatouages, mais elle les cache, comme si c'était des secrets. Les miens sont cool et j'adore les montrer. Ils ne veulent pas tous dire quelque chose, c'est juste un art que j'aime exposer sur moi. Mais je devine que ceux de Lexie ont une signification profonde. Mais laquelle ?

Cette fille est un mystère ambulant. Elle ne se dévoile pas. Elle discute avec Seth plus qu'avec moi.

Quand je pense à elle et lui dans ce restaurant, j'ai envie de sauter dans ma voiture et d'aller péter la gueule de mon pote !

Elle portait un de ces pantalons de yoga trop sexy qui devraient être interdits à la vente et c'est la première fois que je la voyais les cheveux attachés. *Pourquoi s'est-elle faite belle pour sortir avec lui ?*

Elle n'est pas comme les autres, je me suis trompé. Ce n'est pas une fille prétentieuse, non, elle est en colère et renfermée. Cette nana s'est créé une carapace infranchissable. Elle croit que j'ai pitié d'elle, mais c'est faux, je l'admire. Elle est forte.

Chaque fois que je la vois, j'ai envie de la prendre dans mes bras. C'est flippant. Je n'ai jamais ressenti ça pour une autre. Même pas pour Brittany. Je ne suis pas amoureux, quand même ? Impossible. C'est des conneries tout ça ! Et même si je le voulais, l'amour n'est pas fait pour moi. J'ai un passé bien trop lourd.

Je force le son de la télé pour couvrir le bruit du mixeur de mon putain de frère dans la cuisine. Je fixe les images d'un épisode de *The Vampire Diaries*, qui défilent. C'est la série préférée de Zara et c'est son acteur fétiche qui parle :

– J'ai été amoureux une fois, ça fait mal, c'est inutile et très surfait !

*Bah voilà, il a tout dit.* On pourrait être potes, Damon et moi.

# 20
# Austin

Il n'arrête pas de tomber des cordes depuis ce week-end. J'entre dans la salle de littérature, où l'odeur d'humidité flotte déjà. Tout le monde est trempé, ça devrait être interdit de travailler par ce temps-là.

Je cherche Lexie des yeux. D'habitude, je la vois monter les marches de la bibliothèque le matin, mais pas aujourd'hui.

Je m'installe à ma place, non loin de Zara.

– Elle est où Lexie ?

– Fous-lui la paix, Austin !

Je la fusille du regard. Apparemment, elle m'en veut toujours pour ce que j'ai fait à sa copine.

– Où est-ce qu'elle est, Zara ?

Elle ne répond pas et sort ses affaires.

Le professeur arrive et s'installe.

– Bien, je vais vous rendre vos devoirs !

La chaise de Lexie reste désespérément vide. *J'espère qu'elle va bien...* J'ai remarqué qu'elle était fatiguée et avait beaucoup de cernes cette semaine. Peut-être qu'elle est juste malade...

– Monsieur Reed...

Le prof me tend ma feuille. J'ai eu un A. Il fait le tour de la classe en rendant les copies. À la fin, il ne lui en reste plus qu'une.

– Eh bien, je vois que mademoiselle Montgomery n'est pas là...

Je vais tout de même vous lire son devoir, qui est à mon avis un bel exemple d'écriture libre.

Cet exercice avait quelque chose de personnel, je ne crois pas que Lexie aimerait qu'on affiche ce qu'elle a livré par écrit devant tout le monde.

Le professeur s'adosse contre son bureau et commence à lire à voix haute :

– « La colère est un sentiment puissant. Il m'habite depuis toujours. Enfant, je la ressentais déjà quand je devais expliquer pourquoi mes dessins me représentaient seule avec ma mère. Cela s'est encore décuplé ce jour pluvieux, quand ma vie a basculé dans le noir. La colère est un sentiment doux-amer. Si vous n'y prenez pas garde, elle s'insinue en vous comme du poison qui vous dévore de l'intérieur. Cette colère me consume. Elle me tue chaque jour un peu plus. Pourtant je ne lutte pas contre elle, car cela me permet de me rendre compte que je vis encore. La colère efface la douleur. Ou du moins, elle l'endigue. C'est ce qu'on appelle l'ironie du sort. Je ne pense pas que la colère contenue soit bonne, mais quand il ne nous reste plus que ça, comment faire ? Il paraît que la colère décuple la force, mais moi je me sens faible, la plupart du temps… »

En prenant soudain conscience de plusieurs têtes tournées vers la porte, je me rends compte que Lexie nous observe, debout, trempée. Dans sa parka kaki trop grande, elle est à couper le souffle. Elle fixe monsieur Harris, livide, la mâchoire contractée.

Le professeur la remarque au même moment.

– Ah, mademoiselle Montgomery ! Vous êtes en retard… Je partageais votre excellent devoir avec la classe. Ça ne vous embête pas, j'espère ?

Lexie fait volte-face et se met à courir. On entend distinctement le bruit lourd de ses tennis sur le sol poli du couloir alors qu'elle fuit. *Quelle idée de partager ses pensées avec la classe entière ?* J'ai toujours apprécié ce prof, mais là, franchement, je lui collerais bien mon poing dans la gueule.

Sans écouter les protestations du prof, je me lève et fourre mon classeur dans mon sac puis sors en courant. Au loin, les longs cheveux bruns de Lexie passent la porte du lycée. Elle se dirige vers le parking.

– Lexie !

Elle ne m'entend pas et file.

En passant la porte, je m'arrête un instant. Il pleut à verse et le ciel gronde. *Tant pis.* Je lui cours après.

– Lexie !

Elle se retourne et me regarde un instant, avant de filer vers l'arrêt de bus.

J'ai cru voir qu'elle pleurait, mais avec les trombes d'eau qui se déversent, je n'en suis pas sûr.

Je la rejoins un peu essoufflé. Elle remonte son sac en cuir sur ses épaules et enfonce sa capuche sur sa tête. Celle-ci est tellement grande qu'elle lui cache presque les yeux.

– Lexie… T'inquiète pas pour ça, c'est des conneries… Tout le monde s'en fout ! Enfin non. C'est bien ce que t'as écrit, mais je veux dire… Pas la peine de te mettre en colère pour ça. Demain personne ne s'en souviendra. En plus, il t'a donné un A+ pour ce devoir.

Elle ne me regarde pas et ne dit rien. Elle enfonce juste les mains dans ses poches. Je ne peux pas voir ses yeux, alors je prends mon courage à deux mains. Je m'approche et je la force à me fixer en soulevant son menton d'une main.

Ses larmes se mêlent à la pluie sur ses joues. Ses yeux embués sont magnifiques. Sa lèvre inférieure tremble et je remarque ses cernes violacés. Lexie a l'air encore plus vulnérable qu'au bord de la rivière.

Elle garde obstinément les yeux baissés, refusant de me faire face.

– Ne pleure pas, s'il te plaît…

J'ai l'impression que cette phrase suffit à faire redoubler ses larmes. Si Zara était là, elle saurait quoi dire, moi, j'ai l'impression d'être inutile.

Je lui lâche le menton, tire sur sa capuche pour la faire descendre et la prends dans mes bras. Étonnamment, elle se laisse faire. Comme elle ne bronche pas, je la serre plus fort alors qu'elle est secouée de gros sanglots. Elle pose sa tête dans mon cou et je peux sentir l'odeur de vanille de ses cheveux et la chaleur de la peau de son front contre mon menton.

*Putain, qu'est-ce que j'ai envie de l'embrasser !* Mais j'ai trop peur de me prendre une gifle et je ne veux pas que ce moment se termine.

Nous restons comme ça jusqu'à ce qu'elle se calme. Ses sanglots deviennent moins violents et elle finit par respirer normalement.

La pluie redouble d'intensité et vient nous fouetter les jambes.

– Tu vas retourner en cours ?

Elle secoue la tête et s'écarte de moi en s'essuyant les yeux. Je la retiens parce que son air affaibli me donne l'impression que ses jambes ne la portent pas beaucoup.

– Tu veux que je te ramène chez toi ?

– Non, je vais prendre le bus.

Sa voix est enrouée et ne sort presque pas.

– Sûrement pas. Il ne passe pas avant quarante minutes et tu vas mettre une heure à rentrer. Je ne vais pas te laisser attendre sous la pluie toute seule.

Je lui renfonce sa capuche sur la tête et, en la tirant par la main, l'emmène à ma voiture. Elle résiste.

– Retourne en cours, Austin…

– Non ! Si tu n'y vas pas, je n'y vais pas. Je te ramène chez toi. Ne fais pas la maligne avec moi, je te porterai s'il le faut.

Elle souffle, exaspérée, mais me suit. Ça fait bizarre de tenir une fille par la main. Je crois que ça ne m'est jamais arrivé. Ce geste me fait peur, mais en même temps, si je la lâche, elle va s'enfuir.

Je déverrouille, lui ouvre la portière côté passager et attend qu'elle s'y engouffre pour refermer.

Une fois installé derrière mon volant, je mets un peu de chauffage. Nous roulons en silence. Comme je ne sais pas quel genre de musique elle écoute, je n'en mets pas. Et vu l'état dans lequel elle est, mieux vaut ne pas risquer de l'énerver encore.

– Tu peux ralentir, s'il te plaît…

Elle parle doucement et fixe la route où des torrents d'eau se déversent, comme une enfant effrayée.

– Je suis à peine à soixante…

– Austin, s'il te plaît…

Sa voix est plaintive. Je me demande si cela a un rapport avec son accident.

– Ok…

Je ralentis un peu. Elle ne pleure plus, mais elle fixe la route avec des yeux vides.

– Comment ça s'est passé, ton accident ?

La question m'a échappé. Elle ne me regarde pas et de nouvelles larmes perlent à ses yeux. *Putain, mais quel abruti !*

Il se passe un si long moment que je me suis fait à l'idée qu'elle ne réponde pas, quand finalement elle dit tout bas :

– Par un jour comme celui-ci, il pleuvait et un poteau électrique était renversé sur la route. Je roulais beaucoup trop vite.

Je hoche la tête. *Ok. Peut-être qu'un jour elle acceptera de tout me raconter.*

Elle s'essuie les yeux et se détourne vers la vitre de son côté pour ne plus me voir. J'aperçois les trois petites étoiles tatouées derrière son oreille et une furieuse envie de l'embrasser là me prend. Elle est trop sexy. Même quand elle pleure, elle est belle.

On arrive beaucoup trop vite à mon goût devant chez sa grand-mère. Je voudrais dire quelque chose, mais je ne sais pas quoi. Je n'arrive pas à trouver les mots.

– Lexie, je...

Elle ouvre la portière pour sortir et je l'attrape par le bras.

– Excuse-moi... Je suis désolé pour tout. Pour la rivière, pour la bagarre, pour tout...

Elle me regarde, mauvaise.

– Je n'en veux pas de tes putains d'excuses... Garde-les. C'est tout ce que tu sais donner après avoir bousillé les gens. Après les avoir affaiblis avec tes sourires, tu reprends tout ce que tu donnes. Tu fais du mal gratuitement... Et comme tu as dû le comprendre grâce à monsieur Harris, j'ai déjà trop de colère en moi pour en stocker encore contre toi. Laisse-moi tranquille.

Elle se dégage vivement et sort en claquant la porte. Je la vois courir, mais elle ne rentre pas par la porte d'entrée, elle fait le tour de la maison et disparaît. Je me demande où elle va. Mais je ne peux pas la suivre, même si j'en ai très envie.

Ses paroles m'ont atteint aussi vivement que si elle m'avait giflé.

« Tu reprends tout ce que tu donnes. Tu fais du mal gratuitement... »

Elle n'est pas la première personne à me dire ça. Mais c'est bien la première fois que ces paroles m'atteignent.

*Putain...* Je frappe le volant du poing plusieurs fois.

Je suis en colère contre moi-même. *Mais qu'est-ce qu'il m'arrive, bordel ?* J'ai l'impression d'être envoûté par cette fille. Pourquoi tout ce qu'elle me dit me fait cet effet-là ? Il y a une chose dont je suis sûr : jamais je ne pourrai la laisser tranquille ! J'ai bien essayé, ces derniers temps, mais une force que je ne comprends pas m'attire irrémédiablement vers elle.

Je pose ma tête sur le volant et ferme les yeux en écoutant la pluie se déverser dehors.

J'ai envie de sortir de cette putain de bagnole, d'aller la chercher, de l'embrasser, de la prendre dans mes bras, de l'emmener dans sa putain de chambre et de la baiser sur son lit ! J'ai envie de la sentir, de la toucher, de l'embrasser et de lui dire que c'est faux, je ne la détruirai pas !

J'ai l'air d'un putain de toxico qui a goûté à une drogue et ne sait plus s'en passer. Je suis accro à cette fille. Et cette idée me terrifie.

# 21
# Alexandra

– Il doit être très particulier, ce garçon…

Je ne relève pas.

Mamina n'est pas contente. Depuis qu'elle est rentrée, elle me cherche. Mais je suis fatiguée et je n'ai pas envie de me battre aujourd'hui.

Elle a reçu un coup de fil de St Jones.

Je pique une asperge avec ma fourchette et la croque du bout des dents.

Elle croise les mains sous son menton et m'observe de ses yeux d'un vert aussi vif que les miens.

– Lexie, réponds-moi.

Je fixe la table et ses petites fissures dans le bois. J'ai l'impression d'être vidée, ces derniers temps. Je n'ai plus rien à dire.

– Tu casses tout dans ta chambre, tu fais des cauchemars tout le temps, tu crois que je ne t'entends pas, la nuit ? Et maintenant, tu sèches les cours… J'espère vraiment qu'il en vaut la peine. J'espère qu'il est plus important pour toi que le fait d'aller à l'université l'année prochaine…

Je ferme les yeux et soupire. Les sermons, j'en ai ma claque.

– Écoute, Alexandra, je sais ce que ça fait d'être amoureuse…

– Je ne suis pas amoureuse !

Je me lève d'un bond en laissant tomber ma fourchette.

– Si, tu l'es ! Et c'est ton droit du moment que tu arrêtes les conneries… Ta mère avait commencé comme ça quand elle…

Avant de réfléchir à ce que je fais, la porcelaine vole à travers la pièce et mon assiette se retrouve brisée contre le mur. Abigail se couvre la bouche des mains en étouffant un cri horrifié.

Je sors de la pièce en courant presque et claque la porte de ma chambre. J'ai pleuré toute la journée. Les larmes ne viennent plus, même si j'ai le cœur gros. J'en ai ma claque de tout ça. *Allez tous vous faire foutre !*

– Aaaaaaaaaahhhhhhh !

Je hurle de toutes mes forces avant d'attraper ma veste en cuir et de la passer par-dessus mon haut de pyjama noir. Je suis en jogging, mais je m'en fous. J'enfile mes tennis, prends mon téléphone et sors par la baie vitrée. Il fait nuit, l'air est froid et la pelouse trempée. La pluie a cessé, mais je patauge dans la boue en traversant le jardin et mes chaussures sont vite dégoûtantes.

Dans le quartier, quelques lumières éclairent encore des maisons et les réverbères de la rue sont tous allumés. À Boston, de nuit, il y aurait eu de la circulation, des gens, des bars ouverts, j'aurais pris le métro pour aller dans le centre… Mais ici, il n'y a même pas de bus de nuit. Pas un chat, personne. La rue est déserte.

J'hésite à aller chez Zara. Mais en même temps, je n'ai envie de parler à personne. Alors, je marche et descends la rue silencieuse en respirant l'air frais.

Je regrette déjà ce que j'ai fait avec Mamina. Mais c'est trop tard.

Les mains dans les poches de mon blouson, je déambule sur le trottoir mouillé, sans savoir où je vais. J'aurais dû prendre mon casque et mon iPod.

Le vent s'est levé et souffle dans les branches des arbres, entraînant avec lui des tourbillons de feuilles. Je ressers les bras autour de moi sous la morsure du froid.

Je regarde les gens dans leurs maisons aux fenêtres éclairées. Leur vie est bien rangée, tranquille. Ils n'ont pas ce passif chaotique que je me traîne. Je les déteste et les envie. Pourquoi ne suis-je pas née dans une famille normale, avec des parents normaux, une maison avec un jardin, une balançoire et un chat ?

Les décorations sur les façades me rappellent que c'est bientôt Noël. À Boston, Lauren doit déjà avoir fait le sapin depuis longtemps. Comme d'habitude, elle l'aura décoré toute seule…

Le vent souffle de plus en plus fort et emplit mes oreilles.

Quand j'arrive à une intersection et que je ne sais plus dans quel sens aller, je me rends compte que je suis perdue. Je sors mon portable. Je décide de faire demi-tour et reviens sur mes pas.

Mais un quart d'heure plus tard, je ne suis pas devant la maison. Je ne me souviens même pas être passée par là. Je ressors mon portable et décide d'appeler Mamina. Elle ne décroche pas.

Quatre essais plus tard, j'abandonne. J'appelle Zara. Elle non plus ne décroche pas. Tout comme Seth, sur qui j'étais pourtant sûre de pouvoir compter. Mais où est-ce qu'ils sont tous ?

Je m'assois sur un muret à proximité même s'il est mouillé et me trempe les fesses. Le dernier numéro dans ma liste d'appels reçus est celui d'Austin.

*Non, je ne l'appellerai pas lui !*

Mais quelques minutes plus tard, quand une goutte s'écrase sur mon nez, je change d'avis. En soupirant de lassitude, je compose son numéro. Lui non plus ne décroche pas. Dans un sens, je suis soulagée, mais en même temps ça m'énerve.

Je suis prête à aller sonner chez quelqu'un quand mon téléphone vibre dans ma main. Austin.

Fébrilement, je réponds.

– Allô ?

– Lexie…

Sa voix est ensommeillée.

– Tu m'as appelé ?

Je reste silencieuse un moment, parce que je ne sais pas quoi lui dire. Dès que je l'entends, mon envie de pleurer refait surface. Je l'évite autant que je peux et là je l'appelle pour qu'il vole à mon secours. J'ai vraiment un grain.

– Lexie ?

– Oui, je… Je me suis perdue…

– T'es où ?

– Je n'en sais rien. Il y a des rues avec plein de maisons, elles se ressemblent toutes… Attends, il y a un panneau… C'est *Manor St*…

– C'est bon, je mets le GPS, j'arrive…

Il raccroche et je me rassois sur le muret pour attendre.

La fine pluie qui tombe est glaciale. *Il pleut tout le temps ici, ou quoi ?*

Dans le noir, avec juste la lumière des réverbères pour m'éclairer, je me dis que je ne me suis jamais sentie aussi seule. Aussi abandonnée.

Mais quelques minutes plus tard, le bruit d'une voiture de sport se confond avec le mugissement du vent. Je me lève. L'Aston Martin Rapide d'Austin fend la nuit et vient vers moi. Je ne peux pas m'empêcher d'être soulagée.

Ses phares m'aveuglent. Je lui fais signe de la main tandis qu'il s'arrête, puis je monte et claque la portière avant de boucler ma ceinture. Je jure que je n'ai jamais été aussi contente de le voir.

Il me scrute, ébahi.

– Mais putain, qu'est-ce que tu fais toute seule dehors à cette heure ?

Ses cheveux sont en bataille et lui aussi porte un jogging en molleton noir.

– Je me suis disputée avec ma grand-mère et j'avais besoin de prendre l'air…

Il me regarde comme si j'étais folle.

– Et tu ne pouvais pas juste sortir dans ton jardin ?

Je ne réponds pas et lui m'observe des pieds à la tête.

– T'es en train de mettre de la boue partout dans ma bagnole, en plus !

*Non, mais quel connard !*

– T'es sérieux, là ?

Il grogne et démarre.

– Je n'aurais jamais dû t'appeler, bougonné-je.

Austin finit par soupirer.

– Excuse-moi.

Il m'observe de nouveau du coin de l'œil et quand son regard s'arrête sur ma poitrine, je ne peux m'empêcher de croiser les bras autour de moi.

– T'es en pyjama ?

– J'ai pas pris la peine de me changer avant de sortir…

Mon ventre émet un grognement terrible et je grimace. Il hausse les sourcils.

– Il est presque minuit et tu as faim ?

J'en ai déjà marre de lui et de ses réflexions à la con.

– S'il te plaît, ramène-moi et c'est tout.

Soupirant bruyamment, il secoue la tête comme pour dire que je l'énerve, mais il ne parle plus.

Au bout d'un quart d'heure, je reconnais la route.

– Je n'habite pas par là !

– On va chez moi.

*Quoi ?*

– Non, tu me ramènes !

– Ne t'amuse pas à me donner des ordres quand tu es dans ma voiture. Tu m'as réveillé alors que je faisais un rêve particulièrement cochon avec Scarlett Johansson et je crève de fatigue.

*Scarlett Johansson ?*

– J'étais sûre que tu préférais les blondes...

Il sourit de toutes ses dents.

– Bon... On mange, tu dors, et demain matin tu viens en cours avec moi. De toute façon, tu n'as que gym et psychologie. Je te prêterai des affaires de sport, et en psycho, Zara te passera son livre.

*Depuis quand il connaît mon emploi du temps ?*

– Et je dors où ?

Une joie mauvaise sur la face, il sourit férocement.

– Dans ma chambre, évidemment, tu crois que je vis dans un palace ou quoi ?

Je l'assassine du regard.

– Si c'est la seule manière que t'as trouvée pour me mettre dans ton lit, c'est raté d'avance...

Il se marre.

– Aucun risque, t'es pas mon genre !

Je tourne la tête par la vitre pour qu'il ne voie pas comme ses paroles me vexent.

Quelques secondes plus tard, on se gare dans l'allée d'une grande maison de style colonial.

– Tu vis ici ?

– Non, mon frère vit ici. Et je suis obligé d'y squatter jusqu'à la fin de l'année scolaire...

Arrivé à la porte de la maison, il ouvre et allume. L'intérieur est moderne, propre, bien rangé et immense.

Sans prévenir, Austin me prend par la main et me tire vers la cuisine. Là, il me fait signe de m'installer sur un des tabourets. Puis il sort un Tupperware du frigo, l'ouvre et me le tend avec une fourchette. Des pâtes au thon.

Comme je dévore telle une affamée, il se met à rire. Austin se penche sur l'îlot central et me regarde la tête dans les mains. Je mâche et il ne dit rien.

Sur le frigo, j'aperçois des photos et plisse les yeux pour mieux les distinguer. Quand il suit mon regard, il ronchonne.

– Bon, on va dormir, là…

– Pourquoi tu es d'aussi mauvaise humeur, le soir ?

Je lève les yeux en l'air alors qu'il me prend de nouveau la main et me tire avec lui. Au passage, il éteint les lumières.

Nous montons à l'étage et il m'entraîne vers une porte au fond. Sa chambre.

– Et c'est un privilège, hein, aucune meuf n'a jamais dormi là…

– C'est censé me faire quelque chose ?

Sa chambre est immense et la première chose qui me saute aux yeux, c'est la bibliothèque qui recouvre tout un mur. Des livres par centaines. Le paradis.

– C'est à toi, tout ça ?

– Bah ouais…

Il retire son t-shirt et le jette sur son lit. Tout à coup, mon attention est détournée.

– S'il te plaît, on observera ma chambre demain, j'ai sommeil, là… dit-il en bâillant et en passant les mains dans ses cheveux.

Il est terriblement sexy dans son jogging qui lui descend bas sur les hanches et le torse nu, recouvert de tatouages.

– Je peux utiliser la salle de bain ?

– Ouais, c'est la porte en face, dans le couloir.

– Tu n'aurais pas quelque chose à me prêter ?

Je lui désigne mes vêtements dégueulasses. Il ouvre un coffre au pied de son lit et en retire un haut rose qu'il me lance.

– Tiens, ça devait être à Hailey ou je ne sais pas qui…

Je le lui balance à la tête.

– Non, mais ça ne va pas ou quoi ?

Il hausse les sourcils, étonné. *Les garçons, je vous jure…*

– T'es vraiment trop con !

Je me lève, attrape le t-shirt qu'il avait sur lui tout à l'heure et sors.

Dans la salle de bain, je me débarrasse de mes tennis, essaie de les nettoyer et me change en mettant son t-shirt qui est trop grand pour moi. Il sent bon. Il sent Austin. Je le hume un peu trop longtemps.

Je ne peux pas garder mon jogging, il est trempé. Heureusement, le t-shirt me couvre les cuisses et les fesses.

Quand je reviens dans sa chambre, Austin est en boxer, allongé sur le lit, les mains derrière la tête. *Putain, comment je me suis retrouvée là ? Et comment je vais lui dire que je ne dors pas sans lumière ?*

Il a les yeux fermés et ne bronche pas quand je ferme la porte.

– Austin ?

Il ouvre les paupières doucement et m'observe de la tête aux pieds. Il ne dit rien mais tend la main. J'approche et m'assois près de lui, mais je ne la prends pas. Il la laisse retomber sur le lit.

Je m'allonge dos à lui sur le bord du lit en remontant la couverture.

– Un peu plus au bord et tu tombes par terre, murmure-t-il en riant doucement.

Je tends la main et allume la lampe en baissant la lumière au minimum.

– Lexie ? chuchote-t-il.

– Hmmm…

– Je suis vraiment désolé pour ce que je t'ai obligée à faire…

Je ne réponds pas. Il n'y a rien à dire.

Je mets longtemps, très longtemps, avant de réussir à fermer les yeux.

# 22
# Alexandra

J'ai les yeux fermés, mais je suis réveillée par le souffle brûlant que je sens dans mon cou. Il fait trop chaud dans cette chambre ! Austin est à quelques millimètres de moi. Et c'est vrai que si j'avance un peu plus au bord du lit, je tombe par terre.

Je suis vraiment en manque de sommeil, mais je n'arrive plus à dormir. Comme ces derniers temps.

La lampe de chevet est éteinte. Donc il a dû se lever et l'éteindre dans la nuit. Le jour filtre par les rideaux et je regarde l'heure sur mon téléphone. Sept heures.

Je me lève en essayant de ne pas le réveiller. J'ouvre la porte de la chambre pour sortir quand je l'entends se retourner dans son lit.

– Lexie ?

Il me semble entendre mon nom, mais quand je le regarde, je vois qu'il dort profondément. Alors, je sors et file vers la salle de bain, mon téléphone en main. Il affiche trois appels manqués de Zara. Grand-mère n'a même pas dû voir que j'étais sortie. Ou elle s'en fout.

Je pose mon portable sur le bord du lavabo et me regarde dans le miroir. Les cernes sous mes yeux sont affreux et j'ai les cheveux dans tous les sens. J'ouvre le placard derrière le miroir et trouve une brosse à cheveux et un paquet contenant plusieurs brosses à dents neuves. Je m'applique à me rendre présentable et ressors.

Je descends les escaliers et retrouve la cuisine. Une boîte de céréales est posée sur l'îlot central. J'ouvre un placard, prends un bol et me sers. Quand je vais chercher du lait dans le frigo, j'aperçois les photos accrochées avec des aimants. Il y a une femme brune, très belle, avec les cheveux au carré qui rit de toutes ses dents. Elle est entourée d'Austin et d'un jeune homme plus âgé. L'autre garçon lui ressemble un peu, mais ses traits sont moins durs. Sur une autre, il y a une fille rousse avec un chien. Et sur une autre encore, le garçon précédent qui porte une toge de cérémonie et un diplôme dans les mains avec Austin qui tire la tronche à côté.

– Salut !

Je sursaute tellement que je renverse du lait. *Putain…*

Debout dans l'embrasure de la porte, le garçon des photos me regarde. Il est beaucoup plus vieux que sur les clichés. Beaucoup plus grand, beaucoup plus barbu, et beaucoup plus beau, aussi. Il a les mêmes yeux marron-noir qu'Austin. Et les mêmes fossettes. Mais il ne porte aucun tatouage.

– Euh… Salut.

Il me scrute de la tête aux pieds en s'arrêtant rapidement sur ma cicatrice et un sourire immense éclaire son visage. Je prends tout à coup conscience que je suis en culotte et en t-shirt. Je tire dessus en le déformant pour me couvrir. Il secoue la tête et se marre.

– Alors c'est toi qui donnes des insomnies à mon frère ?

Je rougis.

– Je suis Lex…

– Alexandra, je sais…

*Ah bon ?*

– Moi, c'est Joshua. Jo pour les intimes. Et vu que tu es à moitié nue dans ma cuisine, tu peux m'appeler Jo.

Il attrape le bol de céréales et pioche dedans. Je ne sais plus trop où me mettre. Surtout qu'il me regarde comme un affamé regarderait un gâteau au chocolat dans la vitrine d'une pâtisserie.

– Alors vous êtes ensemble ?

– Quoi ? Euh non… Je…

– Bah si, tu as dormi dans sa chambre… Personne ne dort jamais dans sa chambre.

Je m'éclaircis la gorge pour pouvoir faire une phrase.

– Il a dit qu'il n'y en avait pas d'autres.

Joshua s'esclaffe.

– Et tu l'as cru ? Il est trop fort ! Il y a cinq chambres, ici, dont trois chambres d'amis.

*J'aurais dû m'en douter...*

Il a le même rire que son frère.

Je fais le tour de l'îlot central pour cacher ma demi-nudité et pioche en même temps dans les céréales.

– Austin et moi, on...

– Hum hum...

Dans l'embrasure de la porte, Austin, en jogging, nous regarde les sourcils froncés et les poings serrés. Il est torse nu et me fusille des yeux.

– J'ai mis des vêtements de sport sur le lit pour toi.

Je déteste quand il prend ce ton-là.

Je souris à son frère et m'éclipse. Inutile de se disputer devant sa famille. Quand je passe près de lui, Austin tire sur mon t-shirt pour le faire descendre, et alors que je sors, je l'entends dire à Joshua :

– Tu la regardes encore comme ça et je t'explose, c'est clair ?

Et Joshua d'exploser de rire.

Je me douche en vitesse et enfile la tenue trop grande d'Austin. Quand je retourne dans sa chambre, il est assis sur son lit, en jean et t-shirt noir, avec un blouson en cuir. Il se masse les tempes comme s'il avait mal à la tête.

– On y va ?

Austin m'assassine du regard.

– T'es malade de sortir de la chambre en culotte, comme ça !

Je lève les yeux au ciel, exaspérée.

– Je ne savais pas que ton frère était là...

*Pourquoi je me justifie, en fait ?*

– Et qu'est-ce que ça peut te foutre ?

Il ne répond pas et se lève.

– J'ai mal dormi, tu ronfles dans ton sommeil.

Maintenant, je suis cramoisie de honte et il éclate de rire. Ce garçon passe de la mauvaise humeur au rire comme on change de chemise.

– Bon, on y va.

Dans la voiture, je vois sur mon portable que Zara m'a encore appelée.

Austin force la musique. Un groupe pop que tout le monde écoute. Je baisse le son. Il le force de nouveau. Je baisse encore une fois. Il le force comme si de rien n'était. Nous nous battons comme ça tout le long de la route et c'est pire pour choisir la station de radio, et pour ma vitre que je descends parce que j'ai chaud, et qu'il remonte parce qu'il a froid. Nous ne sommes vraiment pas faits pour nous entendre.

Quand nous arrivons sur le parking de St Jones, Zara et Jesse, adossés à la voiture de ce dernier, nous attendent. Je descends et Zara ouvre grand la bouche et les yeux. Jesse n'a pas l'air content, il fronce les sourcils. Mon amie me tombe dessus avant que j'aie le temps de dire quoi que ce soit.

– Putain, mais t'étais où ? Je t'ai appelée, mais tu ne répondais pas… D'où est-ce que vous venez, Austin et toi ? Et d'abord, c'est quoi ces fringues ?

Elle tire sur le t-shirt que je porte.

– Mais c'est à Austin !

Je soupire tandis qu'elle sourit.

– Vous avez fait quoi, tous les deux ?

Austin lève les yeux au ciel.

– Tu ne sais vraiment pas la fermer, toi, hein…

Il s'en va en direction de son prochain cours, Jesse sur les talons. Sans un regard pour moi, alors que moi je ne peux m'empêcher de le contempler.

Zara agite sa main devant mes yeux.

– Attention Lexie, tu baves, là…

Je lui tire la langue et file en direction des vestiaires pour le cours de gym. Elle me suit et ne me lâche pas tant que je ne lui raconte pas tout en détail. Nous passons donc les deux heures de sport à disséquer cette nuit sous toutes les coutures. Mes mésaventures lui font oublier ses nausées matinales.

✦✦✦

– Tu es amoureuse de lui ?

Zara range ses affaires de sport, et moi, comme je n'ai pas de rechange, je suis obligée de garder cette tenue pour le cours de psycho.

– Je n'en sais rien.

Et c'est vrai. Je n'arrête pas de penser à lui. Je rêve tout le temps de lui. Je l'ai embrassé et même plus que ça. Et j'ai dormi avec lui hier soir. Je n'avais jamais dormi avec quelqu'un. Mais il m'a humiliée. On se bat, on se dispute et on se bouffe l'un l'autre... *Ce n'est pas de l'amour, ça, c'est de la rage !* Avec Nate, ça ne se passait pas comme ça. Je ne me posais pas autant de questions.

– Lexie, je te parle...

– Hein ? Quoi ?

– J'ai rendez-vous à la clinique samedi aprèm, je ne pourrai pas venir au feu de camp, le soir... Mais tu m'accompagneras, hein ?

Je lui souris tristement.

– Mais oui...

Zara va se faire avorter. C'est horrible. J'aimerais qu'on échange nos places. Je ne le ferais pas, moi. Si j'avais une seule chance d'avoir un enfant... Mais je ne suis pas à sa place, ni elle à la mienne. Et je dois la soutenir.

Le cours de psycho passe vite. À midi, Austin m'attend dans le couloir, appuyé contre le mur.

– Je te ramène chez toi pour que tu puisses te changer et prendre tes cours.

Ce n'est pas une question, c'est un fait. *Il est tellement suffisant !*

Je le suis et Zara me fait un clin d'œil en s'éloignant.

Dans la voiture, Austin recommence son manège pour m'énerver avec la radio.

Vingt minutes plus tard, il se gare devant chez Abigail. La voiture de ma grand-mère n'est pas là. Elle a dû partir travailler.

Quand il s'apprête à ouvrir sa portière, je le stoppe.

– Non, attends-moi, j'en ai juste pour cinq minutes.

– T'es sérieuse ? Tu dors dans ma chambre, mais moi je ne peux pas entrer chez toi ?

– Tout à fait ! Ma grand-mère ne te connaît pas et, à cause de toutes ces conneries, ces derniers temps, elle a déjà une dent contre toi, alors si elle sait que tu es rentré... Reste là.

Il soupire et lève les yeux au ciel en se renfrognant dans son siège. Je sors et file vers la maison. Elle est silencieuse et les preuves de mon coup d'éclat de la veille ont disparu.

Je me douche rapidement et enfile un t-shirt large, gris, aux manches serrées et un jean destroy avec des baskets noires. Je m'attache les cheveux en queue-de-cheval et fourre mes affaires d'histoire et de journalisme dans mon sac.

Dans la voiture, Austin m'attend impatiemment en tapant des doigts sur son volant. Il me dévisage quand je boucle ma ceinture.

– Quoi ?

– T'es belle.

Je rougis. *Il ne viendrait pas de me faire un compliment ?* Non, ça ne ressemble pas à Austin Reed !

– Ça te va bien, les cheveux attachés.

– Merci.

Il démarre et on s'en va. Quand je baisse la musique, il me laisse faire. *Je n'en peux plus des changements d'humeur de ce mec...*

✦✦✦

Les autres nous dévisagent arriver ensemble au parc où ils déjeunent. Zara se mord les lèvres pour s'empêcher de sourire. Elle m'énerve. Je m'installe à côté d'elle aussi loin que possible d'Austin pour bien leur faire comprendre qu'il n'y a rien entre nous. Nous mangeons, discutons, rions et retournons en cours.

En histoire, Jesse fait mine de s'installer à côté de moi, mais Austin le pousse et s'assoit. Jesse serre les dents et change de place. Je lui souris pour m'excuser de l'attitude insupportable de son pote.

Je n'arrive pas à me concentrer sur le cours avec lui à côté de moi. *Je ne vais pas terminer l'année, à ce rythme-là !*

Il ouvre ma trousse et regarde mes affaires une à une, comme s'il allait apprendre un truc sur moi en observant mes stylos. Quand il cherche à tourner les pages de mon cahier, je l'arrête net. Son nom est gribouillé dans la marge de plusieurs d'entre elles, je ne vais pas le laisser voir ça.

Il soupire et s'affale sur la table pendant le reste du cours. Quand je prends des notes, il m'observe pendant que j'écris. Sa proximité me rend nerveuse. Je respire plus vite et me tortille dans tous les sens.

– Arrête de me regarder !

J'ai parlé tout bas, mais il me sourit.

– Quand t'es concentrée, tu te mords la lèvre, je n'avais jamais remarqué…

Je déglutis et ferme les yeux. Il me caresse le dessus de la main du bout des doigts et je la retire vivement quand je vois Evan et Savannah qui rient en nous observant.

La sonnerie retentit et je me lève vite fait. Mais en cours de psycho, il reprend son manège. Les papillons dans mon ventre s'envolent quand il me regarde et me sourit. Je ne peux pas, je ne *veux* pas être amoureuse de lui !

– À quoi tu penses ?

Il fronce les sourcils en m'étudiant encore. Je grogne.

– Tu me fais chier.

– Pas grave, c'est réciproque.

J'essaie de ne pas le fixer.

À la fin de la journée, je file pour prendre le bus, mais il me rattrape et m'entraîne par la main.

– Je te ramène.

Il me tire vers sa voiture. Comme d'habitude, ce n'est pas une proposition, c'est un ordre.

Durant le trajet qui me ramène à la maison, je ne peux pas m'empêcher de me dire que s'il avait été comme ça depuis le début, ça se serait passé autrement entre nous.

– Pourquoi tu ne dis jamais à quoi tu penses ? me questionne-t-il soudain, en me regardant de côté.

– Pourquoi tu veux toujours savoir ce que je pense ?

J'ai l'impression que ma question le tourmente. Il ne répond pas et fronce les sourcils.

*Eh bien en fait, je crois que je suis en train d'avoir des sentiments pour toi alors que tu ne le mérites pas… Voilà à quoi je pense, idiot !*

Il se gare devant chez Mamina.

Alors que je m'apprête à sortir, il m'attrape par mon t-shirt et me tire vers lui. Puis il m'embrasse. Juste comme ça. Un simple baiser, doux, chaste. Mais c'est suffisant pour que mon cœur s'emballe.

Il sourit et je sors de la voiture en trébuchant. Je l'entends qui se marre. *Pourquoi on ne pourrait pas être toujours comme ça ?* Mais inévitablement, j'attends ce moment où Austin redeviendra le connard arrogant que je connais.

# 23
# Alexandra

Je n'arrive pas à dormir. Je regarde l'heure. 2 h 24.

Austin occupe mes pensées. Malgré mon attirance évidente pour lui, j'ai peur de m'embarquer dans une histoire merdique. Austin est une contradiction vivante. Il ne m'a pas vraiment bien traitée depuis que je le connais. Mais hier était incroyable, je ne l'avais jamais vu aussi attentionné. Il y a aussi ce que m'a dit Zara sur ses coucheries habituelles, je ne veux pas être un nouveau trophée pour lui. Et je ne suis ici que pour quelques mois avant de repartir sur la côte Est. S'il se passait un truc entre nous et que je doive me séparer de lui par la suite, je n'y survivrais pas. Je ne survivrais pas à la perte d'un autre amour. Pas après Nate.

Quand, au petit matin, mon réveil sonne et que je me rends compte que j'ai passé la nuit à penser à lui, je dois me rendre à l'évidence : j'ai des sentiments pour lui. Qu'importe ce qu'il va advenir par la suite, je suis amoureuse de cet imbécile aux yeux sombres. Et je suis terrifiée, aussi.

Paresseusement, je me rends à la salle de bain. J'ai la mine de quelqu'un qui n'a pas dormi de la nuit. Je me douche et, à l'aide d'un baume, j'essaie de camoufler mes cernes.

Je passe un pantalon anthracite très étroit et un chemisier cache-cœur blanc qui a un beau décolleté. Avec mes Sleepers à clous argentés, ça ira très bien. Je ne me maquille que très rarement, mais un peu de blush et de mascara, cela ne fait pas de mal de temps en temps. J'ai envie d'être jolie, aujourd'hui, il faut l'avouer.

Je redoute de sortir de ma chambre, ce matin. Hier soir, Mamina ne m'a pas adressé la parole. Elle s'est contentée de mettre une assiette sur la table pour moi et nous avons mangé en silence. Je lui ai promis de ne pas recommencer et d'éviter les problèmes à l'école, mais elle n'a pas répondu. Elle semblait ailleurs, perdue dans ses pensées, et je n'ai pas insisté.

Alors que je me rends à la cuisine avec ma veste et mon sac, des éclats de voix me parviennent et je reconnais le timbre d'oncle Charlie.

– Il faut que tu lui en parles, maman…

– Ce n'est pas le moment !

– Ça a assez duré comme ça… Combien de temps encore cette histoire va te travailler ?

J'entre dans la pièce et ils me regardent tous les deux. Charlie se tait. J'ai l'impression d'avoir interrompu une conversation désagréable. Mais j'ai assez de problèmes comme ça, je ne veux pas en savoir plus.

Je fais la bise à mon canon d'oncle aux yeux verts et me sers un verre de jus d'orange.

– Je te dépose, ce matin, Lexie ? me propose-t-il.

– Oui, si ça ne te dérange pas.

J'aime bien Charlie. Il est comme moi, il ne parle pas beaucoup. Je déteste les gens qui se sentent obligés de meubler le silence par une conversation inintéressante.

J'enfourne deux toasts dans ma bouche comme une vorace et nous sortons. Mais dehors, une Aston Martin Rapide est garée dans l'allée. Je ne peux pas m'empêcher de sourire.

– C'est ton copain ? me demande mon oncle.

– Non, c'est juste un ami… Il va m'emmener, ça t'évitera de faire un détour !

Je lui dis au revoir et monte dans la voiture d'Austin alors que celui-ci lui fait un salut amical de la tête, en sortant de l'allée en marche arrière.

– Tu ne me dis pas bonjour ?

Sa voix est parfaite. Je ne connais personne avec ce ton-là. Il est beau. Il me semble qu'il a mis du gel dans ses cheveux. Il respire le propre, le frais et la sensualité. Ce mec est une bombe ambulante. Ça ne m'étonne pas que toutes les filles se laissent séduire.

Je me penche pour lui faire la bise mais, en souriant, il me prend par le menton et passe sa main dans mes cheveux, avant de m'embrasser longtemps. Je ferme les yeux et le laisse faire. Sa bouche à ce goût mentholé que j'aime tant. J'aimerais l'embrasser à l'infini, ne jamais m'arrêter.

Il finit par me lâcher et file vers l'école. En conduisant, il me regarde de côté.

– Tu t'es maquillée ?

Je fais oui de la tête. La boule dans ma gorge m'empêche un peu de parler.

– Pourquoi ? Il y a quelque chose de spécial, aujourd'hui ?

Je prends le même ton pour répondre :

– Et toi, pourquoi tu as mis du gel ?

Il ne réplique pas. Je souris car j'adore avoir le dernier mot avec lui. Il force la musique, mais je n'y touche pas. Je suis de bonne humeur, aujourd'hui. Lui, il fronce les sourcils. Sa part d'ombre est de retour.

Nous nous rendons en cours ensemble. Mais Austin n'est plus comme hier. Il s'assoit à côté de moi, mais il est concentré sur le cours et je me demande ce que j'ai fait de mal. Avec lui, je ne peux jamais savoir.

Je fais mine un moment de lui prendre un crayon en lui montrant le mien qui est cassé, mais il me fusille du regard. *Ok. J'en ai déjà marre.* Je soupire. Il me le tend, mais je le remets en place.

Quand on se quitte pour changer de cours, je file sans un regard. Pas la peine qu'il voie que je suis dans tous mes états.

Le reste de la matinée, nous ne nous voyons plus. À l'heure du déjeuner, j'explique à Zara que je n'ai pas faim et que je compte bosser à la bibliothèque, mais elle n'est pas conne, ma copine.

– Tu ne devrais pas te mettre dans des états comme ça pour lui. Austin est comme ça avec toutes les filles. Il ne s'est jamais bien comporté. Je ne te juge pas. Simplement, je préfère te prévenir… Il n'est pas pour toi. Austin est mon meilleur ami et je le connais trop bien. Tu as l'air cool et tout, mais si tu n'es pas assez forte, tu vas te fracasser, avec lui. Il n'est pas tendre avec les filles.

– Ne t'inquiète pas, je m'en fous.

Ce n'est pas vrai. Et je ne suis pas toutes les filles ! Je suis moi, Alexandra.

Je file vers la bibliothèque alors que mon amie va rejoindre les autres.

Installée sur une table au fond de la salle, je sors mes affaires et me remets à lire *Roméo et Juliette* pour mon projet de littérature tout en prenant des notes sur les passages qui m'intéressent.

Ça ne fait pas dix minutes que je suis plongée dans mon travail que je le vois arriver.

– Qu'est-ce que tu fais ?

Il s'installe face à moi.

– Je lis.

Je replonge le nez dans mon bouquin.

Ses mains parcourent ses cheveux nerveusement.

– Pourquoi tu es de mauvaise humeur ?

*Non mais c'est la meilleure, celle-là !*

– Ce serait plutôt à moi de te poser cette question…

Il soupire.

– Écoute, Lexie. Je n'ai pas l'habitude de… de ça… lâche-t-il avec un geste qui désigne le vide entre lui et moi. Normalement, même quand je couche avec une meuf, le lendemain elle ne pioche pas dans ma trousse en cours… Et le comble, c'est que toi et moi, on n'a même pas couché ensemble…

Je fais une moue dégoûtée.

– Et comment je suis censée prendre ce que tu dis là ?

– Prends-le comme tu veux. Je te précise juste comment sont les choses.

– En l'occurrence, je te signale que c'est toi qui t'es mis à piocher dans mes affaires hier, et ce matin, c'est encore toi qui es venu me chercher à la maison ! Et elles sont comment, les choses ? Comment est-ce que tu te conduis une fois que tu as dormi avec une fille ?

Il me regarde dans les yeux.

– À part toi, je n'ai jamais dormi avec une fille. J'en ai baisé plein, mais dormi avec, jamais.

Je baisse la tête sur mon livre pour qu'il ne voie pas mes yeux qui s'embuent.

– Tu es du genre à être jalouse ?

Je ne réponds pas. *Bien sûr que je suis du genre à être jalouse. Quelle question !*

– Parce que si c'est le cas, il faudra que tu changes de lycée. J'ai couché avec la moitié de la classe, et sûrement du lycée, et puis avec elle, il me désigne une brune assez jolie assise à une table toute proche. Et elle aussi, il en montre une autre.

Je referme mon livre d'un coup sec. J'en ai assez entendu.

– Casse-toi !

Je fourre mes affaires dans mon sac. Je me trouverais bien un coin à l'ombre d'un bâtiment pour lire tranquille, mais il me retient par les lanières de mon sac en cuir.

– Attends…

Je le dégage brusquement.

– Laisse-moi tranquille.

– Écoute, Lexie… Pour une raison qui m'échappe, je… je ne peux pas te laisser tranquille. J'ai envie d'être avec toi.

S'il n'arrête pas de parler, je sens que je vais vraiment me mettre à pleurer. Il me dit qu'il ne veut pas de relation et qu'il a couché avec des centaines de filles, pour ensuite m'avouer qu'il ne peut pas se passer de moi. Il est vraiment tordu.

– J'ai dit, casse-toi !

Il me tire vers lui et m'attrape dans ses bras.

– T'es la fille avec le plus gros caractère de merde que j'aie rencontrée dans ma vie. Tu le sais, ça ?

Je me débats pour me dégager de son étreinte, sans y parvenir.

– Regarde-moi…

Je baisse les yeux. *Alors là, sûrement pas.*

– Dès le jour où tu m'es rentrée dedans, j'ai su que t'étais une chieuse… Mais je n'avais pas prévu que je ne pourrais plus me passer de toi.

Et il écrase sa bouche sur la mienne.

– Non, bébé, ne pleure pas…

Il tend les mains et me caresse les joues en essuyant mes larmes de ses pouces. Il m'embrasse les paupières et les tempes.

Je recule, mais il m'attire vers lui et me serre. J'aimerais rester comme ça, mais après tout ce qu'il vient de me dire, c'est impossible. Je le repousse pour fuir jusqu'aux toilettes. Là, il ne peut pas me suivre.

Je m'y engouffre et m'y enferme. Et je m'appuie contre la porte en pleurant à gros sanglots.

– Lexie ? Sors, s'il te plaît...

*Il m'a suivie dans les toilettes des filles ?*

– Dégagez de là, vous !

Je l'entends qui crie sur d'autres filles. Elles prennent peur et se tirent. Il vaut mieux que je sorte avant qu'il fasse un scandale. Je m'essuie les yeux du mieux possible et respire un grand coup.

– Je voudrais juste que tu me laisses tranquille, soufflé-je en fuyant son regard.

– Et moi je te dis que c'est impossible !

– Trouve-t'en une autre à martyriser !

Cette fois ma voix est assurée et semble le percuter avec fracas. Son expression change en une seconde. Je pourrais croire qu'il est blessé si je ne savais pas que c'est impossible qu'il ressente quoi que ce soit.

– Je ne veux pas te martyriser...

– Je m'en fiche de ce que tu veux. Ce que je veux, moi, c'est que tu me fiches la paix !

Il m'observe des pieds à la tête avant de parler doucement.

– Bon, d'accord, si c'est ce que tu veux. Je te fiche la paix... Mais arrête de te maquiller et de t'habiller comme une... Comme ça !

Il désigne ma tenue d'un geste de la main et sort vivement en claquant la porte des toilettes.

S'il m'avait giflée, j'aurais eu la même sensation, cette brûlure gravée sur ma peau et dans mon cœur.

Je me regarde dans le miroir et ne me reconnais pas. Je pensais que j'étais jolie, aujourd'hui. Pas habillée comme une pute. Il n'est pas de cet avis, apparemment. Les larmes reviennent de plus belle.

# 24
# Alexandra

– « *T'es belle. Je n'avais pas prévu que je ne pourrais plus me passer de toi.* »

Je ressasse ses mots en boucle. Il les a prononcés et, par son attitude, il les a repris.

J'avais secrètement espéré qu'il revienne me parler, m'appelle, me regarde, me fasse un geste après tout ça. Mais non. Il n'y a rien de plus douloureux que d'aimer quelqu'un qui ne vous aime pas. Et pour mon plus grand désespoir, je joue avec Austin le même et triste jeu que je joue avec les autres personnes de mon entourage : je m'applique à lui faire croire que je suis indifférente, et que rien ne me touche, alors que c'est faux. J'ai une fierté démesurée. Elle me tuera.

Nous mangeons à la même table le midi, bien que séparés par les autres, nous participons au même cours, mais il laisse maintenant Jesse s'asseoir à côté de moi. Pour lui, je suis inexistante. Et moi je passe mon temps à le regarder. Je l'observe tellement que je pourrais dessiner la plupart de ses tatouages de mémoire.

La nuit, mes cauchemars ont repris, mais souvent, les yeux noirs d'Austin remplacent ceux très bleus de Nate, dans la mare de sang à côté de moi. Et quand je me réveille, je suffoque.

– Mademoiselle ?

J'arrête de griffonner mon carnet rose dans lequel je consigne désormais toutes mes pensées.

– Oui ?

L'infirmière me fait signe de la suivre.

Je déteste les hôpitaux. Et même si la clinique de St Raphael est un établissement privé et que chaque chaise est en merisier, l'odeur reste la même. Mes souvenirs restent les mêmes. J'y ai perdu ma mère, j'y ai vu mourir mon meilleur ami, j'y suis restée presque deux mois après l'accident, et en plus, mon père y travaille. Je déteste les hôpitaux.

– Votre amie voudrait vous voir.

Zara a préféré que ce soit moi, plutôt que sa sœur, qui l'accompagne, bien que cette dernière soit parfaitement au courant de la situation.

L'infirmière en blouse bleue me dirige vers une petite pièce d'examen blanche avec un siège étrange. Zara est en blouse et fait les cent pas.

J'entre et la femme referme derrière moi. Mon amie se jette dans mes bras.

– Je ne peux pas le faire, Lexie…

Elle pleure dans mon cou.

– Je n'y arrive pas… Je ne veux pas le regretter demain.

Je souris. C'est très égoïste, mais je ne peux pas m'empêcher de jubiler intérieurement.

– Je sais.

Que dire de plus ? Mon avis n'est pas très objectif.

– Il faut que tu parles à Seth…

Elle hochement frénétiquement la tête.

– Il ne va pas apprécier…

– C'est lui qui l'a fait ! Il faut qu'il assume !

Une demi-heure plus tard, nous sommes reparties. Il fait beau et Zara longe la côte avec la voiture de sa sœur. Le Pacifique scintille sous le soleil.

– Il est dix-sept heures. On a deux heures devant nous pour se préparer.

Elle force la radio, qui diffuse un titre d'une chanteuse afro-américaine mondialement connue.

– Comment ça ?

– C'est le feu de camp, ce soir, Lexie. Redescends un peu sur terre.

– On avait dit qu'on n'irait pas…

– Non, tu as dit que tu n'irais pas, dit-elle en pointant un doigt accusateur vers moi. Moi je devais rester à la clinique, mais maintenant les plans ont changé et j'ai besoin de me vider l'esprit.

– Eh bien, vas-y.

Elle me toise sous ses lunettes de soleil.

– Tu viens avec moi. Austin ne t'embêtera pas, si c'est ça le problème. Vu le monde qu'il y aura, si ça se trouve, tu ne le croiseras même pas !

Un soupir m'échappe. Je n'ai pas envie d'y aller, mais en même temps, ça m'intrigue. Je n'ai jamais participé à un feu de camp.

– On ramènera des sacs de couchage et on dormira sur la plage, ça va être sympa, tu verras !

Quand on arrive à la maison, Zara m'a tellement rabâché à quel point ça va être génial que je finis par céder. Nous rentrons donc nous changer pour la soirée.

✦✦✦

Après quarante minutes de route, nous arrivons au bord de la mer où nous nous garons sur un parking déjà rempli. Il fait nuit et un vent frais souffle.

Au loin, à travers les arbres qui bordent la plage de sable blond, des flammes rougeoient dans l'obscurité. Un grand brouhaha porté par le vent se lève. Il a l'air d'y avoir foule à la fête de Travis.

L'air marin emplit mes poumons tandis que nous nous dirigeons vers l'énorme feu de bois flotté sur la plage. Quelqu'un a ramené des baffles et la musique est forte. Les gens dansent, parlent, rient et se baignent, même, alors que l'eau est glacée.

– Salut !

Evan, Zach, Savannah et Hailey viennent de nous rejoindre. J'avais presque oublié l'existence de cette dernière. Nous les saluons et je prends une vodka-cerise d'office. Puis nous nous asseyons en tailleur avec d'autres personnes que je ne connais pas.

Quelques minutes plus tard, Jesse arrive tout sourire en me voyant.

– Putain, Lexie ! Tu es canon, ce soir !

Lui non plus n'est pas mal. Il est même plus que pas mal avec son débardeur noir, son bermuda en jean et tous ses tatouages dévoilés. Il joue avec son piercing à l'arcade, comme souvent.

– Merci.

Je lui souris tandis qu'il s'assied à côté de moi.

Quelqu'un propose de jouer au « qui suis-je ? » et je me retrouve embarquée dans une demi-heure de fou rire.

J'en suis à ma troisième vodka-cerise quand Evan lève son verre en direction de Seth, qui arrive vers nous. Zara lui dit bonjour comme si de rien n'était. Comme s'ils n'allaient pas avoir un enfant tous les deux. Bien que lui ne soit pas encore au courant. Je lui jette un regard évocateur, mais elle détourne les yeux. Cette soirée n'est peut-être pas le meilleur moment pour lui annoncer la nouvelle de sa future paternité.

Jesse se rapproche de moi pour ne pas laisser la place à Seth. Du bout du doigt, il dessine la plume sur mon épaule et je réprime un frisson.

Et c'est alors que je remarque Austin qui suivait Seth. Austin et une blonde. Il a son bras autour de ses épaules et elle de sa taille. En se lovant dans son cou, elle rit à une blague qu'il lui raconte à l'oreille. Je détourne la tête vivement et avale ma vodka-cerise d'un trait. L'alcool me brûle la trachée. Comme beaucoup de monde, au lieu de panser mes plaies, je mets de l'alcool dessus.

Il me voit et s'arrête net. Son regard a suivi la main de Jesse sur mon épaule.

# 25
# Alexandra

Je tends mon verre et Evan me sert une nouvelle vodka-cerise. Je vais finir saoule, mais tant pis. Si je pouvais ne pas me souvenir de cette soirée, ce serait bien.

Seth s'est installé près d'une fille qu'il connaît et me sourit. Il s'attarde un peu trop sur mon décolleté. *Je savais que je n'aurais pas dû mettre ce débardeur.*

Austin et sa copine se sont assis à quelques mètres de moi. Par Zach, j'apprends qu'elle s'appelle Emily. Il porte un bermuda noir et un sweat gris. Je ne peux pas m'empêcher de le regarder.

– À mon tour ! crie Zara à l'assemblée.

Tout le monde a décidé de jouer à défi ou vérité.

Elle lance la bouteille de bière vide qui tourne sur elle-même avant de s'arrêter sur une fille nommée Kay.

– Défi ou vérité ?

– Vérité.

– Est-ce que c'est vrai que tu as embrassé Jude ce matin ?

Elle rougit.

– Oui, c'est vrai.

Tout le monde éclate de rire et se moque d'elle. Je n'ai aucune idée de ce dont ils parlent.

J'avale une autre vodka-cerise. Au quatrième verre, j'ai arrêté de compter. Je sais que si je continue je vais être malade, mais je m'en fiche. La main de cette fille autour du bras d'Austin me donne encore plus envie de vomir.

– Lexie, défi ou vérité ?

Je déglutis.

– Défi.

– Embrasse Zara !

Evan a l'air tout fier de sa bêtise. Mon amie rit et s'approche. Je me penche vers elle par-dessus la bouteille et je vois les yeux d'Austin plonger dans mon décolleté en même temps que ceux des autres garçons. *Bon sang, je ne porterai plus jamais ce débardeur !*

Mes lèvres collées à celles de Zara, je ferme les yeux. Je n'ai jamais embrassé une fille. C'est une sensation déconcertante, mais mon amie n'a pas l'air gêné le moins du monde. Elle m'embrasse vraiment et je suis le mouvement. Ce n'est pas désagréable, mais je suis sûre d'une chose : je ne suis pas faite pour l'autre bord. Des sifflets et des cris s'élèvent parmi les garçons.

Quand elle me lâche, je jette un coup d'œil vers Austin. Il a l'air en colère.

La bouteille fait plusieurs tours avant de s'arrêter sur Austin. C'est Zara qui l'a lancée. Elle me lance un clin d'œil.

– Austin ?

Il grogne.

– Vérité.

Zara me fait un signe de la tête pour que je parle. Mais la seule question qui me vient à l'esprit, là, tout de suite, est puérile. Néanmoins, je ne peux m'empêcher de la poser.

– Est-ce que tu as couché avec elle aussi ?

Je désigne sa copine de la tête. Emily le regarde sans comprendre. Hailey rit. Pas lui. Il me regarde longtemps avant de répondre.

– Oui.

J'avale ma vodka en ravalant mon amour-propre par la même occasion.

– Mais pas ce soir. Pas depuis longtemps.

Les garçons se sont tus. Seth rit doucement et Zach fait tourner la bouteille.

– Lexie ?

– Vérité.

– Combien de mecs tu t'es envoyés à Boston ?

Je me serais attendue à toutes sortes de questions : sur ma brûlure, mon accident, le fait que j'arrive en milieu d'année… mais pas à ça.

Les yeux d'Austin sont devenus des fentes.

– Oh allez, quoi, n'aie pas honte, susurre Zach. Personne ne va te juger ! Enfin, sauf si tu dis vingt ou trente…

Il rit. Le rouge m'est monté aux joues. Je réponds doucement.

– Aucun.

– Pardon ?

C'est Austin qui a parlé. Je le regarde dans les yeux.

– Aucun, j'ai dit.

Il tressaille. Zach bredouille :

– Attend, tu veux dire que t'es vierge ?

J'avale une autre vodka-cerise et tends machinalement mon verre à Evan qui me ressert avec une moue amusée.

– Je crois vraiment que tu en as besoin, là, en effet.

Hailey éclate de rire en se tenant le ventre. Les autres sourient, plus gênés qu'autre chose. Zara me fait un clin d'œil de soutien. Et Austin reste figé, à me détailler. Quand Jesse me passe le bras autour des épaules, il l'assassine du regard.

La bouteille tourne plusieurs fois jusqu'au tour de Hailey.

– Austin ! Je te mets au défi de m'embrasser !

Hailey a dit ça en me regardant droit dans les yeux. Elle me cherche. Ce n'est pas l'envie de lui enfoncer la tête dans le sable qui me manque.

Austin se penche et colle sa bouche sur la sienne. Je pose vivement mon verre en le renversant et me lève d'un bon. Hors de question que j'assiste à ça. En serrant les poings, je marche à grandes enjambées et m'enfonce dans le noir entre les arbres qui bordent la plage.

– Lexie !

Je cours plus vite en entendant simultanément Zara et Jesse m'appeler. Je trébuche à plusieurs reprises. En fait, je crois que je suis vraiment saoule.

Après quelques secondes, je m'arrête et m'adosse à un arbre. Puis je ferme les yeux et laisse le vent frais me caresser le visage. La nausée me prend.

En voyant un point rouge dans le noir, je comprends que quelqu'un fume non loin. Je me rapproche et me rends compte qu'il s'agit de Travis. Celui qui a organisé la fête. La lune éclaire son visage à travers les branches.

Il me fait un signe de tête.

– Salut !

– Tu fuis ta propre soirée ?

Il rit et tire sur son joint.

– Bah, en fait, je l'ai organisée pour une meuf qui me plaisait, mais elle vient de partir avec quelqu'un d'autre.

L'air triste il se passe la main dans les cheveux. Avec ses yeux bleus, il me fait penser à Nate. Il est vraiment pas mal, mais la beauté d'Austin occulte toujours celle des autres.

– Et toi, qui est-ce que tu fuis ?

– Moi-même…

Il me passe son joint. Je m'adosse à l'arbre avec lui et tire dessus. J'en fumais avec Mickaëlla de temps en temps, l'année dernière, mais je n'ai jamais vraiment aimé ça.

Je tousse, ça me brûle la gorge. Ma tête tourne. Alcool et herbe font un mauvais mélange.

– Est-ce que tu sors avec Reed ?

– Non.

Il tire encore une latte puis tourne la tête vers moi et, son visage à quelques centimètres du mien, on se regarde dans les yeux. Son haleine empeste le joint, mais la mienne aussi. Il a de grands yeux bleus. Comme Nate. Je m'y perds.

Jusqu'à ce qu'une main se referme sur la gorge de Travis en l'étranglant.

# 26
# Alexandra

Travis vire presque au violet.

– Lâche-le, Austin !

Je tire sur sa main pour la décrocher du cou de Travis. Il se détache vivement.

– Dégage, connard !

Mais Travis se relève en se massant le cou et ne bouge pas. Il me regarde.

– Ça va aller, Lexie ?

– T'as pas compris ? beugle Austin.

Je lui fais signe que oui de la tête et tiens Austin par le bras pour le retenir. Travis met un moment avant de partir.

Austin se retourne et tape du poing dans l'arbre. Si fort que j'en tremble. Je ne bouge pas. Il me fait peur, quand il est comme ça. Je vois ses jointures qui saignent, mais lui ne semble pas s'en soucier.

– Tu faisais quoi, là ?

Je ferme les yeux. Il s'est rapproché et je sens son souffle contre mon visage.

– Putain, réponds-moi !

– Arrête de crier !

Je hurle aussi fort que lui en serrant les poings. J'ai envie de le frapper, là, tout de suite ! On se défie du regard. C'est à qui craquera le premier. Il s'approche et je recule jusqu'à toucher un arbre.

Ses mains se posent de part et d'autre de mon visage et il appuie son front contre l'arbre, juste à côté de ma tête. Il m'écrase presque de tout son poids, mais je ne dis rien. Je voudrais me fondre dans l'arbre. Inconsciemment, je cale ma respiration sur la sienne et mon cœur sur les battements du sien.

– Pourquoi tu t'es faite belle comme ça, ce soir ?

Quand je repense à sa dernière remarque vexante sur une de mes tenues, je n'ai pas envie de répondre.

– Réponds-moi…

Il murmure dans mon oreille. Ça me chatouille.

– C'était l'idée de Zara…

Il se recule un peu pour me regarder puis s'attarde sur ma poitrine.

– T'es trop sexy… Beaucoup trop.

Je l'interroge du regard.

– Jesse, Seth et tous les autres n'ont pas arrêté de te reluquer, ce soir !

– Et alors ? Qu'est-ce que ça peut te foutre ? Au moins, ils me trouvent jolie, eux !

Il secoue la tête en soupirant.

– La dernière fois, tu étais jolie… Mais si tu te fais aussi jolie pour aller en cours, je ne vais pas finir l'année. Ton chemisier blanc était transparent ! J'ai failli casser la gueule de plusieurs connards…

Un soupir s'extirpe de ma bouche.

– Écoute, Austin, je ne comprends rien… Tu m'as évitée toute la semaine et maintenant tu me sors ça…

Dans le noir, ses piercings brillent. Il enfouit sa tête dans mon cou et frotte son nez contre ma peau.

– C'est toi qui m'as dit de te laisser tranquille…

Je tourne le visage légèrement et hume son odeur. Je reste comme ça et lui aussi.

– Tu es vraiment vierge ?

Il m'énerve. *Oui, puisque j'ai même dû le répéter pour que tout le monde comprenne bien !*

– Hmm, grogné-je.

Il se recule et me regarde comme s'il pouvait lire en moi.

– Je ne l'aurais jamais imaginé…

– Pourquoi, j'ai l'air d'une pute ?

Il hausse les sourcils.

– N'importe quoi ! C'est juste que… T'es tellement sexy, c'est impossible… Ou alors ils sont tous devenus gays, à Boston.

Je lève les yeux au ciel et ris doucement.

– Quoi ?

– T'es con.

Son sourire réapparaît. J'humecte mes lèvres. J'ai la gorge sèche à cause du joint.

– Arrête de faire ça !

Son regard s'attarde sur ma bouche. Et là, sans réfléchir, je fais le geste le plus érotique que j'aie jamais osé faire à un garçon de toute ma vie. Je me hausse sur la pointe des pieds et passe ma langue sur l'arête de sa mâchoire et le coin de sa bouche, avant d'y déposer un baiser en tirant légèrement avec mes dents sur sa lèvre inférieure.

Il écarquille grand les yeux. En voyant sa mine ahurie, j'éclate de rire. Je ne sais pas pourquoi, mais je n'arrive plus à m'arrêter.

– Je rêve ou tu te fous de moi, là ?

Mon fou rire s'amplifie. Mais il le stoppe rapidement.

– Défi ou vérité ?

– Arrête, je n'ai plus envie de jouer.

J'essaie de me dégager de son étreinte, mais évidemment je n'y arrive pas. Il me serre contre lui et me murmure à l'oreille.

– Allez… Défi ou vérité ?

Je soupire de lassitude.

– Défi.

Je n'ai pas envie qu'il me pose d'autres questions sur moi, ma virginité ou quoi que ce soit…

– Je te mets au défi de… m'embrasser !

Mes prunelles vertes dans ses yeux noirs, collés l'un à l'autre, la tension entre nous est palpable. Il me défie du regard.

– Non.

– Si.

Je serre les dents. *Je ne poserai pas ma bouche sur la sienne !*

– S'il te plaît…

J'ouvre de grands yeux. *Je rêve ou il me supplie de l'embrasser ?*

Il est tellement beau quand il a l'air vulnérable. Mes bras s'enroulent autour de son cou et les siens autour de ma taille. Il me soulève vers lui et me serre tellement fort qu'il me fait presque mal. Sa langue rencontre la mienne et je goûte à sa bouche avidement.

Ses cheveux me frôlent le visage et j'inspire son odeur à pleins poumons. Ses mains se mettent à me caresser le dos, faisant naître des frissons sur ma peau. Et moi, je lui tire sur les cheveux derrière la nuque. Il grogne contre ma bouche alors que je souris.

– Défi ou vérité ? je chuchote.

– Quoi ?

– C'est à ton tour... Défi ou vérité ?

Il m'embrasse le menton, la mâchoire, l'oreille, le cou.

– Défi.

– Je te mets au défi de... m'aimer !

Il se raidit et me lâche subitement. Ses yeux s'affolent comme s'il cherchait une porte de sortie. Il ne me regarde plus en face.

– Quoi ?

– Aime-moi, je murmure de nouveau tellement bas que je ne suis pas sûre de m'être entendue moi-même.

À ce moment, plusieurs voix arrivent dans notre direction. Je me retourne et distingue tout un groupe qui se dirige droit sur nous.

– Ah, vous voilà, crie Evan, on commençait à s'inquiéter !

Austin s'éloigne de moi et me murmure, avant que les autres arrivent près de nous :

– Je ne peux pas... Je ne sais pas...

J'ai les yeux embués. Je me retourne vivement et file vers la plage en bousculant les autres.

– Lexie !

Je cours sans voir où je vais. Je m'essuie les yeux rageusement avant que les larmes coulent. *Quelle conne !* Je connaissais la réponse, et j'ai quand même voulu me faire du mal. Après tout, ça m'apprendra.

Savannah vient vers moi :

– Lexie ! Viens danser avec nous !

Je lui prends le verre de vodka qu'elle me tend et la suis dans la foule.

Je me déhanche sur la musique en sautant dans tous les sens avec mes amies Savannah et Zara. Elles rient en me voyant aussi folle. Je n'ai plus les idées claires. Travis me fait un sourire de loin et, alors que je m'approche de lui, quelqu'un me bouscule et je renverse mon verre sur cette personne. Je bredouille d'abord des excuses mais finis par exploser de rire en voyant que c'est Hailey. Elle est trempée.

– Non, mais t'es pas bien ou quoi ?

Elle me pousse et file en fulminant et en secouant sa robe.

J'atteins Travis et enroule mes bras autour de son cou. Il est beaucoup plus grand que moi. Je me pends à lui.

– Tu sais quoi… Ta copine, c'est une connasse… Si elle n'a pas vu que tu as fait tout ça pour elle…

Il rit et me tient par les hanches.

– Ça, c'est sûr…

– Et Austin aussi est un connard… Parce qu'il ne voit pas à quel point je tiens à lui…

Travis m'arrache mon verre des mains.

– Je crois que tu as assez bu pour ce soir…

Je lui mets un doigt sur le nez.

– Ne sois pas rabat-joie…

Et je me marre. Je ne peux pas m'empêcher de glousser pour tout et n'importe quoi.

– Lexie !

Austin se tient derrière moi et m'observe, pendue au cou de Travis. Je lui fais mon plus beau sourire.

– Quoi ?

– Viens, il faut qu'on parle.

Il me tend la main, mais je ne la prends pas.

– Dégage ! Emily doit t'attendre.

– On s'en fiche d'Emily. Viens !

Je me colle à Travis.

– Non !

Travis me retire les bras de son cou avec délicatesse.

– Lexie, je pense que tu devrais y aller…

– Non, mais toi aussi t'es contre moi ? Ok… Allez tous vous faire foutre !

Je le pousse et me dirige vers la forêt. Enfin, je crois. Je ne suis pas sûre de savoir exactement où je vais. Austin est sur mes talons. Je marche plus vite en essayant de ne pas tomber et m'accroche aux arbres.

– Lexie…

Austin m'attrape par le bras.

– Lâche-moi !

Je le repousse violemment.

– Écoute-moi ! Il faut qu'on parle !

– Dégage, put…

Je me détourne à temps vers un arbre pour vomir. Je m'agenouille dans le sable pour renvoyer les quelques chips que j'ai grignotées entre les verres de vodka, ainsi que l'alcool, évidemment.

Austin passe derrière moi et me relève les cheveux. Il attend que j'aie fini pour poser une main sur mon front.

– Voilà ce que c'est que de boire autant…

Je n'ai même pas la force de répliquer.

Il me tend un mouchoir et je m'essuie la bouche.

– Je ne voulais pas te faire de mal, c'est juste que tu m'as surpris, tout à l'heure.

Des larmes s'échappent de mes yeux.

– Je n'aime pas te voir comme ça…

Je sais que je dois être horrible, assise par terre à vomir en pleurant. Je suis pathétique. Je me déteste d'être comme ça.

– Lexie ? Qu'est-ce qui se passe ?

C'est la voix de Zara qui approche. Austin se relève et m'aide à en faire de même. Zara le fusille des yeux.

– Qu'est-ce que t'as encore fait, toi ?

Il grogne.

– Rien, elle a trop bu, c'est tout.

– Arrête tes conneries, Austin ! Elle a vécu suffisamment de trucs merdiques dans sa vie pour que tu viennes en rajouter ! Si t'es pas capable de bien la traiter, laisse-la tranquille une fois pour toutes ! Elle n'est pas comme toutes ces pétasses que tu baises, elle ne va pas supporter ça !

J'ai envie de remercier Zara de me défendre, mais je suis sûre de ne pas arriver à aligner une phrase.

Elle m'entoure de ses bras et m'éloigne de lui.

– Viens, on va te rafraîchir.

En m'éloignant, je vois Austin debout, les poings serrés, qui fixe le sable les yeux baissés.

# 27
# Alexandra

Je m'assois dans le sable en regardant les vagues s'enrouler sur elles-mêmes devant moi. L'horizon est encore sombre, mais légèrement bleuté, et j'apprécie le spectacle de l'aurore. Le jour ne va pas tarder à se lever. C'est magnifique. Ça me rend triste. Tout ce qui est beau me rend toujours triste.

Je suis debout depuis une demi-heure. Après que Zara m'ait nettoyé le visage à l'eau et mise à décuver dans sa voiture, je me suis endormie. Et j'ai évidemment été réveillée à peine quatre heures plus tard par un mal de crâne horrible. J'ai trouvé de l'aspirine dans la boîte à gants et l'ai avalé avec de l'eau.

Les autres dorment encore, dans les sacs de couchage, à même le sable, où sous les tentes. Ils viennent apparemment de se coucher. J'ai enfilé un pull en maille côtelée blanc et je profite maintenant du silence qui règne pour respirer à fond l'air marin et me griser de ce moment de quiétude.

Je ferme les yeux pour offrir mon visage à la brise qui souffle et me balaye les cheveux. Tout à coup, je ne sais pas pourquoi, j'ai le sentiment qu'on m'observe. Austin. Debout à quelques mètres de moi, il me dévisage, les mains dans les poches de son bermuda noir. Il fronce les sourcils en m'observant.

Je me détourne lorsqu'il approche. Quelques secondes plus tard, il est près de moi et s'assoit en tailleur aussi près que possible. J'ai envie de m'éloigner et de rester à la fois.

Il ne dit d'abord rien, puis il fait des cercles dans le sable avec ses mains comme un enfant. Un enfant boudeur et adorable.

Nous restons là un moment sans rien dire. Mais c'est dur. J'ai le cœur gonflé d'amour et de mélancolie. Ses mèches de cheveux noirs lui tombent dans les yeux et se balancent quand il bouge. Il est beau. Tellement beau.

– Je suis désolée.

J'ai l'impression que mes paroles se perdent dans le vent qui me caresse le visage.

Il me regarde, surpris.

– De quoi ?

– De t'avoir explosé la clavicule avec mes dents.

Un instant, il me fixe interdit, puis écarquille les yeux en comprenant.

– Lexie…

– Non, Austin, écoute… Depuis ce jour-là, depuis que je t'ai bousculé sur ces marches et que je t'ai mal parlé, depuis que je t'ai fait ce doigt d'honneur, tu m'as pourri la vie. Et je n'en peux plus.

Il détourne la tête.

– Si c'est des excuses que tu voulais, eh bien voilà, je te demande de m'excuser. Maintenant, laisse-moi tranquille, s'il te plaît… Je n'en peux plus de ces petits jeux…

– Ce n'est pas ce que je veux…

L'énervement le gagne, comme d'habitude.

– Alors qu'est-ce que tu veux ?

Nerveusement, il passe les mains dans ses cheveux. Impulsivement, je tends la mienne et caresse son front en relevant ses boucles brunes. Il se fige mais ferme les paupières en se laissant faire, et je l'observe. Ses traits sont la perfection même.

Quand il ouvre les yeux pour me regarder, ils sont bien trop brillants.

– C'est toi que je veux, souffle-t-il.

– Je ne te comprends pas.

Toujours la main dans ses cheveux, je trace du bout du pouce la ligne cicatricielle au-dessus de sa tempe gauche.

– Moi non plus, je ne me comprends pas.

Il a l'air perdu, complètement paumé. Il retire ma main de ses cheveux et la garde dans sa paume. Il l'observe un instant puis se met à la caresser de ses pouces. Il trace de petits cercles.

– Je ne sais pas. Tu es chiante, énervante, voire même horripilante…

*Ok, si c'est pour me dire ça…*

Je fais mine de retirer mes doigts, mais il les retient fermement.

– Ce que je veux dire, c'est que tu me fais sortir de mes gonds tout le temps, mais tu… Je n'arrive pas à ne pas penser à toi…

À mon tour de froncer les sourcils. Je ne sais pas s'il se rend compte que je n'ai pas du tout envie d'entendre que je le fais chier.

– Je pense à toi quand on est en cours, quand je rentre chez moi, quand je dors, quand je mange, quand je me douche… J'arrive en avance tous les matins, juste pour te voir monter les marches de la bibliothèque. J'aime t'observer le midi, parce que je ne comprends pas comment on peut manger, lire et écouter de la musique en même temps… Au début, je cherchais tous les prétextes possibles pour me disputer avec toi, juste pour te voir, juste pour que tu me parles ou que tu me cries dessus…

J'ai comme l'impression qu'il se donne des explications plus à lui-même qu'à moi. Je crois qu'il n'a jamais été aussi honnête.

– Tu es forte.

– Forte ?

Je suis aussi perturbée par tout ce qu'il vient de me dire que par ses caresses dans le creux de ma main.

– Oui. Au début, je pensais vraiment que tu étais comme toutes ces filles prétentieuses. Après tout, tu viens de Beacon Hill à Boston et ton père est chirurgien… Mais je me suis trompé. Tu as vécu plein de choses que je ne comprends pas… Et tu es forte.

Je suis abasourdie. *Et j'en fais quoi, moi, de tout ça, maintenant ?*

– Qu'est-ce que ça veut dire ? Enfin… Pour nous deux… Qu'est-ce qu'on fait, maintenant ?

*D'ailleurs, est-ce qu'il y a un nous deux ?*

Il me lâche la main et regarde au loin les premières lueurs orangées qui se dessinent sur l'horizon.

– Je ne sais pas. Je n'en sais rien, putain…

Et voilà, il s'est retranché. Il redevient le Austin distant que je connais.

# 28
# Alexandra

Austin me raccompagne chez moi. Zara s'est endormie à une étrange proximité de Seth sur la plage et je n'ai pas voulu la réveiller. *Lui a-t-elle parlé ?*

– Pourquoi tu n'as pas de voiture ?

Austin file sur la quatre voies. Je baisse le volume de la radio sans répondre.

– C'est à cause de ton accident ?

Je hoche la tête. Si je lui disais que la dernière fois que j'ai conduit, j'ai tué quelqu'un… Il y a bien une petite voix dans ma tête qui me souffle que je pourrais lui parler de Nate, mais je la fais taire. *Il ne me parle pas de ses copines, je ne lui parle pas de Nate, point.*

– Il faut que tu exorcises ! Tu ne vas pas ne plus jamais conduire à cause d'un malheureux accident…

– Arrête de me faire la leçon, j'ai déjà mon père pour ça !

Il plisse les yeux comme quand il réfléchit.

– Tu t'entends bien avec ton père ?

– On peut parler d'autre chose ? Ou ne pas parler du tout, c'est aussi bien…

Je me tourne vers la vitre en jouant avec mes cheveux.

– Je crois que tu es la seule fille que je connaisse qui n'aime pas parler ! C'est déconcertant… En plus ça m'énerve parce que j'ai plein de questions.

Je hausse les sourcils en me retournant vers lui.

– Comme quoi ?

Il serre les mains autour de son volant et fixe la route.

– Comme... Comment ça se fait que tu nages aussi bien ? Où est-ce que tu as passé ton enfance ? Comment s'est passé ton accident ? Pourquoi tu as fait ces tatouages ? Qu'est-ce qu'il y a dans ton carnet rose ? Qu'est-ce que tu écoutes comme musique dans ton baladeur le midi ?

Je ris.

– Ça en fait des questions...

Il me sourit.

– Oui, j'en ai plein d'autres, mais si tu pouvais déjà répondre à celles-là...

Mon sourire disparaît instantanément.

– Non, je ne peux pas répondre. Il vaut vraiment mieux qu'on arrête ça, toi et moi.

Je fixe la route. Il soupire.

– Écoute, je fais des efforts, d'accord... J'essaie... Je ne sais pas... D'être normal. Tu pourrais faire un effort aussi.

– Faire des efforts ? Les gens normaux ont des relations normales. Il n'y a pas besoin de faire d'efforts, nor-ma-le-ment...

Il grogne et je ne comprends pas. Nous ne disons plus un mot jusqu'à la maison.

Quand je sors de la voiture, il me retient.

– On pourrait... Je ne sais pas... Passer du temps ensemble ?

Son air gêné me fait rire. Je pourrais presque croire qu'il me drague. C'est risible tant c'est incongru. Mon cœur joue à faire des bonds dans ma poitrine.

– Hier soir, tu étais accompagné, je te signale.

Sa main se glisse derrière ma tête, dans mes cheveux et me masse la nuque.

– Emily est une vieille amie, c'est tout. Je ne suis accompagné par personne et en plus tu as fini pendue au coup de ce bâtard de Travis...

Un long soupir s'extirpe de mes lèvres.

– J'étais saoule...

– Ça c'est sûr ! Et c'est en partie ma faute.

Il baisse les yeux un instant.

– On peut se voir, tout à l'heure ?

Ses doigts sur ma nuque me procurent plus de sensations que ça ne devrait.

– Je ne sais pas si c'est une bonne idée…

Il me supplie du regard.

– Bon, d'accord. Je vais dormir un peu et je t'appelle plus tard.

Il sourit, se penche et m'embrasse sur la joue.

Je ne pourrai jamais mettre des mots assez forts sur la sensation qui m'assaille chaque fois qu'il me touche.

Abigail est au milieu de nombreux cartons dans le salon quand je rentre. Elle se bat avec une longue guirlande électrique emmêlée.

– Un jour, il faudra que tu me présentes ce garçon, Allie.

Je lui dis bonjour.

– Ce n'est pas mon copain !

– Mais tu passes beaucoup de temps avec lui…

Elle se passe les mains dans les cheveux, j'ai l'impression qu'elle les a coupés plus court.

– J'espère au moins que vous vous protégez ! dit-elle alors que je file vers ma chambre en me bouchant les oreilles.

Je claque la porte et m'effondre sur mon lit.

✦✦✦

Je ne sais pas combien de temps j'ai dormi, mais quand je me réveille, il fait encore jour. Je file dans la douche et me prélasse sous l'eau chaude. Après m'être changée et brossé les dents et les cheveux, je me rends dans la cuisine. J'ai une faim de loup. Mamina sort justement des cookies du four.

– Vous, les jeunes, vous vivez la nuit et dormez le jour…

– Bah ouais…

J'enfourne un cookie entier dans ma bouche comme une vorace.

– Ton père m'a appelée.

– Pourquoi ?

– Il vient passer Noël ici avec sa poule.

Je recrache presque mon cookie.

*Quoi ?*

– Il a pris trois jours pour passer Noël avec toi. Évidemment ils vont dormir à l'hôtel. Mais du coup, je les ai invités ici pour le réveillon.

*Mon père ici ?* Je ne crois pas qu'il soit revenu depuis son mariage raté avec ma mère, il y a dix-neuf ans. Et il vient avec Lauren, en plus ?

Je soupire.

– Moi qui me faisais une joie d'échapper à un repas tendu et à l'ouverture embarrassante des cadeaux.

Mamina soupire.

– Et moi, à la corvée de préparation du repas…

Finalement, ma grand-mère et moi, nous nous ressemblons.

Je regarde l'heure. Dix-sept heures. Je devrais appeler Austin.

– Il faut que j'aille chercher le sapin à la pépinière de Charlie.

*Ah bah voilà, ça tombe bien ça !*

– Non, je vais y aller, moi !

Elle hausse les sourcils.

– Je croyais que tu ne conduisais pas ?

– Ce n'est pas moi qui conduis.

J'envoie un texto à Austin pour qu'il vienne me chercher. Il me répond qu'il est déjà en route.

– Il y a encore des boîtes pour la déco dans le grenier, tu peux aller les chercher ? me demande Mamina. Elles sont posées sur la vieille étagère en bois.

Je monte. Le grenier est froid, miteux et moisi. Plein de toiles d'araignée. Je déteste ces bêtes.

J'allume la lumière faiblarde sous les poutres. Il y a plein de boîtes sur l'étagère en bois. Je fouille et en trouve quelques-unes avec des décos de Noël. Soudain, une boîte en bois attire mon attention. Un grand « L » est gravé dessus. *« L » pour Lexie ?*

Je l'ouvre. À l'intérieur, se trouvent des petites chaussures de bébé en crochet qui ont jauni avec les années, un bonnet de laine et une petite chaîne en or avec une croix. Je sais que ma mère était croyante, mais je ne savais pas qu'elle m'avait laissé ça. Et tout au fond, il y a des photos. Je les sors. Je reconnais ma mère à la maternité. Je ne les ai jamais vues, celles-ci. Mais depuis mon enfance, il ne m'est pas resté beaucoup de photos, alors… Elle fait très jeune. Elle a l'air fatigué. *Les joies de l'accouchement !* Dans ses bras, je suis emmitouflée dans une couverture blanche et je n'ai presque pas de cheveux. Je me demande qui les a prises. Mon père ?

Après avoir regardé le visage de ma mère tout mon saoul, je referme la boîte, la repose où elle était et redescends avec la déco.

– Ton copain est dehors, dit Mamina en regardant par les rideaux de la cuisine.

Je pose les boîtes sur la table à son attention.

– Ok, je reviens dès que possible. Il faudra que tu me donnes les photos du grenier. Et la chaîne aussi.

– Quoi ?

Mamina est pâle, tout à coup. Je n'aurais pas dû fouiller, mais pas la peine d'en être malade. Après tout, c'est à moi, tout ça.

– Ceux qui sont dans la boîte en bois !

J'attrape ma veste, mon téléphone et sors. Austin s'est changé. Il est tout en noir, comme la plupart du temps. Je monte et il file vers Texera Bay, là où mon oncle tient sa pépinière.

– Bien dormi ?

Je souris.

– Oui.

– Moi aussi.

Il me sourit également. Il est de bonne humeur, je le vois instantanément.

– Quoi ?

Il tend la main et, du pouce, essuie le coin de ma bouche.

– Tu as du chocolat…

Je passe ma langue sur mes lèvres.

– J'ai mangé des cookies.

Il s'humecte les lèvres à son tour en suivant mon mouvement des yeux.

– Regarde où tu vas !

Je fais mine de le réprimander. Il fixe la route de nouveau.

– Pourquoi on va voir ton oncle ?

– On va chercher un sapin de Noël.

Il lève les yeux en l'air.

– Génial…

– Tais-toi. C'était juste pour être avec toi, je m'en fous de Noël.

Il rit.

– T'es vraiment bizarre… J'aime ça.

En moins d'une demi-heure, nous sommes arrivés. La pépinière Grant n'est pas très grande, mais elle est bien organisée. Nous sommes dimanche, elle est fermée à la clientèle, mais oncle Charlie doit être là pour nous accueillir.

Austin et moi entrons par la porte principale.

– Il y a quelqu'un ?

Il n'y a pas un bruit bien que la porte soit ouverte.

– Peut-être qu'il n'est pas là… me dit Austin.

– Mais si, il devait être là.

Je fais le tour du bureau et entre dans la serre principale. Beaucoup de plantes, mais pas d'oncle. Je fais signe à Austin. Il vient vers moi et me prend la main pour marcher avec moi. Je fixe ma main dans la sienne comme si c'était la chose la plus bizarre que j'aie jamais vue. En fait, c'est vraiment bizarre. Agréablement bizarre.

Après quelques pas, le spectacle auquel on assiste nous arrête subitement. Charlie est debout devant une table pleine de pots et de terreau. Avec un autre mec. Ils sont collés l'un à l'autre et s'embrassent.

Ma mâchoire a dû se décrocher parce que d'un doigt Austin me remonte le menton en me faisant signe de la fermer. C'est lui qui s'éclaircit la gorge.

– Hum hum…

Charlie et son ami sursautent, renversent du terreau et cassent un pot. Mon oncle blêmit en me voyant. Son ami est plutôt pas mal. De sa taille, brun avec une barbe naissante et une carrure tout en muscles.

– Lexie…

J'essaie de ravaler ma salive. Je viens de surprendre mon oncle en train d'embrasser un autre homme. Si grand-mère avait vu ça, après tout ce qu'elle m'a sorti sur lui et son célibat, elle en aurait fait une crise cardiaque.

– Oncle Charlie… On est venus prendre le sapin…

– Euh oui… Je te présente Nick. Mon… Un ami.

– Bonjour, me dit l'homme en venant vers moi et en me tendant la main.

– Salut.

Austin le salue mais me tire vers lui.

– Je m'en allais, justement… dit Nick.

– C'est une bonne idée, répond Charlie.

Ils se saluent de la tête et Nick s'en va.

– Par ici, nous entraîne Charlie.

Il prend un sapin déjà emballé dans un filet sur une table et Austin l'emporte à la voiture. Charlie me retient par le bras.

– Lexie…

Je pose ma main sur la sienne.

– Ne t'inquiète pas, c'est ta vie, tu fais ce que tu veux. Mais tu devrais le dire à Mamina, quand même…

Il fait la grimace.

– Moi, je ne lui dirai rien, si c'est ce qui t'inquiète.

Il m'adresse un pauvre sourire.

– Merci.

Quand on remonte en voiture un instant après, Austin rit tout seul.

– Tu aurais vu ta tête…

Je lui pince le bras.

– Tais-toi.

Il pose une main sur mes hanches, ce qui me fait sauter à l'autre bout du siège. Il pouffe de plus belle.

– Oh tu es chatouilleuse, je m'en souviendrai !

La nuit est tombée lorsque nous arrivons à la maison. Austin m'aide à porter le sapin jusque sous le porche. Puis il me prend dans ses bras pour me dire bonne nuit. Je pose ma tête contre son torse alors qu'il m'embrasse dans les cheveux.

– Bonne nuit.

✦✦✦

Quand je m'endors, cette nuit-là, des yeux noirs furieux viennent peupler mes rêves.

J'ai l'espoir qu'Austin vienne me chercher lundi pour que nous allions en cours ensemble. Mais quand cela arrive, il n'est pas là. J'ai ce creux dans la poitrine que je m'efforce de contenir.

Il n'est pas au lycée non plus et personne ne sait ce qu'il se passe.

Toute la soirée chez moi, je tourne en rond en essayant de ne pas l'appeler ni de lui envoyer de message. Je passerais pour une pauvre fille pathétiquement obsédée par lui. Même si je le suis réellement.

Le lendemain, je suis dépitée qu'il ne soit toujours pas là pour le dernier jour de cours. Tout le monde a prévu des vacances en famille et j'apprends par Zara qu'Austin avait prévu de retourner à Boston pour les fêtes. Il n'a pas pris la peine de me prévenir.

Je suis sûrement l'âme la plus triste de Mary Island quand, ce soir-là, je regarde ma grand-mère brancher les lumières de son sapin de Noël dans le salon.

# 29
# Alexandra

Le bourdonnement strident de mon téléphone me fait sursauter. Il est minuit quinze.

J'attrape mon smartphone sur le bureau. J'ai un message d'Austin.

Tu dors ? Faut que je te parle

Je suis tentée de ne pas répondre, mais la curiosité est plus forte.

Je n'ai pas envie de parler avec toi.

C'est faux, bien sûr.

Je suis devant chez toi

*Quoi ?*

Comment ça ?

J'attends dans la voiture.

Va-t'en !

Si tu ne sors pas, je sonne jusqu'à ce que ta grand-mère vienne m'ouvrir...

Je pose mon téléphone sur ma couette un instant et regarde ma chambre. Je ne veux pas qu'il vienne ici, mais en même temps, je n'ai pas envie de sortir dans le froid.

Bon ok, fais le tour de la maison et suis la lumière

Je détache mes cheveux et les secoue. Je porte mon pyjama-short à rayures, pour le côté glamour, c'est raté. Je suis nerveuse. Avec grand-mère au-dessus, il ne faudra pas faire de bruit et je ne sais pas communiquer avec Austin sans crier.

Je m'enroule dans ma couverture et ouvre la baie vitrée pour sortir sur la terrasse.

Il arrive à pas feutrés, les mains dans les poches. Ses yeux sont cernés, il manque clairement de sommeil. Il porte un jean noir et un t-shirt de la même couleur, comme d'habitude. Il n'a même pas de pull alors qu'il fait froid.

– Salut.

– Salut.

Il m'observe, enroulée dans ma couverture, mais ne dit rien. Je le fais entrer et guette sa réaction. Il regarde mon lit et mon bureau avec toutes mes affaires, mes chaussures alignées derrière la porte et les posters de mes films sur le mur.

Je referme la baie vitrée et m'assois sur mon lit.

– T'étais où ? Pourquoi tu n'es pas venu en cours ?

Il ne répond pas et se penche pour m'embrasser sur le front.

– C'est pratique d'avoir une chambre qui donne sur le jardin…

– Ma grand-mère a confiance en moi…

Il esquisse un sourire qui me rend dingue.

– Je parie que si elle savait que tu invites des garçons dans ta chambre le soir, elle changerait d'avis.

Je soupire, fatiguée. Il m'énerve déjà.

Il se dirige vers mon bureau et examine mes livres un à un.

– Qu'est-ce que tu veux me dire, Austin ? Je n'ai pas toute la nuit…

Il attrape l'exemplaire de *L'Insoutenable légèreté de l'être* que j'ai emprunté à la bibliothèque en souriant et le retourne dans ses mains.

– Je suis fatigué.

Je le regarde sans comprendre.

– Eh bien dors, si tu es fatigué. Qu'est-ce que tu veux que je te dise ?

Il sourit de toutes ses dents en se laissant tomber en travers de mon lit, les mains derrière la tête.

– Si c'est si gentiment proposé…

– Quoi ? Non, pas ici… Chez toi !

Il enlève ses chaussures et désigne mon ordinateur sur le bureau.

– On regarde un film ?

– Qui t'a dit que tu pouvais rester ?

Je ferme les yeux pour les rouvrir en espérant que tout ça n'est qu'un mirage et qu'il n'est pas vraiment là.

– Lexie ?

Sa voix est faible. Je le regarde. Il ne sourit plus et me fixe intensément. Je n'arrive pas à aligner une pensée cohérente en le voyant là, allongé sur mon lit.

– Quoi ?

– Pourquoi tu ne dors pas, à cette heure-ci ?

Je détourne la tête et réponds faiblement.

– Je fais des cauchemars.

– Oh.

On n'entend aucun bruit dans la maison silencieuse et mon cœur bat plus vite à mes tempes.

– Et toi ? demandé-je.

– Je n'arrête pas de penser à toi.

À moi d'être surprise.

– Oh.

Je me détourne pour qu'il ne me voie pas sourire.

– Je te laisse choisir pour le film !

*Encore heureux !* Il squatte mon lit et pense pouvoir choisir le film ?

– Ok. *Roméo + Juliette*.

Une grimace déforme sa bouche.

– C'est un chef-d'œuvre, ce film. Interdiction de critiquer.

J'éteins la lumière après avoir lancé le film. Austin est au milieu du lit et ne se pousse pas quand je fais mine de m'installer sur un côté pour m'allonger sans le toucher.

Pendant deux heures, nous admirons le chef-d'œuvre de Baz Luhrmann. C'est un de mes films préférés. J'essaie de ne pas pleurer, mais c'est impossible. À la fin, je regarde Austin, il a les yeux fermés et la tête penchée de côté, vers moi, les lèvres légèrement entrouvertes, il dort. Même quand il dort, il fronce les sourcils et il reste sublime.

Je ne veux pas le réveiller, alors je sors doucement du lit pour éteindre mon ordinateur et fermer mes rideaux. J'allume ma veilleuse et règle la luminosité au minimum pour qu'il n'y ait pas trop de lumière.

– Pourquoi tu allumes ?

Je sursaute. Il est réveillé et me regarde de ses yeux noirs.

– Je... je ne dors pas dans le noir...

Il se redresse sur ses coudes.

– Pourquoi ? Tu as peur du noir ? demande-t-il la voix alourdie par le sommeil.

– Je… Oui…

Gênée, je me dandine d'un pied sur l'autre. Il me détaille et s'arrête sur ma cicatrice, puis sur mon short super court et sur mon t-shirt qui laisse apparaître les formes de ma poitrine sans soutien-gorge.

Il se frotte les yeux, s'assoit sur le bord du lit et me tire par la main pour me faire asseoir sur lui. Être aussi proche de lui me perturbe. Dès qu'une parcelle de sa peau touche la mienne, je suis confuse.

– Pourquoi tu as peur ? Il s'est passé quoi ?

Aussi étrange que cela puisse paraître, je lui réponds sans crainte.

– Quand j'avais six ans, ma mère m'a enfermée dans le placard de notre appartement parce qu'un ami à elle devait passer et qu'il ne devait pas me voir. En fait, c'était son dealer. Et elle a plané pendant plus de vingt-quatre heures après s'être piquée…

Les larmes me reviennent quand j'y pense. Je n'ai jamais raconté ça à personne.

– Je suis restée enfermée dans le noir tout ce temps parce qu'elle m'a oubliée…

Il hoche la tête gravement et pose ses lèvres sur mon bras.

– D'accord. Mais si je suis là, tu ne veux pas essayer d'éteindre ?

Je ne sais pas. Je n'ai jamais dormi sans lumière. J'hésite.

Il se lève, me pose sur le lit et ouvre un peu le rideau gris.

– En plus, la lune est forte, regarde. Elle éclaire presque toute la pièce.

Il me sourit, avenant.

– On essaie ?

Je hoche légèrement la tête et me réfugie sous ma couette. Il éteint et la pièce se retrouve plongée dans le noir. Mais il a raison, la lune en éclaire une bonne partie.

Il retire son jean et je me demande comment nous en sommes venus à ce qu'il dorme dans ma chambre. Il se glisse à côté de moi et me prend dans ses bras. Je me laisse aller contre lui et pose ma tête sur son torse. Je sens son cœur battre contre mon oreille sous son t-shirt. Ses bras musclés me donnent l'impression que rien ne peut m'atteindre.

– Ça va, bébé ? Tu veux que je rallume ou tu vas réussir à dormir comme ça ?

J'enfouis ma tête dans son torse. J'aime qu'il m'appelle bébé.

– Non, c'est bon. Mais ne me lâche pas.

Je le sens sourire.

– Jamais.

Il me serre encore plus fort et m'embrasse dans les cheveux.

– Bonne nuit, bébé.

– Bonne nuit, Austin.

# 30
# Alexandra

La sonnerie de mon réveil me tire du sommeil. Je tends la main pour l'éteindre sans ouvrir les yeux, mais mon bras retombe sur une surface chaude et moelleuse. Je me souviens alors que je ne dors pas seule et je souris.

– Bonjour, bébé…

J'ouvre les yeux. La tête sur mon oreiller, les cheveux emmêlés, je me rends compte que la pièce est à moitié plongée dans le noir, il a dû se lever et tirer les rideaux pour contrer la lumière du jour.

Des bruits nous parviennent de la cuisine.

– Est-ce que ta grand-mère va venir te réveiller ? Il faut que je m'en aille ?

– Non, on est en vacances et elle va partir travailler. Elle me laisse toujours dormir quand je n'ai pas cours…

Ma voix est ensommeillée.

– Je suis allé sortir ma voiture de l'allée pour qu'elle puisse s'en aller ce matin…

– Tu as réussi à sortir du lit ?

Pour toute réponse, il grogne.

Quelques minutes plus tard, nous entendons Mamina qui ferme la porte d'entrée et sa voiture qui démarre.

Austin m'observe et sourit.

– Tu as encore ronflé…

Je me couvre le visage de mes mains. *Quelle honte !* Il me les retire en riant.

– C'est mignon !

Il s'approche de moi, se redresse pour se mettre à ma hauteur et m'embrasse en m'écrasant de tout son poids. J'aime le sentir comme ça contre moi. Il me mord la lèvre inférieure puis dépose un chapelet de baisers sur mes joues, l'arête de mon nez, mes tempes, mes oreilles, ma mâchoire, mon cou. Sa main remonte mon t-shirt et je le laisse faire. Je ne sais pas jusqu'où je suis prête à aller, mais là, je ne veux pas l'arrêter. Il me caresse doucement le sein d'une main en m'arrachant un gémissement.

– T'es trop belle, bébé. Trop sexy…

Mes seins durcissent, le rouge me monte aux joues. Personne ne m'a jamais parlé comme ça. Sa langue avide revient chercher la mienne, je glisse mes mains dans ses cheveux. Je voudrais que le temps s'arrête et nous fige comme ça.

– Austin…

Ma voix se perd dans un souffle. Il sourit contre ma bouche et tout à coup je le sens durcir contre moi. *Oh mon Dieu…* C'est étrange comme sensation.

Il lèche le lobe de mon oreille et son souffle s'accélère. Il descend sa main plus bas et caresse mon ventre, puis toujours plus bas vers l'élastique de mon short.

Tout à coup, un élan de lucidité me traverse. Je lui attrape sa main et le stoppe.

– Quoi ?

– Je… Ne fais pas ça, s'il te plaît…

Il s'écarte un peu pour me regarder.

– Pourquoi ? Tu as peur ? Je ne vais pas te faire mal…

Je ferme les yeux pour ne pas voir les siens.

– Non… C'est…

Une envie de pleurer me prend tout à coup. Les mots pèsent lourd sur ma langue.

– J'ai d'autres cicatrices.

Elles n'ont rien à voir avec celles sur ma jambe, celles-là sont très fines, plus petites, un bijou de la chirurgie comme dit mon père. De minuscules striures blanches sur ma peau, dues à la chirurgie pour mon utérus abîmé.

– Regarde-moi, Lexie.

J'ouvre les yeux. Il m'observe avec tendresse.

– Tu es belle… Aie confiance en moi, d'accord ?

Je déglutis et ravale la boule dans ma gorge. Il m'embrasse pour que je me détende et me caresse de nouveau le ventre. Sa main glisse doucement dans mon short et ma culotte. J'ai chaud et des frissons me parcourent quand il passe les doigts sur mes fines cicatrices puis sur mon intimité. Je ne peux pas m'empêcher de gémir.

– Si ça ne tenait qu'à moi, je te prendrais là, tout de suite. Je n'arrive pas à croire que tu sois vierge…

*Comment peut-il dire des choses pareilles et comment puis-je aimer ça ?*

Il me caresse le sexe et un frisson tout entier me secoue de la tête aux pieds. J'ouvre les yeux en grand. *C'était quoi, ça ?* Il glisse un doigt en moi et la sensation me coupe le souffle. Il va et vient avec son doigt et du pouce, titille mon clitoris. Mon souffle s'accélère de plus en plus.

– Vas-y, bébé…

Il va chercher mon sein de sa bouche et sa langue chaude sur mon téton me débride totalement. Ma vue se brouille. Je me contracte et me laisse submerger en gémissant. Je ne suis plus qu'une poupée vide et désarticulée. Il repose sa main sur mon ventre et laisse sa tête aller sur ma poitrine. Je me sens délassée et tout à fait réveillée, maintenant.

Je viens d'avoir le premier orgasme de ma vie. Jamais je n'aurais pensé que c'était aussi bon. Mon cœur tambourine dans ma poitrine et je suis sûre qu'Austin peut le sentir.

Je passe les doigts dans ses cheveux et le caresse. Il ferme les yeux. J'écoute les battements de son cœur et du mien ralentir au même rythme. Apaisée, je finis par m'endormir dans ses bras.

# 31
# Alexandra

Lorsque je me réveille, un peu plus tard, les rideaux sont ouverts. Dehors il fait beau. Et Austin n'est plus là. Il n'y a plus aucune trace de lui dans ma chambre. Le désespoir me terrasse. *Comment ai-je pu être aussi bête ?* Les larmes me montent aux yeux et je réprime un sanglot. Il est parti sans dire au revoir. *Non, mais tu t'attendais à quoi ?*

La porte de ma chambre s'ouvre tout à coup.

– Tu es réveillée ?

Il me regarde tout sourire. J'écarquille les yeux, hébétée. Austin vient vers moi et s'assoit au bord du lit.

– Je suis allé acheter des beignets de pomme pour le petit déjeuner.

J'essuie les larmes au bord de mes yeux. *Quelle idiote !*

– Ça ne va pas ?

– Si. Je croyais que…

– Que quoi ?

– Rien…

Il m'attire vers lui et me prend dans ses bras. Je suis tellement surprise que je ne peux pas m'empêcher d'avoir à nouveau les larmes aux yeux. Est-ce que c'est comme ça quand on aime quelqu'un ? Est-ce qu'on a envie de pleurer dès qu'il vous tient la main ou vous prend dans ses bras ? Ça ne m'était jamais arrivé avec Nate.

J'enroule mes bras autour de son cou et enfouis ma tête dans son épaule alors qu'il m'attire encore plus vers lui.

– Tu sens bon la vanille…

Il enfouit son nez dans mes cheveux.

Je sais que le matin je ne ressemble à rien. J'ai souvent des cernes et les cheveux en bataille. Je n'ai pas trop envie qu'il me voie comme ça.

– Je reviens.

Je le pousse et me lève d'un bond.

– Ok…

Austin se laisse tomber allongé sur le lit.

– Mais je te préviens, si tu prends trois heures dans la salle de bain, je me tire !

– Je t'interdis de bouger de là !

Il rit. Je file vers la salle de bain.

Une douche plus tard, j'enfile un jean, une brassière noire et un débardeur gris *oversize* qui ne cache pas grand-chose de cette dernière. J'aimais beaucoup porter ce genre de tenues à Boston, juste pour faire enrager mon père qui trouve ça trop vulgaire. Normal, mes tatouages, même celui sur mes côtes, dépassent.

Quand je sors, je sens une odeur de café dans la cuisine. Austin se sert une tasse, un beignet fourré dans la bouche. Quand il me voit, il s'étrangle presque et renverse son café. Il tousse en se tapant sur l'estomac.

– Mais fais attention ! C'est moi qui nettoie ici ! Mamina en met assez partout comme ça !

Je passe la serpillière là où il a renversé son café.

– Mais c'est quoi, ça ?

Il tire sur mon débardeur. Je ris et lui remonte la mâchoire d'un doigt.

– Attention, tu baves, là…

Il sourit et me tire brutalement vers lui en m'appuyant contre l'îlot central.

– Heureusement que tu ne mets pas ça pour venir en cours, j'ai failli faire une crise cardiaque…

Sa bouche s'écrase sur la mienne et avec une aisance qui m'était moi-même inconnue jusque-là, j'enroule mes jambes autour de ses hanches. Il m'attrape sous les cuisses et me soulève pour m'asseoir sur le plan de travail en granit.

– Lexie…

Les mains dans ses cheveux, je l'embrasse plus avidement encore. Lui aussi sent bon. Il sent toujours bon, il sent l'homme, la menthe et cette odeur particulière qui est la sienne.

Une douce chaleur s'insinue en moi alors qu'il me caresse le dos et prend un de mes seins à pleine main sur mes vêtements.

Il se penche et m'embrasse l'épaule juste là où se trouve ma plume.

– Pourquoi tu l'as fait, celui-là ?

– Parce que ma mère en mettait tout le temps dans ses cheveux. Elle avait un look bohème.

Il s'arrête et m'observe.

– J'ai l'impression que tu l'aimais vraiment, ta mère… Même si c'était une droguée qui enfermait sa fille dans les placards…

Je fronce les sourcils et le repousse.

– Ne parle pas d'elle. Tu ne la connaissais pas.

Il soupire.

– Ok, excuse-moi…

Je redescends de mon perchoir. S'il y a bien un truc qui m'énerve, c'est qu'on parle de ma mère sans savoir.

Je me sers du café et prends un beignet aux pommes. Il soupire tandis que je mange en silence.

– Bébé…

Son bras s'enroule autour de ma taille et m'attire vers lui.

– Ne boude pas… Je m'en vais dans une heure, si tu me fais la gueule, je vais partir de mauvaise humeur.

– Tu vas où ?

– À Boston.

J'ai déjà peur qu'il ne me quitte.

– Chez tes parents ?

Il regarde par la fenêtre et hoche la tête.

– Chez ma mère.

J'ai envie de lui poser des questions, mais je sens que lui non plus n'aime pas parler de ses parents, alors je me tais. Pour l'instant.

– Et toi, qu'est-ce que tu fais pour Noël ? me demande-t-il.

– Mon père arrive avec sa copine, ce soir…

Il hoche la tête. Ses cheveux bougent quand il fait ça. Je tends la main et lui caresse le front, j'adore faire ça.

– Je ne veux pas que tu partes...

Il sourit.

– Mais je reviens. Je serai là pour la soirée du Nouvel An, à la villa des parents de Zach.

Je me souviens vaguement que Zara m'a parlé de cette soirée.

– Je m'en fous du Nouvel An... grogné-je.

Il rit en me prenant dans ses bras.

– De toute façon, tu te fous toujours de tout...

Il me relève la tête des doigts pour que je le regarde dans les yeux.

– Et pendant que je serai parti, je t'interdis de traîner trop près de Seth, Jesse ou de qui que ce soit d'autre.

*Non mais ça ne va pas ?*

– Enferme-moi cela sera plus efficace, je ronchonne.

– Si je pouvais, je te jure que je le ferais ! Et je t'interdis de porter ça en dehors de cette maison...

Il tire sur mon débardeur.

– Arrête de tout m'interd...

Il m'embrasse pour me faire taire. Voracement. Je passe mes mains sous son t-shirt et caresse son torse tatoué. Il se contracte et gémit. Ses muscles roulent sous mes doigts. Sa peau est toujours chaude.

– Ça va être dur, une semaine entière sans te voir...

J'ai envie de pleurer rien que d'y penser. Je n'ai pas envie d'être séparée de lui.

Le bruit d'une voiture dans l'allée stoppe ce moment. Je regarde l'heure, déjà midi. Grand-mère a fermé sa boutique plus tôt pour les vacances. Elle se gare dans l'allée.

– Il vaut mieux que j'y aille ?

Je soupire, désolée.

– Oui... Mais passe par-devant. Tôt ou tard, tu la verras. Alors mieux vaut que ce soit maintenant... Elle est de bonne humeur ces jours-ci, en plus.

Austin rit et me tient par la main quand Mamina passe la porte. Elle lâche son sac de courses, surprise.

– Mamina, je te présente Austin Reed. Austin, voici ma grand-mère, Abigail Grant.

Austin s'avance vers elle en lui tendant la main. Elle lui prend en observant son autre main dans la mienne qui me tient fermement.

– Bonjour.

– Madame Grant…

– C'est Abigail. Il n'y a pas de madame qui tienne avec moi. Reed ? De la famille de Joshua Perez-Reed, l'avocat de Palmera ?

Austin lève les yeux au ciel.

– Oui, c'est mon frère.

Ma grand-mère sourit.

– J'aime beaucoup votre frère, il m'a rendu service à de nombreuses reprises.

Austin fait la grimace.

– Oui, il est fort pour ça, rendre des services…

Elle se met à ranger ses courses.

– Vous restez déjeuner avec nous ?

Austin me serre contre lui tandis que je baisse les yeux, gênée. Je me demande s'il le fait exprès.

– Non merci, je dois partir.

– Comme vous voulez…

Nous nous apprêtons à passer la porte de la maison quand Mamina le rappelle.

– Monsieur Reed ?

– Austin. Appelez-moi Austin !

Je prie intérieurement pour qu'elle ne fasse pas d'allusion au port de la capote ou autre connerie du genre.

– Je tiens beaucoup à ma petite fille !

La menace voilée a été reçue cinq sur cinq. Austin la défie du regard.

– Moi aussi.

Je souris. Nous sortons sur le porche en refermant la porte. Je passe mes bras autour de sa taille et le serre. J'aimerais lui dire de m'appeler, qu'il va me manquer, que je lui écrirai, mais Austin reste Austin, si je vais trop vite, il va fuir. Et je ne veux plus qu'il me fuie.

Il m'embrasse en me tenant le visage entre les mains et chuchote contre ma bouche.

– J'ai laissé un cadeau pour toi sous le sapin, même si tu n'aimes pas Noël…

J'ouvre grand les yeux.

– Quoi ?

Il se détache de moi avec difficulté, je ne veux pas le lâcher. Il s'éloigne dans l'allée, les mains dans les poches. Au bout, il se retourne, me sourit et me fait un clin d'œil avant de filer.

Je rentre dans la maison et file vers le sapin. Dessous, il y a une boîte marron enrubannée de doré, sur laquelle est écrit mon prénom. Le réveillon n'est que demain, mais tant pis, je l'ouvre. Je déchire le papier sans aucun égard pour l'emballage bien fait.

Je découvre un carnet noir et vert à reliure en cuir gravé. Du vieux papier épais compose l'intérieur. Il est magnifique. Sur une note, il a écrit « Ton carnet rose est trop vieux et bientôt il sera plein, alors voilà ».

Je souris. Il n'y a qu'Austin pour m'offrir un cadeau et me balancer une vacherie en même temps.

Je l'ouvre. Sur la première page, il y a déjà quelque chose d'inscrit. Un passage que je connais bien, d'un de mes livres préférés.

*« Tous les hommes sont menteurs, inconstants, faux, bavards, hypocrites, orgueilleux et lâches, méprisables et sensuels ; toutes les femmes sont perfides, artificieuses, vaniteuses, curieuses et dépravées ; le monde n'est qu'un égout sans fond où les phoques les plus informes rampent et se tordent sur des montagnes de fange ; mais il y a au monde une chose sainte et sublime, c'est l'union de deux de ces êtres si imparfaits et si affreux. On est souvent trompé en amour, souvent blessé et souvent malheureux ; mais on aime, et quand on est sur le bord de sa tombe, on se retourne pour regarder en arrière ; et on se dit : "J'ai souffert souvent, je me suis trompé quelquefois, mais j'ai aimé. C'est moi qui ai vécu, et non pas un être factice créé par mon orgueil et mon ennui." »*

# 32
# Alexandra

Depuis que j'ai perdu ma mère, Noël n'a plus jamais eu de charme pour moi. Mais quand on vit avec Christian Montgomery et sa copine, il n'y a pas d'autre option que de rester assise à déguster les plats d'un repas interminable.

Avant, il y avait Nate pour me changer les idées, pour me faire passer une soirée drôle et sympa, mais cela ne sera plus jamais le cas. Je me console en me disant que cette année, il y aura au moins Mamina et oncle Charlie.

Mon père a insisté pour que nous n'allions pas les chercher, lui et Lauren, à l'aéroport. Ils nous rejoindront ce soir, pour le dîner.

Je profite de l'après-midi pour faire des emplettes. Je dois trouver des cadeaux pour tout le monde. Zara fait les magasins avec moi. Elle n'a toujours pas parlé à Seth et refuse d'aborder le sujet.

– Austin s'est disputé avec Jesse, m'informe-t-elle.

Nous parcourons les allées d'un grand centre commercial pour trouver un foulard pour Lauren et une cravate pour mon père. Pas original, mais comme d'habitude, il s'extasiera et elle se répandra en remerciements. Je ne comprends pas ce qu'ils viennent faire là.

– Pourquoi ?

J'observe Zara qui se bat pour porter tous ses sacs.

– Il dit qu'Austin l'a menacé pour qu'il ne s'approche plus de toi. Je crois qu'il a aussi dit quelque chose à Seth.

– Il est vraiment con…

Je me détourne pour que Zara ne voie pas ma mine réjouie.

– Il se passe quoi, exactement, entre vous ?

– On a dormi ensemble…

Elle tousse.

– Quoi ? Tu as couché avec lui ?

– Non, j'ai dit « dormi ».

Elle secoue la tête, affligée.

– Lexie… Je connais Austin… J'espère que les choses sont claires entre vous, parce qu'il n'est jamais sorti avec personne. Il va te faire vraiment du mal si tu t'attaches trop à lui.

Je sais qu'elle a raison, mais je n'ai aucune envie d'y penser pour l'instant. Je suis heureuse et je ne veux pas qu'elle gâche mon bonheur.

– Trop tard, je suis déjà attachée de toute façon.

Elle semble désolée.

– J'espère vraiment qu'il tient à toi.

Ses paroles me plombent un peu, mais je fais bonne figure. Nous finissons nos courses. J'ai trouvé un joli collier en argent pour Mamina et une sacoche en cuir pour oncle Charlie.

À la maison, j'emballe mes cadeaux et les mets sous le sapin, puis j'aide Mamina à préparer le reste du repas. Je mets le rôti de bœuf au four avec les légumes, garnis les plateaux de petits fours, assaisonne la salade et coupe le pain en tranches pendant qu'elle prépare une sauce aux airelles. Je grignote les cerneaux de noix qui restent et qu'elle n'a pas mis dans la salade.

Tout d'un coup, elle lâche son fouet et s'agrippe à la table en fermant les yeux. Je m'arrête de manger.

– Quelque chose ne va pas ?

– Oh non, ne t'inquiète pas. Je prends de nouveaux médicaments pour la tension qui me donnent un peu le vertige.

– Ok, mais tu devrais le dire à ton médecin.

*Hors de question qu'elle soit malade !* Je ne me suis jamais occupée de quelqu'un d'autre que moi et je ne crois pas pouvoir le faire…

– Oui, je le ferai. Ne t'inquiète pas.

Je file ensuite me préparer. Je décide de porter ma robe bustier rouge, avec mes talons Jimmy Choo.

Mamina a dressé la table avec des couverts en porcelaine et en cristal. Je suis sûre qu'elle fait ça pour impressionner mon père et Lauren. Elle semble nerveuse et n'arrête pas de tourner en rond en jurant et cassant tout et n'importe quoi. Je peux comprendre. Moi aussi je suis anxieuse à l'idée que mon père vienne ici. Dans la maison d'enfance de ma mère.

À vingt heures tapantes, une voiture se gare dans l'allée de la maison. Mamina lève les yeux au ciel.

– Ton père et sa ponctualité maladive...

Je ris nerveusement.

Nous sortons les accueillir sous le porche. Comme d'habitude, Christian a les bras chargés de cadeaux. Comme s'il pouvait racheter l'enfance merdique que j'ai eue avec toutes ses babioles. Il est beau dans son costume bleu nuit, je dois le reconnaître. Lauren, quant à elle, est tirée à quatre épingles dans sa robe fourreau argentée, ses longs cheveux blonds relevés en un élégant chignon. Ils sont le couple parfait. *Parfaitement ennuyeux...* Je soupire déjà de lassitude.

Grand-mère me donne un coup de coude dans les côtes pour que j'arrête ma mauvaise humeur.

– Bienvenue !

– Joyeux Noël !

Lauren dit bonjour à grand-mère. Elles se présentent. Mon père se contente d'un signe de tête froid.

– Abigail.

– Christian.

La tension entre eux est palpable.

Mon père vient vers moi et tend la main pour me presser le bras. C'est le seul geste que nous nous autorisons lui et moi.

– Comment tu vas ?

– Ça va...

Mamina nous fait entrer et je vois les coups d'œil anxieux de Lauren sur le désordre qui règne dans le salon. Nous avons pourtant rangé.

Ma grand-mère sert le champagne et les petits-fours.

Oncle Charlie sonne à la porte dix minutes plus tard. Voilà ce qu'il me reste de ma famille réunie au grand complet.

J'avale mon verre de champagne d'une traite sans égard pour le regard désapprobateur de mon géniteur. Nous passons rapidement à table.

– Alexandra, comment se passent tes cours ?

Lauren me sourit en essayant de faire la conversation. Elle a toujours essayé d'être une vraie belle-mère pour moi, je ne peux pas le nier, mais franchement, je ne l'aime pas. Je ne sais pas pourquoi, c'est comme ça.

Mamina me donne un coup de pied sous la table pour que je réponde.

– Bien.

Elle sourit. Elle a l'habitude de mes réponses courtes. Mamina prend le relai.

– Elle travaille sur *Roméo et Juliette* pour son projet de littérature !

Lauren lui sourit et la conversation part sur la littérature classique. Oncle Charlie me fait un clin d'œil. Il a l'air de comprendre que je m'ennuie à mourir.

– Il paraît que tu as un copain ?

Mon père m'observe par-dessus son assiette remplie à ras bord. Je m'étouffe avec ma pomme de terre. Je jette un regard venimeux vers grand-mère qui fixe son verre sans me regarder.

– Ce n'est pas vraiment mon copain…

– Comment s'appelle-t-il ?

Je soupire, énervée.

– Austin.

– Et il a un nom de famille, cet Austin ?

Je fusille mon père des yeux. *Non mais c'est quoi ces questions, là ?*

– Je suis très ami avec le conseiller d'orientation de St Jones, je te rappelle. Si tu ne veux rien me dire sur lui, je m'arrangerai pour avoir son dossier scolaire.

J'en lâche ma fourchette. *Il n'est pas sérieux, si ?*

– Christian… le réprimande Lauren.

– Reed. Austin Reed. Il a de très bonnes notes. Son frère est avocat et il vit dans un très beau quartier, si c'est ce que tu veux savoir.

– Il paraît qu'il est tatoué…

Je tourne vivement la tête vers grand-mère qui se ressert du rôti. *C'est quoi ce putain de coup monté ?*

– Puisque nous sommes là jusqu'à après-demain tu pourrais peut-être nous le présenter.

*Alors là, sûrement pas !*

– Non, il est à Boston, chez sa mère, pour les fêtes. Vous serez partis quand il rentrera.

Mon père fronce les sourcils.

– Il vient aussi de Boston ? Quelle étrange coïncidence…

*Oui, c'est aussi ce que je me suis dit la première fois.*

Charlie pose une question sur l'hôpital où travaille mon père et le détourne de moi. Je le remercie d'un hochement de tête discret.

– Demain, ton père compte me faire visiter l'île, peut-être voudrais-tu nous accompagner ? me propose Lauren.

*Pas du tout !*

– Euh non, j'ai plein de devoirs pour la rentrée, je comptais bosser, demain.

Ma belle-mère baisse la tête tristement.

– Ah bon…

Une vague culpabilité me saisit, mais je la chasse rapidement.

– Vous pourriez faire du shopping ensemble après-demain ! renchérit mon père.

Je fais la grimace en me prenant encore un coup de pied de Mamina sous la table.

– Bon, ok…

Lauren sourit. J'essaie de parler de mes cours avec oncle Charlie pour que le sujet « Austin Reed » ne refasse pas surface.

J'aide grand-mère à débarrasser et nous servons le dessert : une bûche glacée à la framboise et des chocolats suisses, accompagnés de thé aux amandes.

Lauren jette un coup d'œil vers mon père et celui-ci s'essuie la bouche avec la serviette immaculée avant de parler.

– Alexandra ?

– Hmm…

– Nous avons une nouvelle à t'annoncer…

Avant qu'il n'ait dit quoi que ce soit, mon regard se porte sur le ventre plat de ma belle-mère. *Ne me dites pas que…*

– Lauren et moi allons nous marier.

Je soupire de soulagement.

– Félicitations, s'écrient en même temps grand-mère et Charlie.

– Ouais, ok… je grogne.

Lauren s'agite sur sa chaise.

– Ce sera en avril, pendant tes vacances. Nous espérions que tu viendrais et que tu accepterais d'être ma demoiselle d'honneur…

Au regard de mon père, je sais que je n'ai pas intérêt à refuser.

– Ouais, ok…

J'imagine déjà l'enfer : Lauren en mariée hystérique.

– Évidemment vous êtes aussi invités tous les deux, fait mon père à Mamina et Charlie.

– Oh, l'avion et ses quinze heures de vol, c'est beaucoup trop pour moi, lui répond Mamina.

– Moi je ne pourrai pas fermer la boutique, s'excuse Charlie.

Ils m'abandonnent à mon sort.

– Ton copain pourrait t'accompagner, Alexandra…

Je contemple mon père, ahurie.

– Pardon ? Je t'ai dit que ce n'est pas vraiment mon copain…

– Qui reprendra de la bûche ? s'écrie oncle Charlie.

Il est de nouveau venu à mon secours.

Lauren tend son assiette.

– Avec plaisir.

Le repas met une éternité à se terminer. Nous passons dans le salon et Mamina procède à la distribution de cadeaux. Évidemment, mon père s'extasie sur la cravate horrible que je lui ai achetée et Lauren sur son foulard. Mamina est contente de son collier et oncle Charlie me fait un énorme câlin pour la sacoche en cuir.

Lauren et mon père m'ont offert un sac bandoulière en cuir Tory Burch. Il a dû coûter une fortune. Et une carte iTunes pour le téléchargement de musique, un foulard DVF, des boucles d'oreilles de créateur et un stylo avec des cristaux de Swarovski.

Oncle Charlie m'a ramené une plante fougère à mettre dans ma chambre.

– Elle est luminescente ! Elle brille dans le noir, le soir. Tu verras, c'est cool !

Je lui fais la bise pour le remercier.

Le plus beau cadeau vient de grand-mère. Elle me tend un petit paquet que je m'empresse de déchirer. C'est un cadre photo blanc qui contient un cliché de ma mère et moi, lors de nos vacances ici, l'année de mes six ans. Je suis sur la vieille balançoire qui était au fond du jardin à l'époque et je ris de toutes mes dents, les cheveux dans le vent, alors que ma mère me pousse en riant aussi. C'était un peu avant sa période schizo et droguée.

Mes yeux s'embuent et grand-mère me tapote la main.

– Tu lui ressembles beaucoup, Lexie…

J'essuie les larmes qui me viennent.

Après un énième thé aux amandes, tout le monde décide de partir. Nous leur disons au revoir et à peine la voiture de location de mon père a-t-elle quitté l'allée que Mamina soupire.

– Ça va, ce n'était pas si terrible…

Et moi de hurler :

– Tu lui as parlé d'Austin !

Elle rentre dans la maison et commence à ramasser les restes de papier cadeau.

– Oui, mais je n'ai pas dit que tu avais été convoquée dans le bureau du proviseur, ni que tu avais explosé ton assiette sur le mur…

Je lève les yeux au ciel en allant m'enfermer dans ma chambre et claque la porte. J'envoie un message à Austin pour lui demander comment s'est passé son réveillon et lui dire bonne nuit.

Je me change et mets de la musique en fixant le plafond pour attendre la réponse, allongée sur mon lit. Elle ne vient pas. Rien, même au bout d'une heure. Je suis dépitée.

Je m'endors en regardant la magnifique fougère sur mon bureau qui brille dans le noir.

# 33
# Alexandra

– Qu'est-ce que tu dis de ça ?

J'attrape la robe bleue que me tend Lauren.

– Pas mal.

Nous faisons les magasins depuis une heure, après avoir déjeuné avec mon père au restaurant de leur hôtel, où j'ai dû batailler pour ne pas parler d'Austin. J'ai lancé Lauren sur le sujet du mariage et, bonne pioche, elle n'a plus arrêté de papoter sur les couleurs de serviettes, fleurs et autres conneries.

J'ai décidé de porter une robe pour la soirée du Nouvel An. Longue bien entendu. Nous passons en cabine d'essayage. Je passe la verte que j'ai repérée tout à l'heure. Elle a un haut en forme de bustier et enveloppe joliment ma poitrine. Elle est longue jusqu'à toucher le sol avec une fente sur la jambe droite. Les sequins brillent de mille feux sous les lumières. Elle est parfaite.

– Avec tes yeux, c'est magnifique !

Lauren tape des mains. Ce sera celle-ci, inutile d'en essayer d'autres.

Nous payons et trouvons une boutique de chaussures. Ma belle-mère tient absolument à m'en offrir de nouvelles. Après plusieurs essayages, je me décide pour une paire de talons aiguilles en écailles dorées. Elles sont assez confortables, pas trop hautes non plus.

Elle paye et nous partons.

– Un café ? me propose-t-elle lorsque nous passons devant un Starbucks.

J'acquiesce.

Je prends un grand café glacé et elle aussi.

– Alors il est comment ce garçon ?

*Oh non pas ça...*

– Tu peux m'en parler, je ne le dirai pas à ton père...

Je n'ai jamais parlé garçons avec Lauren. Elle connaissait très bien Nate, mais c'était différent. En fait, je ne parle jamais de quoi que ce soit avec elle.

– Il... Il est cool...

Je ne sais pas quoi dire.

– Tu es heureuse avec lui ?

Je réfléchis un instant.

– Oui, enfin... parfois. Il est inconstant.

C'est l'adjectif qui me vient immédiatement quand je pense à lui.

Elle rit.

– Comme tous les hommes, chérie... Est-ce qu'il est au courant pour ta cicatrice et pour Nate ?

– Pas pour Nate, non.

– Si c'est sérieux, tu devrais peut-être lui en parler...

– Plus tard.

Elle boit puis recommence.

– Et pour tes autres cicatrices ?

– Si c'est une façon d'essayer de savoir si j'ai couché avec lui, je t'arrête tout de suite. J'ai dix-neuf ans dans deux mois, pas besoin de leçon de morale, ok ?

Elle secoue la tête.

– Non, non, ce n'est pas ça... Tu es une jeune femme responsable, je sais que tu feras attention.

Tout à coup, une question me vient à moi aussi.

– Pourquoi papa et toi n'avez jamais fait d'enfant ?

Elle s'étrangle avec son café.

– Nous... euh... Je... je suis stérile.

J'écarquille les yeux.

– Mais... Pourquoi tu ne m'as rien dit ? Surtout après mon accident !

Si nous sommes dans le même cas, pourquoi ne pas m'en avoir parlé ?

– En ce qui te concerne, tu as encore une toute petite chance, Alexandra. Moi pas. Je n'aurai jamais d'enfant.

Elle a l'air extrêmement triste en disant ça. Et pour la première fois, j'ai un élan de compassion envers cette belle-mère que j'ai toujours détestée.

– Pourquoi vous n'avez pas adopté ?

Elle baisse les yeux.

– Tu étais une enfant tellement… triste et solitaire… Nous ne voulions pas te faire de peine.

Mes doigts se crispent autour de mon gobelet.

– Ah.

*Que répondre à ça ?*

✦✦✦

Le moment de repartir arrive pour mon père et Lauren. Christian me fait promettre de l'appeler et de ne pas faire de connerie pour le Nouvel An. Pas comme l'année dernière où j'étais rentrée presque ivre morte à cinq heures du matin.

Lauren me fait la bise et me murmure à l'oreille :

– Austin a de la chance de t'avoir, j'espère qu'il s'en rend compte.

Je m'efforce de lui sourire.

Quand ils sont partis, je prends le bus pour rentrer à la maison. La première chose que je fais en arrivant, c'est d'envoyer un message à Austin. J'essaye de paraître aussi détachée que possible mais ma gorge se serre tout de même. Trois jours sans nouvelles.

# 34
# Alexandra

– Ne touche pas à ça, toi !

Zara hurle sur le bébé d'un an accroupi devant la table basse qui cherche à choper la télécommande.

– Bon, tu les ranges, tes mioches, là ? s'énerve Zach.

On est tous réunis chez Zara pour une soirée film-pizza. Elle doit garder ses neveux et nièces pendant que sa sœur est partie on ne sait où.

Elle attrape le gamin sous un de ses bras et disparaît avec lui dans une des chambres au fond du couloir, où les autres sont déjà endormis.

Je prends une part de pizza au fromage et me laisse tomber sur le canapé.

Ça fait bizarre d'être avec eux sans Austin. Hailey est collée à Seth et ça semble mettre Zara de mauvaise humeur. Je me demande pourquoi elle l'a invitée, celle-là.

Jesse se laisse tomber à côté de moi, bien qu'il y ait largement de la place ailleurs.

– Alors, c'était cool, ton réveillon de Noël ?

– Mouais… Ça va, et toi ?

– Cool. J'ai eu ma nouvelle voiture.

– Cool.

Il se rapproche encore et je suis serrée entre lui et l'accoudoir du fauteuil.

– Il faudra que tu viennes faire un tour avec moi un de ces jours, elle a des sièges chauffants, c'est d'enfer…

Je mâche ma pizza en hochant la tête. Si Austin l'entendait, je ne suis pas sûre qu'il serait d'accord. Mais il y a cette petite voix dans ma tête qui me dit qu'il n'est pas là et qu'en plus il ne répond à aucun de mes messages.

Je tends la main et éteins l'interrupteur à côté de moi. La pièce est plongée dans le noir, nos visages éclairés seulement par la télé. Evan mange bruyamment du pop-corn dans un saladier et Savannah lui donne des coups de coude pour lui dire de faire moins de bruit.

Nous avons décidé de regarder la trilogie des *Batman* de Christopher Nolan.

J'essaie de trouver une position confortable, mais coincée entre l'accoudoir et Jesse, ce n'est pas gagné. Pendant le film, il passe le bras derrière ma tête sur le fauteuil. Un soupir m'échappe.

– Ça ne va pas ? me murmure-t-il à l'oreille.

– Si, si…

J'essaie de me concentrer sur le film sans penser à lui.

Seth décapsule une bière avec un gros pop. Hailey s'allonge à moitié sur lui pour voir la télé et Zara l'assassine du regard. Elle est fatiguée est assez irritable, en ce moment. Sa grossesse cachée doit la faire beaucoup réfléchir et elle refuse toujours d'aborder le sujet. Y compris avec moi. Elle m'inquiète, refuser de voir ce qui lui arrive n'arrangera pas les choses. Seth ne sait toujours rien et ne doit pas comprendre la distance qu'elle maintient entre eux, mais cela ne semble pas le déranger plus que ça.

À la fin, Savannah se lève pour mettre le deuxième film, mais des pleurs de bébé se font entendre depuis la chambre.

– Putain… râle Zach.

– Il a faim, je pense. Ne commencez pas sans moi, fait Zara en s'éloignant.

Hailey prend la bière vide de Seth et la pose au centre de la table.

– On joue à défi ou vérité en attendant ?

*Oh non, ce sera sans moi, cette fois !*

Seth la lance.

– Savannah !

– Vérité.

– Est-ce que tu as déjà triché à un devoir ?

– Non, jamais. J'aurais bien trop peur de me faire choper !

Elle tourne la bouteille.

– Jesse, défi ou vérité ?

– Défi.

– Embrasse Lexie, crie Hailey en jubilant.

Je sursaute.

– Quoi ? Euh nan, je ne joue p…

Avant que j'aie pu finir ma phrase, Jesse écrase ses lèvres sur les miennes. J'essaie de reculer, mais je suis coincée entre lui et l'accoudoir et il me tient fermement. Je finis par me laisser faire, mais je refuse d'ouvrir la bouche quand il essaye de m'y forcer.

– Je croyais qu'elle était avec Austin, murmure Evan.

– Austin n'est avec personne, lui répond Zach.

Il a une animosité dans la voix que je ne comprends pas.

Jesse finit par me lâcher et je respire de nouveau.

– Ça va, on joue, chantonne Hailey.

Elle refait tourner la bouteille.

– Je… je reviens.

Je file à la salle de bain. Je m'y enferme. Je renvoie la pizza que j'ai ingurgitée il y a deux heures dans les toilettes. Trop de stress en quelques minutes. Et comme si l'univers se foutait encore un peu plus de ma gueule, mon téléphone vibre dans la poche de mon jean. Je me lave la bouche, m'essuie et le sors. C'est Austin.

Coucou. Je vais bien, beaucoup de choses à faire, Noël à chier. Tu fais quoi ce soir ? Je t'imagine dans ton pyjama à rayures et j'ai envie d'être là. Tu me manques. Bisous.

J'essaie de respirer pour calmer les soubresauts de mon cœur quand je vois qu'il m'a écrit. Je relis le message encore et encore. Au moins dix fois avant de répondre.

Noël à chier également. Je regarde un film et je ne suis pas en pyjama. Tu me manques aussi, rentre vite. Bisous.

Je l'écris, l'efface, le réécris. J'essaie de voir comment il va prendre chaque mot, d'anticiper ses réactions. Mais finalement, je l'envoie comme ça.

Je repars vers le salon où quelqu'un a déjà éteint la lumière et où Zara a pris ma place à côté de Jesse. Tant mieux.

Je m'assois par terre sur le tapis contre les jambes de Savannah. Elle se penche et joue avec mes cheveux, ça me détend et je me laisse faire. Mes yeux se ferment de plus en plus.

Quand Zara rallume la lumière pour mettre le dernier film, je me lève.

– Je m'en vais, je suis en train de m'endormir…

Tout le monde proteste.

– Mais non, Lexie…

Je fais si de la tête et enfile ma veste.

– Ok, on se voit après-demain, chez moi pour le réveillon du Nouvel An, me dit Zach.

– Ok.

Jesse est sur ses pieds en un rien de temps.

– Je te raccompagne !

Je fais la grimace.

– Non, c'est bon. J'habite à trois rues d'ici, ne t'inquiète pas…

Mais il enfile déjà son blouson. Zara le stoppe en s'accrochant à son pantalon.

– Je ne crois pas qu'Austin apprécierait que tu raccompagnes Lexie.

Il retire vivement sa main.

– On s'en fout d'Austin, il n'est même pas là. On ne va pas la laisser rentrer toute seule à deux heures du matin…

Je soupire et dis au revoir à tout le monde.

Nous sortons dans l'air frais. Je marche vite. *Plus vite j'arriverai, plus vite je serai débarrassée.*

– Y a pas le feu…

– Je suis vraiment fatiguée et pressée de me coucher, Jesse.

Il m'attrape la main.

– Il y a longtemps que je voulais être seul avec toi…

*Putain, c'est pas vrai…* Je me recule vivement et il fronce les sourcils. Je ne sais pas quoi lui dire sans être méchante. Il est sympa et canon, mais ce n'est pas lui que j'aime.

– Écoute, Jesse… T'es cool, mais je suis avec Austin. Alors je ne crois pas que tu devrais me dire tout ça.

Il hausse les sourcils, d'abord surpris, puis ricane, moqueur.

– Toi et Austin ? Laisse-moi rire… Après tout ce qu'il t'a fait ? Après l'épisode des chutes et tout le reste ?

Je repars en marchant plus vite. Ça ne regarde personne, ce qui se passe entre Austin et moi, et je ne vais pas écouter ces conneries.

Il me rattrape.

– Il veut juste te baiser et après basta !

Je me retourne vers lui les poings serrés.

– Qu'est-ce que t'en sais, d'abord ?

Il s'approche de moi les yeux dans les yeux.

– Tu sais ce qu'il m'a dit, l'autre soir ? Il m'a demandé de rester éloigné de toi parce que si quelqu'un doit te baiser, c'est lui. Ses mots exacts étaient : « Trouve-toi une autre pute à sauter, il y en a plein ici ! ». Une autre pute, Lexie, tu comprends ce que ça veut dire ?

– Ferme-la ! Je suis sûre que tu mens !

– T'es peut-être vierge, mais tu ne peux pas être aussi bête…

Je serre les poings. J'ai vraiment envie de le frapper.

– Va te faire foutre ! je lui lance.

Je fais volte-face et me mets à courir avant de faire quelque chose que je regretterais.

– Lexie ! m'appelle-t-il.

Mais je cours plus vite sans me retourner.

En un rien de temps, je suis arrivée à la maison. Je fais le tour par le jardin et m'enferme dans ma chambre en tirant les rideaux.

Je me laisse tomber sur mon lit. *Ce n'est pas vrai. Ce n'est pas vrai. Ce n'est pas vrai.* Ça ne peut pas être vrai. Je ne veux pas y croire.

Les larmes roulent déjà sur mes joues.

J'attrape mon téléphone, je suis sûre que si j'entends sa voix, ça ira mieux, je saurai que tout ça, c'est des conneries. Ça sonne. Une fois, deux fois, trois fois. Dans le vide. Je réessaie, mais c'est la même chose.

J'essaie de me raisonner. Il doit dormir, c'est pour ça qu'il ne répond pas. Je me repasse en boucle la nuit et la matinée que nous avons passées ensemble et je me demande pourquoi il n'est pas venu en cours avant ça, pourquoi il ne parle jamais de Boston, pourquoi il ne répond pas à mes textos…

Je repense à ce que Jesse m'a dit. Et à ce que Zara m'a expliqué.

Je relis le message qu'Austin m'a envoyé tout à l'heure pour me rassurer. *« Je vais bien, beaucoup de choses à faire, Noël à chier. »* Il est juste très occupé.

Je me lève et me change avant de m'enfoncer sous ma couette. Je lis et relis son message avant que mes yeux se ferment d'épuisement.

# 35
# Alexandra

31 décembre. Je peux déjà prédire que cette journée sera merdique. Ce n'est pas qu'une simple impression, je sais que quelque chose va arriver. D'abord parce que Jesse sera là ce soir et que s'il parle il va m'énerver ou énerver Austin qui m'avait demandé de rester loin de lui. Ensuite, parce qu'Austin n'a plus répondu à mes messages et que ça m'énerve. Il est censé avoir atterri ce matin et il est déjà dix-neuf heures. J'essaie de me dire que s'il ne m'appelle pas, c'est parce qu'on doit se voir ce soir, mais au fond de moi, je sais que je lui trouve des excuses.

– C'est bon, tu peux enfiler ta robe.

Zara vient de finir de me maquiller. Elle m'a mis des paillettes dorées sur les yeux et un gloss brillant sur les lèvres, puis elle s'est amusée à coller des strass dorés un par un sur ma peau, dans mon cou et en pluie sur mon épaule. J'avoue que le résultat est très beau.

– Je parlerai à Seth demain, m'informe Zara en changeant de soutien-gorge.

Ça ne lui pose aucun souci d'être aussi nue devant moi. Je suis contente qu'elle ait enfin pris la décision d'annoncer sa grossesse à Seth. Je serai là pour la soutenir si elle a besoin de moi.

– Ça va aller. Ne t'inquiète pas, je la rassure.

Elle passe sa robe bleue et moi ma robe verte.

– Putain ! Elle te va vraiment bien, celle-là !

Je souris.

– Merci.

J'espère qu'elle fera le même effet à Austin.

Zara est vraiment belle dans sa robe à sequins également. La sienne est beaucoup plus courte que la mienne, par contre.

Rachel, sa sœur, passe la tête par la porte de la chambre. Physiquement, elle ressemble beaucoup à Zara.

– Vous êtes prêtes, les minettes ?

C'est elle qui nous dépose et viendra nous chercher à cinq heures, au petit matin.

– Ouais !

Nous partons. Plus nous approchons de la côte, plus je sens ma nervosité augmenter. Comment sera Austin ? Est-ce qu'il sera là, d'ailleurs ? Et comment va-t-il se comporter avec moi devant les autres ?

– Tu verras, Zach ne fait jamais les choses à moitié quand il organise une soirée, m'informe Zara.

Quand Rachel nous dépose, je ne suis plus qu'une boule de nerfs.

– Relax, Lexie, me fait Zara en me voyant me débattre nerveusement avec ma robe pour sortir de la voiture.

Les parents de Zach sont bourrés de fric. Ils possèdent une grande villa sur la côte. Elle est à quelques mètres de la plage. Il y a déjà foule et de la musique s'échappe par les grandes baies vitrées et les fenêtres. Des guirlandes de Noël multicolores éclairent chaque façade de la maison

Nous grimpons l'immense escalier qui mène à la porte d'entrée. Je dois soulever ma robe pour ne pas marcher dessus, je me sens comme Cendrillon allant au bal avec la permission de minuit. *Pourvu que je ne me transforme pas en souillon blessée à la fin de cette soirée…*

À l'intérieur, nous débouchons sur un salon immense, je n'ai jamais vu une pièce à vivre aussi grande. Un DJ balance de la musique et beaucoup de gens dansent déjà. Les filles ont sorti les robes de soirée et la plupart des garçons sont en chemise et pantalon bien coupé.

Ma mâchoire se décroche quand je vois qu'il y a même un bar et quelqu'un pour servir des cocktails.

– Viens, me fait Zara en me tirant par le bras.

Elle m'entraîne par une porte et nous nous retrouvons dehors, en haut d'un immense escalier qui descend vers une terrasse où se trouve une piscine à fond d'ardoise. Elle est immense et de nombreuses bougies en forme de lotus flottent à la surface. Mais ce qui me coupe le souffle, c'est la vue de la plage juste à quelques mètres.

Beaucoup de monde discute, fume ou boit autour de la piscine.

Zara a repéré Evan, Savannah, Jesse, Hailey, Seth et plusieurs autres personnes qui discutent. Pas d'Austin en vue. Ils nous voient et nous font de grands signes de la main.

Les regards des garçons se posent sur moi quand nous descendons les marches.

– Tu es magnifique ce soir, Lexie, me complimente Savannah.

– Merci.

Evan me tend un verre de champagne que je prends distraitement. Je cherche Austin des yeux.

– Il est occupé, si c'est ce que tu veux savoir, me fait Hailey en souriant au-dessus de son verre.

Elle a un sourire mauvais. Elle lève son verre en direction de la maison et je suis son geste des yeux. Par une fenêtre immense qui donne sur une des pièces pleine de monde, je reconnais Austin, adossé à un mur. Il est plus beau que jamais avec sa chemise blanche déboutonnée au col et son pantalon noir cintré, une cravate défaite pendant à son cou.

Il a un verre à la main et l'autre bras autour d'une fille que je ne connais pas. Une grande blonde dans une robe rouge très courte. Il parle avec une autre fille en même temps, elle lui dit quelque chose et il éclate de rire.

Je me détourne de cette scène écœurante et vide mon verre de champagne d'un trait. Savannah me tapote le bras.

– Ne fais pas attention, il ne sait pas ce qu'il rate.

Je m'efforce de lui sourire, mais ça ressemble plutôt à une grimace.

– Oh si, il le sait, renchérit Hailey, c'est juste qu'il s'en fout.

– Ferme-la.

J'ai parlé doucement sans crier, mais ma voix était exactement comme je le voulais, dure et assurée.

– Pardon ? T'as dit quoi ?

Elle s'avance d'un pas. Hailey ne me connaît pas suffisamment. Je n'ai pas envie de pleurer, là. Je suis en colère. Et j'ai particulièrement envie de passer mes nerfs sur quelqu'un, alors si elle me cherche, ça risque de mal finir.

– Tu as bien entendu. J'ai dit ferme-la. À moins que tu veuilles te faire refaire le portrait pour bien commencer l'année.

– Eh bien vas-y !

J'avance d'un pas, mais Evan se met entre nous.

– Ok, ok, on se calme, les filles !

Seth attrape Hailey par les hanches et la force à le suivre. Elle s'éloigne avec lui en me lançant des regards assassins.

Jesse me regarde en coin, mais je l'ignore. J'ai besoin de me défouler.

– On va danser ? proposé-je aux autres.

Tout le monde me suit dans le grand escalier. Mais tandis que je monte, je lève la tête et aperçois Austin qui se tient en haut des marches, sa blonde sous le bras. Il m'observe en plissant les yeux. Ses tatouages se dessinent sous sa chemise blanche et s'échappent par le col entrouvert. Il est diablement sexy.

Même si mon cœur bat à tout rompre, je m'efforce de respirer normalement et d'avoir un air impassible. Je garde la tête haute et en passant près de lui, je lui souris, charmeuse, comme si de rien n'était.

– Austin.

Il ne répond pas et me dévisage. Je m'éloigne en sentant son regard brûlant sur ma nuque. Zara l'assassine du regard et le bouscule exprès.

Avec les autres, nous nous faufilons parmi les danseurs sur la piste improvisée. Ma robe brille sous toutes les lumières alors que je me déhanche avec Zara et Savannah. J'essaie de m'amuser et de ne pas penser à celui que j'aime et qui se fiche complètement de moi dehors, une blonde sous le bras. À l'intérieur, j'ai envie de hurler, mais en apparence, je suis l'indifférence même.

Au bout d'un moment, les lumières s'éteignent, laissant place à des spots lumineux pour éclairer la pièce. Un garçon que je ne connais pas s'approche de moi et commence à bouger en rythme et en me tenant par les hanches. Zara me fait un clin d'œil et je me laisse faire. Nous dansons longtemps tous les deux.

Je finis par avoir soif et m'excuse en filant vers le bar.

– Une caïpirinha, s'il vous plaît.

Le barman me sert en moins de deux minutes.

– Salut !

C'est Travis qui s'est approché de moi.

– Oh salut !

– Tu es vraiment très belle, ce soir.

Je lui souris.

– Merci. Je suis désolée pour la dernière fois…

Il secoue ses cheveux blonds.

– Ne t'inquiète pas, va. Tu n'étais pas dans ton état normal et moi non plus.

Je sirote mon cocktail.

– Tu veux prendre l'air ?

J'acquiesce et nous sortons sur la terrasse. Austin a disparu. *Très bien, je n'ai aucune envie de le voir !* Travis m'entraîne vers le bout de la terrasse et nous observons la mer.

– Alors, avec ta copine ? Du nouveau ?

– Je ne sais jamais ce qu'elle veut vraiment…

Je soupire et m'adosse à la balustrade.

– Oui, il y a des gens comme ça… Tu dois faire en fonction de leurs humeurs…

Je sirote mon cocktail, et quand je lève la tête, j'aperçois des yeux noirs qui m'observent. Austin. Il semble énervé. Mais comme cette expression est habituelle chez lui, je ne sais pas si ça veut vraiment dire quelque chose. Je lui tourne le dos.

Travis allume un joint et tire longtemps dessus.

– Et toi ? Avec Reed, ça se passe comment ?

– Ça ne se passe pas du tout, en fait… Il n'y a rien à dire.

Il hoche la tête et tire de nouveau sur son stick. Il me le passe et j'aspire à mon tour. J'ai la gorge qui brûle et je sens les effets de l'herbe se diffuser dans chaque partie de mon corps. J'ai vaguement la tête qui tourne quand je tire un peu trop longtemps dessus.

– Eh, ne fume pas tout ! plaisante Travis en me le reprenant.

Je finis mon cocktail et décide d'aller en reprendre un autre. Je me penche et l'embrasse sur la joue.

– À plus tard.

Je retourne au bar, mais je m'arrête net en voyant Austin assis sur un haut tabouret devant celui-ci, un verre de whisky à la main et sa blonde entre les jambes. Elle se penche vers lui et lui mordille la mâchoire en riant.

– Ah tiens, Alexandra ! fait-il en levant son verre vers moi avec un sourire en coin.

Je suis redevenue Alexandra, donc.

Les yeux rouges, il descend son verre de whisky d'une traite avant de le reposer sur le bar et d'en demander un autre.

Je m'approche et commande un nouveau cocktail.

– Tu as laissé ton petit ami tout seul ?

Je le fixe en essayant d'ignorer la fille qui se pend à son cou en cherchant ses lèvres.

– Pourquoi tu ne m'as pas appelée ?

Il rit doucement.

– Comme si tu t'étais ennuyée en mon absence…

– Quoi ?

– Lexie !

Zara et les autres arrivent derrière nous.

Je grimpe sur un tabouret et croise les jambes. La fente de ma robe s'ouvre et laisse apparaître ma peau hâlée. Austin suit ce mouvement des yeux et reste figé comme ça.

– Alors, c'était comment Boston ? lui demande Zach en arrivant et en lui tapant dans le dos.

– Cool, répond-il, plein de meufs bonnes, comme d'habitude.

*Le salopard…* Il ne vient pas de dire ça ?

– Tu… tu…

Je n'arrive pas à faire une phrase. Une douleur s'étale dans ma poitrine. Il me regarde en tenant la fille par les poignets alors qu'elle chantonne toute seule. Elle est saoule.

– Je quoi ?

– J'ai attendu que tu m'appelles. Je pensais que toi et moi, on…

J'ai vaguement conscience que les autres ont les yeux fixés sur nous, mais je m'en fous.

– Que nous quoi ?

Il ricane, maintenant.

– Tu ne pensais quand même pas qu'on était ensemble…

La douleur dans ma poitrine vient de prendre des proportions démesurées. Il rit carrément et mon cœur se brise en mille morceaux.

– Si. Et tu sais très bien que c'est ce que je pensais, soufflé-je.

Il a dit que c'était moi qu'il voulait, qu'il ne pouvait plus se passer de moi. Il a dormi les bras autour de moi et je lui ai confié des secrets d'enfance…

– Je ne sors avec personne, Alexandra. Et encore moins avec toi…

Je bats des cils pour contenir les larmes qui menacent de s'échapper.

– Lexie…

Zara me caresse le bras.

Je ferme les yeux et inspire profondément. Et je me marre. Oui, je ricane comme lui il y a cinq minutes.

– Qu'est-ce qu'il y a de si drôle ? s'énerve-t-il tout à coup.

– Toi, moi, cette situation… C'est tellement absurde que c'en est risible, tu ne trouves pas ?

Je ris de manière hystérique. La douleur dans ma poitrine me terrasse et en sortant de ma bouche, elle se transforme en convulsions violentes.

– Viens, on va sortir un peu, Lexie…

Zara essaie de m'entraîner avec elle, mais je refuse de bouger. J'avale mon verre d'une traite et fais signe au barman de m'en servir un autre.

– J'ai vraiment cru que tu partageais mes sentiments, tu sais, lancé-je à Austin.

Il écarquille les yeux.

– Comment ça ? Quels sentiments ? Tu veux dire que tu as des « *sentiments* » pour moi ?

Je ris encore et me tourne vers Jesse qui détourne le regard quand je lui parle.

– C'est toi qui avais raison, Jesse, je suis conne !

Austin pousse la fille sur un tabouret tout proche et se met debout en regardant Jesse.

– Qu'est-ce que t'as été dire, toi ? lui crache-t-il en serrant les poings.

Je hurle, maintenant :

– Je suis la fille la plus conne qui existe, ça, c'est sûr ! J'ai cru à toutes ces merdes que tu m'as racontées sur la plage! Que tu ne savais tout simplement pas gérer tes émotions et que si je te montrais que je tiens à toi, tu… tu…

J'essaie de reprendre mon souffle. Beaucoup de gens se sont arrêtés de danser pour nous observer.

– Tu es le pire de tous les connards que j'ai rencontrés ! Je ne comprends pas comment j'ai pu être assez idiote pour te laisser me mener en bateau. Et tout ça pour quoi ? Juste pour me mettre dans ton lit ?

Une expression passe sur le visage d'Austin qui ressemble à de la douleur, mais je m'en moque, il vient de m'humilier encore une fois.

– Je ne t'ai jamais forcée à faire quoi que ce soit ! me crie-t-il au visage.

J'attrape mon verre et lui balance à la figure. Il reste interloqué, sous le choc. Je saute de mon tabouret pour filer, mais il me retient par le bras. Il est complètement trempé.

– Tu as embrassé Jesse !

Je lui souris méchamment à travers les larmes qui ruissellent maintenant sur mes joues et que je ne peux plus retenir.

– Ouais ! Et tu sais quoi ? J'ai adoré ça !

Austin me lâche sous le choc et une expression sauvage et dégoûtée passe sur son visage.

Je m'enfuis par la porte de la terrasse. Ironiquement, en courant, je perds ma chaussure dans l'escalier. Je me penche pour la ramasser et retirer l'autre par la même occasion. Mes souliers dans les mains je file dans le grand escalier qui mène vers la plage. J'ai besoin d'air.

# 36
# Alexandra

Mon cœur me fait mal. Ce n'est pas juste dans ma tête, c'est une douleur physique.

Je marche le long de la dune de sable. Je ne sais pas où je vais, juste loin de lui.

Je sanglote fortement. Il n'y a personne pour m'entendre, de toute façon. Je m'essuie les yeux et le nez du revers de la main. Ma belle robe verte crisse dans le sable, je m'efforce de marcher droit mais la douleur est insupportable et quand je trébuche et tombe à genoux, je reste assise là, dans le noir, toute seule. Je me tiens le ventre en pleurant. *Pourquoi l'amour fait-il aussi mal ?*

– Lexie ?

En entendant mon nom, je sors de ma torpeur. Il m'a suivie.

Je me relève difficilement, pleine de sable.

– Dégage !

J'avance, mais il me court après et me retient par le bras. Je le pousse et il est à deux doigts de tomber en arrière sur le sable instable.

– Il faut qu'on parle !

– Putain, mais casse-toi !

Il m'attrape les bras et j'en laisse tomber mes chaussures. Je me débats férocement et il s'énerve.

– Calme-toi, bordel !

Je n'arrive plus à réfléchir normalement. Je me retourne et me jette sur lui pour le frapper. Je tire sur sa chemise et lui griffe le visage. Des idées de meurtre à coups de chaussures me traversent l'esprit.

– Putain, mais arrête ! T'es complètement folle !

Il me repousse violemment et nous tombons tous les deux dans le sable à la renverse. Il m'écrase de tout son poids et me tient les poignets en l'air.

– Arrête, Lexie !

J'essaie de me relever, mais il me plaque contre le sol.

– Je te déteste ! hurlé-je comme une hystérique.

– Je sais…

Il pose sa joue contre la mienne et je sens son souffle dans mon oreille. Il empeste l'alcool que je lui ai envoyé à la face.

Les bras toujours tendus au-dessus de la tête, je pleure.

– S'il te plaît, arrête…

Je ne bouge plus et ferme les yeux pour ne pas le voir. Il se relève en me tenant toujours les poignets pour que je ne puisse plus me débattre, il s'assoit sur moi, les genoux dans le sable.

– Est-ce que tu as des sentiments pour moi ?

La douleur dans ma poitrine s'ouvre un peu plus. J'ouvre les yeux et vois son visage au-dessus de moi qui se détache sur le ciel étoilé. Il semble espérer quelque chose. Je ne lui dirai pas. Il s'en servirait contre moi, pour me faire encore plus de mal. Il me détruirait totalement.

– Oui, j'ai des sentiments pour toi : de la haine, de la colère, de la rage, et la pitié aussi…

Il m'observe et je crois voir des larmes perler à ses yeux.

– C'est faux, tu mens…

– J'ai embrassé Jesse et j'ai adoré ça !

Il ferme les yeux et se lève d'un bond en me lâchant brusquement.

– Puttaaaaaiiiiinnnnn ! hurle-t-il en serrant les poings et en donnant des coups de pied rageurs dans le sable.

Je me redresse et essuie mes larmes. Tout mon maquillage a dû couler, je ne dois plus ressembler à rien. J'ai du sable plein les cheveux.

Je me lève et il vient vers moi menaçant. Puis brusquement, sa bouche s'écrase sur la mienne. J'ai à peine ouvert les lèvres qu'il s'empresse d'aller chercher ma langue. Pleine de confusion, je sens mes jambes se dérober sous moi tandis qu'il me retient de ses bras.

Sa bouche a le goût du whisky mêlé à ce goût mentholé qui est le sien. J'ai l'impression qu'il y a du désespoir dans ce baiser.

Mon corps réagit sans que ma tête l'ait commandé. Je tends les bras et passe les mains dans ses cheveux.

Nous nous embrassons comme ça, longtemps.

Quand il me lâche, j'essaie de reprendre ma respiration. Il enfouit sa tête dans mon cou en me serrant encore plus et en se penchant vers moi. Son cœur bat follement dans sa poitrine et je le sens contre moi. J'ai terriblement mal, mais je ne peux pas le lâcher.

– Pourquoi tu as fait ça ? souffle-t-il contre mon oreille.

Je n'arrive plus à penser normalement.

– Quoi ?

– Avec Jesse…

Sa voix est rauque et hachée. On dirait qu'il a du mal à parler.

– Je n'ai pas pu l'en empêcher… J'étais coincée.

Ma voix est éraillée et elle a du mal à sortir aussi.

– Je vais le tuer…

Je soupire et me force à le repousser.

– Tu as dit qu'on n'était pas ensemble, toi et moi…

Il me lâche et passe nerveusement les mains dans ses cheveux.

– J'étais énervé, bordel ! J'atterris ce matin et la première chose que Hailey me dit, c'est que Jesse et toi, vous vous êtes roulés des pelles l'autre soir !

*C'est moi qui vais la tuer !*

Puis je me souviens de sa méchanceté et de ce que Jesse m'a dit.

– Ça n'excuse pas tout ce que tu fais ! Ni ce que tu as dit à Jesse !

Il devient livide.

– Qu'est-ce qu'il t'a raconté, ce merdeux ?

–Que si quelqu'un doit me sauter, c'est toi ! Que je ne suis qu'une pute !

Je hurle, un doigt rageur pointé sur lui.

Il ferme les yeux et se pince l'arête du nez.

– Non… Ce n'est pas ce que j'ai dit, bon sang !

Il rouvre les paupières et me regarde de nouveau.

– J'ai dit que tu étais à moi et que je ne voulais pas qu'il t'approche. Je ne voulais pas te traiter de pute…

Il se tait un instant puis reprend :

– Et si tu es énervée parce que j'ai dit que le seul qui devait te prendre c'est moi, eh bien tant pis, parce que ça, c'est vrai…

Je plaque une main sur ma bouche, horrifiée. *Il ose me l'avouer, en plus !*

– Je ne veux pas que quelqu'un d'autre te touche ! Je ne veux pas qu'il s'approche de toi !

– Mais tu fais tout pour m'éloigner de toi !

– Non, au contraire ! Je suis venu te voir chez toi l'autre soir ! Et je suis là aujourd'hui !

– Tu ne m'as pas donné de nouvelles !

– Mais si, je t'ai envoyé un message.

Je ris, ironique.

– Un message, Austin. Un seul. Alors que je t'en ai envoyé plein ! Et tu n'as même pas appelé !

Il écarquille les yeux.

– Mais tu ne me l'as pas demandé !

Je lève les yeux au ciel et serre les poings.

– Je ne devrais pas avoir à te le dire ! Après la nuit qu'on a passée ensemble, tu aurais dû m'appeler !

– Écoute, je… Tout ça, c'est nouveau pour moi, ok. Je suis sur les nerfs constamment et je dois gérer un millier de choses en même temps…

Je me rapproche de lui pour l'obliger à me regarder dans les yeux.

– Si tu n'es pas capable de gérer ça… de nous gérer nous, alors laisse-moi tranquille. Je ne suis pas une poupée avec qui tu peux jouer dès que tu t'ennuies !

– Je ne joue pas, Lexie ! S'il y a bien quelqu'un avec qui je suis sérieux, c'est toi !

Il semble sérieusement exaspéré.

– Je ne veux pas que tu t'approches de Travis !

– Tu te permets de me donner des ordres en pensant avoir des droits sur moi…

Il me prend par le coude pour me faire relever la tête.

– Je suis sérieux, s'il t'approche encore, je le tue. Et c'est la même chose pour Jesse !

Je le repousse.

– Non, tu ne vas tuer personne. Je ne t'appartiens pas et si tu estimes que c'est le cas, je t'arrête tout de suite. J'ai passé la semaine à penser à toi et toi tu te ramènes avec deux blondasses ce soir…

Il sourit tout à coup.

– Tu es jalouse ?

– Non.

Je détourne la tête, mais il me force à le regarder en me prenant fermement le menton dans la main.

– Si, tu l'es.

J'essaie de m'écarter, mais il m'attrape et m'embrasse. À pleine bouche. J'ai l'impression que nous passons notre temps à faire ça : nous battre et nous embrasser ensuite.

– Austin arrêt…

Il me serre et me mord les lèvres. Ses mains se posent dans mon dos. Sur ma peau nue, je sens ses doigts glacés. Il fait naître des frissons sur mon épiderme. Il m'embrasse dans le cou et me suçote la peau.

– Austin, je…

Je respire de plus en plus vite et m'accroche à son cou de peur de tomber.

– Ne résiste pas, bébé, je sais que tu en as envie…

*Envie de quoi ?* Je résiste à lui poser la question.

Soudain, il fait glisser la fermeture dans mon dos et mon bustier se détache de ma peau. Je le retiens du bras. Austin embrasse ma peau couverte de paillettes et de strass. Il me détache le bras du corps et me force à l'embrasser pendant qu'il fait descendre mon soutien-gorge et pose une main glacée sur mon sein. Des frissons me parcourent de la tête aux pieds. Je me réchauffe immédiatement à son contact.

Je m'accroche à sa chemise pour ne pas tomber. Il me fait asseoir par terre puis s'agenouille devant moi et me prend le visage entre les mains.

– Tu es belle, trop belle…

Je sens le vent passer sur ma poitrine découverte quand il me pousse et s'allonge sur moi. Sa langue chaude court sur ma peau et y laisse des traces brûlantes. Il titille un téton d'une main et suçote l'autre de la bouche.

Je fixe le ciel étoilé mais ne vois rien. Il n'y a que le plaisir qui pulse en moi pour me faire dire que je suis vivante. J'ai l'impression d'être une boule de feu. J'ai déjà oublié où je suis, pourquoi je suis là et tout ce qui s'est passé. Je sais juste que je ne veux pas qu'il s'arrête.

Sa main remonte dans la fente de ma robe et ses caresses sur ma cuisse me font gémir de plaisir. Sa bouche revient écraser la mienne quand sa main écarte ma culotte pour me caresser. J'étouffe un cri de plaisir en me mordant les lèvres.

– Putain… Tu es tellement mouillée, bébé.

Je rougis et le cherche des yeux. Les siens sont encore plus sombres qu'habituellement si c'est possible. Alourdis de passion et de désir. Il a les lèvres gonflées.

Il me caresse entre les cuisses et je sens cette vague de chaleur monter en moi de plus en plus vite. Je le tire par sa cravate et déboutonne fébrilement les premiers boutons de sa chemise. Je lève la tête et l'embrasse dans le cou en lui mordillant la peau. Il gémit et grogne.

– Ne fais pas ça, bébé…

J'arrête et ma tête retombe dans le sable.

– On va essayer un truc, d'accord ?

Je fais oui de la tête, incapable de parler. Il m'embrasse puis se recule et s'accroupit devant moi. Il tire sur ma culotte de dentelle pour me l'enlever et je me cambre pour le laisser faire. Il la fait glisser sur mes chevilles. Je ferme les yeux pour ne pas le voir qui me regarde presque nue. Je me demande ce qu'il pense de mes cicatrices.

Je le sens qui se penche pour m'embrasser le ventre en y posant doucement ses mains. Ses mèches de cheveux courent sur ma peau et me font me tordre dans tous les sens. Il descend plus bas, embrassant mes fines cicatrices une à une. Et quand de la langue il trouve mon intimité, je sursaute.

Doucement, il rit et me repousse de la main pour que je me rallonge. Il reprend sa douce exploration et les sensations sont encore plus violentes que je l'avais imaginé. Il me lèche délicatement et, en même temps, il enfouit ses doigts en moi pour effectuer ce mouvement de va-et-vient qui me fait me consumer.

Je suis éperdue de plaisir et en moins de quelques secondes, je me cambre et je jouis sans pouvoir m'arrêter, les doigts enfoncés dans le sable. Je gémis trop fort, mais tant pis, je n'arrive pas à me retenir. Je laisse la vague de plaisir me submerger.

Puis il retire sa bouche et ses doigts et je croise vivement les jambes alors qu'il rit.

Austin se redresse et revient s'allonger sur moi.

– C'était bon ? murmure-t-il à mon oreille en me massant le sein d'une main.

Je hoche la tête, toujours incapable de parler.

– Un jour, ce sera toi qui me le feras…

Je rougis violemment et détourne la tête pour ne pas le regarder. Il s'esclaffe et m'embrasse sur le nez. Son odeur m'étourdit.

Il se relève et me tend la main pour que je fasse de même. J'ai du mal à tenir sur mes jambes.

Je remonte mon soutien-gorge et époussette le sable de mes vêtements.

Passant derrière moi Austin remonte la fermeture de mon bustier et le remet en place. Il m'embrasse dans le cou et derrière l'oreille, là où se trouvent mes petites étoiles, avant de me serrer contre lui, et je repose ma tête en arrière contre son torse. Nous restons longtemps comme cela, tournés vers la mer, quand tout à coup sa montre sonne. Il est minuit.

– Bonne année, Lexie, me murmure-t-il à l'oreille.

Je tourne la tête vers lui.

– Bonne année, Austin.

Il me caresse le visage et replace une mèche folle derrière mon oreille.

Quand il se penche pour m'embrasser, je passe ma main derrière sa nuque pour le tirer un peu plus vers moi.

– Regarde !

Il a levé les yeux vers la villa. Des centaines de petites lanternes jaunes s'envolent une à une de l'immense terrasse vers le ciel étoilé. Elles flamboient en s'envolant. Le spectacle est magnifique.

– C'est beau…

Austin appuie son menton sur mon épaule et me serre plus encore contre lui.

– Je sais que tu n'as pas confiance en moi, mais tout ce que je veux, c'est toi. Je te le jure !

Je ne réponds pas et fixe les lanternes qui s'éloignent. J'espère qu'elles ne sont pas le présage que je me consumerai pour Austin avant de ne laisser que des cendres derrière moi.

# 37
# Alexandra

Quand j'ouvre les yeux, c'est sur un plafond blanc avec des moulures qui ne ressemble pas au plafond de ma chambre. Ma nuit me revient en mémoire et je referme les yeux. Après notre escapade sur la plage, nous nous sommes éclipsés avec Austin pour revenir chez lui et nous endormir dans les bras l'un de l'autre.

– Bonjour…

Austin s'est redressé sur un coude et m'observe le regard triste et attendri.

– Bonjour…

Je lui souris et l'attrape par la nuque pour le tirer vers moi. Il se laisse faire. Je l'embrasse et il me rend mon baiser avant de poser sa tête sur ma poitrine, sur son t-shirt que je porte.

– J'adore écouter battre ton cœur…

Je lui caresse les cheveux et lui masse la tête. J'aime plus que tout ces moments d'intimités entre nous.

– Bébé, raconte-moi tes cauchemars. Tu étais agitée, cette nuit…

Il n'y a qu'Austin pour gâcher un moment comme celui-là. Je soupire.

– Écoute, on peut parler de tout et n'importe quoi. Je peux te raconter ce que tu veux, mais je ne veux pas parler de ça…

Il se redresse et me regarde.

– Ce que je veux ? Tout ce que je veux ?
– Oui, tout.

Si j'avais su que cette promesse me ferait parler pendant des heures, je me serais sans doute abstenue. Je déteste raconter ma vie. Je ne parle de moi qu'avec le docteur Torres ou avec Nate dans mon carnet rose, c'est tout.

Mais Austin ne lâche pas le morceau. Il me pose mille questions et attend patiemment que je réponde. Chaque fois que je parle, il observe ma bouche et ouvre de grands yeux ou fronce les sourcils.

Il veut savoir toutes les conneries que j'ai faites avant de venir ici et je lui raconte les fêtes alcoolisées, avec cachets, après mon accident. Je lui parle de Mickaëlla et des soirées à jouer au billard. Puis de mes tatouages. Il me demande où j'ai grandi et je lui parle de notre petit appartement de West Atlanta dans l'État de Géorgie. Je lui raconte mon enfance sans mon père. Je lui parle beaucoup de ma mère, Lily. De sa tendance à ramener des animaux blessés ou perdus à la maison. De son look bohème avec ses plumes dans les cheveux. De son obsession des gâteaux qu'on faisait ensemble tous les week-ends. Du plus magnifique cadeau qu'elle m'ait offert : un attrape-rêve à accrocher à la fenêtre de ma chambre, qu'elle avait eu d'un ami dont les ancêtres étaient des Comanches. De nos vacances chez Mamina, l'année de mes six ans, et de toutes ces fois où on m'envoyait jouer sur la balançoire du jardin pour que les grands puissent discuter alors qu'en réalité ma mère et mon grand-père ne faisaient que se disputer. De la descente aux enfers de ma mère après cette année-là et de sa folie.

Elle snifait et se piquait. De plus en plus de gens que je ne connaissais pas débarquaient à la maison, mais je n'avais pas le droit de sortir de ma chambre. Le propriétaire venait souvent tambouriner à la porte pour réclamer son loyer impayé. Elle avait fini par perdre son travail de caissière au supermarché et restait à la maison. Elle a peu à peu perdu la tête. Au début, elle parlait toute seule, s'adressant constamment à son ami Leonard qui n'était jamais là, bien entendu. Elle s'enfermait des heures dans la salle de bain et lavait mes vêtements de bébé que je ne portais plus. Ce fut quand elle m'oublia à l'école, un soir, que l'institutrice s'inquiéta. Les services sociaux s'en mêlèrent et je rencontrai mon père pour la première fois. Je le détestais déjà de m'avoir abandonnée et je ne voulais pas le voir. Ma mère se suicida une semaine plus tard, croyant sans doute qu'elle ne me reverrait plus jamais. Elle se jeta du haut d'un pont à grand trafic.

Je lui raconte ma haine envers mon père et ma belle-mère chez qui j'ai été obligée d'aller vivre à Boston. Je lui parle de ma découverte de la natation synchronisée puis de mon abandon de ce sport à la suite de mon accident.

Et je finis par grand-mère, qui est la personne la plus agréable avec qui il m'ait été donné de vivre.

Je crois que je n'ai jamais autant parlé de moi. Mais si je crois en avoir fini, c'est sans compter sur Austin et son obsession pour mon insignifiante personne. Il me demande ce qu'il y a dans mon carnet rose et je lui parle de mes auteurs préférés. Il veut connaître mes goûts musicaux, alors je nomme Hans Zimmer, James Newton Howard et d'autres grands compositeurs de musiques de film, puis ma couleur préférée qui est sans doute le gris, mon gâteau favori qui est la tarte au citron, mes films préférés, et il y en a tellement que je ne saurais tous les citer.

À chaque question, je m'empourpre et il s'enflamme de plus belle. Je ne comprends pas pourquoi il veut savoir tout ça, mais lui semble méditer longuement sur tout ce que je dis.

– Pourquoi cette phrase sur tes hanches ?

Tatoué sur ma peau, il y a gravé « *If you can dream it, you can do it*[8] ».

– Pour me rappeler que je suis vivante et que j'ai encore des rêves à réaliser.

Il écarquille de grands yeux et se redresse.

– Comme quoi ?

Je ferme les miens pour parler.

– Comme aller à l'université, vivre et travailler à New York, écrire un livre…

– Tu veux vivre à New York ?

– Oui, j'aimerais aller à la faculté là-bas et y vivre après.

Il retombe allongé et fixe le plafond.

Plein de questions me brûlent la langue à moi aussi, mais j'ai peur de les poser, parce que j'ai peur des réponses. Une m'échappe cependant :

8. « Si tu le rêves, alors tu peux le faire. » Walt Disney.

– Et toi, tu habiteras où, un jour ? Tu comptes aller à la fac ?

Il soupire.

– Oui, j'aimerais bien. Mais il est hors de question que j'habite un autre endroit que Boston.

*Et voilà. Je me suis fait mal moi-même.*

– Oh.

C'est tout ce que je trouve à répondre. Je me détourne et m'allonge de côté. Aucun de nous deux ne parle plus.

J'attrape sa montre posée sur la table de nuit et sursaute quand je vois qu'il est presque treize heures.

– Oh mon Dieu, mais il faut qu'on se lève !

Il m'attrape par les hanches et m'attire contre lui, mon dos contre son torse.

– Mais on n'est pas pressés… Aujourd'hui, tout le monde dort très tard, c'est comme ça, le premier jour de l'année.

Ses mains sur moi me font perdre toute raison. Je soupire.

– Ok, mais plus tard il faudra que tu me déposes chez Zara, elle va s'inquiéter. Je devais dormir chez elle et toutes mes affaires sont là-bas.

Il m'embrasse déjà dans le cou et ses doigts remontent sous mon t-shirt. Je ferme les yeux et ma respiration s'accélère alors qu'il prend mes deux seins à pleines mains.

– Oui, plus tard…

Ses caresses expertes me laissent pantelante. Je recule contre lui et je sens la bosse dans son caleçon. Il se frotte contre mes fesses et le sang me monte aux joues. Je garde les yeux fermés tandis qu'il glisse sa main dans ma culotte et me caresse. Je ne connais pas de sensation aussi crue et aussi bonne à la fois. Il me caresse l'intimité du pouce. Doucement, il me titille et je gémis.

– Austin, s'il te plaît…

Son rire se perd dans mes cheveux.

– Ok, ok…

Il glisse un doigt en moi tout en continuant à jouer avec mon clitoris. Puis deux, et j'ouvre brusquement les yeux. Il me mord l'épaule gentiment et je me laisse faire.

– Tu fais des bruits tellement sexy, bébé…

Il va et vient encore et je suis peu à peu submergée par un océan de plaisir. Mes jambes se contractent et je me referme sur ses doigts. Il se détache de moi et s'allonge juste à côté. Il me regarde et tend la main pour attraper une mèche de mes cheveux qu'il enroule autour de ses doigts.

J'ai une idée derrière la tête, mais je ne sais pas trop comment l'exprimer.

– Est-ce que je peux...

– Quoi ?

Je ferme les yeux.

– Te caresser...

Ma voix n'est plus qu'un souffle. Comme il ne répond pas, j'ouvre de nouveau les yeux et au lieu du regard moqueur et du sourire suffisant que je m'apprête à trouver, il a une expression attendrie et les yeux lourds de désir.

– Oui.

Alors je tends la main et lui effleure le torse. Il est incroyablement musclé, ça m'étonne toujours. Du doigt, je suis les oiseaux et les étoiles tatoués sur sa peau, puis la branche de lierre qui descend plus bas. Il ferme les yeux et se fige telle une statue de marbre.

Quand je touche la bosse formée par son boxer, il les rouvre subitement et me regarde. Je me penche sur ses lèvres et l'embrasse passionnément en appuyant ma caresse. Je ne sais pas si je fais bien, mais il semble apprécier, alors je continue.

– Bébé, c'est...

Il respire plus vite et je me grise de l'effet que je lui fais.

– Attends...

Il attrape ma main et je m'arrête. *Quoi ? Qu'est-ce que j'ai fait ?*

Il fait descendre son boxer et quand sa virilité apparaît, j'étouffe un cri de surprise.

– Je te montre comment faire ?

J'acquiesce et il pose ma main sur sa verge. C'est beaucoup plus doux que je ne le pensais. Je me demande même si ce n'est pas la partie la plus douce de son corps.

Il me referme la main autour de lui et me montre comment le caresser. C'est tellement horrible et dégueulasse quand on le voit à la télé, mais entre nous, c'est tellement sensuel, bon, et magique.

J'accélère le mouvement.

– Oui bébé, c'est... trop...

Il bégaye. Je lève la tête vers lui et il ferme les yeux un instant avant de les rouvrir.

– Putain ne fais pas ça… Ne me… regarde pas comme ça, Lexie…

Quand il dit mon nom, je baisse à nouveau les yeux et je sens le liquide chaud qui se répand dans ma main et Austin qui se contracte. Avec un orgueil non dissimulé, je regarde le plaisir que je viens de lui donner.

Il se penche et m'embrasse dans le cou, dégageant mes cheveux.

– Est-ce que tu veux qu'on…

Je n'arrive jamais à finir mes phrases quand je parle de ça avec lui. Il rit contre mon front.

– Tu veux faire l'amour ? Vraiment ?

– Je… je ne sais pas…

Il m'embrasse le front.

– Quand tu voudras et que tu seras prête, je le serai aussi, crois-moi. Je n'ai jamais eu autant envie d'une femme.

Je m'efforce de ne pas penser aux nombreuses filles avec qui il a couché. Des filles avec beaucoup plus d'expérience que moi.

– On se lève ?

C'est lui qui a posé la question. Je n'en ai aucune envie, mais je sais qu'il le faut.

– J'ai besoin d'une douche rapide. Je te rejoins après ?

Je hoche la tête et l'attends, assise sur le lit.

Un bourdonnement attire mon attention et je vois son téléphone qui vibre. Quelqu'un appelle. Il n'y a qu'un « S » qui s'affiche sur l'écran. Je suis piquée par la curiosité, mais je ne me permets pas de répondre.

Quand il revient dans sa chambre, il porte un pantalon de jogging molletonné bas sur les hanches et est torse nu. Il est incroyablement sexy, les cheveux mouillés comme ça, sa serviette autour du cou.

– Tu as faim?

Je fais oui de la tête et nous descendons.

Dans la cuisine, il me tire un tabouret et je m'assieds. Quand il sort une poêle et ouvre le frigo, je reste médusée.

– Tu vas cuisiner ?

– Tu crois que je ne sais pas faire des œufs brouillés et du bacon ?

Je rigole.

– Franchement ouais, je n'aurais pas cru que tu savais seulement allumer le gaz !

En riant, il me balance un torchon à la tête que je rattrape.

Il commence à tout préparer et je dois avouer qu'il s'en sort pas mal.

– Je cuisine beaucoup plus que mon frère, déjà. Si ça ne tenait qu'à lui, on ne boufferait que de la pizza et des plats chinois.

– Si tu le dis.

Nous mangeons en silence.

C'est bon. Il sait vraiment cuisiner.

Je remplis le lave-vaisselle quand la porte d'entrée s'ouvre et que Joshua et une fille entrent. Austin grimace. Je reconnais la rousse qui est sur la photo du frigo. Elle est grande, élancée, belle comme un mannequin. Joshua la tient par la taille.

– Ah, salut Lexie ! fait-il en m'apercevant et en venant vers moi.

Austin se rapproche vivement de moi et me tire vers lui par la taille. Joshua voit son geste et sourit.

– Bonne soirée ? demande-t-il avec un sourire narquois plein de sous-entendus.

Je bafouille.

– Oui, on... C'était cool.

– Lexie, je te présente Taylor, ma copine.

La jeune femme me fait un magnifique sourire que je lui rends.

– Salut !

Elle a un accent anglais quand elle parle :

– Salut, alors comme ça c'est toi qui sors avec le petit con...

Elle fait une grimace à Austin qui lui répond par un doigt d'honneur. Je lui attrape la main et l'oblige à la baisser. Elle lui rend son geste obscène. *Ok, après tout, chacun sa famille, hein...*

Austin me tire par la main pour remonter. Dans sa chambre, il met un t-shirt, passe un jean et ses chaussures et récupère son portable. Il l'observe en fronçant les sourcils et le fourre rapidement dans sa poche.

– On y va ?

J'aurais aimé qu'il me propose de rester plus longtemps, mais bon.

Nous partons, et dans la voiture, il me propose de choisir la musique.

– Sérieusement ?

Il sourit.

– Ouais, vas-y, je suis de bonne humeur… Alors, profites-en au lieu de parler.

Je choisis une station radio et il ne dit rien.

En moins de quinze minutes, nous sommes devant chez Zara chez qui je dois prendre mes affaires.

– Tu fais quoi demain ?

Il détourne la tête vers la vitre et ne me regarde pas.

– J'ai plein de choses de prévues…

Je serre les dents et ouvre la porte. *Ça va, j'ai compris…* Il m'attrape le bras.

– Mais je t'appellerai demain soir, si tu veux…

# 38
# Alexandra

Le lendemain, mes pensées sont tantôt agréables, tantôt trop sérieuses. Je m'efforce de chasser mes doutes et de ne pas penser à l'avenir. Mais malgré moi, je suis déjà en train de refaire mes projets en imaginant rester à Boston avec lui plutôt que de partir à New York. L'idée d'être séparée de lui m'est insupportable.

Mon téléphone vibre tout à coup. Austin. C'est bizarre il n'est que dix-sept heures. Il m'avait dit qu'il m'appellerait ce soir.

– Allô ?

– Salut.

Sa voix est nerveuse, il est bizarre.

– Salut. Ça va ?

– Ouais… euh écoute, je voulais t'appeler ce soir, mais je dois sortir alors… Voilà.

Ma gorge se serre. Il est déjà distant.

– Où est-ce que tu vas ?

Je me mords la langue. Je déteste être la fille jalouse qui devient parano et possessive. Ce n'est pas mon genre.

– Je sors avec Jesse et des potes…

*Je croyais qu'ils étaient fâchés, ces deux-là…*

– Oh, d'accord…

En fait, non, je ne suis pas d'accord du tout, mais est-ce que j'ai le choix ?

– De toute façon, je suis fatiguée, je vais dormir tôt…

– Ok. Salut.

Il raccroche avant que j'aie eu le temps de répondre. Je fixe le téléphone, interdite. C'est ce qu'on appelle un coup de fil expéditif. Je pensais qu'on resterait des heures à parler, mais comme d'habitude avec Austin, je me suis trompée.

Je balance mon téléphone sur le lit et soupire, énervée. J'en ai marre de ses changements d'humeur.

Je me laisse tomber allongée sur mon lit.

– Lexie ?

Je sors de ma rêverie quand grand-mère ouvre la porte.

– Quoi ?

– Ton amie Zara est là…

En moins de deux secondes, Zara est dans ma chambre.

– Hey !

– Salut.

Elle referme la porte derrière elle et s'allonge à son tour sur mon lit.

– Je n'ai pas encore parlé à Seth.

– Qu'est-ce que tu attends ?

Mon amie fixe le plafond.

– J'ai peur de sa réaction.

– Normal, mais il faut que tu lui dises…

– Je sais, soupire-t-elle.

– Promets-moi que tu ne le diras à personne tant que je ne l'ai pas fait moi-même.

C'est son secret. Bien sûr que je ne dirai rien.

– Même à Austin, insiste Zara.

– Je te le promets.

Nous ne parlons plus un moment quand, soudain, Zara saute sur ses pieds.

– Qu'est-ce que tu dirais d'aller faire un tour ce soir ?

– Oh non, je suis fatiguée…

– Allez ! On y va tôt et on revient tôt. On se fait un resto et un petit billard entre filles. J'appelle Savannah et…

– Si tu dis Hailey, je te jure que je t'étrangle, je lui lance.

Zara soupire.

– Non, mais tu sais, nous la connaissons depuis longtemps. Elle fait partie de la bande.

– Je m'en fous…

Elle sort son portable et appelle Savannah.

Deux heures et demie plus tard, nous nous décidons toutes les trois pour un petit resto thaïlandais. Tout en mangeant, nous parlons des inscriptions à la fac qui ont commencé, des prochains devoirs, de la sortie prévue avec le prof de sciences, des derniers films sortis au cinéma et des garçons.

– J'ai vu Hailey et Austin aujourd'hui. Sa nouvelle voiture est pas mal, lance innocemment Savannah.

Zara me regarde aussitôt et mon cœur s'arrête de battre. Je me force à avaler mes nouilles.

– Ha oui… Et tu les as vus où ?

– Chez Luke, le pub sur Lake Street. Ils prenaient un verre.

C'est donc ça qu'il avait à faire. Passer la journée avec Hailey la pute. La jalousie envahit chaque recoin de mon être. Et ça me met de mauvaise humeur.

– Ça vous dit d'aller danser ? propose Savannah.

– Oui !

J'ai répondu la première. J'ai envie de me défouler, finalement. Même si j'ai un jean et des chaussures plates, tant pis.

Les filles sont entièrement d'accord. Alors nous décidons d'aller vers le centre de Texera Bay, qui est toujours animé le soir. Nous n'avons aucune difficulté à entrer dans une boîte branchée que Zara connaît bien. Elle prétend ne pas se sentir bien pour ne pas consommer d'alcool, mais Savannah et moi ne nous privons pas. Nous portons des toasts à tout et n'importe quoi.

Au bout de notre troisième verre, nous décidons d'aller danser. La musique est assourdissante et la piste tellement pleine que nous sommes collées l'une à l'autre.

Un garçon vient danser près de moi un moment et je le laisse faire quand il me tient les hanches. *Apparemment, je suis célibataire, alors…* Je l'attrape par le cou et danse avec lui. Mon amie me fait de gros yeux réprobateurs, que j'ignore. Il a les cheveux bruns et une chemise noire, c'est tout ce que je retiens. Je ne fais pas vraiment attention à lui, je me contente de bouger les yeux fermés.

C'est quand il me susurre des mots déplacés à l'oreille que je décide de m'éloigner. Je le plante là et retourne au box où sont les filles.

Je bois tellement que je ne me souviens plus du nombre de verres.

Le DJ passe une musique qui bouge et Savannah enlève ses chaussures et grimpe sur le fauteuil pour danser, m'entraînant avec elle. Nous nous éclatons comme des folles. Je ris pour tout et n'importe quoi, sautant dans tous les sens, dansant et chantant des chansons que je ne connais même pas.

Zara commence à s'endormir sur le canapé et sursaute quand, en pouffant comme des idiotes, nous renversons de l'alcool sur elle.

– Non mais vous êtes folles ou quoi ?

Elle s'énerve et nous rions de plus belle.

– Bon, on s'en va, s'énerve-t-elle encore plus. Allez dehors !

– Zaaarrraaa, je lui fais en me pendant à son cou, détends-toi… Bois un coup…

– Non, je ne bois pas, tu le sais. Allez, on s'en va.

Elle réussit tant bien que mal à nous traîner dehors et à nous ramener à la voiture avant de nous déposer chez nous.

Dans le jardin, je me cogne à l'arroseur automatique et je jure toute seule sous l'effet de la douleur qui se diffuse dans mon pied, tandis que je file en boitillant jusqu'à ma chambre par-derrière.

J'ouvre la baie vitrée, mais m'y prends les pieds et manque de tomber la tête contre mon lit. Je ris toute seule de ma bêtise et mets une main sur ma bouche pour m'empêcher de faire du bruit. Si Mamina se réveille, je suis morte.

– Chuuuuuutttt, je me fais à moi-même en tâtonnant dans le noir.

Il n'y a que la fougère qui éclaire la pièce.

Je sursaute quand la lumière s'allume tout à coup et m'éblouit. *Merde !*

– Putain, mais t'étais où ?

Ce n'est pas Mamina, mais Austin. Sa voix emplit mes oreilles avant que je ne le voie. J'ai fermé les yeux sous la violence de la lumière.

– Lexie !

*Il va réveiller Mamina à force de crier…*

– Chuuuuutttt… soufflé-je en mettant un doigt devant ma bouche et en souriant.

– Tu as bu ?

J'ouvre les yeux. Il est debout devant moi, tout de noir vêtu, ses cheveux tombant devant ses yeux sombres et énervés, fixés sur moi. Il grimace et je le trouve terriblement sexy.

– Un tout… piti… petit peu…

Nerveusement, il passe les mains dans ses cheveux.

– Putain…

Un bruit se fait entendre au-dessus de nos têtes et Austin se précipite pour éteindre, nous replongeant dans le noir. Nous ne bougeons pas et écoutons, mais il n'y a plus rien.

– T'étais où, putain ? chuchote-t-il en m'attrapant le coude. Il est trois heures du mat !

Je me retiens à lui pour ne pas tomber et pouffe.

– J'ai dansé avec un garçon… Il était très sexy !

Il me lâche et je trébuche. Je me rattrape à mon lit et m'y laisse tomber.

– T'es pas sérieuse, là ?

– Siiiiiii, Austiiiiiinnn…

Il tourne en rond, comme un lion en cage.

– Je t'ai appelée dix fois !

– Menteur…

Il s'arrête et je le vois venir vers moi. Il se penche et m'attrape les deux poignets.

– T'es complètement folle ou quoi ?

Il m'énerve quand il me parle comme ça. Je sais que je suis un peu saoule, mais je suis consciente et il est hors de question que je le laisse me marcher dessus. Je le pousse et me lève.

–Non, c'est toi qui es malade… Qu'est-ce que tu fous là, d'ailleurs ?

– Je te l'ai dit ! Je t'ai appelée et tu ne répondais pas !

Dans le noir, je vois ses yeux briller. La lune éclaire une partie de la chambre.

– Alors je suis venu !

Il baisse la voix tout d'un coup en se souvenant qu'il ne faut pas crier.

– J'étais inquiet…

Je ris doucement.

– Toi, inquiet ? Alors que tu as passé la journée avec cette pétasse…

– Quoi ?

– Tu m'as très bien entendue.

Je me penche et enlève mon jean en le laissant tomber par terre.

– Dégage, maintenant.

– Lexie, je n'ai pas...

– Casse-toi !

Il plante son regard dans le mien, mais je l'ignore. Je relève mon chemisier et le passe par-dessus ma tête. Ce n'est que quand je vois ses yeux se balader sur moi que je me rends compte que je me suis déshabillée devant lui. *Oh tant pis...*

– Qu'est-ce... qu'est-ce que tu fais ? bégaye-t-il.

L'éclat dans ses yeux quand il me regarde me fait retenir un sourire.

– J'allais me coucher...

Je fais le tour du lit et m'approche de lui en tendant le bras et tirant sur son t-shirt.

– Mais si tu veux, on peut faire autre chose...

Il recule en déglutissant.

– Tu es complètement bourrée, Lexie...

Je secoue mes cheveux et y passe mes mains.

– Ouais... Et je suis d'humeur à baiser.

Je n'arrive pas à croire que je viens de dire ça. Il écarquille les yeux et recule encore alors que je m'avance vers lui un peu plus.

– Arrête ça...

Sa voix est mal assurée et je souris. J'adore avoir l'avantage sur lui. Je me sens forte. J'ai envie de lui arracher son t-shirt. J'ai cette boule de feu dans le ventre comme chaque fois que je le vois.

– Tu n'as pas envie de baiser, toi ?

Il ferme les yeux, tout tremblant, et me tient les poignets alors que je m'agrippe à son t-shirt.

– Si, plus que tout. Mais tu me haïras en te réveillant... En plus, tu es vierge et je crois que tu aimerais te souvenir de ta première fois.

Je me colle à lui et me frotte contre son jean. Ses pupilles se dilatent.

– Non, je ne veux pas me souvenir ! Je veux baiser, de toute façon, pas faire l'amour...

Il me regarde en s'humectant les lèvres.

– Quoi ?

– Tu ne m'aimes pas... Tu n'aimes personne d'autre que toi, alors tu ne sais pas faire l'amour, tu sais juste baiser...

Je lui saute dessus et l'embrasse à pleine bouche. J'enroule mes jambes autour de lui et il m'attrape sous les cuisses pour me soulever et me porter.

– Lexie, arr…

Je cherche sa langue de la mienne et les mains dans ses cheveux, je les lui arrache presque. Son odeur emplit mes narines et, grisée par l'alcool et la proximité de son corps, je sens cette douce chaleur monter en moi. J'ondule des hanches sur lui et il bande instantanément. Je le sens contre moi. Il m'entraîne vers le lit et m'y pousse fortement, me détachant de lui. Je sais qu'il se retient. Quand je le lâche, il recule en mettant ses mains devant lui comme pour m'empêcher d'approcher.

– Arrête, bébé, demain tu vas le regretter. Je ne peux pas faire ça.

– Tu n'as pas envie de moi ?

– Si, bon sang ! Mais pas comme ça… Je veux que tu le veuilles vraiment !

Je m'agenouille sur mon lit et penche la tête de côté pour faire retomber mes cheveux sur une épaule. Passant la main derrière mon dos, je détache mon soutien-gorge et le laisse retomber sur le lit. Austin écarquille les yeux et ses bras retombent le long de son corps. Je papillonne des yeux et il reprend sa respiration comme s'il avait perdu le souffle quelques minutes.

Je m'étire et ferme les yeux alors qu'il me regarde toujours.

– Bon, on le fait ou quoi ? je l'apostrophe les mains sur les hanches et le regard mauvais.

Il inspire profondément.

– Ce n'est pas une bonne idée. Il faut qu'on parle.

– Soit tu me baises, soit tu te casses !

Je pointe un doigt rageur sur la baie vitrée.

Il me dévisage encore puis en soupirant s'avance vers la porte.

– Alors il vaut mieux que je parte.

L'air frais s'engouffre dans la chambre et me fait frissonner quand il ouvre.

– On parlera demain.

Il sort et s'en va en refermant derrière lui. Je reste là, à le regarder, en petite culotte et seins nus, à genoux sur mon lit, les mains sur les hanches.

Quand je me rends compte qu'il est vraiment parti, je soupire d'énervement. Je me laisse tomber allongée et m'endors presque immédiatement.

# 39
# Alexandra

La sonnerie stridente de mon téléphone me tire du sommeil. Zara. Je le prends et le porte à mon oreille en gardant la tête dans l'oreiller.

– Bon, la fêtarde, t'es réveillée ?

– Hmm…

– On sort ?

– Où ?

J'essaie d'émerger.

– Shopping, coiffeur…

– Hmm…

– Je suis là dans trente minutes. Lève-toi.

Et elle raccroche. Je m'assieds sur mon lit et me frotte les yeux. *Putain…*

La soirée d'hier me revient en mémoire et je grimace d'horreur en repensant à tout ce que j'ai dit et fait avec Austin. *Il faut vraiment que j'arrête l'alcool !*

Je file dans la salle de bain uniquement vêtue de ma culotte. L'eau chaude me délasse et je fais durer la douche le plus longtemps possible. Je n'en reviens pas d'avoir fait tout ça. Si ça avait été un autre garçon que lui, je ne serais probablement plus vierge ce matin…

Je m'habille et dans la cuisine, je trouve un mot de Mamina qui me dit qu'elle passe la journée avec une amie et de ne pas l'attendre.

J'avale un grand bol de café pour me dégriser un peu plus et Zara est là.

Je laisse volontairement mon portable à la maison. Il est plein d'appels d'Austin et je n'ai pas la force ni l'envie de gérer ça maintenant.

Nous partons vers St Raphael. Les boutiques là-bas sont magnifiques. J'en profite pour m'acheter de nouveaux vêtements, et des sous-vêtements, aussi.

Chez le coiffeur, je décide de m'éclaircir les pointes et de me faire couper les cheveux en dégradé. Ça fait longtemps que je n'ai pas changé de tête. Zara déblatère comme d'habitude sur tout et n'importe quoi : l'école, Seth, ses vêtements, sa sœur, son nouveau vernis… Je ne connais personne qui parle autant. Elle saoule la coiffeuse, moi, je suis habituée et ça ne me dérange plus vraiment. En fait, ça m'arrange, même. Elle parle tellement et sans attendre de réponse que je n'ai pas besoin d'en placer une.

Quand elle me dépose à la maison, il est déjà dix-huit heures. Je range mes nouveaux achats et décide de mettre de l'ordre dans ma chambre. Sur mon portable, j'ai sept messages d'Austin.

Appelle-moi.

Tu es où ?

Pourquoi tu ne réponds pas, Lexie ?

Il faut qu'on parle.

Putain, mais réponds-moi !

S'il te plaît, réponds bébé… Il faut qu'on parle !

Si tu ne réponds pas, dans dix minutes je suis chez toi !

Il m'exaspère.

Le dernier message date de dix minutes très exactement. Je soupire et m'assieds sur mon lit, les yeux fixés sur la baie vitrée. Une minute plus tard, Austin arrive par le jardin d'un pas vif et déterminé. Je sens que ça va chauffer.

Il ouvre la baie et entre. Je baisse les yeux et croise les bras sur ma poitrine. Maintenant que je suis sobre, j'ai vraiment honte de mon comportement. Je n'arrive pas à croire que j'ai fait ça. Que j'ai dit tout ça.

Il m'observe un instant puis fait les cent pas en se passant les mains dans les cheveux.

– Tu as fait quoi à tes cheveux, Alexandra ?

Quand il commence à m'appeler Alexandra, c'est mauvais signe !

– Je les ai éclaircis un peu, c'est tout…

Il tend les mains pour les toucher puis s'arrête dans son geste.

– Pourquoi tu ne répondais pas ?

– J'étais sortie avec Zara et j'avais laissé mon téléphone ici.

Il hoche la tête puis se remet à marcher. J'essaie de trouver quoi dire, mais je ne sais pas trop par où commencer.

– Écoute Austin…

– Ferme-la, Lexie. Aujourd'hui, c'est moi qui parle.

Je m'arrête net. Il est énervé. Très énervé.

– Je ne sais pas ce que tu as fait hier soir, mais bon sang, tu m'agaces ! Je t'ai appelée et tu ne répondais pas !

– Tu as passé la journée avec Hailey, putain ! crié-je plus vite que lui.

Il ne peut pas me reprocher des choses sans voir ce qu'il fait !

– Et alors ? Je la connais depuis plus longtemps que toi !

Je grimace, mais ne le regarde pas. Il n'a même pas conscience du mal que ça me fait. Ou alors, il s'en fout.

Il me regarde en serrant les poings.

– Tu as dit que tu allais te coucher tôt !

– Et toi que tu m'appellerais !

– Mais je t'ai appelée !

C'est à celui qui crie le plus fort.

– Non, Austin, tu m'as appelée deux secondes pour me dire que tu n'avais pas le temps pour moi, alors que je pensais qu'on pourrait discuter.

– J'étais occupé, bordel !

– Avec Hailey !

Il soupire bruyamment.

– Oui ! Je lui avais promis il y a des semaines de l'aider à trouver sa putain de caisse !

– Est-ce que tu couches avec elle ?

Ma voix est tordue par la rage. Je sais que j'agis en petite amie parano, mais je n'arrive pas à m'arrêter.

– Mais non, putain ! T'es folle ou quoi ?

– Arrête de me traiter de folle tout le temps ! C'est toi qui m'as menti !

– Je ne t'ai pas menti, je sais que tu ne l'aimes pas, c'est pour ça que je n'ai rien dit.

Je me passe les mains sur le visage. J'en ai marre, toutes ces disputes sont usantes. Il s'arrête aussi et nous ne parlons plus un moment. Puis il finit par s'asseoir à côté de moi.

– Tu as vraiment dansé avec un mec ?

Je soupire.

– Oui.

Il serre les poings et fixe le jardin par la baie vitrée.

– Mais il n'était pas sexy. Enfin je n'en sais rien, je ne l'ai même pas regardé.

– Tu as dansé avec lui...

– Et toi tu as passé la journée avec Hailey ! Est-ce que tu as déjà couché avec d'autres filles depuis que tu me connais ?

Il ne me regarde plus et baisse les yeux.

– Oui, une fois. À l'anniversaire de Seth. Parce que tu m'avais embrassé et que je n'arrivais plus à te sortir de ma tête...

Je ferme les yeux et ravale mes larmes. *Il ne m'aimera jamais autant que je l'aime.*

– Bébé écoute, j'essaie de faire en sorte que ça marche, ok... Je n'ai jamais eu de relation comme ça. Ni de relation tout court, d'ailleurs ! Je ne sais jamais ce que je dois faire avec toi. Hier soir, tu...

Je me bouche les oreilles des mains.

– J'étais saoule ! Je ne sais même pas comment j'ai pu dire ou faire tout ça !

– Oui bah ça je l'avais remarqué, merci.

Il se rassoit et me prend les mains.

– On oublie, ok ?

On entend la porte d'entrée de la maison qui s'ouvre et nous ne bougeons plus.

– Lexie ? m'appelle ma grand-mère depuis le seuil.

– Je m'en vais ? me demande Austin en fixant la baie vitrée.

– Non, enfin sauf si tu le veux...

Il fait non de la tête.

– Alors, viens.

Je l'attrape par la main et nous partons à la rencontre de Mamina. Quand elle voit Austin, elle plisse les yeux.

– Madame Grant...

– Monsieur Reed.

– Austin, s'il vous plaît.

Grand-mère dépose son sac et sa veste sur le porte-manteau.

– Alors moi, c'est Abigail.

Austin lui sourit. Grand-mère fixe ma main dans la sienne et sourit à son tour.

– Vous restez dîner avec nous ?

Je presse ma main dans la sienne et il me regarde avant de répondre mal assuré.

– Pourquoi pas…

– Très bien ! J'avais prévu de faire des lasagnes. Vous aimez ça, les lasagnes ? fait-elle en se dirigeant vers la cuisine.

Nous la suivons. Je murmure à l'oreille d'Austin pendant qu'il lui répond que oui, il aime ça.

– C'est toi qu'elle va cuisiner, pas les lasagnes…

Il me sourit et je m'installe autour de l'îlot central pour aider Mamina. Elle s'affaire déjà et me tend les tomates pour que je les coupe.

– Alors, d'où venez-vous ?

– Là tout de suite, du garage où je suis allé faire la vidange de ma voiture, lui rétorque-t-il malicieux en prenant le soda qu'elle lui tend.

– Non, je voulais dire, où avez-vous grandi ?

– À Boston. Je ne vis ici que depuis trois ans.

– Ah. Vos parents sont restés là-bas ?

– Ma mère. Mes parents sont divorcés et mon père vit à New York.

J'étouffe ma surprise.

– Ah bon ? Tu ne me l'avais pas dit !

– Tu ne me l'avais pas demandé, me répond-il du tac au tac.

Grand-mère reprend son interrogatoire. Elle lui pose toutes les questions auxquelles j'ai toujours eu envie d'avoir des réponses et j'en apprends plus sur lui en une soirée qu'en plusieurs semaines. Ainsi, quand nous passons à table, je sais qu'il a passé son enfance à Boston dans la maison de ses parents et qu'ils ont divorcé lorsqu'il était ado, qu'il n'a pas vu son père depuis deux ans, qu'il a recommencé sa première année au lycée ici et que c'est pour ça que nous avons un an de différence, qu'il est très allergique aux fruits de mer, qu'il aime les plats italiens, les vieux films et la littérature classique, qu'il a commencé la boxe pour extérioriser sa colère un peu avant le divorce de ses parents et qu'il adore ça. Plus j'en apprends, plus je l'aime.

Nous discutons également de la sortie prévue par notre professeur de Sciences à l'observatoire Anousheh Ansari, sur les hauteurs de l'île. Jusqu'à ce que Mamina pose une question indiscrète.

– Pourquoi tous ces tatouages ?

Je fais de gros yeux à grand-mère par-dessus mon assiette. Elle pose des questions de plus en plus personnelles.

– Je ne sais pas, j'ai fait le premier quand j'avais quatorze ans et je ne me suis plus arrêté, j'en ai voulu toujours plus. Je les trouve cool…

– Moi aussi je les trouve cool, fait grand-mère. D'ailleurs j'envisage de m'en faire un !

Je m'étouffe avec ma fourchette dans ma bouche et tousse. Austin rit nerveusement et me tape dans le dos alors que je prends une gorgée d'eau.

– Pardon ?

– Oui, j'y pense sérieusement depuis un certain temps.

– Non, mais ça ne va pas la tête ? Tu as passé l'âge, Mamina !

Elle me regarde avec un air moqueur.

– Je ne savais pas qu'il y avait un âge pour se faire tatouer…

*Non mais c'est quoi ces conneries ?*

Ils sont partis dans leurs délires et je ne peux plus les arrêter. Mamina évoque déjà des motifs auxquels elle pense. Ma grand-mère est vraiment frappée. Elle envisage réellement de se faire tatouer ?

À la fin du dîner, Austin remercie ma grand-mère pour tout et elle lui dit au revoir, avant d'aller s'installer devant ses séries pendant que je le raccompagne.

Sous le porche, on se dit au revoir et il m'explique qu'il doit passer le week-end à aider Taylor à emménager dans son nouvel appart en me promettant de m'appeler.

– Sérieusement, je t'appellerai vraiment. Et cette fois-ci, tu ne sors pas te bourrer la gueule, ok ?

– Ok… Et toi tu ne vois plus Hailey ? demandé-je l'air de rien.

Il soupire et j'insiste.

– Tu n'as pas le droit de me demander de rester éloignée de Jesse alors que tu passes tes journées avec Hailey ! Ça marche dans les deux sens une relation, Austin…

– Ok, ok, ok…

Il lève les mains en signe de reddition.

– C'est bon, c'est promis.

Il se penche et m'embrasse longuement avant de partir.

# 40
# Alexandra

Plus vous faites quelque chose qui vous plaît, plus le temps semble passer vite. À l'inverse, lorsque vous faites quelque chose que vous détestez, le temps s'étire à l'infini. Ça me plaît de passer du temps avec Austin, j'ai l'impression que ce sont des moments de bonheur volés. Ils passent trop vite.

J'ai tellement l'habitude d'être malheureuse que j'en deviens parano. Chaque fois que j'ai cru remonter la pente douteuse de mon existence, j'ai glissé de nouveau et je me suis fracassée.

– Mademoiselle Montgomery, vous nous faites partager vos pensées ?

Zara me donne un coup de coude dans côtes. Le prof de sciences me regarde en plissant les yeux par-dessus ses lunettes rondes posées au bout de son nez pointu. On dirait un hibou.

Heureusement pour moi, la sonnerie stridente de la fin des cours retentit à ce moment précis. Nous rangeons nos affaires en vitesse pour sortir. Zara est excitée parce que, avec les filles, nous allons faire les magasins.

Les autres nous attendent dans le couloir. Ils reviennent de leur cours respectif. Quelqu'un m'embrasse dans le cou, me faisant sursauter. Austin. Il est arrivé par-derrière. Ses bras s'enroulent autour de moi et je lui souris. Ses lèvres se posent sur la veine de mon cou qui bat furieusement, comme chaque fois qu'il me touche. Il a été câlin toute la semaine.

Zara soupire avec un sourire en coin en nous regardant et les autres détournent les yeux. Ils savent qu'Austin s'énerve à la moindre réflexion. Evan se penche pour embrasser Savannah et il lui prend ses livres.

– Nous aussi, on va faire du shopping !

Savannah et Zara grimacent.

– C'était censé être une sortie entre filles ! se plaint cette dernière.

Austin attrape mon sac pour le porter sans que je lui demande.

– Eh bien, tant pis, vous nous supporterez ! répond-il en lui tirant la langue.

– Si un seul de vous se plaint parce qu'on met trop de temps dans les cabines d'essayage, je lui fais bouffer mon poing, grogne Zara.

✦✦✦

Nous flânons tous dans l'immense centre commercial de Pleasant Bay depuis quelques minutes lorsqu'un groupe de garçons interpelle Austin et Evan. Ils ne sont sûrement pas de St Jones, je ne crois pas les avoir déjà vus et ils paraissent tous plus vieux.

Un grand brun, avec des bracelets en cuir autour des poignets, des cheveux coiffés en pointe, une grande cicatrice sous un œil et une cigarette derrière l'oreille droite, me dévisage.

Austin m'a lâché la main et a fait un pas de côté, je me sens brusquement seule et vulnérable. Seule face au loup. Celui-ci me sourit. Il n'est pas moche, mais il dégage quelque chose de sombre.

– Salut…

Sa voix est grave et éraillée.

– Salut.

– Moi, c'est Mike.

Austin me tire imperceptiblement vers lui en posant une main sur mon épaule avant de la retirer rapidement. Et le regard de Mike s'accroche à ce geste.

– C'est ta meuf, Reed ? lui demande le garçon en souriant.

– C'est… Lexie. Une amie.

*Une amie ?* Je tourne vivement la tête vers Austin, mais il ne me regarde pas. Il fixe un point invisible au-dessus de la tête de Mike. *C'est quoi ces putains de conneries ?*

Ce dernier secoue la tête en riant tandis qu'Evan, qui n'a jamais un geste déplacé envers moi, vient enrouler son bras autour de mon cou.

– Ouais, c'est une amie à nous. Hein, Lex ?

Il m'ébouriffe les cheveux comme le ferait un grand frère. Je souffle en tentant de me dégager.

– Ok… C'est mon anniversaire dans deux semaines, n'oublie pas la fête, je veux t'y voir, continue ledit Mike en s'adressant à Austin.

Celui-ci acquiesce.

– Et toi aussi, t'es la bienvenue, continue-t-il avec un sourire entendu à mon égard.

Je hoche la tête en serrant les poings, incapable de parler.

Le groupe s'éloigne tandis que nous tournons à l'angle d'un magasin. J'ai le temps d'apercevoir le regard de Mike sur Austin et moi. Il est mauvais.

Aussitôt hors de portée, Evan me lâche et retourne prendre la main de Savannah qui lui lance des regards interrogatifs.

J'essaie de rester calme. Vraiment. Mais il est dur de me dire qu'Austin puisse avoir honte d'être avec moi devant certains de ses amis.

– Je suis désolé, souffle-t-il dans mon oreille.

Comme je ne réponds pas et que les autres pénètrent dans une boutique, il me retient par la main.

– Tu me prends pour une idiote ?

– Non, je te prends pour ma copine mais eux ne doivent pas le savoir. Pas maintenant. Le plus tard possible, d'ailleurs.

Les larmes me montent aux yeux mais je me détourne pour qu'il ne les voie pas.

– Je n'ai pas honte d'être avec toi, bébé. Je veux juste te protéger. Ces mecs ne sont pas vraiment fréquentables, ok ? Je ne voulais pas qu'ils s'intéressent à toi parce que tu es avec moi. Je ne voulais pas attirer leur attention sur toi. Ils pourraient se servir de toi pour m'atteindre.

– Pourquoi es-tu ami avec eux, alors ?

– Ce n'est pas le cas. Ce sont des connaissances. Je veux juste éviter de t'attirer des problèmes, d'accord ?

Il semble sincère et je n'ai qu'une envie : le croire. Je n'arrive pas à me faire à l'idée qu'il puisse avoir honte d'être avec moi.

– Tu me le promets ?

Ses lèvres se posent sur mon front tendrement.

– Je te le jure.

✦✦✦

Les filles s'attardent dans une boutique *American Apparel*, et le bras d'Austin autour de mon cou, je fais le tour des portants. Je trouve deux jeans et des t-shirts ainsi que des chemisiers sympas.

– Pourquoi tu ne portes jamais de jupe ou de robe ? m'interroge-t-il.

Je lève des yeux surpris vers lui.

– Il faut vraiment que je t'explique ?

– Bébé, ta cicatrice n'est pas si affreuse, ta peau est juste un peu abîmée, une fois qu'on l'a vue, on n'y prête plus attention. Tu es magnifique…

*Seigneur, j'adore quand il est aussi gentil !* Je me hausse sur la pointe des pieds pour l'embrasser tendrement.

– Tu détestes quand je suis trop sexy pour aller en cours, pourquoi tu voudrais que je mette des jupes ?

Il soupire et secoue la tête.

– Ce n'est pas que tu sois sexy qui m'énerve, mais que les autres te matent !

Il attrape une jupe crayon noir.

– Essaie quand même celle-là…

C'est vrai qu'elle est jolie.

De l'autre côté, au milieu des pulls et des sweats, Zara nous observe fixement. Elle a un sourire triste et semble réfléchir. Quand elle aperçoit mon regard, elle me montre la jupe du doigt et lève le pouce.

– Tu vois, même Zara est d'accord ! insiste Austin.

En soupirant, je la prends et me dirige vers les cabines d'essayage.

Quand je tire les rideaux, Austin se glisse à l'intérieur et s'assoit sur le pouf dans un coin.

– Qu'est-ce que tu fais ?

– Je veux voir.

Il sourit malicieusement. Je lève les yeux au ciel. Il m'énerve.

– Sors de là, Austin. Je ne vais pas me changer devant toi.

Il hausse les sourcils.

– Je t'ai déjà vue bien plus nue, s'écrie-t-il.

Je rougis instantanément.

– Ferme-la ! Les gens vont t'entendre… Ce n'est pas pareil !

Il sourit carrément, cette fois.

– Donc, me laisser te lécher sur la plage, y a pas de problème, mais…

Je me précipite pour lui mettre une main sur la bouche, cramoisie de honte.

– Ok, ok, tais-toi !

Il rigole contre ma paume et y passe la langue. Je la retire vivement. On est trop serrés dans cette cabine. Et la présence d'Austin me donne des envies de…

– On vous entend ! dit Evan depuis la cabine d'à côté avant d'exploser de rire avec Savannah.

Je suis sûre que j'ai la couleur d'une tomate bien mûre, maintenant. Austin éclate de rire en m'attirant vers lui et en s'adressant à Evan par la cloison.

– Eh bien, bouchez-vous les oreilles !

Je le repousse alors qu'il me tire.

– Viens !

– Non ! Sors d'ici maintenant ou je te jure que je ne mets pas ces putains de fringues !

Il soupire d'énervement.

– Ok, mais tu me fais chier.

Il finit par sortir en tirant rageusement le rideau.

Quand il s'énerve comme ça, la tension entre nous devient vite palpable. Le problème avec Austin, c'est qu'il passe trop vite des rires aux larmes et de la joie à l'agacement.

Je passe un premier jean et une blouse en soie blanche. Je lui montre alors qu'il attend adossé contre le mur devant la cabine, les bras et les pieds croisés.

Il acquiesce simplement pour dire que ça lui plaît car il est énervé, maintenant. Je passe la suite et il fait pareil. J'en soupire d'agacement. D'habitude, c'est moi qui suis taciturne, mais avec lui, c'est le contraire : je redeviens heureuse alors qu'il est toujours sombre et énervé.

En grommelant toute seule, je passe la jupe crayon et un petit haut noir en plumetis qui m'a l'air d'être assorti. Franchement, elle est vraiment pas mal. Pas mal du tout. Mais je ne saurais dire la dernière fois que j'ai porté une jupe qui m'arrive au-dessus du genou. On voit ma cicatrice et ça ne me plaît pas.

J'ouvre le rideau. Austin est au téléphone. Il est penché vers le mur et se met l'autre main sur l'oreille comme s'il n'entendait pas bien.

– Je ne peux pas venir, j'ai cours… Oui, mais on avait dit le mois prochain… C'est dans trois semaines… Je ne peux pas faire autrement…

J'essaie d'écouter la conversation, mais il lève tout à coup les yeux et me voit. Je lui souris en lui montrant ma tenue. Il lève à peine les yeux et s'éloigne vivement. Je ravale la boule dans ma gorge et tire vivement les rideaux.

*Qui est plus important que moi, à cet instant ?*

Rageusement, je remets mes habits et attrape le tas de vêtements pour sortir. Je ne prends même pas la peine d'essayer le reste. Je suis de mauvaise humeur. Je me dirige vers la caisse et fais la queue avec Zara qui y attend déjà.

– Tu as trouvé ton bonheur ? me demande-t-elle.

– Pas vraiment, dis-je en pensant à Austin.

La vendeuse enregistre mes articles et quand il faut payer, une carte se tend et s'enfonce déjà dans la machine. Austin. Il est arrivé par-derrière.

– Qu'est-ce que tu fais ?

Il me sourit.

– Je paye. C'est bon.

– Je ne t'ai rien demandé !

Quand il voit ma tête, son sourire s'efface. Il fait le code avant que j'aie pu l'en empêcher.

– Putain ! Ce sont mes achats ! soufflé-je.

– Pourquoi t'es comme ça ? Je te dis que je paye. C'est bon !

– Je te rembourserai.

La femme lui rend sa carte et le ticket. Elle me donne mon sac et je sors rageusement. Il m'emboîte le pas.

– Pourquoi t'es furax, Lexie ?

– Je suis fatiguée, c'est tout.

Il m'attrape par les épaules et se penche vers moi.

– T'es comme une gosse mal élevée quand t'es énervée, qu'est-ce qu'il y a ?

Je soupire.

– Rien.

Inutile de faire une scène devant tout le monde. Je déteste les gens qui lavent leur linge sale en public et avec Austin je l'ai déjà fait trop souvent.

Alors que je me dirige vers la voiture, une voix nous interpelle dans le centre commercial.

– Lily ?

Quelqu'un me tire par le bras fortement et je me retourne. C'est un homme. Il doit avoir la quarantaine, pas très grand, mince, peu athlétique. Il a une barbe de plusieurs jours et des cheveux bruns mi-longs. Des yeux marron, et des lèvres finement étirées. Il a un air latino. Ses vêtements bien taillés, par contre, me font dire qu'il a du fric. Il porte les mêmes costumes italiens que mon père.

Quand je le regarde presque effrayée, il me lâche le bras.

– Oh excusez-moi, je me suis trompé…

Je me racle la gorge avant de parler. Je connais ce prénom.

– Lily Grant ? C'est pour elle que vous m'avez prise ?

L'homme écarquille les yeux.

– Euh… Oui…

– C'était ma mère. Je suis Alexandra, sa fille.

Ses yeux deviennent encore plus ronds.

– Oh… Je… Je suis Rodrigo Castillo. Votre mère était une amie à moi dans le temps. Vous lui ressemblez beaucoup…

Il me tend la main et je la serre machinalement. Je ne peux plus la retirer. C'est la première fois que je rencontre quelqu'un qui connaissait ma mère. En dehors de mon cercle familial, bien sûr.

Austin s'est rapproché et me tire par le bras pour me forcer à lâcher. Il fronce les sourcils en observant l'homme.

– Elle va bien ? me demande monsieur Castillo.

– Elle est décédée, répond Austin à ma place. Il y a longtemps.

L'homme reste interdit.

– Oh ! Excusez-moi, je ne…

Je l'arrête en secouant la tête.

– Vous ne pouviez pas savoir… Comment connaissiez-vous ma mère ?

Il soupire.

– Lily et moi étions… de vieux amis. Quand je suis parti faire mes études sur le continent, on s'est perdus de vue.

– Oh…

C'est tout ce que j'arrive à prononcer. Ça me fait tout bizarre d'entendre le nom de ma mère sortir de la bouche d'un inconnu.

Austin me tire par la taille pour me ramener à la voiture. Les autres s'impatientent. L'homme fronce les sourcils et fait un pas vers moi. Austin se met entre nous pour l'empêcher d'avancer davantage.

– Est-ce que je peux vous demander votre âge ?

*Quelle question bizarre !*

– Dix-huit ans, je réponds. Pourquoi ?

Il secoue la tête et recule.

– Oh pour rien… Je suis content de vous avoir rencontrée. Votre mère était très belle et vous lui ressemblez beaucoup.

Je lui souris. J'ai une brusque envie de pleurer, là. Il me dit au revoir de la main et s'éloigne. Austin doit me forcer à entrer dans la voiture pour que je le lâche des yeux.

Tout le trajet jusqu'à la maison, je n'écoute pas ses babillages futiles avec Zara. Et quand il me dépose, j'ai la tête en surchauffe en me repassant cet après-midi étrange. Cet homme, ma mère, sa jeunesse, Austin au téléphone, Mike…

# 41
# Alexandra

Ce matin, j'ai été prise d'une frénésie de ménage. J'avais besoin de me changer les idées et le bazar habituel de Mamina commençait à me peser. Je ne suis pas Lauren, mais mettre de l'ordre dans la maison me permet de déconnecter mon esprit lorsqu'il surchauffe.

Ma grand-mère entre dans la cuisine et pose son sac de courses sur l'îlot central. Ses cheveux sont encore plus courts. Elle les a fait couper ce matin par Rachel, la sœur de Zara. Elle les a presque à la garçonne, maintenant.

Je relève les yeux vers elle, mais elle ne me regarde pas. Elle fixe une lettre dans le courrier qu'elle a sorti de la boîte. Elle a un pli soucieux sur le front.

– Qu'est-ce que c'est ? demandé-je.

Elle fourre le pli dans la pile des enveloppes qui s'entassent sur la console de l'entrée.

– Rien. Ce n'est pas important.

Je m'arrête de frotter pour la regarder. *Est-ce que je rêve ou est-ce qu'elle me ment ?* Cela expliquerait pourquoi elle s'entend si bien avec Austin.

Je me remets à frotter vigoureusement. Mamina s'arrête et m'observe un instant avant de sortir ses courses du sac.

– Elle est propre, cette tapisserie, ma chérie.

Je ne réponds pas. Je suis accroupie, en train de frotter la tapisserie dans un coin du mur. Il y a une tache de graisse qui me fait de l'œil tous les jours. Elle m'énerve.

J'essuie la sueur qui perle à mon front du revers du bras.

– Tu ressembles à ta belle-mère quand tu fais ça, non ?

Je m'arrête instantanément. Je n'ai aucune envie de ressembler à Lauren. Je me relève et la toise alors qu'elle secoue une bouteille de limonade devant moi.

– Je t'ai fait des courses pour ton camping : de l'eau, des sodas, des sandwichs, des marshmallows, des chips...

Elle a l'air hyper excité. Finalement, c'est elle la gamine et moi l'adulte.

– On va observer les étoiles dans des télescopes, pas faire un pique-nique, grommelé-je.

– Oui, mais tu m'as dit qu'il y aurait un feu de camp, le soir...

Je retire mes gants.

– Ok. J'm'en fous de toute façon, mets ce que tu veux dans le sac.

Je file à la salle de bain pour prendre une douche. Je passe un jean et un t-shirt simple avec mon nouveau sweat noir à capuche. Il fait gris et froid depuis deux jours, alors j'anticipe. Je fourre ma brosse à dents et quelques autres affaires dans le sac en toile que j'emmène avec moi. Puis je me brosse les cheveux et j'attends en griffonnant dans mon carnet.

Je suis moins en colère qu'hier soir, mais tout de même... J'aime Austin et j'ai vraiment le sentiment que lui aussi, mais j'ai l'impression qu'il n'est pas complètement honnête avec moi.

En retournant le problème mille fois dans ma tête, j'en suis arrivée à deux conclusions :

1.– Il m'a menti pour son coup de fil et pour Mike en se trouvant pris au dépourvu et me cache vraiment quelque chose.

2.– Il m'a menti pour me protéger de ces types qu'il n'a pas l'air d'apprécier. Et pour le coup de fil, ce n'était peut-être vraiment pas important.

Dans les deux cas, le problème est le même : je sais qu'il m'a menti.

Grand-mère vient m'annoncer qu'il est dehors. J'attrape mon sac, ma glacière et sors pour le retrouver dans sa voiture.

Zara est assise à l'arrière, la mine mauvaise. On dirait qu'elle est épuisée. Elle n'a plus de nausées mais est fatiguée en permanence. Elle n'a toujours pas parlé à Seth et je tiens ma parole de garder le secret.

Austin me jette des regards anxieux quand je dis bonjour à mon amie. Nous sommes censés passer la soirée avec des dizaines d'autres élèves et des professeurs, alors je ne vais pas faire de scène ce soir. Je l'embrasse en souriant du mieux que je peux. Je m'efforce de lui faire comprendre que ça va pour l'instant, mais qu'il ne perd rien pour attendre. Il m'embrasse longuement en se foutant complètement du fait que Zara soit là et qu'elle fasse des « hum hum » sur le siège arrière.

Je les laisse parler entre eux. Ils me connaissent et n'interprètent pas mal mon silence. Austin me jette quand même de fréquents coups d'œil, mais j'essaie de faire comme si de rien n'était.

Nous arrivons vite au parking de l'école ou une quarantaine d'élèves attend avec les professeurs accompagnateurs devant deux bus.

Nous rejoignons Savannah, Jesse et Evan et nous nous installons au fond d'un des bus. Austin pousse Zara pour s'assoir à côté de moi, mais je sors mon casque. Il ne dit rien, mais fronce les sourcils. Je me passe toute ma playlist de Hans Zimmer. Elle est plutôt longue, mais il y a au moins trois heures de route pour atteindre le plus haut sommet de la Clark National Forest.

Austin passe un bras autour de moi, mais je me détourne et pose mon front contre la vitre froide du bus. Il soupire, mais il ne dit rien et discute avec Jesse.

Je finis par fermer les yeux. Le temps semble rendre tout le monde amorphe. Les élèves discutent tranquillement ou dorment. J'espère juste que ça se dégagera ce soir pour voir les étoiles, sinon on ne va rien admirer du tout.

Austin m'attrape par le menton et me tourne vers lui pour me dire de venir dans ses bras. Je l'écoute. Après tout, j'ai remarqué que je dors mieux quand il est avec moi. Je me serre contre lui et m'endors la tête dans son cou et les bras enfouis dans son sweat chaud et moelleux.

Avant de sombrer complètement, je le sens sourire. Il attrape mon casque et le pose sur ses oreilles avant d'appuyer sa tête sur moi et de fermer les yeux.

Je me réveille deux heures et demie plus tard, le souffle chaud d'Austin contre ma peau et ses lèvres pleines contre mon front. Je l'embrasse doucement, mais il ne réagit pas, il dort encore.

*Putain, qu'est-ce que je l'aime, ce mec…*

J'ai envie de profiter de l'instant présent, je décide de mettre mes doutes de côté pour ce week-end. Il sera temps de nous disputer lundi.

Très vite, nous arrivons à l'observatoire Ansari. C'est un grand parc naturel au cœur de la Clark National Forest. De grands bâtiments blancs se détachent au milieu des immenses acacias et santals qui couvrent les versants de ce côté de l'île. On sent fortement l'herbe, le bois et l'humidité dans l'air.

Le ciel commence à s'éclaircir un peu. Les élèves sortent du bus et suivent les guides qui nous présentent l'observatoire Anousheh Ansari.

Nous suivons tout le monde pour commencer les visites, qui doivent durer deux heures, avant le repas autour d'un feu géant. Un joyeux brouhaha s'élève bientôt et l'excitation gagne tout le monde.

Nous visitons l'espace Newton et ses cinq télescopes, l'espace Ptolémée et ses cadrans solaires, le planétarium Hipparque, la salle Einstein réservée aux expositions. J'essaie de suivre et de prendre des notes, même si Austin ne me lâche pas et semble plus intéressé par moi que par les étoiles.

– Si vous voulez bien me suivre dans la salle d'observation à l'œil nu des constellations visibles et des principales étoiles, hurle le guide pour se faire entendre.

Nous passons dans une pièce entièrement plongée dans le noir et Austin me serre par la taille. J'ai trop de mal à me concentrer, avec lui.

Le spectacle offert par ce lieu est magique. Tout le monde se tait tant c'est beau. Tout autour de nous, brillent des milliers d'étoiles. Fictives, bien sûr, mais ça n'en reste pas moins magnifique. On a l'impression d'être debout en apesanteur dans l'espace vide et d'observer la galaxie tout entière. J'en ai le souffle coupé.

– Vous pouvez admirer les étoiles doubles par ici, et les nébuleuses brillantes ou obscures par là, continue le guide.

– Je préfère celles qui sont derrière ton oreille, me souffle Austin en m'embrassant dans le cou.

Je souris en lui donnant un coup de coude.

La visite s'achève par les différents télescopes qui serviront à admirer le ciel, ce soir et demain matin.

Avec les autres, nous installons nos tentes aux emplacements réservés. Je partage celle de Zara. Il y a une espèce de fenêtre en plastique transparent sur tout le haut qui va nous permettre de regarder le ciel, ce soir.

Austin nous aide à la monter et à installer nos affaires. Je l'entends comploter avec Zara, mais avant que j'aie pu saisir leur conversation, il m'entraîne vers le feu de bois pour le dîner. Des groupes d'élèves se sont déjà formés et j'ai l'impression d'être dans un pique-nique géant. Les flammes immenses projettent des ombres et des lumières magnifiques sur nos visages froids.

Les autres nous rejoignent alors que je mords déjà dans le sandwich au thon que Mamina a préparé. Austin se goinfre de chips, assis à côté de moi, une jambe de chaque côté du banc, dans une tentative d'être encore plus proche.

– C'est trop beau, soupire Zara en s'asseyant à côté de nous et en désignant le ciel.

– Ouais, c'est magnifique, lui répond Austin en me fixant dans les yeux plutôt que de scruter les étoiles.

Je me penche pour l'embrasser et lui mordre la lèvre. Automatiquement, il m'attire vers lui.

– Beurk ! Vous n'en avez pas marre de vous lécher la gueule tout le temps comme ça ?

Austin lui fait un doigt d'honneur en continuant de m'embrasser. Evan renchérit immédiatement :

– Je lui ai toujours dit qu'un jour il tomberait amoureux et qu'il se retrouverait à lécher une meuf comme un p'tit chien et que je me foutrais de sa gueule.

Les autres éclatent de rire et Austin les fusille des yeux.

– Il a juré un jour, dans un « défi ou vérité », qu'il n'avait jamais dit je t'aime à une nana, clame encore Evan en me regardant.

Je pose mon sandwich au thon et regarde Austin qui menace Evan du poing.

– Tu vas finir par te prendre tes chips dans la gueule, si tu continues !

Mon cœur est sur le point d'exploser. Serais-je celle à qui il osera enfin le dire ou vais-je m'ajouter à la liste interminable de ses conquêtes ?

Bientôt, le prof de sciences nous rassemble pour former des petits groupes et nous emmener vers les télescopes. Dans le premier, on peut observer différentes étoiles dont Castor et Pollux, Hercule, la Grande Ourse et la Petite Ourse… Et dans les suivantes, la Lune et différentes planètes comme la géante de couleur blanchâtre, Jupiter ou la nébuleuse Vénus. Je ne me lasse pas de regarder.

– À quoi tu penses ? me demande Austin.

Sa question me fait sourire. Il cherche toujours à savoir à quoi je pense.

– À rien. Je t'aime.

Il ne répond pas mais me prend dans ses bras et ignore les regards insistants des autres élèves. Mais moi non, alors je le force à me relâcher.

– Hey, Lexie !

C'est Travis qui vient vers nous.

– Salut ! lui dis-je.

Austin lance des regards mauvais vers le nouvel arrivé.

– Alors, c'est cool, hein ? me fait-il en ignorant délibérément mon chien de garde.

– Ouais, génial. Tu as vu les étoiles de ton signe ? Moi j'ai vu le mien, Poissons ! je lui dis, enjouée.

Travis sourit. Nous avions évoqué cette sortie et nos étoiles respectives il y a quelque temps. Il secoue ses cheveux blonds et me tend une carte.

– Non, pas encore. Mais j'ai pris ça pour toi.

Je prends ce qu'il me tend et l'ouvre. C'est une carte sur les étoiles des Poissons, justement. Avec son histoire, sa désignation et des photos de la constellation.

– Ça parle de mythologie grecque. Le poisson est la forme d'Aphrodite et d'Eros. Aphrodite étant la déesse de l'amour et du désir et Eros son fils, qui est plus connu sous le nom de Cupidon chez nous. C'est cool, hein ? Ça m'a fait penser à toi.

Austin fronce de plus en plus les sourcils. Moi je trouve cette attention charmante. C'est super mignon.

– Merci ! C'est cool, franchement.

Je m'apprête à l'embrasser sur la joue, mais Austin me maintient fermement sur place pour m'empêcher de bouger.

Travis sourit, compréhensif, et j'agite la carte alors qu'il s'éloigne en me faisant un clin d'œil.

Austin me lâche instantanément, avant de me tourner le dos et de s'éloigner vivement dans le noir. Je lui cours après.

– Hey ! Qu'est-ce qu'il y a ?

– C'était quoi, ça ? jette-t-il en se retournant brusquement vers moi pour me faire face, ses yeux noirs jetant des éclairs.

– Quoi ?

J'essaie de garder mon calme, car je sens les regards curieux des autres élèves sur nous et je ne veux pas d'histoire, ce soir.

– La déesse de l'amour et du désir ! crie-t-il.

– Bah ouais, c'est en rapport avec mon signe astrologique.

Il serre les poings et se met à me hurler si près du visage que j'ai presque l'impression qu'il va me mordre.

– Bordel, Lexie ! C'est quoi, ton putain de problème ? Il te fait du rentre-dedans devant moi et tu joues son jeu, en plus ! Si je ne lui ai pas sauté à la gorge, c'est uniquement parce que le prof était là !

Je le tire par un bras pour nous éloigner encore des autres, mais il reste en place.

– Arrête de crier, déjà, je dis en serrant les dents, moi je me suis contenue, aujourd'hui ! Je ne voulais pas faire d'histoires avec toutes tes conneries…

– Mes conneries ? beugle-t-il.

Les veines de son cou sont si gonflées que j'ai peur qu'elles éclatent. En soufflant, je me détourne et m'éloigne en direction des tentes, où certains vont déjà se coucher. Il m'emboîte le pas vivement et me rattrape en m'enserrant le bras.

– Putain, Lexie !

– Aïe ! m'écrié-je.

Il me lâche et baisse d'un ton.

– Excuse-moi. Mais tu te rends compte de ce que tu fais ?

Je le défie du regard.

– Tu veux qu'on reparle d'hier ?

Il fuit mon regard tout à coup et recule. J'ai visé juste. Il sait exactement de quoi je veux parler, donc, il y a bien un malaise.

– Quel rapport avec Travis ?

– Aucun. Tu me reproches des choses ridicules alors que moi je m'efforce de ne pas m'énerver… En plus, Travis a une copine. Il ne me draguait pas.

Je tourne les talons et me dirige vers ma tente.

– Bonne nuit, Austin, lui lancé-je par-dessus mon épaule.

# 42
# Alexandra

Sous la tente, j'allume la petite lampe de poche de Zara. Je retire mes chaussures et range la carte de Travis dans mon sac. Je ne sais pas où est passée Zara, mais elle ne devrait pas tarder à arriver. Il est vingt-trois heures et le réveil est prévu à cinq heures pour pouvoir admirer le lever du Soleil et de Mercure à l'aube.

Je sursaute quand Austin passe sa tête par l'ouverture de ma tente.

– J'ai sommeil. J'ai dit « bonne nuit », t'as pas entendu ? lancé-je mauvaise en m'allongeant sur mon sac de couchage et ma couverture.

Il entre et referme la fermeture à glissière avant de s'asseoir sur le sac de Zara.

– Si, mais vu que je dors là aussi…

– Non, il n'y a pas assez de place pour toi. Retourne avec Evan.

– Evan dort avec Savannah, et Zara avec Jesse.

Je soupire.

– N'importe quoi… Zara va arriver.

Il fait un signe vers son sac dans un coin que je n'avais pas vu.

– Nan, elle ne viendra pas. Je lui ai filé cent balles pour qu'elle me laisse sa place. Elle m'a arnaqué, la garce.

Je hausse les sourcils et soupire avant de m'étirer, énervée.

– Tu ne m'as même pas demandé mon avis.

– D'habitude ça ne te dérange pas de dormir avec moi. Travis te fait tant d'effet que ça ?

Je soupire encore. Je n'avais pas prévu de passer la nuit à me disputer avec lui. J'observe le ciel étoilé par l'espace translucide du toit de la tente et ne réponds pas.

– Il t'a fait du rentre-dedans ! Et t'as joué son jeu.

Je me passe les mains sur le visage de lassitude. Parfois je rêve de lui arracher les yeux.

– Tu vas faire chier toute la nuit, là ? Tu as honte de dire à un putain de mec que je suis ta copine, mais quand un autre est juste gentil avec moi, tu t'énerves ?

Je ne sais pas si les autres tentes autour nous entendent, mais honnêtement je m'en fous.

Austin me fusille du regard.

– Tu racontes n'importe quoi. Je n'ai pas honte de toi. Arrête tes conneries.

– Si. Et ça m'énerve. Tu m'as menti. Tu ne me dis pas tout.

Il rallonge ses jambes et tend les bras vers moi.

– Bon sang, Lexie ! Tu es insupportable ! Je ne te mens pas, ces gars sont juste infréquentables. Ce sont des putains de toxicos, ils sont bien plus dangereux que tu ne crois ! Je ne voulais pas qu'ils s'intéressent à toi, c'est tout !

Je fixe le ciel sans le regarder.

– Pourquoi ils s'intéresseraient à moi s'ils savent que je suis ta copine ?

Il soupire.

– C'est compliqué, ok… Il va falloir que tu me fasses confiance sur ce coup-là.

Je le regarde dans les yeux et il me fixe intensément.

– Et toi, tu me fais confiance ?

Il fronce encore les sourcils.

– Pourquoi tu me demandes ça ?

– Travis est un pote. Il a une copine et il ne me draguait pas. Je ne vais pas arrêter d'être amie avec lui parce que sa tête ne te revient pas. Si tu me fais confiance, j'essaierai de te faire confiance.

Il me juge du regard avant de soupirer, voyant que je suis sérieuse.

– Je n'ai pas l'habitude qu'on me fasse chanter. Je n'aime pas ça !

Je m'allonge sur le côté, dos à lui, pour ne plus le voir. Il m'énerve vraiment quand il me parle comme ça.

Je tends la main et éteins la lampe de poche pour nous plonger dans une semi-obscurité. La lumière des étoiles et de la lune nous éclaire un peu.

J'entends Austin soupirer bruyamment dans mon dos.

– Bébé… Ok, c'est bon, je te fais confiance. Excuse-moi.

Il s'approche et se penche pour m'embrasser dans le cou. Je ne bronche pas. Il s'allonge et se colle à mon dos.

– Lexie…

– Arrête, tu m'énerves.

Il se penche sur moi et m'embrasse les cheveux, la joue et passe une main sous mon sweat.

– Tu me fais constamment du mal… je gémis.

– Je sais… Je suis dépassé par tout ça. Je n'arrive toujours pas à croire que je suis tombé amoureux de toi…

Mon cœur s'est arrêté de battre. Il vient de dire très clairement qu'il m'aime. Je ne suis pas sûre d'avoir bien entendu, c'est allé tellement vite. J'en ai la tête qui bourdonne et les oreilles qui sifflent. Peut-être que mon cerveau n'entend que ce qu'il veut entendre.

– Je t'aime.

Les mots sont sortis tout seuls de ma bouche, sans que je puisse les arrêter. Ma voix sonne étrangement à mes propres oreilles. Jamais, après Nate, je n'aurais pensé les redire un jour. Et même là, ça n'a rien à voir. Je n'ai jamais aimé personne comme j'aime Austin. Pas même Nate. Notre relation était simple et facile. Avec Austin, c'est compliqué, plein de défi, de colère et de passion.

– Comment tu fais ? Je n'arrête pas de te blesser…

Sa voix est fêlée.

– Je n'en sais rien, je t'aime, c'est comme ça…

Il enfouit sa tête dans mon cou.

– Bébé, c'est…

Il cherche ses mots. Je me retourne pour le regarder dans les yeux. Ils sont embués, ce qui a pour effet de me gonfler le cœur encore plus.

– Je t'aime. Plus que tout au monde, plus que n'importe qui, plus que ma propre vie, lâche-t-il.

Je laisse échapper le souffle d'air que je contenais depuis longtemps sans le savoir. Entendre ces mots sortir de sa bouche me fait fondre littéralement. J'ai l'impression de me dissoudre dans ses bras.

Je sais que, toute ma vie, je me souviendrai à jamais de ce moment. Quoi qu'il advienne. Même si nous sommes séparés ou que nous ne devions plus jamais nous revoir. Je me souviendrai à jamais de la perfection de chacun de ses traits, de sa bouche quand il les a prononcés, de ses yeux cherchant les miens et de ses doigts froids sur ma peau, de la lumière filtrant par la lucarne de la tente, de l'odeur d'Austin…

– Est-ce que tu vas changer d'avis demain ? Dans deux jours ? La semaine prochaine ? Quand on sera avec tes potes ?

– Non, je ne changerai pas d'avis. Et les autres, on s'en fout !

Ses mots ont l'effet magique de faire disparaître presque toute ma colère. Il passe ses doigts glacés sur ma peau, dans mon dos, sous mon sweat. Il m'embrasse dans le cou et un frisson me parcourt.

Comprenant l'effet qu'il me fait déjà, il m'embrasse vivement en me tirant vers lui. Sa langue s'enroule autour de la mienne et son souffle devient saccadé. Je lèche sa lèvre inférieure et il gémit.

Nous sommes passés de la dispute aux câlins plus vite que l'éclair. Je l'aide à enlever mon sweat et mon t-shirt. Il m'observe un instant les yeux écarquillés puis déglutit.

– Putain ! C'est quoi, ça ?

J'ai mis mon soutien-gorge en dentelle rouge. Mais c'était sans penser qu'il le verrait. Il me caresse et je me cambre vers lui.

– Bébé, c'est trop sexy, ça…

Il se penche et emplit ses mains de mes seins en venant m'embrasser. Ses baisers se font provocants et il me titille les tétons du bout du doigt en passant outre ma lingerie.

– Je suis sûr que je peux te faire jouir comme ça, murmure-t-il.

Pour toute réponse, j'émets un grognement indistinct. Mes mains se glissent sous son t-shirt pour lui dire de l'enlever et il le fait. Il se redresse au-dessus de moi et je regarde son visage et son torse tatoué se détacher sur la voûte étoilée. Il est diablement beau.

J'ai l'impression de brûler de l'intérieur quand il se penche et vient me lécher le sein d'un côté en me caressant de l'autre. Ses yeux sont lourds de désir. Il commence à déboutonner mon jean et je l'aide nerveusement pour aller plus vite.

– Bordel, ce que t'es sexe, comme ça ! lâche-t-il en contemplant le bas assorti à mon soutien-gorge.

– Chuuuuttttt.…

Il rit et s'allonge sur moi.

– La plupart des élèves vont s'envoyer en l'air, ce soir, tu crois qu'ils en ont quelque chose à faire de nous ?

Je ne l'écoute plus, parce qu'en parlant ses doigts ont écarté vivement ma culotte pour me pénétrer. Je n'arrive qu'à émettre des sons étranglés. Doucement, il descend et embrasse ma cicatrice sur la jambe. En le voyant faire ça, j'ai une brusque envie de le caresser.

Il tire sur ma culotte pour l'enlever.

– Regarde-moi !

Mes yeux verts trouvent les siens avant qu'il se penche pour souffler sur mon sexe humide. Je me cambre vers lui et il me lèche par petits coups de langue.

*Oh mon Dieu…* Je dois me mordre le poing pour ne pas crier en sentant sa bouche et en voyant sa tête bouclée entre mes jambes.

Très vite, je suis couverte de sueur et je tremble. Il revient vers moi en s'allongeant et m'embrasse. Sa bouche a un goût bizarre, mais je lui rends avidement son baiser. Je sens son membre en érection pousser contre ma cuisse.

– Austin… Je veux… je veux le faire !

Il se relève sur un bras pour me regarder.

– Maintenant ?

– Oui.

– Bébé, je ne sais pas si c'est une bonne idée, tu n'es pas…

Je le pousse et il s'assoit sur moi les genoux de chaque côté. Je m'appuie sur mes coudes.

– Je n'ai pas peur, j'ai confiance en toi.

Il me fixe intensément.

– Je vais forcément te faire mal. Et j'ai peur de ne pas réussir à me contrôler…

À mon tour d'écarquiller les yeux. Il a peur de me faire du mal et il est aussi nerveux que moi. Rien que pour cette raison, j'ai encore plus envie de le faire. Je lui souris tendrement.

– Je promets de ne pas t'exciter trop…

Il rit doucement en se rallongeant pour m'embrasser.

– Impossible, bébé. Il suffit que je te regarde pour ça…

Lorsqu'il m'embrasse, je tends la main pour déboucler sa ceinture.

– Enlève ça…

– Lexie…

– Arrête de parler, Austin. Je veux le faire. Maintenant !

Il soupire et commence à l'enlever.

– Mais il faut que tu…

– Chuuuuuttttt… je lui fais en mettant un doigt sur sa bouche.

Je me redresse et l'embrasse en passant la main dans son boxer, sous son jean défait. Je le caresse doucement de haut en bas et je le sens battre dans ma main.

Fébrilement, il se contorsionne sous la tente pour enlever son pantalon et revient s'allonger sur moi. Il m'embrasse et passe la main dans mon dos pour me faire enlever mon soutien-gorge. Je suis complètement nue, maintenant.

Il tend la main vers son sac et, dans une poche, en retire un petit paquet. Je déglutis et ferme les yeux.

– Bébé, ça va ?

J'ouvre les paupières, Austin me fixe, un pli soucieux au milieu du front.

– Je n'ai pas changé d'avis, Austin !

Je descends son boxer et le caresse de nouveau pour lui montrer ma détermination. Il grogne avant de déchirer l'emballage du préservatif et de l'enfiler.

Un instant, je me dis que son sexe est trop énorme et qu'il n'arrivera jamais à faire entrer ça en moi. Je suis un peu crispée maintenant, et il doit le sentir.

– Je vais essayer d'y aller doucement, d'accord ? Tu me dis s'il faut que j'arrête…

Il me fixe, mais je baisse les yeux en faisant oui de la tête. Il m'écarte les jambes un peu plus.

– Regarde-moi, Lexie…

Je lève les yeux vers lui et tout à coup, je le sens pousser contre moi. C'est désagréable. Vraiment désagréable.

– Tu es trempée, ça va aller…

*Inspirer, expirer… Inspirer, expirer…*

C'est vraiment en train d'arriver. Je suis vraiment en train de faire l'amour !

Je ferme les yeux brusquement en sentant une douleur inonder mon bas-ventre.

– Putain, grogne-t-il contre ma bouche en respirant plus fort.

Je contracte mes jambes et enfonce mes ongles dans son dos.

– Bébé, ça va ?

Sa voix tremble et il s'efforce de respirer calmement.

– Oui…

Austin se penche et m'embrasse tendrement.

– Est-ce que je peux bouger ? demande-t-il en serrant les dents.

Je sens des tiraillements au fond de moi. *Bon sang, ça fait encore plus mal que ce qu'on raconte !*

– Oui…

Il bouge doucement, je sais qu'il se contient pour moi. Je ne l'en aime que plus pour ça.

J'ouvre les yeux et observe ses traits parfaits. La veine sur son front est de plus en plus voyante et je le regarde serrer les mâchoires durement. Ses muscles se contractent et ses tatouages ont l'air de prendre vie sur sa peau. Son expression est magnifique. Rien que pour le voir comme ça, je suis prête à supporter cette douleur encore et encore.

– Bordel ! jure-t-il en levant la tête. Est-ce que ça va ? J'arrête, bébé ?

Dans sa voix se mêlent l'inquiétude et l'excitation.

– Non… ne t'arrête pas.

Je sais que je me souviendrai à jamais de ce moment. Des traits d'Austin alors qu'il m'emmène dans un monde que je ne connais pas. De ses yeux marron-noir brillants et lourds de passion posés sur moi.

– Mon amour, je t'aime. Lexie…

Il murmure contre ma bouche et ses mots font disparaître la douleur. Je ne ressens plus que des petits pincements supportables quand il fait des mouvements de va-et-vient à l'intérieur de moi.

Il pose ses lèvres gonflées sur les miennes et je l'embrasse en passant mes mains dans ses cheveux humides. Sa bouche a un goût salé.

– Bébé, je vais jouir… ok ?

Il parle les dents serrées. Je fais oui en ouvrant un peu la bouche et tire sur ses cheveux.

– Bordel !

Il se laisse aller en moi. Il me regarde et les muscles de son visage se déforment. Il tremble et serre la mâchoire. Je ne l'ai jamais vu aussi beau…

En respirant fortement, il pose sa tête sur ma poitrine. Je fixe les milliers d'étoiles qui brillent au-dessus de nos têtes.

Doucement, Austin se retire, il enlève le préservatif, qu'il noue avant de le poser sur l'emballage en aluminium.

– Ça va ? Tu as mal ? À quoi tu penses ?

Sa voix est tendue par l'inquiétude.

– Oui. Ça va.

Il revient s'allonger à côté de moi et, sur un coude, me regarde. Ses yeux sont inquiets. Je lui souris et tends la main pour caresser sa joue. Quand je parle, je ne reconnais pas ma voix enrouée.

– Je vais bien. C'était génial.

Et je le pense. C'était une expérience incroyable. Malgré la douleur, je sais que je recommencerai. Avec lui. Pour lui. J'en ai envie.

– Vraiment ?

– Oui, Austin, vraiment. C'était merveilleux. Je t'aime.

Il se penche et pose sa main sur mon ventre et ses lèvres sur mon front.

– Je n'ai jamais pris mon pied comme ça…

Je lève les yeux vers lui.

– Je n'ai pas d'expérience, pourtant. Pas comme…

Il fronce les sourcils en me regardant.

– Bébé, je n'avais jamais fait l'amour. Baisé, oui, mais pas fait l'amour. Et toi, je t'aime. Ça n'a rien à voir, ce n'est pas comparable à mes autres expériences. Bon Dieu, Lexie, tu n'as toujours pas compris à quel point je t'aime !

– À quel point tu m'aimes ?

– Tu es une vraie gosse, Lexie ! Je t'aime… jusqu'à toucher les étoiles.

*Bonne réponse.*

Je ferme les yeux et essaie tant bien que mal de ravaler ces larmes qui me viennent et que je ne comprends pas.

Son odeur m'enivre. Même quand il est en sueur, il sent bon. Son parfum, c'est celui que je préfère. Alors c'est là-dessus que je me concentre.

– Ça va, bébé ?

Je ne sais plus combien de fois il m'a posé cette question. J'ai toujours les yeux fermés et ça doit l'inquiéter.

– Lexie…

Je serre mes bras autour de moi.

– J'ai froid, je murmure.

Il s'assoit et enfile son boxer et son t-shirt avant de prendre son pull et de m'attraper les bras.

– Viens…

Je ne regrette rien. J'ai juste un trop-plein d'émotions qui me dévorent le cœur, c'est tout.

– Tu as envie de pleurer ? demande-t-il doucement.

– Oui… Mais c'était bien, t'en fais pas… Je ne sais pas pourquoi…

Il nous enroule dans l'édredon et m'attire contre lui.

Dans le moelleux de la couverture, de son pull, dont l'odeur est enivrante, et de ses bras tatoués, je me laisse aller. Les larmes ruissellent sur mes joues. Il me caresse les cheveux et m'embrasse le front.

– J'ai entendu dire que ça arrivait, oui… Je suis là… Et je t'aime !

Il y a une chose que je retiendrai de cette nuit magique : j'ai perdu ma virginité la tête dans les étoiles.

# 43
# Austin

Quand je me réveille, je sens immédiatement l'odeur de Lexie flotter dans mes narines. Le sol est dur et les sacs de couchage peu épais. Je suis endolori.

Les yeux encore fermés, je souris tout seul. *Bordel, hier soir, c'était… waouh !* Elle ne saura jamais l'effet que ça m'a fait.

J'ouvre doucement les yeux pour regarder son beau visage posé sur mon bras à côté de moi. Elle dort. Elle n'a pas fait de cauchemar hier soir, pour une fois. J'ai écouté toute la nuit pourtant, mais non, elle a dormi d'une traite.

J'attrape mon smartphone et le tends en l'air pour prendre des photos de nous, et d'elle, surtout. *Bon sang, ce qu'elle est belle !* Je ne me lasserai jamais de l'admirer, de l'embrasser, de la toucher…

Je la regarde inspirer et expirer doucement. Elle ne ronfle pas vraiment, mais j'entends son souffle chaque fois qu'elle dort dans mes bras. Ses lèvres pleines sont entrouvertes et ses traits parfaits, reposés. Mais comme d'habitude, elle garde ce pli soucieux entre ses sourcils. Elle reste un mystère pour moi, même si j'en sais bien plus sur elle que tous les autres. Un jour, je pense que je lui volerai ses carnets. Si elle écrit autant, c'est qu'elle doit cogiter encore plus que je ne le pense.

Je dessine du bout du doigt la plume qui est tatouée sur son épaule. Il est presque cinq heures et la sonnerie générale ne va pas tarder à retentir pour indiquer à tous les élèves de se lever.

– Austin ?

La voix douce et ensommeillée de Lexie me tire de mes pensées. Je tourne la tête vers elle. Elle ouvre les yeux doucement.

– Bonjour, bébé...

– À quoi tu penses ?

– Je me dis juste que tu es belle et que je t'aime.

Ses joues rosissent légèrement et elle sourit.

– Il faut que j'aille pisser, je lui dis.

Elle s'enroule dans la couverture alors que la sonnerie du réveil général retentit justement dehors.

– Hmm... Je ne veux pas me lever...

– Il le faut, je lui dis en lui donnant une tape sur les fesses.

– Hey ! Doucement !

Mais elle rit. Elle a un vrai rire de gamine. Et j'adore ça. Je l'embrasse avant de sortir.

L'air froid me fait du bien et me remet un peu les idées d'aplomb. Impossible de réfléchir quand je suis à côté d'elle à moitié nue. Son corps occupe toutes mes pensées.

Est-ce que je dois lui parler ? Je n'ai pas envie de gâcher ce bonheur. Si elle me quitte maintenant, je ne le supporterais pas. Je décide donc d'attendre le bon moment.

Je file aux toilettes et à la douche avant de la rejoindre pour plier la tente et ranger ses affaires. Je mets la couverture tachée de son sang dans mon sac. Je la jetterai chez moi, pas la peine de provoquer une crise cardiaque à sa grand-mère.

Après le petit déjeuner, nous allons observer les planètes qui sont encore visibles au lever du jour et le soleil. Enfin, *elle* va les observer, parce que moi, je préfère la regarder elle.

Elle me sourit constamment aujourd'hui, j'ai l'impression que quelque chose a changé chez elle. C'est imperceptible, mais tout de même, je la connais assez pour le voir. Moi aussi j'ai changé. Je le sens. Même si ça ne se voit pas. Parce que je l'aime. Vraiment.

La matinée passe plus vite que je ne le pensais, j'ai hâte d'être dans le bus rien que pour qu'elle se colle contre moi. Mais ça aussi, ça passe vite. Le voyage de retour est bien plus rapide que celui de l'aller.

Dans la voiture, pour les ramener, elle et Zara, du parking du lycée jusqu'à chez elles, je lui tiens la main constamment et elle se laisse faire. Il y a un truc qui me fait bizarre avec Lexie, c'est qu'elle a l'air d'avoir aussi peur que moi de cette relation.

Zara nous observe sans rien dire, mais je sens son regard pesant sur nous. Elle a peut-être deviné que ça a changé entre Lexie et moi depuis hier soir. Je la dépose avant de laisser Lexie chez sa grand-mère.

Je n'ai aucune envie de la quitter, mais elle insiste pour faire ses devoirs, sur lesquels je lui aurais soi-disant fait prendre du retard. Je l'embrasse longtemps avant de la laisser partir.

Quand j'arrive à la maison, Taylor s'affaire dans la cuisine.

– Hey le campeur ! C'était comment ?

Elle porte un tablier rouge orangé. Presque de la même couleur que ses cheveux.

– Tu veux un gâteau au citron ? me demande-t-elle en me tendant la plaque du four pleine de muffins.

– Non, merci. Mais mets-en de côté, j'en amènerai à Lexie demain. Elle adore ça.

Taylor sourit et les range dans une boîte en plastique.

– Tu l'aimes, cette fille ?

Je grogne en prenant un soda dans le frigo.

– De quoi tu te mêles ?

– Oh vas-y, dis-le, c'est bon...

– Ferme-la, Taylor...

Elle rit.

Joshua entre dans la cuisine, une serviette autour du cou. Il sort d'une séance de musculation. C'est l'un des avantages d'avoir un salaire de fou : on peut avoir une grande baraque avec une salle de sport.

– Alors, ces étoiles ? me fait-il en prenant une bouteille d'eau.

Je réponds sarcastiquement :

– Elles brillent toujours pareil...

– Et Lexie ?

Je soupire.

– Quoi, Lexie ?

– Elle va bien ?

Je souris tout seul en repensant à elle.

– J'en déduis que oui, me fait-il.

– Ouais. Elle va bien.

– Tu lui as parlé ?

Taylor plie son tablier et sort de la cuisine sous le regard de Joshua. Il avait prévu son coup, le merdeux. Il doit m'attendre depuis ce matin. Mais je ne suis pas d'humeur à le laisser gâcher mon week-end.

– Et pourquoi faudrait-il que je le fasse ?

– Elle a l'air de t'aimer vraiment, p'tit con ! Si tu ne lui dis rien…

Je descends de mon tabouret pour lui faire face.

– Ce sont mes histoires, mes conneries ! Si tu l'ouvres…

– Tu sais très bien que je ne ferais jamais ça. Mais tu devrais lui parler si tu tiens autant à elle…

Je soupire d'énervement.

– Tu ne la connais pas. Lexie est toujours méfiante avec tout le monde. Tous les gens qui l'entourent l'ont laissée tomber. Son père ne l'a pas élevée, sa mère s'est suicidée… Si je lui dis ça maintenant, elle ne va pas comprendre.

– Et si tu attends, tu penses qu'elle comprendra ?

– J'espère. Quand j'aurai gagné sa confiance, elle comprendra peut-être…

– Et si ce n'est pas le cas ?

J'envoie la canette violemment dans la poubelle. *Qu'est-ce que j'en sais, moi ?* Tout ce que je sais, c'est qu'elle ne me fait pas suffisamment confiance pour l'instant pour que je lui révèle tout.

# 44
# Alexandra

– Oh mon Dieu…

Je regarde Seth passer les portes battantes du vestiaire en donnant un coup de pied rageur dedans. Il est en nage et un énorme hématome violet se dessine sur ses côtes tatouées. Rageusement, il jette ses gants sur le banc et disparaît vers les douches.

En serrant mon poing dans ma bouche, je me tourne vers Austin qui sautille sur place. Il porte un short noir et bleu et des chevillières souples. Le reste de son corps est offert à mes yeux et sa peau est déjà luisante de sueur. Il sautille sur place en donnant des coups de poing dans le vide et en soufflant fort, ses cheveux se balançant rapidement sur son front. Ses mains sont bandées et il attend son tour pour mettre ses gants.

– Austin…

Je gémis et il me sourit en continuant à sauter sur place, sans prêter attention à Seth qui vient de sortir complètement énervé parce qu'il a perdu son deuxième combat.

– No stress, bébé. Je vais l'écraser, tu vas voir…

La saison de boxe a commencé et aujourd'hui, dans l'immense gymnase de Texera Bay, se déroulent les premières qualifications. L'endroit est bondé et des salves d'acclamations nous parviennent à travers les portes.

Je suis venue encourager Austin, mais les vestiaires sont pleins de gars en sueur et ça me gêne un peu. Tout ce trop-plein de testostérone me met mal à l'aise. Evan est sur le ring et les filles dans les gradins l'encouragent.

– Mais s'il te blesse…

L'ecchymose de Seth est horrible et je ne veux pas penser à ce qui arriverait si Austin subissait la même chose. *Pourquoi n'a-t-il pas choisi un sport plus calme ?*

– Lexie, arrête de stresser… Tu m'as déjà foutu plus de beignes que lui ne va m'en mettre, alors calme-toi…

Il sourit et moi je grimace. Son sarcasme n'apaise pas mon angoisse. Quand il voit ma mine déconfite, il s'arrête et vient vers moi.

– Bébé, il ne va rien se passer. Le kick-boxing, c'est pour apprendre à canaliser et à maîtriser son agressivité. Les combattants se respectent, il ne va donc pas me tuer !

Il pose ses deux mains bandées de noir sur ma nuque pour m'attirer vers lui et je m'appuie sur son torse tatoué pour poser mes lèvres sur sa peau, même s'il est en sueur.

– Ok… Mais s'il te blesse, je lui fais la peau !

Austin rigole et me relève le menton pour m'embrasser. Son souffle chaud et son goût mentholé me font le même effet que d'habitude.

Des sifflets et des rires salaces s'élèvent dans la salle. Je me hausse sur les pieds pour l'embrasser et murmurer à son oreille. Je lui fais miroiter toutes sortes d'activités sexuelles si, et uniquement si, il ne se fait pas blesser.

Ses yeux sont exorbités et il a les bras qui en tombent. Mon insolence le laisse sans voix. Mais si ça peut aider à ce qu'il ne se blesse pas, tant mieux.

Je sors en lui lançant un clin d'œil et il me regarde partir, stupéfait.

Je rejoins les autres dans les gradins. Savannah se précipite en bas pour rejoindre Evan qui vient de finir. Jesse, Hailey et Zach sont là aussi, mais j'essaie de ne pas leur porter attention.

– T'en veux ?

Je tends mon sac de *Skittles* à Zara. Elle se tient le ventre et secoue la tête avec une grimace.

– Non. J'ai mal au ventre. J'ai trop mangé.

Je hausse les épaules pour lui dire tant pis et m'enfile les bonbons un à un.

Savannah me donne un coup de coude. En bas, mon homme monte sur le ring, ses gants bleus au poing et la bouche déformée par le protège-dents. Une boule de stress se forme dans mon ventre, mais je l'ignore pour crier des encouragements. Les autres en font de même.

Son adversaire a à peu près la même carrure que lui. L'arbitre siffle et ils se saluent avant de s'affronter. Au premier crochet que lui envoie son adversaire, je ferme les yeux.

– Regarde, Lexie, il a déjà le dessus, me dit Zach.

J'ouvre les yeux.

Zach a beau essayer de m'expliquer ce qu'est un « back kick », un « hammer kick » ou un « back fist », je ne l'écoute que distraitement.

Austin assène un uppercut frontal à son adversaire qui recule. Les deux se tournent autour et s'affrontent. Je vois les veines saillantes de celui que j'aime sous ses tatouages, sur ses bras tendus. Il plisse les yeux d'un air concentré.

Leurs coups se font de plus en plus violents et quand l'autre garçon le touche violemment au côté puis à la tête dans le même temps, en l'envoyant contre les cordes, mon cœur manque un battement. Mais il reprend le dessus et rend coup pour coup.

À la fin du premier round, je ne sais pas qui a réuni le plus de points. Les juges en bas griffonnent sur leurs feuilles, mais moi je n'y comprends rien. C'est trop compliqué à compter.

À Boston, mon père regardait souvent des matchs de kick-boxing à la télé, parce qu'il adore ça et qu'apparemment il en a fait dans sa jeunesse, mais je ne voulais certainement pas m'intéresser à la même chose que lui, alors je n'ai jamais appris les règles. Ça m'aurait pourtant servi, là, maintenant.

Après la minute de pause, l'arbitre reprend et Austin se remet en garde.

– Lexie…

Zara est assise sur le banc et me regarde avec une grimace.

– Quoi ?

– Il faut que j'aille aux toilettes… tu m'accompagnes ?

Je regarde successivement Austin sur le ring, puis mon amie, mais son expression me fait me décider.

– Oui, viens…

On se lève et je lui tiens la main pour descendre et sortir du bâtiment dans le couloir vers l'arrière. Zara m'a lâché la main et s'est mise à courir. J'accélère pour la suivre et quand j'arrive aux toilettes, elle est déjà enfermée dans l'une des cabines.

Mon téléphone vibre dans la poche de mon jean. C'est oncle Charlie. Intriguée, je décroche.

– Allô ? Charlie ? Ça va ?

Sa voix est saccadée au bout du fil.

– Salut Lexie… Euh… Je ne veux pas te déranger, mais…

– Pas de problème. Qu'est-ce qui se passe ?

– Maman a eu un petit souci à la boutique. Elle est tombée et on a dû l'emmener à l'hôpital…

J'étouffe un cri et mon cœur fait un bond d'un mètre dans mon estomac.

– Ne t'inquiète pas, elle va bien ! Ce n'était rien. Mais je suis coincé avec des livraisons à la pépinière et comme elle s'est cognée la tête et qu'il ne faut pas qu'elle conduise…

– Je vais y aller tout de suite !

Je demanderai ses clefs à Austin et Zara m'emmènera. Mamina est la personne à qui je tiens le plus avec Austin, alors s'il lui arrivait quelque chose…

– Merci, Lexie. Veille à ce qu'elle ne conduise pas, surtout. Normalement, elle ne travaillera pas de la semaine.

– Ok, je m'occupe de tout.

– Merci. Je rappellerai ce soir pour voir si tout va bien.

Je raccroche et remets mon téléphone dans ma poche.

– Zara ? Il faut que tu m'emmènes à l'hôp…

Un cri à glacer le sang dans les veines me parvient tout à coup de l'autre côté de la porte. Puis des sanglots étranglés. Mes cheveux se dressent sur ma nuque.

– Zara ?

Elle ne répond pas. Alors je pousse la porte doucement. Ma meilleure amie se tient debout, les mains posées à plat de chaque côté des parois de séparation de WC. Elle sanglote fortement et ses cheveux collent à son front en sueur.

– J'ai... Je crois qu'il y a un souci, Lexie...

Sa voix est déformée par la peur. Elle baisse les yeux et je suis son regard. Ses jambes nues, écartées, sous sa jupe corolle dégoulinent de sang qui forme une petite flaque sur le carrelage bleu et blanc. *Oh mon Dieu...*

Un haut-le-cœur me prend.

– Il faut que tu me conduises à l'hôpital...

– Quoi ? Non, c'est toi qui dois me...

Je me tais. Non, c'est moi qui vais devoir conduire. Personne n'est au courant pour elle, et Austin est sur le ring. *Bordel...*

– Je n'ai pas conduit depuis un an !

– Lexie...

Zara pleure encore plus fort.

– D'accord, d'accord... Attends-moi là. Je vais voir si je trouve les clefs d'Austin, ok ?

Elle me fait oui en se tenant le ventre.

Je sors des toilettes en courant vers les vestiaires pleins de boxeurs. Mon cœur martèle ma poitrine à tout-va. *Pourvu qu'elle n'ait pas perdu le bébé...*

Quand j'entre dans les vestiaires, Austin est là parmi les autres garçons, tout sourire. Il lève le poing et tape dans le gant d'un autre.

– Austin !

Il tourne la tête vers moi et lève son poing.

– Lexie ! T'étais où ? Je t'ai cherché du regard quand l'arbitre m'a désigné vainqueur ! C'est bon, j'ai passé les qualifications !

– Il me faut tes clefs de voiture !

Son poing retombe et il me regarde inquiet. En temps normal, je lui aurais sauté au cou.

– Qu'est-ce qui se passe ?

– C'est Zara, elle ne se sent vraiment pas bien. Il faut l'emmener à l'hôpital. Tout de suite.

Pas besoin d'en dire plus, il a compris. À toute vitesse, il se débarrasse de ses gants.

– Prends mon sac. On y va.

Il ne pose pas une seule question. L'urgent est de s'occuper d'elle. Nous verrons pour les explications plus tard.

– Mais tes combats…

– C'est fini pour aujourd'hui, c'était le deuxième et les prochains sont dans deux semaines. On y va !

J'attrape son sac dans le casier fébrilement et nous sortons en courant. Dans les toilettes, Zara est assise sur la lunette. Elle a camouflé ses pertes de sang. Austin passe un bras sous elle pour la porter jusqu'à la voiture. Nous l'installons sur la banquette arrière et nerveusement nous prenons la route de l'hôpital central de Palmera.

Zara sanglote sans s'arrêter et Austin est crispé et concentré sur la route. Moi aussi j'ai envie de pleurer. Devant la clinique, Austin reprend Zara dans ses bras pour la porter à l'intérieur et en nous voyant, une infirmière crie des ordres et approche déjà un lit pour qu'on puisse la poser.

– Que s'est-il passé ? demande-t-elle à Zara en poussant le lit.

L'odeur de la clinique me remonte déjà dans les narines et me donne le tournis. Je reste figée sur place quand deux infirmières et le médecin l'emmènent par les portes battantes.

Austin jure en se passant les mains dans les cheveux. Il s'accroupit devant moi et me force à le regarder dans les yeux en prenant mon visage dans ses mains.

– Tu veux aller prendre l'air dehors ? Je sais que tu n'aimes pas les hôpitaux…

Sa voix résonne dans ma tête. Je pose mon front contre le sien et ferme les yeux. Je hume son odeur pour essayer de reprendre pied dans la réalité. Puis je me souviens.

– Mamina !

Je me lève d'un bond. Austin en fait de même.

– Quoi ? Qu'est-ce que ta grand-mère vient faire là-dedans ?

Sans l'écouter davantage, je file vers l'accueil pour demander où je peux la trouver. Une infirmière m'indique de la suivre. Derrière un rideau blanc, Mamina est assise sur un lit et se masse les tempes.

– Lexie ?

– Mamina !

J'hésite à me jeter à son cou.

– Qu'est-ce que tu fais là ?

– Charlie m'a appelée.

Elle grimace puis sourit à Austin qui m'a suivi.

– Le petit con. Je lui avais dit que ce n'était pas la peine…

– Qu'est-ce qui s'est passé ?

Un médecin grand et maigrichon arrive et raccroche le carnet au bout du lit. Il me sourit.

– C'est votre petite-fille ? demande-t-il à ma grand-mère.

– Oui. C'est bien elle, Alexandra.

Je m'adresse directement au médecin.

– Est-ce qu'elle va bien ?

Le docteur se retourne vers Mamina qui lui fait de gros yeux avant de soupirer et de me répondre.

– Ça ira. Il faut qu'elle se repose. Beaucoup de repos…

– Oh arrêtez, docteur ! Vous allez lui faire peur. Ce n'est qu'une petite baisse de tension et je vais bien !

Je m'avance vers elle, menaçante. Je la connais, maintenant.

– D'abord, tu mens très mal. Mais sache que je ne vais pas te laisser sortir de la maison cette semaine.

Abigail me défie du regard.

– Et tu comptes m'enfermer, peut-être ?

J'avise son sac sur le lit et avant qu'elle ne puisse m'en empêcher, je l'attrape pour prendre ses clefs de voiture posées dessus.

– Exactement !

– Lexie, rends-moi ça !

Le médecin nous toise tout sourire.

– Je vois que vous avez une petite-fille à la hauteur de votre caractère, Abigail. Ne la laissez pas conduire cette semaine, finit-il en tournant les talons avec un signe de tête.

– Alexandra Montgomery, rends-moi ces clefs immédiatement !

Je recule de plusieurs pas jusqu'à heurter Austin qui m'attrape à la taille.

– Je peux la ramener chez elle, propose-t-il. Tu veux rester là pour attendre Zara ?

– Oui, je reste.

– Appelle-moi s'il y a quoi que ce soit. Et il faudra m'expliquer pour Zara !

Il se penche pour m'embrasser et je lui passe les mains autour du cou pour lui rendre son baiser. Peu importe que grand-mère soit là, j'ai besoin de réconfort.

Il se détache doucement de moi et attrape le sac de grand-mère. Elle se lève pour le suivre en m'assassinant du regard.

Je repars dans la salle d'attente principale.

Une heure plus tard, je suis dans la chambre de Zara. Elle est en blouse et allongée sous les draps. Elle ne pleure plus, mais elle est complètement défaite.

J'attire la chaise de la chambre vers son lit et m'assois pour lui prendre la main. Elle fixe le mur devant elle en parlant.

– Je l'ai perdu. Ils ont dit que ça arrivait souvent avant les vingt-deux premières semaines d'aménorrhées.

Je hoche la tête, même si je n'ai aucune idée de ce dont elle parle.

– Le docteur dit que ça ne m'empêchera pas d'avoir des enfants un jour.

– Oui, ça va aller…

Nous ne parlons plus un moment puis elle me regarde.

– Raconte-moi.

– Quoi ?

– Je suis déprimée, triste et en colère. J'ai besoin d'entendre des histoires plus tristes que la mienne pour me sentir mieux. Raconte-moi ton accident.

Je ferme les yeux un instant. C'est dur de parler de ça. Vraiment dur. Mais en voyant la tête de Zara, je n'ai pas le courage de lui dire non. Alors je lui raconte. Nate. L'accident. Ma chirurgie et mes deux mois à l'hôpital. Et mon utérus abîmé.

Elle pleure. Et je ne sais pas si c'est sur son sort ou sur le mien. On mène chacune notre propre combat.

✦✦✦

Zara m'a fait promettre de ne rien dire à Seth. Alors, je ne dirai jamais rien. Mais difficile de taire à Austin ce qu'il se passe. D'autant que son regard inquisiteur jusqu'à ce que nous soyons rentré chez lui ne laisse aucun doute quant aux questions qu'il se pose.

– Tu vas finir par me raconter, à la fin ? s'énerve-t-il lorsque je claque la portière de sa voiture.

–Très bien. Mais tu dois promettre de ne jamais le dire à personne, insisté-je en entrant dans la maison comme si j'étais chez moi, et en gravissant les marches.

Il hausse un sourcil pour me défier et je soupire.

– Zara est enceinte de Seth. Était. Elle vient de perdre le bébé.

Austin se redresse brusquement en me regardant comme si j'étais dingue.

– Seth ! Seth l'a mise enceinte ?

– Oui…

Nous pénétrons dans sa chambre et Austin s'assied sur son lit en se passant les mains dans les cheveux.

– C'est impossible…

Il semble réfléchir à toute vitesse et ferme un instant les yeux pour parler. Puis quand il les rouvre, une lueur de colère y figure.

– Elle aurait dû prendre la pilule, bon sang ! Zara n'est pas bête. Elle sait que ce genre de truc peut foutre une vie en l'air ! Non, plusieurs ! Seth n'aurait pas été prêt pour ça.

Je me redresse à mon tour et fronce des sourcils.

– Il aurait plutôt dû y réfléchir avant de ne pas mettre de capote ! Et puis comment peux-tu tout lui reprocher à elle ? Ils étaient deux, dans cette histoire.

Austin secoue la tête et se lève pour retirer son pantalon.

– Elle ne lui en a pas parlé ?

La réaction d'Austin commence à m'énerver. Il prend la défense de son pote, ok, mais Zara est aussi son amie. Et là, il la dénigre.

– Non. J'ai essayé de la convaincre de le faire, mais elle n'a jamais voulu écouter. Aujourd'hui encore, elle ne veut rien lui dire.

Il soupire.

– Elle a bien fait. Surtout maintenant que ce n'est plus d'actualité. Il en aurait été malade.

Je m'agenouille sur le lit pour lui faire face.

– Tu n'es pas croyable. Est-ce que tu penses à Zara, un peu ? C'est elle qui était en cloque. C'est elle qui vient de perdre un bébé. Tu ne sais pas ce qu'elle ressent. Seth est tranquillement chez lui à dormir sur ses deux oreilles tandis que mon amie est sur un lit d'hôpital à souffrir.

Mes paroles semblent l'atteindre enfin. *Il était temps !* Il passe ses mains dans les cheveux et baisse les yeux.

– Tu as raison. Je suis désolé pour Zara. C'est triste pour elle et je… Je suis un imbécile.

Je soupire et enroule mes bras autour de ses épaules.

– Elle a besoin de nous, Austin. Pas d'un jugement.

Il se contente d'acquiescer, même si son expression reste soucieuse.

Je voudrais m'appliquer à faire disparaître ce pli de tracas au milieu de son front. Alors mes lèvres trouvent l'arête de sa mâchoire, son menton et la légère barbe qui s'y dessine. Et ses doigts s'enroulent naturellement dans mes cheveux.

Mon haut passe par-dessus ma tête avant que je l'aie compris. Et je me retrouve allongée sous Austin qui enfouit déjà sa tête entre mes seins alors que je soupire. Il relève mes bras derrière ma tête et mêle ses doigts aux miens. Ce geste d'une extrême intimité m'émerveille et m'émeut.

Il se penche, m'embrasse et tend la main pour la poser sur mon sein.

– Tu es trop belle, Lexie…

Je caresse sa peau couverte d'encre noire. Sa langue descend lentement dans mon cou et sur ma poitrine, laissant des traces humides entre mes seins. Ces sensations sont exquises. Elles me transportent.

Il se recule puis fait glisser mon bas et je ne me retrouve plus qu'avec ma petite culotte. Il m'embrasse les jambes en me les caressant et remonte doucement entre mes cuisses. Mais il ne s'arrête pas et revient à ma bouche.

J'attrape sa ceinture et la défais pour lui faire enlever son pantalon. Il y a bien quelque chose que j'aimerais faire mais je ne sais pas trop comment le dire, juste là.

– Est-ce que tu veux que… Je peux te… te prendre dans ma bouche ?

Jamais je n'ai autant rougi en disant quelque chose.

Il ouvre de grands yeux.

– Tu es sûre que tu veux me sucer ? Parce que…

Je me bouche vivement les oreilles. Je suis cramoisie et Austin hurle de rire.

– Ok, ok… Tu as du mal à t'exprimer, apparemment, alors je t'aide.

Il se lève et enlève carrément son pantalon. Je le regarde, obnubilée par sa musculature impressionnante. Il revient s'allonger sur moi et m'embrasser de nouveau avec un petit sourire suffisant. Ses mains se baladent à nouveau sur moi et je perds l'esprit.

Dans ma demi-conscience, je tends la main et le caresse par-dessus son boxer. Il gémit doucement.

– Bébé…

J'appuie du pouce sur le bout de sa verge et il grogne dans mon coup en suçotant ma peau.

Il murmure à mon oreille en écartant des doigts ma culotte trempée.

– Tu es tellement mouillée… Tu es tellement belle… pure… J'aime me dire que personne ne t'a jamais fait ça… Je t'aime, Lexie, tu le sais, hein, je t'aime…

Je me cambre quand il me caresse doucement. C'est vrai que je suis trempée.

– La langue ou les doigts ? demande-t-il à mon oreille.

– Les deux… je murmure haletante.

Il m'embrasse et descend vers mon entrejambe pour parcourir mon intimité de la langue, des lèvres et enfouir ses doigts en moi en écartant ma culotte.

Je me cambre un peu plus.

Quand sa bouche me quitte pour parler à nouveau, je n'en peux plus. Il remonte vers moi et me laisse reprendre mon souffle en m'embrassant le visage.

Nous sommes déjà couverts de sueur. Mais maintenant que j'ai réussi à le dire, je ne compte pas m'arrêter là. Alors, je lève la tête, fais courir ma langue sur lui, dans son cou, sur sa clavicule…

Sa peau a un goût salé sous ma langue. Je le suçote doucement et il geint.

Je le pousse des mains et il se retrouve sur le côté, assis.

– Tu es sûre ?

– Oui.

Il cherche mon regard pour savoir si je suis prête. Je le suis.

Je me relève et m'accroupis. Je découvre lentement son sexe et le frotte contre ma joue. Il sent le sexe. Il sent l'homme.

Je le prends doucement dans ma bouche et pose mes mains sur ses hanches.

– Ouais… Bébé, c'est…

Je donne des impulsions de va-et-vient et il se contracte. Il m'observe en soupirant bruyamment et me caresse les cheveux.

Je mords doucement le bout de sa verge tandis qu'Austin jure.

– Putain, Lexie !

*La nuit va être longue…*

# 45
# Alexandra

Quand je me réveille, Austin n'est plus dans le lit. À sa montre, sur sa table de chevet, il est onze heures. Je suis endolorie et tous mes muscles me font mal. Faire l'amour, c'est un peu comme faire du sport. Mais je me sens bien. Bien mieux qu'hier, en tout cas.

Je file dans la salle de bain et me brosse les dents. Je m'imagine me réveiller avec lui tous les matins. Ce serait le rêve. Vivre avec Austin. On a à peine la vingtaine, c'est sûr, mais rien ne nous en empêcherait. *Mais qu'est-ce que tu racontes, ma pauvre ? Tu passes tes exams dans moins de cinq mois, puis, avec de la chance, ce sera direction la fac de New York. Et Austin n'a aucune intention d'aller à New York.*

Cette idée me fait mal. J'essaie de la chasser de mon esprit. Je ne veux pas y penser maintenant.

Je me brosse les cheveux quand Austin ouvre la porte sans frapper. Il vient enrouler ses bras autour de moi et m'embrasser dans le cou. Il est torse nu et sa peau est chaude contre moi.

– Ça va ?

– Oui, j'allais prendre une douche.

Il sourit de toutes ses dents.

– Moi aussi !

*Hein ?*

Il enlève son short et son boxer d'un même mouvement et les laisse tomber par terre. Je détourne les yeux pour ne pas le mater ostentatoirement.

– Tu viens ?

Je rougis jusqu'à la pointe des cheveux.

– Où ?

– Sous la douche !

– Je ne vais pas prendre une douche avec toi !

Il me fait un grand sourire moqueur et entre dans la cabine en tirant les rideaux.

– Démerde-toi s'il n'y a plus d'eau chaude, alors !

Il fait couler l'eau et je l'entends s'affairer. *Non, mais quel connard !*

– Allez bébé, viens ! Je te frotterai le dos !

Je rougis encore plus. Je ne peux pas m'en empêcher, c'est plus fort que moi. Le sexe, la passion, les caresses, c'est dans l'instant. On est comme possédés, on ne se contrôle pas. Après, c'est différent. On revient dans la réalité et tout ce qui nous paraissait bon redevient tabou. Enfin pour moi, pas pour Austin, apparemment.

– Non, je vais attendre que tu aies fini.

Prendre une douche avec quelqu'un me paraît trop intime. Je ne suis pas encore prête pour ça.

Austin passe la tête par le rideau. Il est couvert de gel douche et complètement trempé. Ses cheveux mouillés lui retombent sur le front.

– Tu es incroyable… T'es hyper sexe quand on fait l'amour, mais tu ne veux même pas prendre une douche avec moi.

Je me détourne et continue à me brosser les cheveux sans le regarder.

– J'aime que tu sois aussi timide, malgré tout. Tu ne ressembles pas du tout aux autres filles que je connais. N'importe laquelle ne se serait pas fait prier pour me rejoindre…

Je tourne un regard mauvais vers lui et serre les dents pour parler.

– Mais je ne suis pas ces filles.

Il me sourit tendrement.

– Je sais. Tu es unique. Tu es mon Alexandra.

Avant de perdre complètement la tête et d'être tentée d'aller le rejoindre, je repose la brosse et sors de la salle de bain. Je l'entends rire et refermer le rideau.

Dans la chambre, je remets mon jean avant de descendre. Il y a une odeur de gaufre qui flotte jusque dans les escaliers.

Arrivée dans la cuisine, je vois Taylor s'affairer devant les fourneaux.

– Bonjour.

Elle se retourne vers moi et me sourit. Elle est vraiment belle avec ses cheveux flamboyants et ses yeux bleus. Elle a un corps de rêve et je suis sûre qu'elle doit en faire tourner, des têtes.

– Salut, Lexie ! Le dimanche, on fait brunch, en général. Il y a des pancakes ou des gaufres si tu veux et j'ai fait aussi une salade de fruits. Il y a du chocolat fondu et des œufs brouillés et du bacon.

Elle me désigne de la main tous les mets étalés sur la table. C'est impressionnant. Et ça donne vachement faim.

– Ça sent très bon, en tout cas.

Je monte sur un tabouret et Taylor pose une assiette, des couverts et un grand verre de lait devant moi. Je me sers une gaufre et des fruits que j'arrose de chocolat.

– Alors… Ça se passe bien entre Austin et toi ?

Je l'observe par-dessus le verre de lait que j'avale goulûment. Elle fait mine de ranger des assiettes, mais je vois bien que mes réponses à ses questions l'intéressent.

– Oui. Ça se passe bien.

Elle me tend une serviette, que je prends.

– Vous allez ensemble à Boston, le week-end prochain ?

Je m'étrangle avec les fruits que je venais de porter à ma bouche.

*Hein ? C'est quoi cette histoire ?*

– Il va sûrement te présenter Tori et…

– Taylor !

Sur le pas de la porte, Austin a la mâchoire serrée. Il s'est habillé et ses cheveux goûtent encore. Taylor a sursauté et se mord les lèvres nerveusement, alors qu'Austin la fusille du regard. Je l'observe, suspicieuse.

– Tu vas à Boston ?

Taylor m'interrompt.

– Je suis désolée, je pensais qu'elle était au courant.

Austin lui jette un regard menaçant.

– Mêle-toi de ton cul, à l'avenir !

Je ne peux m'empêcher de crier. Il ne peut pas lui parler comme ça.

– Austin !

Taylor pose son tablier.

– Ce n'est pas grave, Lexie… lâche-t-elle en me lançant un regard contrit avant de s'éclipser.

Je regarde méchamment Austin. Cette fille est adorable et il la traite comme de la merde.

– Tu n'as pas à lui parler comme ça !

– Ne crois pas qu'elle est désolée. Je connais Taylor et elle l'a fait exprès. Elle me gonfle. Elle fait toujours ça. Elle se mêle de ma vie alors que je ne lui demande rien.

Je coupe court à toutes ses accusations.

– Tu vas à Boston ? Tu ne m'en as pas parlé.

Il détourne le regard.

– Ouais… C'est pour aller passer les tests d'entrée à Harvard.

*Harvard ?*

Le rêve de vivre avec lui qui avait commencé à caresser mon esprit dans la salle de bain tout à l'heure s'effrite. Austin est très secret. Il ne parle jamais de Boston, ni de ses projets, ni de ce qu'il veut faire plus tard. J'ai beau essayer de poser des questions, la plupart du temps, il les élude.

– Tu veux entrer à Harvard l'année prochaine ?

Il passe nerveusement les mains dans ses cheveux et vient s'asseoir sur le tabouret en face de moi.

– Ouais. Je ne sais pas. Si je suis pris… On verra.

J'essaie de ravaler la boule dans ma gorge et de parler d'un ton neutre.

– Harvard… C'est… impressionnant. Je suis sûre que tu t'y plairas.

C'est vrai. Harvard, ce n'est pas rien. Y entrer n'est pas chose facile et je me surprends à souhaiter qu'il ne réussisse pas les tests. C'est très égoïste et je secoue la tête pour m'empêcher de poursuivre dans cette voie. Au fond, je suis sûre qu'il a ses chances. Il ne récolte que des A la plupart du temps en cours, sans que je l'aie jamais vu bosser.

– Bébé…

Il m'attrape les mains et je lui souris tristement. Je ne veux pas qu'il s'empêche de faire ce qu'il veut pour moi. Ça fait quelques semaines à peine que nous sommes ensemble et rien ne dit que nous le serons encore d'ici à cet été.

Je soupire et Austin me relève le menton des doigts. Il cherche mes yeux des siens, mais je n'arrive pas à soutenir son regard.

– Je comptais t'en parler, mais j'attendais le bon moment. Rien ne dit que je serai pris. Et si c'est le cas, il n'y a que quatre heures entre New York et Boston…

Je lève les yeux vers lui. Il me sourit. Donc, il y a pensé aussi. Et il nous voit encore ensemble d'ici là.

– Tu penses que si je suis à New York et toi à Boston, on pourra quand même être ensemble ?

– Oui. Si on s'en donne la peine. Et toi, tu ne te vois pas aller à la fac de Boston ?

Il m'interroge du regard. En fait, j'y ai déjà pensé, mais ce n'est vraiment pas ce que je veux. J'ai passé huit ans dans les rues de cette ville avec Nate et tout me le rappelle. Non, je ne veux plus y vivre.

– Franchement, non. Je ne veux pas vivre à Boston.

Austin me lâche les mains et il a l'air plus déçu que je ne le pensais. Je ne sais pas ce qu'il espérait, mais je n'irai pas à la fac là-bas. Vivre à quatre heures l'un de l'autre ne va pas être simple. Je ne sais pas si ça va marcher.

Il ne parle plus. Moi non plus. Il n'y a plus rien à dire. Parler de l'avenir a jeté un froid entre nous. C'est exactement ce que je voulais éviter.

Puis je repense à ce qu'a dit Taylor.

– Qui est Tory ?

Il soupire.

– Ma mère.

Il ne me parle jamais de ses parents. Je ne sais même pas quel genre de relation il entretient avec eux.

– Tu t'entends bien avec elle ?

– Pas vraiment.

*Il va tout le temps à Boston alors qu'il ne s'entend pas avec sa mère ?*

– Pourquoi tu vas la voir aussi souvent, alors ?

Il se renfrogne et fait mine de se servir une gaufre.

– Pas le choix. On peut parler d'autre chose ?

Je soupire. Je m'en serais doutée. Il ne me fait pas confiance. Pas suffisamment pour parler de ça, en tout cas.

– Donc, tu ne seras pas là, le week-end prochain ?

Je viens de penser que ce sera la Saint-Valentin. Non que je sois particulièrement fan de cette fête, mais pour une fois que je suis heureuse et en couple…

– Non. Je pars mercredi, en fait, mais je serai revenu dimanche matin très tôt.

Je mange en essayant de ne pas paraître triste.

– Je t'appellerai, promis. Et je reviens vite.

Je fais oui de la tête en continuant à manger sans appétit. Maintenant, j'ai peur, et je sens que les prochains mois vont passer très vite. Bien plus vite que je ne l'avais prévu.

# 46
# Alexandra

– Oh, vous êtes là !

Grand-mère pousse la porte tout sourire, secoue son parapluie et pose ses clefs sur la console. Il pleut dehors. C'est la saison des pluies et ça ne s'arrête pas. Il pleut tous les jours depuis lundi.

Zara se mouche et moi je renifle. Abigail nous regarde et son sourire s'évanouit. Nous devons avoir des têtes à faire peur. Nous venons de regarder le film *Pearl Harbor*. Et il est diablement triste même s'il finit bien.

– Allons, les filles, ne pas avoir d'homme pour la Saint-Valentin, ce n'est pas aussi dramatique que ça. Vous n'allez pas passer toute la soirée à pleurer, quand même…

J'éteins la télé et Zara s'essuie encore les yeux. Non, ce n'est pas dramatique d'être seule pour la Saint-Valentin, ce n'est pas la première fois pour moi, mais ça ne m'empêche pas d'être triste.

Austin est à l'autre bout du continent américain et moi ici. Il me manque. Je ne l'ai pas vu depuis quatre jours. Il m'a appelée hier soir et nous sommes restés presque une heure au téléphone, mais ça ne me suffit pas. Surtout qu'il a soigneusement évité toutes mes questions sur ses parents, sa maison et sa vie à Boston. Un moment, j'ai cru entendre une petite voix l'appeler par son prénom, mais il a raccroché avant que je puisse dire quoi que ce soit.

– Il est déjà si tard ! s'exclame Zara en sautant sur ses pieds.

À l'horloge du salon, il est dix-neuf heures. Zara et moi avons passé la journée à regarder des films d'amour pour bien nous mettre dans l'ambiance déprimante de la Saint-Valentin en célibataires.

– Je dois garder les petits, ce soir. Rachel a un rencard avec un mec qu'elle a rencontré sur son site à la noix, là…

Je me lève pour la raccompagner.

– Tu veux que je te ramène ? lui propose grand-mère. Il pleut beaucoup, dehors.

Mamina veut à tout prix sortir pour tout et n'importe quoi depuis qu'elle a récupéré ses clefs de voiture. Même si c'est pour aller à deux pâtés de maisons.

– Non, madame Grant, ne vous inquiétez pas. Je suis à deux minutes et je vais courir, ça ira.

Elle m'embrasse et sort en courant dans la nuit noire et sous la flotte.

Zara a retrouvé le sourire. Je la connais bien mieux que n'importe qui, maintenant, et je vois bien, malgré l'air indifférent qu'elle se donne, qu'elle souffre de l'intérieur. Mais personne ne le voit, à part moi.

Quand elle est partie, j'aide Mamina à préparer le repas. C'est devenu une sorte de rituel entre nous. Et j'aime bien ces moments. Elle me raconte sa journée et les clients qu'elle a rencontrés et je lui raconte la mienne.

Le temps que le gratin cuise, je vais prendre ma douche. Et quand je reviens dans le salon, Mamina y va à son tour.

Je mets la table et range la cuisine. Je nettoie du mieux que je peux tout le désordre ambiant. Quand je vois tout le chaos sur la console de l'entrée, je soupire. J'ai beau ranger tout le temps, ça ne sert à rien, Mamina est trop bordélique.

J'attrape les magazines et les range dans le meuble, puis toutes les lettres. Il y en a plein qui ne sont pas ouvertes. *Elle ne prend même pas la peine d'ouvrir tout son courrier, elle n'est pas croyable !*

Alors que j'essaie de les ranger à peu près correctement, une enveloppe plus grande que les autres attire mon regard. Je l'observe. Le logo me dit quelque chose. Ça vient de la clinique St Raphael. Là où je suis allée avec Zara.

Je regarde d'un peu plus près. Ça date de deux mois déjà. Mais l'enveloppe n'a pas été ouverte, comme plein d'autres. Je la retourne et observe les inscriptions en petit. Ça vient du service oncologie. Mon sang se glace instantanément dans mes veines. Mon père est chirurgien général et j'ai déjà entendu ce mot plus de fois que nécessaire à la maison. Oncologie égale cancer.

Je repose les autres lettres et déchire vivement celle-là, priant intérieurement que ce ne soit pas ce que je pense. Non, c'est impossible. Elle est là tous les jours, je la vois, s'il se passait quelque chose, je l'aurais vu, je l'aurais senti, et elle me l'aurait dit. Elle a cinquante-quatre ans cette année. Elle est hyper jeune. À cet âge-là, les femmes font toujours des tests pour le cancer du sein ou autre, c'est peut-être juste ça. Des résultats à un test.

J'essaie de lire, mais c'est comme si mon cerveau refusait de comprendre quoi que soit à ces chiffres et ces mots du langage médical. J'ai un mauvais pressentiment, quelque chose qui me dit qu'au fond il y a un truc qui ne tourne pas rond. Je repense à ces vertiges qu'elle a eus depuis que je suis là. Non. *Non, ce n'est pas possible.*

Je secoue la tête en pliant la lettre et en la remettant dans l'enveloppe.

Mamina revient à ce moment de la salle de bain en s'essuyant les cheveux avec sa serviette.

– Le gratin est…

Elle s'interrompt en voyant l'enveloppe dans ma main et son visage devient livide.

– Lexie…

C'est son expression qui fait monter la panique en moi. Si ce n'était pas important, elle ne serait pas aussi blême.

– Qu'est-ce que c'est, Mamina ?

Elle pose doucement sa serviette sur le fauteuil et fait un pas vers moi, mais je recule.

– Ce n'est pas grave, chérie…

– Qu'est-ce que c'est ?

La panique commence à percer dans ma voix.

Elle avale sa salive et croise ses bras autour d'elle. J'ai l'impression qu'elle livre une bataille intérieure pour peser le pour et le contre avant de me dire la vérité.

– Mamina, ne me mens pas ! Dis-moi ce que c'est !

Elle soupire et ferme les yeux en parlant enfin.

– J'ai… Je suis malade, Lexie…

– Comment ça, malade ? Qu'est-ce que tu as ?

– Tu devrais t'asseoir pour qu'on discute.

Un bourdonnement strident m'emplit soudainement les oreilles. J'ai l'impression que mon cerveau refuse d'en entendre plus. Il ne veut pas savoir ce qu'elle va dire et lutte de toutes ses forces contre ça.

– Non, dis-moi…

Abigail s'assoit sur le bras du fauteuil.

– Très bien, mais si tu le permets, moi je vais m'asseoir.

Je ne réponds pas et la fixe encore. Elle porte cet horrible jogging rouge dans lequel elle était venue m'accueillir à l'aéroport quand je suis arrivée. Il est vraiment moche, je le déteste. Elle devrait le jeter.

– J'ai un cancer de l'œsophage.

*Quoi ? N'importe quoi…*

– Non.

Voilà tout ce que j'arrive à répondre.

– Je l'ai déjà accepté et il va falloir que tu l'acceptes aussi.

Je n'arrive pas à fixer autre chose que ses lèvres quand elle parle. Je vois chaque syllabe se former sur sa bouche fine, mais je ne comprends pas ce qu'elle dit. Mon regard descend à son jogging informe. Il est vraiment horrible.

– On pourrait aller faire les magasins samedi prochain si tu veux. Il faut que tu jettes ce jogging.

– Je l'ai su à peu près quand tu es arrivée ici…

– Tu n'as pas autre chose à te mettre ?

Elle se lève brusquement et vient vers moi en m'attrapant les épaules.

– Tu m'écoutes, Alexandra ?

– Quoi ?

– J'ai un cancer !

Elle me secoue et je sens vaguement la nausée qui me prend. Je ne comprends pas pourquoi elle dit ça. *Si c'est une blague, c'est complètement débile.*

– Quoi ? Non, ce n'est pas possible. Tu vas bien.

– Si ! Et j'ai besoin que tu sois forte. Pour moi.

Je ris doucement. Et elle, elle me regarde comme si j'étais folle.

– C'est pourri comme blague… laché-je entre deux hoquets.

– Ce n'est pas une blague. Ton grand-père est décédé d'un cancer du poumon, mais apparemment il avait l'intention de m'emmener avec lui. J'ai un cancer de l'œsophage…

Elle a l'air en colère en disant ça et me lâche pour retourner s'asseoir. Je m'arrête de rire. Elle a l'air sérieux et ses paroles se frayent un chemin jusqu'à mon cerveau.

– Tu ne peux pas être malade. Regarde-toi ! Tu vas bien !

Je jette la lettre sur la console et commence à tourner en rond.

– Je suis à un stade avancé, Lexie. Il y a des métastases qui se sont formées…

Elle essaie de me regarder dans les yeux, mais ses iris verts comme les miens sont insoutenables. Je ne peux pas la regarder en face. Des sueurs froides me parcourent le dos.

– C'est impossible…

– J'ai fait plusieurs tests… des fibroscopies, biopsies, scanner… Je n'ai presque aucune chance de m'en remettre.

– Il faut appeler papa ! crié-je tout à coup.

Fébrilement, j'attrape mon téléphone pour faire le numéro de mon père. Il saura quoi faire, lui ! Elle se lève et me l'arrache des mains.

– Non. Si tu lui dis, il ne voudra pas que tu restes ici et je ne veux pas que tu partes ! Tous les médecins que j'ai consultés sont du même avis. Je veux juste être là quand tu seras diplômée. Après…

Je me bouche vivement les oreilles des deux mains et ferme les yeux. Elle ne peut pas dire ça !

– Arrête ! hurlé-je.

*Je ne peux pas la perdre. J'ai déjà perdu suffisamment de monde !*

– Lexie…

– Tu n'as pas le droit de me laisser tomber ! Je n'ai personne à part toi !

– Je ne te laisse pas tomber, chérie ! Je fais de la chimio depuis peu. Au début, je ne voulais pas. Mais c'est pour toi que je tiens. Depuis que tu es là, je me sens vivre de nouveau. Je ne pourrai pas rattraper toutes les erreurs que j'ai commises avec Lily, mais avec toi j'ai l'impression d'avoir une nouvelle chance…

Je cligne des yeux plusieurs fois pour empêcher les larmes de couler, mais elles s'échappent quand même. Comment peut-elle rester là calmement et me dire tout ça ? Pourquoi la petite aiguille sur l'horloge trotte encore et pourquoi la pluie ne s'arrête-t-elle pas ?

– Je ne vais pas mourir ce soir, ma chérie. Il faut…

– Nooooonnn !

Ces mots me font perdre le peu de raison qu'il me reste. Je la pousse violemment des deux mains et elle s'accroche au fauteuil pour ne pas tomber en criant.

J'ai la tête qui va exploser. Il faut que je respire. Il faut que je sorte d'ici.

À travers mes larmes, j'avise les clefs sur la console et les attrape. J'ouvre brutalement la porte d'entrée et une bourrasque de vent s'engouffre à l'intérieur.

Je sors précipitamment de la maison et descends les marches en courant dans le noir vers la voiture. Il pleut à verse et la pluie me saisit. Elle est glaciale et s'infiltre sous mon pyjama. En plus, je suis pieds nus et je patauge dans la boue.

– Alexandra !

Mamina m'appelle, mais je ne l'écoute plus. Je monte précipitamment dans la voiture et démarre.

Je suis déjà sortie de l'allée quand je pense à mettre les feux et les essuie-glaces. Il y a longtemps que je n'ai pas conduit, mais ce soir je n'hésite pas. Je m'engage sur la route sans savoir où je vais. Il faut que je la fuie. Je ne peux plus rester près d'elle. Elle m'abandonne. Elle aussi, elle me laisse.

Mes larmes me brûlent les yeux. Pourquoi tout le monde me fait ça ? Qu'est-ce qui ne va pas chez moi pour qu'ils me laissent tous ?

La voix de Mamina résonne dans ma tête et se confond avec celle de Nate avant qu'on ne se crashe.

*Lexie !*

J'écrase brusquement le frein et m'arrête. *Respire. Respire, Lexie.* Pourquoi respirer ? Si je roulais plus vite et sans ceinture, je finirais sûrement dans un fossé. Et ce ne serait pas plus mal. Je n'aurais plus mal, comme ça. La douleur dans ma poitrine disparaîtrait…

Je regarde autour de moi. Je suis au milieu de la route sous le déluge et sans aucun signe de vie au-dehors. Je serre les mains autour du volant et ferme les yeux. Mais avec le bruit de la pluie, je n'arrive pas à réfléchir. La pluie… Les images du soir où j'ai tué Nate, me reviennent plus violentes que jamais. *Nate… Pardon…*

– Pardon… Pardon…

Je pose ma tête contre le volant pour pleurer. Tous les gens qui s'approchent de moi meurent. Tous.

– Putain !

Je ne peux pas m'empêcher de hurler en donnant de violents coups de poing sur le volant.

Bonne Saint-Valentin, Lexie. Bonne putain de Saint-Valentin de merde !

*Lexie...*

Je relève la tête. J'ai l'impression d'avoir entendu mon nom au travers des brumes de mon cerveau.

Je regarde, il n'y a personne autour de moi, mais l'image d'Austin s'impose dans ma tête très clairement. Il faut que je le voie.

En essuyant rageusement les larmes sur mes joues, je repars. Je connais la route pour aller chez lui par cœur. Je pense à sa voix, à sa peau, à son odeur...

En quelques minutes je suis arrivée et je me gare à côté de sa voiture dans l'allée. Il fait nuit et la maison est plongée dans le noir. Je monte les marches et tente d'ouvrir. Mais la porte est fermée à clef. Alors je sonne. Personne ne vient. *Austin...*

Les larmes coulent de plus belle et je n'arrive plus à les arrêter. Alors je frappe. Des deux poings, violemment. Je donne des coups avec autant de force que je peux. *Il faut qu'il m'ouvre, bon sang !*

Au bout de ce qu'il me paraît une éternité, la lumière s'allume sous l'auvent et la porte s'ouvre. Joshua à moitié endormi et en pantalon de pyjama fronce les sourcils. Il a quasi les mêmes traits qu'Austin, et les mêmes yeux, surtout. Le voir m'apaise.

– Lexie ?

– Il faut que je voie Austin...

Ma voix est fêlée. Je ne la reconnais même pas. Joshua ouvre de grands yeux et m'observe, trempée, en pyjama et les pieds nus boueux.

– Austin n'est pas là, Lexie. Il est à Boston...

Il parle doucement et ce qu'il dit me fait frissonner. *Non, il faut que je le voie...* Je serre les bras autour de moi.

– Rentre.

Joshua m'attrape et me fait pénétrer dans la maison. J'ai vaguement conscience du contact du carrelage sous mes pieds dégoûtants.

Il referme la porte alors que Taylor descend précipitamment les escaliers en me voyant.

– Lexie ! Qu'est-ce qui s'est passé ? Tu vas bien ?

– Elle a l'air perdu, lui dit Joshua. Je vais appeler madame Grant. Je la connais bien.

Taylor hoche la tête et me prend par les épaules pour m'emmener dans la cuisine. J'ai l'impression de flotter hors de mon corps. D'être là sans l'être vraiment. Comme quand je prenais des benzodiazépines en soirée. Sauf que là, je n'ai pas pris de drogue.

– Ça va aller… Là… Ça va aller, ma belle…

Sa voix m'apaise un peu.

– Elle va rester ici ce soir, ça vaut mieux, dit Joshua en revenant. J'ai eu sa grand-mère, elle est soulagée que Lexie soit là. Apparemment, elle n'a pas l'habitude de conduire…

Je m'agrippe à Taylor, j'essaie de trouver ses yeux, de me raccrocher à elle, mais je ne les vois pas. Comme si on m'avait jeté un voile sur le visage et que je ne voyais plus rien. Rien que des lumières et des choses abstraites.

– Viens…

J'ai conscience de monter des marches et de me retrouver dans une chambre. Sous mes pieds, le sol est plus moelleux qu'en bas. Il est chaud.

Taylor me lâche et je me retrouve debout devant Mohammed Ali et James Dean souriant sur le mur. J'ai l'impression qu'ils se moquent de moi.

Taylor me lève les bras et comme une poupée je me laisse faire. Elle me déshabille et me passe d'autres vêtements. Un t-shirt long. Je sens l'odeur d'Austin.

– Austin…

Je tourne la tête dans tous les sens pour le voir, mais je ne le trouve pas.

– Il n'est pas là, Lexie… Il est dans l'avion, il arrive.

– Il arrive ?

– Oui, c'est ça. Il arrive…

Je ferme les yeux et essaie de m'imaginer dans les bras d'Austin. Je ne pense qu'à lui. Pas à Mamina ou à Nate ou à ma mère. Non, seulement à Austin.

Je sens une matière rugueuse sur ma peau et ouvre les yeux de nouveau. Taylor me nettoie les pieds à l'aide d'un gant.

Un peu plus tard, elle m'allonge.

– Il faut que tu dormes, ma belle…

Je ferme les yeux et me roule en boule dans les draps. Je sens qu'on remonte la couverture sur moi. L'odeur d'Austin m'emplit les narines. Ça m'apaise. Il apaise toujours ma douleur.

Je ne sais pas comment, mais je finis par sombrer dans un sommeil noir et profond comme les ténèbres.

*Lexie…*

La voix de Nate me saisit. J'ouvre brutalement les yeux. Il fait noir. Trop noir. Mon cœur tambourine dans ma poitrine et je me redresse vivement pour trouver la lumière. Mais elle n'est pas au même endroit que d'habitude.

Je tâte fiévreusement le mur dans le noir pour trouver un interrupteur. Et je finis par y parvenir et allumer. Il me faut un moment pour comprendre que je suis dans la chambre d'Austin. *Comment suis-je arrivée là ?*

Je sors du lit et tire vivement les rideaux. Un rayon vert et indigo se dessine sur le toit des maisons. C'est le petit matin et le soleil se lève à peine.

J'essaie de respirer et de me calmer. Puis je me souviens. C'est Taylor qui m'a changée. Grand-mère est malade. Je m'assois sur le bord du lit et pose la tête sur mes genoux en ravalant mes larmes. *Pourquoi ?* Je viens juste de la trouver. *Je ne veux pas qu'on me l'enlève…*

Je fais des exercices de respiration, mais il est impossible d'arrêter la course folle de mon cœur dans ma poitrine. Je n'arrive pas à me détendre et à penser normalement. Il faut que je me change les idées.

Je me relève et fouille dans le placard d'Austin. Je trouve un pantalon de jogging noir que j'enfile. Je sais où aller. Pour une fois, je sais clairement ce que je veux faire.

Je sors de la chambre en éteignant. Je n'ai pas de chaussures, mais tant pis.

Doucement, pour ne pas réveiller Joshua et Taylor, et en me maudissant intérieurement d'être venue ici, je sors de la maison. Ils ont dû avoir peur en me voyant comme ça.

Je patauge encore dans la boue en sortant pieds nus. Mais au moins, il ne pleut plus. La ville est comme lavée. Je monte dans la voiture et prends la direction de St Jones. Je ne sais pas si ce sera ouvert, mais j'essaie quand même.

En vingt minutes, j'y suis. Je n'ai même pas eu peur de conduire, cette fois. Je me gare sur le parking alors que les premiers rayons du soleil éclairent les routes détrempées et brillantes.

Je me dirige vers les portes sud de St Jones. Et j'ai un vrai coup de bol en poussant fortement les portes du gymnase, qui s'ouvrent. Elles ne sont pas fermées.

J'enlève mes vêtements et, en culotte et soutien-gorge, je plonge dans le plus grand bassin de la piscine. Le chlore me saisit et me pique la gorge et le nez.

Un an et demi que je n'ai pas plongé dans une piscine. Et ça m'avait manqué. Je commence à faire des longueurs pour m'échauffer. Voilà, là je suis dans mon élément. Ici, il n'y a pas de mort. Pas de maladie. Pas de souffrance. Pas de colère. Juste de l'eau.

# 47
# Austin

– Vous pouvez rouler plus vite ?

Ce chauffeur de taxi fait exprès de prendre son temps ! J'ai quinze heures de vol dans les pattes et j'en ai marre. J'ai envie de retrouver mon lit. Et Lexie, aussi. J'hésite à aller directement chez elle. *Bon sang, ce qu'elle m'a manqué !*

Ces quatre jours m'ont paru durer une éternité. Comment je vais faire pour rester loin d'elle aussi longtemps si je vais à Boston et elle à New York ? De toute façon, je n'aurai pas le choix. Il y a quelqu'un d'autre qui a besoin de moi. Qui a toujours eu besoin de moi et que j'ai abandonné. Je l'ai laissé tomber, et aujourd'hui, ça se ressent. Je ne sais plus quoi faire.

Depuis que j'ai rencontré Lexie, j'ai l'impression d'avoir été un vrai connard tout le reste de ma vie. En fait, non, ce n'est pas une impression, c'est la vérité. Mais je ne sais pas comment remédier à tout ça.

J'ai envie d'être meilleur et de changer. Pour elle. Pour eux. Il faut que je rattrape toute cette merde. Il faut que je parle à Lexie. Au plus vite. En espérant qu'elle comprenne. Et qu'elle ne fuie pas à toutes jambes.

– C'est là ? me demande le chauffeur.

– Ouais. Laissez-moi devant.

Il se gare devant la maison. Ça fait du bien de retrouver son chez-soi. Je ne suis pas fan de Boston et revenir à Palmera me fait respirer normalement.

Je sors de la voiture et le chauffeur descend déjà mon sac du coffre. Je lui file sa thune avant de grimper les marches.

Quand je passe la porte d'entrée, je m'arrête un instant. Il y a de grandes traces de boue un peu partout dans l'entrée. *C'est quoi, cette merde ?*

– Austin !

Taylor se lève du canapé précipitamment et le téléphone qu'elle tenait dans la main roule sur le tapis persan du salon. Elle a les yeux hagards et inquiets. *Il est arrivé un truc à Joshua ?*

Taylor est encore en robe de chambre et en nuisette. Elle est belle, d'habitude, mais là, ses cheveux ont l'air d'un nid de corneilles et on dirait qu'elle n'a pas beaucoup dormi. Je ne l'ai jamais vue comme ça et elle me fait flipper, là.

Je laisse tomber mon sac par terre.

– Quoi ? Qu'est-ce qu'il y a ?

Joshua descend l'escalier à ce moment. *Ok, il est vivant, c'est bon…* Alors c'est quoi, le souci ?

Mais sa tête à lui aussi est bizarre. Je connais mon putain de frangin, il y a un vrai problème.

– Austin, il y a un problème.

– Quoi ?

– Lexie, elle…

*Lexie ?*

Mon sang se glace dans mes veines.

– Quoi, Lexie ? Qu'est-ce qu'elle a ? Où elle est ?

Taylor s'approche de moi précipitamment.

– Elle est venue ici hier soir, elle n'était vraiment pas bien. Elle te cherchait et n'arrêtait pas de t'appeler…

– Elle était dans un sale état, continue Joshua.

Je ne comprends pas un mot de ce qu'ils me disent, mais leur expression paniquée me fait peur. S'ils lui ont parlé…

– Putain, mais c'est quoi cette merde ? Qu'est-ce que vous lui avez dit ? Je vous ai dit de fermer vos gueules, bon sang !

Je serre les poings en hurlant et la rage se disperse dans mes veines à une vitesse incroyable.

– Calme-toi, Austin ! crie Joshua. On ne lui a rien dit. Ça n'a rien à voir… C'est un problème avec sa grand-mère. Elles se sont disputées et Lexie est partie de chez elle en trombe hier soir.

*Abigail ?* Pourquoi elle s'est disputée avec sa grand-mère ?

Ma tension redescend d'un cran, même si je suis toujours angoissé.

– Où est-elle ?

Taylor fait les cent pas, maintenant.

– Elle était là… Je l'avais mise dans ta chambre, mais…

Je ne l'écoute plus. Je me suis précipité pour monter l'escalier quatre à quatre et courir dans ma chambre. Mais en ouvrant la porte à toute volée, je constate qu'elle est vide. *Putain…*

– Elle n'est plus là ! Je me suis réveillée pour venir la voir et elle n'était plus là…

Taylor est arrivée derrière moi. Je me masse les tempes en fermant les yeux. Je sens la migraine qui vient.

– Elle a dû retourner chez elle.

– Non, me répond Taylor, Jo vient d'avoir madame Grant au téléphone. Elle n'est pas rentrée…

*Mais elle est où, putain ?* Je me retourne pour attraper violemment Taylor par les bras et la secouer. Ils auraient dû veiller sur elle !

– Où elle est, Taylor ? Pourquoi elle n'était pas bien ?

Elle semble sur le point de pleurer.

– Je… J'en sais rien… Elle était perdue et elle t'appelait…

– Où est-ce qu'elle est ? hurlé-je de toutes mes forces.

Je n'arrive plus à contenir ma colère et mon inquiétude. Elle a conduit jusqu'ici hier soir alors qu'apparemment il pleuvait… Elle savait que je n'étais pas là. Alors si elle est venue quand même, c'est que ça devait être grave.

– Lâche-la ! me dit sèchement Joshua en me voyant secouer Taylor comme ça.

Je m'exécute immédiatement. *Il faut que je me calme. Il faut que je la trouve !*

– Lexie a dû… Je ne sais pas… Elle est peut-être partie se promener…

Les paroles réconfortantes de mon frère ne m'atteignent pas. Tant que je ne la verrai pas de mes propres yeux, rien ne me calmera.

– Vous avez appelé les flics ?

Mon frère secoue la tête.

– Elle est adulte et elle a le droit de sortir. Tant que ça ne fait pas vingt-quatre heures qu'elle a disparu, ils ne feront rien…

Je serre les dents et les poings. Joshua est avocat, il est confronté à ce genre de cas tout le temps, il sait de quoi il parle. Mais tout ce que j'ai retenu dans sa phrase c'est « disparu ». Ma copine a disparu.

– Je vais la chercher…

– Je viens avec toi, me dit Joshua.

– Non ! Tu restes là et si elle revient vous la retenez et vous m'appelez, putain !

Je le pousse pour descendre précipitamment et attraper mes clefs de voiture. Je sors hâtivement et démarre en trombe. Mais je ne sais pas quoi faire. Où aller ? Elle n'est pas rentrée chez elle.

Je sors mon portable et appelle Zara. *Par pitié, faites qu'elle soit chez elle !*

Au bout de ce qui me paraît être une éternité, cette dernière décroche.

– Austin ? Tu n'étais pas à Boston ?

– Zara… Lexie est chez toi ?

– Quoi ? Non. Je ne l'ai pas vue depuis hier après-midi. On a passé l'aprèm…

Je raccroche directement. Mon cœur commence à me marteler la poitrine précipitamment.

Seth, peut-être. Je l'appelle. Mais lui non plus ne l'a pas vue.

J'essaie de réfléchir posément et de ne pas paniquer. Mais l'adrénaline court dans mes veines. Pas chez moi, ni chez elle, ni chez Zara ou avec Seth… peut-être chez le docteur Torres. Peut-être qu'elle a eu envie de parler avec sa psy. Je fonce vers le centre de Palmera Beach. Je dépasse largement la limitation de vitesse, mais c'est le cadet de mes soucis. Si les flics m'arrêtent, ils ont intérêt à la retrouver !

Mais une fois devant le bâtiment médical, je me souviens qu'on est dimanche. Tout est fermé, même le cabinet médical. Les grilles sont baissées. Elle n'est pas là.

– Bébé, t'es où ?

Je roule dans le centre pour essayer d'apercevoir la jeep de sa grand-mère ou ses longs cheveux bruns. Mais il n'y a pas un chat. Il est sept heures du mat et les gens dorment encore.

Je file vers la plage et parcours les dunes lentement. Elle n'y est pas. Je repars vers chez sa grand-mère. Je fais le tour du quartier. Elle n'est pas là non plus.

Au bout d'une heure, mon téléphone sonne et je m'arrête. Ce n'est pas elle et je retiens mon souffle en décrochant pour répondre à Joshua.

– Elle est rentrée à la maison ?

– Non. Tu ne l'as pas trouvée ?

– Non… pas encore.

– Sa grand-mère a appelé son oncle, mais lui non plus ne l'a pas vue.

– Je vais refaire un tour.

Je raccroche et essaie de respirer normalement en passant les mains dans mes cheveux pour me calmer. S'il lui était arrivé quelque chose, je le sentirais, j'en suis sûr.

Je suis à deux doigts de chialer comme un gosse.

Fébrilement, je reprends la route et fouille tout Palmera. Ne la trouvant toujours pas, je décide d'aller vers St Raphael ou Texera Bay. Puis je pense à l'école.

*Quel idiot ! Pourquoi je n'y ai pas pensé avant ?* La bibliothèque est son seul refuge quand elle n'est pas bien. Elle est peut-être partie là-bas.

Avec un regain d'espoir, je file à fond la caisse vers St Jones. Et quand au loin j'aperçois la Jeep Wrangler rouge garée sur le parking, je soupire de soulagement et essuie les larmes qui avaient commencé à perler à mes yeux. Tout va bien. Elle est là.

Je me gare à côté et sors mon portable pour appeler Joshua.

– C'est bon, je l'ai trouvée. Préviens sa grand-mère. Je reste avec elle.

Joshua a l'air réellement soulagé.

– Ok, p'tit frère. Prends soin d'elle.

Je sors de la voiture et file en courant vers les portes. Mais on est dimanche et elles sont fermées. Comment est-ce qu'elle a fait pour entrer ?

Je fais le tour pour aller vers les portes sud. Elles sont ouvertes. Je m'engouffre dans le gymnase que je connais bien et me frappe le front. *Quel imbécile ! La piscine !* Elle m'a parlé de sa passion pour la natation tellement de fois. Combien elle se sent bien dans l'eau et combien ça l'apaise…

Je cours pour traverser le complexe et mes pas résonnent dans l'immense salle vide.

Quand je passe les portes du complexe, mon cœur est au bord de l'implosion. Mais elle est bien là. Elle a laissé ses vêtements au bord de l'eau. Elle brasse l'eau comme un poisson. Elle fait des mouvements complexes. Comme si elle dansait. C'est magnifique et très professionnel.

Je m'assois sur le gradin le plus bas pour l'observer et reprendre mon souffle un instant. *Elle va bien. Du calme…*

Comme si elle avait senti ma présence, elle relève la tête et cligne des yeux plusieurs fois pour me regarder.

Elle s'avance au bord du bassin en repoussant ses cheveux et en s'essuyant le nez. Elle a les yeux rougis par le chlore.

– Austin ?

*Bordel, ce qu'elle m'a manqué !*

Je m'approche et lui tends la main pour l'aider à sortir.

– Bébé, ça fait deux heures que je te cherche partout…

Mais alors que je veux la prendre dans mes bras, elle me repousse violemment. La violence de son geste me laisse perplexe.

– T'étais où ? T'étais où quand j'avais besoin de toi ?

Elle hurle et les veines de son cou jaillissent sous sa peau nacrée et luisante d'eau.

– Tu sais bien, j'étais à Bos…

– Tu m'as laissée tomber ! J'avais besoin de toi.

– Lexie…

Ses paroles m'atteignent de plein fouet, mais je tends les mains vers elle, désespéré.

– Non ! T'es comme tous les autres, tu me laisses tomber toi aussi…

Je ne sais pas ce qu'il s'est passé, mais sa grand-mère vient de baisser dans mon estime. *Comment elle a pu lui faire aussi mal ?*

Lexie pleure en se tenant la nuque des deux mains, maintenant. Elle a l'air dévasté et en colère. La voir comme ça me crève le cœur.

– Bébé, je ne t'ai pas abandonnée, je suis là...

Elle s'accroupit pour pleurer la tête entre les jambes. Elle est secouée de gros sanglots. Je me mets à sa hauteur.

– Je ne vais plus partir. Je ne vais nulle part. Je suis là...

Je caresse ses cheveux trempés.

– Je t'aime, Lexie. Je ne sais pas ce qui s'est passé, mais je suis là, bébé. Regarde-moi...

Elle sanglote et je la force à relever la tête vers moi.

– Lexie...

Elle me regarde et semble perdue. Puis ses yeux verts trouvent les miens. Je ne sais pas si elle y discerne ma douleur de la voir comme ça, mais elle se jette dans mes bras. Je la serre à l'en étouffer alors qu'elle grelotte, tremblante et mouillée de la tête aux pieds.

– Chuuttt... Ça va aller. Je suis là.

Je la relève et la prends dans mes bras. Elle pleure dans mon cou en s'accrochant à moi comme si j'allais de nouveau la laisser.

– Je t'aime, mon amour. Je suis là...

Mes paroles ont l'air de la calmer un peu. Elle s'arrête de pleurer au bout d'un moment et avec un hoquet parle dans mon cou. Sa voix est hachée et rauque.

– Pourquoi tous les gens qui m'entourent meurent ?

Sa question fait courir de violents frissons sur ma peau.

– Ne dis pas ça, c'est faux !

– Si. Ils meurent tous. Je suis maudite.

– Non ! Arrête ça ! Je ne sais pas ce qui s'est passé, mais ce n'est pas ta faute !

Elle me regarde et ses lèvres tremblent quand elle parle.

– Elle va mourir...

*Bon sang, mais de quoi elle parle ?*

– De qui tu parles ?

– Mamina... Elle a un cancer...

Ses paroles me clouent sur place. Des sueurs froides me coulent dans le dos.

*Abigail est malade ?*

– Tu...

– Elle va mourir, Austin...

La voix plaintive de Lexie se perd dans un sanglot. Une boule se forme dans ma gorge et je l'attire vers moi pour la serrer plus fort.

– Ça va aller… Elle est forte et rien ne peut l'arrêter. Ta grand-mère est la femme la plus solide que je connaisse.

Je ne sais pas si c'est elle ou moi que j'essaie de convaincre. Mais elle a l'air de se calmer.

– On va rentrer à la maison, d'accord ?

Elle me fait oui de la tête en essuyant son nez qui coule. Je l'aide à remettre mon jogging et à passer mon t-shirt. Elle est pieds nus et je l'attrape pour la soulever. Elle se laisse faire et s'accroche à mon cou quand je la porte jusqu'à la voiture.

Le trajet jusqu'à la maison est silencieux et je n'arrive pas à penser à autre chose qu'à Abigail, maintenant. *Un cancer, putain…* Mais ce n'est peut-être pas aussi sérieux que ça. Lexie a juste peur et elle dramatise parce qu'elle a perdu sa mère. Non, ça va aller, j'en suis sûr.

Je la porte jusqu'à la maison et quand je passe les portes, Jo et Taylor se précipitent pour m'aider à l'emmener dans la chambre.

– Ça va ! Je m'en occupe !

Je la pose sur mon lit et l'aide à se déshabiller. Avec une serviette, je l'essuie doucement et lui éponge les cheveux. Je lui passe de nouveaux vêtements.

Taylor frappe. Elle nous apporte du lait et des cookies. Je dois forcer Lexie à en manger au moins un. Depuis que je la connais, elle a maigri, je me promets de la forcer à manger plus à l'avenir. Elle boit le lait difficilement et s'allonge ensuite.

J'enlève ma veste et mes pompes pour m'allonger à côté d'elle et la prendre dans mes bras. Elle s'accroche à mon cou et je tire la couverture sur elle. Je n'aime pas la voir aussi fragile et malheureuse.

– Je t'aime, bébé. Dors…

Elle enfouit sa tête dans mon cou et je la câline jusqu'à ce qu'elle s'endorme.

# 48
# Alexandra

*– « Bon Dieu, Lexie, tu n'as toujours pas compris à quel point je t'aime !*
*– À quel point tu m'aimes ?*
*– Tu es une vraie gosse, Lexie ! Je t'aime… jusqu'à toucher les étoiles. »*

J'ouvre les yeux sur Austin. Mon Austin. Dire qu'il y a quelques mois, je ne le connaissais pas, et qu'aujourd'hui c'est lui mon roc.

– Tu as fait un cauchemar, bébé ? Tu n'as pas arrêté de bouger…

Austin me fixe intensément sous ses sourcils froncés. Son regard sombre me laisse rêveuse. Comme toujours. Quand il me regarde, il a les yeux qui brillent.

– Non. Pas un cauchemar, un rêve.

Ma voix a du mal à sortir et j'ai un putain de mal de gorge. Le chlore m'a vraiment irritée.

Austin sourit et fait courir ses doigts sur ma peau, sur mon bras. Il ne le sait pas, mais il laisse des traces brûlantes là où il passe. Je ne l'ai pas vu depuis mardi dernier et là il me touche… Son sourire me fait fondre. Ça devrait être interdit d'être aussi beau et sexy.

– Un rêve ? Quel genre de rêve ?

J'essaie de lui sourire même si les muscles de ma mâchoire semblent être figés.

– Pas du genre que tu penses, pervers !

– Mais j'ai rien dit ! s'exclame-t-il en levant les mains en l'air comme pour montrer son innocence.

– Tu penses tellement fort que ce n'était pas la peine de parler…

Il rit et se penche pour enfouir sa tête dans mon cou. J'inspire son odeur et le parfum de ses cheveux qui m'ont manqué.

– J'ai rêvé de nous. De notre rencontre, quand je t'ai bousculé sur les marches de la bibliothèque, de la fois où je t'ai embrassé dans la salle de bain de Seth et de ce moment où sous la tente tu m'as dit : je t'aime jusqu'à…

Austin finit ma phrase :

– … jusqu'à toucher les étoiles.

– Ouais.

Il m'embrasse sur le front et ses lèvres rugueuses enflamment ma peau. Son menton et sa barbe naissante viennent se frotter à mon nez et je lève la tête pour lui embrasser le cou, juste sur sa pomme d'Adam.

Je le sens sourire contre mon front.

– J'ai un cadeau pour toi.

*Hein ?*

– Pourquoi ?

Il se retourne dans le lit et tend la main par terre, vers son sac qu'il a monté dans sa chambre.

– Comment ça, « pourquoi » ? Travis t'offre des cartes romantiques pourries et moi je ne pourrais pas t'offrir un cadeau ?

Je soupire. Il m'exaspère, comme toujours.

Il me tend un petit paquet bleu ciel. En me mordant la lèvre, je déchire vivement l'emballage. Il y a une belle boîte blanche et je suis fébrile en l'ouvrant. Rien que la boîte est magnifique.

À l'intérieur, dans un écrin de velours bleu nuit, il y a un pendentif en or en forme d'attrape-rêve miniature au bout d'une chaîne torsadée. C'est magnifique. En plus, je n'ai pas tellement de bijoux.

– Bonne Saint-Valentin, mon amour.

Austin me regarde en essayant de jauger ma réaction.

– Merci. C'est magnifique. Tu n'aurais vraiment pas dû…

Il se renfrogne un peu.

– Et pourquoi ? Ça me fait plaisir…

Je suis honteuse, maintenant. Je ne savais pas qu'on allait se faire des cadeaux.

– Je n'ai rien pour toi !

Il m'embrasse le nez, pose sa main sur mes hanches, sous mon t-shirt, et dessine de petits cercles des doigts.

– Bébé, les cadeaux, ce n'est pas mon truc, de toute façon. Ne t'inquiète pas pour ça…

Je lui tends le collier et me soulève pour qu'il puisse me l'attacher autour du cou. Puis je me penche vers lui pour l'embrasser.

– Bonne Saint-Valentin, Austin. Je t'aime.

Il m'attrape des deux mains par les hanches et m'attire pour m'embrasser. Un baiser tendre, doux et lent qui se transforme en douleur lancinante quand il passe sa langue sur ma lèvre inférieure et fait courir ses mains dans mon dos et plus bas, sur mes fesses.

– Tu m'as manqué… murmure-t-il.

Je l'entoure de mes bras.

– Ne me quitte plus…

Il arrête de m'embrasser et me serre contre lui comme pour appuyer ses paroles.

– Non, je ne pars plus. Ne t'inquiète pas.

Je pose ma tête sur son torse et écoute battre son cœur. J'ai l'impression qu'il est pensif.

– Il est presque seize heures. Tu veux te lever ?

Mes yeux se ferment. Je sais très bien ce qu'Austin veut dire. Il me demande implicitement si je veux retourner à la maison. Est-ce que je suis capable d'affronter Mamina ?

– Non. Enfin, je ne sais pas…

Penser à Mamina me donne la migraine et des nausées.

– Tu ne veux pas lui parler ?

– Il le faudra bien… Mais je ne suis pas sûre de le supporter.

Austin passe une main sur ma joue puis derrière mon oreille et la glisse dans mes cheveux.

– Je peux rester avec toi quand tu en parleras avec elle, si tu veux…

Je m'agrippe à son t-shirt et lève la tête pour le regarder.

– Oui ?

Il m'embrasse sur le front.

– Oui. Je resterai avec toi. Il faut lui ramener sa voiture, de toute façon.

À l'idée de dormir dans mon lit avec Mamina au-dessus de ma chambre, ce soir, j'ai des frissons sur tout le corps. La maladie ressemble déjà pour moi à un spectre qui rôde dans la maison.

– Je ne veux pas dormir toute seule.

– Tu pourrais dormir ici, cette semaine…

Je le contemple qui sourit.

– Tu crois ?

– Carrément. Il faudrait que tu prennes des affaires chez toi et que tu parles avec ta grand-mère avant, mais…

Il ne finit pas sa phrase parce que je me suis déjà dressée pour l'embrasser avidement et que mes doigts courent sur sa peau tatouée, sous son t-shirt.

– Bébé…

– En fait, je ne sais pas si c'est une bonne idée que je dorme ici. On passerait notre temps à faire l'amour, j'en suis sûre.

Austin pouffe et acquiesce.

– C'est clair. Mais ce n'est pas pour me déplaire. Au contraire. Je passerais tous les jours de ma vie à bais…

Je l'embrasse de nouveau pour ne pas entendre ses paroles indécentes et il se presse contre ma cuisse. Mais je m'interromps quand on frappe à la porte et Austin soupire d'énervement.

– Ouais ? crie-t-il à la personne derrière la porte.

C'est Taylor.

– Est-ce que Lexie reste pour manger, ce soir ?

Je réfléchis un instant puis fais non de la tête. Autant voir les choses en face : il faut que je parle à Mamina. Je ne peux pas l'éviter indéfiniment.

Austin soupire, déçu, et répond par la négative à Taylor.

– Tu es sûre ? Tu pourrais rester encore un peu, tu m'as manqué.

Je me relève pour m'asseoir sur ses hanches.

– Non. Il faut que je rentre. En plus, j'avais promis à Zara de passer déposer mes notes sur notre exposé pour elle après avoir bossé dessus hier soir, et je ne l'ai pas fait…

Austin m'attrape pour m'embrasser dans le cou. Je ne suis pas sûre qu'il ait écouté ce que j'ai dit.

– Mais tu peux venir avec moi chez Zara, si tu veux…

Il grogne.

– Nan…

– Pourquoi ?

– Il y a trop de gosses chez Zara…

Je ne peux m'empêcher de soupirer. C'est bien les mecs, ça, d'avoir peur des enfants. Même si je dois avouer que moi aussi, ça me gêne parfois. Être aussi proche de bébés quand tu sais que tu n'en auras jamais, cela fait mal.

Austin se recule pour me dévisager.

– Ne me dis pas que tu n'aimes pas les gamins non plus ? Tu n'aimes déjà pas Noël ni toutes ces conneries, et maintenant, tu n'aimes pas les enfants ?

Je détourne les yeux devant son air effaré.

– Lexie ! T'es sérieuse, là ? Tu… Rassure-moi, tu veux en avoir un jour ?

Je me redresse pour sortir du lit et répondre sans le regarder. Je ne veux pas avoir cette conversation maintenant, ça fait trop pour moi.

– J'en sais rien. Mais, non, c'est pas trop mon truc, les enfants…

Il me retient par la main et me force à le regarder, l'air très sérieux. Trop sérieux.

– Tu ne veux pas de mioches un jour ?

Ne me dites pas qu'il a ce genre de pensées !

– Je ne sais pas…

Ses yeux s'écarquillent.

– C'est complètement dingue, ça ! T'es la meuf la plus bizarre que je connaisse ! Toutes les femmes veulent des gamins un jour ! Ne me dis pas en plus que tu ne veux pas te marier ou vivre avec quelqu'un…

Pour le faire chier, je serais tentée de lui répondre « Si, avec toi », mais au lieu de ça, je soupire et me penche pour enfiler un de ses pantalons de jogging.

– Austin, pourquoi est-ce qu'on parle de mariage et d'enfants, là ?

– Réponds-moi.

Il m'observe sérieusement les bras croisés et les yeux plissés.

– Je ne vois même pas pourquoi on aborde le sujet ! Je n'y ai jamais vraiment pensé et je ne me vois pas du tout en femme au foyer avec des enfants dans une jolie petite maison blanche avec un chat et une balançoire…

Je me détourne pour qu'il ne voie pas mon mensonge sur mon visage. Je suis sûre que je suis toute rouge. Mais il ne répond plus, alors je l'étudie en coin. Il fixe le mur en face de son lit, d'un air pensif. Je me demande ce qui lui traverse la tête. Je n'aime pas quand il est aussi sérieux, ça me fait toujours peur.

Je décide de me rasseoir sur lui et de lui prendre les mains pour décroiser ses bras.

– Pourquoi ? T'as envie de te marier, toi, un jour ?

Il esquisse une grimace de dégoût.

– T'es folle ou quoi ?

Un soupir de frustration m'échappe.

– Bah alors, pourquoi tu fais chier avec ça ?

Il sourit, même si je vois bien que quelque chose le tracasse.

– Je ne sais pas… Si tu es contre, rien que par esprit de contradiction, je pourrais peut-être…

Je recule, méfiante.

– Comment ça ? Déjà on parlait du mariage et des enfants en général, pas pour nous deux…

Austin secoue la tête en haussant les sourcils.

– En fait de nous deux, c'est toi qui as le plus peur d'une relation sérieuse !

Je ne réponds pas. Il faut que je lui parle. Je le sais. Il faut qu'on discute de Nate, de mon accident, de tout. Mais grand-mère est malade et je ne peux pas tout gérer en même temps.

– À quoi tu penses ?

Austin me fixe, inquisiteur.

– Il faut que tu me ramènes à la maison…

Brusquement, il m'attrape par les hanches pour me tirer vers lui.

– Non, câlin d'abord…

Et il se met à suçoter la peau dans mon cou.

– Je ne t'ai pas vue depuis cinq jours…

J'essaie de le repousser des deux mains.

– Austin, il faut vraiment que je rentre, maintenant.

Mais il ne m'écoute pas et ses mains ont déjà trouvé mes seins et m'arrachent des râles de plaisir.

– Oui, plus tard…

Je sais que si on va dans cette voie-là, on ne ressortira pas du lit avant des heures, et en plus Joshua et Taylor sont en bas.

– Non, maintenant. On se verra demain…

Il me pousse brusquement en arrière et je retombe sur le matelas, puis il vient se mettre au-dessus de moi. Ses yeux noirs brillent de leur éclat moqueur.

– Donne-moi cinq minutes. Je suis sûr qu'il ne me faut pas plus pour t'emmener au septième ciel. En plus, il faut que tu sois détendue si tu veux parler à ta grand-mère.

Et avant que je n'aie pu répondre, il a fait glisser le jogging avec ma culotte et sa bouche est descendue à mon entrejambe.

Quelques minutes plus tard, je suis éperdue et noyée dans les limbes du plaisir. Je mords la main qu'il me pose sur la bouche pour ne pas qu'on nous entende quand je suis au bord de l'implosion.

# 49
# Alexandra

Plus nous approchons de la maison, plus mon angoisse augmente. *C'est injuste. Pourquoi ça lui arrive à elle ?*

Je conduis sans trop de difficulté, même si mes idées sont embrouillées. Je n'ai pas eu le choix, il fallait que je ramène la voiture de Mamina. Austin me suit avec la sienne.

Quand je me gare dans l'allée, mon cœur me fait mal. J'ai vraiment l'impression d'être chez moi, ici. Bien plus qu'à Boston.

Austin m'ouvre la portière alors que je fixe la maison, les deux mains sur le volant. Il détache ma ceinture et me prend les clefs.

– Ça va aller, Lexie. Je reste avec toi.

Son regard attendri et sa façon de me parler doucement font redescendre un peu ma tension.

Je sors de la voiture et lui serre la main alors que nous nous dirigeons vers la maison.

Quand j'entre, Mamina est assise sur le sofa devant la télé. Elle a troqué son immonde jogging rouge contre un plus sobre blanc. Honnêtement, elle n'a pas l'air malade. Elle est belle et jeune.

– Lexie !

Ma grand-mère se lève précipitamment et éteint la télé avant de venir me prendre dans ses bras. Mais je recule instinctivement et ce geste a l'air de la blesser.

Je me sens coupable de ma réaction d'hier. C'est elle qui est malade et c'est moi qui me plains.

– Mamina, je suis désolée...

– Non, chérie, c'est moi qui le suis. J'aurais dû t'en parler plus tôt. Je savais que je devais le faire, mais comme ils ont dit qu'il me restait peut-être un an, je me suis dit que tu serais certainement repartie avant...

Elle baisse les yeux et je m'avance vers elle en lâchant Austin qui va s'asseoir dans un fauteuil, croisant les mains sous son menton.

– Partie ? Mais je ne vais plus nulle part. Tu as besoin de moi, le reste, ça peut attendre.

Je ne vais pas l'abandonner pour mes études alors que je risque de la perdre à tout moment.

Mamina écarquille de grands yeux.

– Ça ne va pas la tête ? Tu vas me faire le plaisir d'oublier cette idée ! Tu vas aller à l'école, passer ton diplôme et entrer à la fac comme c'était prévu ! Il est hors de question que tu bouscules ton avenir et tes projets pour moi ! Ce n'est même pas négociable.

– Mamina, tu as besoin de moi...

– Lexie, je vais très bien m'en sortir toute seule !

Je secoue la tête.

– Alexandra, je suis sérieuse ! Si tu es acceptée à New York, tu pars. Tu dégages d'ici. S'il faut que je te traîne dans l'avion par les cheveux pour ça, je le ferai !

Austin me regarde en hochant la tête, alors que je soupire en allant m'asseoir à côté de lui.

– Je suis sûre qu'elle en est capable...

Puis en regardant grand-mère, il pose la question que je n'ose pas formuler.

– Tu as un cancer ? C'est sérieux ?

Elle soupire et s'assoit en face de nous. Ma famille idéale, inventée dans ce salon, vole en éclats.

– Oui. C'est un cancer de l'œsophage. Un carcinome épidermoïde qui a déjà développé des métastases. On me l'a découvert lors d'une fibroscopie routinière que je pratiquais à la suite de brûlures d'estomac.

Je me penche vers Austin pour enfouir ma tête dans son cou et ne pas pleurer. Il passe son bras autour de moi et me caresse les cheveux tout en continuant à parler avec grand-mère.

– Et une opération n'est pas envisageable ?

Mamina secoue la tête et s'exprime calmement. Je ne comprends pas comment elle fait pour être aussi désinvolte.

– Non. Il n'y a pas de possibilité de chirurgie ou de radiothérapie. Je suis à un stade avancé. Le médecin m'a mis directement en soins palliatifs. Je suis la chimiothérapie pour essayer de gagner quelques semaines. Ils ont dit que je pouvais vivre jusqu'à un an encore !

Elle sourit. Mais moi je ne peux pas. Entendre ça me révolte. Je n'arrive plus à retenir mes larmes et je pleure dans le cou de mon copain qui m'embrasse dans les cheveux.

– Ils savent d'où ça vient ? demande-t-il.

Sa voix a l'air plus rauque que d'habitude. J'ai l'impression qu'il contient ses émotions lui aussi.

– Intoxication au tabac.

Je relève vivement la tête pour la regarder à travers mes larmes.

– Mais tu ne fumes pas !

– Non. Mais ton grand-père a fumé à côté de moi pendant trente-cinq ans. Et il en est mort…

Elle fronce les sourcils en regardant en direction des photos qui recouvrent maintenant les murs.

– Nous étions adolescents lorsque nous nous sommes rencontrés, et à l'époque, j'étais amoureuse de la seule idée d'aimer. Je suis tombée enceinte à quinze ans et sa mère l'a forcé à m'épouser. Il m'aimait peut-être, mais il ne l'a jamais vraiment montré. Avec le temps, je lui ai pardonné tout ce qu'il m'a fait et tout ce qu'il a fait à ta mère. Mais même mort aujourd'hui, il a décidé de me pourrir encore l'existence.

J'essuie mes larmes et mon nez de la main. C'est la première fois qu'elle me parle d'elle comme ça.

– Et Charlie, il est au courant ?

Elle soupire.

– Oui, depuis hier soir. Je ne pouvais pas risquer qu'il l'apprenne par quelqu'un d'autre et ne me parle plus jamais. Il a réagi un peu comme toi.

Je baisse les yeux.

Austin reprend la parole tout en me caressant le dos pour m'apaiser.

– C'est quoi, la suite ? Comment les symptômes vont-ils se manifester avec le temps ?

– Pour l'instant, la chimio semble faire effet. Mais si je ne réponds plus, ils me poseront une prothèse métallique qui me permettra de m'alimenter à peu près normalement. C'est ça le plus gros problème avec ce cancer : on ne peut plus manger de manière classique au bout d'un certain temps. Mais bon, je n'en suis pas encore là…

Elle me regarde et me sourit, mais je vois bien toute la tristesse qui se cache derrière son expression.

– Ça va aller, Lexie. La vie continue. Je ne veux pas que notre relation change à cause de ça.

– Comment tu peux dire ça ? J'ai besoin de toi !

Elle soupire.

– Chérie, tu es forte. Après tout ce que tu as subi avec ta mère et Na…

Elle s'arrête instantanément en regardant Austin puis son regard revient à moi. Mon cœur s'est mis à battre plus fort dans ma cage thoracique et je prie pour qu'Austin ne l'entende pas. Bon sang…

– Après ton accident et tout ça… Tu t'en es sortie et tu es plus brillante et plus belle que jamais. Tu n'as pas besoin de moi, ni de personne, d'ailleurs. Sans vouloir t'offenser, Austin…

Mamina se lève en secouant la tête.

– Assez parlé de tout ça. Je ne veux pas que cette merde vienne nous gâcher nos moments ensemble. Il n'y a rien à faire et je l'ai accepté. Maintenant, tout ce que je veux, c'est vivre en paix, et avec ma petite-fille, mes derniers jours ! Ça vous dit de manger des cookies ? Il en reste plein…

Austin lui sourit tristement.

– Volontiers.

Elle s'éloigne vers la cuisine et lui m'embrasse sur le front.

–Ça va aller, bébé… Je t'avais dit qu'elle était forte.

Mais j'entends sa voix trembler quand il dit ça.

# 50
# Austin

– Austin, arrête, tu m'énerves !

Pour la énième fois de la journée, Lexie me repousse alors que je tente de l'embrasser. Ça me gonfle. *Ça fait deux semaines qu'on n'a pas baisé, putain !*

D'abord, je voulais lui laisser du temps pour digérer cette histoire avec sa grand-mère, puis j'ai eu les entraînements de boxe qui m'ont accaparé. Le week-end dernier, on n'a même pas dormi ensemble, tellement j'étais crevé. Et depuis elle n'arrête pas de me sortir qu'il faut qu'elle bosse sur son exposé à la con avec Zara. Elle me manque alors qu'elle est là.

– Bébé, arrête de bosser cinq minutes ! Il faut que tu te reposes un peu…

Elle soupire et donne une claque sur la main que j'ai tendue pour la poser sur son sein.

Cette fille est parfaite. Chaque courbe, chaque forme, chaque angle de son corps sont parfaitement parfaits. Elle est la beauté incarnée.

– Tu fais chier, il faut que je bosse ! Si tu n'arrives pas à tenir en place, je ne viendrai plus ici après les cours !

Ses yeux sont brillants de colère, son nez légèrement retroussé et ses cheveux partent dans tous les sens. Elle m'excite encore plus quand elle est irritée. Je ne peux pas m'empêcher de la mater.

– Si, tu viendras… Tu ne peux pas rester loin de moi…

J'aime bien faire le mec arrogant avec elle parce que je sais que ça l'agace.

Elle soupire sans répondre et rouvre son livre. C'est captivant de l'observer. Elle est belle, assise sur la moquette au milieu de ma chambre avec tous ses livres et ses feuilles éparpillées autour d'elle.

Lexie porte un jean destroy et un grand t-shirt de baseball rayé à l'effigie des Yankees de New York. Il est large, mais elle est sexy dedans. On devine juste la forme parfaite de ses seins en dessous.

– Il était à qui, ce t-shirt ?

On voit bien que c'est un t-shirt de mec et pas de fille, qu'elle porte.

Elle ne relève pas les yeux de son livre pour répondre doucement.

– À moi. Je l'ai depuis longtemps.

Lexie a son crayon coincé entre les dents et tourne vivement les pages de son livre. Elle est trop studieuse.

– T'es sexy comme ça…

– Arrête…

– J'ai envie de te faire plein de choses cochonnes…

Je souris parce qu'elle rougit sans me regarder. Je suis sûr qu'elle adore ça quand je lui dis des trucs salaces. Sauf qu'elle ne l'avouera jamais.

– Bébé, je suis à deux doigts d'exploser, là…

Elle griffonne je ne sais quoi et soupire pour la millième fois aujourd'hui.

– Eh bien, branle-toi. Et laisse-moi bosser.

Elle a l'air hyper sérieux en disant ça. *Non, mais quelle garce !*

Je ne peux pas m'empêcher de rire et me laisse retomber en arrière sur mon lit, en me passant les mains sur le visage de frustration.

– T'es sérieuse, là ?

– Ouais.

Je me rassois pour la regarder.

– Tu fais chier.

– Toi aussi tu fais chier.

Elle referme violemment l'énorme livre devant elle et des feuilles volantes s'envolent à travers la chambre. Elle est obligée de se pencher en avant pour les récupérer et la vue de son cul rebondi dans son jean me donne de violents frissons. Je n'essaie même plus de cacher mon excitation. *Bordel !*

– Tu le fais exprès, hein ?

Elle range ses feuilles et entasse ses bouquins les uns sur les autres.

– Tu t'en vas déjà ?

– Oui, il est bientôt dix-neuf heures, j'ai rendez-vous avec le docteur Torres.

Je soupire d'énervement. Elle me regarde en secouant la tête, exaspérée, debout près de la porte avec tous ses livres dans les bras.

– J'y peux rien si à Boston c'est bientôt le printemps, hein ! crié-je.

Lexie fronce les sourcils en grimaçant alors que je me lève pour mettre ma veste avant de l'emmener à son rendez-vous.

– Qu'est-ce que tu racontes encore comme conneries ?

Avec Lexie, tout ce que je dis, c'est des conneries. Même quand je parle enfant et mariage sérieusement, elle pense que je blague.

– C'est pas des conneries. Je suis originaire de Boston, et à Boston, c'est bientôt le printemps, donc la saison des amours, donc j'ai envie de faire l'amour. Voilà, ce n'est pas compliqué !

Lexie lève les yeux au ciel et sort, énervée, en donnant un coup de pied dans ma commode. Je prends mes clefs et la suis en bas.

En quelques minutes, on est arrivés dans le centre de Palmera et je la laisse chez sa psy.

– À demain.

Elle se penche pour m'embrasser et je l'attrape par son t-shirt pour la coller à moi. Je fais courir ma langue sur sa lèvre et elle gémit. J'adore les sons qu'elle fait quand je la touche ou que je l'embrasse.

Elle cherche ma langue de la sienne. Elle a un goût sucré indescriptible.

– Austin…

– Bébé, s'il te plaît…

Je jure que c'est la première fois de ma vie que je dois supplier une fille pour pouvoir la sauter. D'habitude, c'est le contraire. Heureusement qu'Evan n'est pas là pour me voir parce qu'il se foutrait vraiment de ma gueule.

– Je passe mon oral vendredi. Le week-end prochain, on le fera autant que tu veux, d'accord ?

– C'est long, deux jours…

Mais elle ne m'écoute plus, elle a déjà ouvert la portière et sauté dehors.

En soupirant, je retourne à la maison. Dans la voiture, je cherche la station musique classique. Jamais avant Lexie je n'aurais apprécié ces merdes, mais je me surprends de plus en plus à écouter ça. C'est assez apaisant. Et là, dans l'immédiat, j'ai besoin d'apaiser le feu qui coule dans mes veines.

En tournant le bouton pour changer de station, j'aperçois son carnet rose dans mon champ de vision. Elle a dû le faire tomber. Je le ramasse et le pose sur le siège à côté. Je lui rendrai demain. Je sais qu'elle y tient par-dessus tout.

Mais pendant les dix minutes de trajet jusqu'à la maison, je ne peux pas m'empêcher de le zieuter. Qu'est-ce qu'il peut bien y avoir dedans ?

Elle a dit qu'elle y écrivait les citations de ses auteurs préférés. Mais je suis sûr qu'il y a bien plus. Elle ne veut jamais que j'y touche, et parfois, je la vois noircir des pages entières.

Arrivé à la maison, je le prends pour remonter dans ma chambre. Mais en passant la porte d'entrée, j'entends Joshua au téléphone dans le salon.

– Il n'est pas là, mais il appellera ce soir... Oui, il sait que c'est important... Il appellera pour dire bonne nuit... Mais oui, je sais... Très bien... À plus tard.

Au ton de Joshua, je sais que cet appel m'était destiné. En soupirant, je passe la tête par la porte du salon pour parler à mon frère.

– J'ai entendu ! Je rappellerai tout à l'heure.

Mon frère soupire en me regardant.

– Ouais, mais fais-le pas trop tard. Tu sais le décalage horaire qu'il y a entre Boston et ici...

– Ouais. Je gère, t'inquiète...

– Nan justement, tu ne gères rien du tout...

Je file dans les escaliers pour ne plus l'entendre. Sous prétexte qu'il a réglé la plupart de mes putains de problèmes, il se permet constamment de me faire la morale. Mais je suis adulte, maintenant, je n'ai plus quinze ans et je vais me tirer de tout ça moi-même.

Violemment, je claque la porte de ma chambre avant de m'effondrer en arrière sur mon lit, le carnet de Lexie posé sur le torse. Si je le lis, elle va me pourrir. J'attendrai que ce soit elle qui me le fasse lire. Un jour, peut-être... Mais j'aime bien l'avoir avec moi, ça me fait penser à elle.

Mon téléphone sonne dans ma poche et je le tire pour répondre à Zara.

– Qu'est-ce que tu veux, Crevette ?

– T'es avec Lexie ou tu peux parler ?

– Nan, je l'ai déposée chez sa psy.

– Ah oui, c'est vrai. J'y vais aussi après, je la croiserai sûrement là-bas.

– Je ne savais pas que t'avais un grain, toi aussi !

Mais comme Zara ne rit pas, je m'arrête et rattrape ma connerie.

– Nan, je blague, Zara…

– Ouais, on s'en fout. Je n'ai pas trouvé de guirlande électrique, mais Savannah a proposé des lampions en papier, ça peut le faire, ça ?

– Bah ouais, ça marche aussi. Tu t'en charges ?

– Ouais, c'est bon. Et je fais tout ça pour elle, hein ! Pas pour toi !

Elle raccroche avant que j'aie pu répondre. Elle m'aide à organiser une surprise pour l'anniversaire de Lexie la semaine prochaine, mais putain, ce qu'elle est insupportable ! Il faut toujours tout faire comme elle veut.

Je balance mon portable et le carnet sur le bureau. Mais une feuille s'en échappe et virevolte dans l'air pour se poser sur la moquette en douceur. Je me lève en soufflant pour la ramasser. C'est une photo, pas une feuille.

Ma tête se vide de son sang quand je reconnais Lexie souriante, les yeux fermés et la tête enfouie dans le cou d'un mec qui a une position bizarre. On devine qu'ils sont allongés et que c'est lui qui a pris le selfie. Il a les yeux bleus et des cheveux blonds qui lui tombent sur le front. Elle s'agrippe à son col de chemise en riant. *C'est quoi, ce putain de merdier ?* Il sourit aussi et ils ont l'air heureux. Amoureux, même.

Je ne peux pas bouger. Je ne peux pas retirer mes yeux de cette image immonde. On dirait que les battements à mes tempes ont redoublé d'intensité et que mes oreilles bourdonnent. C'est assourdissant.

La porte de ma chambre s'ouvre à ce moment-là. C'est Joshua. Il ne frappe jamais, comme moi.

– Austin, on va faire des courses avec Taylor. T'as besoin d'un truc ?

*Ouais, une arme. Pour que j'explose la tête de ce bâtard !*

Comme je ne réponds pas, il hausse les épaules.

– Ok, tant pis pour toi. On revient.

Il sort et je l'entends s'éloigner avec Taylor.

Des deux mains, parce que je tremble, je retourne la photo. Il y a une inscription :

*« À mon amour pour toujours »*

Mon cœur manque un battement. *Qu'est-ce que c'est que ça ?*

Je n'arrive plus à respirer. C'est impossible. Elle m'aime. Moi et personne d'autre.

Je me précipite vers le carnet en laissant tomber la photo et l'attrape pour l'ouvrir en m'asseyant fébrilement sur mon lit. Il y a plein de poèmes, de phrases, de citations écrites dans tous les sens et des dessins. Les pages sont noires de mots et d'annotations. J'en lis quelques-unes au hasard au fil des pages :

*« Au bout de combien de temps oublie-t-on l'odeur de celui qui vous a aimé ? Et quand cesse-t-on d'aimer à son tour ? Qu'on me tende un sablier…*[9] *»*

*« Je suis tombé amoureux comme on attrape une maladie. Sans le vouloir, sans y croire, contre mon gré et sans pouvoir m'en défendre.*[10] *»*

*« Je pense à toi tout le temps. Je pense à toi le matin, en marchant dans le froid. Je fais exprès de marcher lentement pour pouvoir penser à toi plus longtemps. Je pense à toi le soir, quand tu me manques au milieu des fêtes, où je me saoule pour penser à autre chose qu'à toi, avec l'effet contraire. Je pense à toi quand je te vois et aussi quand je ne te vois pas. J'aimerais tant faire autre chose que penser à toi, mais je n'y arrive pas. Si tu connais un truc pour t'oublier, fais-le-moi savoir. Jamais personne ne m'a manqué comme ça. Sans toi, ma vie est une salle d'attente. Qu'y a-t-il de plus affreux qu'une salle d'attente d'hôpital, avec son éclairage au néon et le linoléum par terre ? Est-ce humain de me faire ça ? En plus, dans ma salle d'attente, je suis seule, il n'y a pas d'autres blessés*

9. Citation d'Anna Gavalda (*Je l'aimais*).
10. Citation d'Anna Gavalda (*Je l'aimais*).

*graves avec du sang qui coule pour me rassurer, ni de magazines sur une table basse pour me distraire, ni de distributeurs de tickets numérotés pour espérer que mon attente prendra fin.*
*J'ai très malau ventre et personne ne me soigne.*
*Être amoureux, c'est cela : un mal de ventre dont le seul remède, c'est toi. J'ignorais que ton prénom prendrait tant de place dans ma vie.*[11] »

Ce dernier paragraphe me serre le cœur. On n'écrit pas ce genre de chose si on n'est pas amoureux. Et je suis presque sûr que ça ne m'est pas destiné.

Des larmes de rage menacent de m'échapper. Je les ravale et tourne les pages encore. Il y a plusieurs poèmes sur la famille. Je pense qu'elle a beaucoup écrit sur sa mère. Mais là, tout de suite, ça ne m'intéresse pas.

Je finis par trouver une page datée d'à peine quelques jours avant notre rencontre. Elle a écrit une lettre. Et cette fois ce n'est pas un truc qu'elle a recopié. C'est d'elle.

« *Cher Nate,*
*Je t'écris cette lettre l'âme en peine, comme d'habitude. Je ne sais pas si ces mots te parviendront, mais je dois les sortir, aujourd'hui plus que jamais. Mon père m'envoie à Mary Island, tu sais, l'île de ma mère. Il m'éjecte de Boston et de tous ces endroits que nous avons fréquentés ensemble. De chaque coin de rue, cinéma ou café où nous avions nos habitudes.*
*Tu me manques. Tu hantes mes nuits, tu as laissé un gouffre en moi. Rien n'a plus de goût, rien n'est plus pareil. On me demande toujours si ça va et je réponds que oui alors que j'ai dans la bouche un goût de mort, un goût de sang, un mauvais goût d'inertie.*
*Tu ne me regardes plus et j'ai peur. J'ai peur de tout ça, d'être sans toi.*
*Je me souviens chaque moment que nous avons vécu et partagé. Je me souviens ces noëls où tu montais dans ma chambre par l'escalier de secours pour m'offrir mon cadeau et me faire goûter à la bûche de ta mère. Je me souviens de cette fois où on s'était fait courser par le chien de monsieur Sherman parce qu'on avait volé des poires*

11. Citation de Frédéric Beigbeder (*L'amour dure trois ans*).

*dans son jardin. Je ris rien qu'en y repensant. Et de ce match de baseball incroyable où tu m'avais emmenée pour notre premier véritable rencard. Je me souviens même du goût du hot-dog sans oignon que tu m'avais acheté. Je me souviens de ton sourire quand ton équipe a gagné. C'est ce qui me manque le plus. Ton sourire. Les souvenirs sont tellement vivaces qu'ils me font mal. Mais je crois que c'est ma punition. Pour me rappeler ce que j'ai fait. Ce que je t'ai fait. Pour me rappeler que c'est ma faute.*

*Personne ne pourra jamais te remplacer et je me demande encore pourquoi je ne t'ai pas déjà rejoint. Tu étais toute ma vie. Tu l'es toujours. Je ne pourrai jamais t'oublier et je n'ai qu'une envie : te retrouver.*

*Lexie »*

Plus je lis, plus mon âme se déchire. Je relis encore et encore les derniers mots. Ils me tuent. Ils m'ouvrent le cœur.

Qui est ce Nate ? Pourquoi elle lui écrit ? Pourquoi elle veut le retrouver ? *Bordel, mais c'est quoi ces conneries ?*

Avec rage, j'attrape plusieurs pages et je les arrache fou de colère avant de les chiffonner et de les jeter avec le carnet par terre. Et je vois la photo. Elle aussi, je la déchire.

Je me lève pour faire les cent pas alors que mon cœur vient d'être brisé. Comment elle peut me faire ça ? Je n'ai jamais aimé de ma vie. Jamais je n'ai été amoureux avant elle. Et elle, elle en aime un autre ?

Je n'arrive plus à empêcher les larmes de couler, maintenant.

– Putaaaiiiinnnnn !

J'envoie la lampe de chevet de ma table de nuit se briser contre le mur. Rien, il n'y a rien qui pourrait apaiser cette douleur qui me compresse de l'intérieur. Même pas taper dans un sac.

Avec hargne, je donne un violent coup de pied dans le carnet, qui vole à travers la chambre. Lexie m'a menti tout ce temps. Chaque fois que je lui ai dit que je l'aimais et qu'elle me regardait dans les yeux pour me répondre, elle me mentait…

Elle était vierge, ça s'est sûr. Mais rien ne dit qu'elle n'avait pas envisagé de le faire avec quelqu'un d'autre. À cette pensée, le désespoir trop grand qui m'envahit me fait perdre tout contrôle. Je donne des coups de poing plus féroces les uns que les autres dans la bibliothèque de ma chambre.

J'explose. Le bois se fend sous mes coups. Je tape et des dizaines de livres tombent par rafale. Ma furie est telle que je ne sens pas la douleur qui s'empare de mes phalanges en sang. Je ne sens que la douleur dans ma poitrine. Mon cœur qui me fait mal.

Je me laisse tomber sur mon lit en chialant comme je n'avais pas chialé depuis longtemps. Depuis des années, en fait. Comme un gosse. Comme quelqu'un à qui on vient de briser le cœur. *Lexie...* Allongé là, à m'étouffer dans la merde qu'est ma vie amoureuse, je n'ai même plus conscience du temps qui passe.

Il fait jour, puis il fait nuit.

Joshua entre dans ma chambre.

– Tu viens manger ?

Mais il doit voir mes dégâts, et à son cri, même si je ne le regarde pas, je devine qu'il panique.

– Putain, il s'est passé quoi, ici ? Austin ?

À travers mon malheur, j'arrive à grogner dans l'oreiller.

– Dégage...

– Qu'est-ce qui se passe, mec ?

– Dégage ! Casse-toi ! Barrez-vous tous !

– Tu veux que j'appelle Lexie ?

Je tourne vivement la tête vers lui et grimace sous le choc. Ma nuque est endolorie.

– Non ! Mêle-toi de ton cul ! Si tu l'appelles, je te défonce !

Il secoue la tête en me regardant avec pitié.

– Ok... je te laisse. Mais le repas est prêt, si tu veux venir manger.

Il ressort en fermant la porte.

Je repose ma tête sur l'oreiller où j'ai pleuré comme un malade. *Laissez-moi crever en paix !*

Je ferme les yeux. Mais je rêve d'elle. *C'est tellement douloureux, putain !*

✦✦✦

– Austin...

Taylor me secoue et j'ouvre mes yeux rougis et brûlants d'avoir tant pleuré.

– Tu ne vas pas en cours ? Il est huit heures...

Elle regarde autour d'elle, inquiète, puis revient poser le même regard sur moi.

– Non… Dis à Lexie que je suis malade si elle appelle.

Même prononcer son prénom me fait mal. J'ai la gorge enrouée et la voix cassée.

Taylor ressort en laissant un plateau avec du lait et des gaufres sur mon bureau. Elle fait les meilleures gaufres que j'aie goûtées. Mais là, je veux juste les envoyer rejoindre la lampe par terre.

Les heures passent et je fixe le plafond avec des yeux de dément. Il fait jour, puis il fait nuit de nouveau. Mon téléphone a vibré au moins vingt fois. Lexie. Zara. Seth. Lexie. Lexie. Lexie. Hailey. S. S. S. Lexie. Lexie. S. S. Zara. Evan. Lexie. Lexie. Lexie…

Je finis par l'éteindre. Je ne me souviens même plus de quand j'ai pris une douche pour la dernière fois. Ni quand j'ai été heureux. Le malheur ronge tout, comme de l'acide. La trahison a un goût amer. Un goût de sang dans ma bouche. Je suis tombé amoureux. Puis je suis tombé tout court.

# 51
# Alexandra

Il paraît que, quand on est amoureux, quatre-vingt-dix pourcent du cerveau ne fonctionne pas normalement. Toutes nos pensées sont perverties par les sentiments que l'on porte à l'autre. Eh bien, je suis exactement dans cet état. Toutes mes pensées sont perverties par l'amour démesuré que je porte à Austin. Il ne me répond pas depuis deux jours. Il n'est pas venu en cours et je n'ai pas eu plus de nouvelles par Seth ou Zara.

Hier soir, j'étais tentée d'aller chez lui, mais je devais absolument bosser l'exposé que j'ai présenté ce matin avec Zara. Je pensais qu'il viendrait pour m'encourager ou au moins qu'il m'enverrait un message, mais non. Rien.

J'ai un mauvais pressentiment. Et jusqu'à maintenant, je ne me suis pas trompée quand j'ai eu de telles pensées.

– Pourquoi tu fais la gueule ? On a tout déchiré aujourd'hui, tu devrais sourire.

Zara passe la porte de ma chambre avec un sourire immense en me regardant. Je suis assise en tailleur sur mon lit, mon carnet noir et vert entre les mains. Je ne l'ai même pas entendue arriver. Mamina a dû lui ouvrir.

– Je ne fais pas la gueule, je suis inquiète, c'est tout. Austin ne répond pas à mes appels depuis deux jours.

– T'inquiète pas, il part souvent à Boston sans le dire à personne…

Je déglutis. *Il n'aurait pas fait ça, quand même ?*

Si Zara voulait me rassurer, elle s'y est mal prise.

Mon amie s'assoit en face de moi et sourit.

– Il va t'appeler, j'en suis sûre.

J'aimerais être aussi optimiste. Mais ce n'est pas le cas.

– On sort ?

– Non, je vais essayer de rappeler Austin…

– Lexie ! Il faut que tu arrêtes, maintenant. Tu fais une fixette sur lui et tu ne penses même plus à t'amuser. Viens, on se fait juste un billard…

Son téléphone vibre dans sa poche et elle le sort.

– C'est Evan. Les autres ont eu la même idée, apparemment, ils veulent aller faire un billard.

Je referme mon carnet en soupirant et me lève pour ranger un peu mon bureau qui est sens dessus dessous.

– Pourquoi tu écris dans celui-là ? me demande Zara en avisant mon carnet vert et noir.

– Parce que j'écris sur Austin, dans celui-là. Et puis l'autre, je ne le trouve pas… J'espère que je ne l'ai pas oublié chez le docteur Torres…

Zara s'allonge sur le ventre en tenant le carnet devant elle pour l'ouvrir.

– Je peux ?

– Non.

Elle hausse les épaules et l'ouvre quand même. C'est Zara tout craché de poser une question, mais de se foutre de la réponse. De toute façon, elle connaît déjà mes secrets. À elle, je n'ai plus rien à cacher.

Elle lit plusieurs pages, plusieurs passages, plusieurs citations que j'ai recopiées avant de se tourner vers moi. Je suis curieuse de savoir ce qu'elle pense.

– Bon Dieu, Lexie ! Tu l'aimes à ce point ?

Je ne soutiens pas son regard bleu.

– Qu'est-ce que tu croyais ?

– Je savais que tu l'aimais, mais là, ça relève de la maladie !

Elle rit puis referme le carnet quand elle reçoit un nouveau message. Je range, toujours sans lui prêter attention.

– Ben tiens, tu vas pouvoir lui dire. Austin sera aussi au billard, ce soir.

Je me tourne vivement vers ma meilleure amie.

*Hein ?*

– Pourquoi il ne me répond pas, alors ?

– Bah, tu lui demanderas toi-même, fait-elle en souriant. On y va, alors ?

Je soupire d'énervement.

– Bah oui, on y va.

Une douche, un jean et un pull plus tard, je saute dans la voiture de Zara.

Je suis nerveuse. Est-ce qu'il est en colère parce que je ne lui ai pas accordé assez de temps ces derniers jours ? Si c'est le cas, il exagère. Quand il s'agit d'entraînement et de tournois de boxe, je suis compréhensive. Et je m'inquiète pour lui, en plus.

Zara met sa musique à fond et chante. L'entendre hurler comme une casserole me change les idées et me fait presque rire.

Quand on arrive sur le parking du bar, je me sens un peu plus détendue.

Mais la vue de la voiture d'Austin me rend de nouveau nerveuse.

*Bon, du calme. Pas de panique. Il y a sûrement une explication.*

Il a déjà fait ça plusieurs fois auparavant.

*Oui, mais auparavant, nous n'étions pas ensemble...*

Avec Zara, nous entrons dans le bar où j'ai joué au blackball une fois contre Austin. On repère les autres directement, autour d'une table, en train de jouer.

Je me fige sur place en voyant Austin entourer du bras le cou de Hailey qui lui raconte quelque chose dans l'oreille. *C'est bon, Lexie, tu peux paniquer...*

Il n'a pas l'air malade ou quoi que ce soit d'autre. Il a juste l'air d'un séducteur en train de faire du rentre-dedans à une fille qui joue aussi son jeu.

Savannah regarde avec haine dans leur direction, et en me voyant le premier, Evan jette des regards paniqués entre nous.

Je serre les poings de rage et contracte ma mâchoire. La jalousie me court dans les veines instantanément et se mue en une rage indescriptible.

Les autres se sont arrêtés de jouer et font le va-et-vient des yeux entre Austin et moi.

Il me repère et retire son bras du cou de Hailey pour venir vers moi. Il n'a aucune expression sur le visage. Il ne sourit pas, mais il n'a pas l'air énervé non plus. Je remarque juste ses cernes immenses sous ses yeux. Il n'a pas beaucoup dormi.

Ma voix tremble de rage quand je m'exprime.

– Tu fais quoi, là ?

– Viens !

Il m'attrape par le bras fermement et m'emmène avec lui, au fond du bar. Derrière un corridor, il nous dirige vers les toilettes. Il m'y pousse et referme à clef avant de m'appuyer contre la porte et de se coller à moi, les mains de chaque côté pour m'empêcher de passer.

– Je t'ai manqué ?

À son ton, je me demande si c'est vraiment une question. Mais je me calme un peu. Il a lâché Hailey pour venir directement vers moi, déjà. Il pose son front contre le mien et, instantanément, je me sens mieux, quoique un peu jalouse encore.

– Pourquoi tu ne répondais pas ? Et tu foutais quoi avec Hailey, là ?

Sa main calleuse se pose sur ma gorge et me maintient fermement.

– Est-ce que-je t'ai-manqué ?

Il a bien insisté sur chaque syllabe tout en étant anormalement calme. J'en bégaye de surprise et d'incompréhension.

– Quoi ? Oui, bien sûr que tu m'as manqué, mais…

Austin sourit, moqueur, et écrase ses lèvres sur les miennes.

J'ai plein de questions et ce n'est pas sain de régler ses problèmes comme ça, mais je sais qu'il était énervé qu'on ne passe pas assez de temps ensemble depuis quelques jours et qu'il est frustré, alors des câlins, même si c'est dans les toilettes d'un bar, tant pis, on prend.

J'enroule mes bras autour de lui alors qu'il appuie un peu plus sa main sur ma gorge en m'embrassant. Son baiser n'a rien de doux et de tendre. Il est brutal et rude. Il me fait limite mal en me mordant la lèvre inférieure.

– Austin…

Il me relève le t-shirt et repousse mon balconnet pour faire sortir mes seins qu'il masse durement.

J'essaie de lui caresser le dos, mais il ne me laisse pas faire et m'embrasse encore rudement.

– C'est bon, hein ?

Je fais oui de la tête alors que mes sens sont enfiévrés par ses mains sur moi et que la tension dans mon ventre se concentre.

Il défait le bouton de mon pantalon et fait glisser la fermeture.

– Tu veux que je te touche ? murmure-t-il à mon oreille en me faisant frissonner.

Je fais oui de la tête et il m'attrape vivement le menton pour me forcer à le regarder dans ses yeux sombres.

– Dis-le !

– Austin… Tu es bizarre…

– Dis-le, Alexandra ! Si tu veux que je te touche, dis-le.

Je déglutis difficilement.

– Touche-moi.

Il fait un sourire mauvais et m'embrasse en glissant sa main dans mon pantalon. Austin est vraiment bizarre. Il me touche et m'embrasse, certes, mais je le sens distant. Pas complètement là.

Ses doigts qui se glissent en moi me font perdre le fil de mes pensées. Il fait des va-et-vient aussi bien que possible avec la main coincée dans mon jean étroit et moi j'écarte un peu plus les jambes alors qu'il m'embrasse. Je ferme les yeux pour apprécier la sensation.

– C'est bon ?

Je gémis contre sa bouche.

– Oui…

Je suis déjà une boule de feu. Il colle sa bouche à la mienne pour parler.

– C'est aussi bon que quand lui le fait ?

*Quoi ?*

Je n'arrive pas à réfléchir correctement, ses doigts me font perdre le contrôle.

– C'est aussi bon que quand Nate le fait ?

Au travers des brumes de mon cerveau, ce nom se fraye un chemin.

J'ouvre brusquement les yeux alors qu'Austin a arrêté de bouger sa main et respire contre ma bouche.

– Qu'est-ce que t'as dit ?

Il reprend le mouvement de ses doigts, mais je l'arrête en maintenant son poignet et il m'écrase contre la porte de tout son poids.

– Tu préfères quand c'est Nate qui te touche ou quand c'est moi ?

Je prends une grande inspiration alors que la panique commence à s'infiltrer en moi.

– Austin, ce n'est pas… Qui t'a parlé de ça ? Zara ?

Il retire sa main et se recule. Il ricane doucement et je me sens mal à l'aise, à moitié nue devant lui alors qu'il me parle de Nate.

– Non. Et toi, tu comptais me dire que ton petit copain t'attend à Boston et que tu ne rêves que d'aller le rejoindre ?

J'ai beaucoup de mal à assimiler ce qu'il me dit.

– Qui t'a parlé de Nate ?

Il me regarde en se mordant la lèvre de rage. Son expression a changé et il a l'air vraiment très en colère. Je suis totalement perdue.

Je ne pensais pas qu'il prendrait ma relation avec Nate dans le bon sens, mais tout de même, il n'est plus là…

– Je te dis que je sais tout et toi tu cherches seulement qui me l'a dit au lieu de t'excuser de m'avoir menti ?

Sa voix est sourde et grave.

– Je… Ok, j'aurais dû t'en parler avant, mais c'est dur pour moi d'en parler…

– C'est dur pour toi ? Non, mais laisse-moi rire ! Et pour moi, tu crois que c'est facile ?

Je boutonne mon jean précipitamment.

Les veines sur le front d'Austin sont de plus en plus saillantes et je sens que la crise a commencé.

*Bon sang, ce n'est pas comme ça que je voulais avoir cette conversation !*

– Austin, je ne comprends rien ! Qu'est-ce qu'on t'a dit ?

Il m'assassine du regard. S'il pouvait tuer, je me demande si je serais encore vivante.

– Tu veux dire… qu'est-ce que tu as raconté dans ton petit journal de merde ?

*Mon journal ?*

J'étouffe un cri de panique en posant ma main sur ma bouche, les yeux grands écarquillés. *Mon carnet rose…* Tout ce que j'ai écrit sur Nate. Toutes mes pensées les plus intimes. Toute notre histoire. Tout mon chagrin. Tout ce que j'ai écrit sur ma mère, aussi…

– Tu as lu mon journal ?

Il a la bouche déformée par un rictus mauvais et des yeux de prédateur prêt à tuer. Il hurle, maintenant.

– Tu t'es foutue de ma gueule depuis le début, putain ! Tu m'as fait croire que tu avais des sentiments pour moi !

Il envoie un violent coup de poing dans la porte à deux millimètres de ma tête et je sursaute de peur et ferme les yeux. La porte tremble et je suis sûre que tout le bar peut nous entendre.

*Il a lu mon journal...* Sans mon accord. Il a violé mon intimité. Toutes ces choses que j'ai écrites à Nate...

Mes larmes jaillissent déjà, mais Austin fulmine de colère et me regarde avec dégoût.

– C'était censé être moi, le connard, dans toute cette histoire, hein ? Et maintenant, j'apprends que tu es une sale petite...

Je le repousse violemment des deux mains pour le faire taire.

Je ne supporterai pas d'autres insultes alors que c'est lui qui a brisé mon intimité de la pire des façons qui soit.

– Où il est ? Rends-moi mon carnet ! Tu n'avais pas le droit de le lire !

Je crie alors que mes larmes me brouillent la vue.

*Putain, il n'avait pas le droit !*

Il hurle plus fort :

– T'es qu'une garce ! Je suis bêtement tombé amoureux de toi et toi... toi, tu...

J'ouvre brutalement la porte pour sortir et courir dans le bar. Tous les clients me dévisagent en silence. Ils nous ont entendus crier. Zara et les autres sont figés à me regarder.

Comme une folle, j'attrape mon amie par le bras pour la tirer dehors sans faire attention aux autres qui assistent à la scène.

– Il faut... Il faut que tu m'emmènes chez Austin...

Ma voix tremble et j'ai du mal à m'exprimer. Zara secoue la tête d'incompréhension.

– Quoi ? Mais Austin est là, pourquoi tu...

Je coupe court à ses questions.

– Il faut que je récupère un truc.

– Tu veux ton carnet à la con ?

Austin est arrivé derrière nous et parle d'une voix rauque alors que tous les autres le dévisagent d'un air grave. Il n'y a que Hailey qui affiche un petit sourire suffisant. Je me retourne vers lui et il balance ses clefs de voiture en l'air comme l'horloge d'une pendule.

– Il est dans la voiture.

Son air dément me fait autant de mal que tout le reste.

Il sort brusquement et je lâche Zara pour le suivre. Sur le coup, je ne remarque même pas que les autres ont posé leurs cannes de billard pour nous suivre dehors.

Austin ouvre sa voiture, s'y engouffre et ressort avec mon carnet à la main.

– Tiens ! Voilà ta merde !

Il le balance en l'air et je tends les mains instinctivement pour l'attraper. Mais il s'ouvre en vol et des centaines de morceaux de feuilles s'envolent et tourbillonnent dans l'air avant de s'éparpiller sur le sol.

Le carnet retombe par terre dans un bruit sourd et les fragments de feuilles viennent le rejoindre.

Mon cœur se brise. Je tombe à genoux devant les cinq dernières années de ma vie qu'il vient de réduire en morceaux.

Mes larmes sont plus abondantes que jamais et leur goût salé sur mes lèvres me donne envie de vomir.

Austin reste là à me fixer avec dégoût, alors que moi, je tends la main pour ramasser le calepin. Plusieurs pages ont été arrachées et déchirées violemment. Il est en lambeaux.

Je ne peux m'empêcher de sangloter bruyamment. Il y avait toute ma vie, là-dedans. Tout ce que je ressentais. Tous ces poèmes et toutes ces choses que j'ai écrites depuis la mort de mon meilleur ami, surtout…

Je tends les mains pour ramasser les bouts de papier éparpillés et j'aperçois un morceau de photo.

*Oh mon Dieu, non…* Il a déchiré la seule photo qui me restait de Nate.

La voix d'Austin me donne des frissons quand il parle pour se moquer de moi.

– Ce n'est pas grave, Alexandra, vous en ferez plein quand tu rentreras à Boston…

*Quoi ?*

Il me regarde avec toute la haine dont il est capable, et là, je me rends compte. C'est lui qui n'a rien compris, en fait.

Je hurle à travers mes larmes, parce que maintenant j'ai le cœur ouvert et à vif.

– Il est mort, putain ! Mort ! Et c'est moi qui l'ai tué ! Et toi, tu viens de briser le peu de souvenirs qu'il me restait…

Je sanglote et le visage d'Austin passe de l'incompréhension à l'étonnement. Zara intervient alors :

– Nate est mort dans cet accident de voiture il y a plus d'un an, Austin. Il n'y a plus aucune photo qu'elle pourra faire avec lui, lui dit-elle en secouant la tête.

Je ne le considère plus. Je n'y arrive pas. Il a brisé ce que j'avais de plus cher. Mes souvenirs.

Je l'entends lui répondre, alors que fébrilement, en pleurant toutes les larmes de mon corps, je regroupe chaque petit morceau de ma vie.

– Quoi ? Mais non, c'est…

Zara secoue la tête et se penche pour m'aider. Quand on a tout regroupé, je me relève et Zara me tire vers sa voiture. *Ouais, cassons-nous d'ici !*

– Lexie…

Je me retourne vivement vers Austin. Comment ose-t-il encore me parler ?

– C'est Alexandra, pour toi ! Je ne te connais pas… Et Nate… tu ne lui arriveras jamais à la cheville !

Il recule, mais il soutient mon regard.

Je file et m'engouffre dans la voiture de Zara, qui a la décence de ne pas parler pendant le trajet jusqu'à la maison.

Cette nuit-là, je la passe à essayer de recoller les morceaux de ma vie à grand renfort d'adhésif et de colle. Mais elle semble bien brisée et irréparable.

# 52
# Austin

– *« Il est mort… C'est moi qui l'ai tué… Tu ne lui arriveras jamais à la cheville. »*

J'ouvre les yeux sur le plafond blanc à moulures de ma chambre. J'ai passé le week-end à dormir et à me morfondre. Mais on est lundi et il faut que j'aille en cours.

Il faut que je parle à Lexie. J'ai décidé ça hier soir après avoir retourné toute cette histoire dans ma tête encore et encore. Elle ne voudra sûrement pas, mais je ne lui laisserai pas le choix. Je n'aurais pas dû déchirer son carnet, mais c'est elle qui a menti, bon sang ! Elle me doit des explications.

Je me lève et me douche avant de m'habiller. Quand je descends, Taylor m'accueille tout sourire.

– Ça fait plaisir de te voir enfin douché et habillé ! Tu as faim ?

Je grogne en me servant une tasse de café.

– T'as décidé de t'installer ici ou quoi ?

Elle ne relève pas et me tend une gaufre.

– Nan, j'en veux pas.

Elle soupire.

– Ça ne sert à rien de faire la grève de la faim. Les chagrins d'amour, ça vient et ça repart vite…

Je bois mon café d'une traite et sors en claquant la porte. *Occupez-vous de votre cul, bordel !*

Je file directement vers St Jones. Une fois arrivé, et parce que je suis en avance, je vais m'asseoir sur les marches de la bibliothèque. Elle vient là tous les lundis matin. Mais au bout d'une heure, rien. Elle n'est pas là alors que les cours ne vont pas tarder à commencer.

Quand je vois Zara venir vers moi, je comprends. Elle n'est pas venue en cours aujourd'hui.

Elle va si mal ? Toutes les autres fois où on s'est disputés, elle ne me parlait plus, mais elle est venue quand même.

Zara s'approche de moi.

– Qu'est-ce que tu fais ?

Je remonte une jambe sous mon menton alors qu'elle s'assoit à côté de moi.

– J'attendais Lexie.

– Elle n'a pas pris le bus. Je crois pas qu'elle viendra. Et ma question, justement, ce n'était pas qu'est-ce que tu fais là, c'était qu'est-ce que tu fais avec Lexie ? C'est quoi ton problème, espèce d'attardé mental ?

Je lui lance un regard mauvais.

– Elle m'a menti !

Zara plisse ses yeux bleus avec dédain.

– Allons bon ! Et tu ne la connais pas mieux que ça, depuis tout ce temps ? Comme si d'habitude elle se confiait sur tous ses problèmes facilement ! Elle ne parle jamais d'elle ! Elle ne t'a rien dit parce que ça lui fait peur rien que d'en parler…

– Elle te l'a bien dit, à toi !

– Parce que je venais de faire une fausse couche et que j'étais sur un putain de lit d'hôpital ! crie-t-elle.

– Quoi ? demandé-je en feignant la surprise.

Lexie n'est pas censée m'avoir parlé de sa grossesse.

– C'était donc ça…

– Ne change pas de sujet, Austin. Je ne compte pas t'en dire plus, cette histoire ne te regarde pas. C'est de Lexie et toi dont on parle, là.

Je soupire.

– Elle… elle a vécu des trucs avec lui…

Zara rit, mauvaise.

– Non, mais quel hypocrite ! Vous les mecs, franchement… Vous baisez tout ce qui porte une jupe en vous en foutant de tout, et quand vous tombez amoureux, il faudrait que la fille ait eu un passé irréprochable ! Désolée de te l'apprendre, Austin, on est au vingt et unième siècle, elle a eu une vie avant toi. Que tu le veuilles ou non. Et tu n'es pas le centre du monde.

Si ce n'était pas Zara, je me serais déjà barré face à son ton méprisant.

– Je ne savais même pas qu'il était mort dans cet accident de voiture...

– Comment t'aurais pu le savoir si tu ne lui as même pas posé la question ? Tu as juste pété une durite sans rien savoir !

– Zara, putain, elle m'a menti !

Je ne peux pas m'empêcher de crier.

– Arrête, Austin ! Tu vas me faire croire que t'es blanc comme neige, toi, avec toutes tes allées et venues à Boston ?

Je blêmis. Zara a pigé mon truc, je le savais.

– Ça n'a rien...

– T'es gonflé, quand même ! On te connaît suffisamment, avec les autres, tu ne nous en parles pas, mais depuis trois ans, tous ces allers et retours incessants... On n'est pas dupes. Je ne sais pas ce que tu as à cacher, mais ne me fais pas croire que tu es complètement honnête. On sait que tu détestes ta mère, alors ce n'est sûrement pas pour elle que tu vas là-bas...

– Ferme-la, Zara. Tu ne sais pas de quoi tu parles...

– Ouais, exactement. Comme Lexie. Vous avez tous les deux vos fantômes dans le placard, mais au lieu de les affronter ensemble, vous passez votre temps à les cacher à l'autre.

Je ne réponds pas. Au fond, je sais qu'elle a raison. Mais ce n'est pas aussi simple. Si ça l'était, on n'en serait pas là.

Zara ne parle plus et la sonnerie retentit pour le début des cours. Je soupire d'agacement.

– Tu ne sais pas tout ce qu'elle a écrit sur lui...

– Non. Mais je sais ce qu'elle a écrit sur toi...

Comment ça, sur moi ?

– Parle-lui.

Elle se lève pour se diriger vers les cours et je la suis la tête basse.

La journée me semble interminable. Je n'arrive pas à suivre, et les regards assassins que me lance Savannah me gonflent vraiment. Les paroles de Zara me trottent dans la tête et me perturbent.

Il faut qu'on s'explique, que je lui parle. Que je lui dise. Qu'elle sache que ça m'a blessé, mais que je l'aime.

Quand la fin des cours arrive, je file directement chez sa grand-mère. L'entraînement de boxe attendra. J'ai d'autres priorités pour l'instant.

# 53
# Austin

Lorsque j'arrive, la voiture de sa grand-mère n'est pas dans l'allée. Tant mieux, on s'expliquera plus tranquillement.

J'hésite à faire le tour pour aller directement dans sa chambre. Mais j'ai peur qu'elle pète les plombs en me voyant là. Il vaut mieux qu'on discute en terrain neutre dans le salon ou la cuisine.

Je sonne, mais je suis étonné quand c'est sa grand-mère qui vient ouvrir.

– Oh… bonjour. Lexie est là, s'il vous plaît ?

Abigail porte un tablier et a les mains pleines de farine. Elle me regarde, étonnée.

– Lexie ? Mais je croyais qu'elle était chez toi.

– Comment ça ?

– Elle a dit qu'elle allait te voir…

*Elle voulait me voir ? Après vendredi, elle veut quand même me parler ?*

– Oh, alors, elle doit être à la maison. Merci.

*Donc, Lexie veut me parler…* Ça m'étonne. Elle est plutôt du genre à faire la gueule longtemps, d'habitude.

Je roule jusqu'à la maison nerveusement. La vue de la voiture de sa grand-mère dans l'allée ne me rassure pas. C'est étrange qu'elle ait conduit.

Je monte les marches quatre à quatre. Pas de Joshua ni de Taylor. Leurs voitures ne sont pas dans l'allée.

Dans le salon et la cuisine, il n'y a personne. Je monte jusqu'à ma chambre et pousse doucement la porte. Lexie est là. Assise sur le bord de mon lit, avec un carnet sur les genoux. Le carnet vert et noir que je lui ai offert à Noël.

Je sens mon cœur se serrer en la voyant. Elle fixe le chaos qu'est ma chambre après la déferlante de rage que j'ai laissée sortir. Je n'ai rien rangé depuis quatre jours. Il reste donc les livres par terre, des vêtements partout et les draps en désordre après mes nuits cauchemardesques.

Elle regarde autour d'elle mais ne bouge pas, les mains posées sur les genoux. Elle a un air fatigué. Ses cheveux sont en désordre et elle porte un jean et un pull tout simple avec ses tennis. Ses yeux sont gonflés et injectés de sang. Je sais qu'elle a pleuré. Beaucoup pleuré.

Je soupire et elle lève la tête vers moi.

– Lexie… Qu'est-ce que tu fais là ?

La vue de ses iris verts injectés de sang me cloue sur place. Je ne bouge pas de l'embrasure de la porte.

– Taylor m'a laissée entrer. Mais elle est ressortie, je crois.

Sa voix est cassée. Je déteste quand elle est comme ça : vulnérable et à vif.

– Pourquoi tu n'es pas venue en cours ?

– Pourquoi tu n'es pas venu jeudi et vendredi, toi ?

Touché. Elle est calme et parle posément. Pas de cris. Pas de larmes. Pas de scène. Ça commence sérieusement à me faire flipper. Lexie est plutôt du genre à gueuler haut et fort et à me taper dessus comme une dingue, pas à rester calme.

Elle tapote le lit à côté d'elle.

– Il faut qu'on parle.

Je m'approche, méfiant. Mon cœur bat plus fort. Je m'assois à côté d'elle, mais elle fait un écart pour ne pas être trop proche de moi. Je soupire. Elle ne me regarde pas et ses mains, posées sur le carnet, tremblent.

– J'aurais dû te parler de Nate.

– Oui, tu aurais dû.

Elle se tait un instant puis reprend.

– Tu as détruit le peu de choses qui me restaient de lui… Et de ma mère aussi, par la même occasion.

Je me mords la lèvre puis soupire.

– Ma réaction était démesurée. Je suis désolé.

Elle me coupe la parole et me regarde dans les yeux.

– Tu m'aimes ?

*Comment peut-elle me demander ça ?*

– Bien sûr que oui.

Elle me tend brusquement le carnet et le fourre sous mon nez.

– Lis.

*Quoi ?* Elle était énervée que j'aie lu l'autre et maintenant elle veut que je lise celui-là ? Je suis perdu.

– Lis, je te dis. Ça parle de toi, après tout… Contrairement à l'autre.

J'ouvre de grands yeux.

– Tu es sûre ?

Elle me lance un regard plein d'amertume.

– Ouais. Je veux que tu le lises. Maintenant.

Sa voix fêlée se casse quand elle veut parler plus fort.

– Ok…

Je l'attrape et l'ouvre doucement. Je le feuillette en regardant Lexie à la dérobée, mais elle est ailleurs. Elle fixe droit devant elle.

Comme dans l'autre, il y a plein de citations, de poèmes et de dessins. Voir ça me gonfle le cœur. Mon nom est griffonné partout. Il y a un beau dessin au crayon du collier que je lui ai offert. Je regarde vers elle et grimace. Elle ne le porte pas.

Je reviens au carnet et lis des phrases au hasard :

> « *Il n'était que source de souffrance. Mais je ne l'en adorais que plus à cause de cette éternelle stupidité qui nous pousse à nous accrocher à ceux qui nous font du mal.* [12] »

En lisant celle-là, je grimace.

> « *On dit que les pensées de deux personnes qui s'aiment finissent toujours par se rencontrer, alors je me demandais souvent en m'endormant le soir s'il t'arrivait de penser à moi quand je pensais à toi.* [13] »

---

12. Citation originale de Carlos Ruiz Zafon (*L'Ombre du vent*), modifiée par Lexie pour coller à son histoire avec Austin.
13. Citation de Marc Levy (*Toutes ces choses qu'on ne s'est pas dites*).

Bien sûr que je pense à elle le soir ! Tous les soirs !

Je n'ai pas encore lu les autres, mais je crois que c'est celle-ci ma préférée :

« *Il arrive que deux âmes se rencontrent pour n'en former plus qu'une. Elles dépendent alors à jamais l'une de l'autre. Elles sont indissociables et n'auront de cesse de se retrouver, de vie en vie. Si au cours d'une de ces existences terrestres une moitié venait à se dissocier de l'autre, à rompre le serment qui les lie, les deux âmes s'éteindraient aussitôt. L'une ne peut continuer son voyage sans l'autre.*[14] »

Plus je lis et plus mon cœur cogne fort contre ma poitrine. Elle a écrit chaque mot à des moments précis. Ils me font tous l'effet d'une compresse fraîche que l'on pose sur une plaie à vif. Ils me soulagent. Et maintenant, je me sens vraiment con.

– Tiens… là ! fait-elle en tournant les pages pour m'en montrer une en particulier.

Je lis ce qu'elle m'indique.

« *Austin,*

*Tu m'as guérie. Tu as épongé ma misère et ma souffrance. Moi qui pensais avoir aimé de tout mon être, je me suis bien trompée. Parce qu'après Nate, je t'ai rencontré.*

*Tu as ouvert la bouche et un rai de lumière en est sorti. J'ai été éblouie et sauvée par cette lumière. Tu m'as sauvée. Tu as repoussé les vagues de désespoir qui m'ont effleurée cette dernière année. Et surtout, tu m'as aimée comme je ne pensais pas cela possible.*

*Avec toi, je veux vivre. Je veux rester éveillée tard le soir, à écouter ton souffle. Je veux passer mes mains dans tes cheveux et te caresser la peau du dos. Je veux redessiner chacun de tes tatouages du bout de mes doigts. Je veux manger des gâteaux au citron, du pop-corn, en lisant des livres, en regardant des films, en faisant l'amour, aussi. Je veux marcher en te tenant la main et surprendre ton regard derrière tes cahiers. Je veux boire dans ton verre et te voir piocher dans mon assiette. Je veux me disputer avec toi pour la station de radio et pour savoir qui paiera les consos. Je veux te prendre dans mes bras*

14. Citation de Marc Levy (*La Prochaine Fois*).

*quand tu fais des cauchemars, même si tu ne partages pas toutes tes pensées avec moi… Je veux vivre avec toi alors qu'avant je voulais juste mourir.*

*Tu m'as guérie. Tu m'as sauvée.*

*Je t'aime tellement plus que tu ne le sauras jamais.*

*Lexie* »

Je regarde la date de la lettre. Elle l'a écrite il y a quelques semaines déjà.

Mon cœur est sur le point d'exploser. Je sais que le paradis sur terre ressemble à ça. *Bon sang, je l'aime comme ça aussi !*

Je relève la tête vers elle.

– Lexie…

Mais elle m'arrache vivement le carnet des mains. Ses yeux verts me fusillent sur place.

– Tu aimes tout ce que j'ai écrit sur toi ? pour toi ?

Elle est en colère, ses pupilles dilatées me le prouvent.

Je réponds doucement. Je ne veux plus me disputer.

– Oui, bien sûr…

Elle se lève prestement, et en marchant à travers la chambre, elle ouvre le carnet et déchire violemment les pages en les froissant dans ses mains. Elle les envoie valser au travers de la pièce et en prend d'autres pour les déchirer en petits morceaux.

Mon cœur fait des bonds désespérés.

– Lexie, non !

Elle détruit tout ce que je viens de lire. Elle déchire le carnet que je lui ai offert et les pages qu'elle a noircies en pensant à moi.

– Lexie, putain, arrête ! Ne fais pas ça !

Je lui cours après pour la forcer à arrêter, mais elle se débat et s'échappe pour monter sur mon lit et continuer à tout déchirer.

Je suis plus grand qu'elle, alors j'arrive à agripper le carnet même si elle le tient en l'air. Je le lui arrache des mains, mais il est déjà en lambeaux.

Avec consternation et accablement, je regarde ce qu'elle a détruit. Tout ce qu'elle a écrit sur nous et que je ne soupçonnais pas. Elle a démoli ce qu'elle pensait de nous…

– Bébé, c'est… Tu…

Je n'arrive même pas à formuler une phrase correcte sous le coup de l'émotion.

Elle respire fort et repousse ses cheveux qui lui tombent dans les yeux en descendant de mon lit. Elle plante son regard vert, plein d'amertume et d'animosité, dans le mien.

– Voilà. Amuse-toi si tu veux à essayer de recoller les morceaux de ce que tu as toi-même brisé... Ou jette tout à la poubelle, ça m'est égal.

– Lexie...

Elle me pousse et sort. Je lâche le carnet sur mon lit pour lui courir après.

– Lexie, attends ! Je suis...

Je la retiens par le bras dans les escaliers, mais elle me retire la main violemment.

– Ne me dis surtout pas que tu es désolé ! Tu es toujours désolé et moi je retombe dans tes bras. Mais pas cette fois...

Elle parle avec hargne.

– Cette fois, tu n'as même pas idée du mal que tu m'as fait.

– Je ne savais pas !

– Tu ne sais jamais rien ! Et tu détruis tout ce que je m'efforce de construire.

Je cherche ses yeux, mais elle ne me regarde plus. Et ce qui me fait peur, c'est qu'elle n'a pas de larmes, pas une seule. Ses yeux verts sont injectés de sang, mais elle ne pleure pas.

Si elle pleure, ça veut dire qu'elle est triste. Et si elle est triste ça veut dire qu'elle m'aime toujours... Ça veut dire qu'il y a encore un nous deux.

– Je vais tout rattraper ! Je sais que tu es énervée, mais...

– Énervée n'est pas le mot. Lasse et vide, peut-être...

Ce qu'elle dit fait saigner un peu plus mon cœur et me fait paniquer.

– Non, Lexie, c'est...

Elle me pousse violemment et dévale les marches.

– Je n'ai plus rien à te dire. Je t'interdis de m'approcher.

Sa voix se perd quand elle passe la porte d'entrée. J'entends la voiture démarrer et je reste longtemps là, accroché à la rambarde de l'escalier, avant de repartir affligé, comme une merde, dans ma chambre qui ne ressemble vraiment plus à une chambre.

Fébrilement, je ramasse les morceaux un à un, et toutes les feuilles qu'elle a déchirées et froissées.

Quand je vois les mots qu'elle a écrits « Avec toi je veux... » qui se perdent dans le vide parce que la lettre est en mille morceaux, je ne peux m'empêcher de me mettre à chialer. Pourquoi ça fait aussi mal d'aimer ?

# 54
# Austin

**Lundi.**

Lexie a tout détruit. J'ai passé la nuit à essayer de recoller les morceaux de ce journal et de la lettre qu'elle a écrite. J'ai fait des cauchemars. Plus violents que d'habitude.

**Mardi.**

Je n'ai pas dormi de la nuit, mais je suis allé en cours quand même, rien que pour la voir et essayer de lui parler. Mais elle n'est jamais venue.

Zara me conseille de lui laisser du temps et de l'espace, mais j'ai beau essayer, je n'y arrive pas. Je l'ai appelée cinq fois. Elle ne décroche pas.

*Putain, ce que je me sens pathétique...*

**Mercredi.**

Elle n'est toujours pas là. J'ai envie d'aller chez elle, mais je me retiens. *Lui laisser de l'espace, quelle connerie !*

Quand je ne suis pas en cours, je passe mon temps à la boxe pour essayer de me changer les idées. Mais il n'y a pas grand-chose qui y fait.

Est-ce qu'elle pleure ? Est-ce qu'elle est en colère, énervée, triste ? Qu'est-ce qu'elle peut bien faire chez elle toute la journée ? Est-ce qu'elle dort ? lit ? regarde des films ?

Zara ne veut rien me dire.

Je l'appelle encore, mais elle ne répond pas. Je lui ai envoyé au moins une vingtaine de messages expliquant ma réaction et m'excusant pour tout. Mais aucune réponse.

**Jeudi.**

Je suis désespéré. Je ne m'étais pas rendu compte que sa présence prenait autant de place dans ma vie de tous les jours. Ni à quel point mon existence était vide de sens avant elle.

Si elle n'est pas là demain, je vais la voir.

Je n'arrive pas à croire qu'on ne se parle plus, alors que la semaine dernière elle ouvrait les portes de mon frigo pour voler mes yaourts et que je la caressais sous son t-shirt pendant qu'elle essayait de finir son exposé à la con. Égoïstement, je ne voulais pas qu'elle le finisse, le prof a promis de leur faire une lettre pour la fac et je ne veux pas qu'elle parte à New York et qu'on soit séparés. Je veux qu'elle vienne à Boston avec moi. Mais pour ça, il faudrait que je lui parle de mon passé et de toutes ses conséquences. Mais comment lui dire ?

**Vendredi.**

C'est pitoyable pour un mec d'attendre un signe de la part d'une nana tout en sachant que celui-ci ne viendra pas, non ?

Elle n'est pas venue en cours aujourd'hui non plus. Et demain, c'est son anniversaire. La surprise que j'avais prévue pour elle tombe à l'eau.

Il faut qu'elle arrête de faire la gueule et qu'on se parle.

Ce soir, je vais la voir. Et elle sera obligée de m'écouter. Elle a eu sept jours pour me haïr, maintenant ça suffit !

✦✦✦

– Est-ce qu'elle va bien, au moins ? demandé-je à Zara pour la millième fois cette semaine.

Elle monte le son de la radio.

– Je t'ai déjà dit que oui ! Elle était mal en début de semaine, madame Grant a dit qu'elle resterait un peu à la maison, mais là je crois que ça va un peu mieux…

Je plisse les yeux en essayant de me concentrer sur la route. Je vais déposer Zara puis j'irai chez Lexie. Même si l'entraînement m'a fatigué et que j'ai besoin de prendre une douche, je ne peux pas passer une minute de plus sans lui avoir parlé.

– Abigail serait plutôt du style à lui dire de se bouger le cul et d'arrêter de se morfondre, pas de rester à la maison…

Zara se retourne vivement vers moi et me fusille de ses yeux bleus.

– Écoute, Austin, tout ça c'est ta faute, ok ? Ne va pas croire que sa grand-mère est de ton côté, cette fois. Je ne sais pas si elle est au courant, mais ce que je peux te dire, c'est que Lexie n'a jamais été aussi mal ! C'était important ce truc pour elle et tu l'as détruit. Je ne sais pas si elle te pardonnera un jour. Et puis en plus, je crois que c'était censé être l'anniversaire de son Nate avant-hier, alors…

Qu'est-ce qu'elle veut que je réponde à tout ça ? Ok, c'est bon, j'ai compris ! Il faut que je trouve un moyen de rattraper tout ça.

– Tu as détruit ce carnet par jalousie ?

Comme je ne réponds plus, Zara continue.

– C'est à ton cœur ou à ton ego que tu as mal, en fait ?

– Ferme-la ou je te laisse sur la route !

Elle se tait, et jusqu'à ce que je la dépose, nous n'alignons plus un mot.

Avec une certaine appréhension, je me dirige vers chez Lexie. Il y a une voiture que je ne connais pas garée devant la maison. *Qui c'est, ça ?*

Je sonne. Après une éternité, Lexie m'ouvre. J'ai la mâchoire qui s'en décroche. Je la regarde de la tête aux pieds, les yeux grands écarquillés.

J'ai failli ne pas la reconnaître. Elle n'a pas du tout l'air déprimé, elle est juste canon en jupe crayon, chemisier en plumetis avec son soutien-gorge qui se voit un peu en dessous, collant et talons hauts. Elle est habillée tout en noir et la seule couleur qu'elle porte, c'est son rouge à lèvres couleur sang. Avec ses yeux verts, le contraste est magnifique, ça lui va vraiment bien. Qu'est-ce qu'elle est belle !

Pourquoi est-ce qu'elle est aussi canon ? Ce n'est pas du tout son genre. Elle est plutôt jean et t-shirt. Et pas du tout talons hauts.

– Qu'est-ce que tu viens faire là ?

Son ton cassant et ses yeux verts qui lancent des éclairs me font revenir sur terre.

– Je voulais… Qu'est-ce que… Pourquoi t'es comme ça ?

Elle soupire et s'apprête à refermer la porte, mais je la cale du pied.

– Dégage, Austin.

– Attends ! Écoute-moi, s'il te plaît…

– Je n'ai rien à te dire.

– Peut-être, mais moi, si ! Lexie, je sais que j'ai merdé…

Je repousse la porte. *Elle va m'écouter, cette fois !*

– Bébé, je n'aurais jamais dû faire ça, je sais. Mais je t'aime tellement. Ça m'a rendu fou de voir tout ce que tu avais écrit pour lui… Ça m'a fait mal, putain ! Je sais que tu m'aimes, maintenant, mais sur le coup, j'ai pété les plombs. Je ne veux que toi. Tu me manques. Laisse-moi me faire pardonner ou au moins essayer…

– Sors d'ici, Austin.

– Putain, Lexie ! Écoute-moi ! Toi et moi, c'est… On est fait pour être ensemble !

Elle soupire et range une mèche de ses cheveux derrière son oreille.

– Tout ce que tu as fait depuis que je te connais…

– Je sais, bébé ! Je sais que je déconne tout le temps et que je ne fais pas toujours ce qu'il faut…

Une voix venue de la cuisine m'interrompt soudain.

– Je n'ai pas trouvé les verres, Lexie…

*C'est quoi cette merde ?*

J'ai reconnu la voix de Travis directement.

– Il vaut mieux que tu partes, Austin.

Mon sang ne fait qu'un tour. *Il ne me la prendra pas ! Personne ne me la prendra, jamais !*

Je la pousse pour me diriger à grands pas vers la cuisine. Ce connard est là, une bouteille à la main, en train de fouiller dans les placards comme s'il était chez lui.

– Austin, sort d'ici !

Lexie a beau crier, je ne l'entends plus. Je vois juste ce bâtard aux yeux bleus et aux cheveux blonds qui est là, dans la cuisine, chez ma copine. Ma copine, putain ! La mienne !

Je viens de comprendre pourquoi elle l'aime bien, il doit lui faire penser à l'autre, là, sur la photo.

*Je ne le laisserai pas faire !*

J'attrape vivement ce petit connard, qui s'est retourné à mon approche, par le col de sa chemise blanche sous son costard à deux balles et je le plaque contre le frigo en lui cognant la tête. Ça n'a pas sonné assez fort à mon avis. Je hurle à son visage.

– Qu'est-ce que tu fous là, espèce de merdeux ?

Il essaie de repousser ma main qui l'étrangle et Lexie me tire par le bras.

– Austin, lâche-le tout de suite !

Travis me regarde et sourit, même si je suis en train de l'étrangler.

– C'est toi qui as merdé, mec. T'aurais pas dû la laisser. Maintenant, elle est libre et…

Mon poing s'écrase sur sa mâchoire avant qu'il n'ait fini sa phrase.

– Elle n'est pas libre ! Elle est à moi !

Lexie hurle, maintenant.

– Non, je ne suis pas à toi ! Je ne le suis plus ! Lâche-le maintenant ou je te jure que je ne t'adresserai plus jamais la parole !

Travis crache le sang qui perle à sa bouche et sourit. Je recule en le lâchant, malgré cette rage qui m'anime et l'adrénaline qui court dans mes veines.

Lexie me tire par le bras.

– Va-t'en !

– Non ! Qu'est-ce que tu fous avec lui ? Je ne te laisserai pas faire ça !

– Faire quoi, Austin ? C'est toi qui as tout cassé !

– Tu ne l'aimes pas !

Elle me tire par le bras vers la porte et je la suis sans quitter des yeux ce bâtard de Travis.

– Qu'est-ce que t'en sais ?

Les paroles de Lexie me font l'effet d'une douche froide. Je me retourne vivement vers elle et elle me fixe intensément.

– Tu plaisantes, là ? Écoute, je sais que tu es en colère, mais je ne vais pas rester là, les bras croisés, alors que lui, il veut juste…

– Sors d'ici ! Je ne veux plus te voir. Je me fiche pas mal de tes excuses. Il n'y a rien que tu puisses dire qui me fera te pardonner d'avoir détruit ce qui restait de mon passé. Puis elle se tourne vers Travis.

– Il vaut mieux qu'on parte, maintenant.

Il fait oui de la tête et essuie le sang à sa lèvre de la main avant de venir vers nous et de passer devant moi avec un sourire narquois. *Putain, je vais lui faire manger ses dents !*

Elle sort en attrapant sa veste et un sac que je ne lui connaissais pas. En piétinant des pieds nerveusement, elle attend que je sois dehors pour refermer à clef.

– Bébé…

– Ne m'appelle pas comme ça. Tu ne me connais pas et je ne te connais pas.

– Arrête ces conneries, Lexie ! Tu ne vas pas sortir avec lui juste pour m'énerver !

Elle hausse les sourcils.

– Désolée de te l'apprendre, Austin, mais tout ne tourne pas autour de toi.

Je serre les poings et les dents alors qu'elle se dirige vers la voiture où Travis est déjà assis. Je la regarde s'éloigner en talons hauts dans les graviers. Sa démarche féline me coupe le souffle. Et je remarque en écarquillant les yeux de surprise qu'elle porte la jupe noire que je lui avais dit d'essayer dans le centre commercial. Je ne savais même pas qu'elle l'avait achetée. Je n'ai jamais vu Lexie en jupe et ça lui va bien. Elle a mis des collants alors on ne voit pas sa cicatrice, mais même si on la voyait, je suis sûr que belle comme elle est, on ne la remarquerait même pas.

Travis aussi porte une chemise et un pantalon classique. Où est-ce qu'ils vont, tous les deux ?

– Lexie, s'il te plaît… Je t'aime !

Elle se retourne vivement vers moi.

– Prouve-le !

Et elle s'engouffre dans la voiture qui s'éloigne. Je la regarde partir je ne sais où avec cet enfoiré.

*Lui prouver ? Très bien, mais comment ?*

Au bout de quelques minutes, je me secoue pour sortir de ma torpeur. Je monte dans ma voiture et me dirige vers chez Zara.

Quand je sonne, elle ouvre avec un mioche dans les bras. Le bébé lui enserre le cou de ses petites mains et me regarde les yeux grands ouverts avec sa tétine dans la bouche.

– Qu'est-ce que tu veux ?

On dirait Lexie. Chiante et exaspérante. Mais beaucoup moins belle.

– Il faut que tu m'aides, Crevette.

– C'est-à-dire ?

– Comment on fait pour montrer à une fille qu'on l'aime ? Je veux dire, qu'on l'aime vraiment…

Zara me regarde incrédule puis explose de rire. *Je savais que je n'aurais pas dû venir.*

– Pfff... Va te faire foutre. Je ne sais même pas pourquoi je te parle...

Je fais demi-tour, mais Zara me rattrape en riant toujours.

– Attends, Austin... Ok, ok, excuse-moi. Je vais t'aider. Viens, entre.

Je regarde le bébé, suspicieux. Il y a trop de gosses ici, vraiment trop.

Elle suit mon regard et se mord les lèvres pour s'empêcher de rire.

– Oh c'est bon, Benny ne va pas te mordre, hein ! Ni les autres. En plus, tu es un peu désespéré, non ? Si tu fais ça pour Lexie, tu peux supporter des gosses pendant quelques minutes... Entre !

Je la suis à l'intérieur en soupirant.

# 55
# Alexandra

– Alors tu as trouvé ça bien ?

Dana, la copine de Travis, me regarde derrière sa frange de cheveux blonds avec un grand sourire.

– Ouais, carrément.

Cette sortie m'a vraiment changé les idées. À force de rester enfermée dans ma chambre, j'ai inquiété Mamina, qui a commencé à croire que j'allais faire comme ma mère et devenir folle. Je suis folle, oui. Follement amoureuse d'un garçon complètement frappé qui n'arrête pas de me faire du mal.

Cette semaine est passée au ralenti. J'ai vu chaque seconde de chaque minute se dérouler sous mes yeux. Je n'ai pas quitté mon lit du week-end. J'ai ensuite tellement pleuré en essayant de recoller mon carnet rose que je crois avoir épuisé toutes mes réserves lacrymales.

Mercredi, c'était l'anniversaire de Nate. Cette journée était sans aucun doute la pire. Chaque fois que j'essayais de dormir un peu, je cauchemardais. Alors j'ai renoncé à dormir. Et j'ai recollé tant bien que mal la dernière photo de nous qu'il me restait.

Bien sûr, je ne vais pas nier que j'ai pensé à Austin toute la semaine, même s'il ne méritait pas que je le fasse aussi souvent. Il ne mérite pas toutes ces larmes que j'ai versées, non seulement pour tout ce qu'il a détruit, mais aussi parce que je pensais qu'il m'aimait au point de comprendre tout ça.

Zara est venue me parler. Elle a bien essayé de me faire saisir qu'Austin n'avait pas compris pour la mort de Nate, mais pour moi, il n'aurait quand même pas dû détruire ce qui m'appartenait. Il n'avait pas le droit de faire ça.

Jeudi, Mamina a pété les plombs en me sortant la carte du cancer. Elle m'a fait culpabiliser en disant qu'elle a assez de soucis comme ça pour que je ne me remette pas d'une simple dispute avec Austin. Je me suis sentie coupable, mais je ne suis pas conne, je sais que c'était ce qu'elle voulait.

J'ai quand même réussi à la convaincre de me laisser rester à la maison jusqu'à la fin de la semaine. Aucune envie d'affronter Austin. Pas le courage. Je l'aime et je le déteste en même temps. Il n'a pas arrêté de m'appeler et de m'envoyer des messages que je n'ai même pas lus. Cette fois, il est allé trop loin. Je ne sais pas si je vais réussir à lui pardonner un jour ce qu'il a fait.

En tout cas, il a intérêt à être patient et à trouver mieux que « je suis désolé ».

Quand Travis est venu me voir à la maison en apportant des gâteaux, Mamina est tombé sous le charme. Il m'a invité à sortir avec Dana et lui et Mamina m'a pour ainsi dire obligée à accepter.

Je ne m'attendais pas du tout à ça, mais il se trouve que Dana a les mêmes goûts musicaux que moi, alors Travis a proposé de nous emmener au théâtre voir l'Orchestre philharmonique de Prague, qui joue toutes les plus belles musiques de cinéma.

On est passés prendre sa copine après qu'Austin a eu fait sa petite scène de jalousie déplacée chez moi. Puis on a mangé dans un restaurant très chic, mais sans être snob, avant d'aller au théâtre.

Dana est cool. Grande, blonde, un peu grassouillette, mais jolie. Elle est calme et posée, tout le contraire de Zara.

Moi qui n'avais aucune envie de sortir, j'ai passé une très bonne soirée. Enfin, ça, c'était avant que Travis ne me redépose à la maison et que, dans la lumière des phares de la voiture, je ne voie Austin assis sur les marches du porche.

*Qu'est-ce qu'il fait encore là ?* Ne me dites pas qu'il est resté là toute la soirée, à attendre que je rentre…

– Il est complètement malade, ce mec, fait Travis en riant doucement.

– Je suis encore désolée qu'il t'ait frappé… dis-je en secouant la tête.

– T'inquiète pas, je pense qu'il avait besoin de se défouler, c'est tout. Il est malade, mais il est amoureux de toi, ça, c'est clair.

– Tu crois ?

Travis tourne la tête pour me regarder en croisant les bras sur son volant.

– Oui. J'ai entendu ce qu'il a dit tout à l'heure et je vous ai vus ces deux derniers mois, je n'ai aucun doute là-dessus : il t'aime. Après, il ne t'aime peut-être pas comme tu le souhaiterais. Mais ça ne veut pas dire qu'il ne le fait pas de toutes ses forces.

Je grimace. C'est trop facile à dire, ça.

Travis soupire et se penche pour m'embrasser sur la joue. Je vois Austin sur les marches se mettre vivement debout quand il fait ça.

– C'est toi qui vois. Je dis juste qu'il a l'air vraiment accro à toi.

– Bonne nuit, Travis.

– Bonne nuit. À lundi, et arrête de déprimer.

Je hoche la tête et sors de la voiture.

J'attends qu'il soit sorti de l'allée pour me tourner vers Austin et grimper les marches du porche.

– Qu'est-ce que tu veux encore ? Il est presque minuit. J'espère que tu n'as pas réveillé Mamina, il faut qu'elle dorme.

Je remarque qu'il s'est changé. Il respire le frais.

– Non, elle ne dort pas, elle est devant la télé.

Sa voix est rauque comme s'il n'arrivait pas à parler.

– On peut parler ?

– Non, je suis fatiguée.

J'enroule ma veste autour de moi un peu plus et grimpe les marches, mais il me retient par la main. Il n'est pas brusque comme d'habitude quand il veut me forcer à l'écouter, mais il me tient fermement quand même. Le contact de ses doigts enflamme ma peau. Je m'arrête et observe mes petits doigts dans sa grande paume en partie tatouée. Le contraste est saisissant.

Il dessine des cercles avec son pouce calleux sur le dos de ma main.

– S'il te plaît, Lexie. Juste cinq minutes…

Je finis par lever les yeux vers lui en soupirant. Il y a du désespoir dans ses prunelles sombres et son expression me laisse sans voix. Je ne laisse pas mon trouble paraître devant lui.

– Deux minutes. Pas une de plus.

Il soupire et lâche ma main. Cette désunion me prend au dépourvu et me laisse un vide.

– Je ne sais pas ce que tu as fait avec Travis et je ne veux pas le savoir. Je sais que je t'aime et que j'ai merdé, alors je vais tout faire pour me rattraper. Je veux que tu me parles… Je sais que ça t'a fait mal ce que j'ai fait, mais moi aussi ça m'a fait mal tout ce que tu as écrit à…

– Nate. Il s'appelait Nathaniel. Et tu n'étais pas censé le lire ! Comme personne n'était censé lire tout ce que j'ai écrit pour toi. C'était mes pensées personnelles. Le docteur Torres dit que tu as sabordé mon processus de guérison.

Il grimace quand je dis ça, mais c'est vrai.

– Écoute, Lexie, je suis désolé et je veux me rattraper même si je sais que ça ne va pas être simple…

– Non, ça tu peux le dire !

– Oui, mais je peux essayer. On peut parler de ce qui t'est arrivé… Même de lui, si tu veux…

Je détourne la tête.

– Je ne sais pas si c'est une bonne idée.

– Lexie, s'il te plaît…

Je ne réponds pas, alors il s'engouffre dans la brèche qu'il sait avoir ouverte.

– Donne-moi une soirée, d'accord ? Juste une, demain, pour te montrer que je regrette et que je peux te rendre heureuse. Je vais me faire pardonner tout ça.

– Et comment ?

– Accepte. Je te jure que tu ne le regretteras pas.

Je secoue la tête.

– Une soirée avec toi ne remplacera pas les cinq années que tu as arrachées de mon carnet.

– Je sais. Mais si tu passes une seule soirée avec moi, peut-être que ce sont les cinq prochaines années qui compteront.

Mon cœur fait un saut de dix mètres dans ma poitrîne. C'est la première fois qu'Austin parle d'avenir entre nous.

– Alors ? C'est oui ?

Je me retourne pour fixer la porte de la maison, mais il m'attrape la main.

– Non, ne t'enfuis pas. Réponds-moi, s'il te plaît.

Je ne sais pas ce qui me décide, mais je finis par dire oui. C'est ce moment précis que choisit la montre à son poignet pour biper trois fois.

– C'est mon anniversaire, dis-je avec un haussement d'épaules.

– Je sais. Demain, j'avais prévu…

Je l'arrête directement.

– Pas de surprise, je déteste ça. Pas de fête. Pas de cadeaux. Il n'y a rien que tu m'offriras qui remplacera ce carnet.

Il soupire.

– Tu détestes toujours tout…

– Austin !

– Oui. Ok. Pas de surprise, pas de cadeaux, pas de fête. D'accord… Je passe te prendre à dix-neuf heures.

Et il s'éloigne rapidement avant que j'aie répondu. Comme s'il avait peur que je change d'avis. Mais de loin, il se retourne les mains dans les poches.

– Lexie !

Je relève la tête.

– Bon anniversaire.

Il me sourit tristement et repart.

Le cœur gros, je rentre dans la maison et Mamina lève la tête de la télé. Elle est enroulée dans un plaid. J'ai été égoïste, ces derniers jours, de ruminer mes problèmes de cœur alors qu'elle affronte des choses bien plus graves.

Elle tapote le canapé à côté d'elle.

– Tu as vu Austin, dehors ?

Je fais oui de la tête en m'asseyant et en retirant mes talons. J'ai mal aux pieds.

– Ça fait une heure qu'il poireautait. J'ai essayé de le faire entrer, mais il a dit que tu n'aimerais pas le voir chez toi, alors il est resté dehors.

– Il a bien fait.

– Lexie…

Je lève la main pour arrêter ses commentaires.

– Mamina. Je sais que tu l'adores, mais cette fois, il est allé trop loin. Arrête de prendre sa défense.

Elle soupire.

– Chérie, ce carnet c'était ton passé, et lui, c'est ton présent et peut-être ton avenir, alors ne laisse pas ta colère et ta fierté t'aveugler.

Il s'est excusé et il le fera encore, mais tout le monde fait des erreurs. Il a agi en égoïste amoureux, tu ne peux pas lui reprocher ça. Mets-toi cinq minutes à sa place si tu découvrais des lettres et des mots qu'il a écrits pour une autre dont il ne t'aurait jamais parlé…

Les mots de Mamina me font mal. Si ça m'était arrivé, je ne l'aurais pas supporté.

– De toute façon, j'ai déjà accepté de lui laisser une chance demain soir…

Ma grand-mère sourit.

– Ah.

– Ouais, comme tu dis.

Et je reste là, à regarder des séries avec elle en me disant que ça y est, j'ai dix-neuf ans. Dans une autre vie, Nate serait monté par l'escalier de secours gelé et aurait écrit dans le givre, sur la fenêtre de ma chambre « Bon anniversaire, Lexie ».

# 56
# Alexandra

– Bon anniversaire, ma chérie !

– Bon anniversaire, Lexie !

Je souris devant le gâteau au chocolat que Mamina m'a fait. Elle a écrit « Une bonne journée pour une bonne fille » en sucre rose à paillettes.

– Merci.

– Fais un vœu !

Je ferme les yeux et pense à ce que j'aimerais par-dessus tout.

*Je souhaite… trouver ma place. Cet endroit avec cette personne qui m'attendrait le soir quand je rentre du boulot et ces têtes brunes qui seraient à moi. Je souhaite avoir ma petite maison blanche avec la balançoire au fond du jardin.*

Oncle Charlie et Mamina me regardent souffler mes bougies.

Je prends les assiettes et les dispose sur l'îlot central, pendant que Mamina coupe le gâteau et nous sert.

Charlie dépose un paquet devant moi. Il est très petit.

– On avait dit pas de cadeaux ! J'en ai eu plein à Noël.

Mamina me fait taire.

– C'est très mal élevé de refuser un cadeau.

En soupirant, je l'ouvre. Il y a des clefs à l'intérieur. Des clefs de voiture. Je les regarde, ahurie.

– Vous n'avez pas fait ça ?

Charlie me rassure.

– Ne t'inquiète pas, cette voiture, c'est une vieille dame, et je l'ai eue pour pas grand-chose. Quand tu partiras dans quelques mois, tu pourras la revendre et récupérer l'argent.

Je me penche et l'embrasse sur la joue.

– Merci. Mais tu n'aurais pas dû.

Et je fais pareil avec Mamina.

– Tu veux la voir ?

Je fais oui et nous sortons. Derrière la voiture de Mamina et d'oncle Charlie, dans l'allée, il y a une vieille Ford Mustang rouge.

– Oh mon Dieu ! Mais ça coûte cher, ces voitures !

Charlie secoue la tête.

– Le propriétaire était pressé de s'en débarrasser. Un petit vieux qui a un tas de vieilles choses chez lui. Mais je t'assure qu'elle est en très bon état. Le garagiste m'a assuré que tu n'aurais pas de problème.

Je m'installe derrière le volant.

– Je n'ai jamais conduit de voiture comme ça !

Charlie rit.

– Si tu ne te sens pas à l'aise, tu n'auras qu'à échanger avec Austin. Je suis sûr que lui, ça lui conviendra.

Je lui souris du mieux que je peux quand il mentionne Austin.

Dans l'après-midi, mon père et Lauren m'appellent pour me souhaiter mon anniversaire. Puis Zara, Travis, Savannah, et même Seth.

Je suis stressée. Je me suis sentie nauséeuse tout l'après-midi en pensant à cette soirée avec Austin. J'ai l'impression que je vais sortir avec lui pour la première fois. Ce qui est totalement ridicule puisque nous avons déjà dormi ensemble, couché ensemble, mangé mille fois dans la même assiette et bu dans le même verre…

Je prends une longue douche pour essayer de me délasser et de positiver. Je passe un jean brut, une simple blouse blanche et des petites ballerines. Je lâche mes cheveux, et voilà.

À dix-neuf heures précises, il est là. J'ouvre la porte d'entrée quand il s'approche, deux énormes bouquets de fleurs dans la main. On dirait les bouquets que mon père commande chez le fleuriste pour l'anniversaire de Lauren tous les ans.

Il me sourit, mais j'ai l'impression qu'il est nerveux. Il se dandine d'un pied sur l'autre en me les tendant.

– Je n'arrivais pas à me décider au magasin, c'est à toi de choisir : roses rouges ou pivoines parme ?

Je me retourne, les sourcils haussés, pour regarder grand-mère. Elle hausse les épaules et se mord la lèvre pour s'empêcher de rire.

– Euh… pivoines. Merci.

Il me les tend et je les respire à plein nez. Ça sent bon. Et elles sont vraiment belles, ces fleurs.

Austin rentre pour donner le bouquet de roses à grand-mère qui l'embrasse sur la joue et lui fait un énorme câlin. *Ils m'agacent à s'aimer comme ça !*

Je me racle la gorge. Austin la lâche et je tends mon bouquet à Mamina pour qu'elle le mette dans l'eau.

– Amusez-vous les jeunes !

Chaque fois que je la vois me sourire ou faire des clins d'œil comme ça, je ne peux m'empêcher d'être triste. Quand je vais repartir sur le continent, elle va vraiment me manquer. Et je ne veux même pas penser à la suite.

– C'est à qui, la voiture ?

Il désigne la Mustang quand nous passons devant.

– À moi.

Il me regarde incrédule quand je monte avec lui dans sa voiture.

– Comment ça, « à toi » ?

– C'est mon cadeau d'anniversaire de la part de Charlie et Mamina.

Il démarre et nous partons.

– Je suis jaloux.

Il me sourit, mi-timide, mi-tombeur. *Bon sang… Il est trop beau.* Surtout quand il est comme ça, nerveux et pas sûr de lui, habillé avec son jean brut, son éternel t-shirt noir et sa veste en cuir.

J'essaie de lui rendre son sourire.

– Donc, on ne va pas dans un restaurant chic ou je ne sais quoi ? lâché-je en désignant ses Converse en cuir.

Son expression change instantanément. Il fait une grimace et redevient sérieux.

– Euh non… Je ne savais pas trop, alors j'ai pensé…

– Ça va, détends-toi. Ce n'était pas un reproche, je faisais juste une remarque.

Il hoche la tête, mais je vois bien que la tension entre nous est revenue.

Je remarque que la station de radio est sur musique classique. Austin déteste la musique classique. Je tends la main pour changer en même temps que lui. Quand ses doigts touchent les miens, il les retire vivement comme s'il avait peur de se brûler. Je dois avouer que ce simple contact m'a électrisée. Est-ce pareil pour lui ?

– Excuse-moi. Vas-y, mets ce que tu veux.

Je change pour mettre une station nationale.

– Alors… Comment ça va ?

Je le regarde, mais lui non. Il reste concentré sur la route. *Pourquoi me demander de sortir si c'est pour m'éviter ?*

– Austin, c'est moi ou tu te fais déjà chier, là ?

Il ouvre de grands yeux.

– Quoi ? Mais non, pas du tout !

– Alors pourquoi t'es bizarre comme ça ?

Il soupire.

– J'essaie juste d'être un petit ami normal, ok…

Je le fixe, éberluée, mais il fuit mon regard. Alors je me tourne vers la vitre de mon côté en me mordant la lèvre pour m'empêcher de sourire. Il vient de dire « petit ami ». Austin Reed, celui qui déteste qu'on mette des étiquettes, veut être un petit ami normal…

– Ok…

Trente minutes plus tard, on est à Texera Bay. Mais quand on s'engage dans des quartiers en hauteur qui dominent la ville, je me demande où il veut m'emmener.

Il se gare dans un secteur industriel, j'ai l'impression qu'il n'y a pas grand monde qui habite ce coin-là. Pour un rendez-vous, emmener une nana ici, c'est un peu flippant, tout de même. *Il ne va pas me tuer et découper mon corps comme Dexter, hein ?*

– Pourquoi on vient ici ?

– Tu vas voir…

Il se gare et nous sortons. Il fait déjà nuit et cet endroit n'est pas éclairé. Il ouvre le coffre et en sort un grand panier. Puis nous nous dirigeons vers le côté d'un grand bâtiment qui ressemble à un entrepôt désaffecté. Il y a de la ferraille partout, mais la grande cour de devant est clean.

Il pose le panier et me regarde.

– Il faut que tu fermes les yeux.

– Pourquoi ?

– Tu me fais confiance ?

– Bien sûr que non !

Il grimace et je me mords la lèvre. Je m'étais promis de ne pas être méchante.

– Ok...

Je ferme les yeux et j'entends ses pas s'éloigner.

– N'ouvre pas les yeux !

Je discerne un éclair de lumière sous mes paupières toujours closes. En courant, Austin revient vers moi et souffle dans mon oreille.

– C'est bon. Regarde.

J'ouvre les yeux et je suis un peu aveuglée d'abord, puis je lève la tête. À une dizaine de mètres au-dessus du sol, sur un panneau immense et éclairé, il y a un dessin réalisé à la bombe de peinture. Un pochoir en vert et noir qui représente une fille endormie, les yeux fermés. Le dessin est très bien fait. En dessous, il y a une inscription en grand.

« *Je t'aime jusqu'à toucher les étoiles* »

Mon cœur s'emballe. Je me retourne vivement vers Austin qui me fixe les yeux brillants.

– Bon anniversaire.

– C'est... C'est moi ?

Il sourit.

– Oui. C'est un gars qui va à la fac de St Raph qui fait ça. Il me devait un service. Il a bossé toute la journée dessus.

– C'est magnifique...

Je m'approche du mieux que je peux pour regarder le dessin sous toutes les coutures. Personne ne m'a jamais fait de cadeaux comme ça. Je ne peux même pas décrire l'émotion qui m'assaille tellement c'est énorme.

Je regarde encore un peu le dessin avant de me tourner vers Austin qui a ouvert le panier et sorti une grande couverture qu'il étale par terre.

– Je croyais qu'on avait dit pas de cadeau ?

Il sourit.

– Non. *Tu* as dit pas de cadeau. Et puis ça n'en est pas vraiment un puisque tu ne pourras pas l'emmener chez toi. Il restera toujours là.

– Merci. C'est vraiment adorable…

Il détourne la tête, gêné, et s'assoit sur la couverture.

– Ouais, c'est rien. On mange ?

Je m'assois à côté de lui.

– On fait un pique-nique ?

– Ouais, dans un parc industriel, sous un portrait de toi.

Il plaisante, mais je sens encore la tension dans sa voix. C'est très déstabilisant de voir Austin nerveux. Lui, si charmeur et si suffisant, d'habitude. On dirait un enfant.

Je l'aide à sortir la nourriture du panier.

– Il y a des hot dogs, des chips, de la salade de riz, des sandwichs au thon, du chocolat, des marshmallows…

J'essaie de ne pas rire.

– Tu avais peur qu'on ne se perde en route et qu'on n'ait pas assez de vivres ?

Austin ne rit pas, lui. Il me regarde, sérieux. Puis soupire.

– Je voulais que tu aies le choix. J'aurais dû t'emmener dans un restaurant… je savais que ce n'était pas une bonne idée.

Je hausse les sourcils.

– Austin, c'est très bien. Depuis quand tu ne comprends plus la plaisanterie ?

– Je ne pensais pas que tu voulais encore plaisanter avec moi.

Je ne réponds pas. Moi non plus, je ne pensais pas que je voulais encore plaisanter avec lui.

La tension est redevenue palpable, c'est épuisant.

– Hot dog ou sandwich au thon ?

– Hot dog, s'ils sont sans oignons.

Nous mangeons en silence un moment, puis Austin finit par parler de nouveau.

– D'habitude, tu fêtes ton anniversaire ?

– Non. Tu sais, je détestais les fêtes, avant. J'ai beaucoup été en soirée quand Na…

Je m'arrête net. Il relève les yeux pour me regarder.

– Tu peux m'en parler. Je ne vais pas m'énerver. Parle-moi, bébé… Lexie, pardon.

Il s'est repris, mais j'aurais aimé qu'il ne le fasse pas.

Je m'exprime doucement.

– Avant, j'étais très solitaire. Je n'avais qu'une amie à Boston, Mickaëlla. Et avec Nate, on… On n'était pas trop soirée. On allait quelquefois à celles que Micka faisait, mais ça s'arrêtait là. Après l'accident, je suis beaucoup allée en soirée. Mais pour mon anniversaire, jamais. Mon père et Lauren sont très à cheval sur les fêtes. Il fallait toujours que je reste à la maison pour un repas, souffler mes bougies et ouvrir la tonne de cadeaux dont ils me couvraient.

Austin a un visage impassible.

– Il est mort dans l'accident ?

Je baisse les yeux. Je parle rarement de ça sans pleurer.

– Ouais. Tu sais, lui et moi, on était amis avant tout. On est sortis ensemble même pas un an, et après, il a rencontré une fille. Hannah. Le soir où j'ai… ou on…

Ma voix ne sort presque plus.

– Ce soir-là, il m'avait dit qu'il l'aimait vraiment et qu'il avait… enfin qu'ils avaient…

– … couché ensemble ?

– Ouais.

Austin a posé son sandwich et moi aussi. Je n'ai plus faim.

– Parle-moi de l'accident.

– C'était un jour de tempête. Il pleuvait beaucoup et nous allions à une fête, justement. Mais quand il m'a annoncé tout ça, j'étais tellement triste et énervée… Je n'arrêtais pas de pleurer et je roulais trop vite… Il y avait un poteau électrique au milieu de la route…

– Lexie…

Austin a tendu la main pour essuyer une de mes joues mouillées. Je pleure sans le sentir. Ces larmes sont tellement moins présentes que la douleur dans ma poitrine. Je ne sens même pas les doigts d'Austin sur ma peau.

– Je l'ai tué, Austin, tu comprends… J'ai tué mon meilleur ami.

– Ce n'était pas…

– Ne dis pas que ce n'était pas ma faute. C'est ce que tout le monde dit. Mais c'est moi qui conduisais et c'est moi qui suis là. On a dû dire à ses parents et à Hannah qu'il était mort, et moi non…

– Tu as été blessée…

– Oui et ça ne change rien. Toutes ces cicatrices sont méritées, au fond.

Austin secoue la tête.

– Ne dis pas n'importe quoi !

On se tait puis il me tend à boire.

– Tu rêves toujours de l'accident ?

– Oui. Mais ces derniers temps, c'est différent.

– Comment ça ?

– Ben… C'est toi qui remplaces Nate dans mes cauchemars. Et ils sont plus violents, si c'est possible.

Austin me regarde tristement.

– C'est drôle parce que, toi aussi, tu es dans mes cauchemars.

Je hausse des sourcils interrogateurs.

– Ah bon ? Et de quoi sont faits tes cauchemars ?

Il détourne la tête et se met à tout ranger. Je crois qu'aucun de nous n'a plus d'appétit.

– Ça n'est pas important.

Mais je profite du fait que c'est moi qui ai l'avantage, ce soir.

– Il y a tellement de choses que tu ne me dis pas…

Il soupire.

– C'est faux. Tu me connais mieux que la plupart des gens. Mieux que moi-même, je dirais…

– S'il te plaît.

Il soupire encore une fois avant de parler.

– Mes parents se sont fait la guerre toute mon enfance. Ma mère, Tory, a été mariée une première fois et elle a eu Joshua. Quand elle s'est remariée plus tard et qu'elle m'a eu, John, mon père, ne voulait pas entendre parler de Jo, il est donc resté habiter ici, avec son père. Il n'est jamais venu chez moi à Boston. Mon père est consultant pour de grandes entreprises et partait souvent à l'étranger. Quand il rentrait, ma mère et lui ne faisaient que se disputer. C'est l'année de mes quinze ans que j'ai su pourquoi. Elle se tapait ce connard de Collins. Andrew Collins était le meilleur ami de mon père. En gros, ma mère est une pute.

– Austin !

Je n'ai pas pu m'empêcher de crier. *Comment peut-il parler d'elle comme ça ?*

– Un soir, j'ai trouvé ma mère dans la chambre de mes parents en train de… Bref, avec Collins, quoi. Et j'ai pété les plombs. Je l'ai tellement frappé…

Je plaque une main d'horreur sur ma bouche.

– Collins ! J'ai frappé Collins, pas ma mère…

Je soupire de soulagement. Mais quand même…

– Je l'ai tellement frappé qu'elle a dû appeler les flics et une ambulance pour lui. Je suis resté au trou une nuit, même si j'étais mineur, puis j'ai eu un procès parce que ce bâtard a porté plainte contre moi. Soi-disant qu'il avait des traumatismes crâniens. Joshua n'avait pas encore de diplôme, mais il connaissait du monde et c'est lui qui m'a sorti de là. Mes parents ont divorcé, et deux ans après, je suis venu habiter ici. J'ai demandé à changer de nom et à porter celui de ma mère, comme Jo. Mon père ne me l'a jamais pardonné. La relation entre ma mère et moi n'a fait que se dégrader parce qu'après, j'ai fait plein de conneries. Et ce qui est le plus bizarre, c'est que Jo ne lui en veut même pas alors qu'il aurait toutes les raisons du monde. Et il y a un an, quand il a eu son diplôme au barreau, il l'a même invitée ici pour y assister.

– Les photos sur le frigo ?

– Ouais. Et mon père vit à New York. Il m'appelle parfois, mais on ne s'est pas vus depuis deux ans.

Austin a sorti tout ça à une telle vitesse que j'essaie encore de tout comprendre et d'assimiler. C'est comme si c'était un poids sur son cœur et qu'il voulait s'en débarrasser.

– Pourquoi tu ne vas pas le voir ?

– Tu ne le connais pas. Mon père est très BCBG. Il me demande toujours de mettre une chemise quand on est ensemble, pour ne pas lui faire honte...

Il regarde ses tatouages. *Quel connard, ce père !*

– Et tes rêves, dans tout ça ?

– Souvent, dans mes cauchemars, je revois le moment où j'ai trouvé ma mère dans la chambre avec l'autre, là... Mais depuis que je te connais... Enfin non, depuis que je suis tombé amoureux de toi, c'est toi que je vois à la place, avant de péter un câble...

Je comprends mieux ses crises de jalousie irréfléchies.

– Je ne suis pas ta mère.

– Et je ne suis pas Nate.

Touché. Il a raison.

Austin se lève.

– On y va ?

Je fais oui de la tête et l'aide à ranger.

Je jette un dernier regard au portrait de moi qu'il a fait faire, avant qu'il coupe les lumières.

Dans la voiture, nous faisons silence. Jamais nous n'avions eu de conversation à cœur ouvert l'un avec l'autre comme ça.

# 57
# Alexandra

– Où est-ce qu'on va, maintenant ?

Il sourit et pointe un doigt sur le ciel devant lui.

– Là !

Je suis son doigt. Au loin, se détachant dans le ciel, des lumières multicolores se reflètent. Et tout à coup, je vois un grand bras mécanique être projeté en l'air puis redescendre. J'écarquille les yeux.

– À une fête foraine ?

– Ouais.

Austin a l'air tout fier de lui. Pas moi. Je ne suis pas une grande adepte des sensations fortes. Un peu, ça peut aller, mais tout ce qui est tête en bas et autres trucs à vingt mètres du sol… c'est sans moi.

– Ça ne te plaît pas ? demande-t-il en fronçant les sourcils.

*Bon, il fait pas mal d'efforts, je ne vais pas tout saboter.*

– Si, si…

En quelques minutes, nous sommes arrivés. Austin se gare sur un parking plein à craquer et va nous prendre des places.

Je ne suis pas allée à beaucoup de fêtes foraines dans ma vie, et la dernière fois, j'étais petite, et c'était avec ma mère, à Atlanta.

Nous nous faufilons parmi la foule et les lumières multicolores, les musiques des tubes de l'été passent en fond sonore, les odeurs de churros et de pomme d'amour viennent nous chatouiller les narines. Tout ça se mélange et forme un joyeux brouhaha.

J'ai du mal à suivre parce qu'Austin ne me tient pas la main. Pas une seule fois, ce soir, il ne m'a touchée. Le fait qu'il soit si proche et si loin à la fois me perturbe.

– Lexie ?

Il me désigne le bras mécanique impressionnant qui tourne dans tous les sens.

– Tu veux faire ça ?

J'ouvre de grands yeux et il éclate de rire.

– Allez viens, on le fait ensemble…

– Je ne sais pas… Et si je vomis ?

– Bah tu vomiras…

Il est déjà dans la file pour prendre des tickets.

*Dans quoi je me suis laissée embarquer ?*

Quand le mec de la sécurité m'attache le harnais, je suis pâle comme un mort.

– Hey ! Ça va aller…

Austin a un sourire narquois. *Il se fout de moi, en plus !*

– Tu avais préparé ton coup, hein…

Il rit franchement, cette fois.

– Si tu avais bien voulu d'une surprise ou d'une soirée entre amis comme tout le monde, tu ne serais pas là !

Je m'apprête à lui lancer une insulte bien sentie, mais le manège se met en route et on se retrouve propulsés en l'air. Mon cœur s'envole carrément et mon cerveau ne fonctionne plus. *Oh mon Dieu !*

Je ferme les yeux et je ne peux pas m'empêcher de hurler de toutes mes forces.

– Aaahhh !

Je ne sais pas combien de temps ça dure, mais en descendant, je n'ai plus de voix ni de souffle.

– Ça va bé… Ça va ?

Austin sourit alors que je me raccroche à un poteau pas loin pour essayer de reprendre mes esprits. J'ai le cœur au bord des lèvres.

– T'es un véritable…

Il se met à rire.

– Enfoiré. Oui, je sais.

Il me laisse reprendre mon souffle avant de décider ce que nous allons faire maintenant.

– La grande roue ?

Je lui lance un regard mauvais et il lève les mains devant lui en signe de reddition.

– Ok, ok… Alors tir à la carabine. Viens ! Je vais essayer de nous avoir une peluche.

En quelques minutes, on est devant le stand et Austin joue deux parties avant de gagner.

Il a l'air de s'amuser comme un gosse. Ma tension est bien redescendue. Et même si je lui en veux encore un peu, je dois avouer que c'est l'anniversaire le plus original que j'aie jamais eu et que je passe une bonne soirée.

– Lequel tu veux ?

Je choisis le gros ours marron. Mais uniquement parce que c'est le moins moche. Le forain me le tend avec un sourire jauni à la cigarette. Il me dévisage un peu trop.

– Voilà, ma belle.

Austin lui lance des regards mauvais alors qu'on s'éloigne.

La peluche est tellement énorme que je dois la tenir des deux bras.

Nous décidons d'acheter des gaufres. Enfin une seule pour deux, vu leur taille. En plus, Austin prend les suppléments banane, chocolat et chantilly. Il attrape de la chantilly avec son index et la mange avant d'en reprendre et de me tendre son doigt. J'adore ça, alors je lèche son doigt avidement. Mais quand je me rends compte qu'il me regarde avec des yeux brillants, je rougis jusqu'à la pointe des cheveux. *Ok, j'aurais peut-être dû réfléchir avant de faire ça.* Il se mord la lèvre et tend le pouce pour m'essuyer le coin de la bouche, ses yeux ne lâchant plus mes lèvres.

– On rentre ?

J'acquiesce et nous repartons à la voiture. Il m'attrape la main et ne la lâche plus, sauf pour essayer de caser l'énorme peluche dans la voiture.

Tout le trajet, il semble songeur et pensif, bien que moins tracassé. Il me sourit constamment, et moi, je me dis qu'il roule trop vite. *S'il roule plus doucement, on arrivera moins vite à la maison…*

– À quoi tu penses ?

Sa question me fait sourire et il attrape ma main pour la porter à ses lèvres.

– À rien. Rien d'important.

Quand on se gare devant chez Mamina, il ne me lâche pas.

– Écoute, Lexie, ce n'était pas exactement comme ça que je voyais la soirée, ok ? Je pensais qu'on aurait le temps d'apprécier et…

Mais je ne le laisse pas finir et je me penche pour l'embrasser. Il se raidit un instant, surpris, avant de déboucler sa ceinture et de m'attirer vers lui avec fougue. Il me serre et je referme mes mains sur sa nuque. Son souffle est brûlant, son haleine mentholée m'avait manqué. Ses lèvres sont douces et il me mordille gentiment. Quand sa langue touche la mienne, je m'embrase. Alors je m'éloigne un peu pour reprendre mon souffle et Austin pose son front contre le mien.

– Je t'aime, bébé. Je t'aime tellement, putain…

Je ferme les yeux un instant, en respirant son odeur et en m'accrochant à la douceur de ses cheveux qui me chatouillent le front.

– Tu sais comment je t'aime ?

Sa voix est rauque. Sans me laisser le temps de répondre, il enchaîne :

– Je t'aime comme ça…

Il me repousse et je retire mes bras de sa nuque. Il enlève sa veste. *Mais qu'est-ce que…*

Il se retourne dos à moi et relève son t-shirt jusque sur ses épaules. À l'horizontale, sur la peau immaculée de son dos, il y a maintenant une phrase en écriture libre. Le tatouage est frais, il y a marqué « Je t'aimerai toujours jusqu'à toucher les étoiles » !

*Oh mon Dieu !*

Je pousse un cri de surprise :

– Tu… Tu t'es fait…

– Ouais, ce matin. Maintenant, je t'ai vraiment dans la peau !

Il rit. Mes yeux s'embuent de larmes.

– Austin…

Je tends la main et la fais courir sur sa peau en dessinant le tatouage du bout des doigts. Il frissonne à mon contact.

– Je le voulais. Vraiment.

Il baisse son t-shirt et se tourne vers moi pour me regarder dans les yeux. J'en ai le souffle coupé. Je me mords la lèvre et cligne des yeux pour m'empêcher de pleurer. Il tend la main et me force à relâcher ma lèvre en posant ses doigts sur mon menton.

– Ne fais pas ça, bébé… Je t'aime, d'accord ? Je sais que je ne fais pas tout le temps ce qu'il faut, mais maintenant je vais…

– Essayer d'arrêter d'être un connard ?

Il sourit et moi aussi.

– Ouais. Enfin un peu…

Il rit et se penche pour m'embrasser.

Je sens de nouveau la boule de feu dans mon ventre. Alors je le repousse.

– Je t'aime, Austin. Et je vois tout ce que tu as fait. Mais je pense qu'il vaut mieux que je dorme toute seule ce soir, d'accord ? On se verra lundi.

– Pas demain ?

– On y va doucement…

Il grimace.

– Ok…

Je me penche pour l'embrasser encore avant de sortir.

Il m'aide à extraire l'ours et me regarde partir vers la maison. Je prends vraiment sur moi pour ne pas faire demi-tour et lui dire de revenir dormir avec moi.

# 58
# Alexandra

J'ai la tête comme une pastèque. Comme tous les jours depuis le week-end dernier, j'ai passé la nuit au téléphone avec Austin et le manque de sommeil se fait sentir.

Je m'affaire pour aider Charlie. Avec Mamina, nous lui donnons un coup de main pour ranger son stock de marchandises. Deux de ses employés sont malades et il est stressé.

Quand Nick a débarqué tout à l'heure pour lui apporter du café et des gâteaux, j'ai cru qu'il allait faire une crise cardiaque. J'ai réussi à détourner l'attention de Mamina pour que Charlie s'occupe de son « ami ». Il l'a gentiment congédié, même si ce dernier semblait mécontent.

– Il faut qu'on y aille, Mamina.

Je tape des pieds parce que, pour la centième fois aujourd'hui, Mamina prend tout son temps quand je lui dis de se magner. Charlie et moi essayons de la ménager, mais quand elle s'en aperçoit elle nous tire la tronche, alors on fait comme si tout allait bien.

– Tu es vraiment une stressée de la vie, Lexie ! Calme-toi. Tu as vu Austin à l'école toute la semaine, tu peux bien patienter encore cinq minutes.

Elle arrose les dernières plantes sous la serre, alors que moi, je soupire encore et encore, les bras croisés, appuyée contre ma Mustang. Je me suis remise à conduire et j'angoisse de moins en moins.

– Oui, moi je peux attendre, mais c'est au moins la dixième fois qu'Austin m'appelle. C'est sur moi qu'il va passer ses nerfs quand je vais arriver !

– N'importe quoi, il est très doux, ce garçon, répond-elle.

En général, oui… mais quand il pète les plombs, c'est quelque chose.

– Il n'est que dix-huit heures.

– Il fait déjà presque nuit ! Mamina, je te jure que si tu ne lâches pas cette merde maintenant, je te plante là !

Elle lève les yeux au ciel mais ne réagit pas quand je jure, parce qu'elle parle encore plus mal que moi. Si mon père était là, il en aurait fait une syncope.

Heureusement, Charlie arrive et lui arrache l'arrosoir des mains.

– C'est bon, maman ! Tu en as déjà fait plus que nécessaire. Vas-y, Alexandra va exploser, sinon. Tu te souviens des scènes que faisait Lily ? Elle était capable de te retourner la maison. Eh bien sa fille a le même caractère !

Je souris et lui aussi. J'aime bien quand il parle de ma mère. Il avait l'air de beaucoup aimer sa sœur, même s'il n'est jamais venu chez nous à Atlanta.

Mamina soupire et l'embrasse avant d'enlever ses gants et de me suivre.

Je monte dans la voiture et nous partons enfin.

Arrivée à la maison, je me douche avant de me changer. Austin veut qu'on sorte tous les deux, ce soir. Apparemment, c'est l'anniversaire de Jesse et il y a une soirée de prévue, mais vu ses fréquentations, on ne va pas y aller. Ce serait chercher les problèmes.

À vingt heures, il est là, mais je ne suis pas prête, alors il attend dans la cuisine en faisant la conversation à Mamina. Chaque fois que je l'entends parler avec elle, ça me fait sourire. On dirait que c'est sa grand-mère aussi. Même si elle est trop vulgaire pour être une grand-mère normale.

Je m'attache les cheveux en queue-de-cheval et prends ma veste et mon sac. Il y a de fortes chances que je dorme chez lui ce soir.

Je les entends parler du couloir.

– T'es qu'un petit con, de toute façon, dit Mamina.

Austin éclate de rire.

– Ouais, ouais… C'est quand on ne trouve plus rien à répliquer qu'on insulte les gens !

J'entre dans la cuisine. Il lui balance un morceau de brocoli, mais elle l'évite et le menace de sa spatule en bois, les sourcils froncés, avec un sourire malicieux sur les lèvres. *Non mais, quels gamins !*

– Vous avez fini de jouer avec la nourriture ?

Austin se tourne vers moi et fronce les sourcils. Son sourire disparaît instantanément.

– Tu ne m'as pas dit que j'étais invité au mariage de ton père !

Je lance un regard mauvais à Mamina qui se détourne vers son piano de cuisson. Austin descend de son tabouret.

– Les vacances sont dans deux semaines. J'avais encore le temps pour t'en parler. Puis en quoi ça t'intéresse ?

Il a une expression indéchiffrable.

– On y va ?

Il attrape sa veste et va embrasser grand-mère sur la joue.

– Mamina, ne m'attends pas, ce soir. Il y a de fortes chances que je…

– Que tu ne rentres pas ! finit-elle.

– Euh… Ouais.

Je l'embrasse et m'enfuis presque en courant.

Nous prenons ma voiture, car elle a un toit décapotable et que nous avons décidé d'aller au festival du film d'art de St Raphael, qui fait des projections sur écrans géants en mode drive-in. Ils diffusent de vieux films remastérisés comme *Anna Karénine*, *Citizen Kane*, ou *Casablanca*. Austin a décidé qu'on irait voir *Rebecca*, un film d'Hitchcock. Je crois que je n'ai jamais regardé un film aussi vieux. Sauf peut-être *Les Temps modernes* avec Charlie Chaplin. S'il écoute ma musique, je peux faire un effort et regarder un vieux film.

– Bon, alors, tu comptais m'en parler ou pas ?

Je chasse de la main les mèches de cheveux qui se sont échappées de ma queue-de-cheval pour se mettre devant mes yeux. Nous roulons le long de la côte et Austin a ouvert la capote de la voiture. L'air est frais et il fait déjà nuit. D'un côté, nous avons la vue magnifique sur le Pacifique de nuit, et de l'autre, les lumières de la ville sous le ciel étoilé.

– Ouais. Pourquoi tu en fais toute une histoire ?

– J'en fais pas toute une histoire, c'est juste que… Laisse tomber !

Je vois bien à son expression que quelque chose l'énerve. J'ai omis de lui parler du mariage, mais ça n'avait rien de secret. Pas la peine d'en faire tout un fromage.

– Si tu me reproches quelque chose, dis-le. Ne me fais pas la gueule sans en parler.

Il serre les mains autour de son volant.

– Est-ce que tu as honte de moi ?

J'ouvre de grands yeux. *Quoi ?*

– Qu'est-ce que tu racontes ?

Il ne me regarde pas.

– J'ai remarqué comment les gens nous regardent quand on se tient par la main, toi et moi. Toi tu es normale, et moi, avec tous mes tatouages… Je sais bien ce que les gens pensent… Et ton père…

Je secoue la tête, abasourdie.

– Mais ce que les autres pensent, je m'en fiche ! Si je ne t'en ai pas parlé, c'est parce que je n'y pensais même plus, pas parce que j'ai honte de te présenter à mon putain de père !

Il soupire. De soulagement, j'espère.

– J'ai cru…

Je me renfrogne. On avait fait des progrès, cette semaine, pour se réconcilier, et là je me rends compte qu'il pense ça de moi…

– Eh bien tu as mal cru, grogné-je.

Il me regarde en biais.

– Tu vas aller à ce mariage ?

– J'ai accepté d'être demoiselle d'honneur, je n'ai pas vraiment le choix.

– Et ton père ne te manque pas un petit peu ?

– Non.

– Pas du tout ?

Je fronce les sourcils en le regardant. Il sait très bien qu'entre mon père et moi, ce n'est pas l'amour fou.

– Non, pas du tout !

– Pourquoi tu le détestes autant ? D'après ce que j'ai compris, il fait tout pour rattraper ton enfance merdique…

Je me tourne vivement vers lui en sautant sur mon siège.

– Putain, Austin, ne me dis pas que tu prends la défense de mon père, là ! Il peut faire ce qu'il veut, ça ne changera pas le passé ! Il peut m'offrir tous les putains de cadeaux du monde, je m'en fous !

Austin parle doucement alors que je hurle.

– Parfois on n'a pas le choix, on doit laisser ceux qu'on aime… Peut-être qu'il ne pouvait pas faire autrement…

Mon pouls accélère. Je contracte la mâchoire et serre les poings.

– Comment tu peux respecter quelqu'un qui a abandonné son enfant ? Moi, je ne pourrais jamais ! Tu ne sais pas ce que ça fait quand toutes les petites filles de ta classe ramènent leur papa pour la fête des pères et que toi tu prétends avoir mal au ventre pour manquer ce jour de classe… Tu ne sais pas ce que ça fait que de vivre toute seule avec une schizo et personne pour te sortir du placard quand on t'enferme !

Je hurle tellement fort qu'on n'entend plus la musique qui était presque à fond et Austin secoue la tête en se mordant la lèvre, une expression grave sur le visage.

– Ok Lexie, calme-toi !

– Je te jure que si tu prends la défense de mon père avec moi encore une fois…

– Je ne le ferai plus, promis !

Il a une expression pensive et inquiète. Je n'arrive pas à croire qu'il puisse le défendre, il est censé être de mon côté !

Je me détourne vers ma vitre et nous nous taisons. Puis Austin soupire bruyamment.

– Je ne dirai plus rien sur ton père, mais ne boude pas.

– Hmm…

Il m'a vraiment mise de mauvaise humeur et je ne veux plus en parler. Mais je repense à ce mariage qui aura lieu dans pas si longtemps.

– Qu'est-ce que tu fais, pendant les vacances ?

Il grimace.

– Bah justement, j'étais censé aller à Boston…

Je m'en serais doutée.

– Et toi, tu comptais me le dire ?

– Oui, j'attendais ce soir…

*C'est ça, ouais !*

– Tu veux venir au mariage avec moi ?

Il grimace encore et bafouille. Je ne saisis pas tout.

– Euh… Boston… Les vacances… Toi et moi… Mauvaise idée… Puis les mariages avec la cérémonie et tout le bordel, ce n'est pas mon truc…

*Il me fait toute une histoire parce que je ne lui ai rien dit, et maintenant, il ne veut pas venir avec moi ?*

– Tu te fous de ma gueule, là, non ?

Il détourne les yeux pour ne pas me regarder.

– Écoute, c'est… Je dois aller chez moi et tout…

– Je ne t'ai pas dit de ne pas aller chez toi. Je te demande juste de m'accompagner à ce putain de mariage.

Il grogne.

– Il faudra que je porte une chemise, une cravate et tout le bordel…

Je me souviens que la seule fois où j'ai vu Austin avec une chemise habillée, c'était pour le Nouvel An.

– Ce n'est pas la mort, quand même…

– Parle pour toi ! Au Nouvel An, c'est Hailey qui m'avait obli…

Je serre encore plus les poings en entendant le nom de cette pute et lui s'arrête net de parler. *Il a mis une chemise parce qu'elle lui a demandé et il ne veut même pas venir à ce foutu mariage avec moi ?*

– Ok, ok. Tu sais quoi, je vais venir avec toi. De toute façon, je serai à Boston aussi, alors…

Il m'a vexée, c'est trop tard.

– Ne te sens surtout pas obligé !

– Je vais venir. Arrête d'être aussi susceptible.

– J'ai jamais dit que j'étais parfaite.

Il soupire.

– Je sais. Mais la première chose que j'ai apprise quand je t'ai rencontrée, c'est que tu as la rancune tenace.

Nous arrivons devant le cinéma de plein air et il prend les tickets avant d'entrer et de suivre le parcours en voiture jusqu'à la place indiquée. Ça va être bizarre de regarder un vieux film dans la voiture comme dans les années soixante-dix. Je n'ai jamais fait ça.

Quand nous sommes garés, Austin détache sa ceinture et moi aussi. Il prend le sachet de pop-corn, les chocolats et les sodas à l'arrière. Il me regarde en me tendant un soda.

– Tu as pensé quoi de moi, la première fois que tu m'as vu ?

– Que tu étais trop beau et trop arrogant. Un vrai connard.

Et je suis sincère, en plus.

Maintenant, il sourit. J'ouvre mon soda.

– Et quand tu m'as côtoyé, après ?

– Après j'ai pensé que je ne m'étais pas trompée. Tu es trop beau et trop arrogant. Un vrai connard. La première impression ne trompe jamais…

Il sourit encore plus.

– Tu veux que je te dise ce que j'ai pensé de toi la première fois que je t'ai vue ?

*Pas vraiment, non…*

Je ne réponds pas et il reprend.

– J'ai pensé que tu étais une chieuse et une vraie garce. Et que tu avais le plus beau cul que j'aie jamais vu !

Je soupire d'agacement avant de demander.

– Et après, quand on s'est côtoyés ?

– Que tu es vraiment bel et bien une chieuse et une garce. Et que tu as vraiment le plus beau cul que j'aie jamais vu.

Je me renfrogne dans mon siège et il tend la main pour repousser une mèche de cheveux derrière mon oreille.

– Et que tu as les plus beaux yeux, aussi… Et le sourire le plus craquant… Et l'esprit le plus tordu… Et j'ai fini par tomber follement amoureux de toi…

Il se penche et, en passant ses mains derrière ma nuque, il m'attire pour m'embrasser langoureusement.

# 59
# Alexandra

– Alors ?

Quand l'écran géant laisse défiler le générique de fin, Austin me détaille pour jauger ma réaction.

J'ai un peu mal aux fesses d'être restée assise pendant deux heures sur mon siège auto, mais je ne le regrette pas. Ce film est juste…

– Waouh.

Austin hausse les sourcils en me regardant.

– Tu as vraiment aimé ? Tu détestes les vieux films…

– Très sérieusement… waouh ! Je ne m'attendais pas du tout à ça. C'était une espèce de conte de fées vénéneux, non ? Une sorte d'*Alice au pays des cauchemars*. Un peu morbide, mais très prenant. Tu as dit que c'était un drame, mais ça fait plus thriller !

Austin sourit en me regardant, les sourcils en accent circonflexe.

– Moi qui pensais que tu aurais détesté. Ouais, ça fait thriller.

– J'ai compris pourquoi tu aimes bien ce film.

Il rit et s'enfile les derniers Skittles.

– Qu'est-ce qui t'a plu ?

– Il est très ambigu, plein d'hypocrisie, avec un doigt de perversité. Très sensuel, avec une pointe d'obsession fétichiste et de tension sexuelle, j'énumère.

Il explose de rire.

– Ouais, si tu le dis.

– Je le dis.

– Bon, on y va, Rebecca ? me fait-il moqueur.

Je lui pince le bras et il fait mine d'avoir mal.

– On va où ?

Il a un sourire malicieux.

– Tu veux aller te balader sur la plage ?

– En pleine nuit ?

– Ouais.

Je hausse les épaules alors qu'il repart vers Palmera Beach.

– Ok.

J'adore me balader avec lui en voiture, la nuit. On dirait qu'on est plus proches que le jour, dans notre quotidien.

Les étoiles, la lune, l'air frais, le bruit des vagues pas loin qui prend de l'ampleur le soir quand la ville est endormie et les paysages pleins d'ombres qui défilent, tout ça me rend mélancolique, mais paradoxalement heureuse.

La nuit, j'ai toujours l'impression que la tension entre nous est palpable, mais dans le bon sens du terme. Que tout entre nous est plus ardent.

On se gare sur le parking pour aller se promener sur la plage où on avait fait ce feu de camp merdique.

Austin attrape une couverture sur le siège arrière de la voiture et me prend par la main pour me guider à travers les arbres jusque sur le sable fin qui court le long des côtes.

– À quoi tu penses ? me demande-t-il.

En fait, je pensais juste à la chaleur de ses doigts sur les miens.

– Tu viendras vraiment à ce mariage avec moi ?

Il soupire.

– Oui, je t'ai dit que oui. Je ne pourrai pas passer toute la semaine avec toi, mais je viendrai au mariage…

À ce moment, son téléphone vibre dans sa poche et il le sort. J'ai furtivement le temps de voir le nom de Mike s'afficher à l'écran avant qu'il le range sans répondre.

*Pourquoi est-il pote avec ce mec ?*

Il fronce les sourcils, mais ne dit rien. Moi non plus. Je ne veux plus exiger des réponses de lui. J'aimerais qu'il me parle de lui-même.

J'enlève mes chaussures et les abandonne sur la plage pour aller vers l'eau et laisser les vagues lécher mes orteils. Austin fait de même. L'eau est glaciale, mais ça ne me gêne pas.

– Bébé, tu sais que je ne me vois pas sans toi.

Les paroles d'Austin me prennent au dépourvu.

Je lève la tête vers lui, mais il ne me regarde pas, il fixe l'horizon, les mains dans les poches.

– Moi non plus. Pourquoi tu dis ça ?

Il a l'air triste et songeur.

– Parce qu'il y a plein de choses qui vont nous séparer…

Mon cœur se met à battre plus vite. Je n'aime pas l'entendre dire ça.

– De quoi tu parles ?

Il soupire et donne un coup de pied dans les vagues, nous éclaboussant un peu.

– Rien. C'est juste que… Je pense à la fac et à tout le reste…

L'angoisse que je m'efforce de garder en cage quand je pense à l'avenir avec lui est en train de remonter dans mon ventre et de me donner la nausée. *Du calme, Lexie… Ce n'est pas la fin du monde.* Non. Si on se sépare, c'est la fin de *mon* monde.

– Pourquoi tu penses à ça ?

Ma voix tremble. Il l'entend et se retourne vers moi. Il arbore une expression mélancolique.

– Parce que ça va arriver vite et qu'on ne va pas savoir quoi faire.

– Tu as dit qu'entre New York et Boston il n'y a que quatre heures et qu'on se débrouillerait.

– Ouais, je sais…

– Tu as changé d'avis ?

Il secoue la tête.

– Non, mais ce serait plus simple si on était dans la même ville.

Je soupire et attrape la couverture qu'il a laissée à côté de nos chaussures pour l'ouvrir et m'y asseoir.

– Je ne vivrai pas à Boston, Austin. Nate hante toutes ses rues et… j'y suis restée suffisamment longtemps. New York a toujours été mon rêve.

Il grimace.

– Je sais.

Je ne sais pas pourquoi il pense à tout ça, là tout de suite. Ni pourquoi il est aussi pensif. Mais ça ne me plaît pas. Je ne veux pas passer les prochaines semaines à me soucier de l'avenir et à m'empêcher de profiter de l'instant présent. S'il y a bien une chose que j'ai apprise ces dernières années, c'est que le bonheur est éphémère.

Il s'assoit à côté de moi.

– Arrête, Austin, tu me plombes le moral.

Il soupire et me sourit, mais je sens que ce sourire est forcé. Je me penche et enroule mes bras autour de son cou. Je l'embrasse sur la joue et souffle dans son oreille contre le métal de ses piercings.

– Je connais un très bon dérivatif pour te changer de tes idées noires, murmure-t-il.

– Si tu essaies de détourner mon attention par le sexe…

Il me pousse tout à coup sur la couverture et je ne peux m'empêcher de crier de surprise.

– Tu m'as démasqué !

D'un geste brusque, il remonte mon t-shirt et laisse ses doigts courir sur ma peau. Avec une soudaine fougue, je l'attrape par la nuque pour le tirer vers moi et l'embrasser. Il s'appuie sur moi de tout son poids et m'écrase, mais ça ne me gêne pas. Dans une tentative d'être plus proche de lui, je m'arque vers lui et passe mes mains dans son dos, sous son t-shirt, pour lui caresser la peau.

Tous mes sens sont en éveil. J'ai envie de sentir chaque centimètre carré de sa peau contre la mienne. Il passe sa langue sur ma lèvre et je me sens déjà brûlante. La palpitation entre mes jambes est déjà douloureuse. Il passe ses doigts au-dessous d'un de mes seins dans un lent mouvement qui me torture.

– Austin…

Il sourit et se presse contre moi.

– Ça t'apprendra à être aussi bandante et excitante, chuchote-t-il contre ma bouche.

Je rougis, mais il s'en fiche, il continue son petit manège.

– J'ai envie de te marquer…

Il pose son doigt à la base de mon cou, juste sur la veine qui palpite furieusement.

– … juste là.

Et il se met à me suçoter la peau férocement. Je geins sous la douleur, il arrête et passe des petits coups de langue pour apaiser la brûlure sous ma peau.

– Bébé, j'ai envie de toi alors que je ne t'ai même pas encore touchée.

– Moi aussi.

Il se redresse et, à genoux, enlève sa veste et son t-shirt avec précipitation. Je me redresse sur un coude et tends la main pour caresser son ventre tatoué. Mes doigts s'embrasent en courant sur sa peau. Il est toujours tellement chaud.

Son jean est nettement plus tendu sur le devant. Austin a déjà les yeux brillants, il prend ma main et la porte à sa bouche. Il embrasse mes doigts un à un doucement en me regardant dans les yeux et, tout à coup, il la fait descendre et la glisse dans son jean en se penchant en avant. Il referme ma main autour de son membre et gémit doucement. Cette image de lui est tellement érotique qu'elle me donne des frissons dans tout le corps.

Je regarde précipitamment autour de nous, mais Austin m'attrape le menton de sa main de libre pour m'obliger à le regarder.

– Il n'y a personne ici, bébé, juste toi et moi.

C'est vrai que la plage est déserte.

Je ne sais pas ce qui me donne le courage, parce que je suis sobre et qu'Alexandra Montgomery dans son état normal n'aurait jamais fait ça, mais je retire ma main, je me redresse alors qu'Austin m'aide et je retire comme lui ma veste et mon t-shirt précipitamment. Je ne l'ai pas encore retiré qu'Austin a posé une main possessive sur mon sein et m'a attirée vers lui.

– Tu es parfaite !

Il m'embrasse en me caressant le sein sur mon soutien-gorge et je passe mes mains dans ses cheveux.

J'aimerais bien voir à quoi nous ressemblons comme ça, à moitié nus, à genoux, collés l'un à l'autre, haletants, et nos ombres se détachant sur l'horizon dans la nuit.

Je le repousse alors qu'il passe ses mains dans mon dos, me brûlant la peau et m'enflammant les sens. Je déboucle sa ceinture et déboutonne son jean.

– Bébé…

Il gémit alors que j'écarte son boxer pour passer la pulpe de mon pouce sur la petite goutte d'humidité qui s'est déjà formée sur le dessus de son sexe.

Il me regarde les yeux noirs de désir. Alors je passe la main dans mon dos pour dégrafer mon soutien-gorge qui tombe tout seul comme s'il n'attendait que ça. La bouche d'Austin forme un O parfait quand il regarde ma poitrine. Il tend la main et la pose sur un sein, mais il reste immobile, comme dans un état second. Le voir comme ça me fait sourire. J'aime qu'il me désire comme si c'était la première fois. Encore et encore.

– Austin…

Je caresse son torse tout en muscles puis le force à relever la tête vers moi.

– Tu me fais l'amour, oui ou non ?

Il sourit carrément et m'attire vers lui vivement, écrasant sa bouche sur la mienne. Je dois m'accrocher à lui pour ne pas vaciller. Il fait courir ses mains partout sur moi, sur mon dos, mes hanches, mes bras, mes seins qui sont plus durs que jamais, et mon ventre, alors que sa langue s'approprie la mienne avec passion.

Je me lève et retire mon jean fiévreusement, il me suit et fait de même avec son pantalon et son boxer du même coup.

Ses doigts viennent dessiner des cercles sur mes hanches en tirant sur ma culotte de coton blanc.

– Bébé…

Je ne sais pas si c'est le fait que je l'ai appelé comme ça, mais il m'ouvre brusquement les cuisses de la main et glisse un doigt en moi. Je ne peux m'empêcher de gémir et je m'accroche à lui pour ne pas que mes jambes se dérobent sous moi.

– Viens, bébé…

Il m'entraîne avec lui et s'assoit en me plaçant à califourchon sur lui.

– Tu es si humide, chaude et douce, putain…

Ses paroles me transportent autant que son doigt en moi qui entre et sort lentement. Trop lentement. Je commence à bouger contre sa main en haletant et je le sens pousser encore contre ma cuisse. Alors je le pousse des deux mains et il me regarde d'abord sans comprendre, puis il s'exécute et s'allonge en arrière, et moi, je me penche sur lui pour embrasser la peau salée de son torse et remonter jusque dans son cou.

Il grogne et je viens me frotter contre sa virilité en l'embrassant.

– Lexie…

– Quoi ?

Sentir son sexe en érection contre moi avec comme seule barrière ma culotte trempée, c'est plus que je ne peux en supporter. Je me relève nerveusement et la retire.

Il tend la main vers son jean pour attraper un préservatif qu'il déchire.

Je me rassois sur lui vivement et le lui arrache des mains. Je me sens suffisamment sûre de moi pour le faire toute seule.

Pour le torturer, je me penche, et en prenant son sexe dans mes mains, je fais courir ma langue sur lui de bas en haut.

– Bordel ! Si tu n'arrêtes pas tout de su…

Je le mordille, il ne termine pas sa phrase et grogne en se tendant. Je crois qu'il va éjaculer, mais non, alors très vite, je déroule le préservatif sur lui. Il m'attrape par les hanches et me guide.

Quand il m'emplit de façon absolue et possessive, j'ouvre grand la bouche, mais aucun son ne sort. Le sentir en moi est absolument déroutant, mais putain, qu'est-ce que c'est bon !

Comme s'il lisait dans mes pensées, Austin demande.

– C'est bon, hein, bébé ?

– Oh oui… soufflé-je pour lui répondre.

Il se redresse pour être contre moi et donne une impulsion à ses hanches qui me soulève. Je gémis tellement fort que je me mords la lèvre quand je m'en rends compte.

Austin prend un sein dans sa bouche en l'aspirant alors que je fais des cercles sur lui de mes hanches. Il me serre contre lui et croise ses mains dans mon dos alors que je tire sur ses cheveux trempés de sueur et qu'il entre et sort en moi doucement, puis plus vite.

Cette fois je n'ai pas mal du tout. La douleur cède la place au plaisir et je sens cette urgence qui vient de plus en plus vite.

– Il n'y a que moi qui peux te donner du plaisir comme ça, hein, bébé…

Je hoche la tête et il me pénètre plus violemment encore.

– Dis-le, Lexie… Je veux l'entendre !

Austin est possessif, et pendant l'amour encore plus.

– Oui, il n'y a que toi…

Ma voix est cassée et essoufflée.

Il soulève ses hanches encore plus vite et je suis le mouvement en tirant sur ses cheveux. Il grogne et m'embrasse dans le cou, sur l'épaule, sur ma plume tatouée.

J'adore les sons que fait Austin pendant l'amour. Sa façon d'être rude et doux à la fois aussi.

– Je t'aime… murmuré-je en repoussant ses cheveux de la main et en embrassant son front mouillé.

Il glisse sa main entre nous et me touche alors que je suis trempée et qu'il est en moi. Ses doigts me font perdre la tête et je sens déjà mes jambes se raidir.

– Je t'aime, Lexie. Putain ouais, je t'aime. Et j'aime quand t'es comme ça…

Il m'attrape brusquement par les hanches et me bascule sur la couverture pour se retrouver allongé sur moi. J'en ai le souffle coupé.

Il me pénètre de nouveau violemment et j'ouvre de grands yeux. Il s'appuie sur ses mains pour ne pas peser de tout son poids, alors que moi, je l'attire et enroule mes jambes autour de lui dans une tentative désespérée d'être encore plus proche de lui.

– Bébé, j'y suis… presque…

Je sens la pression qui monte le long de ma colonne vertébrale tandis que j'enfonce mes ongles dans son dos, dans les mots qu'il a écrits pour moi. Rien que de penser à ça, je sens mes jambes se contracter de nouveau.

– Austin…

La dernière poussée me fait chavirer et je tremble de tout mon corps, l'entraînant avec moi dans les limbes du plaisir, alors qu'il jouit en moi en haletant et en prononçant mon prénom encore et encore, comme un mantra.

Quelques minutes plus tard, après avoir repris son souffle, Austin se relève, se retire et noue le préservatif pour le jeter.

Il s'assoit et je vois les mots dans son dos.

« Je t'aimerai toujours jusqu'à toucher les étoiles ».

Moi aussi je l'aimerai toujours comme ça.

Je tends la main pour caresser sa peau et les mots qui me sont destinés. Il frissonne et se retourne pour me sourire.

– On rentre à la maison ? Tu dors chez moi.

Ce n'était pas une question, mais une affirmation.

Je me redresse et me rhabille tout en restant assise. Lui aussi.

Alors qu'il est prêt à partir, je me rallonge sur la couverture.

– Bébé, on s'en va ?

– Non ! Viens là !

Je tends les bras vers lui et il revient s'allonger près de moi.

– Quoi ?

Je tends les mains vers le ciel clair et constellé d'étoiles.

– Moi aussi je t'aime jusqu'à toucher les étoiles.

Il sourit.

– Je sais.

J'attire sa tête contre moi et nous restons là, à observer le ciel, le bruit des vagues que j'avais oublié dans la passion emplissant nos oreilles.

# 60
# Alexandra

– Qu'est-ce qu'il y a ?

Austin tire ma valise et porte son sac de l'autre côté. Il semble vraiment nerveux depuis qu'on a atterri à Boston.

– Rien. Je n'ai pas envie d'être séparé de toi, c'est tout.

Je soupire. Comme si moi j'en avais envie. Comme si j'avais envie de passer ces jours sans lui et avec Lauren et mon père. En plus, Lauren a prévu mille choses pour nous avant le mariage, dans trois jours.

Nous sortons et il hèle un taxi.

– Pourquoi tu appelles un taxi ? Mon père devrait être là et on va te déposer chez toi…

Austin lève des yeux inquiets sur moi.

– Quoi ? Non, c'est bon ! Je vais rentrer. Va retrouver ton père, toi.

*Ok. Il ne veut pas que j'aille chez lui.*

– Ok, ben casse-toi, je grogne en faisant la tête.

Il passe son sac au chauffeur de taxi qui le met dans son coffre.

– Bébé, viens là.

Il m'attrape et me force à l'embrasser.

– Je sais que toi aussi tu es stressée, me dit-il.

*Sans blague…*

– Je ne comprends pas pourquoi, d'ailleurs… Toutes les meufs aiment les mariages et toutes ces conneries avec trop de fleurs, de déco et de trucs à la con !

– J'aime pas les mariages.

– T'aimes jamais rien, répond-il.

C'est vrai. Je n'aime pas Noël parce que je n'en ai pas eu de vrai comme dans les films depuis mes cinq ans, je n'aime pas les câlins parce que personne ne m'en a jamais vraiment faits à part ma mère dans mon enfance, je n'aime pas les enfants parce que je ne peux pas en avoir, je n'aime pas les mariages parce que je ne me marierai sans doute jamais... Je n'aime pas tout ce que je ne peux pas avoir.

– Si, je t'aime, toi.

Il sourit.

– Je t'aime. Je t'appelle demain, ok ?

– Y a intérêt.

Il m'embrasse une dernière fois avant de s'engouffrer dans le taxi.

Il disparaît au moment où la voix de mon père m'interpelle.

– Alexandra !

Je me retourne vers mon paternel qui arrive vers moi tout sourire, dans son pull à quatre cents balles et son pantalon de toile, de marque également.

– Salut.

Il me presse le bras et je lui fais un sourire-grimace.

– Comment était votre vol ?

– Bien.

Je ne vais pas lui dire qu'Austin a été un vrai tyran et que moi je suis sur les dents également.

– Ton copain n'est pas avec toi ?

– Non, il a pris un taxi pour rentrer chez sa mère.

– J'aurais pu le déposer !

– Ouais. Je crois que c'est ce qu'il voulait éviter, justement.

Nous nous dirigeons vers le parking où mon père a garé sa berline. Il tire ma valise jusqu'au coffre de la voiture.

– Je voulais l'inviter à dîner à la maison, demain soir.

Mon pouls s'accélère.

– Pourquoi ?

– C'est une idée de Lauren, mais je suis pour aussi. Pour apprendre à le connaître.

– Vous le rencontrerez au mariage !

– Alexandra...

Il fronce les sourcils. Je monte dans la voiture.

– Ok, je l'appellerai, putain…

– Arrête de jurer !

Je soupire. Je ne vais pas tenir cinq jours sans jurer. Avec Mamina, je ne fais pas attention à ce que je dis.

– Et Alexandra, s'il te plaît…

Mon père se tourne vers moi et me regarde fixement.

– Sois gentille avec Lauren jusqu'au mariage. Elle est déjà nerveuse et je ne veux pas en rajouter.

*Génial, ça commence bien !*

– Alexandra ?

– Ouais, ok ! Je vais bien me tenir.

Je soupire et mon père sort du parking pour aller vers Beacon Hill.

*Bienvenue à Boston, Lexie !*

# 61
# Alexandra

– Qu'est-ce que tu en penses, Alexandra ? Blanc cassé ou ivoire ?

Lauren me montre deux serviettes de table qui m'ont l'air identiques.

Je repense à l'avertissement de mon père et lui réponds :

– Blanc cassé.

Elle se tourne vivement vers l'organisatrice de mariage.

– Ah vous voyez ! Je savais qu'Alexandra saurait trancher. Elle a toujours eu bon goût.

*Ah bon ?*

Margaret, la *wedding planner*, me fait un sourire de connivence, mais elle lève les yeux au ciel quand Lauren a le dos tourné. D'après ce que j'ai compris, ça fait au moins cinquante fois qu'elle change d'avis sur ces putains de serviettes.

Lauren est déjà de l'autre côté du salon immense de notre appartement, tournant autour d'une console où un énorme bouquet de pivoines couleur prune est posé. Une composition identique à celle qui ornera les tables dans deux jours. Elle secoue les mains comme une folle.

– Il manque de la gypsophile ! J'avais dit qu'il en fallait plus !

Margareth se lève vivement pour aller la rassurer et moi je soupire et laisse ma tête reposer contre l'immense canapé de velours bleu. J'en ai déjà marre.

Mon téléphone sonne et je soupire de soulagement en voyant le nom d'Austin s'afficher.

Je me lève vivement du canapé en criant à Lauren :

– Je reviens. Il faut que je réponde !

Elle me sourit et je file dans l'escalier de marbre blanc à l'étage, dans ma chambre immense au fond du couloir.

– Salut.

Austin respire à l'autre bout du fil.

– Salut, bébé. Ça va ?

Je gémis instantanément en me laissant tomber sur mon lit.

– Noooooonnnnn. Je veux rentrer à la maison…

Je l'entends rire.

– Franchement, tu ne sais pas ce que j'ai enduré toute la journée. Entre les fleurs, les bijoux, les nappes, les serviettes et tout le reste, je vais devenir folle.

– Si ça peut te rassurer, tu l'es déjà. Folle.

Je ne ris pas, alors il se rattrape.

– Je plaisante. Écoute, dis-toi que ce n'est que pour deux jours, après c'est fini.

– Hmm… Tu viendras, ce soir ?

Je lui ai fait part de l'invitation à dîner de mon père et Lauren par message, mais il ne m'a pas répondu.

– Oui, je viens, j'ai envie de te voir.

– Mon père ne va pas te lâcher…

Je l'entends se marrer.

– Il ne me fait pas peur.

– Bon, ok. Dépêche-toi de venir, alors…

– Il n'est que quinze heures, bébé !

Je souffle d'agacement et fais une grimace au portrait de la pin-up des années vingt qui orne un des murs de ma chambre à Boston.

*Quinze heures seulement ? Je vais mourir d'ennui !*

– Bon sang…

– Arrête de te plaindre, je suis obligé de me coltiner ma mère, moi aussi, me fait Austin.

– Je suis sûre qu'elle n'est pas aussi chiante que ça…

– On voit que tu n'es pas à ma place !

Ça m'intrigue de savoir où il vit exactement et comment est sa mère au quotidien.

– Tu as fait quoi, aujourd'hui ?

J'essaie d'être nonchalante, mais Austin flaire le piège et détourne savamment ma question.

– Oh rien d'intéressant. Tu sais, Boston, quoi… Je viens à quelle heure, ce soir ?

– Dix-neuf heures, c'est bien, je pense.

À l'autre bout du fil, j'entends des rires d'adultes et d'enfants et plusieurs voix se mêler. Ça se chamaille gentiment chez lui. Donc il n'y a pas que lui et sa mère. Je suis de plus en plus intriguée.

– T'es où ?

– Chez moi. Bon, je te laisse, fait-il tout à coup, pressé de raccrocher.

– … Ok. À ce soir.

Je raccroche et fixe le plafond, pensive. *Pourquoi est-ce que j'ai toujours l'impression qu'il ne me dit pas tout ?*

– Alexandra ?

Lauren passe sa tête blonde par la porte de ma chambre.

– On va chez la couturière, tu viens ?

Je soupire et me lève pour la suivre.

Nous prenons sa belle décapotable. Il fait doux à Boston. Et bien plus beau qu'à Mary Island en ce moment. C'est le printemps et le vieux cerisier rose planté dans le jardin de monsieur Sherman, un des voisins, est en fleur. J'aimais bien Boston avant que Nate meure. Maintenant, j'ai l'impression de le voir partout.

– Ça ne t'a pas manqué, Beacon Hill ? me demande Lauren.

– Non.

Elle grimace.

C'est faux. Contrairement à West Atlanta, où je vivais avec ma mère quand j'étais petite, j'aime bien ce quartier. Ce que je n'aime pas, c'est notre immense appartement en duplex dans l'hôtel particulier où ont élu domicile Christian Montgomery et sa future femme. Ce que je n'aime pas, c'est vivre là avec eux. C'est vivre là sans Nate, parce que ça n'a plus aucun charme. Boston est devenu froid depuis qu'il n'est plus là.

Nous arrivons vite chez la couturière. Elle est située sur Charles Street, cette grande avenue bordée de nombreux cafés, de restaurants avec terrasses, mais aussi d'antiquaires et de galeries d'art. J'aime bien ce coin de la ville toujours plein de monde.

– J'espère que tu vas aimer la robe que je t'ai choisie, me dit ma belle-mère avec un petit sourire crispé.

Je lève les yeux au ciel dès qu'elle tourne le dos pour entrer dans la boutique. *Quel genre d'horreur vais-je être obligée de porter ?*

La couturière, une grosse dame joufflue avec des tonnes de bijoux et un rouge à lèvres écarlate, nous accueille tout sourire. Elle envoie directement Lauren dans la cabine d'essayage et m'entraîne vers un portant.

– Alors ma belle, voilà la tienne.

J'ai dû, il y a quelques semaines, envoyer mes mensurations par mail à Lauren.

La femme me tend une robe couleur prune foncée. C'est vrai que les couleurs du mariage sont nuancées de blanc et de prune.

Je passe en cabine et essaye la robe. Elle est soyeuse et glisse toute seule sur ma peau. Lauren a eu la délicatesse de la faire longue, car elle sait que je ne montrerais jamais ma cicatrice.

Je ressors de la cabine et la dame m'aide à refermer la fermeture à glissière. Je suis sûre que si cette femme enlevait tous ses bijoux, elle perdrait au moins cinq kilos.

Lauren sort de sa cabine.

– Alexandra ! Elle te va parfaitement !

Mais moi, je ne peux m'empêcher de l'admirer elle. Je n'ai jamais particulièrement aimé Lauren, mais j'ai toujours su reconnaître qu'elle est pas mal dans le genre blonde parfaite tirée à quatre épingles. Et là, dans cette robe, elle est vraiment sublime. Elle est tellement mince et grande que les gens la prennent souvent pour un mannequin.

Sa robe blanche est simple, longue et part de manière évasée dans le bas, avec une immense traîne en dentelle. De petites manches, un décolleté croisé et une rangée de boutons recouverts dans le dos complètent le tout. Tout est délicat et en finesse.

– Elle te va bien.

C'est sorti tout seul, je n'ai pas pu m'en empêcher. Elle s'approche vivement pour me prendre dans ses bras. Je me raidis. *Ça doit être la première fois que je lui fais un compliment, mais elle ne va pas chialer, si ?* Ah si, elle essuie déjà des larmes au coin de ses yeux.

Je me regarde dans le grand miroir en pied. C'est vrai que la mienne n'est pas mal non plus.

– Elle est en soie sauvage ! précise la grosse dame.

J'imagine que Lauren a dû la payer une fortune. Elle me moule les hanches parfaitement. Elle est fluide et très fine. On dirait une deuxième peau. Elle possède un décolleté croisé rappelant celui de Lauren mais avec des bretelles très fines et un rai de cristaux de Swarovski. Elle est simple, mais la couleur prune va très bien avec mes yeux verts. Je crois que je ne me suis pas trouvée aussi belle depuis longtemps. Il est tellement rare que je porte des robes.

– Il y en a un qui ne va avoir d'yeux que pour toi ! me fait Lauren en souriant.

Je ne peux m'empêcher de sourire en pensant à Austin. Vivement ce soir. Il me manque déjà.

# 62
# Alexandra

– Alexandra, arrête de tourner en rond, tu me fatigues.

La voix grave de mon père assis sur son canapé, les jambes croisées, derrière son livre de Stephen King, avec ses lunettes de lecture sur le bout du nez, me fait sursauter. Je m'arrête de marcher. Il est dans le salon et moi dans la salle à manger. Comment peut-il savoir ce que je fais ?

– Je ne tourne pas en rond ! lui crié-je. Je vérifie qu'il ne manque rien sur la table !

C'est faux. Je tourne vraiment en rond. Je suis nerveuse. Et sur la table que Lauren a dressée, il ne manque rien. Des couverts en argent au petit pain rond en bout d'assiette en porcelaine, de la serviette estampillée « M » comme Montgomery au beau bouquet de lisianthus qui fait office de centre de table, rien n'a été oublié.

Rien à voir avec nos plats dépareillés et nos repas sur la petite table en bois chez Mamina. Ici, Lauren veut que tout soit vraiment parfait.

– C'est ça ! répond mon père. Comme si je ne te connaissais pas !

Je m'assois sur une des chaises médaillon en soufflant d'agacement, mais la sonnerie de l'entrée retentit et je bondis de ma chaise.

– J'y vais !

J'entends les talons de Lauren claquer sur le marbre de l'escalier, mais je me précipite sur la porte avant elle. J'ouvre à Austin précipitamment. Il n'a pas le temps d'entrer que je me jette dans ses bras. Il rit et enfouit son nez dans mes cheveux.

– Bébé…

– Tu m'as manqué, putain, je lui dis.

Il rit encore et me serre contre lui. Sentir ses bras autour de moi me fait reprendre des forces.

– On s'est laissés avant-hier…

– Oui, mais quand même !

Il fait courir son nez sur ma joue avant de venir m'embrasser fougueusement, sa langue cherchant la mienne avidement. Je sens déjà cette boule de feu dans mon ventre.

– Hum hum…

Le raclement de gorge de Lauren nous fait redescendre sur terre et Austin arrête de m'embrasser, mais il laisse un bras autour de mes hanches.

Le rouge aux joues, je présente Austin à Lauren, qui lui serre la main.

Quand nous entrons dans le salon, suivis de ma belle-mère, je la vois qui me fait un clin d'œil malicieux.

Austin est tout en noir, pour ne pas changer, et son t-shirt à manches courtes laisse voir tous ses tatouages. Il n'a pas fait d'effort pour les cacher à mon père et je n'aurais pas voulu qu'il le fasse. Je m'en fous qu'il l'aime ou pas. Au contraire, s'il ne l'aime pas, tant mieux.

Mon père se lève de son canapé pour le saluer. C'est marrant, ils font presque la même taille.

– Monsieur Reed… Content de vous rencontrer enfin.

– Monsieur Montgomery. De même.

Austin n'a pas du tout l'air impressionné par mon père. Ou il ne le montre pas, en tout cas.

– Asseyez-vous.

On prend place côte à côte sur l'immense canapé de velours et Lauren nous apporte un plateau avec des verres.

– Du soda ? Peut-être un jus de fruits, ou plutôt…

– Il va boire un pur malt avec moi, décrète mon père. N'est-ce pas ? Vous avez presque l'âge, de toute façon.

Austin sourit et moi je hausse les sourcils. Le pur malt dans la carafe en cristal de mon père ne se boit que dans les grandes occasions. Alors pourquoi il veut l'offrir à Austin maintenant ?

– Volontiers. Mais un seul, je conduis.

– Prudent. Très bien.

Mon père se lève pour le servir.

Austin attrape ma main et m'embrasse. J'ai l'impression qu'on n'est pas à notre place, ici. Je ne pourrais pas me sentir plus mal à l'aise.

– Vous aimez les sports de combat ? demande Austin à mon père avec un regard intéressé vers l'écran géant accroché à un mur du salon et qui diffuse un combat, mais en mode silencieux puisque mon père a coupé le son.

– Oui. Je suis très friand de boxe thaï et autres arts martiaux, lui répond Christian.

– Je fais du kick-boxing depuis mes quinze ans.

Les yeux de mon père brillent de curiosité instantanément.

– Oh ! Lexie ne me l'avait pas dit.

En fait, je ne lui ai rien dit sur Austin. Je ne pensais pas que ça l'intéressait.

Je jette un œil sur la télé avant de me tourner vers Austin.

– Ça n'a pas l'air d'être de la boxe classique.

Il s'anime instantanément.

– Non, là ce sont des combats de l'UFC. Tu vois la différence au niveau du ring ?

Je fais oui de la tête.

– Celui-ci est en forme d'octogone, c'est propre à l'UFC. Il n'y a pas de cordes comme pour nous, là ce sont des piliers avec des protections de plastique reliés entre eux par un grillage. Ça permet la proximité avec l'adversaire et le striking, le combat debout, pieds et poings.

Je fais une grimace.

– Ça a l'air plus dur, plus animal. Une cage pour se battre…

Austin sourit.

– Ouais, ça peut paraître plus violent. Ça l'est parfois. C'est différent du kick, mais j'aime bien aussi.

J'adore entendre Austin parler de ce qui le passionne. Il s'anime toujours et je sais que ça le rend heureux.

Un instant, j'oublie que nous sommes en présence de mon père et je lève ma main pour la poser sur son front et lui caresser avant de la passer dans ses cheveux. Il se penche pour m'embrasser chastement.

– Pourquoi avoir choisi la boxe ? lui demande mon père.

Je retire vivement ma main et bois une gorgée de soda pour me donner contenance.

– Parce que c'est ce que j'ai trouvé de moins violent pour extérioriser ma colère.

Christian hoche la tête, mais ne pose pas de question quant à cette colère.

– Un petit-four ? lui propose Lauren en arrivant avec un plateau rempli.

– Il y a des crustacés ?

Lauren sourit.

– Non, Alexandra m'a dit que vous y êtes allergique. Et il n'y aura pas de champignons dans la blanquette de veau non plus.

Austin me sourit et serre ma main plus fort. On mange les petits-fours.

Mon père se tourne de nouveau vers lui.

– Alors... qu'est-ce que vous envisagez de faire, plus tard ? Professionnellement, je veux dire. Vous comptez suivre les pas de votre frère dans la justice ?

Austin grimace et je fais de gros yeux à mon père qui m'ignore.

– Non, je laisse à Jo les trucs chiants ! J'aimerais travailler dans l'édition ou le journalisme.

Austin exagère son mauvais langage, je le sais, mais mon père ne relève pas et moi je me tourne vers lui.

*Ah bon ? Il ne me l'avait pas dit.*

– C'est très bien, ça, lui fait mon père. Où comptez-vous aller à la fac ?

– Ici, à Boston. J'ai postulé à Boston University et à Harvard, mais j'ai peu de chance d'être pris, je pense...

– Si vous voulez un coup de main pour Boston University, je peux vous aider, j'y ai fait mes études sur le campus médical. Je peux vous faire une lettre de recommandation pour le doyen.

Austin hoche la tête.

– Ce serait vraiment sympa, oui.

Je me renfrogne. La situation est déjà suffisamment compliquée, pas besoin que mon père l'aide à rester à Boston !

Lauren prend un ton de surprise.

– Mais Alexandra, tu ne voulais pas aller à New York ?

– Bien sûr, et elle le veut toujours, n'est-ce pas, Alexandra ? fait mon père en me regardant les sourcils froncés.

*Ah, ok…*

J'ai compris son manège. Si Austin reste ici et moi à New York, on ne sera plus vraiment ensemble.

– Ouais. On verra.

Je laisse planer le doute.

Austin serre ma main plus fort.

– Il n'y a que quatre heures entre New York et Boston. On s'arrangera…

Mon père hoche la tête et je ne réponds pas. *Dans les dents, papa !*

– On passe à table ? propose Lauren.

Nous nous levons pour aller dans la salle à manger.

– Sacrée baraque ! dit Austin en regardant autour de lui.

Nous habitons au deuxième étage d'un hôtel particulier de style victorien et c'est vrai que ça en jette. Nate le disait toujours.

Lauren lui sourit.

– Alexandra vous fera visiter après !

Austin me sourit et je vois directement l'idée qu'il a derrière la tête. Il veut voir ma chambre, ce pervers !

À table, nous nous asseyons côte à côte et il ne lâche pas ma main.

– Vos parents vivent ici ?

Mon père continue son interrogatoire.

– Ma mère. Mes parents sont divorcés. Mon père vit à New York.

Christian sourit, mais je vois sa grimace dissimulée. *Et hop, encore dans les dents, papa !* Lexie : 2 – Christian : 1. Je pense que je vais compter les points toute la soirée.

Lauren sert la blanquette de veau et les différents accompagnements.

Je crois que jamais je n'ai mangé dans cette pièce avec autant de choses à dire à Christian et Lauren.

Je trie les carottes dans mon assiette et Austin tend pour la millième fois sa fourchette pour manger dans mon plat, alors qu'il pourrait se resservir de tout dans sa propre assiette. Mais je suis habituée.

– Pourquoi tu ne manges jamais les carottes, bébé ?

Le rouge de mes joues descend jusque dans mon décolleté quand je vois mon père hausser les sourcils quand Austin m'appelle comme ça. Mais lui, il s'en fiche.

– Tu sais que je n'aime pas ça.

Lauren sourit derrière son verre et moi je change de conversation.

– Alors, la cérémonie commence à quelle heure, après-demain ?

Elle me répond en prenant vie, tout à coup.

– Dix-huit heures sous la tente.

La cérémonie de mariage aura lieu dans le jardin privé, derrière l'hôtel particulier. Juste en bas de chez nous. Sous d'immenses tentes blanches qui vont être dressées.

Elle parle encore et encore mariage jusqu'à la fin du repas.

Je propose ensuite à Austin de lui faire visiter le duplex. Il me suit alors que Lauren débarrasse et que mon père retourne dans le salon.

Dans l'escalier qui mène à l'étage, je soupire. Austin passe un bras autour de mes épaules.

– Ce n'était pas si terrible, non ?

– Si.

Il rit et m'embrasse dans les cheveux.

Je lui montre la chambre de mon père et de sa future femme, les deux chambres d'amis, le bureau de mon père avec l'immense bibliothèque, les salles de bain, la salle de sport de mon père, et je finis par ma chambre.

Austin y entre directement sans que je l'y aie invité. Il passe la main sur mon couvre-lit en jacquard, sur mon bureau en bois blanc et sur mon ordi à la célèbre marque de pomme, puis sur mes livres dans ma bibliothèque. Il observe les photos dans le pêle-mêle sur un de mes murs. Il y en a une de ma mère, une de moi en maillot de bain quand j'ai reçu une médaille de bronze à la piscine de Newbury, une de Mickaëlla et moi pour une fête chez elle. Et il y a une place vide qui était celle de la photo de Nate et moi qu'Austin a détruite.

– C'est qui ? demande-t-il en pointant Mick.

– Mon amie Mickaëlla, celle dont je t'ai parlé. La seule que j'avais ici. On ne s'envoie plus que des mails de temps en temps.

Il hoche la tête et continue son inspection.

– Tu n'as qu'une commode ?

Je fais non de la tête et lui désigne une porte. Il l'ouvre, s'attendant sûrement à un placard, mais c'est une salle de bain privée. Les avantages d'avoir des parents friqués.

Il entre et ouvre de grands yeux.

– Putain…

Il y a un immense dressing plein à craquer en face de la baignoire en pattes de lion et de la double vasque. Lauren m'achète toujours mille choses que je ne porte jamais.

– Bébé, tout ça c'est à toi ?

J'acquiesce.

– Pourquoi tu ne portes que des jeans et des t-shirts, alors ?

– Je te demande, moi, pourquoi tu t'habilles toujours en noir ?

Il sourit.

– C'est pas pareil, je suis un mec. N'importe quelle meuf rêverait d'avoir tout ça !

– Je m'en fous.

Il lève les yeux au ciel.

– Je m'en serais douté, répond-il.

Il revient dans ma chambre et passe la tête par la fenêtre pour regarder l'escalier en colimaçon qui donne sur l'arrière du bâtiment.

– C'est donc par là que sortait en douce la petite Lexie…

Je ris et il revient m'embrasser. J'aime qu'il soit là, dans ma chambre.

Ses mains dans mon dos, il fait courir sa langue sur ma lèvre inférieure, me faisant gémir.

– Tu sais combien de fois j'ai rêvé de te baiser sur ton lit, ici ?

Je recule un peu, ses yeux sont déjà brillants.

– Non, Austin, il faut qu'on redescende.

– Déjà ?

– Ouais, mon père va l'avoir mauvaise si on reste là trop longtemps. Il n'est pas du tout comme Mamina, lui, hein…

Austin soupire. Ça me frustre aussi, mais je n'ai pas envie d'histoire ce soir.

Nous redescendons dans le salon. Lauren sert de la tarte au citron dans de petites assiettes.

– C'est le gâteau préféré de Lexie, lui dit Austin.

Elle sourit.

– Je sais.

*Ah bon ?*

Nous mangeons et mon père et Austin se remettent à parler boxe.

Une demi-heure plus tard, il les remercie avant de partir. Je n'ai aucune envie qu'il me laisse seule encore toute une journée, mais je n'ai pas le choix.

– Ça ira, bébé…

Il m'embrasse sur le front alors que je le serre à l'en étouffer sur le seuil de la porte.

– Mouais…

– Je t'aime.

– Je t'aime.

Il m'embrasse une dernière fois tendrement avant de prendre l'ascenseur privatif et de disparaître.

# 63
# Alexandra

Je pousse la porte de la chambre d'enfant de Lauren. Ce n'est pas la première fois que je viens dans cette maison, véritable hommage à l'ère victorienne, sur Newbury Street. C'est ici que ma belle-mère a grandi.

Si la demeure est magnifique, je déteste la mère de Lauren. Grace Cunningham est un vrai démon. Je crois que même Lauren ne la supporte pas, c'est pour dire. Avec Nate, nous l'appelions « le Dragon ».

– Alexandra ! Tu as vu ton père, ce matin ?

La voix de Lauren tire sur les aigus quand elle est au maximum de son stress.

– Oui.

Je m'avance dans l'ancienne chambre d'ado. Ma belle-mère est debout devant un grand miroir en pied et une de ses cousines l'aide à fixer des fleurs dans ses cheveux blonds, coiffés en un chignon très élégant.

Elle se tord les mains nerveusement.

– Comment était-il ?

– Bah chiant, comme d'hab.

– Non, je veux dire… il était plus nerveux que d'habitude ?

Je soupire.

– Non. T'inquiète pas, il a encore envie de t'épouser…

Sa cousine saute sur ses pieds.

– Voilà, Laurie ! Tu es parfaite ! Bon, j'y vais, parce que j'ai deux petits monstres à nourrir avant la cérémonie, dit-elle avec un sourire avant de partir.

Le Dragon profite de l'ouverture de la porte pour se faufiler dans la pièce.

– Ah, elle est là, elle.

« Elle », c'est moi, dans la bouche de cette mégère.

– Oui, je suis là. Depuis neuf ans déjà, je rétorque sarcastique.

Elle me dévisage dans ma robe prune de la tête au pied sans dissimuler sa grimace et se tourne vers sa fille.

– Laurie chérie, tu ne pouvais pas lui prendre une robe moins longue ? Une demoiselle d'honneur doit toujours porter une robe plus courte que celle de la mariée.

Avec l'immense traîne de Lauren, je vois difficilement comment j'aurais pu porter une robe plus longue que la sienne. Lauren soupire.

– Elle est très bien, sa robe, maman.

J'observe le démon blond dans sa robe tailleur blanc cassé.

– Et la mère de la mariée doit toujours porter une robe qui ne lui frôle pas les fesses, je lui lance.

Grace se tourne vivement vers moi.

– Espèce de petite insolente ! Tu devrais t'estimer heureuse que ma fille te tolère !

Je lève les yeux au ciel. Elle m'a déjà sorti ça mille fois en neuf ans.

– Je me demande même pourquoi elle ne t'a pas envoyée chez cette paysanne plus tôt !

Son ton est affreusement dédaigneux. *Elle vient de traiter Mamina de paysanne ?*

Je contracte la mâchoire et serre les poings.

Quand je reprends la parole, ma voix est calme mais menaçante.

– Vous parlez encore une fois de ma grand-mère comme ça et je vous fais manger vos dents, c'est clair ?

Elle écarquille de grands yeux alors que Lauren s'agite.

– Arrêtez, toutes les deux ! Je suis assez stressée comme ça !

Grace me lance un reniflement dédaigneux et désigne le bouquet de la mariée de la main.

– Pourquoi as-tu quand même pris des pivoines ? Je t'avais dit que des lisianthus seraient beaucoup mieux ! Ou des lys, à la limite. Mais des pivoines… Laurie, c'est d'un banal…

Lauren agrippe la coiffeuse de sa chambre des deux mains.

– Ferme-la, maman ! D'abord, c'était les serviettes, après, le gâteau, puis la robe, et maintenant les fleurs ? Tu me gonfles ! C'est mon mariage, je fais ce que je veux ! Maintenant, dehors !

Elle pointe un doigt rageur vers la porte. Grace en a la mâchoire qui se décroche et moi je retiens un ricanement de peste. Jamais, depuis que je la connais, je ne l'ai entendue parler comme ça. Lauren ne jure pas, ne hausse pas le ton et ne manque jamais de respect.

Grace se dirige vers la porte, très raide.

– Je vais mettre tout ça sur le compte de ton stress, mais je n'oublierai pas que tu me dois des excuses ! Ah, et il y a une espèce de punk tatoué qui attend en bas en demandant cette jeune fille, poursuit-elle en me désignant d'un coup de menton. J'espère que c'est une erreur, il n'a rien à faire à cette cérémonie !

Elle tourne les talons et s'en va. Je lui fais un doigt d'honneur bien mérité. *Salope !*

Lauren me regarde, alors je baisse la main vivement. Mon père va me tuer, c'est sûr.

– Alexandra…

Je soupire.

– Désolée, mais elle m'a cherchée !

Lauren sourit.

– Ne t'excuse pas, chérie. Elle n'aurait jamais dû dire ça. Que cela soit sur Abigail, sur ta robe, ou sur Austin. Tu ne crois pas que ton père et moi t'avons envoyée là-bas parce que je voulais me débarrasser de toi, hein ?

Je détourne les yeux et ne réponds pas. Non, c'est moi qui ai voulu partir. Mais je n'ai jamais douté du fait qu'elle et mon père soient soulagés que je quitte leur appartement pour être tranquilles tous les deux.

– Lexie…

Elle m'appelle rarement comme ça.

– Chérie, quand tu es arrivée chez nous, je savais que tu n'avais pas envie d'être là et que ta mère te manquait. Je savais que tu étais triste et que tu ne nous connaissais pas, mais j'ai pensé que... Comme je ne pouvais pas avoir d'enfant... Que c'était le destin...

Non, en toute franchise, je ne comprends pas.

– Je n'ai pas su faire ce qu'il fallait pour être proche de toi, mais... Jamais je n'ai voulu t'éloigner de nous. Il fallait que l'on fasse quelque chose pour toi, on ne pouvait pas te laisser te détruire à petit feu comme ça. Finalement, aller vivre chez ta grand-mère semblait être une bonne solution.

Je secoue la tête abasourdie. *Je rêve ou elle vient carrément de me faire une déclaration d'amour ?*

Je reste interdite alors qu'elle s'assoit sur le tabouret de sa coiffeuse en soupirant.

– Je suis contente que tu sois là aujourd'hui. Et ton père aussi.

Si elle se met à pleurer, je jure que je cours me réfugier en bas derrière Austin.

Je triture nerveusement la chaîne très fine du collier en forme d'attrape-rêve qu'il m'a offert. C'est le seul bijou que je porte avec ma robe prune.

– Euh... Ouais...

Lauren me tend un petit bouquet qui était posé sur son lit.

– Tiens. Va rejoindre Austin, il doit s'impatienter. On se voit dans trente minutes sous la tente.

Elle semble lasse et fatiguée.

Je prends le bouquet et me dirige vers la porte, mais je m'arrête avant de sortir pour la regarder.

– Lauren ?

Elle lève la tête vers moi.

– Tu devrais parler plus souvent comme ça à ta mère. Je suis sûre que ça t'a fait du bien.

Elle sourit.

– Et je suis contente d'être là aussi, finalement.

Je n'ai pas pu m'empêcher d'ajouter ce dernier mot.

Je m'enfuis par la porte et traverse la maison pour descendre au rez-de-chaussée.

Quand je descends l'escalier, je vois Austin qui attend contre un mur, se fichant totalement du brouhaha qui règne dans la maison. Toute la famille de Lauren qui crie parce que la cérémonie va avoir du retard, que le gâteau n'est pas encore arrivé ou que papi Muirgen a oublié de mettre sa cravate. Lauren étant d'origine irlandaise, ils ont tous des noms bizarres et un putain d'accent.

Austin observe pensivement Sedna, une petite cousine de Lauren, qui a quatre ans et qui joue avec sa poupée par terre devant la porte. Tout le monde est obligé de lever le pied pour l'enjamber.

Je regarde mon homme qui est beau comme un dieu dans son pantalon noir classique bien coupé et sa chemise blanche étroite qui moule son torse musclé où on devine ses tatouages. Il a retroussé les manches de sa chemise dans un style négligé qui laisse apparaître les tatouages de ses bras. Il a mis une cravate et tient sa veste sous son bras. Il est parfait. Absolument parfait.

Quand j'arrive sur les dernières marches, il me voit et s'avance en ouvrant de grands yeux.

– Bébé ! T'es canon ! Waouh !

Je ne peux m'empêcher de sourire.

– Toi aussi, tu es beau !

Il m'attrape par les hanches pour me soulever alors que je n'ai pas descendu la dernière marche.

– Austin !

Il rit et me fait tourner dans les airs avant de me reposer.

– Tu es parfaite, dans cette robe.

Je l'attire vers moi pour l'embrasser.

– Je t'aime.

Il pose ses mains dans mon dos découvert et me donne des frissons.

– Je ne sais pas si je vais tenir toute la soirée à te voir dans cette robe comme ça…

Il pose ses lèvres dans mon cou, mais je le repousse. La petite Sedna nous regarde les yeux ronds sous ses boucles blondes.

– Pas ici. Arrête !

Il obéit et grogne.

– Il y a une espèce de mégère folle furieuse qui m'a traité de petit punk à la con, tout à l'heure. Elle a dit que je n'étais pas à ma place ici.

Je lève les yeux au ciel.

– Tu as rencontré la mère de Lauren, Grace. Enfin « le Dragon » !

– Le dragon ?

– Ouais… Il ne lui manque plus que les écailles et je suis sûre qu'elle pourrait cracher du feu !

Il rit franchement.

– Qu'est-ce que tu lui as dit ? lui demandé-je ?

– D'aller se faire voir.

– Tu sais qu'on est chez elle ?

Il grimace.

– Je m'en fous. Qu'elle essaie de me mettre dehors !

J'esquisse une moue complice et le prends par le bras.

– Viens, la cérémonie commence dans vingt minutes, il faut qu'on y aille.

# 64
# Alexandra

– Qui c'est, ça ?

Austin observe Ruarc, le cousin de Lauren et frère de Sedna. Mêmes cheveux blonds, mêmes yeux gris, mais la vingtaine, grand et très costaud. Je crois qu'il joue au rugby.

– C'est Ruarc, un cousin de Lauren.

Ce dernier me fait un grand sourire depuis sa chaise et me salue de la main. Austin m'entoure les hanches de ses bras et me tire vers lui. Je rends à Ruarc son salut. Il est cool, il fuit toujours les repas de famille, comme moi. Et il appelle Grace le Dragon, lui aussi.

– Ruarc ? C'est quoi ce nom de merdeux ?

– C'est un prénom celtique, je crois que ça veut dire champion, en irlandais.

Austin fait mine de vomir.

– Beurk.

– Arrête…

J'observe les gens qui prennent place sous la tente blanche où des chaises ornées de nœuds en tulle ont été alignées. En face d'eux trône un petit autel et une arche tout en fleurs, où se mêlent roses et pivoines. La fête se déroulera ensuite dehors, sur la pelouse, où des tables rondes, sous des chapiteaux ouverts et décorés de lampions, ont été dressées à côté d'une piste de danse.

– Tu connais tout le monde ?

Austin est un peu nerveux. Je serre la main qu'il a posée sur ma hanche en hochant la tête. Oui, je connais à peu près tout le monde. Il y a l'immense famille de Lauren. C'est facile de les reconnaître, ils sont pour ainsi dire tous blonds aux yeux gris. Je vois également les cousins de mon père et sa tante quasi sénile. Ainsi que son oncle alcoolique que tout le monde évite. Viennent ensuite l'associé de Lauren dans sa boîte de pub et ses collègues, ceux de mon père : beaucoup d'infirmiers, de médecins, de chirurgiens et de gens du domaine médical ; madame et monsieur Sherman, nos voisins les plus proches. Et quelques amis de Christian et Lauren qui sont venus avec leurs enfants. Une centaine de personnes facilement. Que des gens sans intérêt à mes yeux.

– Ton père a l'air hyper heureux !

Je jette un coup d'œil vers ce dernier. Il est debout près de l'autel avec le pasteur et les deux frères de Lauren. Il est beau, dans son costume italien, il faut l'avouer. Il sourit constamment.

Je soupire.

– Mouais… Vaut mieux que j'aille rejoindre Lauren, maintenant.

Austin m'embrasse et part s'installer sur une chaise parmi les invités. Je vois Sedna grimper à côté de lui et tirer sa manche de chemise pour lui dire quelque chose. Austin sursaute et regarde autour de lui vivement pour que quelqu'un vienne à son aide. Mais avant qu'il ait pu faire quelque chose, la petite a déjà grimpé sur ses genoux et s'assoit tranquillement sur lui. Je ne peux m'empêcher de sourire. Il tourne la tête pour me lancer un regard désespéré, je hausse les épaules en riant avant de sortir de la tente et de remonter dans l'appartement, où Lauren attend que tout le monde soit installé.

– Tu peux descendre, ça va commencer, je lui dis.

Elle se lève pour me suivre.

Quand la musique retentit, j'entre sous la tente. Je marche le long de l'allée avec mon bouquet de pivoines et je vois Austin qui me sourit avec Sedna sur les genoux. Il lui tient les mains et elle se laisse faire. Cette image est tellement insolite que je regrette de ne pas pouvoir prendre une photo.

Tous les regards sont tournés vers moi. Je marche plus vite qu'il est permis sans paraître mal élevée et m'arrête près de mon père qui me sourit. Teagan et Brian, les deux frères jumeaux de Lauren, me sourient aussi.

La musique retentit à nouveau et tout le monde regarde Lauren s'avancer vers nous. Elle est au bras de son oncle, qui a remplacé son père quand celui-ci est décédé. Elle est radieuse et mon père respire l'amour. *Beurk et re-beurk !*

Davan, la cousine de Lauren et mère de Sedna, me fait signe avec ses deux doigts et sa bouche que je dois sourire. Je fais une grimace exprès. *Bon sang, je déteste les mariages !*

La cérémonie se déroule dans une lenteur insupportable et quand Teagan tend les alliances pour les bénir, je soupire d'agacement tant ça prend du temps. Le pasteur me fait de gros yeux.

Je pense que tout le monde doit aimer ça à part moi, parce que quand mon père échange ses vœux, toutes les femmes essuient une larme, et quand ils s'embrassent, des tonnes d'applaudissements retentissent.

De loin, je vois Austin qui rit devant ma mine agacée. Je sais qu'il pense que je ne suis pas normale. Peut-être que je ne le suis vraiment pas, en fait.

Après la cérémonie, alors que je vais rejoindre Austin, Ruarc m'arrête.

– Salut *Laixie* !

Je grimace devant la prononciation de mon prénom.

– Oh, salut Ruarc.

Austin a raison, c'est chelou comme prénom. Mais ils ont tous des noms bizarres.

– On ne t'a pas vue depuis longtemps…

– Ouais, je ne vis plus là depuis quelque temps.

– Je sais. Le Dragon a dit qu'on t'avait envoyée sur une île loin d'ici.

Je grimace.

– Ouais bon, ça va. Je m'y plais. C'était chez ma mère.

Ruarc passe une main dans ses cheveux blonds trop fins. Il est la caricature parfaite du rugbyman baraqué et tombeur.

– Ça me fait plaisir de te voir. Les dimanches en famille depuis que t'es partie, c'est la merde…

– Eh bien moi, je suis contente de ne plus y être, lâché-je.

– Lexie !

La voix retentissante d'Austin me fait sursauter. Il est à quelques mètres de là, Sedna dans ses bras. Elle s'accroche à son cou et me regarde comme lui, en fronçant les sourcils.

– Viens là !

*Putain, mais je ne suis pas un chien, tout de même !*

Je souris à Ruarc pour m'excuser avant de me diriger vers Austin.

– Quoi ?

– Reste là, fait-il en observant autour de lui.

Je soupire. Il est trop possessif.

– On ne faisait que discuter !

Il me lance un regard mauvais.

– Tu veux vraiment que j'explose la tête d'un mec le jour du mariage de ton père ?

– Putain…

Sedna met ses mains sur ses oreilles, en couinant.

– Gros mots…

Austin hausse les sourcils.

– Je croyais que tu n'aimais pas les enfants ?

Il sourit.

– Ouais, ça dépend… Elle est mignonne, elle. Hein, ma chérie, tu es mignonne !

Je lève les yeux au ciel.

Nous partons pour trouver notre table. Austin laisse Sedna retrouver sa mère et nous nous servons quand les premiers plats sont apportés aux invités. La coutume voudrait qu'en tant que demoiselle d'honneur je porte un toast, mais j'ai menacé mon père de me jeter par la fenêtre du salon s'il m'obligeait à le faire.

Alors, il n'y a que Danny, le garçon d'honneur de mon père, qui porte un toast. Austin et moi buvons du champagne.

Le jour commence à tomber et les lanternes allumées sous les chapiteaux donnent un côté féerique au jardin que nous avons envahi.

– Alexandra, pouvez-vous venir prendre des photos avec les mariés ?

Je soupire et Austin me sourit en m'embrassant la main.

Je me lève pour suivre le photographe.

Après un nombre incalculable de photos avec Lauren et mon père, je pars faire un tour aux toilettes. Je me retiens depuis une heure déjà. Mais en ressortant dans l'entrée, j'entends le Dragon parler avec une autre femme.

– Oui, mais il paraît que c'est elle qui l'a tué…

Je m'adosse au mur pour écouter sans qu'elles me voient.

– Oui, mais c'était un accident, non ? demande l'autre femme.

– Elle a tué ce garçon, je te dis ! Laurie ne veut pas tout nous dire, mais je suis sûre qu'elle se drogue. Sa mère était une toxico…

Mon cœur se met à battre plus vite. Je sais qu'elles parlent de moi.

L'autre femme reprend :

– Elle a été envoyée à Mary Island, c'est ça ?

– Oui, ma fille s'est débarrassée d'elle. Christian n'en pouvait plus. Ils ont peur qu'elle ne devienne comme sa mère, une folle furieuse. Elle était schizophrène, tu sais…

Mon sang bat plus vite à mes tempes et je ravale les larmes de rage qui sont montées à mes yeux.

– Alexandra ?

Mon père m'aperçoit au bout du couloir. Je suis adossée tête contre le mur et je tremble de rage.

Il s'approche de moi.

– Qu'est-ce qu'il y a ?

– Rien.

– C'est à cause du mariage ?

– Non.

Il attrape ma main. Et ce geste fait redoubler les battements de mon cœur. Mon père ne me touche pas comme ça, normalement.

– Allie…

Je ferme les yeux pour essayer de me calmer. Il ne m'appelle pas comme ça non plus.

– Je t'aimerai toujours et c'est chez toi, ici…

Ses paroles me donnent envie de pleurer, je ne sais pas pourquoi.

– Est-ce que tu crois que je suis comme maman ?

Je lui pose la question que je me suis toujours posée secrètement. Est-ce que, moi aussi, j'ai un grain, comme ma mère ? Est-ce que la folie est héréditaire ?

Christian serre ma main plus fort.

– Pourquoi tu demandes ça ?

– Est-ce que tu crois que je suis folle, moi aussi ? Ou que je le deviendrai ?

Il secoue la tête, le regard triste.

– Chérie, les seules choses que tu as héritées de ta mère sont ses yeux et son sale caractère. Mais tu n'auras pas la même vie qu'elle. Elle a perdu l'esprit parce qu'elle a vécu des choses difficiles et qu'elle n'était pas assez forte. Tu es plus forte. Beaucoup plus forte. Ne laisse personne te faire croire le contraire !

Je renifle et ravale mes larmes. Il se penche et observe Grace et sa copine qui s'éloignent dans le couloir.

– Et surtout, ne laisse pas Grace Cunningham te mettre ces choses en tête.

C'est la première fois que j'ai ce genre d'échange avec mon père. Ça me fait tout drôle.

Je retire ma main de la sienne un peu trop vivement.

– Je vais rejoindre Austin.

# 65
# Alexandra

Le mariage s'est finalement mieux passé que ce que je pouvais craindre. Nous avons dansé une partie de la nuit et Austin a essayé de contenir sa jalousie quand Ruarc m'a fait des clins d'œil à distance.

Puis il est rentré chez lui au petit matin après m'avoir embrassée longuement et je me suis écroulée dans mon lit.

Aujourd'hui, nous avons décidé de profiter de Boston ensemble. Nous allons pique-niquer au Boston Common, le plus grand parc public de la ville, avant d'aller à une exposition temporaire à l'Isabella Stewart Gardner Museum. Ce sera la première et la seule journée qu'Austin et moi passerons ensemble dans Boston pendant ces vacances.

Austin se gare sur le parking du supermarché et nous entrons.

– On prend des marshmallows ?

Il attrape deux sachets de guimauves avant que j'aie répondu. Austin mange trop de bonbons. J'en reprends un qu'il a mis dans le sac en toile pour le reposer, mais il est déjà en train de prendre une tablette de chocolat.

– Austin, arrête, tu ne vas pas manger tout ça !

Il a déjà pris de la salade de betterave et de céleri, des sandwichs au poulet, des Skittles et des bonbons.

Il grogne en se dirigeant vers les sodas et je le suis en trottinant sur ses talons.

– Si, je vais tout manger. Et avant qu'on prenne l'avion pour le retour, il faudra refaire le plein parce que sinon…

– Austin ?

Une voix de femme retentit derrière nous.

Je me retourne vivement. Elle est grande, brune, les cheveux au carré, les yeux noisette, un menton fier et des pommettes saillantes, la cinquantaine. Elle porte un pantalon en lin noir, une blouse en soie à motifs scandinaves et des talons noirs. Elle est très chic.

Elle observe Austin les sourcils en accent circonflexe. Lui, il est pâle comme un linge.

– Maman ?

– Je croyais que tu allais à Somerville toute la journée !

Il bégaie.

– Ouais… Euh… J'ai changé mes plans.

Je reconnais la femme sur le frigo de Joshua. Elle est très belle. Un brin trop sophistiquée, mais très belle.

– Qu'est-ce que tu fous là, maman ?

Il regarde autour de lui comme s'il cherchait aussi quelqu'un d'autre.

– Il n'y avait plus de lait à la maison et tu sais comment…

– Ouais, bon, ok… l'interrompt-il. Faut qu'on y aille, nous.

Il fait mine de s'éloigner, mais je m'avance vers sa mère et lui tends la main. Apparemment, Austin n'a pas du tout l'intention de nous présenter, alors je le fais moi-même. Je lui souris.

– Bonjour, Alexandra Montgomery, la petite amie d'Austin.

Sa mère ouvre de grands yeux et hésite quelques secondes avant de prendre ma main en secouant la tête de surprise.

– Oh ! Excusez-moi, je suis Tory, la mère d'Austin. Je savais qu'il avait une copine, Jo m'en avait parlé, mais je ne m'attendais pas à vous voir. Et je ne m'attendais pas à quelqu'un comme vous !

Je hausse les sourcils. Comment ça, « Jo lui en a parlé » ? Ça veut dire qu'Austin ne l'a jamais fait ? Et comment ça « Quelqu'un comme vous » ?

Austin s'approche et se tire les cheveux derrière la nuque en baissant les yeux gênés.

– Je suis contente de vous rencontrer, lui dis-je.

Et c'est vrai. Au moins, Austin ne pourra plus me cacher à elle, maintenant. Elle me sourit avant de fusiller son fils des yeux.

– Eh bien moi de même, ma belle ! Austin, tu aurais pu me dire que ta copine était si jolie ! Et on aurait pu dîner ensemble, aussi !

Austin ouvre de grands yeux et me tire brusquement vers lui.

– On n'a pas le temps, maman, Lexie est très occupée avec son père et sa belle-mère…

Je réponds en lui coupant la parole.

– Mais non, je me libérerai pour un dîner.

Tory sourit de toutes ses dents. Je reconnais un peu d'Austin dans cette expression.

– Très bien. Alors si vous êtes libres… Demain soir ?

Austin se raidit et me tire par le bras.

– Non, demain c'est le dernier soir, tu vas vouloir être avec Lauren et ton père.

*N'importe quoi ! Et depuis quand je voudrais passer du temps avec eux ?*

– C'est très bien, demain soir !

Austin s'énerve.

– On ne peut pas, maman !

Je m'agace aussi.

– Si on peut ! Moi j'y serai.

Tory pose la main sur l'épaule d'Austin qui reprend.

– Putain, ok ! Mais au resto, alors. Autrement, c'est non.

Elle soupire, mais hoche la tête.

– Très bien, alors à 19 heures au Citizen Public House ?

Austin n'a pas l'air content du tout, mais il fait oui de la tête avant de me tirer par le bras et de m'entraîner vivement avec lui. Je fais un sourire contrit à sa mère en m'éloignant.

Il ne parle plus et se dirige directement vers la caisse.

– Tu es en colère ?

Je vois le pli sur son front qui m'indique son humeur massacrante.

– Tu fais chier, bougonne-t-il.

– Pourquoi ? Parce que j'ai envie de rencontrer ta mère ? Tu as bien rencontré mon père, toi.

Il se tourne vivement vers moi, la mâchoire serrée.

– C'est toi qui m'as invitée chez toi. Moi, je ne t'ai jamais invitée ! Je ne voulais pas que tu rencontres ma mère. Même moi, je n'ai pas envie de passer une soirée avec elle. Mais t'as eu ce que tu voulais, alors ferme-la et fous-moi la paix.

J'en reste bouche bée. Ça faisait longtemps que je n'avais pas vu Austin le connard.

Il fait passer les articles et paie alors que je le regarde, la bouche ouverte et les poings serrés.

– Bon, tu bouges ou quoi ?

Austin m'observe les yeux plissés alors que je suis toujours plantée au même endroit. *Comment ose-t-il me sortir ça ?*

Je file jusqu'à la voiture, les poings et les dents serrés. Sans plus parler, nous nous dirigeons vers le parc où nous nous installons sous un arbre, dans l'herbe. Austin me tend un sandwich, mais je ne le prends pas et ouvre un paquet de *Skittles*. Je n'ai plus envie de lui parler, si j'ouvre la bouche, je vais l'insulter.

J'avale quelques bonbons et fouille dans mon sac pour trouver mon casque et le mettre sur mes oreilles. Je mets ma musique et ferme les yeux, appuyée au tronc. J'essaie de me détendre, et de laisser filer ma colère. Je dis et fais beaucoup de choses sous la colère qui ne m'ont pas servie jusque-là.

*Moi, je fais tout pour lui, je l'invite chez moi, je lui présente ma famille, je l'invite au mariage de mon père, et lui, il me sort ça ?*

– Lexie…

Il retire mon casque et j'ouvre les yeux. Il pose le sandwich dans lequel il a déjà mordu.

– Excuse-moi.

Je ne réponds pas.

– Ma mère et moi, c'est un peu comme toi et ton père. Même si on vit sous le même toit, on ne s'entend pas super bien. Je n'ai pas envie de dîner avec elle.

Je détourne les yeux pour ne pas le fixer.

– Tu as honte de moi ?

– Quoi ? Bien sûr que non ! Pourquoi tu dis ça ?

– Alors tu ne m'aimes pas suffisamment pour me présenter à ta mère.

Ma voix est plus froide et plus dure que jamais.

– Mais non, putain ! C'est juste que… Je ne vois pas en quoi ça t'intéresse de la connaître…

Je secoue la tête et renifle dédaigneusement.

– C'est ça, ouais. Prends-moi pour une conne.

– Lexie…

– Ferme-la, Austin, j'ai compris. On n'ira pas à ce dîner de merde. On n'ira plus nulle part, d'ailleurs.

Il s'approche de moi, assis sur les fesses.

– Qu'est-ce que tu racontes ?

Je le fusille de mes yeux verts.

– Juste que ça ne sert à rien d'être avec moi si tu ne veux pas l'être vraiment et que tu ne me fais pas suffisamment confiance pour pouvoir me présenter à ta mère.

– Ça n'a rien à voir ! Je t'aime et j'ai confiance en toi, c'est juste que je ne veux pas…

– Tu ne veux pas que je rencontre ta mère ! crié-je aussi fort que lui.

Il grimace et se tait un instant.

– Je sais que tu n'as eu que des plans cul avant moi, mais j'en ai marre de devoir t'expliquer comment fonctionne une vraie relation. J'ai aussi besoin d'être avec quelqu'un de normal, de temps en temps…

Il me regarde intensément.

– Tu veux dire que tu mérites d'être avec quelqu'un d'autre, c'est ça ?

Je suis tellement énervée que je ne vois pas quoi dire d'autre que…

– Oui, putain ! Quelqu'un avec qui je ne passerais pas mon temps à me prendre la tête et à me poser des questions comme ça.

Il a les narines dilatées et les sourcils froncés, maintenant. Il est en colère et sur le point d'exploser. Mais moi aussi.

Je me lève vivement.

– Ramène-moi à la maison. Maintenant.

Contrairement à ce que je pensais, il obtempère et range tout avant de se lever et de se diriger vivement vers la voiture. En silence, il me reconduit chez moi.

Avant de sortir de la voiture, je me tourne vers lui.

– Tu n'as rien à me dire ?

Il serre les mains autour de son volant et je vois ses jointures blanchir. Il regarde droit devant lui sans parler.

– Tu sais quoi ? Va te faire foutre, Austin ! J'en ai marre de toute cette merde. On est ensemble, on n'est pas ensemble ; je te présente ma famille, mais tu t'énerves juste parce que je veux dîner avec ta mère. Pourquoi tu fais toute une histoire pour que je vienne à la fac à Boston, alors, si tu ne veux même pas que je parle à ta mère ?

– Dégage, Lexie ! Sors de cette putain de caisse !

Il hurle en frappant son volant du plat de la main et j'écarquille des yeux en sautant de surprise sur mon siège.

En respirant fort, mais les dents serrées, j'ouvre brusquement la portière.

– J'espère qu'un jour tu seras heureux. J'espère que tu trouveras une fille que tu aimeras suffisamment pour arrêter d'être aussi fier. Moi j'en ai marre de toi ! Garde-les tes putains de secrets et ta putain de vie pourrie d'amertume ! J'en trouverai un autre un jour pour m'aimer suffisamment fort et vouloir que je fasse partie de sa vie entièrement ! J'en trouverai un autre qui n'aura pas peur de me présenter à sa mère !

Austin ouvre grand les yeux et la bouche en se tournant vers moi. Il est surpris. Mes dernières paroles ont l'air d'avoir l'effet escompté. Je voulais le faire sortir de ses gonds et lui faire prendre conscience de sa connerie et je crois que j'y suis arrivée.

Je saute à terre et file vers l'entrée de l'hôtel particulier de mon père. Il ne me rattrape pas, et après avoir appuyé avec rage sur les boutons de l'ascenseur, je monte.

*Putain de journée de merde !* Moi qui pensais passer du temps avec lui, je me retrouve seule et en colère. *Génial.*

# 66
# Alexandra

J'adore passer du temps dans le silence de l'immense bibliothèque de Boston. Je suis venue m'y réfugier cet après-midi pour lire du Edgar Allan Poe. La salle de lecture principale est impressionnante par sa hauteur sous plafond et ses voûtes en demi-cercle finement sculptées dans la pierre. Je me sens toujours apaisée quand je viens là. Il y a des gens qui vont à l'église quand ils ont besoin de méditer, moi je vais à la bibliothèque. Je me félicite même d'avoir laissé mon portable à la maison, parce qu'au moins je n'ai pas pensé à Austin de l'après-midi.

Je referme mon livre et prends mon temps pour rentrer. Je mets pratiquement quarante-cinq minutes. Dans Garden Street, notre hôtel particulier est reconnaissable parmi les autres parce qu'il possède un bow-window vert menthe sur tout le côté gauche. On ne peut pas le manquer.

Je monte en empruntant les escaliers, ça me fait mon sport du jour.

En haut, je claque la porte comme d'habitude pour bien faire entendre que je suis rentrée.

Je passe la tête dans le salon pour dire à mon père que je suis là, mais le spectacle qui s'offre à moi me fait écarquiller les yeux. Austin est affalé dans un des fauteuils devant la télé, mais il ne la regarde pas. Il a un coussin sur le visage, où son bras est appuyé. On dirait qu'il dort la tête dans le coussin.

*Non, mais je rêve ! Il a osé venir ici en mon absence et dort tranquillement dans le salon !*

– Alexandra.

Je sursaute quand mon père pose une main sur mon épaule. Je me tourne vers lui et il retire ses lunettes de lecture.

– Il est arrivé il y a trois heures, mais comme je ne savais pas quand tu rentrais, ni où tu étais partie, je lui ai dit qu'il pouvait attendre. Il s'est endormi devant la télé, m'explique Christian.

Il me sourit malicieusement et moi je grimace.

– C'est bon, je m'en occupe.

Christian hoche la tête et remonte à l'étage, dans son bureau, sans doute.

J'éteins la télé pour m'asseoir directement sur la table basse en face d'Austin. Je suis beaucoup moins en colère qu'hier et j'ai eu la nuit pour réfléchir. Même s'il m'énerve un peu, je dois reconnaître que je lui ai forcé la main pour ce dîner et que ce n'était pas très sympa de ma part. Je suis prête à faire un mea culpa s'il avoue de son côté qu'il exagère.

– Austin !

Je lui secoue le bras. Il ronfle légèrement.

– Austin ! dis-je plus fort.

Il sursaute en se réveillant.

– Hein ?

Il retire le coussin de sa tête et ouvre des yeux alourdis de sommeil. Il est beau, avec ses lèvres boudeuses et ses yeux à demi fermés, cachés par ses mèches trop longues.

Il se redresse en s'étirant.

– Bébé, t'es là…

Je soupire sans relever le nom par lequel il m'appelle alors que nous sommes censés être fâchés. J'attrape le coussin sur lequel il a presque bavé dans son sommeil.

– Tu sais que ce coussin est en soie et qu'il coûte quatre cents balles…

Austin l'attrape et le jette sur le grand canapé Chesterfield bleu nuit.

– On s'en fout.

Bon, c'est vrai que je m'en fous. Mais pas Lauren.

Il s'avance au bord de son fauteuil pour être à moins de trente centimètres de moi et il m'attrape le visage en coupe avant que j'aie pu reculer. Il plante ses yeux dans les miens.

– Bébé, on arrête de se battre, ok ? Je suis désolé, j'ai mal réagi et je n'aurais pas dû. J'ai parlé avec ma mère ce matin et on va dîner avec elle ce soir. Elle a promis de ne pas trop te faire chier et de ne pas m'énerver. Je t'aime suffisamment fort pour vouloir que tu fasses partie de ma vie entièrement, Lexie. C'est juste que je voulais y aller par étapes…

Il a débité tout ça d'une traite comme s'il avait répété son discours.

– Bébé, arrête de me faire la tête !

Son haleine mentholée me donne le tournis et ses mèches de cheveux sur mon visage me font frissonner. Il sait très bien comment s'y prendre pour me faire perdre mes moyens.

Je soupire.

– Je ne comprends toujours pas pourquoi tu en as fait toute une histoire et pourquoi tu as été méchant avec moi, mais je veux bien reconnaître que je t'ai forcé la main et que ce n'était pas sympa. Excuse-moi. On n'est pas obligés d'y aller si tu ne veux pas.

Il soupire.

– Trop tard. Ma mère m'a gonflé avec ça toute la soirée d'hier et ce matin. Elle veut absolument te voir.

Il fronce les sourcils et semble vraiment soucieux.

– Je ne pense toujours pas que ce soit une bonne idée, mais on verra bien.

– De quoi tu as peur ? demandé-je en croisant les mains autour de son cou.

Il ne répond pas.

– Austin ?

Il m'attire vers lui et m'embrasse tendrement. Une douce chaleur s'insinue en moi. Puis il s'éloigne un peu.

– Promets-moi que tu ne me laisseras pas, Lexie. Promets-moi que tu ne me quitteras jamais.

Je fronce les sourcils.

– Pourquoi voudrais-tu que je te laisse ?

– Parce que… Bébé s'il te plaît, promets-le !

Il a l'air désespéré. Je ne saisis pas bien, là.

– Ok… Je te le promets.

Il m'attrape par les coudes pour m'attirer sur ses genoux. Je m'assois sur lui.

– Je ne veux pas que tu sois heureuse avec quelqu'un d'autre que moi. Jamais.

Il fait référence à mes paroles d'hier.

– Mais je n'ai pas envie d'être heureuse avec quelqu'un d'autre que toi. En fait, c'est toi qui t'acharnes à tout compliquer entre nous.

Il enfouit sa tête dans ma poitrine et je passe mes mains dans ses cheveux. Il est chaud contre moi. J'aime la chaleur qu'il dégage constamment.

– Je t'aime, Lexie.

Depuis la première fois qu'on se l'est dit, j'ai l'impression qu'il n'arrête pas de le redire parce qu'il adore ça. Moi aussi, j'aime l'entendre dans sa bouche.

– Je t'aime. Tu es insupportable, égoïste et capricieux, mais je t'aime quand même.

Je le sens sourire contre ma peau et il m'embrasse dans le creux de mon décolleté tout en caressant mon ventre de sa main.

Ma peau s'enflamme.

– Il vaut mieux que j'aille me changer, alors…

Ma voix est rauque et je suis confuse, comme chaque fois qu'il me touche.

Il se laisse retomber au fond du fauteuil.

– Ouais, vas-y. Sinon, je vais encore avoir envie de te faire l'amour. Et ma mère déteste les gens en retard. Même si je m'en fous, en général, ce soir je n'ai pas envie d'histoires. Ce sera suffisamment stressant comme ça.

Je me lève en hochant la tête.

*Ça y est, j'angoisse. Mais bon, je l'ai voulu.*

# 67
# Alexandra

Le Citizen Public House and Oyster Bar est une adresse très en vue à Boston. J'y suis déjà allée avec mon père et Lauren plusieurs fois. Ils font un excellent burger au thon mi-cuit.

Nous arrivons sur Boylston Street rapidement avec la voiture de la mère d'Austin. Il m'a expliqué qu'elle en a deux, dont une dont il se sert quand il vient à Boston.

Austin est de plus en plus nerveux à mesure que nous approchons. Je le sais à son froncement de sourcils qui m'indique qu'il cogite pas mal et à son énervement pour tout et n'importe quoi, comme le fait de ne pas trouver de place pour se garer ou le fait que sa mère ait choisi un endroit bondé de monde. Je lui serre la main plus fort pour le calmer quand il pousse la porte du CPH&OB.

La déco est atypique : fauteuils en cuir marron et rouge, style industriel. Cela ressemble à une taverne, mais modernisée.

Tory est déjà à une table au fond et nous fait de grands signes de la main. Elle a troqué son pantalon en lin contre une robe courte en maille et des talons aiguilles. Elle fait très femme d'affaires. Je lui trouve un côté strict.

Austin grommelle je ne sais pas quoi en tirant la tronche.

En arrivant vers notre table, je tends la main à sa mère, mais elle m'attire et me fait la bise. Un peu raide, je la laisse faire tout de même.

Austin et moi nous installons en face d'elle. Un serveur nous apporte les cartes et Austin s'y plonge directement.

– Qu'est-ce que vous voulez boire ? demande-t-elle.

Je regarde Austin qui répond pour nous deux.

– Une Maine[15] pour moi et de l'eau pour Lexie.

Sa mère hausse les sourcils.

– Tu parles pour elle ? Tu vas choisir son plat, aussi ?

Austin laisse le menu retomber brutalement sur la table en bois et la fusille du regard.

– Tu commences déjà ? Je croyais qu'on avait dit, pas de prise de tête…

Je m'interpose pour essayer de temporiser les choses alors que sa mère s'apprête à répliquer.

– Ça ira. De l'eau pour moi, c'est très bien, lui dis-je. Une Maine ? Mais il va te demander ta carte… je poursuis en me tournant vers Austin.

Tory agite la main en direction du serveur.

– Ne vous inquiétez pas, Alexandra, je connais très bien Bryan, le chef. Je viens souvent ici. Austin peut boire une bière et vous aussi, vous pouvez commander quelque chose…

Elle a les mêmes yeux qu'Austin et quand elle me regarde, ça me tétanise. Je me sens vraiment intimidée.

– Euh… Dans ce cas, je vais prendre une Ginger Beer maison.

Tory sourit et passe commande. Nous demandons tous les trois un burger classique avec frites. Ici, leurs burgers sont simples, mais très bons. Du pain focaccia, un énorme steak haché et une tranche de fromage du Vermont.

– Alors, Alexandra, dites-moi comment se comporte mon fils avec vous…

Austin serre ma main plus fort sous la table et plisse les yeux en regardant méchamment sa mère qui l'ignore totalement.

Sa question me déstabilise.

– Bien. Très bien, je réponds.

Ce n'est pas entièrement vrai. Entre Austin et moi ça a été plus que chaotique depuis le début, mais je ne vais pas lui raconter ça.

– Vous savez que c'est la première fois qu'il me présente une fille ? Je ne crois pas qu'il ait déjà eu de vraie copine. Enfin Brittany,

---

15. La Maine Beer Co Peeper Ale est une bière en pression très consommée à Boston.

ça ne comptait pas vraiment. En tout cas, je suis heureuse qu'il vous ait trouvée.

*Brittany ? Qui c'est, ça, Brittany ?*

Je me retourne vers Austin qui s'est raidi et a pâli.

– Qui est Brittany ?

Tory se mord la lèvre et Austin pince la bouche et serre les poings en la regardant. J'ai l'impression qu'il se retient de l'insulter.

– Austin ? j'insiste.

– C'était ma… Une amie, il y a longtemps. J'étais beaucoup plus jeune.

Je hoche la tête lentement. Il ne m'a jamais parlé d'elle.

– Et elle vit à Boston ?

Je ne peux pas m'empêcher de ressentir un brin de jalousie, même si c'est de l'histoire ancienne. Parce que si sa mère en a entendu parler, c'est que c'était plus qu'un plan cul.

– Elle est décédée il y a trois ans.

Mes yeux s'écarquillent et j'ouvre grand la bouche.

Il a eu une amie qui est morte et il ne m'en a pas parlé, même après avoir tout découvert pour Nate ?

Austin soupire.

– Pas la peine d'en parler. C'était il y a longtemps. On était juste de simples amis et elle est morte. Point. Y a rien de plus à dire.

Je n'arrive pas à le lâcher des yeux. Et sa mère aussi.

– Au contraire, il y a beaucoup à dire, c'est toi qui ne veux pas en parler.

Austin me lâche et frappe violemment du poing sur la table, faisant sursauter les gens autour.

– Putain, maman ! Si t'arrêtes pas maintenant, on se tire. C'est clair ? Je t'avais dit de la fermer !

J'écarquille encore plus les yeux. Si j'avais parlé comme ça à mon père, je me serais pris une gifle. Tory reste zen et lève une main devant elle.

– Ok, très bien, excuse-moi. Je ne dis plus rien. Excusez-moi, Alexandra.

– Vous pouvez m'appeler Lexie.

Je me renfonce dans mon fauteuil sans plus m'adresser à Austin. On reparlera de cette Brittany plus tard.

Il se tourne vivement vers moi alors que le serveur apporte nos plats et nos boissons.

– Bébé, il n'y a rien. Brittany et moi on était vaguement amis et elle est morte, c'est tout. Ce n'est pas comme toi et Nate. Je n'avais pas cette relation avec elle. Ce n'était pas ma meilleure amie ou je ne sais quoi…

– Comment elle est morte ?

La question est sortie toute seule. On se fiche de la présence de sa mère.

Il grimace.

– Elle était droguée. Elle sniffait. Comme…

Il se tait et regarde Tory en biais. Il allait dire « Comme ta mère », j'ai bien compris.

– Elle a fait une overdose de coke.

– Ah.

Voilà, je n'ai rien d'autre à dire.

Je commence à manger, même si je n'ai pas trop d'appétit.

– Alexandra…

– Lexie, s'il vous plaît.

– Lexie… Qu'aimez-vous dans la vie ?

Les questions de Tory sont vraiment bizarres. J'ai bien envie de lui répondre « votre fils », mais je pense qu'il y a assez de tension dans ce repas pour en plus faire des blagues de mauvais goût.

– Lexie aime les gâteaux au citron, la natation, les musiques de film, les auteurs français et sa grand-mère, répond Austin à ma place en soufflant exagérément.

Sa mère hausse les sourcils, et moi, je lui prends la main sous la table pour la serrer. Il se fiche qu'elle soit là. Il se penche et m'embrasse sur la joue puis dans les cheveux. Je rougis. Et Tory sourit.

– Vous faites de la natation ?

– Non, j'en faisais avant, mais… j'ai arrêté.

Elle hoche la tête et continue à manger.

Tout au long du repas, elle me pose mille questions sur moi et sur mes parents. Pour le coup, je lui parle plus de mon père et de Lauren que de ma mère. Elle parle peu voire pas du tout d'elle, par contre, et je n'ose pas poser de questions.

Austin détourne toutes les questions de sa mère qu'il trouve déplacées ou lui dit carrément de la fermer.

J'ai remarqué qu'ils n'ont aucun contact physique. C'est pire que mon père et moi.

Après un moment, Austin se lève pour aller aux toilettes. Il pose un regard insistant sur sa mère, l'air de dire « Tu as intérêt à la fermer ».

Elle continue à me poser des questions. Sur mon avenir, cette fois.

– Donc, vous comptez aller à New York ?

– Oui, ça a toujours été mon rêve.

Elle hoche la tête et finit son cocktail.

– Avec Austin, ça va être dur de vous voir…

– On s'arrangera.

Je triture mes ongles, mal à l'aise. Je ne sais pas où elle veut en venir, mais j'ai l'impression qu'elle a une idée derrière la tête.

– Que pensez-vous du mariage ?

J'ouvre de grands yeux. *Mais putain, qu'est-ce qu'ils ont tous à me parler de ça ?* D'abord Austin, maintenant elle !

– Je n'en sais rien. C'est bien pour les gens qui s'aiment et qui en ont envie.

– Et vous, vous en avez envie ?

*Austin ! Au secours !*

– Euh… Je suis encore trop jeune pour ça, je n'y ai pas vraiment pensé…

Tory croise les mains sous son menton.

– Et les enfants ? Vous aimez les enfants ?

Je crois que j'ai viré au cramoisi. *Mais c'est quoi, ce putain de plan ?*

– Euh… je… Je n'ai rien contre les enfants en général…

Austin revient au même moment et je lui lance un regard désespéré qu'il interprète très bien.

– Maman ! Qu'est-ce que tu lui as dit ?

Sa mère fait mine d'être surprise.

– Moi ? Mais rien, voyons ! Nous discutions tranquillement.

Austin soupire d'énervement.

– Je crois qu'on va y aller. On prend l'avion tôt demain matin.

Il n'a pas besoin de le dire deux fois, je suis déjà debout. Ça peut faire mal élevé, mais là, je n'en peux plus.

– Oui… On se lève tôt.

Sa mère hoche la tête et demande l'addition.

Nous l'attendons pour sortir.

Sur le parking, elle me serre dans ses bras. Mais c'est un câlin rigide, pas aussi chaleureux que ceux de Mamina, par exemple.

Austin se dirige déjà vers la voiture sans un regard vers elle et elle secoue la tête avant de partir vers son véhicule, en lançant à son fils :

– Ne fais pas de bruit en rentrant pour réveiller toute la maison !

Il agite la main sans répondre.

Je monte vivement dans la voiture et, enfermée dans le petit habitacle, je me sens plus en sécurité qu'à table avec elle.

Austin et moi poussons en même temps un énorme soupir de soulagement. Nous nous regardons surpris avant d'éclater de rire nerveusement.

– Tu vois que ce n'était pas agréable ! Je te l'avais dit. Tu ne connais pas ma mère…

– Je te promets que je ne t'obligerai plus jamais à dîner avec elle.

Il se penche et m'attire vers lui pour m'embrasser. Je suis tellement stressée que je reste d'abord crispée en lui rendant son baiser.

– Détends-toi, bébé, c'est fini.

On reste un peu comme ça, serrés l'un contre l'autre, avant qu'il me dépose chez moi.

# 68
# Alexandra

Cette fois, j'ai vraiment laissé Lauren faire ma valise. Tout plier et ranger par ordre chromatique. Et je n'ai pas tout renversé, comme la dernière fois.

Austin était à l'heure à l'aéroport et nous avons pris l'avion ensemble.

– Pourquoi tu ne m'as pas parlé de cette fille ?

Cette fois, c'est lui qui est à côté du hublot et il tourne la tête pour ne pas me regarder.

– Parce que.

Je lui attrape le menton de la main pour le forcer à me faire face.

– Ce n'est pas une réponse, ça.

Il me fixe de ses yeux marron-noir.

– Bébé, c'était il y a longtemps. Et je n'aime pas en parler. Ce n'est pas important.

– Elle était plus qu'une de tes nombreuses conquêtes…

Il soupire.

– On était amis avant qu'elle ne parte en vrille, c'est tout.

Il est agacé, mais on dirait qu'il a l'air un peu triste aussi.

– Sa mort t'a affecté ?

Il retire ma main pour retourner sa tête vers le hublot.

– Un peu.

J'attends qu'il me parle, mais ça ne vient pas. Il ne veut pas.

– Bon, très bien. Mais si tu veux m'en parler…

– Non, je ne veux plus jamais en parler.

Il ferme les yeux pour me faire comprendre que la conversation est close. Je soupire et m'enfonce dans mon siège. J'aimerais qu'il s'ouvre à moi, mais j'en ai marre de le supplier pour ça.

– Comme tu voudras.

✦✦✦

C'est bon de rentrer là où on se sent chez soi.

Je reprends mes habitudes. Les cours en compagnie des autres, les mercredis avec le docteur Torres, les soirées chez Joshua avec Austin et les week-ends aussi, les déjeuners avec Zara et les dîners avec Mamina.

J'ai remarqué que cette dernière mange de moins en moins. Elle se force quand je suis là, je le vois. Elle a maigri. Et elle balaie toujours la salle de bain derrière elle, maintenant. Je sais que c'est parce qu'elle perd ses cheveux. Chaque fois que j'ouvre la poubelle et que j'en vois, j'ai envie de pleurer. Ce cancer la ronge de l'intérieur comme de l'acide, mais il ne se voit pas de l'extérieur. Mamina est toujours enjouée et ne veut pas en parler. Jamais. Elle s'énerve, sinon.

Le mois d'avril passe vite et nous sommes déjà au mois de mai. Plus le temps passe, plus mon angoisse se manifeste. Je ne veux pas partir d'ici et vivre sans Austin et Mamina.

Zara et moi projetons de prendre un appartement ensemble plutôt que d'aller en cité U, dans l'éventualité de notre acceptation à New York University. Les réponses devraient arriver dans quelques semaines.

Aujourd'hui, j'ai aidé Mamina à participer à un vide-grenier pour l'association qu'elle parraine. Il a plu toute la journée, alors il n'y avait pas grand monde, mais tant pis. J'ai fait ça pour passer du temps avec elle.

– Chérie, tu m'aides ?

J'attrape le carton qu'elle sort de son coffre des deux bras. Il pleut doucement, mais le carton est déjà mouillé. En plus il fait déjà nuit, et comme je ne vois pas où je marche en allant vers la maison, je me cogne les pieds dans l'arroseur automatique et manque m'étaler de tout mon long.

– Putain de merde ! grogné-je en grimaçant avant de remonter en boitillant les marches jusqu'à la maison.

– Mais fais attention, aussi ! crie Mamina. Il faut mettre le carton au grenier, tu t'en charges ?

– Ouais.

Je rentre et me dirige à l'étage puis jusque dans le vieux grenier. Je tousse en montant par l'escalier et en émergeant parce qu'il y a vraiment trop de poussière ici. C'est irrespirable.

Quand je lâche le carton, un tas de saletés s'envole dans l'air et je mets une main sur ma bouche pour ne pas le respirer.

En voyant l'étagère du fond, je me souviens de la petite boîte gravée d'un « L » que j'avais découverte la dernière fois que je suis venue ici. Après tout, c'est à moi. Je vais la descendre dans ma chambre. Je la cherche sur l'étagère, mais elle n'y est plus. Il n'y a que des décos de Noël. Je fouille entre les cartons et sur les autres étagères, mais elle reste introuvable. Mamina a dû la descendre et la ranger autre part. Ou peut-être qu'elle voulait me la donner.

Je m'apprête à redescendre quand, sur une des étagères du bas, je vois une photo coincée derrière un vieux vase. Je la prends. C'en est une qui était dans la boîte, justement. Elle a dû glisser quand Mamina l'a récupérée.

J'aime cette photo. Je suis dans les bras de ma mère et elle dort. J'ai à peine quelques cheveux et ma mère fait tellement jeune. Elle a été prise à l'hôpital. Le jour de l'accouchement, sans doute. Je n'ai aucune photo de mon père et moi de ce jour-là. Pourtant il était bien présent. Avec Lily, ils étaient encore mariés, à l'époque.

– Lexie, tu viens manger ?

Mamina m'appelle depuis le premier.

– J'arrive !

Je retourne la photo dans mes mains. Mon sourire s'évanouit instantanément. Il y a une inscription derrière.

*« Naissance de Leo, 17 juin 1994 »*

Je relis plusieurs fois et passe mes doigts dessus pour voir si ça s'efface, mais non, c'est indélébile.

Plus je lis et plus je fronce les sourcils. Je retourne encore une fois pour regarder la photo en ouvrant grand les yeux. C'est bien ma mère, ça c'est sûr, mais en regardant le bébé de plus près, je m'aperçois qu'il a les cheveux très clairs, plus clairs que sur les autres photos de moi à ma naissance.

*Ce n'est pas moi ?*

Je retourne encore la photo pour lire l'inscription. 17 juin 1994, c'était deux ans avant ma naissance. *C'est quoi, cette merde ?*

Mon cœur s'est mis à palpiter dans ma poitrine et mon pouls à battre sourdement à mes tempes.

Je relis le prénom inscrit sur cette photo et je repars dans le passé. Je suis enfermée dans ce placard à Atlanta et ma mère qui crie partout « Leo… Leo, c'est toi ? Je suis là… »

À l'époque, je pensais qu'elle appelait son ami Leonard. Ce junkie qui lui vendait de la drogue toutes les semaines. Mais si ce n'était pas ça ? Et si c'était ce bébé qu'elle appelait si désespérément ?

– Lexie ! Tu descends, oui ou merde ?

Le langage fleuri de Mamina me sort de ma demi-transe. J'ai les mains qui tremblent. Je cherche encore la boîte sur l'étagère, mais elle n'y est plus. Est-ce que Mamina l'a cachée ?

J'ai des questions plein la tête et je sens qu'inévitablement je ne vais pas aimer les réponses.

La photo serrée, presque écrasée dans mon poing, je redescends fébrilement. Je me dirige à grands pas dans la cuisine où Mamina touille la sauce bolognaise pour les pâtes.

– Tu veux du parmesan, sur tes pâtes ? demande-t-elle guillerette.

– C'est quoi, ça ? hurlé-je en balançant la photo sur le plan de travail.

Elle lèche son doigt plein de sauce avant de se tourner vers moi tout sourire.

– Quoi ?

Mais quand elle voit le cliché, elle devient livide et son sourire s'évanouit instantanément. Elle reste figée. Je serre les poings.

– Putain, réponds-moi, Mamina !

Elle sort de sa torpeur en lâchant ce qu'elle fait et en m'empoignant les épaules. Elle plante ses yeux verts dans les miens.

– Alexandra. Il faut que tu restes calme. Je vais tout t'expliquer.

Ces paroles suffisent à me mettre hors de moi. J'en ai marre des putains de secrets de cette famille de merde ! Je la repousse violemment et fais le tour de l'îlot central pour ne pas être trop près d'elle.

– Réponds-moi !

Elle essuie ses mains sur son tablier et respire fortement en s'appuyant à son piano de cuisson.

– Pas tant que tu ne seras pas calmée.

Je serre encore plus les poings et la fusille des yeux. *Elle se fout de moi ?*

– On va parler, mais tu te calmes d'abord. Tu es comme ta mère, elle avait un caractère insupportable. Une vraie tornade.

– Justement ! Parle-moi de ça !

Je pointe un doigt rageur vers la photo en criant. Mamina passe ses mains sur son visage et soupire de lassitude. Quand elle relève la tête, elle pose des yeux d'une infinie tristesse sur moi.

– Lily a eu un enfant avant toi.

J'ouvre de grands yeux et recule instantanément. *Quoi ?* Je suis abasourdie par ce qu'elle me dit.

– Non. Non… c'est impossible.

Mamina prend une grande inspiration avant de parler.

– Si. C'était deux ans avant ta naissance. Elle avait dix-huit ans et elle a mis au monde un petit garçon.

– Tu plaisantes ?

– Malheureusement non…

– Et il est où, ce gosse ? Pourquoi je ne l'ai jamais vu ?

Je hurle tant que le sang qui monte à mes joues me rend toute rouge.

– Elle avait dix-huit ans à peine quand elle a accouché. Enfin, elle allait avoir dix-huit ans deux mois après. Ton grand-père ne voulait pas qu'elle le garde. Elle non plus ne le voulait pas au début. Elle a changé d'avis deux jours après la naissance, mais elle avait déjà signé les papiers d'adoption et il était parti. J'ai essayé de faire changer ton grand-père d'avis, mais il n'arrêtait pas de dire qu'on ne pourrait jamais l'assumer. Il m'a dit qu'il avait déjà fait une erreur avec moi plus jeune et qu'il ne laisserait pas Lily faire la même. Il l'a empêchée de revenir sur sa décision alors qu'elle avait deux semaines pour le faire. Et on n'a plus jamais revu ce bébé…

Mamina parle d'une voix entrecoupée de sanglots. Elle s'est mise à pleurer à chaudes larmes.

– Je ne comprends rien, putain ! Elle n'a pas eu d'autre enfant que moi ! C'est impossible.

Je passe mes mains dans mes cheveux et tire dessus nerveusement en faisant les cent pas. Moi aussi je me mets à pleurer.

– Lily ne s'en est jamais remise…

Tout à coup, je revois ma mère lavant comme une folle les vêtements de bébé en pleine nuit, ouvrant et refermant toutes les fenêtres, chantant des berceuses même quand j'avais huit ou neuf ans passés, appelant ce fameux Leo. Je repense à toutes ces disputes l'année de mes six ans, quand on est venues en vacances ici et qu'elle se prenait la tête avec son père. C'est après cette année-là qu'elle est tombée dans la drogue et a sombré dans la folie.

J'essuie rageusement les larmes sur mes joues.

– Tu veux dire que j'ai…

– Tu as un frère. Lionel. Leo.

*Un frère ? Un frère, putain !* L'information a du mal à pénétrer dans mon cerveau.

– J'ai un frère… je répète comme un mantra.

– Oui… Il a deux ans de plus que toi.

Je déglutis et me tourne vers elle en essayant d'oublier mon cœur qui me martèle la poitrine à tout-va.

– Où est-il ? hurlé-je hors de moi.

– Je n'en sais rien. Il a été adopté…

– Par qui ?

J'ai la gorge déchirée à force de crier comme ça, mais je n'y fais pas attention.

– Des gens très bien… Ils vivaient sur le continent…

– Elle l'a abandonné ? Elle a abandonné son enfant, putain !

Mamina se remet à pleurer.

– Ne la juge pas, Lexie. Elle était jeune et ton grand-père ne lui a pas laissé le choix.

Je suis tellement en rage que je n'arrive plus à arrêter de trembler.

Ma voix couvre la pluie qui s'abat sur la maison sans s'arrêter depuis cet après-midi.

– Elle aurait dû se battre pour lui ! On n'abandonne pas son enfant ! On ne le laisse pas tomber ! On ne laisse personne le prendre ! Et on ne se suicide pas pour le laisser livré à lui-même !

Ma dernière phrase, lâchée avec amertume, fait référence à ma propre enfance. J'aimais ma mère. Je l'ai toujours adulée.

Mais elle m'a abandonnée. Je viens juste de m'en rendre compte. Elle m'a laissée tomber. Elle m'a laissée livrée à moi-même dans ce monde pourri et elle a fait la même chose à ce gosse. Elle ne s'est pas battue pour lui. Elle a laissé son père le prendre et l'emmener.

*Tous des putains de merdes de menteurs et de lâches !*

Avec un cri d'une violence désespérée, j'envoie un grand coup de main dans tout ce qui est posé sur l'îlot central. Casserole de sauce, assiettes, couverts, verres, vase, tout s'envole et se fracasse dans un bruit assourdissant contre le sol.

– Alexandra !

Mamina crie pour m'arrêter alors que je cherche autre chose à casser.

– Vous êtes tous des putains de merdes de menteurs !

Je hurle comme une hystérique.

Ne trouvant rien d'autre, je me tourne vers elle les poings serrés et les narines dilatées.

– Et toi ! Toi…

Je pointe un doigt rageur sur elle en m'avançant vers elle, menaçante. Abigail recule en tremblant.

– Lexie…

– Tu as laissé faire tout ça ! Tu as laissé ton mari enlever son bébé à ta fille !

Mamina gémit doucement. J'ai l'impression qu'elle murmure des mots comme « pardon » « remords » ou je ne sais quoi d'autre, mais je ne l'écoute pas. Elle m'écœure.

– Tu as laissé ce bébé être enlevé à sa famille ! Comment tu as pu faire ça ? Tu es immonde ! Je comprends maintenant pourquoi tout le monde te déteste ! Pourquoi papa te déteste, pourquoi maman ne venait plus ici, pourquoi ton propre fils n'arrive même pas à te dire qu'il est gay !

Mamina ouvre de grands yeux.

– Grand-père est mort de ce cancer parce qu'il le méritait ! Et c'est tout ce que tu mérites aussi. Je te déteste !

Avant que je l'aie vu venir, une gifle retentissante m'atteint de plein fouet. La brûlure se diffuse sur ma peau et mon visage en une fraction de seconde. Mamina m'a frappée avec une telle force que j'en reste abrutie.

Elle se remet à pleurer et porte sa main à sa bouche comme si elle n'en revenait pas d'avoir fait ça.

Je touche ma joue brûlante et mes larmes se mettent à couler.

– Lexie…

Je recule quand elle s'approche en tendant les mains.

– Ne me touche pas ! Je t'interdis de m'approcher ! crié-je en m'enfuyant.

*Il faut que je sorte de cette baraque de merde ! Il faut que je sorte de cette putain de famille de merde !*

Dans l'entrée, j'attrape mes clefs et m'enfuis sous la pluie battante. J'ai l'impression d'avoir déjà vécu cette scène. Sauf que cette fois, je suis habillée et j'ai mes tennis aux pieds, je ne suis pas en pyjama et pieds nus.

Trempée, je monte dans ma Mustang et démarre en trombe. Je ne sais pas où aller puisque Austin n'est pas chez lui, mais à une soirée gala de boxe avec Seth et Evan.

# 69
# Alexandra

J'hésite à aller chez Zara, mais je n'ai envie de parler à personne. J'ai juste envie de défoncer la tête de quelqu'un. N'importe qui. J'ai envie de faire sortir toute cette rage incontrôlée que j'ai en moi. Je voudrais voir du sang couler comme mes larmes dégringolent. Je voudrais tous les faire souffrir comme ils me font souffrir. Tout le monde me ment constamment.

Je les déteste tous. Même ma mère. Oui, surtout elle. Elle n'a jamais été une vraie mère, en fait. Elle a laissé son enfant puis elle m'a abandonnée. Et avant ça, elle s'est laissée sombrer dans la drogue et la folie sans voir qu'une petite fille apeurée cherchait du réconfort dans la seule présence parentale qu'elle possédait.

Je repense à ce que Mamina m'a dit quand je suis arrivée ici : « Ton père voulait faire partie de ta vie. Mais ta mère n'était pas d'accord. Elle ne l'a jamais laissé te voir. » *Est-ce vrai ?*

Il faudrait que je parle à mon père, mais j'ai laissé mon portable à la maison et je n'y retournerai pas.

La dernière fois que j'ai débarqué chez Joshua en pleine nuit, je leur ai fait très peur, avec Taylor, je ne vais pas retourner chez eux. Ce n'est pas chez moi. D'ailleurs, je n'ai plus de chez-moi. Non, c'est faux, Austin est mon chez-moi. C'est lui qui représente mon havre de paix. Il n'y a que lui qui m'apaise. Mais il n'est pas chez lui et je ne sais pas à quelle heure il rentre. Je ne me suis jamais sentie aussi seule.

Si. À la mort de Nate, j'ai eu l'impression que le peu de vie qui m'animait m'avait quittée, et j'ai mis si longtemps à remonter la pente que j'ai cru que je ne m'en sortirais jamais.

Puis j'ai laissé Mamina s'immiscer dans mon cœur, et Austin aussi, et j'ai rencontré cette folle de Zara, et je me suis prise d'affection pour oncle Charlie.

Mais voilà que je dois de nouveau emmurer mon cœur pour les empêcher tous autant qu'ils sont de me faire du mal.

Sans m'en rendre compte, je suis arrivée sur l'esplanade qui longe la côte de Palmera Beach. La mer est en contrebas. À travers la pluie qui se déverse, je vois les rouleaux des vagues qui s'écrasent contre le sable blond. Le bruit de la pluie sur la capote en toile de ma voiture est assourdissant.

Je coupe le contact et pose mes mains tremblantes sur le volant. *Ma vie est pathétique. Je suis pathétique. Et je fais partie d'une famille pathétique.*

La nausée violente qui me prend tout à coup me soulève l'estomac. J'ouvre vivement la portière pour vomir par terre. La pluie me fouette le visage, mais je ne peux pas m'empêcher de rendre tout ce que j'ai sur l'estomac. J'aimerais faire sortir ces sentiments qui me rongent : cette tristesse et cette haine, tout ce que je suis et que je déteste, tout ce qui fait de moi un être humain. Mais c'est impossible.

Quand je comprends que rien de plus ne sortira, je prends la bouteille d'eau sur le siège passager que je laisse tout le temps dans ma voiture et me rince la bouche avant de refermer la portière. J'ai de violents frissons et le cœur qui palpite.

Dans la nuit noire qui m'entoure et se referme sur moi, j'ai l'impression d'étouffer. Dans ma tête, il fait sombre. Il n'y a plus que les ténèbres. Pas une seule lumière au bout du tunnel pour me faire savoir si je vais m'en sortir un jour.

Je ferme les yeux et pleure doucement.

J'ai un frère. Quelque part, j'ai un frère qui existe. Comment est-il ? À quoi ressemble-t-il ? Est-ce qu'on a les mêmes yeux ? Le même caractère ? Où est-il ? Qui sont ses parents ? D'ailleurs, est-ce que nous avons le même père ? Est-ce qu'il sait qu'il a été adopté ? Si oui, se pose-t-il des questions ? Est-ce qu'il sait qui est sa vraie mère et qu'il a une sœur ? Est-ce qu'il voudrait connaître sa famille ? Est-ce qu'il nous déteste ? Tant de questions sans réponses...

Mamina ne comptait pas m'en parler. Elle ne voulait pas me le dire. Elle a caché cette boîte quand elle a vu que je l'avais trouvée. Je pleure de plus belle. Je lui en veux et je lui ai dit tellement de choses horribles. Mais j'en pensais chaque mot. Si elle est malade, c'est qu'elle doit expier ses fautes. Même si le premier responsable était mon grand-père, elle n'aurait jamais dû le laisser faire. Elle aurait dû protéger sa fille par tous les moyens possibles. C'est à cause d'eux que ma mère est devenue folle. On lui a enlevé son enfant. Et elle a perdu l'esprit.

Oui, mais pourquoi six ans après ? Qu'est-ce qui s'est passé cette année-là pour qu'elle tombe si bas ? Il n'y a que Mamina qui pourrait répondre à cette question, mais je ne veux plus lui parler. Parce que je l'aime malgré tout et que je ne pourrais pas m'empêcher de lui dire des choses horribles.

Avec rage, je donne des coups de poing dans mon volant. Je me débats avec force dans le petit habitacle, jusqu'à ce que mes forces m'abandonnent. Puis en pleurant à gros sanglots, et en criant ma douleur à qui pourrait m'entendre, j'enroule les bras autour de moi et je m'enfonce dans mon siège.

Je ne sais pas combien de temps je prends avant de m'endormir. Mais je cauchemarde. Encore et encore les mêmes rêves de merde. Enfermée dans ce placard à Atlanta où je me suis pissée dessus au moins cinq fois parce qu'elle m'a enfermée.

– Lexie... Lexie... Alexandra !

J'ouvre brusquement les yeux. Ils me brûlent, ils sont gonflés. Sur mes joues, mes larmes qui ont séché ont laissé des traces.

– Bébé, ça va ?

Austin est assis sur le siège à côté de moi, la portière passager grande ouverte. Sa voiture est garée juste à côté. Il pose ses yeux sombres et tristes sur moi. Il a l'air inquiet.

J'ai mal à la tête et au dos. J'ai la gorge sèche, aussi. Tous mes muscles me font mal d'avoir dormi dans cette position.

Je regarde l'horizon qui se colore d'orangé. La mer brille sous le soleil qui se lève à peine. C'est le petit jour.

– Ta grand-mère a appelé Joshua. Elle est inquiète. Qu'est-ce qui s'est passé ? Pourquoi tu n'es pas venue à la maison ? Je t'ai cherchée toute la nuit…

L'inquiétude perce dans sa voix.

Quand je parle à mon tour, ma voix est fêlée.

– Tu as déjà eu l'impression que ta vie n'est qu'une immense blague de mauvais goût ?

Austin secoue la tête et s'approche de moi. Il pose sa main sur ma joue et me force à tourner la tête vers lui.

– Tout le temps. Mais ma seule constante, c'est toi.

Je plante mes yeux dans les siens, cherchant du réconfort dans l'unique personne qui est là pour moi aujourd'hui.

Une fois, j'ai lu quelque part que le seul être capable de vous consoler est celui qui vous a fait le plus de mal. Mais dans ce cas-ci, ça risque d'être compliqué.

– Bébé, qu'est-ce qui s'est passé ?

– J'ai un frère…

Austin fronce les sourcils.

– Quoi ?

Je cligne des yeux pour m'empêcher de pleurer.

– J'ai un frère. Ma mère a eu un autre enfant avant moi.

Il ouvre de grands yeux.

– Putain… Mais il est où ?

Je secoue la tête et mes yeux s'embuent à nouveau.

– J'en sais rien…

Austin soupire et pose son front contre le mien et sa main sur ma nuque pour me masser.

– On va aller à la maison, d'accord ? Tu laisses ta voiture là, avec Joshua on viendra la récupérer plus tard.

Je le laisse m'extirper du véhicule et me mettre dans la sienne pour m'emmener chez lui.

# 70
# Alexandra

J'ai beau essayer de fermer les yeux depuis deux heures, je n'y arrive pas. Je me tourne et me retourne simplement à côté d'Austin qui grommelle dans son sommeil parce que je n'arrête pas de bouger. Impossible de dormir.

Alors quand le téléphone d'Austin vibre et qu'il ne se réveille pas, je me lève et l'attrape pour répondre. Il n'y a qu'un « S » qui s'affiche. *Mais qui c'est cette S qui l'appelle tout le temps ?*

Je réponds.

– Allô ?

Il y a un cri de surprise au bout du fil.

– Austin ?

Je hausse les sourcils en reconnaissant la voix de sa mère.

– Oh bonjour ! Non, c'est Lexie…

Elle soupire avant de s'adresser à moi l'air exaspérée.

– Ah Lexie. J'essaie d'appeler sur le fixe depuis une heure, mais personne ne répond. Il n'y a donc personne dans cette fichue maison pour prendre le téléphone ?

C'est limite si elle ne me crie pas dessus. *Mais putain, ce n'est pas ma faute si personne ne répond au téléphone !*

Je prends un ton sec pour lui répondre.

– Je ne sais pas où sont Joshua et Taylor. Peut-être qu'ils sont sortis. Et Austin dort, il n'a pas entendu. Je vous conseille de rappeler plus tard. À moins que vous vouliez que je fasse passer un message ?

– Non. Dis à Austin de rappeler immédiatement quand il se réveille. Non, mais ce n'est pas croyable, ça…

Elle me raccroche au nez en grognant encore. Je regarde l'écran, surprise. *Non, mais !* Et pourquoi Austin a enregistré le numéro de sa mère sous le pseudonyme « S ». *S comme serpent, ouais, ça lui irait bien !*

Je repose le téléphone et décide de sortir de la chambre et de laisser Austin dormir tranquillement.

Je descends. On est dimanche matin, la maison est vide et silencieuse. Pas de trace de Taylor ni de Joshua. Il est neuf heures à l'énorme horloge en fer forgé du salon.

Je suis tellement sur les dents que je tourne en rond dans cette immense maison. Je parcours les pièces à la recherche de quelque chose à faire, avant d'apercevoir la salle de sport. *Voilà, j'ai trouvé de quoi me défouler !*

Je pousse la porte et actionne l'interrupteur. Le sac de boxe pend au bout de sa chaîne métallique. Sur une étagère, je vois des gants et des bandes ainsi que tout un attirail de sportif.

Je noue mon t-shirt sur le devant pour qu'il ne se balade pas quand je vais taper puis j'attache mes cheveux en queue-de-cheval avec l'élastique que j'ai au poignet et j'enfile les gants rouges qui sont posés là.

Je n'ai jamais fait de boxe, mais j'ai un peu observé Austin, et puis je veux juste faire sortir cette rage qui m'habite, alors je me contenterai de taper jusqu'à me fatiguer.

Je saute sur place pour me chauffer et je donne un premier coup. Le sac se balance vivement et me revient. Je recule et redonne un coup. Je suis droitière alors j'utilise plus ce poing-là, évidemment. Je frappe une fois, deux fois, trois fois, puis je ne peux plus m'arrêter. Mes muscles sont chauds et je commence déjà à transpirer.

En frappant, je pense à mon père qui n'était pas là pendant mon enfance, à Lauren qui me gonfle la plupart du temps, à ma mère qui a abandonné ses enfants, à Mamina qui n'a pas défendu sa fille et a abandonné son petit-fils en me privant d'un frère, qui n'a pas arrêté de me mentir, qui a un putain de cancer et qui va mourir…

Toutes ces pensées se mélangent dans ma tête et me donnent la rage suffisante pour envoyer des coups d'une violence sans pareille. Je saute en tapant encore et encore. Je suis hors d'haleine, mais je n'arrête pas. Mon t-shirt est trempé.

Je ne sais pas depuis combien de temps je suis là, mais je sais que je n'ai plus transpiré comme ça depuis longtemps.

Quand en criant avec rage je donne un coup tellement fort que le sac se balance en faisant grincer la poutre métallique qui le retient, je m'arrête. J'ai peur que la chaîne cède.

– Hey ! Tu veux défoncer mon sac ou quoi ?

Je sursaute et me retourne vivement. Austin est nonchalamment appuyé contre la porte, torse nu. Il est tellement musclé, grand et carré, que je me sens toute petite.

Je souffle sur la mèche de cheveux qui s'est échappée de ma queue-de-cheval et qui me retombe dans les yeux. Il me regarde avec un sourire irrésistible et en se mordant la lèvre inférieure.

– Depuis quand tu es là ? demandé-je, essoufflée.

– Dix minutes au moins, mais tu étais trop absorbée.

Il croise les bras sur sa poitrine.

– Je t'ai réveillé ? Pourquoi tu ne dors plus ?

– Mon lit était froid et vide, j'ai eu peur que tu ne te sois barré je ne sais où…

– Je n'arrivais pas à dormir.

Il secoue la tête en m'observant de bas en haut. Mais il sourit malicieusement.

– Quoi ?

Je me sens con avec ces gants, je dois avoir l'air ridicule.

– Rien. Tu es sexy, comme ça. Je crois que je ne t'ai jamais trouvée aussi sexy que maintenant.

Je ne peux pas m'empêcher de rougir et Austin éclate de rire. Ce qui me rend encore plus écarlate.

– Si tu te fous de moi…

– Non bébé, je t'assure ! Je suis sincère. Ça te va super bien, la boxe.

Il s'approche de moi et j'arrête les balancements du sac du poing.

– J'avais besoin de me défouler.

– Oui, je vois ça.

Il m'embrasse sur le front, se fichant complètement que je sois en sueur.

– Tu veux que je te montre ?

Je fais oui de la tête et il tient le sac.

– Vas-y, mets-toi en garde.

Je fais ce qu'il me dit et il attrape mes poings pour les rapprocher

– Non, plus près et plus haut. Si tu as une garde trop large, ton adversaire va t'assener des directs sans s'arrêter et tu seras K.-O. avant d'avoir commencé. Il faut toujours protéger ton visage. Les coudes en avant, mais tu ne peux jamais frapper avec, c'est interdit. Mets ton corps légèrement en biais. Si ton adversaire essaie de te frapper, tu peux plus facilement esquiver. Maintenant, tu frappes droit, horizontalement, c'est un direct. Les uppercuts, tu peux les assener de façon circulaire sur la droite si c'est ton point fort.

Je fais ce qu'il dit et il maintient le sac.

– Non, pas comme ça. Tu dois faire porter tout ton poids dans ton poing et appuie-toi sur ta jambe droite quand tu frappes, comme ça tu portes vers l'avant.

Je fais ce qu'il dit et frappe de nouveau avec force.

– Voilà, comme ça !

Je frappe de nouveau et Austin m'encourage.

– Du plat du poing. Attention à la position que tu prends.

Je crie en frappant rageusement et il est projeté en arrière par le sac. Je m'arrête en ouvrant de grands yeux.

– Excuse-moi !

Il rit et rattrape le sac.

– Quoi ? Mais non, c'était bien ! Faut pas que je t'entraîne, toi, tu vas me mettre de ces raclées, après…

Je souris.

– T'es bête…

Une sonnerie retentit à la porte d'entrée. Austin hausse les sourcils.

– Je vais ouvrir.

Il s'éloigne et moi je continue à taper dans le sac.

Une minute plus tard, Austin revient.

– Bébé, c'est Charlie… Il veut te voir.

Réellement surprise, j'enlève mes gants et attrape une serviette propre sur l'étagère pour m'éponger le front et le visage.

Je suis Austin jusqu'à l'entrée.

Charlie est debout à la porte, les mains dans les poches de son jean brut. Avec ses bottes marron, sa chemise à carreaux bleu nuit et son blouson en cuir, il fait vraiment mannequin de pub pour parfum. Il ne lui manque que son chapeau pour faire cow-boy sexy.

– Charlie ?

– Lexie. Excusez-moi de vous déranger tous les deux, mais il faut que je te parle.

Austin lui fait signe et il nous suit dans le salon.

Je m'assois au bord d'un fauteuil et lui dans le canapé en face de moi. Il lance des coups d'œil en direction d'Austin qui attend les mains dans les poches comme s'il attendait qu'il nous laisse seuls.

– Tu peux parler devant lui. Il reste avec moi.

Charlie hoche la tête et Austin s'assoit sur l'accoudoir de mon fauteuil.

– Maman est bouleversée…

Je fronce les sourcils.

– Elle est bouleversée ? Et moi, tu crois que je suis comment ?

Il croise ses mains derrière la nuque et baisse la tête. Il a l'air fatigué et tendu.

– Je sais bien… C'est dur pour tout le monde, cette histoire.

Je serre les dents pour parler.

– Tu étais au courant ?

Il grimace. Bien sûr qu'il le savait. *Quelle conne !*

– J'étais jeune, mais j'étais là quand tout ça s'est passé.

Je plante mon regard vert dans le sien.

– Et qu'est-ce qui s'est passé exactement, Charlie ?

– Je pense vraiment que tu devrais en parler avec maman…

– Il est hors de question que je lui parle et encore moins que je dorme sous le même toit que cette femme !

Charlie soupire et Austin me regarde en haussant les sourcils.

– Tu ne trouves pas que t'es un peu dure ? me demande ce dernier dans un souffle.

Je me tourne vivement vers lui.

– Non, pas du tout ! Et ne commence pas à prendre sa défense !

Il recule un peu.

– C'est bon, calme-toi, bébé !

Je soupire en me tournant vers Charlie de nouveau.

– Je n'ai pas envie de lui parler. Si je lui parle, je vais être encore plus mauvaise que je ne l'ai déjà été.

– Oui, elle m'a dit que tu n'as pas été tendre. Écoute, Lexie, j'ai vu tout ce qui s'est passé. Et tu ne connaissais pas papa, mais il était très fort pour manipuler les gens et obtenir ce qu'il voulait. Il en a fait baver à maman aussi et elle a essayé de protéger Lily du mieux qu'elle a pu.

– Elle n'a pas essayé assez fort, grommellé-je.

– Peut-être, mais elle l'aimait. Et toi aussi elle t'aime !

Je ne réponds pas et mets mon visage dans la serviette qui est posée autour de mon cou.

– Elle a essayé, Lexie. Je te jure qu'elle a tout fait pour le garder. Nous avons même essayé de cacher Lily à papa pendant un temps. Mais enceinte, c'était difficile. Et il avait de la ressource. N'en veux pas à maman…

Je serre les dents alors que Charlie continue, mais je finis par le couper.

– Est-ce que tu sais où il est ?

Charlie secoue la tête.

– Non. Il a été adopté par des gens qui venaient de Seattle, c'est tout ce dont je me souviens.

– Qu'est-ce qui s'est passé l'année de mes six ans, quand avec maman, nous sommes venues en vacances ici ?

Charlie soupire encore.

– Lily a appris que papa lui avait menti à l'époque de l'abandon.

Je fronce les sourcils. Je ne comprends pas.

– Papa avait réussi à convaincre Lily que l'adoption était la meilleure des solutions en lui expliquant que son petit ami n'en avait rien à foutre d'elle et qu'il était parti s'installer sur le continent. En fait, il n'était pas du tout au courant, papa avait fait en sorte qu'il ne l'apprenne jamais. Mais l'année de tes six ans, elle est revenue avec toi et elle a appris que papa lui avait menti et que son petit ami n'avait jamais été mis au courant de sa grossesse.

Austin pose la question qui me brûle les lèvres.

– C'est qui, le père ?

– Il s'appelle Rodrigo. Rodrigo Castillo. Il habitait à cinq minutes de la maison. Enfin, ses parents habitaient là.

Ce nom me dit vaguement quelque chose.

– Des Argentins.

Austin ouvre de grands yeux.

– Le gars devant le centre commercial ! C'est pour ça qu'il a réagi comme ça en te voyant !

Je le regarde et je me souviens aussi. Cet homme aux traits latinos qui m'a prise pour ma mère. *C'est lui, le père de mon frère ?*

– Vous l'avez rencontré ?

Charlie a l'air totalement surpris.

– Oui, je réponds, il m'a prise pour maman...

– Il était vraiment amoureux de Lily.

Nous ne parlons plus jusqu'à ce que Charlie se lève.

– Il faut que tu parles à maman...

– Non.

– Lexie ! s'exclament Austin et Charlie en même temps.

Nul ne me fera changer d'avis !

– Il vaut mieux que tu partes, Charlie. Merci d'être passé. Mais je ne lui parlerai pas pour le moment. Excusez-moi, mais il faut que j'aille me laver.

Et je m'éclipse sans un regard pour eux. Je monte et file à la salle de bain.

# 71
# Alexandra

– Bébé…

Je suis allongée sur le lit d'Austin. Je m'y suis endormie après le passage de Charlie, il y a deux ou trois heures.

Austin veut me parler, mais j'ai décidé de faire l'autruche. Je n'entends rien, il ne se passe rien, tout va bien. Je dors, c'est tout.

Mais je sens le souffle d'Austin dans mon cou et sa main sur ma hanche quand il s'allonge derrière moi sur le lit.

– Lexie… A-lex-an-dra…

Je n'ouvre pas les yeux, pour faire comme si je dormais encore. Je n'ai vraiment pas envie d'avoir cette conversation. Il va me faire la morale et ça va m'énerver. Je n'irai pas parler à ma grand-mère. Je dormirai sous un pont s'il le faut, mais je ne rentrerai pas chez elle.

– Lexie arrête de te foutre de ma gueule, je sais que tu ne dors pas !

Je lâche un gros soupir et ouvre les yeux en me retournant vers lui.

– Quoi ?

Il rit.

– T'es vraiment chiante, parfois. Pourquoi tu fais semblant de dormir ?

Je plonge la tête dans son oreiller et hume son odeur.

– Je ne veux pas avoir cette conversation.

– Quelle conversation ? Je voulais juste te dire que j'ai ramené ta voiture et que Jo et Taylor sont en bas.

– Ok… grogné-je dans l'oreiller sans le regarder.

Il rit encore et enfouit son nez dans mon cou.

– Pourquoi t'es aussi grognon, mon amour ?

*J'adore quand il m'appelle mon amour !*

Je relève la tête et l'embrasse furtivement sur le bout du nez. Il sourit et tend la main pour me caresser les cheveux.

– Je pensais que tu allais me dire de retourner chez moi et d'aller parler à Mamina.

– Non. Je ne veux pas que tu partes de chez moi. Mais si tu veux aller parler à Abigail…

– Nan, putain !

Il soupire et grimace.

– Ok, du calme. Mais il faudra que tu lui parles à un moment ou un autre !

– Pas si je ne rentre jamais à la maison.

– Et tu irais où ?

– Je dormirai dans ma voiture.

Austin rit et se penche pour me mordiller le menton.

– Tu dis n'importe quoi ! Par contre, si tu veux rester ici, tu sais que tu peux. Tu pourrais rester avec moi toute la vie… De toute façon, je ne pourrai plus jamais me passer de toi.

Toute ma vie avec Austin. L'idée est plus que tentante. Je ris.

– Moi non plus je ne pourrai plus me passer de toi.

Il pose sa tête sur ma poitrine et écoute mon cœur battre alors que je laisse mes doigts s'égarer dans ses cheveux.

Je n'ai pas envie de partir. J'aimerais rester là. Tout le temps. Vraiment toute ma vie avec lui. D'ailleurs, si je pouvais, je resterais vraiment. Mais je ne m'imposerai pas chez lui comme ça.

– À quoi tu penses ?

La question préférée d'Austin. Je ne peux pas m'empêcher e sourire.

– Que si je pouvais, je resterais bien ici…

Il relève la tête et se met sur un coude pour m'observer de ses yeux ténébreux.

– Tu peux, si tu veux.

– Non, je ne m'imposerai pas chez toi.

– Bébé, tu ne t'imposes pas. Je veux que tu restes. Si tu veux finir l'année scolaire en restant ici, il n'y a pas de problème. J'adorerais me réveiller avec toi. Et je suis sûr que Jo sera d'accord.

– Tu crois ?

Je vois ses lèvres s'étirer. Il a compris à ma question qu'il m'a presque convaincue.

– Oui ! Je vais lui en parler tout de suite, d'ailleurs !

Avant que j'aie pu répondre, il saute sur ses pieds et file par la porte.

Je prends son oreiller pour le poser sur mon visage et mordre dedans rageusement.

Je ne veux pas déranger et je ne veux pas d'histoire. Bien que l'idée de vivre ici ne me déplaise pas. Et puis je ne veux vraiment plus manger à la même table que Mamina tous les soirs. Je ne m'en sens pas capable.

– C'est bon !

Austin revient en sautant presque. *Non, mais quel gamin !*

Sa tête me fait rire. Il paraît bien plus jeune quand il est joyeux comme ça.

Il se met debout sur le lit, les jambes de chaque côté de moi, et se met à bouger le matelas.

– Jo a dit qu'il n'y a pas de problème, tu peux rester ici tant que tu veux.

Je ris parce qu'il me balance dans tous les sens.

– Arrête, Austin !

Il saute maintenant et je ris plus fort.

– Austiiiiinnnnn….

Il s'assoit sur moi et se met à me chatouiller.

– Haaaaa….

Il rit aussi fort que moi, je me tords dans tous les sens en me débattant.

– S'il te plaît, arrête…

Il se penche et m'embrasse sur le nez.

– Dis que tu restes d'abord.

– Non.

– Si. Reste, bébé. Rien ne t'en empêche.

Il grimace.

– Enfin si, Abigail est malade… Je comprendrai si tu veux rester avec elle.

– C'est bon, je reste.

Austin sourit. Il n'a eu aucun scrupule à évoquer grand-mère et même le fait qu'elle soit malade pour parvenir à ses fins.

Il savait que je dirais oui, rien qu'à l'idée de retourner sous le même toit qu'elle.

– T'es qu'un p'tit con.

Je le pousse et le renverse pour le chatouiller à mon tour. Son rire s'envole et ricoche dans la pièce et vient se perdre dans mon cœur.

Quand j'arrête, il est hors d'haleine et mes cheveux partent dans tous les sens.

– Sérieusement, tu restes ?

Je me penche pour l'embrasser.

– Oui. Mais il faut que tu ailles chez elle avec Zara pour chercher mes affaires. Mes vêtements, mes cours, mon portable, tout…

– J'irai tout à l'heure. Tu me diras tout ce qu'il faut prendre.

Je m'arrête de rire pour reprendre mon sérieux.

– Mamina ne va pas être contente.

Austin fronce les sourcils.

– Je sais. Tu veux que je lui parle ?

– Non. Mais il faut que j'appelle mon père. Il faut que je lui parle.

Il hausse les sourcils surpris.

– Ton père ?

Je me relève.

– Ouais, mon père. Tu peux me prêter ton portable ?

Il le sort de sa poche et me le tend.

Je m'assois et regarde l'heure. À Boston, il est tôt, mais je ne sais pas s'il est à la maison où s'il est de garde à l'hôpital aujourd'hui.

Austin se lève, m'embrasse sur le front et sort en refermant doucement la porte. Je compose le numéro de la maison. Mon cœur bat un peu plus fort, maintenant. Au bout de la troisième sonnerie, mon père décroche.

– Allô ?

Je prends une grande respiration.

– Papa ?

– Alexandra ! Ça va ?

– Non… Je me suis disputée avec grand-mère.

Silence au bout du fil.

– Papa ? T'es là ?

– Oui, oui… Qu'est-ce qu'il s'est passé ?

Je soupire.

– Est-ce que tu savais que maman avait eu un autre enfant avant moi ?

Nouveau silence au bout du fil.

– Papa ?

Mon père soupire. Il a l'air exténué.

– Oui. Je le savais. Mais je ne savais pas comment te le dire.

Maintenant, c'est moi qui ne parle plus.

– Ta mère a vécu des choses très difficiles…

– Est-ce que c'est vrai que tu voulais me voir, me reprendre… quand j'étais petite ?

Il prend un instant avant de répondre. Mon cœur bat sourdement à mes oreilles. Je ne sais pas à quoi je m'attends, mais mon inconscient prend tout ça très au sérieux.

– Je ne veux pas que tu cherches de raisons d'en vouloir à ta mère…

– Je ne cherche pas des raisons de lui en vouloir, papa. Je cherche des raisons de ne plus t'en vouloir à toi…

Je hausse les sourcils en entendant un reniflement à l'autre bout du fil. *Est-ce qu'il pleure ?*

– Papa ?

Sa voix est plus rauque que d'habitude quand il parle.

– Je ne t'ai pas abandonnée, Lexie. Je voulais faire partie de ta vie… Mais Lily avait déjà été privée d'un enfant et elle ne voulait pas que je t'enlève. Je ne savais pas quoi faire. Et puis un enfant est toujours mieux avec sa mère, en principe…

Les larmes se sont mises à couler sur mes joues toutes seules.

– Tu aurais dû te battre pour moi !

Ma plainte s'étouffe dans un sanglot.

– Je sais, chérie. Je suis tellement désolé…

Tout le monde est désolé, ces temps-ci. Je soupire et essuie mes larmes.

– Je ne peux plus vivre sous le même toit que Mamina, papa. Je lui ai dit des choses horribles et j'ai tout cassé dans la cuisine. Et je ne suis pas désolée.

Mon père soupire.

– Alexandra…

– Je vais rester chez Austin et son frère pour finir l'année scolaire.

– Tu ne peux pas rester chez des gens comme ça…

– Si. Ils sont d'accord et je me sens bien ici. J'ai pris ma décision. Mais j'aimerais que tu ne sois pas en colère.

– Depuis quand es-tu devenue aussi sérieuse ? Avant tu m'aurais hurlé dessus et je t'aurais menacée. On dirait que ma petite fille a grandi…

Je ne réponds pas.

– Très bien. Si c'est ce que tu veux. Mais tu devrais parler à Abigail.

– Quand je cesserai d'être aussi en colère, peut-être.

– Bien. Je t'aime, Alexandra.

J'en ai le souffle coupé. Mon père ne dit jamais ce genre de chose.

Comme je ne réponds pas, il reprend :

– Je vais parler à Abigail pour lui expliquer que tu resteras chez Austin jusqu'aux examens. Appelle-moi bientôt, d'accord ?

– Oui. Au revoir, papa.

– Au revoir, Alexandra…

Je raccroche et laisse mes larmes couler. Ce sont des larmes de délivrance, cette fois.

# 72
# Alexandra

En arrivant chez Seth, j'ai l'impression d'être projetée sept mois en arrière. Ce fameux soir où j'ai embrassé Austin dans la salle de bain pour la première fois.

Il est à peine vingt heures trente et la maison est déjà pleine à craquer de monde avec des gobelets à la main, et une musique assourdissante retentit.

Zara soupire et me tire avec elle. Depuis que nous sommes un véritable couple avec Austin, nous n'avons jamais participé à une fête comme ça ensemble. Je me demande comment il sera avec moi devant eux, devant Hailey… Surtout que nous avons eu droit à des réflexions quand ils ont appris qu'Austin et moi vivions ensemble. Et même si Austin les a fait taire, je suis sûre qu'ils trouvent toujours ça bizarre. Les gars étaient surpris et n'avaient pas l'air très d'accord avec l'idée. Les filles étaient plutôt enjouées et compatissantes.

– Tiens, ils sont là ! me fait Zara.

J'aperçois Austin de loin qui rit en tapant dans le poing d'un gars de St Jones. Les autres sont en pleine partie de bière-pong sur la table du salon.

Il y a des serpentins et des ballons verts gonflés à l'hélium un peu partout. Ça me fait sourire parce qu'Austin leur a dit que le vert était sa couleur préférée et que je sais qu'il a dit ça à cause de la couleur de mes yeux.

Accrochée au plafond, il y a une grande banderole « Happy Birthday Austin ».

– Elles sont arrivées, crie Savannah en sautant sur place.

Elle est surexcitée. À mon avis, elle a déjà pas mal bu.

Tout le monde nous accueille avec des cris. Je m'approche en essayant de marcher le plus naturellement possible dans mes talons. Je n'en porte que rarement, mais j'ai remarqué que j'arrive de mieux en mieux à marcher avec.

Seth écarquille de grands yeux et Jesse s'étrangle avec son verre et se met à tousser en me voyant. Zach laisse échapper un sifflement d'admiration qui me fait rougir jusqu'aux oreilles. C'est bien l'effet que je voulais produire, histoire d'éclipser Hailey de la tête d'Austin, mais je ne m'attendais pas à autant de réactions masculines.

– Bon sang, Lexie, t'es grave chaude, ce soir ! s'écrie Savannah en m'enserrant le cou pour me faire la bise.

– Euh… merci.

Au bruit de tout ce tapage, Austin s'est tourné vers moi en écarquillant de grands yeux.

– Putain, Lexie…

Je le regarde avec un petit sourire timide en coin en ne sachant pas trop quoi faire.

Je vois Hailey qui fait la grimace en m'observant des pieds à la tête.

– Bordel ! Mais d'où tu sors cette putain de robe ?

Austin s'approche de moi et écrase ses lèvres sur les miennes en m'attirant vers lui. La tête m'en tourne et je m'accroche à ses bras pour ne pas tomber. Je suis surprise. Je ne m'attendais pas à ce qu'il fasse ça devant tout le monde.

Des rires et des sifflets s'élèvent de part et d'autre. Austin lève la tête pour les fusiller du regard et tout le monde retourne à ses occupations en vitesse, nous laissant dans notre bulle.

Il dessine mon décolleté du bout des doigts et vient poser son front contre le mien pour murmurer.

– Tu as mis une robe courte…

Je déglutis.

– Ouais… Mais j'ai mis des collants, on ne voit pas ma cicatrice.

Il sourit contre ma bouche.

– Bébé, tu es hyper sexy, comme ça…

Je ris et entoure son cou de mes bras. Pour toute réponse, je me colle à lui et murmure langoureusement contre sa bouche.

– Joyeux anniversaire…

Et je l'embrasse passionnément. En temps normal, avec tous ces gens autour, je n'aurais jamais fait une chose comme ça, mais le regard de Hailey braqué sur nous me donne des ailes. Austin se détache doucement de moi en me tenant à bout de bras par les hanches.

– On va se calmer… Parce que je ne vais pas finir la soirée, sinon.

Je me mords la lèvre et ne réponds pas.

– On aura tout le temps pour nous plus tard…

Je souris, mais je n'arrive pas à me convaincre que tout va bien.

– Tu veux boire un truc, Lexie ? me propose Zach en venant vers moi.

– Ouais…

– Vodka pomme ou bière ?

– Vodka pomme.

Il part vers la cuisine et revient en me tendant un verre. Je le prends et y trempe mes lèvres.

– Bébé, tu restes là, je reviens, d'accord ?

Avant que j'aie pu répondre, Austin a lâché ma main et part en direction de la cuisine. Je ne le suis pas. *On n'est pas obligés d'être collés l'un à l'autre constamment, après tout !* Mais la partie de mon inconscient envahie par Austin me souffle que si, on peut ! Et pourquoi Hailey et Jesse partent aussi en direction de la cuisine en me lançant un sourire moqueur ?

*Je ne vais pas les suivre. Non. Je ne vais pas les suivre. J'ai confiance en lui. Totalement confiance en lui…* Mais mes pieds agissent d'eux-mêmes.

Je m'avance, mais Evan m'arrête d'une main sur l'épaule.

– Tu joues au bière-pong avec nous ?

En hésitant un instant, je soupire et accepte. Je me retrouve dans l'équipe de Savannah et Evan contre Zach, Seth et une autre fille que je ne connais pas. Zara refuse catégoriquement de jouer.

Zach aligne les gobelets sur la table pour former un triangle.

– Tu sais jouer, Lexie ?

*Bien sûr que je sais jouer !* Il suffit de viser les gobelets avec une balle et elle tombe dedans, l'équipe adverse doit boire. À la fin, généralement, tout le monde est bourré, les gagnants comme les perdants.

– Elle passait ses soirées dans les bars, avant ! répond Zara à ma place.

Je ne relève pas. Elle est de mauvaise humeur et semble vouloir passer ses nerfs sur tout le monde, moi y compris.

– Je commence ! crie Seth.

Il envoie la balle et loupe son coup. Evan la ramasse et la plonge dans un verre d'eau pour la nettoyer avant de me la donner.

– À toi, Lexie.

Je prends la petite balle blanche et la lance d'un coup en la faisant rebondir sur la table. Elle atterrit dans le gobelet du milieu.

– Yeahhhh ! s'écrit Evan. On a une tueuse avec nous.

Je finis mon verre de vodka pomme et le pose pour rejouer. Je réussis mes quatre tirs suivants et Zach grogne tout seul contre moi après avoir avalé une nouvelle gorgée.

– C'est n'importe quoi… Tu as déjà joué et pas qu'une fois, ça se voit…

– Toi aussi tu as déjà joué ! lui lance Savannah, quel mauvais perdant…

Je ris et tends mon verre pour que Seth me resserve de la vodka pomme. Je pioche aussi des petits-fours au saumon et des mini-pizzas que quelqu'un balade sur un plateau. Si j'ingurgite autant d'alcool, il vaut mieux que j'aie l'estomac plein.

– Si tu réussis celui-là, on gagne, Lexie ! me dit Savannah.

Je lui tends la balle pour qu'elle souffle dessus et me porte chance. Puis je la lance. Pile dans le dernier gobelet. Evan et Savannah crient et moi je saute sur place en tapant dans mes mains. Zach et Seth râlent parce qu'ils ont perdu.

Quand je m'arrête de sauter et de crier, je m'accroche à la table des deux mains parce que j'ai un peu la tête qui tourne. Je crois que j'ai bu plus que je ne le pensais.

– Tu devrais y aller doucement sur l'alcool, me dit Zara en me voyant battre des cils. Austin ne va pas être très content, je pense…

*Ouais, d'ailleurs, il est où ?*

Seth passe un bras autour de mes épaules sous le regard désapprobateur de Savannah.

– On refait une partie, mais cette fois, Lexie est dans mon équipe !

Je ris et lui tiens la taille pour ne pas trébucher.

– Lexie !

Zara m'apostrophe vivement et fronce les sourcils. *Ok, pas la peine de s'énerver !* Je lâche Seth et reprends la balle.

Nous refaisons une partie, mais cette fois j'ai tellement bu que je ne vise plus du tout droit et manque mes coups. Seth grimace, mais je vois qu'il est amusé.

– Tu m'as arnaqué...

Je ris et bois ma bière d'une traite.

– Tiens donc, mais qui voilà...

*Oh non pas ça !* En entendant cette voix, je me retourne vivement. C'est le timbre éraillé de Mike.

– Salut, Lexie. Je vois que tu as décidé de t'amuser, ce soir.

Il s'approche de moi un sourire narquois aux lèvres. *Mais qu'est-ce qu'il fait là ?* Je comprends mieux la nervosité d'Austin.

– Salut, soufflé-je.

Mike me regarde de la tête aux pieds et me fait un clin d'œil salace en passant sa langue sur ses lèvres.

– Laisse tomber, mec, lui fait Seth. Elle n'est pas libre.

Mike lève les deux mains en l'air.

– Je l'ai même pas touchée.

– Ça, t'as pas intérêt, grommelle Evan.

Mais Mike se tourne vivement vers lui et colle son nez au sien.

– T'as un problème, p'tite bite ?

Son visage balafré s'agrandit quand il sourit méchamment. Savannah recule et tire Evan par le bras. Elle n'a pas l'air rassuré non plus. Evan recule en baissant les yeux.

*Qu'est-ce qu'ils ont tous à avoir peur de lui ?*

Mike se retourne vers moi.

– Tu viens boire un verre avec Austin et moi, Lexie ?

Je m'apprête à refuser, mais quand je pense à Austin, j'ai envie de le voir. J'en ai marre d'être là sans lui.

– Ok, je réponds.

Seth me retient par le bras en me faisant signe de ne pas y aller, mais je me dégage de sa main pour suivre Mike qui leur lance un sourire narquois. On passe dans la cuisine pleine de monde avant de filer vers l'arrière de la maison, dans le jardin.

– Tu fais quoi avec un mec comme Reed ? me demande Mike en passant son bras autour de ma taille.

J'essaie de m'éloigner, mais il se rapproche.

– Je l'aime.

Mike hurle de rire.

– Sans blague…

L'alcool me rend bavarde. Je ne devrais pas dire ces choses-là, et surtout pas à lui. J'ai la bouche pâteuse, en plus. Et je ne marche plus très droit dans mes talons. J'ai l'impression de monter deux fois les escaliers qui mènent à la terrasse derrière la maison ou beaucoup de gens fument.

– Tu sais qu'il n'a jamais été sérieux avec une meuf ?

– Avec moi, ce n'est pas parrrreil.

Je me sens un peu alanguie et je n'ai pas envie d'entendre Mike parler d'Austin quand il n'est pas là.

– Si c'est pareil. T'imagines même pas ce qu'Austin est capable de faire pour mettre une fille dans son lit. Puis ce qu'il est capable de faire pour s'amuser tout simplement. Tu sais qu'il s'est tapé ma sœur, par exemple ? Ouais… Il y a deux ans…

J'écarquille de grands yeux. *Sa sœur ?*

– Enfin, c'est ma demi-sœur. Mais c'est pareil, non ? Il a vraiment déconné avec elle. Et moi, j'ai dû rattraper sa merde. Il a une dette énorme envers moi. D'ailleurs, si tu veux que je te raconte, j'en connais un rayon sur lui. Et sur sa vie… à Boston. Sur ses petits secrets là-bas…

Mon cœur s'emballe. Austin ne m'a jamais parlé de ça. D'ailleurs, il ne parle pas de ses anciennes conquêtes. Je n'ai jamais vraiment voulu savoir parce que ça me rend jalouse.

La partie de mon cerveau encore sobre me crie qu'il ne faut pas écouter les conneries de Mike. Et je décide de suivre cette partie.

– Il faut que je trouve Austin…

Je cherche autour de moi, mais Mike me prend vivement la main.

– Viens, il fume avec les autres au fond du jardin.

Je déglutis et regarde le jardin sombre et boisé. Est-ce que je vais vraiment le suivre par là ?

Il a l'air de capter ce qui se passe dans ma tête parce qu'il rit doucement et me tire.

– J'suis pas un violeur, hein. Crois-moi, les filles sont consentantes avec moi. Je te jure, il est là-bas avec Jesse, Eliot, Hailey et les autres…

C'est le nom de Hailey qui me décide à le suivre. Mes talons s'enfoncent un peu dans l'herbe. On avance vite et il m'enserre la main, m'empêchant de me détacher de lui.

Bientôt je vois la fumée de plusieurs joints qui s'élève derrière les arbres et je reconnais le rire d'Austin.

Il y a plusieurs filles et garçons assis en cercle sur un muret de pierre. La lune les éclaire et donne des airs fantasmagoriques à la scène.

– Je t'ai ramené ta copine, Reed… Elle était perdue, sans toi !

Austin se tourne vers moi et plisse les yeux. Il n'est pas content. Je savais que je n'aurais pas dû suivre Mike.

Je retire mes doigts de ceux du balafré qui rit en allant s'asseoir. Je m'attends à me faire incendier par Austin, mais étonnamment il me tend la main pour m'indiquer de venir vers lui. Un peu abasourdie, je m'approche. Je vois bien le regard des mecs s'accrocher à mes jambes longilignes dans mes talons, mais je n'ai d'yeux que pour Austin.

Je prends sa main et il m'attire sur ses genoux. Je m'assois sur lui, un bras autour de son cou. Je ne m'attendais pas à ce qu'il réagisse comme ça devant tous ces mecs, cela me fait plaisir. J'ai bu plus que je ne devrais, je suis vraiment bien, détendue, insouciante. Jeune.

– Tu veux fumer ? Demande Jesse en me tendant un joint.

Mais il l'éloigne de moi en voyant l'expression furieuse d'Austin.

– Naaaan, merciii…

Je secoue la tête en souriant. Austin plisse des yeux en me regardant. *Bon sang ce qu'il est beau comme ça !* Dans sa veste noire qui sent bon le cuir et son parfum mélangé. Je tends la main et lui caresse le front en relevant ses cheveux.

– Tu as bu ?

– Bah… ouais. Tu m'as laissée tou… toute seule !

Il se mord la lèvre inférieure et tire sur ma robe pour la faire descendre un peu plus.

– C'était pas une raison. Quand tu bois, t'es incontrôlable…

– C'est bon à savoir, ça, murmure Mike.

Austin l'entend et l'assassine du regard.

– Relax, mec, lui fait Mike, avant, t'étais pas aussi coincé. T'étais même plutôt dans le genre très ouvert d'esprit…

– C'est elle qui le rend chiant !

Je me retourne vers Hailey qui est assise sur les genoux d'un mec et qui vient de lâcher ça l'air de rien.

– T'as dit quoi, là ?

Dans sa robe bleue trop courte et trop décolletée, elle fait vraiment pute. Et son rouge à lèvres écarlate n'ajoute rien de bien à l'affaire. Si elle me chauffe, elle va m'entendre. Je rêve de lui péter les dents depuis longtemps.

Austin me presse la cuisse pour me dire de laisser passer. Mais Hailey sourit et se lève pour me faire face.

– J'ai dit qu'Austin est devenu chiant depuis qu'il te baise.

Je ris. L'alcool aide beaucoup, je dois dire.

– Tu veux plutôt dire, depuis qu'il ne te baise plus ?

Elle éclate de rire et passe les mains dans ses cheveux d'un air très sulfureux. Et elle l'est parce que tous les mecs ont le regard braqué sur elle.

Mon cœur s'emballe et bat sourdement à mes tempes. Les mains d'Austin sur moi ne m'apaisent pas.

– Mais ma pauvre, tu crois sérieusement qu'il se contente de toi ? Tu crois vraiment qu'il a arrêté de me sauter ?

*C'est impossible, elle ment !*

Son rire résonne si intensément à mes oreilles que j'ai la tête pleine.

– Lexie…

La voix d'Austin me parvient de loin. Je ne l'écoute pas. Avant de réfléchir à ce que je fais, je me suis levée et mon poing est parti tout seul, s'écrasant tout droit contre le nez de Hailey.

# 73
# Austin

– Espèce de connasse !

Comme dans un rêve, je vois Lexie se jeter à la gorge de Hailey qui retombe en arrière. Elle ne tape pas comme une fillette. Non, elle lui envoie des coups de poing d'une violence que je ne lui connaissais pas. Mes cours de boxe ont porté leurs fruits, apparemment.

Les cris qu'elles poussent toutes les deux ont attiré du monde. La scène se déroule à toute vitesse. Je n'ai même pas le temps de réagir qu'elles roulent par terre. Hailey hurle et se débat. Lexie lui assène tour à tour coups de poing et insultes violentes.

Les gars ont sorti les portables et certains encouragent alors que d'autres sont pliés de rire. Moi j'essaie de trouver un créneau pour tirer Lexie de là, parce que si Hailey lui fait mal, je vais la démonter à mon tour. Mais elles sont trop vives et Hailey donne un coup de coude à Lexie dont la tête va cogner le muret sourdement. Au niveau de la mâchoire, je dirais.

*Bordel !*

– Putain ! Mais arrêtez, maintenant !

Je crois que Lexie va se contenir parce qu'elle se tient la mâchoire un instant en grimaçant alors que Hailey essaie de se relever en se tenant le nez des deux mains. Elle est en sang. Lexie lui a pété le nez. Mais Lexie revient à la charge et lui attrape cette fois les cheveux.

– Mais lâche-moi, espèce de folle ! hurle Hailey en lui donnant des coups de poing dans les côtes.

Je profite de ça pour attraper Lexie et la soulever.

– Arrête-toi !

– Putain, mais lâche-moi ! Je vais la défoncer, Austin !

Elle se débat avec une telle violence qu'elle soulève ses pieds dans le vide pour envoyer des coups de pied vers Hailey, et je dois la maintenir de toutes mes forces.

Hailey fait un geste pour revenir vers Lexie, mais Jesse l'attrape et la tient comme je tiens Lexie.

– Va te faire foutre ! hurle-t-elle.

Je tourne les talons en emmenant Lexie avec moi qui se débat et essaie de se retourner pour lui répondre.

– Sale pute ! Si tu l'ouvres encore une fois, je t'arrache les dents !

– Bébé, arrête, maintenant !

– Je vais l'éclater, Austin !

Elle hurle et je la sens trembler de rage dans mes bras, même si elle se laisse porter.

Nous passons devant Evan, Zara, Seth et les autres, qui sont abasourdis par la violence dont elle a fait preuve. Personne ne la pensait capable de ça. Même moi je suis surpris.

J'entraîne Lexie et la pose sur la première marche de l'escalier dans l'entrée.

– Monte !

Je pose une main dans son dos et elle grimpe les marches en tremblant. *Bordel, cette robe est vraiment courte !* Je soupire d'exaspération en regardant son petit cul moulé se trémousser devant moi.

Une fois à l'intérieur, je l'entraîne vers la salle de bain dans le couloir. Elle serre les poings et se tourne vers moi au moment où je ferme la porte à clef.

– Austin, je te jure que…

– Tu vas la tuer, je sais. Mais pour ce soir, lui avoir éclaté le nez suffira !

En la voyant froncer les sourcils, je ne peux m'empêcher d'éclater de rire. Elle est adorable. Complètement folle, mais adorable.

– Qu'est-ce qui est si drôle ?

Sa question me fait rire encore plus.

– Toi ! C'est toi qui es drôle.

À ses pupilles dilatées et ses narines frémissantes, je sens qu'elle n'a pas du tout envie de rire.

– Tu crois que je n'arriverai pas à la défoncer ?

Je m'arrête de rire et m'approche d'elle en prenant son visage entre mes mains. Je lui soulève le menton et la force à me regarder.

– Bébé, si je t'ai arrêtée, c'est parce que tu étais en train de la démolir. Tu ne voudrais pas vraiment la tuer...

– On parie ?

Je regarde le sang qui perle sur sa lèvre inférieure qui a légèrement gonflé. Elle a des marques rouges dans le cou et ses mains sont abîmées parce qu'elles ont frotté par terre. Ses collants sont déchirés et son chignon un peu défait.

Ses yeux verts jettent toujours des éclairs, mais elle s'est calmée. Sa poitrine sous sa robe se soulève de moins en moins vite.

Quand je vois qu'elle a le regard dans le vide, je comprends. Elle pense à ce que Hailey a dit. Dans l'alcool qui embrume son cerveau, elle pourrait penser à n'importe quoi. Je ne veux pas qu'elle se fasse des films. Hailey est une vraie connasse quand elle veut. Je savais qu'elle m'en voulait parce que je ne lui parlais plus guère, mais je ne pensais pas qu'elle irait dire des trucs comme ça à Lexie.

– Bébé, c'était des mensonges, tout ça. Je n'ai jamais été avec elle, ni personne d'autre, depuis que je suis avec toi.

Lexie cherche à baisser les yeux, mais je l'en empêche. Je ne veux pas qu'elle perde la confiance en moi qu'elle semble avoir ces derniers temps. Je n'ai pas été très fin au début, alors je ne veux pas recommencer de zéro.

– Non, regarde-moi ! Je sais qu'avant je n'étais pas très correct avec toi, mais je te jure que je ne t'ai jamais trompée, putain ! Je ne vois même pas pourquoi j'aurais été voir ailleurs ! J'ai oublié Hailey depuis longtemps !

Lexie esquisse un sourire et je retiens un soupir de soulagement. C'est bon, elle est revenue avec moi.

– T'aurais dû me laisser lui exploser la tête !

Je ris et tire sur les pinces dans sa tignasse pour défaire ses cheveux qui tombent en cascade sur ses épaules.

– T'es complètement folle.

Lexie sourit et soupire en même temps. Elle est vraiment belle, comme ça. Quand elle est énervée et que ses joues sont rouges, ses yeux brillants de colère, sa peau frémissante… Lexie éclipse toutes les autres en bas. Vraiment toutes.

– Je t'aime.

Elle sourit et se rapproche de moi quand je lui dis ça.

– Tu te souviens de ce que tu m'as dit quand je t'ai embrassé la première fois ?

Je hausse les sourcils.

– Quoi ?

– Tu m'as dit « Dommage que tu ne sois pas mon type ».

Je souris. Même à cette époque-là, c'était complètement faux. Elle était tellement belle que je ne pouvais pas détourner mes yeux d'elle.

– J'avais dit ça pour t'énerver.

Lexie se rapproche de moi et s'humecte les lèvres avec la langue. Je ne peux m'empêcher de suivre ce mouvement des yeux.

– Tu sais qu'on était là, exactement là, la première fois qu'on s'est embrassés…

*Bon sang, il fait de plus en plus chaud dans cette salle de bain !* Je déglutis avant de répondre :

– C'est toi qui m'as embrassé.

Lexie s'agrippe à mon t-shirt et me force à me baisser pour l'embrasser.

– Et tu as aimé ça…

La voix sensuelle qu'elle prend pour me dire ça avant de m'embrasser me rend fou. J'écrase mes lèvres sur les siennes. Elle gémit un peu mais me rend mon baiser en se collant à moi. Je sens le goût du sang sur ma langue quand je l'embrasse.

J'ai l'impression de ne plus respirer et d'être très serré dans mon pantalon. Je me détache un peu d'elle, même si j'ai le cœur qui bat à cent à l'heure et une envie animale de la sauter.

– Tu es saoule et énervée, il vaut mieux qu'on arrête.

– J'ai envie de baiser.

*Depuis quand elle parle comme ça ?*

Elle secoue ses cheveux et ce geste me rend fou. Je me pince l'arête du nez et ferme les yeux.

– Rien que le fait que tu dises ça prouve que tu n'es pas dans ton état normal.

Lexie se colle à moi et commence à défaire ma ceinture.

– Si, je suis juste plus excitée que d'habitude. Tu ne veux pas faire l'amour, toi ? Moi j'ai envie de toi, j'ai envie que tu me bai…

Je plaque une main sur sa bouche en riant.

– Quand t'as bu, t'es incontrôlable !

Je la sens sourire contre ma main et elle ouvre déjà mon jean et remonte sa robe sur ses hanches.

*Bon sang !* Ce sont des bas qu'elle porte, pas des collants. Je pourrais mourir de frustration sur-le-champ.

– Oh et puis merde !

Je la plaque contre la porte et l'embrasse à pleine bouche. Malgré la musique qui provient du bas, j'entends clairement les gémissements de Lexie quand je descends sa robe sur ses épaules pour caresser ses seins.

Elle est parfaite. Douce, chaude, bandante et tellement sexy. Et elle est à moi. Cette seule pensée suffit à me faire pousser encore contre le tissu de mon boxer.

– Tu veux que je te su…

J'écrase ma bouche sur la sienne de nouveau avant qu'elle ne finisse cette phrase. Sobre, elle ne dirait jamais des trucs comme ça.

– T'es une vraie petite cochonne quand t'as trop bu !

Elle rit et fait descendre sa culotte en dentelle en la laissant tomber par terre avant de soulever ses jambes pour m'entourer les hanches. Son rire résonne au plus profond de moi.

– En plus, je prends la pilule, maintenant.

– Vrai ?

– Vrai.

J'aime cette fille, putain ! Ouais, ça, c'est sûr, je l'aime. Et je vais enfin pouvoir la sentir sans préservatif.

Je repousse mon jean et mon boxer en même temps. Pas le temps pour les pipes et autres choses, j'attends depuis trop longtemps de pouvoir la sentir autour de moi. Je veux juste me perdre en elle. Et c'est ce que je fais.

Je la soulève sous les cuisses et la plaque contre la porte avant d'entrer doucement en elle. Lexie gémit et s'accroche à mes épaules.

*Bon sang !* La sentir est mieux que n'importe quelle sensation. Elle est chaude et mouillée.

– Tu es bonne, bébé… Trop bonne…

Elle rougit et enfouit sa tête dans mon cou quand je donne des coups de hanches plus vigoureux.

– Je t'aime, tu le sais hein ?

– Juste moi ?

Sa question me fait froncer les sourcils.

– Bien sûr, juste toi ! Je n'ai jamais aimé personne d'autre !

Je vais moins fort et tourne plus des hanches pour qu'elle sente encore mieux combien je l'aime.

– Tu me sens, bébé ?

Elle gémit dans mon oreille.

– Je te sens…

Je m'arrête un instant quand on toque à la porte. *Bon Dieu de merde ! On peut pas être tranquilles deux secondes ?*

– Lexie, c'est Zara ! Ça va ?

La voix étouffée de Zara nous parvient de l'autre côté de la porte. Lexie se mord la lèvre alors que je reprends mes va-et-vient en d'elle.

– Fais-la dégager, je murmure à son oreille.

Elle déglutit pour prendre une voix normale et crie à Zara :

– Ouais, ça va ! Je redescends bientôt.

Un instant Zara ne parle plus, puis semble comprendre ce qui se passe.

– Ok. À plus tard.

On entend ses pas s'éloigner. Et je reprends mes va-et-vient plus vite en plaquant ma main sur la bouche de Lexie, parce qu'elle gémit trop fort.

Je sens ses jambes se raidir.

– Jouis, bébé, jouis pour moi…

La sentir se contracter sur ma peau suffit à me faire dépasser le point de non-retour. Je jouis presque en même temps qu'elle.

Quand je la repose par terre, elle sourit, alanguie, et pose sa tête contre la porte.

– Je croyais vraiment que je n'étais pas ton type, au début…

Je l'embrasse sur le bout du nez et remonte mon caleçon et mon jean.

– Je t'aime.

Je me penche et ramasse sa culotte que je lui passe aux pieds. Elle se laisse rhabiller. Elle est tellement ailleurs que je suis sûr qu'elle l'aurait laissée par terre si je ne l'avais pas remise en place.

Mon téléphone dans ma poche arrière vibre tout à coup.

*Faites que ce ne soit pas S !*

Je le sors et vois que j'ai déjà une dizaine d'appels manqués. Je ne l'avais même pas senti. Je ne reconnais pas le numéro et décroche sur la réserve.

– Allô ?

– Austin ?

C'est la voix de Charlie, l'oncle de Lexie. Surpris, je hausse les sourcils.

– Charlie ?

À m'entendre, Lexie fronce les sourcils et se fige.

– Oui. Tu es avec Lexie ?

– Oui, tu veux lui parler ?

– Non. Écoute… Il faudrait qu'elle vienne à l'hôpital quand elle pourra… C'est maman…

Mon cœur fait un bond dans ma poitrine. Après avoir pris le numéro de chambre qu'il m'indique, je raccroche.

– C'est Abigail…

Pas besoin d'en dire plus. Les yeux de Lexie sont déjà embués de larmes.

# 74
# Alexandra

Dans la voiture qui nous conduit vers la clinique St Raphael, je sens la nervosité me gagner. Qu'est-ce qui s'est passé ? Comment va Mamina ? Charlie n'a rien dit de plus à Austin.

Celui-ci conduit un peu vite, mais je ne dis rien. Il tend la main et serre la mienne. Il l'attrape et la porte à ses lèvres. Heureusement qu'il est là.

– Ça va aller, Lexie ! Elle doit être un peu fatiguée, c'est tout…

Je me retiens de pleurer. J'ai dit tellement de choses horribles à Mamina. Je ne la déteste pas, c'est faux. Je lui en veux de tout ce qu'elle a fait et de m'avoir menti, aussi, mais je ne la déteste pas, au contraire, je l'aime trop. C'est pour ça que ça m'a blessée.

Et elle me manque.

– Tout va bien, chérie. Ne pleure pas…

Je renifle et essuie les larmes qui perlent à mes yeux.

En moins d'une demi-heure, nous sommes arrivés.

À l'accueil, je demande Abigail Grant. L'infirmière me regarde de la tête aux pieds bizarrement avant de m'indiquer la chambre. J'imagine qu'avec mes bas déchirés, ma robe courte, mes talons aiguilles et mes phalanges écorchées, je ne dois pas faire bonne impression.

Avec empressement, Austin et moi montons à l'étage et cherchons la chambre indiquée dans le service oncologie. Quand je la trouve enfin, j'avance plus doucement. J'en ai marre de voir des gens que j'aime allongés dans ces putains de lits de merde !

Austin me prend la main.

Tout le côté du mur est vitré sur le couloir et les stores à l'intérieur sont ouverts. La chambre éclairée laisse voir Mamina, allongée dans un lit, et Charlie, assis dans une chaise, la tête dans les mains. Je sens que les larmes ne sont pas loin.

– Ça va bébé ?

Austin passe un bras autour de ma taille et m'embrasse sur la tempe. *Non, ça ne va pas du tout, là.*

Nous nous approchons et entrons. Charlie relève la tête et lâche un soupir de soulagement. Il se lève pour serrer la main d'Austin. Avant qu'il n'ait pu réagir, je lui saute au cou. Il reste un instant interdit devant mon élan d'affection, puis me serre contre lui. Je ferme les yeux et enfouis ma tête dans sa veste en jean qui sent l'eucalyptus et la fougère. Je suppose qu'il a travaillé avec, aujourd'hui.

– Lexie. Je suis content que tu sois venue…

Sa voix grave résonne à mes oreilles. Je n'ai pas l'habitude des câlins comme ça, mais là, tout de suite, j'ai vraiment besoin de ça. Mes larmes coulent toutes seules.

– Qu'est-ce qui s'est passé, demande Austin ?

– Le médecin doit arriver d'un instant à l'autre, il l'expliquera mieux que moi, mais je crois qu'elle a eu du mal à respirer et qu'elle a fait un malaise. Elle était à son groupe de lecture du samedi soir. Heureusement que ça n'est pas arrivé à la maison quand elle était toute seule…

– Lexie ?

La faible voix de Mamina me fait sursauter. Je me détache de Charlie pour m'approcher d'elle. Elle est pâle et semble affaiblie. Ses yeux ont du mal à s'ouvrir. Et elle a les cheveux tellement clairsemés sur le haut du crâne que ça me fait mal rien que de le voir. En un mois, elle a vraiment perdu beaucoup de cheveux.

Je m'assoie à côté d'elle sur le lit et prends sa main dans la mienne. Elle est froide et je frémis à son contact.

– Mamina…

Je n'arrive pas à finir ma phrase et me mets à pleurer en silence. Elle m'attire contre elle et je pose ma tête sur sa poitrine pour pleurer. Elle sent le jasmin, comme maman quand j'étais petite.

Elle me caresse les cheveux doucement.

– J'avais dit à Charlie de ne pas te déranger, mais il ne m'écoute pas…

Je relève la tête et essuie mes yeux de la main.

– Ne meurs pas, Mamina, je suis désolée pour tout ce que j'ai dit…

Elle m'observe de ses yeux verts pareils aux miens et sourit.

– Je ne vais pas mourir, ma chérie. Et puis je t'ai déjà dit que tu n'as pas besoin de moi…

– Si, j'ai besoin de toi. J'ai toujours eu besoin de toi… Je n'ai personne d'autre.

Ma voix est entrecoupée de hoquets et de sanglots. J'ai l'impression d'être écrasée par ce poids que j'ai sur la poitrine.

Elle me caresse la main.

– C'est faux. Tu as Austin, Charlie, Zara, et même ton père. Et je ne suis pas encore prête à mourir, alors essuie tes larmes. C'était un petit malaise de rien du tout.

Plus elle parle et plus mon cœur cesse sa course folle dans ma cage thoracique.

– Je te demande pardon…

– Non, Lexie, c'est moi qui te demande pardon.

Je soulève sa main pour l'embrasser.

– Je peux revenir à la maison ?

Il est hors de question que je la laisse seule, maintenant.

Elle sourit.

– Ça a toujours été chez toi, bien sûr que tu peux revenir… Même si j'imagine que vivre avec Austin est bien plus plaisant que de te farcir une vieille folle !

Charlie sourit en disant :

– Tu recommences à plaisanter, c'est bon signe.

Puis il se tourne vers moi.

– Le médecin veut nous parler.

J'embrasse Mamina avant de le suivre et de laisser Austin s'asseoir auprès d'elle. En sortant de la chambre, je le vois qui lui prend la main et qui l'embrasse. À mon avis, il l'aime aussi très fort. Elle se penche et lui dit quelque chose, mais je n'entends pas.

Le médecin nous sourit quand nous arrivons vers lui.

– Alors, docteur, les résultats ? demande mon oncle.

– Votre mère est très fatiguée. Le scan a démontré que les métastases se sont développées. Elles ont envahi une partie de son poumon gauche, ce qui explique sa difficulté respiratoire. Elle est affaiblie parce qu'elle ne mange pas beaucoup non plus. Pourtant, elle pourrait. Sa trachée n'est pas encore en si mauvais état. On peut attendre pour lui en poser une artificielle.

– Elle était déprimée, ces temps-ci, répond Charlie, c'est pour ça qu'elle ne mangeait pas.

La culpabilité étreint mon cœur.

Le médecin hoche la tête en continuant.

– La chimio lui réussit assez bien compte tenu des circonstances. Elle a une tension plutôt basse, mais si vous dites qu'elle est un peu déprimée, c'est sûrement dû à cela. En tout cas, je vais lui prescrire beaucoup de repos. Aucun effort inutile et pas de prise de tête. Je pense qu'elle devrait arrêter son activité professionnelle.

Charlie soupire.

– Ça, ce n'est pas gagné. Maman ne voudra jamais arrêter de travailler tant qu'elle ne sera pas clouée sur un lit…

– Il ne faut vraiment pas qu'elle se surmène. On va la garder en observation ce soir, mais je pense que, dès demain matin, elle pourra rentrer chez elle.

J'en soupire de soulagement. Je n'aime vraiment pas les hôpitaux.

– Merci, docteur.

Le médecin hoche la tête et tourne les talons.

– Je vais rester avec elle ce soir, me dit Charlie.

– Moi aussi.

– Non, tu devrais rentrer avec Austin, tu reviendras demain matin…

J'hésite. Je n'ai aucune envie de retourner à cette fête.

Nous revenons dans la chambre. Austin rit avec Mamina.

– Qu'est-ce qui se passe ? demande Charlie en souriant aussi.

– Rien, c'est un secret entre Austin et moi, fait Mamina avec un clin d'œil envers Austin qui le lui rend avant de se lever et de l'embrasser sur le front.

Il vient vers moi.

– Je vais rester là, je lui dis. Retourne à ta fête.

– Je n'en ai pas envie. Je suis sûr qu'ils n'ont même pas remarqué mon absence, tu sais…

Mamina nous interrompt.

– Retournez-y tous les deux. Je vais bien !

– Non, Mamina, je ne te laisse plus.

Elle fronce les sourcils, mais je lève la main.

– Ne discute pas. Je reste là.

Austin me prend la main et je le regarde.

– Je te raccompagne à la voiture. Va souffler tes bougies avec les autres. On se voit demain.

– Tu es sûre ?

– Oui. Totalement sûre.

Il hausse les épaules.

– Comme tu veux.

Il dit au revoir à Mamina et Charlie et nous redescendons.

Dehors sur le parking, je l'entoure de mes bras et il pose son front contre le mien.

– Ça va aller, mon amour…

– Je suis désolée, ça gâche un peu ton anniversaire… J'avais plein de cadeaux pour toi ce soir.

Il sourit.

– Chérie, c'est toi mon cadeau.

Je souris aussi et me souviens de quelque chose.

– Ouais, en parlant de ça, j'ai fait un truc, aujourd'hui…

– Quoi ?

Je relève ma manche et lui montre le pansement sur mon poignet gauche. Il fronce les sourcils et me le prend vivement pour l'observer de plus près.

– C'est quoi, ça ?

Je détache le pansement doucement et ses yeux s'écarquillent quand il voit le tatouage qui s'enroule sur ma peau. « Je t'aimerai toujours jusqu'à toucher les étoiles ».

– Lexie !

– Ça ne te plaît pas ? Moi aussi je t'ai dans la peau, maintenant.

Il me dévisage en se mordant la lèvre.

– Si, bébé… Mais t'étais pas obligée de faire ça.

Sa voix est pleine d'émotion.

– Je le voulais vraiment.

Austin prend mon poignet et l'embrasse.

– Je t'aime tellement…

Je l'attire contre moi en tirant sur son t-shirt. Et je l'embrasse tendrement.

– Je t'aime aussi. Terriblement…

Ses bras autour de moi, il me rend mon baiser.

# 75
# Alexandra

La sonnerie retentissante me sort de mes réflexions. Des cris de joie et d'excitation s'élèvent de part et d'autre de la classe. Evan attrape Savannah pour l'embrasser et Jesse me fait un grand sourire.

– On est officiellement libérés du lycée ! s'écrie Zara en tapant dans ses mains.

On est mi-juin. C'est la fin des cours. Notre dernier examen a eu lieu la semaine dernière. La remise des diplômes est demain puis il y aura le bal de promo, et après, les vacances. Je suis à la fois excitée et apeurée. J'ai rêvé de ce moment depuis tellement longtemps, et voilà, nous y sommes. C'est la fin. La fin des cours. La fin du lycée. Nous allons quitter ces couloirs et ces murs entre lesquels nous avons vécu tellement de choses.

Ces dernières semaines, entre Mamina qui a vendu son magasin d'antiquités, les révisions intensives, puis les examens et l'attente angoissante des admissions à la fac, j'ai été au maximum de mon stress.

Et puis, entre Austin qui passe beaucoup de temps à la boxe et moi avec Mamina, on n'a plus beaucoup de temps pour nous. Je ne sais pas pourquoi, mais j'ai l'impression qu'il m'évite un peu.

La fin des cours veut dire vacances. Puis retour à Boston et entrée à la fac en septembre. Et même si je ne pars pas de Mary Island avant la fin juillet, nous sommes tous les deux sous pression.

– Bébé…

Justement, Austin m'appelle. Tous les élèves ont quitté la classe d'histoire et je suis encore assise à ma table, à rêvasser.

En soupirant, je me lève et Austin prend mon sac pour le porter. Il ne parle pas. Il est devenu de plus en plus taciturne, ces derniers jours. Son humeur me stresse autant que tout le reste.

Zara vient me passer un bras autour des épaules.

– C'est fini ! Tu te rends compte ? On est libres ! Les résultats demain matin, et après, la remise des diplômes et le bal de promo. Dire qu'Austin et toi avez été sélectionnés pour être le couple de l'année…

Elle rit et je souris.

– Et toi, pour être la reine de promo !

– Ouais, mais cette pute de Charlotte aussi, répond-elle avec un regard dans le couloir vers la blonde sulfureuse qui enflamme les conversations de tout le lycée. Elle fait souvent les yeux doux à Austin, cette connasse. Mais heureusement, il n'a même pas l'air de la remarquer. À moins qu'ils n'aient déjà couché ensemble par le passé…

Sur le parking, Evan et Jesse discutent avec Zach et… Mike. *Bon sang, je n'ai aucune envie de le voir, celui-là.* Je me suis abstenue de faire part à Austin de tout ce qu'il m'a dit le soir de son anniversaire. Et je me suis retenue de lui poser des questions.

On s'approche, car la voiture d'Austin est garée à côté d'eux.

– Reed.

– Mike.

Ce dernier se tourne vers moi tout sourire.

– Lexie. Comment va depuis le temps, bien ou bien ? Tes poings ont guéri ?

– Ça va, merci.

Il rit et attrape la clope derrière son oreille pour l'allumer avec son briquet.

Austin s'installe derrière son volant, moi à côté, et Zara derrière. Mais Mike se penche par la vitre de mon côté.

– On se voit demain soir à votre petite sauterie d'ados attardés, les gars !

Son haleine fétide me répugne. Je recule dans mon siège. Austin fait oui de la tête et démarre.

– Tu devrais vraiment lui parler de « S », Reed…

Il a lâché ça avant de tourner les talons pour s'engouffrer dans la voiture de Zach. Austin écarquille les yeux en le regardant vivement et en me fixant aussitôt après, livide.

Il a déjà la main sur la poignée pour sortir et lui parler ou lui casser la gueule, mais la voiture de Zach s'éloigne.

– De quoi il parle ?

Ma voix est froide et tendue.

Austin serre les dents et crispe ses doigts autour de son volant en sortant du parking.

– L'écoute pas. Il veut juste foutre la merde. Ce sont des conneries, tout ça…

Mais je vois qu'il me regarde de biais, un peu inquiet. *Des conneries… C'est ça, ouais !* Mais Zara est assise derrière et je ne veux pas d'histoire quand elle est là.

Austin a pigé le truc, parce qu'il fait mine de vouloir me déposer d'abord.

*Ah non, ça ne va pas se passer comme ça !*

– Nan, dépose Zara d'abord, faut qu'on parle.

Il soupire.

– J'ai plein de trucs à faire pour Jo et tout…

– Joshua attendra.

Je parle fermement et il soupire, mais il fait ce que je dis.

Devant chez elle, Zara nous jette des coups d'œil inquiets en descendant de la voiture.

Nous repartons vers la maison de Mamina et Austin se gare dans l'allée. Mais il ne coupe pas le moteur. Il veut fuir, je le sais.

Je défais ma ceinture.

– De quoi il parlait ?

– De rien, Lexie. Tu ne crois pas qu'on a assez de soucis pour en rajouter avec Mike ?

– Quels soucis ? Ces derniers jours, tu ne me parles même pas. Tu ne me dis pas ce que tu as dans la tête, mais je vois bien que quelque chose cloche ! C'est la fac ? Les vacances ? Boston ? Tu as changé d'avis ? Tu crois que New York, c'est trop loin de Boston ? Qu'on ne pourra plus se voir ?

Il ne répond pas mais passe ses mains sur son visage de lassitude.

– Austin !

– Arrête de crier ! J'ai la tête qui va exploser, putain !

Je me tais et l'observe. Il ne me regarde pas et poursuit d'une voix atone.

– Il faut qu'on parle. Sérieusement. Demain.

Mon cœur s'emballe. *Il ne va pas me quitter ?*

Je déglutis pour répondre.

– De quoi ?

Il ne répond plus.

– Putain, Austin ! De quoi on doit parler ? De Mike ? De sa sœur que t'as sautée et mise dans la merde il y a deux ans ?

Austin se tourne vers moi ses yeux marron-noir grands écarquillés.

– C'est lui qui t'a parlé de ça ?

– Ouais, et toi tu ne me parles de rien. Qui est « S » ? Une Sophie ? Serena ? Sandy ? Summer, peut-être ?

Il tape du poing sur son volant. Je vois les veines de son cou gonflées d'énervement.

– Mike te fout des idées débiles en tête et toi t'es assez conne pour rentrer dans son jeu !

– Eh bien raconte-moi, alors ! Comme ça j'arrêterai de me faire mes films.

– On parlera demain soir.

– Pourquoi pas maintenant ?

Il s'enfonce dans son siège.

– Parce que je veux laisser le bal et la remise des diplômes passer.

Mon pouls bat sourdement à mes tempes. *Ça ne veut pas forcément dire ce que je crois que ça veut dire…*

– Si tu veux me quitter, fais-le maintenant. Ça ne changera rien.

Il s'étrangle et se tourne vivement vers moi.

– Jamais de la vie ! Lexie, putain…

Les larmes commencent à perler à mes yeux. Je suis perdue. Je ne sais plus quoi penser. Il y a quelques semaines, on était si heureux…

Il se penche et met ses mains autour de mon visage.

– Bébé, je t'aime. Quoi qu'il se passe, qu'importe ce qui va se passer par la suite, je t'aimerai toujours. Je ne veux pas te quitter et je ne veux plus t'entendre dire ça.

– Alors, parle-moi.

Ma voix s'est faite plaintive.

– Demain soir. C'est promis. Je veux juste… Il faut que je fasse un truc avant.

Il me lâche et ne parle plus. Je soupire. Je n'obtiendrai rien de lui ce soir, pas la peine d'insister.

– Bon. Ok. À demain, alors.

J'ouvre la portière quand il m'arrête de la main et se penche pour m'embrasser doucement. Je me laisse faire, même si j'ai envie de pleurer.

Je descends et le regarde s'éloigner dans l'allée. J'ai le sentiment désagréable qu'il s'éloigne de moi.

Quand il est sorti de l'allée, je soupire et réajuste mon sac sur mon épaule en ouvrant la boîte aux lettres avec ma clef. Il y a quelques factures, et parmi tout ça, une grande enveloppe marron.

Je pose les autres lettres sur le haut de la boîte et lâche mon sac pour déchirer vivement l'enveloppe. Je sors la feuille au sigle de NYU et lis en tremblant.

Mon cœur s'emballe au mot « accepté ».

*Putain ! Je suis prise !*

Je lis et relis le mot du doyen avant de sauter en l'air en hurlant. Rien de tel pour me remonter le moral. Je cours dans l'allée en laissant mes affaires en plan et file, direction chez Zara. Je cours au milieu de la rue et je m'en fiche. Il n'y a quasiment jamais personne dans cette banlieue pavillonnaire.

À moins de vingt mètres de chez elle, je la vois au milieu de la rue qui court vers moi.

Quand elle m'aperçoit, elle s'arrête essoufflée en levant sa lettre en l'air.

– Je suis prise, putain !

Elle a un sourire immense que je lui rends en levant ma lettre en l'air moi aussi.

– On va à New York !

Je me jette dans ses bras et nous rions et sautons en l'air comme des folles.

# 76
# Alexandra

Ce matin, je me suis réveillée en ressentant plein d'émotions contradictoires. Je suis heureuse, parce que je suis officiellement en vacances, et surtout parce que je suis prise à NYU l'année prochaine ; mais je suis aussi excitée à l'idée de prendre un appartement avec Zara à la rentrée, stressée par la remise des diplômes. Et nerveuse dans l'attente de cette conversation, ce soir, avec Austin.

Cette journée est la pire que j'ai vécue depuis le jour où j'ai appris que j'ai un frère quelque part.

Mon père m'a fait livrer un bouquet de fleurs pour me féliciter pour mon diplôme puisqu'il ne peut pas être là.

– T'es stressée ?

Zara referme le col de la toge bleu nuit que je porte, comme tous les élèves de dernière année qui ont réussi leurs examens. Ce matin, j'ai découvert mes notes. Elles sont plus que pas mal. Je suis fière de moi et du travail que j'ai abattu cette année.

Je soupire et Zara m'embrasse sur la joue.

– Calme-toi, petite Lexie. Ça va aller…

Je lui souris. *Ouais… Ça va aller…*

Zara baisse les yeux.

– Tu es la meilleure chose qui me soit arrivée cette année, Alexandra. Je voudrais la recommencer juste pour te rencontrer une nouvelle fois. T'es ma meilleure amie.

Elle a parlé d'une traite sans respirer. Je rougis jusqu'à la pointe des cheveux. Zara vient de me déclarer son amitié ouvertement. Il n'y a qu'elle pour faire ça.

Comme elle voit que je reste sans voix, elle me serre dans ses bras. Son parfum de fraise est entêtant.

– Moi aussi, je suis contente de t'avoir rencontrée, je lui dis doucement.

Et c'est vrai. Contrairement à tout ce que j'aurais pu croire il y a quelques mois, je l'aime comme une sœur.

– Allez viens.

On se dirige vers les bancs déjà remplis d'élèves. À l'arrière, tous les parents et la famille des diplômés sont là. Je fais un coucou de la main à Mamina et à Charlie qui est venu avec Nick. Il l'a enfin présenté à Mamina. Elle lui a demandé ce qu'il attendait pour lui présenter Nick, elle avait senti depuis longtemps qu'il préférait les hommes et s'en fiche pas mal. Charlie en a été abasourdi.

À côté d'eux, il y a Rachel et ses enfants. De l'autre côté, plus loin, je vois Joshua et Taylor, venus voir Austin.

– Austin est là.

Zara m'indique Austin qui me fait des signes de la main. Nous allons le rejoindre. Il est avec les autres, habillé comme nous avec la toge et le *mortarboard*[16].

Il m'attrape la main et me tire vers lui. C'est bizarre de le voir habillé comme ça.

– Excuse-moi pour hier, bébé. J'étais fatigué. On peut tout recommencer ?

Je souris tristement.

– On va quand même avoir cette conversation, ce soir ?

Il prend un air grave et soupire.

– Oui.

Je hoche la tête.

– Très bien.

– J'ai été pris à Boston University, Lexie…

Austin a dit ça en détournant les yeux. Mon cœur fait une chute dans le vide. Mais après tout, ça devait arriver, non ? Je dois être heureuse pour lui.

---

16. Toque de forme carrée.

– Félicitations.

Je me hisse sur la pointe des pieds et l'embrasse. Il me sourit tristement. Cette bonne nouvelle a un goût amer.

– Moi aussi j'ai été prise. Mais à NYU.

Il grimace puis se rattrape en me souriant de nouveau.

– J'en étais sûr. Tu es géniale. Je suis fier de toi.

Ses mots sonnent très creux. Derrière, il y a de la tristesse et de la peur.

Nous nous asseyons et écoutons le discours de monsieur Campbell. Puis celui du major de promo qui n'est pas Austin. Il a eu de très bons résultats, mais pas suffisants pour être major et être pris à Harvard.

Les élèves sont appelés un par un pour revenir récupérer leur diplôme.

Austin serre ma main dans la sienne. Je ne veux vraiment pas qu'on se sépare.

– Montgomery Alexandra !

Je me lève et me dirige le cœur lourd vers l'estrade où on me donne mon diplôme.

Quand tout le monde est passé et que le proviseur déclare la fin de cette année, les élèves font virevolter dans l'air leur chapeau avec des cris de joie et d'excitation.

Austin m'embrasse et me chuchote un « je t'aime » à l'oreille.

✦✦✦

– Alors ?

Je tourne sur moi-même dans la robe rose poudré que Mamina m'a achetée, quand nous avons fait les magasins ensemble exprès pour ma *Prom Night*[17]. Elle est longue, avec de nombreux drapés, des petites manches en dentelle très fine, un décolleté en cœur et une ceinture froncée sous la poitrine.

Mamina m'a bouclé les cheveux avec mon fer et maquillée légèrement. J'ai mis mes talons noirs Jimmy Choo.

– Magnifique.

– Canon.

17. Bal de promo américain.

Austin et Mamina ont parlé en même temps. Je ris, mais je m'arrête quand je vois Austin dans son costume en chemise et cravate. Comme pour le mariage de mon père, il est parfait !

– Tu es beau.

Ses joues rougissent un peu quand je dis ça et il sourit.

Mamina lève son Polaroïd d'un autre temps en l'air.

– Photo ! Mettez-vous devant la porte tous les deux.

On s'exécute et Austin passe un bras autour de ma taille pour prendre la pose pour Mamina. Je fais une grimace quand Austin m'embrasse sur la joue et Mamina nous mitraille. Comme il met sa langue dans mon oreille, j'éclate de rire et Mamina photographie encore.

– C'est bon, c'est bon, je lui dis en le repoussant et en riant toujours.

– Merde, j'ai oublié le *corsage*[18] à la maison, fait Austin en grimaçant.

Mamina fronce les sourcils.

– C'est bien les hommes, ça !

– Je vais le chercher.

– Mais on va rater le *Grand March*[19] !

Je dis ça au moment où son téléphone sonne. Il le sort de sa poche et répond en levant un doigt en l'air pour me dire de patienter. Je l'entends râler et grogner avant de raccrocher.

– Seth est en panne à Texera Bay. Il veut que je vienne le chercher. Ça fait une heure qu'il attend le dépanneur et il va rater son bal de promo aussi, si personne ne vient le chercher. Zach ne veut pas y aller.

Je grimace. Si ça continue, on ne va pas y aller nous non plus, à cette soirée.

Austin se penche pour m'embrasser.

– Je ne veux pas niquer la soirée, bébé, mais il faut que j'aille le dépanner. Je reviens le plus vite possible. Tu peux aller récupérer le *corsage* à la maison si tu veux. Il est sur la table du salon, je crois. Je te retrouve là-bas. Jo y est.

Je soupire et l'embrasse aussi.

---

18. Bracelet de fleur traditionnel que le garçon offre à sa cavalière.
19. Le *Grand March* est le défilé officiel des couples au début de la soirée du bal de promo.

– Ok, mais dépêche-toi de revenir.

Il dit au revoir à grand-mère puis file à sa voiture.

Je ne tarde pas à prendre la mienne aussi pour filer vers chez Joshua.

Dix minutes plus tard, quand j'arrive, je sonne et Jo m'ouvre.

– Waouh, Lexie ! T'es magnifique.

Jo me sourit et quand il fait ça, ses fossettes sont pareilles à celles d'Austin. Physiquement, ils se ressemblent beaucoup. Si ce n'est que Jo est beaucoup plus barbu, et un peu moins grand. Et qu'il n'a pas ce « je ne sais quoi » de particulier qui rend Austin si spécial à mes yeux.

– Merci.

J'entre et file récupérer le *corsage* dans le salon. Il est bien sur la table basse.

– J'ai des trucs urgents à faire pour le boulot, m'indique Joshua, mais tu fais comme chez toi, hein !

Je souris et fais oui de la tête. Il s'éloigne. En soupirant, je m'assois sur le canapé en cuir. Austin n'en a sûrement pas pour longtemps. Texera Bay n'est pas si loin que ça.

J'en suis à me poser mille questions sur nous, perdue dans mes pensées, quand le téléphone sonne sur la console à côté du canapé. Je ne réponds pas. Joshua va sûrement prendre l'appel dans son bureau.

C'est ce que je me dis encore, exaspérée, au bout de la sixième sonnerie. Encore deux fois et je ne tiens plus, je décroche.

– Allô?

Une respiration à l'autre bout du fil m'indique qu'il y a bien quelqu'un.

– Allô ? répété-je.

– Allô… me répond une toute petite voix.

Je hausse les sourcils de surprise. C'est la voix aiguë d'un enfant.

– Oui ? Bonjour. C'est pour quoi ?

– C'est pour parler à mon papa…

J'éloigne le combiné de mon oreille pour le regarder de plus en plus surprise. Ça doit être un faux numéro.

C'est un petit garçon. Je l'entends à sa voix.

– Désolée mon grand, mais je crois que tu t'es trompé de numéro.

– Non. C'est son téléphone.

Je souris. Les enfants sont souvent têtus.

– Je ne crois pas. Ta maman n'est pas là ? Elle sait que tu as pris le téléphone ?

Le petit ne répond pas.

– Allô ?

– Il est où Austin ? me répond-il.

Mon cœur fait un bond dans ma poitrine. *Austin ? Austin, putain !*

J'en lâche le téléphone de surprise qui tombe doucement sur le tapis persan sans faire de bruit. Je contemple le combiné, complètement abasourdie. *Comment connaît-il Austin ?*

Mon cœur martèle maintenant ma poitrine, et mes mains tremblent.

Je me baisse et ramasse le téléphone fébrilement.

– Allô ?

J'entends des gargouillis et des bruits de fond. Un dessin animé, je crois.

– T'es qui, toi ?

Sa petite voix est piquée de curiosité.

– Moi, c'est Lexie. Et toi, tu es qui ?

– Moi je suis Sacha.

À ce nom en S, mon subconscient saisit peut-être les réponses aux questions que je me pose inconsciemment, mais pas mon cœur. Celui-ci veut croire que ce petit garçon s'est trompé de numéro.

Ma gorge est sèche et je parle difficilement.

– Eh bien Sacha, à qui tu veux parler, exactement ?

Je m'accroche au fauteuil parce que j'ai la tête qui tourne.

*Ce n'est pas le moment de faire une crise d'angoisse, Lexie !* Pas le soir du *Prom Night*.

Mais la voix à l'autre bout du fil me donne des frissons dans le dos en parlant.

– À mon papa, Austin !

Cette fois, je ne peux pas me cacher l'évidence. J'ai le cœur qui va exploser. Et la tête aussi. Mes oreilles bourdonnent et j'ai l'impression de suffoquer. Je dois faire un effort surhumain pour réussir à parler de nouveau.

– Où est-ce que tu vis, Sacha ?

– À Boston. Et toi ? Tu vis avec mon papa ?

Je baisse la main sans m'en rendre compte et le téléphone s'échappe à nouveau pour tomber par terre.

Mon cœur se déchire quand je comprends. Des souvenirs s'imposent à moi par flashs :

*« Lexie, il faut que je te dise… »*

*« Il faut qu'on parle »*

*« Ne me dis pas que tu ne veux pas d'enfant… »*

*« Il y a trop de gosses chez Zara »*

*« Parfois, on n'a pas d'autre choix que de laisser ceux qu'on aime »*

J'en ai la tête qui bourdonne et les mains qui tremblent. En fait, non, je tremble de la tête aux pieds.

De toutes les douleurs, la trahison est la pire. C'est celle qui brise tout en vous.

C'est comme pousser un cri silencieux : on ne l'entend pas, mais il exprime quand même toute la douleur qu'on éprouve.

Soudain, j'ai l'impression de me retrouver dans la même situation qu'il y a plus d'un an et demi quand j'étais attachée tête en bas au siège de cette voiture. Et une vague de désespoir s'abat sur moi et m'engloutit.

# 77
# Alexandra

– Lexie ? Je t'ai entendue parler à quelqu'un, non ?

Je ne sais pas depuis combien de temps je suis assise là, le regard dans le vide.

– Lexie ?

Joshua agite la main devant moi et finit par s'accroupir pour se mettre à ma hauteur.

– Ça ne va pas ?

Il ressemble beaucoup trop à Austin. Ça me donne envie de hurler.

Je pleure, maintenant. En silence. Les larmes brûlantes que je retenais s'écoulent lentement.

– Lexie, dis-moi ce qu'il se passe...

Joshua a l'air paniqué. Il m'attrape par les bras pour me secouer doucement. Ma voix est fêlée quand je m'exprime.

– Est-ce que... Est-ce que Austin... Est-ce qu'il a un enfant ?

Les yeux de Joshua s'écarquillent tandis qu'il me lâche immédiatement. Le fait qu'il ne me réponde pas tout de suite ne fait qu'ajouter à l'angoisse qui me gagne.

– Écoute... Ce n'est pas ce que tu penses. Je vais l'appeler, d'accord ? Austin t'expliquera tout lui-même, mais ne panique pas ! Je vais te chercher de l'eau...

Il se lève et sort son portable de sa poche en se dirigeant vers la cuisine tout en me lançant des regards inquiets.

C'est donc vrai. Tous ces derniers mois n'étaient que des mensonges, du vent. Il a mené une double vie tout ce temps...

Sortant de mon état de choc, je me lève brusquement. Il me faut des réponses. Je veux tout savoir avant qu'il ne trouve d'autres façons de me mener en bateau. Et ce n'est ni lui ni Joshua qui me diront la vérité. Mais je sais où aller la chercher.

Je me précipite sur la porte d'entrée. Puis je cours à ma voiture en entendant Joshua crier derrière moi.

– Non ! Lexie, reviens ! Attends !

Je démarre en trombe et sors de cette maison de malheur. Dans le brouillard qui encombre mon cerveau, j'arrive à me dire que je n'y remettrai sans doute plus jamais les pieds.

En roulant comme une malade, j'arrive devant St Jones. Il fait nuit. On a sans doute raté le *Grand March*, mais maintenant, ça n'a plus aucune espèce d'importance. On a tout raté, de toute façon. Austin et moi, on a tout raté entre nous depuis le début.

Des lumières s'échappent du gymnase immense où se déroule le bal. On dirait un mauvais film. Ma vie est un *soap opera*. Une espèce de sitcom de merde. Comme ces séries débiles où tous les personnages couchent avec tout le monde, font des enfants dans le dos de l'autre ou ressuscitent comme par magie alors qu'ils sont censés être morts.

Voilà, ma vie c'est ça, un feuilleton débile que des petites vieilles pourraient regarder l'après-midi entier, allongées dans leur fauteuil miteux. Entre ma mère décédée, moi qui tue mon meilleur ami puis ma grand-mère qui a un cancer... et dans tout ça, j'apprends que ma mère a mis un enfant au monde avant moi et qu'il vit quelque part, et pour finir, que mon soi-disant copain mène une double vie... On pourrait en faire un film. De mauvais goût. Mais un film quand même.

Je sors de la voiture et entre dans le gymnase. Tout est décoré dans les tons rouge, blanc, et un peu de vert. Avec des cartes géantes aux murs, des ballons, des serpentins, de fausses tables de black jack, et il y a même des serveurs – des élèves de première année – qui sont habillés en croupiers. Le thème du bal cette année est *Casino royale*.

Il y a un DJ qui balance de la musique et des jeux de lumière. La piste de danse est déjà envahie par les élèves.

Je cherche notre groupe des yeux. Si j'en trouve un, je le trouverai, lui.

Je les aperçois près du buffet au fond. Ils se servent en punch sans alcool, à moins qu'un petit malin n'ait décidé d'en mettre dedans, et en petits-fours. Je me dirige droit vers eux.

– Lexie ! Vous êtes en retard !

Savannah m'a vue arriver et les autres se retournent.

– Austin n'est pas avec toi ? demande Zara.

Je les ignore et me dirige droit vers Mike qui a le bras autour d'une fille.

– Il faut que je te parle.

Il hausse les sourcils, mais il sourit.

– Il faut que tu me parles ? À moi ?

– Ouais. On peut aller dehors ?

Il sourit carrément à Jesse qui me regarde, contrit.

– T'es sûre ? Austin sait que tu veux me parler ?

– On s'en fout de ce que veut Austin. Tu viens ou pas ?

Zara s'approche de moi par-derrière.

– Il y a un problème, Lexie ?

– Je vais le savoir dans quelques minutes.

– Qu'est-ce qui se passe ?

Je ne réponds pas. Mike lâche la fille pour passer un bras autour de mes épaules et on s'éloigne. Je le vois qui se retourne pour lancer un sourire de vainqueur aux autres, mais je n'en ai vraiment rien à foutre.

Plus les minutes passent, et plus ma colère augmente.

Nous sortons et nous allons jusqu'à ma voiture. Une fois à l'intérieur, je démarre.

– Où tu veux aller ?

– Derrière le bâtiment.

Si Austin débarque, il va reconnaître ma voiture immédiatement. Et je veux parler à Mike d'abord. Je roule jusqu'à l'arrière de l'école et me gare sur un bout de trottoir désert. Il fait sombre et je distingue à peine le visage de Mike à côté de moi.

Il tire son paquet de cigarettes de sa poche et en allume une avant de me tendre l'étui.

– T'en veux ?

– Je ne fume pas.

– T'as déjà essayé, au moins ?

*Austin n'apprécierait vraiment pas que je fume !* Cette seule pensée suffit à me faire tendre la main vers le paquet et à en prendre une. Je la mets dans ma bouche et Mike tend son briquet pour me l'allumer.

Je crapote un peu mais ne tousse pas. La première bouffée me donne un peu le tournis. Quand on ne fume pas, la première clope c'est un peu comme un joint. Ça électrise et ça donne le vertige.

– T'as pleuré ou quoi ? Ton mascara a coulé.

Je m'assois au fond de mon siège et grogne.

– Quelle perspicacité.

Il se retourne pour me faire face.

– Ouh là, t'es de mauvais poil ! C'est Austin Ducon qui te met dans un état pareil ? Si tu veux un bon conseil, va voir ailleurs, parce qu'avec lui t'as pas fini de chialer.

Il tire si fort sur sa cigarette que j'ai presque l'impression qu'il va la fumer en une bouffée.

– Je veux que tu me racontes.

– Quoi ?

– Tout. Sur Austin. Je veux tout savoir.

Mike plisse les yeux en m'observant.

– T'es sûre de vouloir tout savoir ?

J'inspire profondément.

– Oui. Raconte-moi. Tout ce que tu sais.

– Bah… C'est que j'en sais des choses…

– Commence par le commencement. C'est quoi cette histoire avec ta sœur ?

– Demi-sœur.

Je ne réponds pas, et il reprend, après avoir tiré longuement sur sa clope :

– C'était il y a longtemps. Au moins deux ans, voire trois, j'sais plus. Austin l'a défoncée dans les toilettes d'un bar pourri et elle est tombée enceinte. Ils étaient bourrés tous les deux. Mais elle n'avait même pas dix-sept ans, tu vois, alors les parents ont pété un câble. C'est moi qui les ai convaincus de ne pas porter plainte contre lui. Kendra s'est fait avorter. De toute façon, elle le méritait, cette connasse. En plus, je l'ai déjà sautée et c'est même pas un bon coup.

J'écarquille de grands yeux.

– Mais c'est ta sœur !

Il rit.

– Ouais. Et alors ? Tu crois qu'elle n'était pas d'accord ?

*Ce type est vraiment malade !* Je me promets intérieurement qu'une fois cette conversation terminée, je ne m'approcherai plus jamais à moins de cinquante mètres de lui.

– T'as pas l'air bien. Ça va ?

Je lève la main pour lui dire de patienter deux secondes et ouvre ma portière juste à temps pour vomir.

– Beurk ! T'es plutôt dans le genre dégueu comme meuf, toi…

Je tends la main et Mike me passe la bouteille d'eau qui était à ses pieds pour que je me rince la bouche, puis je me rassois dans mon siège alors qu'il se rallume une autre clope.

Il me faut du temps pour assimiler tout ce qu'il vient de dire. Austin a mis une fille enceinte après avoir couché avec elle. Elle a avorté. Donc, rien à voir avec Sacha.

Je prends une grande respiration pour essayer de calmer les tremblements qui m'agitent.

– Pourquoi Austin te doit des services ? Qu'est-ce que tu as contre lui ?

J'ai toujours cru comprendre qu'Austin devait un paquet de trucs à Mike.

– Bah… J'ai écopé de trois mois en prison fédérale pour mineur à sa place, il y a deux ans. Et de travaux d'intérêt général aussi. On s'est fait arrêter par les flics dans un bar où on avait bu et fumé et Austin avait un sacré chargement sur lui. Mais j'ai tout pris sur moi. T'sais, son frère est un avocat de merde… Bah c'est lui qui l'a sorti de garde à vue et moi j'ai plongé pour lui. Mais ça ne me dérangeait pas. Maintenant, je peux lui demander ce que je veux, tu vois. Sauf toi… Toi, il ne veut pas te partager. Je lui ai demandé, pourtant.

Il sourit et tend la main pour enrouler une mèche de mes cheveux autour de son doigt. Je me dégage vivement et il rit, mais il laisse retomber son bras.

– Qu'est-ce que tu fous avec un mec comme Reed ? C'est un chaud lapin, il tient pas en place. Tôt ou tard, il va aller voir ailleurs, si c'est pas déjà fait, et toi, tu vas morfler. Tout le monde te dira qu'Austin est un branleur de première. Il s'est déjà tapé la moitié de cette ville. J'ai même partagé ma sœur avec lui, alors tu vois…

Ma nausée revient. Quand j'entends Mike parler, j'ai vraiment l'impression d'entendre parler de quelqu'un d'autre. Mon Austin n'est pas comme ça. Il ne ferait jamais tout ça.

– Et Sacha ? Qu'est-ce que tu sais sur Sacha ?

Mike ouvre de grands yeux.

– Il t'en a parlé ? Je ne l'en aurais pas cru capable. Je pense que je dois être le seul au courant ici.

– Raconte !

– Une fois, il a oublié son téléphone chez moi et j'ai fouillé dedans. J'ai vu des photos et tout. Puis des textos de sa mère et de son frère. C'est comme ça que j'ai appris son petit secret. Il a un gosse, cet enfoiré.

L'entendre le dire tout haut me chavire l'estomac et me donne de violents frissons. J'ai le cœur au bord des lèvres.

Il m'a menti. Il n'a jamais été honnête, pas une seule fois. Il a un secret gros comme le nez au milieu de la figure et je n'ai rien vu. Voilà pourquoi il s'éloignait pour prendre ses appels, pourquoi il parlait gamins souvent, pourquoi il ne peut pas quitter Boston. Il a une double vie.

– Et la mère ? Qu'est-ce que tu sais de la mère ?

Mike hausse les épaules et porte sa clope à la bouche pour tirer dessus avec toute la lenteur du monde. Je tends la main, la lui arrache et la balance par la vitre entrouverte.

– Hey ! T'es folle ou quoi ?

J'ai l'impression d'entendre Austin, c'est lui qui me traite de folle tout le temps.

– Réponds-moi !

Mike soupire et joue avec son briquet.

– Elle est *dead* je crois. Je sais que le gosse vit avec la mère d'Austin à Boston, c'est tout. Il a pas été vraiment content quand j'ai fouillé dans son téléphone et il a pas voulu m'en dire plus. J'ai promis de garder le secret.

Je ne lui fais pas remarquer qu'il est médiocre en amitié. Sa déloyauté vient de m'apprendre tout ce que je voulais savoir. Et même ce que je ne voulais pas connaître.

Je ne connais pas le garçon dont il vient de me parler. En fait, je ne sais pas qui est Austin tout court. J'éprouve des choses pour un total inconnu.

J'ai l'impression d'être brisée de l'intérieur. J'avais déjà l'âme écorchée, mais là, c'est pire que tout.

Je referme ma portière restée ouverte et démarre.

Mike ne dit rien. Nous revenons sur le parking. J'ai l'impression que tout cela n'est pas vrai. Je dois rêver et je vais me réveiller d'une seconde à l'autre.

– Tu retournes à la fête avec les autres ? me demande Mike.

– Ouais.

Il faut que je demande encore quelque chose à quelqu'un.

– J'me tire, moi, je vais aller squatter un peu le *Prom Night* de Seth et Zach. Le vôtre il est pourri. Personne n'a mis d'alcool dans le punch.

Je sors de la voiture.

– Pourquoi t'en as pas apporté ? demandé-je.

Je suis sérieuse. Boire un verre ne me ferait pas de mal, là. Mike hausse les épaules.

– J'pensais qu'y en aurait déjà. Tu veux pas venir avec moi ?

Je secoue la tête pour dire non.

– Tant pis pour toi. À plus !

Il s'éloigne, les mains dans les poches.

Je retourne à l'intérieur du gymnase. J'ai envie de pleurer toutes les larmes de mon corps et de hurler, mais il faut que j'en finisse avec tout ça. Après, je n'aurai plus la force pour rien. Je suis déjà à bout. Et il faut que je parle à Zara.

À l'intérieur, je la cherche des yeux parmi la foule. Et c'est alors que je le vois. Austin. Debout avec les autres qui parlent tous en même temps. Il a l'air énervé et se passe les mains dans les cheveux en tirant dessus. Il a retiré sa veste et sa cravate. Il ne porte plus que son pantalon pincé et sa chemise blanche un peu ouverte.

Tout ce que Mike m'a dit sur lui me revient en mémoire. Et les larmes se mettent à couler sur mes joues. *Comment ai-je pu être aussi aveugle ?* Je ne connais pas le garçon qui se tient là devant moi.

– Elle est là ! s'écrie Evan en me voyant.

Ils se tournent tous vers moi et Austin se fige en me regardant.

Avant de réfléchir davantage à ce que je fais et portée par la colère, je marche à grandes enjambées vers lui.

– Bébé…

La gifle que je lui assène part d'un coup. Elle est magistrale. Tellement violente qu'il en recule de plusieurs pas. Et moi, j'ai la main qui me brûle. Mais cette douleur n'est pas comparable à celle que j'ai dans la poitrine. Pourtant, malgré la confusion qui m'anime, elle me procure une sensation de satisfaction intense. Je voudrais lui faire mal, tellement mal qu'il ne s'en remettrait pas.

Savannah a mis ses deux mains sur sa bouche, Zara a crié et les autres ont tour à tour des expressions horrifiées et surprises. Les danseurs à proximité se sont arrêtés pour nous regarder.

Austin porte la main à sa joue et se rattrape pour ne pas tomber. Je n'arrive pas à le regarder en face. Je me tourne vers Zara.

– Tu le savais ? Tu savais qu'il a un enfant ? Dis-moi !

Je hurle pour couvrir la musique, et Zara comme les autres ouvrent de grands yeux. Si elle le sait et qu'elle ne me l'a pas dit, je ne lui pardonnerai jamais.

– Quoi ? Mais non… De quoi tu parles ?

Elle a l'air vraiment perdu.

Je soupire de soulagement. Elle ne le sait pas. Zara est une mauvaise menteuse. Si elle savait quelque chose, son visage l'aurait trahie.

– Lexie, s'il te plaît… Je vais t'expliquer.

La voix grave d'Austin sonne étrangement à mes oreilles. Je me tourne vivement vers lui les poings serrés et le visage baigné de larmes. Evan et Jesse reculent dans un même mouvement.

Austin est pâle comme un mort. Il a perdu toute couleur et ses yeux sont fous. Il a l'air paniqué.

– Pas la peine d'avoir notre petite conversation, Austin. Je sais déjà tout.

Il déglutit avant de faire un pas vers moi, mais je recule.

– Non bébé, tu ne sais pas… Laisse-moi t'expliquer. Ce n'est pas ce que tu crois…

Je me mets à rire doucement. Il m'appelle bébé alors que son bébé à lui est à Boston. Je ris et je pleure en même temps.

– Lexie…

Savannah s'approche de moi, mais je la repousse vivement.

– Ne me touchez pas !

Elle recule, effrayée.

Austin tend la main vers moi.

– Lexie, je te jure que j'allais t'en parler !

Sa voix se fait suppliante, mais je sens de la peur dedans.

– Tu as eu sept mois pour me le dire ! Tu t'es bien foutu de ma gueule ! C'était quoi, un pari ? Tu voulais te prouver à toi-même que tu pouvais avoir la fille qui te détestait au début ? Qu'est-ce que je t'ai fait pour que tu me fasses ça ? Mais c'est quoi ton putain de problème, Austin ?

Les mots sortent de ma bouche sans que je les contrôle. J'ai l'impression de perdre les pédales. Je suis folle. Ivre de rage. Je suis devenue ma mère. À moitié schizo. Je pourrais enfoncer un couteau dans la poitrine d'Austin si j'en avais un sous la main.

Je le dévisage et m'énerve encore plus en constatant l'expression qu'il affiche.

– Je t'interdis de verser une seule larme, tu entends ! Tu es pathétique et égoïste ! Sacha a de la chance que tu ne l'élèves pas. Tu es le plus minable des gars que j'aie rencontrés dans ma vie… Tu ne mérites même pas tout ce que je ressens pour toi… Tout ce que je ressentais !

Je m'arrête de crier pour reprendre mon souffle. Austin a baissé les yeux et ne me regarde plus en face.

Ma voix se brise quand je parle de nouveau.

– Je t'aimais… Je t'ai tout donné de moi : mon âme, mes sentiments, mon amour, le peu de moi qu'il restait… Ma confiance, et même ma virginité… Et toi, tu m'as brisée. Tu m'as détruite, Austin.

Les larmes qui s'écrasent sur mes lèvres ont un goût de fer, de sang.

Je m'essuie le nez du revers de la main. À quoi bon essayer d'avoir figure humaine alors que je suis démolie.

– Lexie, je suis désolé… Je voulais tout te dire depuis longtemps, mais je ne savais pas comment et… Bon sang, je t'aime ! Tu ne peux pas dire tout ça. Moi aussi, je t'ai tout donné ! Le peu que j'ai. Je sais que je ne te mérite pas ! Tu es mon amour, ma douleur, toute ma vie ! Et Sacha, c'est… Il… Je vais tout te raconter…

Austin a la voix entrecoupée et je vois des larmes qui perlent à ses yeux. Il arbore une expression pleine de douleur. Mais la mienne est bien trop grande pour que j'y fasse attention.

Il s'approche de moi et je le vois se mettre à genoux doucement.

– Bébé, pardon… Laisse-moi t'expliquer… Je vais tout te dire et tu comprendras…

Je n'arrive plus à soutenir ce regard que j'ai tant aimé. Je tourne les talons et bouscule Zara et Savannah qui ont l'air horrifié.

Je cours vers la sortie. Je manque d'air, tout à coup. Si je ne respire pas maintenant, je vais m'évanouir.

En sortant vivement par la porte, j'inspire un grand coup l'air frais de la nuit. Et je me dirige vers ma voiture en pleurant encore à chaudes larmes.

– Lexie !

– Lexie, reviens !

– Lexie, attends !

Plusieurs voix m'appellent, mais je ne me retourne pas.

Une main m'arrache vivement mes clefs. Je me retourne. Travis et Zara sont devant Austin qui reste en retrait.

– On va te ramener chez toi, si tu veux rentrer, me fait Travis.

Je ne sais même pas comment il est arrivé là, lui. J'étais tellement prise par Austin que je l'ai mis de côté, ces derniers temps. Mais il n'a pas l'air de m'en vouloir.

Austin s'approche les poings serrés.

– Alexandra, il faut qu'on parle. S'il te plaît…

Zara le repousse méchamment.

– Toi, t'en as assez fait comme ça ! Laisse-la tranquille !

Travis me pousse dans la voiture et je m'y engouffre, refermant la portière en appuyant sur le loquet de sécurité. Travis s'installe derrière le volant et Zara côté passager.

Austin tape sur ma vitre du plat de la main, mais je ne le regarde pas. De toute façon, avec mes larmes, je ne vois plus rien.

Nous quittons le parking en laissant Austin impuissant derrière nous.

# 78
# Alexandra

– On va la laisser chez elle et je te ramènerai à la fête avec ma voiture, dit Travis à Zara.

Je trouve le trajet long jusqu'à la maison. J'ai hâte d'être chez moi, loin de lui, loin de tous ses mensonges.

Je suis un peu anesthésiée quand Zara m'aide à sortir de la voiture pour me ramener vers la maison. Elle fait mine d'entrer avec moi, mais je les repousse, elle et Travis.

– Allez-vous-en !

– Tu ne veux pas que je reste avec toi ? demande Zara. Tu pourras m'en parler…

– Non. Va-t'en. Barrez-vous !

Je me dégage vivement et entre dans la maison avant de leur claquer la porte au nez.

Grand-mère se lève vivement du canapé dans lequel elle était à moitié endormie, alors que je m'effondre en pleurant contre la porte.

Je me laisse glisser par terre en hurlant de douleur.

– Lexie !

Mamina se précipite vers moi et s'accroupit pour me prendre par les épaules.

– Chérie, qu'est-ce qui se passe ?

Je m'accroche à son cou et gémis en laissant couler les larmes qui me pèsent. Une émotion trop grande m'entrave la gorge pour que je puisse prononcer un mot. Mamina me serre contre elle en caressant mes cheveux et je pleure dans son cou.

– Chuuuutttt....

Nous restons un moment comme ça, puis elle finit par me tirer avec elle sur le canapé.

– C'est Austin ? C'est lui qui t'a mise dans cet état ?

Je m'accroche à son cou en sanglotant, le cœur tellement gros que je hoquette sans relâche.

Je m'arrête seulement quand on frappe à la porte. Mamina lève la tête.

– C'est lui ?

Je pleure sans répondre. Peut-être, oui. Il en serait capable.

Mamina me lâche pour aller ouvrir. De là où je suis, je ne vois pas parce qu'elle a à peine entrebâillé la porte.

– Il faut que je parle à Lexie...

J'entends la voix grave d'Austin. Elle me donne des frissons.

Mamina secoue la tête.

– Pas ce soir. Elle n'est pas en état de parler. Il vaut mieux que tu rentres chez toi, Austin.

– S'il vous plaît... J'ai besoin de lui parler !

Sa voix s'est faite plaintive et je ne peux plus le supporter. Je me lève et file vers ma chambre où je m'enferme avant de m'effondrer sur mon lit.

Rien ne peut calmer la douleur qui m'assaille car je suis abattue, consternée et mortifiée. Je pleure encore et encore toutes les larmes de mon corps.

À travers cet abîme où je flotte, je crois entendre des gouttes de pluie s'écraser contre ma baie vitrée. Le temps a suivi mon humeur.

J'ai aussi l'impression que Mamina me touche le front et me murmure des choses.

J'ai l'impression qu'on me déshabille.

L'impression que le noir et la nuit se referment sur moi.

✦✦✦

– Lexie...

Mes yeux me brûlent. Mon cœur aussi. J'ai les membres engourdis quand j'essaie de me retourner dans mon lit. Et la tête qui va exploser, aussi. Mamina m'aide à me redresser et j'ouvre les yeux avec difficulté. Ils sont lourds et gonflés.

– Chérie, il est déjà seize heures et tu dors encore…

J'essaie d'ouvrir la bouche pour parler, mais mes lèvres ne se décollent pas.

– Austin est devant la porte. C'est la troisième fois depuis ce matin qu'il vient. Il était là à sept heures, puis à midi, et maintenant. Il ne va pas partir si tu ne lui parles pas.

J'ai envie de pleurer rien qu'à entendre son nom. Mais même ça, je suis trop faible pour le faire. Je pose ma tête contre ma tête de lit pour la maintenir. Mamina me prend la main et la caresse.

– Qu'importe ce qui s'est passé, vous devez vous parler. Il faut crever l'abcès tout de suite tant que c'est chaud. Plus on attend, plus c'est dur. Si tu veux passer à autre chose et tourner la page, explique-toi avec lui, d'accord ?

J'essaie d'avaler ma salive, mais ma gorge est sèche.

– Alexandra ?

Je soupire et fais oui de la tête. Je veux qu'il s'en aille. Je ne veux plus le voir. Mais Mamina a raison. Si je ne lui parle pas, il va rester là, il va revenir encore et encore, et moi je ne vais pas le supporter.

Mamina se lève et sort de la chambre.

– Je vais lui dire que tu arrives.

Avec toutes les peines du monde, je réussis à sortir de mon lit et à m'extraire de mon sommeil comateux.

Je prends mon temps dans la salle de bain pour me brosser les dents et me rincer le visage plein de maquillage qui a coulé.

Après avoir passé mon pull long en maille blanc sur mon pyjama-short, je me dirige vers l'entrée.

Mamina sort de la cuisine et me tend un verre d'eau et deux petits cachets d'aspirine. Je les avale avec difficulté.

J'ouvre la porte et plisse les yeux devant la lumière du jour. Il fait gris et le ciel est couvert. Il a beaucoup plu et l'odeur d'humidité emplit mes narines. Tout est trempé dehors et ça sent la terre mouillée.

Austin se lève vivement de la marche du porche sur laquelle il était assis quand il me voit. Il s'approche de moi, mais je lève les mains en l'air.

– Ne me touche pas.

Ma voix est cassée.

Il laisse retomber ses mains le long de son corps. Et moi je vais m'asseoir sur un coin de la balancelle en me frottant les yeux pour réussir à les ouvrir.

– Lexie… soupire-t-il.

J'arrive enfin à le regarder. Il porte un jean et un sweat à capuche et ses cernes sous les yeux sont grands comme mon poing.

– Bébé, je t'aime. Il faut que tu t'en souviennes. Toi et moi, c'est ce qui m'est arrivé de mieux. Je sais que tu m'en veux. Je sais que j'ai merdé. J'aurais dû te le dire depuis longtemps. Mais tu sais que je ne suis pas fort pour prendre mes responsabilités quand je fais un truc énorme, et là c'est…

Il soupire encore et fait les cent pas en tirant sur ses cheveux.

Mon cœur s'ouvre de nouveau dans ma poitrine. Je l'ai vu tellement de fois faire ça. J'ai l'impression de le connaître alors que pas du tout.

– Lexie, ma vie avant toi ce n'était que de la merde en barre. Je voulais t'en préserver. Je ne voulais pas que tout ça déteigne sur nous, sur toi. Chérie, je te jure que je comptais t'en parler. J'avais prévu de tout te dire, mais c'était difficile. Chaque fois que je voulais le faire, il y avait un truc qui m'en empêchait. D'abord je me suis dit que toi et moi, ce n'était peut-être pas aussi sérieux que ça… Puis quand ça l'est devenu, j'ai eu peur… J'avais peur de te perdre, bon sang !

Je ne réponds pas et il vient s'asseoir à l'autre bout de la balancelle.

Je ramène mes jambes sous mon menton et pose ma tête dessus en fermant les yeux de nouveau. Sa voix perce mon cœur et le laisse encore plus fragmenté.

Il reprend :

– Je vais tout te dire, d'accord ?

J'ouvre les yeux et le vois qui essuie les siens dans son t-shirt. Ses yeux sont rouges.

– Je sais déjà tout. Je sais pour la sœur de Mike… Tout ce que tu as fait avec lui… Et pour Sacha aussi…

Ma voix est encore plus fêlée et je me fais pitié à moi-même. *Comment en suis-je arrivée là ?*

– Non, tu ne connais que la version de Mike et il a une façon bien à lui de raconter les choses. Laisse-moi te raconter ma version, à moi.

– Je t'en prie, dis-je avec sarcasme.

Il baisse les yeux.

– Sacha est un accident.

Je retiens la tonne d'injures que j'ai envie de lui balancer au visage. Un enfant, un accident ? Mais quel enfoiré !

– Le préservatif a craqué et Brittany ne prenait pas de pilule. On était juste amis… avec parfois plus…

Il se mord la lèvre et ma nausée revient.

– Elle voulait se faire avorter. Elle avait perdu ses parents dans un accident de voiture et vivait avec ses grands-parents. Mais ils n'ont pas voulu et elle l'a gardé. J'avais à peine quinze ans. Ma mère a pété les plombs quand elle l'a appris. La relation entre elle et moi était déjà très tendue. Bref… Brittany a accouché et ma mère ne voulait pas que je l'approche. Je ne l'ai presque pas vue quand elle était enceinte. Et puis honnêtement, je m'en foutais… J'avais quinze ans et ça me faisait chier d'avoir mis une fille enceinte. Je ne l'aimais pas, tu comprends…

*Non, je ne comprends pas.*

Je le considère, révulsée.

– Tu es répugnant…

– Je sais.

Il dit ça d'un ton sérieux.

– Maintenant, je m'en rends compte. Mais à l'époque, je voyais ça comme ça. Je l'ai laissée se démerder avec l'enfant et ses grands-parents. Mais elle se droguait, et il y a trois ans elle est morte d'une overdose. Ses grands-parents étaient trop vieux pour s'occuper de Sacha. Alors ils ont supplié ma mère et quand j'ai vu mon fils, j'ai supplié ma mère aussi de le prendre avec nous. Elle l'a pris, mais elle m'a envoyé ici après l'histoire avec son putain d'amant de merde… C'est elle qui élève Sacha. J'ai un gosse, mais je suis loin d'être un père, tu sais. En trois ans, je peux compter le nombre de fois où je suis allé le voir à Boston sur les doigts de mes mains. Je suis pathétique et minable, comme tu l'as dit, je sais, ça…

Il est plus que répugnant. Il a fait à son fils la même chose que ce que mon père m'a fait à moi. *Pauvre gosse !*

Me dire qu'Austin a un fils me rend malade.

– Depuis que je te connais, j'ai changé. J'ai compris qu'il fallait que je grandisse. J'étais un gosse qui avait eu un gosse, Lexie… Je sais bien que ça n'excuse pas tout, mais c'est la seule explication que j'ai. Je fais tout pour essayer de me rattraper avec Sacha depuis six mois. Je vais revivre à Boston pour lui…

Il s'arrête, respire puis reprend.

– Je ne sais pas ce que Mike t'a raconté, mais… oui, j'ai fait des trucs pas nets avant, j'aurais pu faire de la tôle, même, et il m'a sauvé la mise, mais j'ai changé, bébé, je ne suis plus comme ça. Cette histoire avec sa sœur, c'est de la merde en barre. Une putain de connerie. Je ne savais même pas que c'était sa sœur et je suis sûr d'avoir mis une capote avec elle. J'étais bourré, mais pas à ce point-là ! Je suis sûr que ce n'était pas moi le père de l'enfant qu'elle attendait quand elle s'est fait avorter…

Plus il parle, plus je suis dégoûtée. Dégoûtée d'entendre tout ça. Dégoûtée de tout ce qu'il était, de tout ce qu'il est réellement. Dégoûtée d'être amoureuse de lui.

Quand il a fini, il me regarde et attend, les mains sur ses genoux.

*Et qu'est-ce que je suis censée dire ?*

Tout ça, c'est trop pour moi. C'est plus que je ne pourrai jamais le supporter.

– Bébé, parle-moi. Dis-moi quelque chose…

Quand je m'exprime, c'est avec une lenteur extrême.

– Il n'y a rien à dire. Tout ce que tu viens de m'expliquer me confirme juste que je ne te connais pas…

Austin me coupe aussitôt.

– Si, tu me connais ! C'est avec toi que je suis vraiment moi, celui que j'ai toujours voulu être, celui que je veux être. Tu connais le véritable Austin.

– Il n'y a pas de place pour moi dans ta vie ni pour toi dans la mienne.

Il essaie de s'approcher de moi et tend les mains, désespéré. Je me lève d'un bond. Je ne veux pas qu'il me touche. Je ne veux plus jamais qu'il me touche.

– Ne dis pas ça… Je vais tout arranger… On va s'en sortir…

Je lève ma paume devant moi et marche à reculons vers la porte.

– Je t'ai écouté parce que sinon tu ne serais pas parti d'ici, juste pour ça. Et pour pouvoir passer à autre chose et tourner la page, aussi…

Austin s'agenouille presque maintenant et lève un visage torturé vers moi.

– Qu'est-ce que je dois faire ? Qu'est-ce que tu veux que je fasse pour me faire pardonner, Lexie ?

J'agrippe la poignée de la porte pour m'empêcher de tomber tant je sens mes jambes se dérober sous moi.

– Ce que je veux… C'est que tu sortes de ma vie. Tu m'as fait assez de mal comme ça.

Il se met à pleurer et je tourne la poignée pour entrer dans la maison, puis je claque la porte derrière moi. Je ne veux pas voir ça. Je ne peux pas le voir comme ça.

Je me dirige comme un automate vers mon lit. Et je m'y laisse tomber. On pourrait aussi bien me donner une chambre dans un asile, je crois que j'y serais à ma place.

# 79
# Austin

– Austin…

Taylor me secoue.

– Hmm…

– Mange quelque chose, tu ne vas pas te laisser mourir de faim. Sacha ne te reconnaîtra pas quand tu rentreras…

J'ai envie de la frapper. Elle fait exprès de parler de Sacha ou quoi ?

– J'ai pas faim.

Je grogne et replonge ma tête dans l'oreiller.

– S'il te plaît…

C'est au moins la quatrième fois que ma belle-sœur essaie de me faire manger.

– Naaaaannn… Dégage de ma chambre.

Taylor se lève du matelas en soupirant.

– Va au moins te laver, tu pues le fauve…

Je lui ferais bien un doigt d'honneur si j'avais la force de lever le bras. Mais tant que Lexie ne reviendra pas, je n'aurai la force de rien.

Mon portable sur la table de nuit vibre pour la centième fois. Je l'attrape, ouvre un œil pour regarder puis le repose. Je ne l'éteins pas, au cas où Lexie appellerait ou m'enverrait un message.

Quatre jours depuis cette horrible soirée. Et pas de nouvelle. Aucune. Le néant total. Je ne sais pas quoi faire.

J'aurais dû lui parler de tout ça depuis longtemps. J'aurais dû tout lui dire. Je ne pensais pas que ça me sauterait à la figure comme ça.

*Je vais mourir si elle ne revient pas…*

– Toc toc toc ! Salut Ducon !

On cogne à la porte et je reconnais la voix de Seth.

– Hmm.

Je suis sûr que c'est Joshua qui l'a appelé.

– T'as décidé de te laisser crever ou quoi ?

Je me retourne en soupirant pour essayer de le regarder malgré mes yeux gonflés.

– Putain, mec ! Si tu voyais ta gueule, tu pourrais marcher à la *Zombie Walk*, comme ça…

– Va te faire foutre.

Mon meilleur ami me donne un coup de pied dans la jambe.

– Allez, bouge-toi. On va faire un billard avec les autres. On est en vacances et on n'en profite même pas. Lexie ne va pas changer d'avis tant que tu resteras dans ce lit comme un pauvre légume à la con, de toute façon…

J'aimerais bien lui foutre mon poing dans la gueule.

– Allez, bouge !

Avec force, il réussit à me tirer de mon lit. Je me fais violence pour aller sous la douche et j'y reste le plus longtemps possible, pour bien faire chier Seth.

Quand je ressors, il se lève de mon lit.

– Je croyais que tu t'étais noyé.

– Ferme-la ou je retourne dans mon lit.

Il me pousse et on sort. Ça fait quatre jours que je ne suis pas sorti de cette putain de baraque.

Quand on arrive au bar, je me dis que c'était une mauvaise idée. Zara va m'assassiner.

Mais quand on entre, elle n'est pas là. Il y a Zach, Jesse, Evan, mais pas de fille. Tant mieux. Je n'ai pas la force d'affronter le démon Zara.

– Salut, mon chou.

Merde. Il y a bien une fille présente : Hayley. Avec sa bosse sur le nez depuis que Lexie lui a cassé.

Elle m'entoure le cou des bras, mais je la repousse.

– Oh tu es de mauvaise humeur, toi, fait-elle en me pinçant le bout du nez.

*Pourquoi je me suis amusé à la sauter, déjà ?* J'ai connu des coups mieux et beaucoup moins emmerdants.

– Tu veux boire un truc ?

– Bière.

Elle va prendre ma commande en roulant des hanches dans son short ultra-court. Elle est sexy, mais trop vulgaire. Rien à voir avec Lexie. Elle ne sera jamais aussi belle. Elle ne lui arrive même pas à la cheville.

Je dis bonjour aux autres et commence à jouer.

Hailey revient tourner autour de moi.

– Ça te dit pas d'aller faire un tour aux toilettes ?

– Non.

La seule personne avec qui j'aurais envie de faire l'amour me déteste plus que n'importe qui d'autre au monde.

– Allez… Je te laisserai me baiser jusqu'à en oublier son nom…

– Putain, mais il a dit non ! Dégage !

On sursaute tous. C'est Evan qui a hurlé à ma place.

Hailey le toise, mauvaise.

– Vous deux, depuis que vous vous êtes crus en couple, vous êtes devenus grave chiants !

Elle a mimé des guillemets en l'air avant de tourner les talons.

Au même moment, je vois une tête que je n'avais pas envie de croiser franchir le seuil du bar. Mike.

Je lâche la canne pour m'avancer vers lui et le saisir au col pour le plaquer contre le mur. C'est à cause de lui, tout ça ! Il en lâche ses clopes et son briquet.

– Hey ! C'est pas ma faute si ta petite copine avait besoin de réponses ! J'ai fait que lui dire la vérité…

– Espèce de bâtard !

Mon poing s'écrase violemment contre sa mâchoire. Il se débat et me repousse.

# 80
# Alexandra

J'ai un trou béant sans fond qui me déchire la poitrine et m'entraîne vers les abîmes du désespoir.

Aucune blessure au monde, ni celle sur ma jambe, ni les cicatrices sur mon ventre, ni mes plus profonds cauchemars, n'est comparable à ce que je ressens à cet instant. Austin m'a brisée de l'intérieur. Je me demande même ce qui me retient de me pendre au plafond avec mes draps.

– Lexie…

Mamina m'appelle et je reviens vers elle. Je la regarde, mais je ne la vois pas. Je n'arrive pas vraiment à fixer mon regard sur quoi que ce soit. Tout est flou devant mes yeux.

J'ouvre la bouche et elle y glisse la cuillère. Le yaourt dans lequel elle a écrasé les cachets que je n'arrive même plus à avaler a un goût amer. Il fond sur ma langue et traverse le néant de mon corps.

Mamina doit me faire manger de force. Moi, je n'y arrive pas.

– Tu as appelé Christian ?

Je reconnais la voix de Charlie et tourne la tête vers lui. Il me sourit ou grimace, je ne sais pas trop.

Mamina lui répond.

– Non, je pensais qu'elle irait mieux au bout de quelques jours, mais ça fait déjà plus d'une semaine et ça commence à m'inquiéter. Je l'appellerai ce soir.

Elle se tourne vers moi et me secoue les épaules.

– J'ai fait couler un bain pour toi. Tu veux y aller ?

Elle se redresse et me tire jusqu'à la salle de bain alors que Charlie disparaît je ne sais où.

Mamina me lève les bras, enlève mon t-shirt et fait glisser mon jogging et ma petite culotte. Elle m'a aidée à me laver toute la semaine comme si j'étais une petite fille et pas le semblant d'adulte que je suis devenue.

Je suis tellement anesthésiée que je me laisse faire sans jamais rien dire.

J'entre dans la baignoire remplie d'eau chaude et je frissonne. Elle sort et referme la porte alors que je me laisse glisser dans l'eau.

Si seulement je pouvais changer de peau. Enlever celle que je suis en me frottant avec un gant et la faire disparaître dans le tuyau d'évacuation.

Je plonge la tête sous l'eau et écoute les bruits des petites vaguelettes que j'ai faites. On dirait que le monde est sourd. Non, stone, le monde est stone. Ou peut-être que c'est moi qui le suis. C'est ça. Pas besoin de substances psychotropes, enfin si on excepte ce que m'a donné Mamina, pour que je sois complètement stone.

Est-ce qu'on peut se noyer avec l'eau de sa baignoire ? Non, il n'y en a pas assez.

Je sors la tête de l'eau et la pose contre la faïence blanche.

J'écoute. J'écoute vraiment. Mais depuis quelques jours, j'ai l'impression de ne plus entendre mon cœur battre. De ne plus le sentir. C'est étrange, comme sensation. Je n'en suis ni malheureuse, ni heureuse.

En fait, je suis vide.

Mes yeux s'ouvrent et, dans l'eau qui a blanchi, observent ma main qui flotte, comme morte.

Je soulève mon bras devant moi et regarde mon poignet. « Je t'aimerai toujours jusqu'à toucher les étoiles ». J'ai l'impression que ces mots datent d'il y a une éternité.

J'aperçois par terre, à côté de la baignoire, le seau avec toutes les brosses qui me servent à récurer la maison d'habitude. J'arrive à me redresser pour tendre la main et attraper la brosse à récurer en cuivre.

Je me rassois, pose ma main sur le bord de la baignoire et frotte. Je frotte mon poignet avec la brosse. Je veux enlever ces mots.

Je m'arracherai la peau avec les dents s'il le faut. Je frotte vivement et de plus en plus fort. Ma peau rougit et s'enflamme sous l'action du fer. Ça fait mal. Très mal. Et ça fait du bien. J'ai l'impression de sentir mon corps pour la première fois depuis des jours en le martyrisant comme ça.

Je réussis presque à m'arracher la peau à un endroit. Mais les mots sont toujours là. Je serre les dents quand je me déchire. Une goutte de sang tombe doucement dans l'eau et s'étale un instant comme une petite flaque avant de se perdre dans la baignoire. Une autre la suit et je regarde avec indifférence mon sang s'écouler lentement.

Il n'y en a pas assez. Je n'ai pas suffisamment mal.

Je frotte de nouveau, et cette fois, en une seule fois, je réussis à me déchirer vraiment la peau à deux endroits. Je ne peux pas m'empêcher de crier et de laisser tomber la brosse.

– Lexie ? J'ai entendu du bruit. Est-ce que… Oh mon Dieu, Lexie !

Mamina a ouvert la porte de la salle de bain et se précipite vers moi.

– Qu'est-ce que tu fais, malheureuse ?

Elle attrape mon poignet et hurle à Charlie de venir.

Mon oncle accourt et m'observe horrifié, dans l'eau de mon bain, toute nue et pleine de sang.

– Fais le 911, Charlie !

Mon oncle sort son téléphone de sa poche et j'ouvre enfin la bouche pour parler.

– Non, c'est rien… Je voulais juste… Je voulais tout enlever…

Mamina me tâte et observe la plaie.

– Bon sang ! J'ai cru qu'elle s'était coupée au rasoir ! Ce n'est pas si profond. Raccroche, Charlie. Je vais désinfecter et on va appeler son père.

Mamina m'extrait de la baignoire et m'habille. J'ai l'impression qu'elle pleure. Mais je n'en suis pas sûre.

Mon poignet me brûle de nouveau quand elle met de l'alcool dessus. Je souris et grimace en même temps. La douleur est si profonde qu'elle me touche et je suis contente de la sentir.

Elle me bande et m'entraîne vers mon lit, où je m'allonge.

Mamina appelle mon père plusieurs fois sans succès. Il est peut-être au bloc à l'hôpital, ça arrive souvent.

Il fait bientôt nuit. Je fixe le jardin par ma baie vitrée depuis des heures. Depuis des jours, en fait. J'ai même vu une araignée tisser sa toile sur le haut de la baie. Moi qui ai peur de ces bestioles, je n'ai pas bronché.

Mamina me fait manger de la soupe à la cuillère puis s'allonge à côté de moi et m'attire vers elle. Je pose ma tête sur sa poitrine. J'entends son cœur battre. Il résonne à mes oreilles. Je l'entends lutter pour vivre, encore. Et je sens son parfum. Semblable à celui de ma mère. Du jasmin.

– Tu veux que je te lise un passage de mon livre ?

Je ne réponds pas et elle ouvre son livre quand même.

Quand elle parle, je ne comprends pas tous les mots, mais mon oreille collée à sa poitrine, j'entends sa voix qui résonne dans sa cage thoracique. Ça m'apaise.

– « Sur le bord de la rivière Piedra, je me suis assise et j'ai pleuré. La légende raconte que tout ce qui tombe dans les eaux de cette rivière, les feuilles, les insectes, les plumes des oiseaux, tout se transforme en pierres de son lit. Ah ! Que ne donnerais-je pas pour pouvoir arracher mon cœur de ma poitrine et le jeter dans le courant… Il n'y aurait alors plus de douleur, plus de regret, plus de souvenirs. Sur le bord de la rivière Piedra, je me suis assise et j'ai pleuré. Le froid de l'hiver a fait que j'ai senti les larmes sur mon visage, et elles se sont mêlées aux eaux glaciales qui coulent devant moi. Quelque part, cette rivière rejoint une autre, puis une autre, jusqu'au moment où, bien loin de mes yeux et de mon cœur, toutes ces eaux se confondent avec la mer. Que mes larmes coulent ainsi très loin, afin que mon amour ne sache jamais qu'un jour, j'ai pleuré pour lui.[20] »

✦✦✦

– Lexie… Tu veux te réveiller ?

J'ouvre les yeux. Mamina me regarde avec tristesse.

– Il est onze heures. Tu pourrais appeler ton père…

Je me redresse dans le lit et regarde le bandage à mon poignet. Depuis quand je l'ai ? Quel jour est-on ?

---

20. Citation de Paulo Coelho (*Sur le bord de la rivière Piedra*).

– Zara et Travis sont encore passés ce matin. Ils ont laissé ça, pour toi.

Mamina pose un CD sur mon bureau et une boîte de gâteaux.

– Travis a gravé de la musique pour toi, si j'ai bien compris.

Je hoche la tête et me frotte les yeux parce que je vois une petite boîte marron sur mon bureau. Enfin, je n'en suis pas sûre.

– Tiens je t'ai laissé ça, aussi…

Mamina sourit en posant sa main sur la boîte. Puis elle sort de ma chambre et referme la porte doucement.

Fébrilement, je me lève et l'attrape avant de revenir m'asseoir sur le lit. C'est la boîte que j'avais trouvée dans le grenier. Avec le L de Leo et non de Lexie, comme je le croyais alors.

Je l'ouvre et observe les photos une à une. Les photos de ma mère et de mon grand frère si petit dans ses bras.

J'observe les petites chaussures jaunies et le bonnet de bébé aussi. J'attrape la chaîne en or avec la petite croix et la passe autour de mon cou. J'ai un frère. Quelque part, il existe bel et bien.

La vue de ces photos me ramène à la vie. À ma chambre. À moi-même. Et à ma douleur. Je ne me laisserai pas crever pour Austin. J'ai un frère à retrouver.

Je referme la boîte et attrape mon téléphone sur ma table de nuit. Je l'allume. Il est resté éteint pendant presque dix jours.

À peine est-il en marche qu'une centaine de messages et d'appels manqués apparaissent. Le nom d'Austin s'affiche en continu et vient ouvrir mon cœur de nouveau.

Je les ignore tous pour composer le numéro de mon père. Ça sonne. Une fois, deux fois, trois fois… Ce sont les minutes les plus longues de mon existence.

Il décroche enfin.

– Allô ?

Sa voix grave emplit mes oreilles et me traverse l'esprit, la tête, le corps. Les larmes s'écoulent sur mes joues sans que je puisse les arrêter. Je voudrais lui dire tellement de choses… Qu'il me manque, comme il m'a manqué toute mon enfance. Que je l'aime malgré tout. Que j'ai mal et que je voudrais qu'il me prenne dans ses bras. Que j'ai besoin de lui plus que jamais.

– Alexandra ?

Des sanglots étouffés que je n'arrive pas à retenir s'échappent de mes lèvres.

– Alexandra, qu'est-ce qui se passe ? Réponds-moi… Calme-toi, chérie.

– Papa… Papa, je veux rentrer à la maison…

Mon père semble réellement inquiet.

– Pourquoi ? C'est ta grand-mère ? Qu'est-ce qui se passe ?

– Non, ce n'est pas elle… S'il te plaît, papa… Je veux revenir à la maison…

Mon père soupire un instant.

– Mais bien sûr, ma chérie, tu peux revenir quand tu veux… Mais je pensais que tu ne rentrais que fin juillet…

– Je veux rentrer maintenant…

– Passe-moi ta grand-mère.

Je me lève et sors de ma chambre en reniflant et en m'essuyant le nez. Mamina se lève vivement de son fauteuil et je lui tends le téléphone. Elle parle avec mon père. J'entends des mots comme « suicide » « amorphe » « Austin » et « dispute ».

Mamina hoche la tête puis me retend le téléphone.

– Papa…

– Alexandra, je te prends un vol pour Boston demain matin. Tu rentres à la maison.

Je hoche la tête comme s'il pouvait me voir.

– Tu peux attendre jusqu'à demain ?

– Oui.

Nous raccrochons après qu'il m'a indiqué de surveiller ma boîte mail. Et pour la première fois depuis dix jours, je me dirige toute seule vers la cuisine pour prendre un truc à manger.

# 81
# Alexandra

Grand-mère m'observe fermer mes valises avec un air triste et entendu. J'évite son regard. Je n'arriverais pas à le soutenir. Ça me fait trop mal de partir d'ici.

Elle ne dit rien cependant et m'aide à finir de ranger. Huit mois de ma vie dans trois valises et un sac. J'ai même réussi à trouver un carton rigide pour emballer la fougère de Charlie.

Jamais mon cœur n'a été aussi gros. Il menace d'imploser à tout moment.

Je m'assois sur le matelas et contemple la chambre vide. Il n'y a plus rien sur le bureau et les étagères sont vides. Les cintres pendent seuls dans la penderie et les murs sont nus sans mes posters.

J'ai envie de pleurer. Je me sentais chez moi, ici. Je n'ai plus de chez-moi, en fait. J'ai toujours détesté l'appartement froid et trop bien rangé de Boston, et maintenant, je suis obligée d'y retourner. C'était Austin mon chez-moi. J'ai fait tourner ma vie autour de lui et il l'a réduite à néant. Il a brisé mes rêves, mon cocon, mes projets et mon envie de vivre plutôt que de survivre. Je suis comme cette chambre, maintenant : froide, sans vie, dénuée d'intérêt, vide.

Oncle Charlie attrape deux valises et disparaît. Je saisis le dernier sac et en jetant un dernier regard à ma chambre, je sors. J'embrasse la maison du regard, essayant de m'imprégner de tout. De ce désordre ambiant, de ces odeurs de fleurs séchées et de vieux livres. Je regarde le salon où nous avons ouvert les cadeaux de Noël et où Mamina regardait ses séries le soir, la cuisine où nous avons tant de fois préparé le repas ensemble… Tout est mélancolie et affliction en moi.

– Lexie, on y va ?

Abigail me dévisage depuis la porte d'entrée.

*Ne pas penser… Ne pas penser…* Si je pense au fait qu'elle va mourir, alors que moi je m'en vais, je ne résisterai pas au chagrin qui menace encore une fois de me submerger.

Je fais oui de la tête et sors sur le porche.

Je regarde la maison une dernière fois avant de m'engouffrer dans la voiture et qu'on s'éloigne dans l'allée.

Oncle Charlie conduit, Mamina à côté de lui et moi derrière. Je leur ai demandé de s'arrêter chez Zara et c'est ce qu'ils font.

Quand je sonne, je suis vaguement anxieuse. Rachel m'ouvre, son bébé dans les bras.

– Ah, salut Lexie, entre !

– Non, je suis pressée. Est-ce que Zara est là ?

– Zaaaarrrrraaaa ! hurle-t-elle avec la voix d'une mère qui a l'habitude de crier sur ses enfants.

Elle me sourit et je contemple son bébé en retenant mes larmes. J'ai les nerfs à fleur de peau et je ne vais pas tarder à m'effondrer.

Rachel nous laisse quand Zara arrive.

– Salut ! Entre !

– Non… Zara, je suis venue te dire au revoir…

Elle voit Mamina et oncle Charlie dans la voiture et écarquille ses yeux bleus en amande, son sourire disparaissant de son beau visage.

– Quoi ? Mais tu ne devais pas partir avant deux semaines !

– Oui, mais… Il faut que je parte d'ici…

Elle se jette dans mes bras.

– Oh, Lexie…

Je la serre fort et respire son parfum de fraise. J'aime vraiment cette fille.

Elle pleure, maintenant, et je lui caresse les cheveux.

– Ne t'inquiète pas, on se retrouve dans deux mois à la rentrée. Je vais nous choisir un chouette appart et on ne va plus se quitter…

Elle hoche la tête.

– Je t'aime, tu sais… me dit-elle.

Je l'embrasse sur la joue.

– Moi aussi, je t'aime, petite Zara.

Ma meilleure amie renifle et s'essuie le nez.

– Tu m'appelleras ?

– Toutes les semaines, je te le promets !

On se serre encore quand oncle Charlie klaxonne. Il faut que j'y aille, sinon je raterai mon avion.

– Oh attends ! s'écrie-t-elle.

Elle disparaît dans le couloir un instant puis revient en me tendant une enveloppe.

– Il m'a fait promettre de te la donner. Je comptais te l'apporter ce soir, mais puisque tu pars…

Pas besoin qu'elle me dise de qui il s'agit, je le sais.

Comme je ne la prends pas, elle me prend la main et l'y fourre.

– À très vite, Lexie.

Je lui souris en essayant de ne pas pleurer.

– Oui, à très vite…

Je monte dans la voiture et m'éloigne, alors que Zara me regarde partir, sur le seuil de sa maison.

# 82
# Austin

Je prends le verre que Taylor me tend. C'est de l'aspirine. Elle me force à en prendre tous les jours depuis une semaine. Comme si l'aspirine guérissait les maux de cœur et le mal d'amour. Je l'avale quand même sans broncher, j'ai tout le temps mal au crâne.

– Il faut que tu manges, Austin…

Elle joue à la mère poule, en plus. Et ça, ça m'énerve. Je n'ai pas faim et personne ne veut le comprendre. Je n'ai plus goût à rien sans elle.

– Ton téléphone… me fait-elle en désignant mon smartphone qui vibre sur la table basse et que je n'avais pas entendu.

Je me précipite. *Faites que ce soit elle !*

Raté. C'est Zara.

Je réponds en grommelant. Zara a la voix affolée.

– Austin ? C'est Lexie… Elle s'en va…

– Comment ça ?

Je me suis levé de ma chaise d'un bond.

– Elle est en route pour l'aéroport avec…

J'ai raccroché avant qu'elle n'ait fini de parler.

Plus vite qu'il n'est possible, j'ai enfilé mes chaussures et attrapé mes clefs pour me précipiter dehors. Si elle part et que je ne peux pas la voir, je vais mourir… Oui, littéralement crever.

Avec rapidité et urgence je m'engage sur la route, direction l'aéroport.

# 83
# Alexandra

— Lexie…

Mamina me serre dans ses bras et je pleure. Je ne veux pas la quitter, même si je n'ai pas le choix. Elle est malade et je ne sais pas si je la reverrai.

— Ça va aller…

Je sanglote dans son cou.

— Je suis tellement contente d'avoir passé ces mois avec toi…

Il y a tellement de choses que j'aimerais lui dire, mais les mots se coincent dans ma gorge.

— Je t'aime, Lexie, ne l'oublie jamais.

— Moi aussi je t'aime, Mamina…

Ma voix se perd.

Je fais un dernier adieu à Charlie et présente mon billet à l'hôtesse qui me fait entrer dans le sas. Je me retourne et fais un dernier signe à ma famille maternelle.

Dans les films romantiques, c'est à ce moment-là que l'amoureux débarque et rattrape sa fiancée. Juste avant qu'elle monte dans l'avion. Mais c'est ma vie. La vraie vie. Pas un film à l'eau de rose.

Je ne peux tout de même pas m'empêcher de jeter un coup d'œil autour de moi à la recherche de la tête bouclée d'Austin. C'est absurde, puisqu'il ne sait même pas que je suis là.

Je quitte ma famille. Je quitte cette île. Je le quitte lui.

Je monte dans l'avion et m'installe à ma place. Puis je boucle ma ceinture et attends qu'il décolle.

# 84
# Austin

– Avance, connard !

Je hurle sur le mec avec sa grosse caisse bondée de valises qu'il décharge, alors qu'il est en plein sur la route.

– Si je la rate à cause de toi…

Tant pis, je m'engouffre sur la voie réservée aux taxis et me gare à cheval sur deux places. Si j'écope d'une amende, ce sera le cadet de mes soucis.

Je saute à terre, verrouille la voiture et cours en direction de l'entrée.

L'aéroport Amerigo Vespucci n'est pas très grand, alors je ne devrais pas avoir de mal à la trouver.

Je bouscule les gens et je m'en fous. C'est une question de vie ou de mort, pour moi.

Je regarde le tableau d'affichage. J'ai peut-être de la chance, plusieurs vols ont du retard.

– S'il vous plaît, les vols en direction de Boston ? demandé-je à une hôtesse.

Elle m'indique une direction sur la droite et je file en courant. Mais là-bas, il n'y a presque plus personne. Je la cherche désespérément du regard.

– Austin ?

Je me retourne.

C'est son oncle Charlie. Et madame Grant. Elle pleure et s'essuie les yeux avec son mouchoir.

– Où est-elle ? m'écrié-je.

Charlie sourit tristement et pointe le ciel par la grande baie vitrée du doigt.

Je suis son doigt et vois au loin l'avion qui s'éloigne et se détache sur le bleu sans nuages du ciel.

– Non… Lexie…

Je m'approche et pose les mains sur la vitre. Désespoir. Anéantissement. Accablement. Désolation.

Aucun mot n'est assez fort pour dire ce que je ressens. Elle m'a quitté. Elle m'a vraiment abandonné. Je ne suis plus rien.

Je ferme les yeux et pose le front sur la vitre. Des larmes que je ne peux plus retenir s'échappent par vagues de mes yeux.

C'est donc cela que d'avoir le cœur brisé…

Je sens confusément une main se poser sur mon épaule. Charlie.

– Il faut que tu la laisses partir, maintenant.

# 85
# Alexandra

La lumière qui indique l'allumage des ceintures s'est éteinte. Je détache la mienne. Il n'y a personne sur le siège à côté de moi. Tant mieux. Je ne veux pas parler.

J'essuie mes yeux et regarde la tache verte que représente Mary Island dans le bleu de l'océan Pacifique.

Je pleure encore et encore, alors que je laisse derrière moi les plus beaux et les plus douloureux moments de ma vie…

Ce n'est que quand je ne vois plus Mary Island que je sors l'enveloppe que m'a donnée Zara. Elle contient une lettre.

Je respire profondément et m'essuie les yeux pour la lire.

*« Lexie, mon amour,*

*Ce n'est pas mon genre d'écrire des lettres, mais je n'ai pas le choix.*
*J'ai tant de choses à te dire que je ne sais par où commencer.*
*Tu m'en veux, je le sais. Je t'ai fait mal et tu te mures dans*
*le silence. Mais mon amour, je t'aime. Pardon. Pardon pour tout.*
*Pour t'avoir menti et pour t'avoir fait tant souffrir. C'était par égoïsme.*
*Je ne voulais pas te perdre.*
*Plus je t'aimais et plus la vérité me semblait terrifiante à dire.*
*J'ai honte de mon passé chaotique. J'ai honte de celui*

*que j'étais et de tout ce que j'ai fait avant de te connaître. Honte d'avoir laissé Sacha derrière moi.*

*Tu m'as changé. Tu m'as rendu meilleur. Ce qu'il y a de mieux en moi, c'est toi qui l'as réveillé. Tout en toi m'a bouleversé. Tout en toi m'a émerveillé. Tu as ce don de transformer les gens qui t'approchent. Je me suis transformé sous tes doigts, sous tes paroles et sous ton regard. Tu es mon havre de paix, ma douleur, mon amour, ma plus grande découverte, mon trésor. Tu as donné une raison à mon existence. Maintenant, je sais pourquoi je vis. C'est pour être à tes côtés.*

*Nous sommes jeunes et la vie est encore longue, mais elle ne vaut plus la peine si je dois la vivre sans toi.*

*Mon amour, il n'y a plus de rêve qui ait un sens s'il n'est pas vécu avec toi…*

*Je me suis noyé dans l'émeraude de tes yeux et j'y ai trouvé le bonheur, l'absolution, l'amour…*

*Je ne connais aucune odeur comme celle qui embaume ta peau et alors que je pleure sur mon oreiller parce que tu ne me parles plus, je la sens. Tu as laissé tes effluves dans mes draps et je dors avec toi, même quand tu n'es pas là…*

*Je n'arrête pas de t'embrasser les yeux, la bouche, les lèvres, le front, les tempes, le cou et le cœur dans mes rêves les plus fous. Le souvenir de mes doigts sur ta peau est tellement présent que j'ai des fourmis en y repensant. Et je te parle, je te parle constamment dans ma tête et dans mes rêves quand tu n'es pas là…*

*J'ai su que je t'aimais vraiment la première fois que nous avons dormi ensemble. Quand tu t'es perdue et que je suis venu te chercher, tu te souviens ? J'ai passé la moitié de la nuit à te regarder. À t'observer. Je voulais aplanir ce pli entre tes sourcils, t'embrasser follement et me perdre en toi, puis je me suis dit que, toi, tu ne ressentais pas la même chose. Alors je t'ai écoutée dormir, respirer. Il n'y a pas de son plus doux.*

*La première fois que tu m'as embrassé, j'en ai été changé. Je n'arrêtais plus de penser à toi.*

*Et ce jour où tu m'as laissé dormir avec toi, dans tes bras… je me suis mis à penser à l'avenir, à nous, à toi, moi et Sacha. Je me disais que tu l'aimerais peut-être, que toi et moi irions à la fac ensemble, que nous prendrions un petit appart…*

*Je t'imaginais rentrant des cours sous le mauvais temps et passant la porte d'entrée, Sacha dans les bras, secouant ton parapluie et riant de vous être fait surprendre par l'averse... Je t'imaginais sans cesse attablée à ton bureau, travaillant sur un livre, la mine rêveuse, le crayon entre les dents, nous observant Sacha et moi, rire et nous chamailler devant la télé... Je ne pouvais plus me sortir ces images de la tête...*

*Tu m'as touché l'âme profondément et j'en ai été à jamais bouleversé. Je ne savais pas ce que voulais dire aimer, être aimé et avoir le cœur brisé. Je me suis brisé moi-même le cœur en brisant le tien. Pardon.*

*Je n'ai pas le droit de te demander d'aimer Sacha, ni même de le faire entrer dans ta vie, mais moi, je cherche tous les jours, maintenant, à me racheter auprès de lui, et je ne veux pas choisir entre vous deux.*

*Je sais que je t'ai fait mal, dix fois, cent fois, mille fois... et que tu m'as pardonné. Je t'aime, mais je n'ai jamais su comment t'aimer, comment te rendre tout ce que tu m'as donné.*

*Mais je te promets d'essayer de toutes mes forces. Je veux être meilleur pour toi et je veux te rendre heureuse.*

*Je ne suis pas gentil, ni romantique, et je ne peux pas te promettre de ne plus te faire souffrir, mais je peux te jurer que j'essaierai et que personne ne t'aimera jamais comme je t'aime.*

*Je t'aime. Je t'aime tellement.*

*Et si tout cela ne suffit pas à te le faire comprendre, laisse-moi emprunter des mots à un de tes auteurs français préférés pour te convaincre :*

« Je t'ai trouvée, où que je sois, je m'endors dans tes regards. Ta chair était ma chair. De nos moitiés, nous avions inventé des promesses ; ensemble nous étions nos demains. Je sais désormais que tes rêves les plus fous s'écrivent à l'encre du cœur. J'ai vécu là où les souvenirs se forment à deux, à l'abri des regards, dans le secret d'une seule confidence où tu règnes encore.

Tu m'as donné ce que je ne soupçonnais pas, un temps où chaque seconde de toi comptera dans ma vie bien plus que toute autre seconde. J'étais de tous les villages, tu as inventé un monde. Te souviendras-tu, un jour ? Je t'ai aimée comme je n'imaginais pas que cela serait possible. Tu es entrée dans ma vie comme on entre en été. Je ne ressens rien, ni colère, ni regrets. Les moments que tu m'as donnés portent un nom, l'émerveillement. Ils le portent encore, ils sont faits de ton éternité. Même sans toi, je ne serai plus jamais seul, puisque tu existes quelque part[21] »

*Tu comprends, Lexie ? Même sans toi je ne serai plus jamais seul,*
*puisque tu existes quelque part…*
*Nous sommes des âmes sœurs. Nous sommes indissociables.*
*Et toi et moi ne pouvons vivre l'un sans l'autre.*
*Si tu me laisses, tu nous assassines, tu te tues toi aussi, car nous ne formons qu'un.*
*C'est toi et moi jusqu'à toucher les étoiles…*
*Si tu me laisses, ne me regarde plus, ne m'embrasse plus, je perds le sens, le temps, mon nom, je ne me souviens plus qui je suis…*
*Tu es l'autre partie de moi sans laquelle je ne suis rien…*

*Mon amour, je t'aime.*
*Reviens-moi.* »

Avec la plus grande peine du monde, et après l'avoir lue et relue une dizaine, une vingtaine de fois, en pleurant et en la serrant contre moi, je finis par la replier et la ranger dans l'enveloppe.

C'est trop tard. Trop tard pour nous. Trop dur pour moi. Je pars. Je m'en vais et m'éloigne de tous ces mensonges, ces fausses promesses, et de cet amour et cette douleur qui ont rythmé ma vie durant cette année. Je pars, à la recherche du bonheur.

**À SUIVRE…**

---

21. Citation de Marc Levy (*Vous revoir*).